NOTURNO EM MANHATTAN

COLIN HARRISON

NOTURNO EM MANHATTAN

Romance

Tradução:
ANNA OLGA DE BARROS BARRETO

COMPANHIA DAS LETRAS

Título original:
Manhattan nocturne

Capa:
Silvia Ribeiro

Foto da capa:
Curt Stenvert

Preparação:
Magnólia Costa

Revisão:
Ana Maria Barbosa
Cláudia Cantarin

Dados Internacionais de Catalogação na Publicação (CIP)
(Câmara Brasileira do Livro, SP, Brasil)

Harrison, Colin, 1960–
Noturno em Manhattan : romance / Colin Harrison. — São Paulo : Companhia das Letras, 1998.

Título original: Manhattan nocturne.
ISBN 85-7164-809-3

1. Ficção policial e de mistério (Literatura norte-americana) 2. Romance norte-americano I. Título.

98-3129 CDD-813.0872

Índice para catálogo sistemático:
1. Ficção policial e de mistério : Literatura norte-americana 813.0872

1998

EDITORA SCHWARCZ LTDA.
Rua Bandeira Paulista, 702, cj. 72
04532-002 — São Paulo — SP
Telefone: (011) 866-0801
Fax: (011) 866-0814
e-mail: coletras@mtecnetsp.com.br

Para Lewis

A noite é o corredor da história, não a história de gente famosa ou de grandes acontecimentos, mas a do marginal, do ignorado, do suprimido, do não-reconhecido; a história do vício, do erro, da confusão, do medo, do desejo; a história da intoxicação, da vanglória, da decepção, da dissipação, do delírio. Ela descasca o verniz do progresso, da modernidade e da civilização e revela a selva. Na cidade de Nova York, há uma selvageria aculturada que contém todo o crime acumulado de noites passadas... e isso não é uma ilusão. É o dia que é a quimera, que faz com que Nova York pareça ser um lugar qualquer, talvez com prédios maiores, mas apenas um lugar rotineiro, com uma população que se ocupa dos seus negócios e depois vai dormir, uma grande máquina que zune sem parar em proveito do mundo. A noite revela que isso é uma pantomima. Nas ruas, à noite, tudo o que está escondido aparece, todo mundo está sujeito às regras do acaso, todo mundo é potencialmente assassino ou vítima, todo mundo tem medo, assim como qualquer um que se dispuser pode inspirar medo nos outros. À noite, todo mundo está nu.

Luc Sante, *Low life*

NOTURNO EM MANHATTAN

Eu vendo confusão, escândalo, assassinato e condenação. Ah, meu Deus, eu vendo, vendo tragédia, vingança, caos e destino. Vendo os sofrimentos do pobre e as vaidades do rico. Crianças caindo de janelas, trens do metrô pegando fogo, estupradores fugindo para a escuridão. Vendo a raiva e a redenção. Vendo o heroísmo musculoso dos bombeiros e a cobiça ofegante dos chefões do povão. O fedor do lixo, o tilintar do ouro. Vendo preto para branco, branco para preto. Para democratas, republicanos, libertários, muçulmanos, travestis e para os sem-teto do Lower East Side. Vendi John Gotti, O. J. Simpson e os que jogaram bombas no World Trade Center, e venderei quem quer que venha a seguir. Vendo falsidade e o que passa por verdade e toda gradação intermediária. Vendo o recém-nascido e o morto. Vendo a deplorável, a magnífica cidade de Nova York de volta para sua gente. Vendo jornais.

O prefeito me lê no café da manhã; os que negociam com ações no trem que vem de New Jersey dão uma olhada, como também os estivadores italianos aposentados, sentados nas varandinhas da frente de suas casas no Brooklyn, mastigando charutos apagados, e as enfermeiras no ônibus, no percurso do Harlem até o hospital Lenox Hill. Os caras da TV me lêem, e às vezes roubam a história. E o paquistanês sentado no seu táxi perto do Madison Square Garden, que, preocupado em entender a América, lê tudo. E os jovens advogados em seu horário de almoço, depois de terem conferido os anúncios que aliciam fregueses para os bares de strip-tease. E os porteiros, nos prédios de apartamentos do East

Side, pesquisam as páginas enquanto as executivas passam num turbilhão toda manhã, correndo radiosas para seus futuros. E os policiais — os policiais todos me lêem, para ver se eu saquei mesmo a coisa toda.

Três vezes por semana sai a minha coluna, muitas vezes com uma chamada na primeira página: ELA MORREU POR AMOR — PORTER WREN, PÁGINA 5; PORTER WREN FALA COM MÃE DO ASSASSINO — PÁGINA 5; BEBÊ SOLIDAMENTE CONGELADO — PORTER WREN, PÁGINA 5. É um trabalho maravilhoso. Muito agradável. Há muita gente feliz na minha área. Falo com detetives e parentes da vítima, com testemunhas relutantes e com quem mais estava por lá na hora em que a má notícia chegou. Peço a eles que me digam o que viram, ouviram ou imaginaram. No meio da minha coluna há um quadrado com o meu nome e um velho instantâneo meu — bem barbeado, cheio de confiança barata, metido num terno e gravata, um certo jeito irônico de levantar uma sobrancelha. Pareço um autêntico idiota. O editor executivo escolheu a foto, dizendo que eu tinha a aparência de um "cara comum". É o que sou. Corte de cabelo, cara, gravata, sapatos comuns. E apetites comuns, embora tenham sido sempre os meus apetites que me meteram em enrascadas. Minha vida, porém, não é comum. Recebo telefonemas durante a noite, então me visto no escuro e, deixando minha mulher e meus filhos dormindo, saio para ir onde quer que o fato tenha ocorrido: no carro, no bar, na rua, no clube, na loja, no apartamento, no corredor, no parque, no túnel, na ponte, na delicatessen na esquina, nas docas de carga, no show de mulher nua, no telhado, no beco, no escritório, no porão, no cabeleireiro, na casa de apostas ilegal, na casa de massagem, na boca de crack, na escola, na igreja. Lá eu encaro os rostos cansados dos homens, mulheres e crianças que poderiam ou não saber mais. E, ao voltar, quando me curvo para dar um beijo de bom-dia nos meus dois filhos, quando eles se aninham em meus braços, não me escapa o pensamento de que uma alma saída da vida naquela noite será convertida por mim na alegria de uma outra alma. E é isso, precisamente, o que a minha fotografia promete: *Eu tenho uma outra história maluca pra você, cara. Vê se você acredita nela.*

Todavia, há certas histórias que não posso contar na minha coluna. A informação crucial é duvidosa ou está incompleta, ou um dos outros jornais ou estações de TV chegaram primeiro. Ou então é insossa. Ou velha. Ou: *Dá o fora daqui, seu repórter. Se te vejo por aqui de novo, vou estourar a porra dos teus miolos.* Ou a história é sobre um amigo meu. Ou alguém tem um conhecido no alto escalão do gabinete do prefeito ou no Departamento de Polícia: *Ei, escuta aqui, Wren, isso que eu ouvi esse cara te dizendo, sei lá, esse tipo de história é um monte de merda.* Ou a complexidade da história é irredutível, não pode ser espremida numa coluna de poucos centímetros. Os leitores de jornal querem uma dose rápida de notícias e fofocas de celebridades, depois passam para a seção de esportes, anúncios de automóveis, página das ações. Eles não têm tempo para que eu analise o coração humano e desbaste cuidadosamente cada uma das motivações. Eles esperam a comodidade da tinta barata e da sensação barata, e a obtêm.

Claro que há um outro tipo de história que não posso pôr no jornal: uma história que me envolva. Que realmente me envolva. Meus leitores achariam estranho; para eles eu não sou mais do que uma voz, uma atitude, um sujeito que faz perguntas. A expressão fixa no meu pequeno três por quatro preto-e-branco é descomplicada, uma máscara suave de certeza e inteligência — não um rosto que se mostra, sucessivamente, surpreso, tenso de luxúria, relaxado pelo prazer, desvairado, violento, e então por último, sempre por último, vincado de remorso.

Como é que começa uma história de infortúnios? Quando você não está esperando por ela e está olhando em outras direções, pensando em outros problemas, nos problemas *comuns.* Nessa ocasião, em janeiro passado, a cidade estava debaixo de montanhas de neve suja, os caminhões de lixo passavam rugindo pelas ruas escorregadias, as pessoas compravam passagens para Porto Rico, para as Bermudas, para onde quer que se pudesse fugir daquele frio nos ossos, da ânsia da vida de Manhattan. Era uma segunda-feira, e minha coluna tinha que estar pronta para o jornal da manhã seguinte. Eu precisava realmente *me levantar,* arrancar a história de uns nove metros de altura, como um zagueiro do Knicks. Em geral, eu masco um monte de chicletes, bebo litros de Coca-cola, e tento ignorar a dor nas mãos, crestadas pelos anos de datilografia. Você tem de se pôr à prova nesse jogo, continuar a ter acesso aos jogadores principais, continuar derrotando os caras da TV, continuar mostrando que tem algo que os repórteres comuns não têm, particularmente porque muitos deles querem uma coluna e acham que podem se sair melhor. (Sem dúvida eu tinha, quando era um jovem repórter.) Um sujeito como Jimmy Breslin é uma instituição, não precisa mais se preocupar. Quanto a mim, geralmente sou nervoso, não engulo qualquer coisa. Aos trinta e oito, já estou velho o bastante para estar no topo, e moço o suficiente para foder isso tudo. A minha regra, tanto para a vida como para o trabalho, é esta: evite os babacas óbvios. É um bom conselho, e eu gostaria de tê-lo seguido com mais freqüência.

Tudo o que tenho para contar aqui começou mais tarde naquela noite; bem que eu podia começar daí — um ambiente de riqueza e posição social, de smokings e relógios de dez mil dólares. Um lugar de gente atraente que tem prazer em discorrer sobre os resmungos mais recentes do presidente do Federal Reserve ou a política interna da divisão de notícias da rede ABC. Mas essa reunião aconteceu num lugar bem distante dos meus antros habituais. Eu trabalho, quase sempre, nos bairros mais tristes e violentos da cidade de Nova York. Lugares onde os trabalhadores abrem suas contas de luz e ficam longos minutos olhando-as fixamente, onde se compra o uniforme da escola paroquial com grande esperança. Onde as crianças pequenas acumulam cicatrizes inquietantes. Onde os garotos carregam armas de brinquedo que parecem reais e armas verdadeiras pintadas como brinquedos. Onde as pessoas têm vitalidade mas nenhuma perspectiva, ambição mas nenhuma vantagem. Elas são pobres e sofrem imensamente por isso. E é com essas pessoas que eu vou começar, para mostrar onde foi que *eu* comecei aquele dia, para explicar por que me aproximei das frivolidades sociais daquela noite com uma certa exaustão alienada, com uma disposição para beber sem parar — na verdade, com uma propensão a deixar-me ser atormentado, por barato e estúpido que isso pareça, por uma estranha e bela mulher.

Eu estava usando o telefone da minha mesa no prédio do jornal, no East Side. Passava um pouco da uma da tarde, e muitos repórteres ainda não tinham chegado. Quando eu era mais jovem, as rivalidades e intrigas da redação me interessavam, mas a essa altura elas me pareciam mesquinhas e banais; em todas as organizações — equipes de jornal, times de futebol profissional, seja o que for — há uma pulsação de padrões emaranhados de formação e decomposição, formação e decomposição; os rostos mudam, os executivos entram e saem, mas o padrão persiste. Em treze anos de trabalho como repórter de tablóide, uma eternidade, assisti a compras feitas por sócios, *lockouts*, greves de sindicato e três patrões. Meu objetivo passou a ser simplesmente fazer o meu serviço; se essa meta era pobre, pelo menos se baseava em duas observações obtidas com esforço: a primeira era que o meu trabalho não tinha nenhuma função útil, senão a de sustentar minha família. Como eu podia acreditar que o que eu fazia tinha alguma importância? Ninguém realmente aprendia nada, ninguém ficava mais sábio, ninguém se salvava. Os jornais ainda tinham alguma importância? A segunda observação era que o ambiente degradado que identificamos como civilização urbana americana era de fato apenas uma outra forma da própria natureza: amoral, imprevisível, intoxicante, espalhafatosa, frenética, aterrorizante. Um lugar onde os homens padecem das mesmas mortes inúteis dos tentilhões e tartarugas observados por Charles Darwin. Um campo de batalha emaranhado no qual eu me postava de lado, com papel e caneta, observando o disparar dos canhões, o lampejo e o estrondo, registrando quem caía, como se contorciam e quando morriam. Houve um tempo em que procurei usar minhas parcas habilidades para contar as histórias dos que sofriam injustamente ou que não mereciam o poder que o público lhes confiava, mas essas metas me foram extirpadas (como elas em geral o foram da mídia jornalística americana, que, à medida que o século XX se aproxima do fim, parece pressentir sua própria irrelevância clamorosa, sua subserviência humilde à cultura pagã da celebridade). Ou talvez minha atitude correspondesse ao cinismo estilhaçado de um homem cujos sentidos ficaram embotados e corroídos, alguém que não era mais grato a tudo o que tinha. Sim. Eu era, agora vejo, um filho da puta que pretendia ser aquele que lançava os dados.

Eu também era um cara que queria uma idéia para a coluna, e depois do almoço finalmente recebi um telefonema de um dos meus contatos — uma despachante jamaicana que trabalhava no serviço médico de emergência e acreditava que eu deveria escrever apenas sobre as crianças desvalidas da cidade. Com respiração ofegante, ela me deu os detalhes: "Tá entendendo? Deus, ele *ainda* faz milagres! A mulher que ligou pro nove-um-um disse que nunca *viu* um homem fazer isso antes...". Ouvi e fiz algumas perguntas, inclusive se ela tinha ligado para alguma estação de TV. Não tinha. Você percebe que essa vai ser a boa, e era, tiros e explosão mas com um travo de tristeza, suficiente para dali se espremer uma coluna para o dia seguinte. Meus padrões não são altos — afinal, não estou fazendo arte —, mas a história tem que ter um certo quê, uma ruga, um pequeno frêmito de emoção.

Assim, tomei o rumo do Brooklyn no carro que eu usava no trabalho, um Chrysler Imperial preto. Anos atrás, quando comecei, eu dirigia um velho carro de polícia, repintado, que tinha uma suspensão mais pesada e um motor maior. Depois tive um Ford pequeno, para poder entrar e sair das vagas com facilidade, mas certa noite no Queens um caminhão de lixo de trinta toneladas avançou um sinal vermelho e acabou com a frente do meu carro. O motorista, que saltou do caminhão com os braços erguidos para a briga, ao perceber que eu não ia sair de dentro das ferragens, pegou uma pá do caminhão e começou a arrebentar a minha porta enraivecido. Extraí uma coluna disso, mas reneguei os carros pequenos. Lisa e as crianças não usam o Chrysler; na realidade, nunca foram vistas dentro dele. Ela dirige um Volvo — alugado, o que me permite mudar de carro rapidamente, o que está previsto no contrato com a agência. Há pouco tempo decidimos que precisávamos tomar certas precauções para nossa tranqüilidade — um sistema eletrônico de segurança em casa, um número de telefone fora da lista. Nosso endereço não consta da relação de endereços dos pais da escola que nossa filha freqüenta, e demos à professora uma foto de Josephine, nossa baby-sitter, caso haja algum problema de identificação nas tardes em que ela pega nossa filha na escola. Tenho duas linhas de telefone extras em casa, com um dispositivo que é acionado cada vez que há uma chamada para dentro ou para fora, e que registra todos os números. O jornal tem uma circulação diária de setecentos e noventa e dois mil exemplares, mais de um milhão aos domingos, portanto há leitores e histórias por aí. Leitores zangados. Leitores afirmando saber qual a verdadeira transação, coisa que às vezes eles sabem mesmo: policial comprando droga, onde está o corpo, o que o diretor da escola está fazendo com as meninas da oitava série. Telefonemas de informantes. Ou de quando em quando uma queixa: "Vi que você deixou de mencionar a raça do réu! Qual é? Você gosta de negros?". As pessoas acham que posso fazer alguma coisa por elas. Talvez eu possa, mas nos meus próprios termos. A família Wren não tem endereço residencial. Toda a nossa correspondência é enviada para o jornal, onde passa pela sala da correspondência. Qualquer coisa estranha — uma caixa grande, um envelope molengo, seja o que for — passa pelos caras da segurança. Eu já recebi coisas tão sinistras quanto patéticas: revólveres, balas, um bolo de chocolate, uma camisinha cheia de dentes de cachorro (cujo significado não captei), uma bolsa úmida com fotografias antigas de um bebê dentro dela, o peixe morto habitual, um monte de dinheiro chinês, uma aliança de ouro em cujo interior estava gravado o nome de um homem morto, a cabeça arrancada de uma galinha, diversas fotos e diversos objetos pornográficos (em especial um enorme pênis artificial com duas cabeças), minha coluna (rasgada em tiras ou toda rabiscada ou ainda coberta de impropérios), uma bolsa de sangue (de porco, segundo a polícia), e, em três ocasiões, a Bíblia. Suponho que devesse exibir uma certa indiferença em relação a esse tipo de material, mas não consigo. Bem lá no fundo, sou apenas um garoto do interior. Sempre fui presa fácil do medo. Então, tomo tantas precauções quantas me ocorram. Talvez sejam desnecessárias, mas, por outro lado, talvez não sejam. Nova York é um cenário de possibilidades ruins.

E por ele eu estava passando fazia vinte minutos — um amontoado de prédios de tijolo, garotas empurrando carrinhos, bodegas, jornaleiros e lojas de flores, árvores de Natal congeladas jogadas na neve, velhas carregando compras de armazém, preocupadas com cada passo. Eu me dirigia para as Brownsville Houses, um ato significativo de selvageria arquitetônica, levado a cabo nos anos 40 por alguns nova-iorquinos brancos, ricos, que encasquetaram que os negros pobres do Sul gostariam de morar em conjuntos de prédios de apartamentos, sem rosto, de paredes cinzentas e portas de chapa metálica. As Brownsville Houses ficavam a alguns quarteirões da avenida East New York, e eu dirigia o carro com cuidado, atento aos buracos. O sol tinha saído, a temperatura estava um pouco abaixo de zero. Alguns adolescentes nos degraus de uma entrada (que deviam estar na escola, mas estavam em maior segurança como vadios) examinaram o meu carro. Quando o carro era novo, os garotos não se metiam com ele por imaginar que um Chrysler Imperial preto só podia pertencer a um detetive ou político. A essa altura, porém, o carro já tinha sido socado, arranhado, batido e apreendido; tinha sido pichado, arrombado e mijado, e o pára-choque tinha sido arrancado. Mas só foi roubado duas vezes. Tentei torná-lo desinteressante, deixando um monte de lixo nos bancos da frente e de trás — garrafas vazias de Coca, embalagens de alimentos, folhas amassadas de blocos de repórter, mapas da cidade dobrados. Cheguei a ter uma trava no guidom, mas os garotos espalharam spray em cima dela, congelando o aço, e depois a arrebentaram a marteladas. Acho que eu poderia estar dirigindo alguma coisa mais bonitinha, um Sentra talvez, mas ele estaria no contêiner de algum navio para Hong Kong dentro de três dias.

Encontrei o conjunto residencial. Eram prédios idênticos de tijolos e seis andarese e, acima das garatujas rebuscadas, ameaças estilizadas e apelidos acrescidos de RIP erguiam-se janelas e mais janelas com grades — para impedir que os pequenos caíssem e os criminosos entrassem. De todas as direções saíam as batidas de rap, misturadas ao latido dos cachorros que atravessavam a neve enlameada na direção de outros cachorros em outros prédios. Aqui e ali havia colchões pendurados nas janelas como se fossem línguas, ou janelas decoradas com as velhas luzes de Natal, algumas acesas, algumas apagadas, ou mais pichações, ou prateleiras apodrecidas com vasos de flores, ou cordas estendidas de onde pendiam, oscilantes, meias, calcinhas ou pijamas de criança. A cena era bizarra, sinistra e de maneira alguma incomum.

Então avistei a polícia, os bombeiros e os garotos nas bicicletas. São os garotos que te dizem se a cena ainda está quente — eles se desinteressam com rapidez, especialmente se o sangue não é tanto quanto eles vêem na TV; assim, se estão circulando por ali, se começam a discutir e a puxar briga, então a situação está esfriando, os corpos desapareceram, e fica difícil encontrar testemunhas. Essa cena parecia que só ia durar mais uns dez minutos. Aproximei-me para saber da história e fiquei satisfeito de não ver nenhum furgão de TV nas proximidades. Os policiais comuns em geral não me reconhecem, mas quando há algum morto, logo aparece um detetive do Departamento de Homicídios, muitas vezes alguém com que eu já tinha falado. (Devo admitir que naquele momento eu estava numa boa com os policiais — um dos subcomissários de polícia, sob as ordens do prefeito Giuliani, Hal Fitzgerald, é padrinho da minha filha, o que é bom e não é: você começa a trocar favores, esquece de que lado está, esquece que vocês estão jogando em times opostos. Isso foi uma outra babaquice óbvia que não evitei.) O capitão responsável, um sujeito alto de cabelo vermelho, me contou o que tinha acontecido: um jovem pai que morava no quarto andar de um dos prédios não tinha pago sua conta de cocaína; um pessoal gente fina tinha forçado a entrada no apartamento dele para assustá-lo ou dar-lhe uma surra — não estava claro — e acabou botando fogo no lugar. O capitão contou o incidente como deveria, os olhos presos no horizonte cor de tijolo, pensando, ao que parecia, numa outra coisa qualquer — seus filhos, sua mulher, seu barco —, qualquer coisa diferente de um outro caso de "homicídio menor", expressão às vezes usada pelos tiras. Perguntei: "Tem mais alguma coisa?". Talvez tenha havido luta — ele deu de ombros — ou uma das balas tenha atingido o fogão. Ou talvez os dois atiradores tenham posto fogo de propósito — os detalhes ainda não eram conhecidos porque a namorada estava em estado de choque e tinha sido levada para o hospital; quanto aos outros três adultos que tinham visto o ocorrido, dois não foram encontrados em lugar nenhum (provavelmente estariam, nesse momento, bebendo nervosamente em algum bar, num outro bairro) e o terceiro estava morto. O que se sabia era que os atiradores, depois de sair do apartamento, puseram um velho estrado de cama entre a porta azul metálica do apartamento e a parede do corredor, bloqueando a passagem. A porta abria *para fora*, uma violação a todos os códigos relativos à construção de habitações coletivas da cidade de Nova York, de modo que a mulher ficou presa no apartamento em chamas com o bebê e o namorado baleado.

Entrei na área comum do prédio e fiquei perambulando por ali tempo suficiente para encontrar uma das vizinhas, uma mulher de seus vinte e muitos anos, de casaco de inverno preto. Ela morava em frente ao apartamento em questão. A entrevista não ia demorar, apenas algumas perguntas. Assim as pessoas vão saber o que aconteceu, é o que eu digo em geral, acompanhando as palavras com uns rabiscos num caderno (só raramente uso gravador — apavora as pessoas e as silencia, e além disso, sempre me lembro das boas citações: elas grudam no ouvido da gente). A mulher trazia um bebê, vestido com roupa de neve, apoiado no ombro, um bebê mais interessado nesse homem que tinha uma cor engraçada. Os olhos pretos no pequeno rosto marrom procuravam os meus, e por um momento o mundo se redimiu. Então perguntei à mulher o que ela tinha visto. Bem, eu não estava esperando que algo fosse acontecer, disse ela, porque ainda era de manhã e em geral coisas desse tipo não acontecem de manhã, está todo mundo dormindo. O rosto dela era bonito, de traços fortes, mas quando ergueu o olhar para o apartamento, cujas janelas tinham sido arrebentadas por dentro pelos machados dos bombeiros, vi que seus olhos estavam remelentos e cansados. O fogo tinha manchado a parede de tijolos do prédio e os bombeiros tinham atirado objetos e móveis queimados janela abaixo: uma mesa de cozinha, roupas, algumas cadeiras, roupa de cama, um berço, uma televisão, um colchão de molas. Ali jogados na neve, os destroços enegrecidos pareciam algumas das instalações que se vêem nas galerias do Soho, uma declaração pessimista do artista sobre a era, seja qual for, em que estamos vivendo hoje.

"Você conhecia a família envolvida?", perguntei à mulher. "Conhecia, eu estive no apartamento uma porção de vezes." "Como soube do que aconteceu?" "Não precisei que ninguém me dissesse nada porque eu mesma vi tudo. Eu estava lavando os pratos e vi fumaça e tudo mais saindo pela janela, e disse a mim mesma que aquilo não estava cheirando bem, que aquilo estava parecendo coisa de Benita. Então chamei a emergência e depois desci." A mulher olhou para mim. Tinha mais a me dizer, e fiquei esperando. Mas quando eles calam a boca, podemos voltar para a cronologia. "Que horas eram?", perguntei. "Quase meio-dia." "Tá certo, você estava lavando a louça; o que fez quando viu a fumaça? Ficou surpresa?" "Fiquei tão surpresa que deixei cair um prato, por falar nisso." "O que aconteceu quando você saiu do prédio?" "Eu estava olhando para a janela esperando que os bombeiros chegassem depressa e então eu estava olhando lá pra cima quando o Demetrius veio despencando da janela. Ele vinha pegando fogo, tudo queimando, a camisa, o cabelo e a calça dele, e ele segurando o filho da Benita, ah, Vernon, ele só tem quatro meses, e então o Demetrius *cai*, ele simplesmente cai e cai e cai, e eu vejo que ele ia cair *em cima* do bebê, então ele deu uma espécie de *virada*, e caiu de costas segurando o bebê *no alto*, assim, eu vi que ele fez isso de propósito para o bebê ficar legal. Isso foi a última coisa que o Demetrius fez na vida dele, dar aquela viradinha e segurar o bebê no alto, porque então o Demetrius caiu de costas, bem assim", e aí a mulher bateu com uma mão negra espalmada nas costas da outra mão, "e ele ficou ali realmente parado desse jeito, e eu saí correndo e peguei o Vernon porque vi que o Demetrius não ia conseguir, e eu olhei bem e vi que o bebê estava legal, e depois agradeci a Deus porque o Vernon, o Vernon não tava machucado. Um pouco nervoso, só isso. Ele chorou só um pouquinho e eu peguei ele no colo. Mas o Demetrius parecia *mal*. O sangue tava saindo do ouvido dele e depois eu vi ele todo furado das balas daqueles caras. Então só esperava que Benita... que *ela* não viesse despencando...".

A mulher parou e olhou noutra direção, de volta à janela. Mudou seu filho de posição e deu uma palmadinha no traseiro da trouxa. "Mais alguma coisa?", perguntei. "Hum-hum." Esperei mais um pouco, olhando-a nos olhos. "Obrigado pelo tempo que me concedeu", disse eu. A mulher só fez que sim com a cabeça. Ela não estava chocada nem perturbada, pelo menos não parecia estar. Os acontecimentos em questão não profanaram sua visão do universo, eram apenas mais uma prova dessa visão.

Vejo muito disso por aí, para ser honesto, e eu não tinha tempo para ficar ali parado e deixar que as brutalidades da vida urbana me desorientassem. A história tinha que estar no sistema de computadores do jornal às 5h30 da tarde — dentro de umas três horas. Eu tinha o que precisava e estava me dirigindo para o carro, já compondo o primeiro parágrafo na cabeça — quando senti o bip do meu pager contra a minha perna. LIGUE PARA A GATA, dizia a mensagem. Lisa, telefonando do hospital St. Vincent, onde ela opera. Muitos repórteres têm telefone celular, mas eu detesto; ele te acorrenta às agendas de outras pessoas e pode te interromper no pior momento, e estragar alguma entrevista. Fui até uma lanchonete dominicana na esquina, e, quando a campainha da porta tocou, um ou outro freguês habitual se virou, e um garoto de uns dezoito anos escapuliu furtivamente pelos fundos, caso eu fosse alguém com quem ele precisasse se preocupar. Eles vêem um cara branco e alto sem medo de estar em qualquer lugar, talvez seja tira.

Tinha um telefone público na parede.

"Você tem um coquetel hoje à noite", Lisa me lembrou. "Pus o seu smoking no porta-malas do carro."

A festa anual dada por Hobbs, o bilionário australiano que era dono do jornal. Sendo um dos colunistas, minha presença era obrigatória. Se ele era o circo, eu era um dos macacos treinados que usava um colarinho vermelho apertado.

"Não poderei ir", disse eu.

"Ontem você disse que tinha que ir."

"Tem certeza de que é esta noite?" Consultei meu relógio, ansioso quanto à hora.

"Você disse seis e meia."

"Todo o pessoal da administração vai estar lá, puxando o saco do Hobbs."

"O que é que eu posso fazer?", ela disse com paciência. "Você me disse que tinha que ir."

"As crianças estão bem?"

"Sally vai brincar com um amigo. Você está no Bronx?"

"Brooklyn. Incêndio. Um cara caiu de uma janela com uma criança." Notei que os fregueses do restaurante estavam me observando. *Aí, cara, seu branco filho da puta, o que é que tu tá fazendo aqui cuspindo essa merda dessa saliva branca no meu telefone público?* "Tudo bem, vejo você à noite."

"Tarde ou cedo?", Lisa perguntou.

"Cedo."

"Se você chegar em casa a tempo, tem alguma chance", disse ela.

"É? Chance de quê?"

"Uma chance que você tem de decifrar."
"Parece legal."
"Ah, é bastante legal mesmo."
"Como é que você sabe?"
"Eu sei", disse Lisa.
"Como?"
"Certas ofertas entraram na história."
"De quem foi a última?", perguntei.
"Ah, de um estranho."
"Ele foi bom? Ele entrou na sua?"
"Você perde sua chance depois das onze", Lisa disse. "Dirija com cuidado, tá bem?"
"Tá legal." Eu já ia desligar.
"Não! Espere! Porter?"
"O quê?"
"A criança está viva?", Lisa perguntou, preocupada. "A criança que caiu da janela?"
"Você quer mesmo saber?"
"Você é terrível! Ela está viva?"
Respondi, e depois fui embora.

No West Village, numa de suas velhas ruas estreitas (não vou especificar qual delas) delimitada por uma fileira de casas de tijolo e três andares, no estilo federal, havia um muro. Um certo muro, situado no meio do quarteirão, de uns nove metros de comprimento, que ligava duas dessas casas. Um muro feito de tijolos lisos, medindo quase cinco metros de altura. Sobre a alvenaria foi colocada uma grade de ferro forjado negra e antiga, de quase dois metros de altura, que ondula com graça para o lado de fora e torna impossível a escalada. Por cima dessa grade, e atravessando-a em muitos lugares, aparecem os galhos grossos de um alianto, planta que cresce rápido como mato, muito encontrada nos terrenos baldios da cidade, e que se contorce das mais diversas formas para sobreviver. Ou ela morre de doença ou tem de ser arrancada completamente, com raiz e tudo. Este alianto específico é tão tenaz em sua busca da luz de sol que parece cooperar com o muro e a grade para manter as pessoas afastadas.

Não foi pouco o tempo em que permaneci em pé, do outro lado da rua, de braços cruzados, olhando primeiro para a árvore e seu emaranhado de galhos, depois para a grade, e depois para o muro de tijolo. Até o inverno passado, examinar o muro me propiciava uma certa renovação de confiança. O muro é praticamente impenetrável e isso é importante porque, encaixado nele, há um vão estreito protegido por um portão — não o habitual retângulo de barras de ferro verticais, mas uma sólida porta de aço que se estende até pouco mais de meio centímetro do piso de alvenaria. Um jornal de dia-de-semana podia ser enfiado por baixo desse portão, mas uma edição de domingo não passava. O portão é uma réplica exata de um outro que existiu ali por mais de um século — de ferro, quebradiço pela idade, enferrujado aqui e ali, umas quinze vezes repintado de preto. Contratei um serralheiro russo do Brooklyn, um sessentão, para fazer uma cópia em aço. Depois nós dois arrancamos fora o velho portão, dobradiças e tudo, e colocamos o novo no lugar, retomando as juntas dos tijolos. Lembro-me de como fiquei satisfeito, ao pensar na dureza que poderia ter sido completar aquele serviço — teríamos que ter uma marreta e uma serra para metal, teríamos que encostar a traseira de um caminhão grande no portão, prender umas correntes e puxar o caminhão lentamente para a frente.

Mas o importante é onde o portão vai dar. Para além dele, surpreendentemente, um túnel estreito, em arco, percorre um caminho acidentado distante vinte e um metros da calçada. Subindo e descendo, o túnel passa junto às paredes que sustentam os fundos de três casas, que datam de aproximadamente 1830 e cujas entradas formais dão para a rua seguinte. Essa disposição constava da escritura original de cada uma dessas propriedades, e, segundo o meu advogado, representa de fato uma anomalia no código de obras de Nova York. É claro que a maioria das propriedades residenciais de Nova York são definidas e supervisionadas superficialmente, ou seja, as marcas de um terreno ou de um prédio são uma questão de comprimentos e larguras. Não é esse o caso do túnel. Legalmente, ele tem três dimensões, "uma passagem em arco, de um metro e setenta e cinco centímetros de altura", diz a escritura original, "havendo uma leve variação à medida que o túnel se estende para oeste". É uma via tranqüila e misteriosa; nas noites em que há pouco tráfego, pode-se ouvir a água gorgolejando pelos canos do solo dos prédios adjacentes, ou um piano sendo tocado num dos cômodos de cima. Ou os sons indistintos de uma conversa. Assim o túnel realmente se parece com um umbigo escuro, que passa próximo e secreto por nossas vidas separadas, antes de se abrir na outra extremidade para um terreno irregular, seis por vinte e dois, abrindo-se para aquilo pelo qual minha mulher e eu nos apaixonamos — ali estava, com as duas torres gêmeas iluminadas do World Trade Center brilhando não muito longe, o que ficamos pasmos de ver: uma pequena casa de fazenda de madeira.

Ela estava ali de pé, apesar das soleiras apodrecidas, das vigas comidas por cupins e de um telhado de telhas de cedro que despencava — um fragmento de uma era perdida de Manhattan, construído em 1770, quando a ilha, ao sul, era um porto para mercadores ingleses e, ao norte, uma paisagem de riachos, estradas sujas, fazendas de holandeses e até de alguns quakers. Os tetos da casa eram baixos e as janelas fora de prumo, e as vidraças originais com bolhas chocalhavam nos velhos caixilhos durante as tempestades, mas por alguma razão a estrutura nunca desmoronou, talvez porque a carpintaria de nogueira fosse tão bela, talvez por causa de um dono tenaz, de uma discordância familiar, do acaso — as razões perderam-se no tempo. Não nos importamos. Queríamos a casa e a pequena mancha de verde em frente a ela, que chegava a incluir uma pequena macieira nodosa. Em qualquer outro lugar, uma casa como essa seria corriqueira; em Manhattan, era um milagre.

Lisa e eu estávamos com trinta e poucos anos e casados havia apenas alguns anos. A casa era incrivelmente cara, mas Lisa, que é cirurgiã de mãos, chegou um dia em casa com uma expressão de descrença e me disse que o principal especialista em polegares, um mestre conceituado de cinqüenta e muitos anos, a convidara para fazer parte da equipe dele. Havia uma certa urgência no convite dele; após ter se casado pela terceira vez, o bom médico tinha engravidado a esposa sem filhos, de quarenta anos, sabendo que ela atingira a idade do desespero, mas não que viesse tomando drogas fertilizantes às escondidas. Resultado: três batidas de coração ao mesmo tempo, minúsculas mas fortes, no ultra-som. A perspectiva de tamanha quantidade de vida nova quase matou o homem de medo; como muitos profissionais grisalhos da pesada dessa cidade, ele chegara a um ponto em que precisava de uma pessoa jovem para carregar o fardo. E para isso estava disposto a pagar... muita grana. Ele sabia que Lisa não ia demorar a querer filhos dela própria; isso não importava; ele confiava na perícia e na energia jovem da cirurgiã. E nesse momento o cirurgião mais velho lhe deu uma lição paternal, mas potencialmente errada, sobre o gigantismo da dívida federal e a necessidade inevitável do governo de imprimir dinheiro: "Compre quantos bens imóveis você puder", aconselhou o homem.

Como uma casa de fazenda em Nova York. Depois de subir os degraus da varandinha da frente e entrar, examinamos o quarto, tentando nos imaginar dormindo e andando no que então era apenas um pequeno cômodo vazio, com soalho empoeirado e cheiro de mofo. O vendedor providenciara para que as paredes fossem consertadas e repintadas. Ficamos parados sobre as tábuas de pinho largas, pensando nas vidas desconhecidas que foram vividas naquele quarto, nas vozes de riso, prazer sexual e raiva, nos bebês e nas crianças, no sofrimento e na morte.

Foi essa casa diminuta, com seus três quartos exíguos, que de certo modo me conservou honesto, ou assim acreditei, lembrando-me de que a cidade aí estivera durante muito tempo e aí permaneceria muito tempo depois que eu me fosse. Meus filhos poderiam estar crescendo num apartamento do Upper West Side com um porteiro uniformizado, as compras de comida, a roupa lavada a seco e os vídeos entregues a domicílio, e não haveria nada de errado nisso, mas havia algo em relação à nossa casinha da macieira que era memorável, e eu sabia que Sally e Tommy já amavam a passagem de tijolo tortuosa, o telhado em declive, as vigas baixas dos tetos. (Outras crianças já tinham, naturalmente, morado ali; minha mulher encontrou botões centenários caídos entre as tábuas do assoalho, soldadinhos de chumbo minúsculos enterrados no jardim, e, quando refizemos a cozinha, a cabeça de plástico de uma boneca Barbie, cujo penteado a identificava como originária de aproximadamente 1965.) Quando meus filhos se tornassem adultos, eu esperava, compreenderiam que o lar deles era algo notável. Eu queria, mais do que qualquer coisa, que soubessem que haviam sido amados e que isso lhes mostrasse o caminho, molecularmente, de quem eles eram. Tratando-se de adultos, sempre é possível determinar, acho eu, quais os que se sentiram amados quando crianças e quais os que não se sentiram assim; está nos olhos, no andar e na fala deles. Há uma certa clareza brutal. Quase que se pode sentir o cheiro dela.

De volta ao jornal, esgueirei-me junto à parede da sala da redação comprida e retangular e, carregando a caixa com o smoking, passei pela sala do redator-chefe, por vários conspiradores falando em voz baixa, num tom insatisfeito, pelos caras do esporte que tomavam o café da tarde, pela caverna animada da colunista de fofocas. Falando ao telefone, ela passava rapidamente um Rolodex eletrônico. Cabelo moderno, atitude moderna, o equipamento hype de hoje — impressos de e-mail, releases, vídeos promocionais, pôsteres de cinema —, tudo empilhado na caixa de entrada. Ela tem dois assistentes, ambos jovens rapazes de sexualidade pós-moderna que se sentem felizes de rastejar por uma meia dúzia de clubes toda noite, o telefone celular no bolso, dando gorjeta para os porteiros, surrupiando fiapos perecíveis de fofocas de celebridades. E, então, a minha própria sala, que não se parece tanto com um lugar onde um homem trabalha todo dia, mas uma experiência do caos, jornais velhos e copinhos de café rodeando a mesa, o telefone e o computador.

Demetrius Smith, o rapaz morto no conjunto Bronwsville, tinha sido um atleta da ginástica na escola, segundo sua irmã, que localizei na Carolina do Norte. Troféus de todo tipo e uma bolsa para a faculdade que ele nunca aproveitou. Esse pequeno fato respeitável poderia ser usado como vantagem melodramática, e após mais alguns telefonemas consegui falar com o treinador de ginástica da escola do rapaz. "Não, Demetrius nunca teve talento nenhum", latiu o treinador, "e, claro, nenhuma bolsa — quem disse isso? Sinto muito ele ter morrido, mas realmente ele não era grande coisa na ginástica. Muito medo de altura, que eu me lembre."

Isso era uma reviravolta na história, mas escribas de coluna de jornal podem trabalhar a ironia como fio de telefone. Enfiei o técnico na matéria, assim como o fato de que a renda familiar média nas Brownsville Houses era US$10.845, segundo o censo; mas àquela altura já eram 5h27. O editor das matérias da cidade corria de um lado para o outro, preocupado com a história da capa, e mais cedo ou mais tarde ia me lançar um olhar. Mandei a matéria para a mesa da cidade, dei uma olhada na minha correspondência, separei as contas, depois fechei a porta e desembrulhei o smoking alugado. Aparentemente, um bocado de alugadores de smokings baratos mentia sobre o tamanho da roupa: na cintura, como na coluna que eu tinha acabado de terminar, tinha um pedaço de elástico.

Sem sombra de dúvida. Passar bem e boa sorte — mesmo que o presidente seja assassinado por uma estrela de cinema, não toque na minha coluna. Outros repórteres estavam terminando suas matérias e os redatores da noite tinham chegado para mandar brasa na edição do dia seguinte; passei por eles sem muito papo. Nosso relacionamento é o habitual. Alguns dos repórteres mais velhos sentem um certo ódio por mim, sei disso, pois embora minhas histórias às vezes não sejam de arrasar, eu ganho muito mais dinheiro do que eles. Na verdade, eu negociei um contrato com os executivos do jornal, enquanto os membros da equipe permanente estão algemados por seja lá quais forem as migalhas conseguidas pelo sindicato dos jornalistas no último acordo coletivo.

Na calçada, abotoando o casaco por causa do frio, pensei por um instante em não ir à festa, em simplesmente ir para casa jantar com as crianças, vê-las atirar macarrão no chão. É o que eu devia ter feito. *Pois é, seu babaca,* digo agora para mim mesmo, *você devia ter ido direto para casa.* Em vez disso, entrei no meu carro e fui me arrastando rumo ao norte da cidade em meio ao tráfego da hora do rush. Já começava a escurecer e eu tinha de ficar de olho nas ruas; não conheço a cidade tão bem a ponto de não precisar ficar atento quando dirijo. Como eu disse, não cresci na cidade, e isso é uma desvantagem para um repórter. Todos os grandes colunistas de Nova York vieram de suas ruas, entre eles Jimmy Breslin e Pete Hamill. Tive que superar o fato de que fui criado a uma distância de quase quinhentos quilômetros ao norte da cidade, quase no Canadá, nos quatro hectares de um sítio, sob um céu imenso. Nos invernos, o prolongamento gelado do lago Champlain estendia-se diante de mim, e eu passava horas na pequena cabana de pescador que meu pai arrastava para o gelo atrás da nossa picape. Em outras ocasiões, meus amigos e eu caminharíamos por entre as bétulas e os pinheiros em direção aos trilhos que margeavam as águas e esperaríamos o trem que ia para o Sul, de Montreal a Nova York; quando ele aparecia, imenso e aterrorizante, espalhando neve em sua passagem, nós de repente pararíamos, garotos de dez anos de casacos de inverno e botas, e atiraríamos bem uma dúzia de bolas de neve cada um, mirando os rostos vislumbrados nas janelas, que imaginávamos pertencer a personagens ricos e importantes. Era 1969, 1970. Minha infância era indiscutivelmente uma infância de cidade pequena, banhada de uma certa inocência feliz que mais tarde me arrastou para tudo o que é sublime e maravilhoso, tudo o que é destruidor e decadente em Nova York, onde, na densidade das possibilidades, o que é estranho não se mede em relação ao que é normal, mas em relação ao que é mais estranho ainda. Vi mendigos com AIDS carregando cartazes em que estavam especificadas a contagem de suas células T, vi um homem nu numa bicicleta, ziguezagueando na contramão nas vias centrais da Broadway, vi homens do serviço público trabalhando nos esgotos enquanto ouviam Pavarotti. Vi investigadores com pedaços de batata frita caindo de suas bocas sacudir os dedos dos pés de um morto para avaliar a hora que este tinha morrido. Vi uma gorda beijando árvores no Central Park, vi um bilionário ajeitando a peruca.

E como foi estranho que, depois de ter deixado o carro numa garagem e ter caminhado alguns quarteirões para chegar à festa, eu tivesse testemunhado uma outra coisa jamais vista por mim até então — não exatamente um mau presságio de tudo o que se seguiu, mas talvez memorável como sinal da inflexibilidade do desejo humano. Pois bem, vamos decidir se é significativa essa imagem: era um quarteirão escuro, na 79 ou 80, acho eu, com alguma obra de reforma acontecendo no interior de uma das casas, a julgar pelo vulto de um caminhão basculante próximo à esquina. De repente, naquele frio, percebi que havia duas figuras no caminhão, em cima do entulho, se mexendo, *lutando*. Uma briga? com cautela, cheguei mais perto e, simultaneamente ao meu reconhecimento dos casacos esfarrapados e do cabelo desgrenhado dos sem-teto, apreendi o ritmo — a batida cadenciada — da figura que estava por cima. Eles estavam trepando. Na maior. Dois sem-teto no frio. Alguém tinha jogado um colchão velho no caminhão e, sobre uma montanha de pedaços de pau, canos e gesso de forrar teto, a mais de dois metros acima da rua, eles trepavam. A mulher, que tinha levantado as camadas pesadas de seus casacos e vestidos, batia no traseiro nu do homem com o punho fechado, e por um momento me preocupei imaginando que ela estivesse sendo violentada. Mas ela dava gritos roucos de prazer e não parava de bater nele, o que me fez compreender que seus golpes fortes atacavam-no nas costas para instigá-lo a uma nova e rápida entrada nela, para encorajá-lo a usar um certo grau de força. Pervertido feliz que sou, fiquei por ali, distante alguns passos. Eles não perceberam. Fiquei olhando por um tempo, depois mais um pouco, depois fui caminhando pelas sombras da rua.

Um minuto depois, eu estava dentro de um prédio de apartamentos luxuoso e entregava meu sobretudo a um chapeleiro idoso que tomava conta das peles das mulheres. Um ascensorista de colete verde me levou para cima.

"Festança?", perguntei.

Mas ele não precisou responder; eu podia ouvir a música e o barulho das vozes antes que as portas do elevador abrissem. Então, lá estava eu, cercado de uma cálida massa de pessoas, em meio a lábios besuntados de batom e olhos que se enrugavam, dentes, cigarros, óculos caros, cabelos recém-cortados e línguas rosadas tagarelas, brilhantes de tanto conversar, todas falando alto, animadas de um grande apetite conspiratório diante das possibilidades da vida. Quando a pessoa entra numa grande festa de Manhattan, ela sabe imediatamente se faz parte da turma ou não, caso seja um dos sujeitos sorridentes de copo na mão e de olhos que passeiam vagos pela sala. Eu não fazia. Mas de fato nunca me senti muito à vontade com nenhuma turma — sempre fico de fora, observando, sou ainda o garoto do norte do estado de Nova York que passava horas numa cabana no meio do lago gelado, olhando fixamente para um buraco no gelo. (O puxão repentino, brutal, as mãos trabalhando para pescar a forma que se contorcia na escuridão das profundezas frias.)

Era um dos apartamentos espetaculares que Hobbs possuía. Ou talvez pertencesse à holding dele — esses detalhes não importam. O lugar era uma caverna de paredes de seda com um teto dourado, pé-direito de doze metros, dezenas de móveis de época estofados e muitos quadros ingleses nas paredes (selecionados por um consultor, comprados a peso), com quatro bares abertos servidos por três barmen cada um — e estes não eram simplesmente atores desempregados ávidos de contatos, mas profissionais altivos que ainda se lembravam do seu drinque de uma hora atrás. Uma galeria se debruçava sobre o salão principal e nela um sexteto com um piano mantinha a música de fundo num ritmo animado. Havia quase uma dúzia de fotógrafos em ação, muitos dos quais viam a si mesmos como celebridades. Mais salas se abriram, uma com mesas de carnes, queijos, frutas, legumes e montanhas de chocolatinhos, e outras onde os sofás eram mais fundos e as luzes mais tênues, locais de intimidade em potencial.

Hobbs estava na cidade. Era essa a finalidade da festa, lembrar a todos que ele estava vivo, que ele não era apenas um homem, mas um conceito, um império, um mundo em si mesmo. Todo inverno ele fazia uma varredura por toda Manhattan a fim de inspecionar suas várias propriedades, inclusive o tablóide, e chegava com a comitiva previsível. Mas não era disso que as pessoas se lembravam depois que ele ia embora — elas se lembravam precisamente do que ele queria que se lembrassem, de que ele tinha dado uma tremenda festa. Ele agitava. Coisas *aconteciam*. As pessoas faziam negócios, encontravam celebridades, saíam noite afora com alguém inesperado. Tomavam um porre e diziam a coisa errada para a pessoa certa. Insulto feliz e escândalo mais feliz ainda. Ou pronunciavam inúmeras coisas chocantes e brilhantes esperando que alguém as ouvisse. Tudo isso era muito excitante, e se as colunas sociais do dia seguinte deixavam transparecer que a farra tinha sido *vulgar*, então tanto melhor.

Hobbs estava na casa dos sessenta, mas isso não significava que ele decorasse o ambiente apenas com a amargura bem-vestida (os antigos mas pequenos milionários exibindo o bronzeado otimista do inverno, as mulheres de pulsos ossudos e dentes semelhantes aos verdadeiros, que pararam de acreditar em muita coisa a não ser na necessidade de empregados e de pílulas de estrógeno diárias); não, o escritório de Hobbs de Manhattan convidou uma seleção de gente genuinamente volátil — lá estava, parecendo mais estreito de ombros do que seria de esperar, Joe Montana, e lá também estavam Gregory Hines, então um pouco grisalho, e algumas das personalidades do noticiário da TV local, e também o financista Felix Rohatyn, quem diria, com sua aparência obesa e barbada, conversando com uma das novas feiticeiras do *cyberspace*, e Frank e Kathie Lee Gifford, e o homem que acabara de ser indiciado pela falcatrua de quatrocentos milhões de dólares em títulos, e o cirurgião plástico que tornou a inflar os seios de Dolly Parton com perícia impecável, e, não muito longe, a patinadora de pistas de gelo, de quem eu esquecera o nome, ao lado do jovem modelo negro cujo rosto se podia ver em todos os pontos de ônibus. Muitas das mulheres eram encantadoras e pareciam vagamente familiares, atrizes de televisão talvez. Em seguida, recém-saído do elevador, chegou um contingente de bom tamanho da Time Warner, a mais nova equipe de atrações, homens que pareciam implacáveis e ambiciosos em suas gravatas importantes, e lá estava George Plimpton, não reconhecido por um trio de mulheres de pernas muito compridas que só podiam ser bailarinas de um show da Broadway, e que, conforme notei, estavam recebendo olhares apreciativos do senador Moynihan. E assim por diante. O cara gordinho do *Times*, que exibia sua perspicácia como um papagaio falante. O famoso fotojornalista italiano, que tirou todas aquelas fotos horripilantes de Sarajevo. Ele tinha uma cicatriz na testa que as mulheres achavam superatraente. Eles estavam fazendo comentários sobre um dos grandes sheiks do petróleo, de quem se dizia estar sempre acompanhado de um jovem cuidadosamente selecionado para doar qualquer órgão — coração, pulmão, rim — de que o sheik pudesse de repente precisar. E lá estava, de terno mas sem gravata, indiferente à longa cinza do seu cigarro, o famoso e outrora promissor romancista, prodígio de um livro só, que, dez anos antes, conquistara sua reputação pela compreensão inteligente do que seria o "espírito do tempo" e que, naquela ocasião, passava a maior parte do seu tempo jogando bola nos Hamptons com outros faróis literários esmaecidos. Parecia que ele andava pintando o cabelo, e as mulheres o ignoravam. Avistei James Earl Jones, com aparência melhor do que qualquer outro ali, num belo terno azul; e ele estava ouvindo Mario Cuomo, mais baixo do que se esperaria, que estava ouvindo a si mesmo; e muitas outras pessoas, talvez umas quatrocentas ao todo, sem contar os publicitários que se movimentavam como raios. Dirigindo os fotógrafos, arrumando grupos para fotos, sorrindo, sorrindo, *sorrin*-oi!-*do* até que o canto dos olhos se enchesse de água, explorando o burburinho, navegando nele, sorrindo e acenando e dizendo, *Sim, sim! Todo mundo está falando disso!* — com o *disso* animadamente indefinível.

E ali, esparramado no meio de um sofá imenso, estava o próprio grande homem, Hobbs, cujos dedos inchados transportavam um arenque pelo ar até seus lábios sempre cheios de cuspe, nunca saciados. Enquanto o peixe morto e oleoso se aproximava, as sobrancelhas grossas se levantavam, como se o movimento fizesse parte de um mecanismo complexo que a seguir escancarava sua boca revelando dentes amarelos e amontoados que pareciam compridos demais, como os de um cavalo, embora fossem tocos gastos em décadas de mastigação, e então, horror maior: a língua grossa e cinzenta — ilicitamente grande, intumescida de toxinas, pousando pesada no lábio inferior.

Ele era conhecido como homem de uma sagacidade imoral, mas isso queria dizer apenas que ele comprava na baixa e vendia na alta. Qualquer jornal de cidade depende dos anúncios do varejo e se dizia que não estava nos planos de Hobbs comprar o jornal, mas que ele, tendo ido a Nova York para um outro negócio, percebera que o maior tablóide da cidade estava na pior. Não por coincidência, viu os hotéis vazios e os preços dos arranha-céus em queda. Hobbs era um homem de muitas cidades (Londres, Melbourne, Frankfurt), e assim, tendo testemunhado a alta valorização e a quebra nas metrópoles em todo o globo, desenvolveu um método taquigráfico para decidir o momento de comprar um jornal — ele procurava escutar o som dos gritos dos ricos. O dono do jornal na ocasião, homem do ramo de imóveis, estava de mal a pior à medida que a maré de dólares japoneses recuava para longe de Nova York. Ele queria uma saída e tinha começado a cortar o dinheiro; a situação ficou tão ruim que toda noite um funcionário passava pela sala recolhendo o que sobrara dos lápis nas mesas dos repórteres, para tornar a usá-los no dia seguinte. Sem aviso prévio, Hobbs se apresentara como um fantasma; a oferta foi muito, muito baixa, mas em dinheiro vivo — não um negócio intrincado de instrumentos de dívida e transferência de ações. O homem dos imóveis retrucou ofendido dizendo-se preocupado com o bem público; ele nunca venderia uma grande instituição de Nova York para um salafrário dessa laia — todo mundo sabia o tipo de lixo que Hobbs publicava em seus jornais londrinos. Em contraposição, o homem dos imóveis era uma estátua no parque, e durante um certo tempo ele se deliciou com essa nova versão de si próprio e foi visto na televisão e em simpósios na Escola de Jornalismo da Universidade de Columbia, descrevendo o tamanho e a beleza de suas convicções éticas. Três semanas depois, aceitou a proposta de Hobbs e se mandou. Hobbs chegou, bateu de frente com os sindicatos e ameaçou fechar o jornal. O que parecia impossível, considerando que ele acabara de comprá-lo, mas então os observadores apontaram que o prédio do jornal era um imóvel de primeira linha do East Side; num mercado em alta, o prédio poderia valer quase o preço final do jornal. Isso assustou os sindicatos. O prefeito intercedeu, mas Hobbs parecia desinteressado. Ele permaneceu em Londres enquanto seus assessores negociavam, e, afinal, os sindicatos sucumbiram. Hobbs cortou custos, comprou uma nova frota de caminhões para os motoristas e depois se deu bem na virada seguinte da economia.

Nesse momento o jornal estava engordando a holding de Hobbs, fornecendo-lhe dinheiro para este ser adicionado a outras propriedades; ou talvez não, se ele o mantivesse consigo apenas para ameaçar os políticos quando necessário. Seja como for, mais uma vez se confirmara o talento dele. Eu o observava com uma espécie de curiosidade zoológica quando ele murmurou algumas palavras molhadas para uma esbelta coisinha fofa que podia não estar usando calcinha debaixo do vestido ao passar ventando em frente a ele; então a grande papada mole sob o queixo imenso — realmente um úbere de carne de vaca — se sacudiu de alegria com a própria graça, e acima dos brilhantes olhos verdes as sobrancelhas espessas subiram e desceram uma segunda vez, como se ligadas a um fio, enquanto pedaços do arenque mastigado espumavam na superfície saliente do lábio antes de serem removidas pela mesma língua intumescida. Então, num reflexo, a boca se abria novamente, a tempo de receber um outro arenque brilhante que estava sendo empurrado para dentro de casa.

Uma cinqüentona com um capacete de cabelo perfeito sorriu para mim. "Porter Wren, por acaso?", ela perguntou com um falso sotaque britânico enquanto o piano tocava romanticamente na galeria acima de nós.

"Sim."

Ela me tomou pelo braço. "Venha dar uma palavrinha a... ele está realmente ansioso para conhecer..."

Ela me arrastou até um aglomerado de executivos em volta do sofá do australiano. Ele era tão pesado que não podia ficar de pé por muito tempo. Dava até para imaginar as camisetas feitas sob medida, o pescoço de setenta centímetros. Grandes extensões de carne mole esfregando-se umas contra as outras. Tornozelos do tamanho de latas de café. Fui entregue a um rapaz com cara de chupador de limão, e ele disse "Sim, *sim*, claro, sim...", e foi me fazendo ziguezaguear por entre as pessoas em torno do homem e me empurrou para a frente, de modo que me vi olhando para baixo, para a monstruosidade de seda, para os dedos imensos.

"Senhor, Porter Wren, sim, senhor, que escreve a *coluna*..."

Os olhos dele viraram-se forçosamente para cima, em minha direção; abriu a grande boca molhada com algo que se aproximava de um *ah-ha*, acenou com a cabeça duas vezes, vagamente, como se exausto do próprio desinteresse, depois, num rápido movimento de olhos, voltou-se para uma outra distração. Aí estava um homem rico e poderoso o bastante para não precisar mais falar. No trabalho, eu queimava os miolos para ele. Mas não importa — meu esforço era só um fiapo no bolso dele. Se eu não quisesse fazê-lo, havia centenas de homens e mulheres esperando na fila atrás de mim. Na mesma hora senti um aperto polido no cotovelo, e o cara de chupador de limão me fez girar e me afastar do sofá. Era isso aí. Meu tempo tinha acabado.

Então eu estava pronto para me sentar, deixar a festa fluir à minha volta, passar ali os minutos necessários. Também havia uma questão a ser ponderada: beber ou não beber, gim, vodca ou rum, e quanto, e exatamente com que finalidade, e, porra, por que não? Atrás de mim, sentadas num sofá império enorme que estava virado para o outro lado, havia duas mulheres inclinadas uma para a outra, conversando, fumando e desfrutando uma garrafa de vinho que tinham surrupiado do bar. Eu pude virar a cabeça e dar uma boa olhada nelas; eram do tipo bonitas e não-casadas, que, com cerca de uns trinta e oito anos, endurecidas pela escassez de maridos em perspectiva, resolvem passar o futuro previsível em escritórios, academias de ginástica, lojas de departamento, coquetéis, e nas camas de homens casados. Essas mulheres patrulham o perímetro de suas carreiras com energia incessante. Suspeito que sejam solitárias e que poderão admiti-lo sob circunstâncias adequadas. Nas manhãs de domingo, em geral não são vistas na igreja (eu também não), mas passeando com um cachorrão preso a uma coleira bem resistente — algum puro-sangue grande e belo que custou milhares de dólares quando pequeno e que sempre, invariavelmente, é um macho, que resfolega e avança farejando a rua, mijando e sorrindo um sorriso canino. Eu estava prestes a ir falar com o fotojornalista italiano quando ouvi uma das mulheres dizer: "Realmente, não tem ninguém aqui".

"Mas você viu Peter Jennings. Ouvi dizer que ele pinta as têmporas de castanho toda noite."

"É mesmo, ele é bem mais careca em pessoa."

"Eu vi J F K Jr. semana passada, te contei?"

"Não!", a mulher guinchou.

"Bem na minha frente."

"Como é que ele é?"

"Toma sol demais. Meio parecido com aquele cara de que te falei, o cara que eu conheci..."

"O cara da verruga grande?"

"Não, o outro, que não conseguiu..."

"O sr. Broxa?"

"É. Só trinta e três aninhos." Ela suspirou. "Acho que foi o Prozac."

Naquele momento percebi uma loira de vestido comprido branco. Não tirei os olhos dela. (Minha esposa é uma mulher atraente, uma bela mulher. Mas eu olho para outras mulheres, olho para elas intensa e cuidadosamente, com um pouco de culpa; minha luxúria é barata e imediata, e chega bem perto das mulheres, como uma mão buscando com urgência cada possibilidade úmida, e quanto mais eu esbanjo essa minha luxúria nas que por acaso atravessam meu caminho, mais misteriosamente a luxúria aumenta.) A mulher de branco estava tomando vinho e segurando os dedos de um homem alto de terno que não tinha mais de trinta anos; deduzi que ele fosse um executivo em ascensão; tinha aquele jeito característico — era bonito, bem-arrumado, tinha ombros largos e gostava da companhia de diversos outros homens de empresa, alguns deles mais velhos. Na festa, eu sabia, tinha um bocado de gente da área de finanças cujo trabalho consistia em mexer com grandes somas de um lado para o outro. A mulher tinha um jeito de esposa de empresário e cumprimentava os outros homens com charme e deferência, rindo exatamente como deveria, a luz atraindo o fio de pérolas à volta do pescoço, o lampejo de algo em seu pulso. O homem dela, percebi, parecia não apreciar a habilidade com que ela agia. Entretanto, ele brincava, sorria e concordava com os outros. Ela era até capaz de ser a mulher mais bela da sala — proeza nada pequena, aliás — e no entanto eu via que não era senão um adendo à presença dele. Imediatamente, tive conhecimento de quem ele era, tive conhecimento da alma dele: para os homens, há uma idade em que eles se dão conta de ter cruzado, irrevogavelmente, a fronteira para a idade adulta. O que não é uma questão de masculinidade: tem mais a ver com uma consciência do tempo — que passa de forma brutal. (Um interesse por jardins e crianças muitas vezes acompanha esse momento.) Um corolário dessa consciência é que se vêem homens que são, de certo modo, ainda meninos, homens que ainda não se desapontaram nem se sentiram muito amedrontados, embora o momento deles esteja por vir. Esse era o caso do homem perto da mulher de vestido branco.

De novo, através da música e do barulho das muitas conversas, chegaram as vozes detrás de mim, e então inclinei a cabeça para trás, olhos no teto, para ouvir com mais clareza: "...e ela disse que estava justamente ali parada no sinal, na esquina da Broadway com Houston, e que esse negro estava com um rodo na mão, debruçado *em cima* do pára-brisa dela e que era final de agosto, sabe como é, e que ele estava sem *camisa*...".

"Não!"

"Sim, senhora!", a voz guinchou. "E o peito e os mamilos dele estavam espremidos contra o pára-brisa molhado."

"Não acredito numa coisa dessas", a outra disse ofegante e excitada. "Simplesmente não acredito!"

"E ela estava observando... quero dizer, pensando sobre..."

"Não! Não me diga!"

"Ela simplesmente abriu a porta e lhe disse para entrar no carro!"

"Mas é chocante!"

"Eu disse: 'Alice, como é que você pôde fazer uma coisa *dessas*? Ele podia...'."

"Ela simplesmente fez ele entrar?"

"Ela está desesperada. Quer dizer, tudo bem, ela não é exatamente *linda*, mas..."

De novo, inclinei minha cabeça para a frente e virei meus olhos para o horizonte da sala, e lá, eu vi, estava a mulher de vestido branco, olhando na minha direção. Ela sorriu para seu namorado ou marido e pronunciou alguma palavra de desculpa, e então, por estranho que pareça, veio andando na minha direção, trazendo seu copo de vinho. Seu rosto não era menos belo à medida que se aproximava, mas notei uma certa determinação em seus traços. Sobrancelhas escuras, cabelo loiros que se levantavam na altura do pescoço. O fio de pérolas. Os seios mexiam-se pesadamente de encontro ao tecido sedoso do vestido, que, então eu vi, não era branco mas, ainda mais sedutor, da cor da carne do pêssego. Parecia impossível que ela estivesse vindo falar comigo, mas ela deu um pequeno sorriso de reconhecimento ao se aproximar, depois sentou-se perto, cruzou as pernas e se voltou para mim.

"Sua foto, sr. Wren", disse ela com uma voz cheia, gutural, "é um lixo, o senhor sabe disso?"

Olhei no rosto dela. "A que está na minha coluna?"

Ela acenou que sim. Seus olhos eram azuis. "Aquela foto faz o seu pescoço parecer magro demais."

"Pois é, foi tirada há alguns anos, nos momentos minguantes da minha juventude."

"Deviam tirar outra."

Com um gesto de cabeça, fiz um agradecimento silencioso.

"De vez em quando eu leio a sua coluna", disse ela.

"Sei." Ela estava sentada tão perto que imaginei poder dizer onde borrifara o perfume.

"Mas eu tenho que dizer", ela franziu as sobrancelhas, "eu não *gosto* muito dela. Quer dizer, é muito bem escrita e tudo mais", ela agitou os dedos num pequeno gesto de repúdio, "mas acho que o senhor preferiria estar em qualquer outro lugar que não fosse um desses onde alguma coisa horrível acontece. O senhor deve ver muitas coisas horríveis, não é?"

Eu já ouvira essa pergunta antes, e em geral ela contém uma certa frivolidade, como se eu devesse enumerar os horrores urbanos para o ouvinte do mesmo jeito que os ursos polares no zoológico do Central Park foram ensinados a brincar com imensos brinquedos de plástico. Mas afinal de contas vivemos num tempo em que o horror foi transformado em entretenimento. Jante e veja as bombas cair, o fugitivo sendo caçado ao vivo na televisão, o assassino autêntico dando uma gargalhada autêntica.

"Claro, eu vi algumas coisas", eu disse para satisfazê-la, e virei o resto de bebida do meu copo. "Se você lê a minha coluna, já deve ter uma boa idéia."

"Ah, sim, claro." Havia uma impaciência sutil na voz dela. "Mas o que eu queria perguntar era como o senhor descobre certas coisas."

Com um movimento de ombros, provoquei-a a prosseguir.

"Quer dizer, o senhor consegue que as pessoas lhe contem coisas."

"Consigo, sim."

"Como?"

Olhei para ela. "Em geral elas querem me contar. Ou talvez não queiram me contar, mas querem contar a alguém."

Ela pensou sobre o caso.

"Você se importa de me dizer seu nome?", perguntei.

"Me desculpe. Caroline Crowley."

Seus olhos pareciam buscar nos meus alguma coisa, não exatamente reconhecimento, mas uma consciência de que a decisão tomada por ela de me dizer seu nome era significativa.

"O que...". Eu parei.

"Sim?" Era claro que ela estava se divertindo.

"O que a trouxe a esta festa?"

Um outro floreio com os dedos. "O banco do meu noivo faz algum tipo negócio com a grande empresa que, parece-me, é dona do seu jornal. Alguma coisa assim."

Olhei de relance para o noivo dela. Mais uma vez, percebi algum traço de juventude nele; talvez fosse a esbeltez do pescoço ou o jeito vigoroso com que ele assentia com a cabeça, confiante, na conversa com seus companheiros executivos. Perguntei a mim mesmo se Caroline Crowley não seria um pouco mais velha do que ele; por outro lado, mulheres de quase trinta anos são, acho eu, em geral mais experientes do que homens da mesma idade, de modo que simplesmente poderia ocorrer que o jeito dela fosse mais maduro. Mas havia algo mais. Se ela não fosse de fato mais velha, então parecia que a *tivessem* envelhecido.

"... olha, eu não estou querendo depreciar o seu jornal", ela estava dizendo, balançando uma das pernas para a frente e para trás. "É realmente um jornal maravilhoso. Eu até gosto de... experimentar a sensação de um tablóide. Quer dizer, é claro que eu leio o *Times* para saber das notícias nacionais e internacionais, mas leio o seu jornal para uma outra coisa — algo assim como captar a cidade real, está entendendo? A *energia*. A gente não tem isso no *Times*." Ela olhou de relance para o noivo, que parecia estar contando uma história que tinha a ver com tênis, pois estava imitando um *forehand*.

"Seu noivo joga tênis?

"Charlie?", ela perguntou. "Joga. Posso lhe fazer uma outra pergunta?"

"Claro."

"Você não acha que o que faz a esta altura é um tanto previsível?"

Olhei para ela com atenção. Estávamos tendo um diálogo, mas este não tinha muito a ver com o que estava sendo dito.

"Quero dizer, é a mesma coisa de sempre, não é?", ela perguntou, levantando as sobrancelhas. "Aconteceu alguma coisa triste e miserável a algum miserável, e pelos motivos de sempre, motivos *simples*, e aí lá vai você conseguir as citações certas ou seja o que for que preocupe mais os repórteres, e então no dia seguinte é mais ou menos a mesma coisa, não é isso?"

"Eu acho as histórias interessantes." Tomei um gole do meu copo.

"Mas eu ouvi dizer que você era assim um grande repórter investigador e que escrevia essas histórias em que realmente você ia lá cavar o passado sombrio, sórdido, horripilante de algum político ou gente influente, e que então descobria algo importante, algo importante enquanto *investigação...*"

"Será que isso é para ser um papo sério?"

"Bem", ela começou a falar, a voz tímida, "se estou sendo rude é porque acho que as perguntas rudes são muitas vezes as mais pertinentes."

"Você gosta de perguntas rudes?"

"Hum-hum."

Eu sentia o álcool trombeteando na minha cabeça. "Bem que *eu* podia *lhe* perguntar por que diabos você vai se casar com um cara obviamente direito, inteligente, bonito, saudável, e às portas da prosperidade como o seu noivo, quando podia pegar qualquer psicopata inútil e reles, de dentes esverdeados, camisetas amareladas, sem nenhuma grana no banco, e com uma cabeça recheada de impossibilidades pornográficas, que, no entanto, poderia ter uma conversa mais interessante e ser melhor na cama."

Ela recuou, surpresa, a linda boca aberta.

"Pois é", acenei com a cabeça, "essa é uma pergunta *rude*. Talvez eu faça outra. Vou lhe perguntar por quanto tempo devo fingir que uma conversa de sedução como é a nossa não tem conseqüência, não tem *finalidade*. Mulheres como você simplesmente não se aproximam de homens estranhos em festas e insultam, primeiro a aparência, depois o modo de vida deles, sob a proteção da graça charmosa delas e na presença de um noivo. Sem que haja uma *boa* razão, não é mesmo?"

Nesse momento ela fixou os olhos no próprio colo.

"Olha só", continuei, com a voz mais suave, "eu só estou dizendo que, se você quer jogar, se você embarcar em alguma coisa, em algum tipo de conversa de verdade, não nesse papo furado habitual de coquetel, tudo bem. Eu entro nessa. Lido com esses babacas o dia inteiro, com o maior interesse, devo acrescentar, mas estou aqui por minha conta. Então me faz um favor:

vá direto ao ponto, tá legal? Vá direto aonde você quer chegar comigo."

Ela olhou para cima, direto no meu rosto. Eu não a amedrontara nem um pouco. Talvez eu tivesse visto um leve traço de divertimento atravessar os olhos dela. "Na realidade, eu tinha esperança de levar um papo sério com você sobre algo importante", ela falou com uma voz muito diferente — uma voz calma, clara.

"O quê?"

"É complicado... quer dizer, leva um tempo."

"Sei." Mas é claro que eu não sabia.

"Será que a gente pode conversar sobre isso?", ela perguntou.

"Claro."

"Hoje?"

"Você está falando sério?"

Ela fez que sim. "Podemos sair agora."

"E para onde nós vamos?"

"Para o meu apartamento, a uns quinze quarteirões daqui." Ela me olhou fixamente."Charlie não irá."

Os olhos dela, percebi, eram de um azul de caixa de correio. "Não sei não, Caroline Crowley, talvez eu não devesse ficar sozinho com você."

Ela tocou as pérolas com um dedo, sorriu para si mesma. O ato de garotinha tinha acabado e ela olhou para mim, os olhos sem piscar. "Será que é para eu compreender", disse ela com voz rouca, "que nós estamos protegendo a *sua* virtude, não a minha?"

"É. Sem dúvida."

Mas isso, eu disse para mim mesmo, não se referia a sexo. A moça tinha alguma outra coisa em mente. E talvez isso desse uma história. Aprendi que a gente tem de se colocar no caminho da oportunidade, se quiser conseguir as boas histórias. Disse a ela que me esperasse alguns minutos, então encontrei um telefone e liguei para Lisa, sabendo que, por já ser muito tarde, ela poderia ter tirado o fone do gancho para que as crianças não acordassem na nossa casa pequena. A secretária eletrônica atendeu. Sussurrei alguma coisa no fone sobre ter encontrado um pessoal e acrescentei que estávamos saindo para um drinque. Era mentira? Era, de certo modo. Eu não tinha feito nada de que pudesse me sentir culpado, nem esperava fazer, mas a minha mentira parecia mais fácil do que explicar que eu estava saindo da festa com uma mulher de vestido pêssego que eu acabara de conhecer. Então eu disse que ia sair para tomar um drinque. Minha mulher está acostumada com isso — coisa que, aliás, é definitivamente parte do trabalho — e apenas espera, ultimamente, que eu não tire a cueca e esteja em casa na hora em que as crianças sobem na nossa cama de manhã — umas cinco e meia, seis horas. Sally e Tommy chegam cambaleando de sono no nosso quarto, rastejam para dentro dos cobertores e se metem entre nós e, depois, às vezes tornam a cair no sono, com o cheiro adocicado do hálito deles, ou, na maioria das vezes, agitam-se de um lado para o outro e todo mundo é forçado a se levantar. Ou eu durmo de novo — um sono perturbado, leve, sempre — e Sally fica ali acordada, pensando em alguma coisa, e depois se vira e me pergunta diretamente, bem no meu ouvido, algo assim: "Papai, LaTisha tem cabelo no traseiro?". LaTisha é filha de Josephine, uma garota negra mal-humorada de quinze anos e mais ou menos um metro e oitenta. Posso bem imaginar que ela tenha cabelo "no traseiro", como Sally diz, e duvido muito de que toda a área não tenha sido minuciosamente apalpada por um namorado ou outro. E então forço meus olhos a se abrirem e ali, às seis e dois minutos da manhã ou algo do gênero, está minha filha de três anos e meio, com os olhos claros e acordados, observando o pai barbado acordar do túmulo do sono (talvez ela veja o peso dos meus olhos, as manchas de cabelo branco em minhas têmporas, talvez já possa intuir que estou mais perto da morte do que ela), e ver o rosto dela assim, tão próximo do meu, é a coisa mais doce do mundo. E então chega o irmão dela metido num pijama felpudo, inteiriço, um ano e meio de idade, já apaixonado pelo seu pênis, um violador de ursos de pelúcia, dando risinhos gordos enquanto se joga por cima de mim, e então tenho os dois nos meus braços e estou fazendo grunhidos monstruosos que os amedronta um pouco e os deixa contentes, enquanto minha mulher aproveita para ir furtivamente ao banheiro, e eu defenderia esses momentos com qualquer coisa, até mesmo minha vida.

E *no entanto*... E no entanto, quando desliguei o telefone e me voltei para o rebuliço e a música da festa, e Caroline ali de pé, favorecida pela luz sobre ela, com o tíquete do casaco na mão e pronta para sair, eu estava interessado em algo muito diferente. Não era como se eu não fosse eu mesmo — ah, não, eu *era* eu mesmo, era o meu *outro* eu, o eu que deseja encetar um diálogo secreto com tudo o que há de mau na natureza humana. Alguns homens não trazem essa luta dentro deles. Eles parecem ter uma certa graça. São felizes — ou melhor, são contentes. Eles manejam raquetes de tênis à luz do sol, verificam o óleo com regularidade e riem quando o público ri. Eles aceitam os limites. Não estão interessados no que possa surgir do buraco escuro, frio, das possibilidades humanas.

O assento de trás do táxi era um espaço íntimo, aconchegante contra a noite, nós dois embrulhados nos nossos casacos. Caroline olhava para a frente, quase como se eu não estivesse ali, e dirigiu-se ao motorista bruscamente. Depois, tirou da bolsa uma bolsinha e um pequeno maço de papéis enrolados, do qual tirou um papel e nele depositou uma pitada de fumo. Este ela distribuiu ao longo do papel e depois enrolou na forma de um tubo uniforme. Ela lambeu a última fração de centímetro do papel, selando-o com um movimento rápido e deslizante da ponta do dedo.

"Aposto que você usa fósforos de madeira", eu disse.

"Que rapaz esperto você é."

Ela sacou uma caixa de fósforos da bolsa, tirou um palito e com a extremidade de madeira cutucou o fumo na outra ponta do cigarro. Esta seria a ponta para fumar. Olhou para mim, as luzes do lado de fora do táxi passando loucamente por seus olhos azuis. "Garotas não gostam de fumo nos dentes."

"Imagino que não."

Ela forçou o vidro da janela do seu lado, depois acendeu o cigarro. Percebi então que sua voz era clara e medida, intocada pelas vogais lamurientas e a nasalização apressada que eu ouvia o dia todo; isso e o hábito de enrolar os próprios cigarros sugeriam que não era originária da cidade, nem sequer do Leste. Mas antes que eu pudesse ir além no meu pensamento, nós tínhamos parado defronte a um prédio de apartamentos na rua 66, Leste, bem perto da Quinta Avenida, e ela se inclinou para o assento da frente e pagou. O porteiro, que com seus botões de metal e dragonas parecia Napoleão Bonaparte, sorriu para ela com familiaridade e me dirigiu um esgar. Segui Caroline na travessia do vestíbulo de mármore. Notei que ela dava longas passadas. Entramos no pequeno espaço de latão e mogno do elevador.

"Na verdade, eu detesto festas", disse Caroline, desabotoando o casaco de pele, o cigarro na boca.

O elevador abria para um pequeno hall com uma porta negra brilhante. No chão de cerâmica havia um par de botas do Oeste e alguns guarda-chuvas cuidadosamente pendurados num gancho de latão.

"Aqui estamos", disse Caroline, ao girar a chave na fechadura.

Dentro, tapetes persas no chão, paredes brancas, algumas peças de arte que não me interessaram, uma janela enorme que mostrava o perfil de Manhattan a oeste. O lugar parecia profissionalmente limpo, mas o que eu via não era grana alta — não eram quarenta nem cinqüenta nem cem milhões.

"Vamos bater um papinho educado", perguntei, "ou vamos direto ao ponto?"

"Vamos direto ao ponto. Quero você aqui." Ela apontou para uma cadeira de leitura exageradamente estofada, e, quando me sentei, acendeu a luz de uma lâmpada de pé, cuja luminosidade fez com que seu vestido ficasse até mais translúcido.

"Antes de começarmos seja lá o que for que nós vamos..."

"Sim?", ela interrogou.

"Você foi à festa, me viu e espontaneamente decidiu conversar comigo, achando que, idiota curioso que sou, eu estaria propenso a ouvir o que quer que eu esteja prestes a ouvir?"

"Isso." Ela me observava.

"Está certo."

"Eu acredito na espontaneidade." Ali estava ela de pé, a luz caindo na cabeça, nos ombros e nos seios dela.

"É melhor me dizer o que tem para me dizer."

"Tudo bem. Mas antes da conversa vem o show."

"Eu vou ganhar um show?"

Virando-se de costas, ela se dirigiu para a lareira com passos macios. "Você não quer um?"

"Eu adoraria."

"Ótimo. Isso quer dizer que apesar dos drinques recentes você vai estar atento." Ela pegou dois envelopes pardos que estavam no console da lareira e os segurou com as mãos à frente. Depois olhou na direção da janela. Diante dela estendia-se a caixa escura cheia de neve do parque e, mais além, as luzes do West Side. "Você não sabe nada sobre mim, não é mesmo?", ela proclamou, tanto para a noite diante de si como para mim.

"Nada", concordei. "Você tem uns vinte e oito anos, alguns milhões de dólares, usa belos vestidos pêssego para ir a festas, não gosta da minha foto no jornal, seu noivo joga tênis e não sabe quase nada sobre dor e sofrimento e Napoleão Bonaparte, seu porteiro, alegra-se com a sua existência mas não com a minha. Além disso, nada."

"Deve ser loucamente divertido ser tão inteligente quanto você."

"Ei", disse-lhe, "eu estou aqui."

Ela estava calada, e por um instante me perguntei se toda aquela estranha interação não estava prestes a se desmoronar; se isso fosse verdade, eu tomaria um táxi lá embaixo, tentaria esquecer o caso e incluiria o recibo do táxi nas minhas despesas mensais de trabalho. Mas em seguida ela se afastou da janela e me entregou os envelopes. Escolhi o mais fino primeiro e pus o outro de lado. Desatei o fio vermelho que prendia a dobra, sacudi o envelope e dele caíram duas dúzias de fotografias oito por dez. A primeira mostrava o que parecia ser um corpo masculino vestido com roupas sujas, de barriga para baixo, estirado no entulho. Sacudi e caíram mais algumas outras, diversamente tiradas a três metros, a um metro e meio, a sessenta centímetros e, para maior infelicidade, a trinta centímetros de distância.

"OK." Tossi. "Então é disso que estamos falando."

"É, é desse lugar que começamos."

"É desse lugar que começamos?"

"É." Ela me aguardava e eu podia sentir-lhe o cheiro. "Outro drinque?"

"Por que não?", murmurei.

"Uísque ou vodca?"

"Gim."

De volta às fotos coloridas: o dano ao corpo tinha sido total; era como se cada osso mais importante tivesse sido esmagado, inclusive o crânio, que parecia uma abóbora deixada num alpendre durante o inverno. Uma foto mostrava o que restava do rosto: um meio olho aberto olhando para o infinito, desatento à sua deterioração gradual. As estrias da putrefação do corpo também eram evidentes no lugar onde a camisa estava levantada. Uma das fotos mostrava uma extensão de carne mutilada impossível de se identificar. A fotografia estava rotulada TORSO ANTERIOR. A seguinte era um close de um punho mordido. Passei pelas fotos rapidamente; eu já tinha visto a posteriori muitos exemplos de carnificina humana, mas a maioria deles era resultado de revólveres e facas. Isso era pior, e tinha envolvido grande força física. Meti de novo as fotografias no envelope. Alguém tinha morrido uma morte ignóbil: um terreno cheio de entulho, um corpo, a atenção das moscas.

"Para ajudá-lo a atravessar as portas do inferno." Caroline ofereceu uma bebida numa bandeja de prata. Peguei o copo, tomei um gole. Ela me aguardava fumando outro cigarro enrolado a mão. "Veja o outro envelope."

Eu vi. Dentro dele havia a cópia integral do registro policial de uma morte não solucionada ocorrida num terreno da rua 11, Leste, número 537; o registro fora feito no 9º Distrito do departamento, que cobre o Lower East Side. Eu já vira fichas assim algumas vezes, embora os detetives que me mostraram esses documentos nunca admitiriam ajudar um repórter. Passei os olhos por uma ou duas páginas; eram as anotações policiais que acompanhavam as fotos: o corpo em decomposição de um jovem branco do sexo masculino tinha sido encontrado na manhã de 15 de agosto no entulho de um prédio que estava sendo posto abaixo, no quinto dia da demolição. Era um caso antigo — tinham se passado mais ou menos dezessete meses.

Tomei mais um gole da minha bebida. "Acho que você foi meio pão-dura na tônica e no gelo."

"Quero você bêbado", Caroline me respondeu, atrás de mim, "para poder dizer se você é um palerma ou não."

"Você pode se meter numa grande fria por ter esses dados com você."

"Sei disso."

"Os detetives não deixam nem os outros tiras ver esse tipo de coisa."

"É", ela disse. "Também sei disso."

Li mais um pouco. Uma escavadeira tinha batido no corpo uma ou talvez duas vezes antes que o operador percebesse; um pouco da carne do peito e da barriga tinha sido arrancado pelas lâminas de aço. Pela lividez dorsal era claro que o homem morrera de barriga para cima, não de barriga para baixo, como o corpo fora descoberto. Mas os detetives não conseguiram apurar se o corpo já estava dentro do prédio antes da demolição e teria tombado no chão durante a demolição, ou se o homem tinha sido morto num outro lugar e o corpo tinha sido ocultado no entulho. Se o corpo já estava dentro do prédio, inferi, o homem poderia ter morrido acidentalmente — por exemplo, de overdose. A outra possibilidade — a de que o corpo tivesse sido posto no entulho depois de iniciada a demolição — indicava que a morte era provavelmente um assassinato: afinal, era impossível que um homem cavasse um buraco, se matasse e depois se enterrasse sob montes de cacos de tijolo e concreto. Então, mais uma vez, me corrigi; teoricamente um homem poderia cometer suicídio ou ser morto acidentalmente, e depois poderia ser enterrado sob o entulho por *alguém*, seja lá por que motivo essa gente maluca de Nova York faz coisas malucas.

O cadáver, continuava o relatório, estava vestido com uma camiseta azul, calça jeans azul manchada de tinta velha, cueca, e calçava meias vermelhas. O conteúdo dos bolsos das calças consistia em menos de um dólar em moedas, um tíquete de metrô e um maço de Marlboro. O bolso da camiseta continha um fragmento de uma pedra verde, que um negociante de antigüidades consultado pela polícia facilmente identificara como jade; parecia ter sido arrancado de uma estatueta. Não combinava com nenhuma das que se sabia terem sido vendidas ou roubadas recentemente na cidade. Não havia nenhum papel, nem carteira, nem outros pertences quer no corpo, quer perto dele.

Diversos termos técnicos descreviam o estado do corpo. Segundo o relatório ditado pelo médico legista, o tecido bastante decomposto e posteriormente danificado pela escavadeira impossibilitava a conclusão sobre a causa exata da morte. Mas algumas podiam ser afastadas: a morte não se devia a uma overdose. Nem a tiro de arma; uma radiografia mostrava que não havia balas nem no corpo, nem no que restava dele. O legista observou mais adiante que o pescoço parecia ter sofrido um ferimento a faca, mas que ele se mostrava "bastante cauteloso" sobre o fato, não só por causa do dano feito pela escavadeira mas também porque havia sinais de uma grande atividade de ratos, ocorrência comum em cadáveres encontrados em locais expostos. A ausência da mão, por exemplo, talvez se devesse a ratos, acrescentou o médico. "Atividade recente de ratos também estava indicada pelas estrias *post-mortem* generalizadas e perfurações dentárias triangulares", dizia o relatório. O grau do dano no tecido do corpo feito pela escavadeira levou o médico legista a se estender muito sobre a quantidade e o grau de atividade de insetos nas cavidades macias do cadáver. A presença de *diptera pupae* e de insetos domésticos indicava que a decomposição começara entre sete e dez dias antes da descoberta do corpo. Uma grande quantidade de vermes infestando a boca, os canais do ouvido e o ânus sugeriam o avanço da decomposição. O relatório trazia o carimbo e a assinatura do médico legista.

Continuei a ler. Eu estava arrasado e dali em diante podia ler qualquer coisa. O relatório estendia-se em digressões sobre as perguntas dos detetives a respeito da segurança do local da demolição. A firma que fez o serviço, Demolições Jack-E, do Queens, erguera um tapume na calçada de mais de quatro metros de altura, de tábuas de compensado e vigas de madeira pesada, na frente e nos fundos do prédio, como as normas municipais exigiam, depois esticou um rolo duplo de arame farpado sobre o madeirame. O acesso às portas duplas da frente do prédio só poderia ser feito através de uma porta na parede da frente, que não era trancada com cadeado para possibilitar a entrada do equipamento pesado. Não parecia ter havido nenhuma avaria nos tapumes da frente ou dos fundos, nem no arame farpado nem em nenhuma das correntes ou cadeados usados para proteger as entradas do prédio. Qualquer um que trouxesse o corpo para o local teria que içar o corpo para passar com ele por cima do arame farpado, o que parecia improvável, dado o quanto a tarefa era difícil e óbvia.

Então, como é que o corpo foi parar no local? Não era possível que tivesse sido jogado de um telhado próximo, pois o corpo estava no *meio* da área demolida, a bem uns dez metros e meio do perímetro. Para alcançar essa distância, o corpo teria que ser sido ejetado de um canhão. E mesmo que o corpo tivesse de algum modo sido arremessado do único telhado adjacente, não ficaria explicado o fato de ter sido encontrado enterrado no entulho.

Portanto, os indícios sugeriam que o corpo *estava* no prédio antes da demolição. Mas essa explicação criava seus próprios problemas. As portas — primeiro a que dava para o tapume da calçada e depois as portas duplas para o próprio prédio — poderiam ter sido destrancadas por alguém? O coreano, proprietário do prédio, não tinha a menor idéia de como alguém poderia ter entrado na obra. Por ter comprado recentemente o terreno e antecipando a demolição do prédio, ele nunca se deu ao trabalho de se familiarizar com ele. Mas sim, ele de fato tinha as chaves do prédio — trocara as fechaduras — e as entregara ao administrador da obra da firma de demolição, que declarou ter passado as seis noites anteriores em casa, em Fort Lee, New Jersey, na saudável companhia de seus colegas de boliche, seu grupo de pôquer e seu time de vôlei, alternadamente, declarações que foram confirmadas. Ele fez cópia das chaves? Não. Deu as chaves a alguém? Não, de jeito nenhum, amigo. A gente tem meio milhão em equipamentos de demolição lá dentro.

Além disso, a segurança do próprio prédio contra os sem-teto do local tinha sido providenciada um ano antes; todas as janelas baixas tinham sido vedadas com blocos de cimento. Não havia nenhum registro de que tivessem sido violadas. Para entrar no prédio seria preciso a autorização do proprietário, e as únicas pessoas a quem fora permitida a entrada eram as que trabalhavam nas diversas empresas responsáveis pelo desligamento dos serviços de água, gás e eletricidade. Ao que se sabia, a última pessoa a ter estado dentro do prédio tinha sido o mestre-de-obras da firma de demolição, para verificar a estrutura pela última vez, na manhã do início da demolição. Ele fizera uma inspeção completa, cômodo por cômodo?, perguntaram os detetives. Não, só dera uma olhada no porão e no primeiro andar. Mas, ele explicara, foi impossível subir mais, porque o elevador estava escangalhado e as portas antichama para o poço das escadas estavam trancadas.

O telhado, pensei.

Os detetives tinham perguntado sobre o telhado. Talvez o falecido tenha tido acesso ao telhado do 537 pelo 535, o único prédio adjacente, e então tenha morrido ali, ou talvez tenha sido morto ali, tendo o assassino escapado pelo 535. Mas o zelador do 535 não se lembrou de ninguém entrando ou saindo do prédio que ele não conhecesse e, além disso, a porta do telhado estava cuidadosamente trancada para que os garotos não subissem. E só ele tinha a chave.

Mesmo que o corpo de algum modo tivesse ido parar no telhado do 537 antes da demolição do prédio, havia o problema difícil dos ratos, observara o detetive. O corpo parecia ter sido devorado por ratos desde a hora da morte, por pelo menos uma semana, e ratos não habitam telhados de edifícios no verão — sol e calor em demasia, água insuficiente. E pombos não comem carniça. Era verdade que às vezes se encontravam corvos na cidade, mas corvos não mordem a carne, eles a bicam violentamente e depois a arrancam em tiras, causando uma mutilação de aspecto muito diferente. Mais ainda, os olhos não tinham sido arrancados a bicadas. Tais informações pareciam indicar que o corpo *não* tinha estado no topo do prédio demolido, o que poderia então significar que tivesse sido enterrado no terreno, o que, dado o que eles já sabiam, significava que os detetives se encontravam em posição de completo e total impedimento.

Um outro parágrafo do registro indicava que a raça do cadáver e o que ainda era possível discernir de sua altura e peso combinavam com uma ocorrência sobre uma pessoa desaparecida registrada pela esposa do falecido sete dias antes, no dia 8 de agosto, dois dias após a última vez em que ele fora visto. A ocorrência tinha sido registrada no 19º Distrito, que fica no Upper East Side de Manhattan. A esposa identificou as roupas e a aliança que foi retirada, com alguma dificuldade, da mão esquerda do cadáver. A foto de uma tatuagem encontrada na virilha do morto lhe foi mostrada. Esta também foi identificada por ela. Mostraram-lhe o fragmento de jade. Ela não conseguiu identificá-lo. Depois lhe mostraram o corpo. Não houve dúvida quanto à identificação do mesmo; era o cidadão Simon Crowley, vinte e oito anos de idade, da rua 66, Leste, número 4.

Eu conhecia esse nome. "Você é viúva de Simon Crowley?"

"Sou."

"O cara que fazia filmes?"

Ela fez que sim.

"Meu Deus!" Eu não tinha feito uma coluna sobre o caso porque estava metido até o pescoço numa matéria sobre traficantes de drogas do Harlem na ocasião. "Você era casada com Simon Crowley?"

"Sim."

O famoso jovem cineasta. "Eu não tinha a menor idéia."

Caroline sentou-se na cadeira à minha frente.

"Como você conseguiu isso?", perguntei.

"Dei muito dinheiro para um homem que disse ser investigador particular. Ele disse que tinha sido detetive e podia conseguir os registros, que sabia o que fazer."

"Você é uma mulher rica."

"Sim." Ela piscou ao pensar nisso. "Você já viu algum dos filmes dele?"

"Não. Não dá para eu ir muito ao cinema."

"Mas ouviu falar dele?"

"Claro. Sei que era uma espécie de cineasta indignado e que teve uma morte ruim."

Ela fez que sim, com irritação.

"Desculpe", eu disse. "Não dá para eu acompanhar todos os astros de Hollywood. Quer dizer, como aquele cara, River Phoenix, e o Kurt Cobain..."

"Simon *não* era o que se costuma chamar de astro de Hollywood."

"Certo."

"Mas você sabe quem ele era, você *percebe* quem ele era?"

Dezessete meses antes, quando Simon morreu, eu estava dando o maior duro no jornal e extremamente necessitado de sono, porque Tommy tinha acabado de nascer e nós tínhamos dois bebês que nos mantinham acordados a noite toda. Portanto, não, eu não percebia quem Simon Crowley era, não como sua bela viúva queria, e ela viu isso na minha cara.

"Espere um instante." Ela saiu da sala e voltou com um álbum de recortes gigantesco, de uns quinze centímetros. "Esses recortes vão te deixar por dentro."

Alguém guardara tudo o que era artigo de jornal ou revista. Sim, estava tudo ali. Simon Crowley, me lembravam, fora um jovem cineasta da cidade de Nova York digno de nota. Ele despontou da obscuridade por meio da força de diversos filmes inovadores de baixo custo que se tornaram sucessos cult, depois foi descoberto pela estrutura empresarial de Hollywood. Passei rapidamente pelos artigos, notando certos exemplos de linguagem — acessos de admiração embasbacada, declarações de princípio com comentários explicativos, pérolas de sacações falsas. Como é estúpida a indústria de periódicos americana, realmente, como é irremediável sua bajulação. Mas continuei a ler. O primeiro filme de Crowley, *Bom trabalho*, de apenas quarenta e cinco minutos, foi feito com pedaços de filme virgem — chamados sobras — descartados ou vendidos por outros cineastas. Usando atores e técnicos voluntários, Crowley escreveu e dirigiu a história de um ajudante de garçom num restaurante elegante que fica fascinado com uma mulher mais velha que freqüenta o restaurante. A mulher, de uns quarenta anos, rica, ainda com um certo desejo duro na expressão, nota, por fim, a atenção inútil do ajudante e deixa que ele pense que a está seduzindo, até a última cena quando... pulei. O trabalho de Simon Crowley estava marcado, os artigos realmente concordavam, por personagens que viviam suas vidas às margens da cidade, que habitavam o lado *noir* urbano. O próprio Crowley crescera em Queens, filho único de um casal mais velho, de classe operária. O pai consertava elevadores, a mãe trabalhava como voluntária numa escola católica, ambos viviam vidas pequenas de hábitos e devoção. Mãe morta precocemente. Pai zeloso. Simon fora um menino estranho e indisciplinado, inteligente mas entediado em todas as aulas exceto na de arte, ligado ao ambiente das festas tipo submundo quando adolescente, ajudante de garçom em vários restaurantes na ocasião em que foi para a escola de cinema da NYU, descoberto por um agente da fábrica de talentos mais poderosa de Hollywood em um dos festivais de cinema através de seu segundo filme, *Sr. Lu*, descrevendo uma curva ascendente, passo a passo, até a fama. As fotos em preto-e-branco de

Annie Leibovitz na *Vanity Fair* revelaram-no um homem baixo, magrelo, com um jeito desmoronado, como se ele não tivesse parado de fumar desde os oito anos de idade (o que era o caso, dizia o artigo), e, sob um emaranhado de cabelos e sobrancelhas negros, um rosto que parecia afrontar as pessoas a classificá-lo como feio. Não era tanto que parecesse deformado, mas suas feições pareciam grandes e desencontradas, como se tivessem sido recortadas a tesoura de umas três ou quatro máscaras de borracha do dia das bruxas de uma loja de fantasias. O resultado era um rosto grotesco, carnal. "Depois de muitas horas de entrevista", afirmava uma artigo da *QG*, "cheguei à conclusão de que Simon Crowley não ri — pelo menos, não como a maioria das pessoas. Seu riso, quando raramente ocorre, em geral diz respeito às tristes ilusões que uma outra pessoa conserva; sua boca — uma espécie de talho escuro — abre-se bruscamente, revelando muitos dentes deploráveis. Em seguida, um riso irritante. Depois a boca se fecha, apertando-se, e Crowley fixa o olhar em você numa concentração sem piscadelas. O efeito é intencional e desconcertante. Ele não é particularmente uma pessoa simpática, e pouco se importa se você sabe disso. Em sua busca de grandes filmes, uma mulher atrás da outra e muitos cigarros — mais ou menos nessa ordem — simpatia é coisa irrelevante e os modos mascaram a caça desesperada à existência; a pessoa pode concluir que a presunção de Crowley ainda não foi corrigida pelos desapontamentos e sofrimento da vida, mas, ao mesmo tempo, uma pessoa humilde, generosa, não teria feito os filmes brilhantes que Crowley fez."

Levantei os olhos. Caroline me observava.

"Continue", ela disse.

Então continuei: apesar do fato de Crowley ter ido jantar em companhia de estrelas e executivos de Hollywood, relatava um outro texto, ele ainda continuava tristemente célebre por suas "investigações" às altas horas da noite na cidade e mantinha um pequeno séquito de confiança de companheiros devassos com quem viajava, um deles notório assassino em liberdade condicional, um outro, filho dissoluto de um bilionário. Depois de seus périplos noturnos, às vezes Crowley era descoberto desmaiado — numa limusine trancada, nu no chão de mármore italiano do saguão de um prédio de apartamentos etc. Atrizes imploravam participar dos filmes dele, até mesmo as que proclamavam publicamente não se impressionar com "diretores machões filhos da puta". O terceiro filme de Crowley, de custo alto, ultrapassou o orçamento planejado em trinta por cento, e houve rumores de brigas no set e de executivos do estúdio aos gritos com ele em salas de restaurante privadas. Falou-se que ele tinha reagido na bucha, dizendo que não tinha medo de nenhum deles e que, para provar sua determinação, pegara a faca de carne e fizera um corte de uns oito centímetros de comprimento no braço, corte esse que requereu vinte pontos e que aparentemente provocou a submissão dos executivos chocados. Sua estrela, a extremamente jovem e arrebatadora Juliet Tormana, que atormentara os velhos machos de Hollywood (inclusive o hoje casado Warren Beatty), declarou que estava indo para a cama com Crowley e que era "a melhor transa sexual que tive na minha vida". E assim por diante. A excitação habitual, a bobajada habitual da cultura da celebridade. Quando *Tempo sem volta* estreou em novecentas telas país afora, foi um sucesso gigantesco, totalizando vinte e quatro milhões na primeira semana — soma nunca vista para um filme "sério" — e foi saudado pelos críticos como um retrato valioso e instigante da América *fin-de-siècle*, "completo, intensa e imensamente perturbador". A obra recebeu a indicação para três dos prêmios da Academia e ganhou um Oscar pelo melhor roteiro, escrito por Crowley. Ele foi visto em todos os bares de Hollywood e Nova York e foi pego por provocar uma briga com Jack Nicholson num café Brentwood, chamando-o, na frente dos outros, de "um velho saco de merda que tem um ou outro truque de ator barato". E proclamou que Spike Lee era "um talento inconseqüente, um diretor negro insignificante cujo trabalho todo mundo sabe que é medíocre". Kathleen Turner, observou ele, "ficou gorda e má, com o queixinho gordo e mau de uma atriz de quinta que não pode nem fazer o papel de mulher da vida; então por que eu deveria querer filmá-la?". Quentin Tarantino, declarou ele, fazia "desenhos animados".

E assim por diante. Botei a pasta de lado, ergui os olhos.

"Eles nunca solucionaram o caso", Caroline disse.

"Acho que me lembro disso."

"Nunca prenderam ninguém, nada."

"Eles provavelmente tentaram tudo o que foi possível." Certamente que a morte de Crowley recebera toda e qualquer atenção oficial, dada a intensa especulação da mídia. A morte de uma celebridade na cultura americana é uma mercadoria que vale um bocado de dinheiro, enquanto ela paira na consciência nacional.

Caroline me trouxe um outro drinque, que, embora eu não quisesse, bebi. Agora estávamos, eu admitia, onde ela queria que estivéssemos.

"Então é isso que você queria que eu visse?"

"Na realidade, não."

"Não?"

Ela balançou a cabeça.

"Não saquei."

"Isso é o que eu *precisava* que você visse primeiro, antes que eu mostrasse o que eu *quero* que veja."

"Fui enganado?"

Ela sorriu. "Não, não propriamente. No fim, tudo vai fazer sentido."

"Vou ver o que você de fato quer que eu veja?"

"Eu quero que você veja, mas hoje não. Amanhã ou depois."

Havia algo de egoísta na resposta dela, como se eu já não tivesse um trabalho e uma família nos meus planos, ou como se ela fosse tão bela que eu pudesse deixar de lado meus deveres para com os dois para me dedicar a pesquisar a vida do seu marido morto, coisa que, enquanto ela estivesse por perto, poderia, pensando bem, ser verdade. "O que é que você quer?", perguntei. "Você quer que eu escreva uma história sobre o seu marido morto? Não há mais nada para ser escrito sobre ele."

Caroline suspirou. "Não."

"O que é, então? A polícia aparentemente não pode solucionar isso."

"É", ela disse com jeito tranqüilo. "Eu sei de tudo isso, Porter."

Ela me pareceu tocada pela melancolia, e percebi que eu não lhe havia perguntado qual o significado de tudo aquilo para ela: seu marido ter sido morto, sua vida ter sido tão brutalmente sacudida.

"Há quanto tempo você o conhecia?" Minha voz estava gutural, estupidificada pela bebida.

"Nós ficamos juntos só uns seis meses."

"A decisão do casamento foi rápida?"

"Foi. Muito. Ele era assim..." Ela fechou o álbum grosso com cuidado. "Eu também era assim."

Passaram-se dez minutos que continham um estranho luxo. Não dissemos nada. Caroline enrolou três cigarros, depositou dois na mesa baixa de vidro e sentou-se mais para trás para fumar o terceiro. Fui até a cozinha para pegar um pouco de gelo e de repente me dei conta da aridez branca dos balcões e dos armários e dos aparelhos. Não que necessariamente eu esperasse ver um retrato do marido morto, mas ali não havia nada, nem números de telefone da família ou de amigos na geladeira, nem lápis num vaso, nem correspondência empilhada, nem livros de receita despencados, nem conchas do último verão. Só quando voltei para a sala percebi com clareza que o apartamento inteiro era estéril. Como uma suíte de hotel, embora de muito mais bom gosto, o apartamento não continha nenhum traço, nenhuma essência de quem o habitava. Quando as pessoas vivem na cidade muito tempo, sua vida pessoal fica incrustada em suas casas; o que vale não só para os pobres mas também para os ricos, talvez particularmente no caso dos ricos, que tendem a se interessar em documentar suas realizações. Como repórter, estive em muitos lares ricos; se as salas não traem nada senão bom gosto e desprezo pelo amontoamento, em compensação há um recanto forrado de verde com um troféu de um campeonato de golfe ou retratos das crianças na areia de Nantucket ou diplomas profissionais emoldurados ou uma foto do morador cumprimentando Bobby Kennedy há trinta anos. Mas o apartamento de Caroline não revelava nenhuma personalidade desse tipo, apenas superfícies caras. Ocorreu-me que a ausência de detalhes históricos não se devia a ela não ter história, mas a ela não ter uma história que quisesse expor.

"Você não é daqui", eu disse quando voltei à sala.

Ela me olhou, perdida nos seus pensamentos. "Não."

Sua confirmação distraída continha uma revelação para mim. Suponho que isso pudesse ser chamado intuição, um achado feliz, mas de novo me dei conta de que eu já circulava por Nova York havia vinte anos, o suficiente para chegar a compreender algumas coisas, e no caso de Caroline Crowley, o que de repente compreendi foi que ela tinha trabalhado duro para ter o que possuía, ou melhor, que o que ela possuía lhe custara muita coisa — e não apenas um marido. Muitas vezes acho que as pessoas mais determinadas da cidade de Nova York não são os jovens advogados procurando com quem se associar, nem os corretores de Wall Street, nem os jovens negros que possam ter algo que os torne jogadores de basquete profissionais nem esposas de executivos numa competição perversa dentro do circuito de obras de caridade. Nem são os imigrantes que chegam de lugares desesperadores — o motorista de táxi de Bangladesh que trabalha cem horas por semana, a chinesa que trabalha por um salário de fome — essas pessoas são heróicas em sua resistência implacável, mas penso nelas como sobreviventes. Não, eu diria que as pessoas mais determinadas são as mulheres jovens que chegam à cidade, vindas da América e do mundo afora para vender, de uma maneira ou de outra, os seus corpos; as modelos, as strippers, as atrizes e as bailarinas que sabem que o tempo está correndo contra elas, que quem fornece temporariamente suas credenciais é a juventude. Passei algumas horas da noite nas escuras salas dos fundos das duas ou três melhores boates de strip-tease da cidade — as salas onde os homens, para serem acariciados pelas jovens mulheres, compram uma garrafa atrás da outra de um champanhe de trezentos dólares, como se estivessem enfiando moedas num parquímetro — e ali conversei com as mulheres e fiquei espantado com a quantidade de dinheiro que elas pretendem ganhar – cinqüenta, cem, duzentos e cinqüenta mil dólares por tantas e quantas horas. Elas sabem precisamente quanto tempo vão precisar trabalhar, quais os seus gastos operacionais, e assim por diante. Elas sabem em que condições físicas precisam estar e como mantê-las. (Considere, por exemplo, a energia necessária para dançar para um homem atrás do outro, sempre sexy, de salto alto, numa boate esfumaçada, oito horas sem parar, cinco dias por semana.) Como as modelos da moda, elas moram em pequenos apartamentos onde ninguém se lembra do nome no contrato do aluguel, cômodos que são passados adiante como elos numa corrente à medida que cada uma ganha seu dinheiro e se muda de volta para Seattle,

Montreal ou Moscou. Igualzinho aos padecimentos das modelos de moda, que são bem conhecidos. Dançarinas de jazz e balé não passam por coisa melhor. (Um dia, ao consultar um ortopedista sobre um problema no joelho, vi uma mulher adorável de uns vinte e cinco anos entrar na sala mancando, de muletas. Ela estava sofrendo dores horríveis e logo acenaram para que ela entrasse no consultório do médico. A enfermeira esqueceu de fechar a porta que dava para a sala de espera, e assim pude ouvir o pedido desesperado da mulher: "Por favor, me dá a injeção". Uma voz masculina indistinta respondeu. "Por favor", a mulher chorava, "eu preciso dançar esta noite.") Caroline Crowley não era stripper nem modelo nem atriz, ao que eu soubesse, mas eu só podia imaginar que um dia ela tivesse trazido a mesma determinação consigo ao vir para Nova York, que ela tivesse chegado à cidade para ter um diálogo com o destino, e que sabia, como a mulher genuinamente bela sabe, que os termos da conversa incluiriam seu rosto, seus dentes, seios e pernas.

Com esses pensamentos na cabeça enxuguei a bebida do meu copo e me permiti mais um. O que totalizava cinco, talvez seis ou, quem sabe, até sete copos. Fiquei de porre muitas vezes na vida e gostei da maioria dessas vezes; a bebida nunca revelou qualquer traço autodestrutivo na minha pessoa; nunca dirijo quando estou de porre, não pulo de janelas nem provoco brigas em bares. Quando bêbado, sou incapaz do gesto fatal. O que não quer dizer que não cometa erros, apenas que meus erros de julgamento desastrosos ocorrem quando eu não estou bêbado, e sim quando estou, presumivelmente, lúcido. Assim, naquele momento, quando Caroline Crowley, a viúva solitária e bela, estava de pé diante de mim, agarrada ao relato da violenta destruição de seu marido e parecendo, por tudo o que há nesse mundo, pronta para ser abraçada, beijada e mergulhada numa cópula voluptuosa — a imagem do casal sem-teto trepando ferozmente no frio lá de fora voltava ao meu pensamento —, naquele momento, preferi me lembrar de minha esposa sonolenta, o braço dela atravessado no meu travesseiro vazio, e isso me forneceu o impulso adicional de me levantar, com muito pouca firmeza, e dizer: "Sinto muito que seu marido tenha sido morto ou tenha morrido ou seja lá o que aconteceu com ele, Caroline. Imagino que tenha sido um choque terrível, e me parece que isso ainda a persegue. Sei que nos divertimos a noite toda, mas deixe eu lhe dizer... deixa só eu lhe dizer que, se é possível a pessoa de repente sentir um certo afeto por outra em apenas uma noite, em apenas algumas horas, então é assim que me sinto em relação a você. Caroline, fico triste de saber o que deve ter sido para você perder o seu marido. Toda semana converso justamente sobre isso com gente que acabou de perder alguém que ama, e isso sempre me deixa triste, Caroline, sempre — sempre me faz lembrar que nós, todos nós, nós... estamos perdidos, que tudo... pode se perder. Você é linda e está com uns vinte e oito anos e só coisas boas deveriam estar lhe acontecendo. Se eu não fosse casado, iria — não, vou evitar, mas talvez fosse melhor — dizer que é possível que você tenha me procurado esta noite por ter pensado que, colunista de meia-tigela que sou, eu tivesse visto uma quantidade anormal de destruição humana e por isso poderia lhe propiciar palavras que servissem de consolo ou perspectiva. Mas posso lhe assegurar", e aí desejei tocar seu rosto com os dedos, só por um instante, para confortá-la, como eu confortaria minha própria filha, "que sou incapaz dessa tarefa. Fico tão aturdido e aterrorizado com a morte quanto as outras pessoas, Caroline. Na realidade eu não posso dizer nada que preste... neste... neste estado de *incapacidade*... exceto sugerir que você abrace a vida, que você se aventure e se case com o seu noivo, se ele é um cara legal, e acredite que algumas perdas são recuperáveis, que a vida tem afinal — me desculpe, por favor, eu estou muito bêbado —, que a vida realmente tem... tem algum tipo de sentido".

Ela não disse nada, e em vez disso ficou me olhando com os lábios apertados de quem achava graça, e então eu gostaria de ter entendido o gesto como uma espécie de divertimento sem graça nenhuma. Ela me viu lutando comigo mesmo. Levantei-me e caminhei em direção à porta, atento aos meus sapatos, para me certificar de que eles estavam indo aonde eu esperava que fossem. Ela me acompanhou e em silêncio me ajudou a vestir o casaco, depois colocou minha echarpe em volta do meu pescoço. Estava espetacularmente bela.

"Ah, Caroline Crowley..." Sem querer, cambaleei de um lado para o outro.

"Sim?"

"Todos os homens são cachorros, e eu sou um."

Ela sorriu. Depois, ergueu a mão até alcançar meu rosto, segurou minha face com seus dedos cálidos e beijou minha outra face, devagar, com um suspiro. "Vou te ligar", sussurrou. Então me beijou de novo. "Tudo certo?"

"Tudo certo", murmurei, sentindo que ela tinha me suplantado em esperteza.

"Você está bem?"

"Eu estou... eu estou *aturdido*, Caroline. Eu estou simplesmente..." Um estremecimento percorria meus lábios bêbados, e caí contra o batente da porta. De repente, eu estava tão bêbado que teria que pegar um táxi para ir para casa e voltar depois para buscar meu carro. Me senti um idiota. "Mas então outra vez", pronunciei com dificuldade, "talvez seja essa a sua intenção."

Vinte minutos mais tarde, o táxi encostou junto ao meu muro de tijolos no centro. Sempre tiro minhas chaves do bolso antes de abrir a porta, já que quando o táxi parte a rua está escura e qualquer um pode vir em cima da gente. Mesmo bêbado, eu tinha essa paranóia nova-iorquina. Apenas depois de trancar o portão por dentro, puxando-o no sentido contrário ao peso dele e passando o ferrolho, é que relaxei. A cidade, por ora, permanecia do outro lado do muro. Mas com ou sem portão, Caroline Crowley e a história de seu marido amaldiçoado naquele momento tinham entrado na minha vida.

Seis e meia da manhã, e uma mão bêbada (a minha) sob as instruções de um cérebro bêbado (o meu) esgueirou-se em direção ao telefone perto da cama, investiu em busca do fone, que ela arrancou do gancho e depois tateou à procura do último botão automático, marcado BOBBY D., que o dedo indicador (o meu) apertou. Enquanto o telefone tocava, a mão ergueu o fone do chão, ao mesmo tempo em que o cérebro pensava em Caroline Crowley, a mulher mais bela que eu jamais tinha fodido, ao mesmo tempo em que os ouvidos, nada bêbados, esperavam Bob Dealy, o cara que fazia plantão na mesa do caderno cidade, um homem tão cadavérico que parecia beber gasolina e comer o que o gato vomitava — o que talvez seria de se esperar se você passasse todas as noites, durante vinte anos, sentado numa redação ouvindo a rádio da polícia, fazendo ligações para as delegacias, lendo uma dúzia de jornais de todos os cantos do país, comendo rosquinhas e, com elas, não pouca quantidade de tinta de jornal.

"Mesa, Dealy."

"Bobby, o que é que você tem aí?"

"Ah, Porter, temos uma colisão entre um táxi e um vadio no início da Broadway. Temos o habitual cavalheiro sem nome em pé num beco na um-zero-quatro, e ah..., na sete-zero, temos dois jovens executivos farmacêuticos de origem núbia baleados na cabeça. Mas eles não deram muita bola para isso. No Brooklyn temos alguém que roubou um banco com um maçarico — arrebentou o caixa vinte-e-quatro-horas. Em Midtown temos dois malucos que tentaram andar num carro de bombeiros que estava fazendo a ronda. Nós também... espera aí....

Naquele momento o cérebro bêbado discernia outras vozes. Lisa e as crianças estavam no andar de baixo. Colher e tigela. Toda criança gosta de sucrilhos. Amo-a. Boa para as crianças. Parece bem em forma, nada mais de um quilômetro por dia, pode me foder pra valer a qualquer hora que ela quiser. Gosta que eu enfie por trás. Por quê? A ação vai mais fundo, entre outros motivos. *Ama fazer isso.* Não joga o ovo! Mamãe, não quero comer o meu sucrilho. Meu bem, coma, só isso. Mas Tommy não comeu o sucrilho. Ele está comendo ovo, meu bem. Ela amamentou as crianças tanto tempo que elas estragaram os peitos dela. Sugaram *tudo*, basicamente. Quero suu-co. Quer um suquinho? Suu-co! Quero suu-co, mamãe. Sally, coma o seu sucrilho.

"Pois é, Porter, também temos um campeão de mergulho..."

Abri os olhos. "De que ponte?"

"Você está estranho. Está doente?"

"Nãão. De que ponte?"

"Brooklyn."

"Alguma coisa?"

"Um cara de obra", Bobby ofegava. "Quebrou a perna no trabalho, não podia mais comprar comida, a namorada foi fazer compras por aí. O cara morreu do coração antes de chegar na água. Quando o puxaram para fora ele ainda estava de chapéu."

"Calma lá."

"Olha, eu não estou mentindo."

"O cara pula da ponte do Brooklyn e o chapéu dele continua na cabeça?"

"Estou te dizendo, a polícia disse que ele ainda estava de chapéu."

"Calma lá, Bobby."

"Olha, ligue você mesmo pra eles."

"Se era um *chapéu*, então devia ser um capacete de futebol.

"Não, era um boné dos Yankees."

"Tinha fita durex prendendo o chapéu!"

"Não."

"Então, Bobby, estava colado na cabeça dele, porra!"

"Não."

"Tudo bem. Você está escondendo a melhor?"

"Aliás, eu — espera, me desculpa — espera aí."

Fechei os olhos, ouvi a bagunça lá embaixo. Você quer mais sucrilho por cima? Suu-co! Suu-co! Tá bem, Tommy. Tá aqui. Come o ovinho. Não! Mamãe cozinhou pra você. Minha mulher era a maior santa. Eu era um sortudo de ter me casado com ela. O homem vê um vestido cor de pêssego, tem uma ereção. Que importância se o marido dela foi esmagado por uma escavadeira? Me come. Eu era um canalha com uma ereção. Levanta a cabeça, pensei, vê como ele está. A cabeça não está mesmo numa boa. Preciso beber mais vezes, me acostumar com isso. Fiz uma espécie de discurso babaca. Ela percebera bem o jogo. Pega o sucrilho, filhinha, senta direito, *por favor*, Sally, senta já. Não posso. Senta, você está espalhando o sucrilho *por tudo*... eu já disse SENTA! Tá certo, acabou, senhorita, desce, agora! Nós estamos protegendo a sua virtude ou a minha? Quero ovo! Você acabou de *jogar* o seu ovo no chão! Furo demais! Frio demais? Tá. Vou esquentar. Mamãe, quando as pessoas morrem, o corpo delas fica todo podre? Quem disse isso? Lucy Meyer. Lucy Meyer disse isso? Quero ovo! Tá bem, Tommy. Filhinha, quando a pessoa morre, ela ainda tem o espírito. Mamãe, o que é espírito? É, bem... tá aqui, filhinha. Tá muito quente! *Não* está muito quente, não! Mamãe, o que é espírito? Sopra, meu bem. Tá muito quente! É só soprar. Buá? Hoje não é dia de coluna, só tenho que dar uns telefonemas, mexer numa coisa ou outra na redação, pagar umas contas. *Levanta*, seu cuzão. *Ainda* de porre. Espírito é... é o seu *coração*, filhinha, é quem você é. Mas mamãe, quando você morre, seu espírito volta pra Deus? Quem disse isso? Não me lembro. Josephine disse isso? Babá preta filha da puta pregando catolicismo misturado com macumba. Filhinha, você fez cocô? Não. Acho que tem um cocozinho na sua fralda. Dar uns telefonemas, botar o cheque da hipoteca no correio. Não tem cocô na falda! Esquece a mulher, agora você deve se lembrar dela como a mais bela mulher *que você nunca comeu*. Vamos descer, filhinha, você comeu o ovinho quase todo. Não tem cocô! Acho que você fez um cocozinho. Olhos azuis como caixa de correio. Você ainda está de porre mas acho que pode... se levantar, levanta, você pode se levantar, eu estava me levantando, me sentando, de volta ao jogo, e Bobby estava outra vez na linha: “Porter, tem uma mulher que levou um tiro ontem à noite no Upper West Side numa lavanderia chinesa. Pode ser o namorado”.

“E o que é que tem de quente aí?”, perguntei, olhando de soslaio pela janela para o sol.

“Morreu segurando o vestido de noiva dela.”

Balancei meus pés ao sair ao lado da cama. Pior a cada ano, a permanência das unhas encravadas. “Ela fazia o quê?”, perguntei.

“Era contadora, trinta e dois anos.”

“O namorado?”

“Cara de seguros, cinqüenta e seis anos.”

“Ela gostava de caras mais velhos.”

“Talvez tivesse algum tipo de problema com o pai.”

“Estou ouvindo você comendo rosquinha, Bobby.”

“É isso aí.”

“Você precisa começar a lavar a tinta das mãos!”

“O café tira tudo.”

Eu suspirei. “Eles sabem onde o cara está?”

“Não, mas estão procurando.”

Levantei-me e senti que meu pé estava esmagando alguns sucrilhos.

“Apareceu na TV ontem à noite?”

“Apareceu muito tarde.”

“O vestido de noiva, ali, e bum?”

“É. Captei esse pedaço do vestido de noiva justamente pra você.”

“Pode ser legal.”

“É legal. É o lado romântico. Você sempre gosta do lado romântico.”

Enquanto eu me vestia, ouvi Josephine chegar no andar de baixo, sacudir a neve das botas. Ela tinha a chave do portão do muro. Bom dia, como vai o meu amiguinho? Comi ovo! Ele tinha acabado de comer o ovo. Josephine é uma negra imensa do Haiti. Nós a encontramos quando Lisa estava grávida de sete meses de Sally e tinha chamado uma pessoa de uma agência de serviços de limpeza. Josephine chegou, enorme, respeitosa e sem jeito devido ao uniforme azul, próprio de moça, que foi obrigada a usar. Ela tinha feito faxina para nós uma vez por semana algumas vezes e eu apenas a via de relance antes de sair para o trabalho, mas logo tive a impressão de que estava exausta e era velha demais — alguma coisa beirando os cinqüenta — para limpar casas. Naquele segundo sábado, eu saí e comprei um aspirador de pó e o guardei no armário do corredor de cima, para que Josephine não tivesse que subir a escada carregando o Electrolux pesado. Depois perguntamos quanto ela recebia da agência de serviço de limpeza e soubemos que suas patroas, duas mulheres brancas, profissionais inteligentes, na casa dos trinta anos, ficavam com quase metade do salário dela. Estávamos pagando dez dólares a hora à agência e Josephine estava ganhando cinco dólares e vinte a hora, *fora* os impostos. Então ligamos para a agência e dissemos que estávamos cancelando o serviço porque o bebê tinha nascido. Elas perguntaram se não estávamos satisfeitos com Josephine e dissemos que ah, não é isso, ao contrário, uma mulher absolutamente maravilhosa. Então a contratamos por dez dólares a hora e lhe pagamos diretamente, para que pudesse ficar com o dinheiro todo. Depois disso ela vinha para ajudar com as crianças e aos poucos passou a trabalhar em tempo integral, chegando às oito e saindo às cinco. Houve um período de adaptação, porque Josephine, afinal de contas, é originária da cultura das ilhas; na volta do parquinho para casa ela podia arrancar plantas da praça e à tarde cozinhá-las no fogão, preparando estranhas poções onde misturava uma pitada ou outra de exemplares da botânica local. Muitas dessas misturas eram depois levadas para casa e impingidas à pobre LaTisha, a da bunda cabeluda, na tentativa de corrigir certos comportamentos adolescentes insuportáveis. Mas às vezes Josephine deixava suas poções em vidros sem rótulo na nossa geladeira; elas se anunciavam pelo tom esverdeado e por uma espiral de algum sedimento preocupante; certa vez, naquele primeiro verão, me levantei no meio da noite e, procurando alguma coisa fria para beber, abri a geladeira e tirei um vidro do que me pareceu ser chá gelado; aquilo desceu suavemente, mas em dez minutos minha boca estava cheia de saliva e eu sentia um estranho desejo de comer arroz cru. Numa outra ocasião, Lisa chegou em casa cedo e a cabeça de Tommy, então com onze meses, estava coberta de pedacinhos de papel absorvente molhado. Por um momento, Lisa ficou chocada, mas como Tommy parecia perfeitamente bem, ela apenas perguntou casualmente *por quê*, e Josephine explicou que Tommy estava com soluços e esse era o tratamento.

Pois bem, era tudo muito curioso e multicultural no início, sendo que eu e minha mulher nos parabenizávamos por termos "salvo" Josephine, mas a realidade era que uma mulher negra oprimida, analfabeta, chegava todo dia usando calças de jogging e tênis. E a essa altura eu estava cansado de vê-la. Estava cansado de sua bondade, de seu sofrimento sem queixas. Estava cansado de sua pobreza. Eu odiava esse sentimento em mim e me sentia culpado de tê-lo, e escondia contracheques, extratos de banco, extratos de conta de aposentadoria e qualquer outra coisa que provasse a discrepância financeira entre Josephine e nós. E ela nunca revelou que as condições de vida de sua família tinham a ver com um casebre precário pendurado bem alto às margens de um rio de água espumante; ela era confiável e levava uma vida limpa (com uma espécie de severidade católica, que me fazia suspeitar que ela nunca tinha se divertido muito, jamais), mas ela tinha tido alguns maridos diferentes e uma vez ou outra fazia referências a um primo ou sobrinho *que se metia em todo tipo de confusão*, e então balançava a cabeça como se alguém fosse fazê-la sentir-se mal por isso, também, e ela não iria se sentir mal, simplesmente não iria. Uma vez eu a levei de carro até o Bronx — garotos na rua vendendo crack, rádios grandes, o cenário completo. O marido dela trabalhava no setor de alimentação de uma creche; ele era um homem enorme, com mais de um metro e noventa, uma barriga grande e pressão alta; quando o conheci, sabia que ele podia me esmigalhar na hora, pegar minha pequena mão branca e quebrá-la como um punhado de gravetos secos. Mas, ao apertarmos as mãos, ele sorriu respeitoso e seus dedos mal chegaram a contrair os meus; não era polidez — mas, sim, como eu era o patrão branco da mulher dele, um aperto de mão firme demais poderia sem querer representar um insulto ou uma intimidação.

Então, parado no banheiro, ouvi Josephine arrumar Sally para ir à escola. Nós nos revezávamos para levar Sally a pé para a escola. Depois ouvi os pezinhos na escada.

"Papai?" Sally irrompeu no banheiro, trazendo uma de suas Barbies pela perna. "Por que você está fazendo xixi?", ela perguntou.

"Eu preciso."

"Por quê?"

"Por que você acha?"

"Porque você faz xixi, só isso!"

"Certo."

"Menino não tem que limpar quando faz xixi."

"É verdade."

Ela me acompanhou até o quarto. "Papai?"

"Filhinha?"

"Papai, todas as pessoas mortas morrem deitadas?"

"Não sei, Sally. Essa é um pergunta meio estranha."

"Lucy Meyer disse que todas as pessoas, quando elas morrem, as línguas delas saem para fora."

"Acho que não."

"Lucy Meyer me disse, na escola."

"Lucy Meyer já viu muitas pessoas mortas?"

"Lucy diz que todas morrem com os olhos fechados, e que se... se elas esquecem de fechar, então os bichinhos comem os olhos."

"Não se preocupe com isso, filhinha, tá bem?"

Lá de baixo, Lisa chamou Sally e depois subiu, trazendo os jornais do dia, que ficavam empilhados um a um do lado de fora do portão toda manhã, e que eram roubados se não os recolhêssemos prontamente.

Ela estava vestida para o trabalho. Sempre me espantava ver que calçava meias e passava perfume para cortar as pessoas. "Achei que você gostaria de saber que a tragédia atingiu a turma de Sally", disse ela.

Ela me entregou um bilhete escrito no papel da escola, assinado pelas duas professoras de Sally do maternal, moças sérias, aptas para lidar não só com crianças de três a quatro anos, mas talvez, o mais importante, com suas mães e pais.

Queridos pais,

Estamos escrevendo este bilhete para partilharmos notícias tristes com vocês. Como vocês talvez já saibam, Banana Sandwich, a porquinha-da-índia da nossa turma, sofreu um ferimento na perna, depois do qual sua saúde se degenerou. A veterinária, ao examiná-la, diagnosticou um problema neurológico. Fomos informados de que esse mal poderia fazer com que Banana começasse a se morder e a morder os outros. A veterinária sugeriu com veemência a eutanásia, e, depois de uma cuidadosa reflexão, concordamos com ela. Banana foi levada ao consultório da veterinária quinta-feira à tarde.

Não comunicamos às crianças todos os detalhes. Dissemos a elas que Banana tinha sido levada ao consultório da veterinária por estar doente, e que morreu quando lá estava. Vamos partilhar com elas alguns livros sobre a morte de um animalzinho de estimação e conversar sobre nossas perguntas e sentimentos a respeito de Banana. Se vocês tiverem perguntas a fazer, por favor nos comuniquem.

Patty e Ellen

"Sally trouxe isso ontem", Lisa disse.

"Isso a incomodou?", perguntei.

"Acho que não."

"Daí essa história macabra de Lucy Meyer que a está preocupando."

"Crianças sempre se preocupam com as coisas", Lisa acrescentou.

"É, mas eles são apenas crianças. É cedo demais para se preocupar."

"Crianças são gente", Lisa disse. "As pessoas se preocupam. Todo mundo se preocupa."

"Eu inclusive", eu disse.

"É *melhor* se preocupar, meu bem."

"E me preocupo, não tenha dúvida."

Ela me lançou um olhar, um certo olhar. "Gostei da coluna de hoje."

"O fato de ele ser um péssimo ginasta era a coisa principal."

Ela sorriu. "Você viu a manchete?"

"Está muito ruim?"

Ela abriu na página cinco e levantou o jornal: DEIXOU O MELHOR SALTO PARA O FINAL.

"Muito ruim."

"Sua cabeça, tudo bem?", ela perguntou enquanto se olhava no espelho, escovando o cabelo.

"Vai estar bem, daqui a algumas horas."

"Você não veio dirigindo para casa, veio?"

"De táxi."

Ela fez um bico e pressionou o batom na boca. "Obrigada", ela disse.

"Sou um cara decente."

Ela olhou para mim. "Mas ainda se permite algumas indecências."

"Você gosta delas."

Lisa sorriu. "É verdade."

"Vai passar a faca em alguém hoje?"

"Numas juntas." Ela se levantou para sair. Não é comum nos beijarmos ao nos despedirmos de manhã. Às vezes eu digo "Tchau", ou ela diz "Te amo", mas é só. Estamos com pressa. É mais fácil assim.

Esse relato é, me parece, uma confissão e uma investigação. Minha mulher aparece aqui e ali na história, e merece, acho eu, algum tipo de identificação além do fato de que é uma inteligente cirurgiã de mão. Ela é alta e esbelta, de cabelo cor de cobre, e estudou história da arte e biologia em Stanford. Seu horário é organizado para que ela opere às segundas, terças e quartas. O resto da semana é consumido em idas ao consultório, participação de juntas médicas e visitas de rotina aos hospitais. No dia em que opera, ela toma café colombiano forte de manhã; nos outros dias, chá Earl Grey. Ironicamente, seu trabalho afeta suas mãos. A pele das palmas das mãos e dos dedos fica seca e manchada devido à lavagem constante, não só nos dias de cirurgia mas entre as consultas, quando manuseia as mãos dos pacientes ao examiná-las, uma após a outra, muitas delas com feridas fechadas ou recentemente abertas que ficam brotando sangue e pus. A aspereza das mãos de Lisa é uma fonte pequena porém real de tristeza para ela, pois não era raro os filhos sentirem-nas como ásperas. Ao me contar isso, ela moveu sua aliança fazendo-a passar pelo segundo nó — sem tirá-la do dedo — e me mostrou o círculo de pele macia, incólume, que havia embaixo. Nós dois vemos a cidade através de nossas profissões, seus pacientes incluem secretárias com síndrome de excesso de uso mais séria do que a minha, policiais mordidos por pit bulls, operários de obra em cujos polegares caíram traves de aço, crianças com as mãos estilhaçadas por fogos, executivos que, em Connecticut, tiveram os dedos cortados ao tentar usar uma serra de cadeia. Ela entende de muita coisa, a minha mulher, e eu a admiro muito. Ao contrário do meu trabalho, o dela realmente ajuda as pessoas.

O que mais? Ela descansa lendo histórias — da China, da Inquisição espanhola, dos governantes aristocratas da Índia. Ela empilha seus livros e revistas junto ao seu lado da cama. Um pouco disso ou daquilo. Jane Austen. *O silêncio dos cordeiros*. Uma biografia de Tolstói. *Vanity Fair*. Salman Rushdie. Estranhos relatos de santos do século XVI. *O mundo segundo Garp*. Qualquer coisa. Lisa adora ler na cama depois que as crianças dormem. Ela tem uma luzinha engenhosa que se prende à parte de cima do livro. E tem uma verruga perto do umbigo. Ela tem alguma dose de sangue sefardim, e seus dedos dos pés são chatos, dedos árabes que caminham nas areias e que sobrepujaram geneticamente minha linhagem anglo-saxônica: nossos dois filhos têm dedos dos pés árabes, o que a deixa orgulhosa. Ela não vê televisão. Lê dois jornais por dia e, no entanto, não se interessa nem um pouco pelo dia-a-dia da política. Leu todos os principais tratados da ideologia feminista escritos nos últimos quarenta anos e acredita que homens e mulheres são *quase* incompatíveis e o serão sempre. Com o pesadelo contábil que acompanha a prática da medicina, ela prefere que eu lide com o dinheiro da família. Ela está envelhecendo como um belo barco de madeira a vela — alguns sinais de uso, mas todas as linhas intactas, um pouco mais de manutenção a cada estação. (O meu padrão de envelhecimento se assemelha a uma descida numa pista de lama em câmera lenta. No espelho, inspeciono os cabelos brancos, arranco alguns, e me sinto ridículo.) Ela ainda não pretende ficar sócia de algum asilo público. Sente-se muitas vezes cansada, embora em geral queira fazer sexo, para não perder a chance. Desde o nascimento de nossos filhos, tornou-se mais voraz na cama. A cada tantos anos parecemos topar com um novo tema na nossa rotina sexual; ultimamente Lisa tem querido primeiro me chupar enquanto enfia o dedo na xoxota. Isso pode durar algum tempo, e por fim, quando está gozando, me empurra todo para dentro da garganta dela só um ou dois segundos. Ou às vezes quem empurra sou eu. Depois nos viramos na cama e transamos. Ela muitas vezes me pede para fazer sexo com a maior força possível, e eu respondo que já estou usando muita força, mas é assim mesmo que ela quer. Lisa voltou à pílula, porque apesar de querer outro filho, na realidade não quer outro filho. Ela tem algumas amigas íntimas — em geral mulheres espertas com casamentos infelizes — e, quando elas aparecem em nossa casa, sentam-se nas cadeiras de madeira desmanteladas do alpendre, tomam bourbon e fumam cigarros. O riso delas sobe e desce, às vezes chega a parecer um choro, e então, mais tarde, depois que as amigas foram embora, Lisa entra em casa e parece contente de estar vivendo a sua vida e não a delas.

Entre nós há uma questão que perdura. Eu acho que a sociedade está indo para o buraco e Lisa não. A diferença ficou evidente assim que a conheci, quando ela trabalhava num setor de emergência como interna. Eu tinha acompanhado a vítima de um tiro ao hospital, para tentar obter algumas declarações da família. Lisa estava sentada com o pai na sala de espera, explicando alguma coisa sobre o tecido pulmonar nas vias aéreas, quando notou minha presença e me olhou. "Quem é você?", perguntou com uma certa irritação. "E o que é que você quer?"

A pergunta ainda é relevante. Quanto a quem eu era: eu era então um cara de vinte e cinco anos que podia pisar no pescoço da minha mãe para dar um furo no noticiário policial, fazia coisas muito acima da minha capacidade e diariamente corria disparado para sobreviver. Alugava um apartamento minúsculo no Brooklyn, levantava cedo, ia direto para a redação, fazia o serviço, chegava em casa tarde, depois lia as primeiras edições de todos os quatro jornais de Nova York. E quanto ao que eu queria, eu queria Lisa. Quando lhe disse isso, dois dias depois, ela riu. Naquela ocasião, ela estava quase casada com um homem que agora é um bambambã do Citibank. Eu a roubei dele. Eu o suplantei no assédio, na argumentação e na foda. Era a única chance que eu tinha.

O que mais sobre a minha mulher? Ela é uma mãe cuidadosa, o que, imagino, se deve ao fato de Lisa valorizar a vida. O pai dela foi uma das primeiras vítimas heterossexuais da AIDS. Ele sofreu um acidente de automóvel em 1979, cujo causador foi um adolescente bêbado que fugiu do local do desastre. Na emergência do hospital, o pai de Lisa recebeu uma transfusão. O sangue estava contaminado, e assim, após ter se recuperado completamente de uma mandíbula quebrada, um fígado perfurado e pernas esmagadas, ele começou a definhar, o corpo sujeito a uma infecção oportunista atrás da outra. O acidente ocorreu quando Lisa estava na faculdade e, à medida que o pai piorava, o curso dos seus estudos mudou das ciências humanas para as comportamentais e depois para as ciências factuais. Ela foi aceita em todas as escolas de medicina onde se candidatou; seu interesse em mãos originou-se do desejo de ajudar pessoas no cotidiano delas. Lisa tem satisfações e frustrações, especialmente quando uma criança perde um dedo devido à negligência de um adulto. Ela compreende o funcionamento dos músculos, dos tendões e dos nervos como um regente compreende a complexidade de uma partitura musical. Publicou alguns artigos sobre técnicas para poupar nervos em periódicos médicos. Às vezes Lisa se senta à noite e fica pensando nas mãos das outras pessoas.

Além do precedente, é necessário que eu diga mais alguma coisa sobre a minha mulher? Acho que não. Com uma importante exceção, acho que não preciso recontar nossas conversas domésticas durante o período que estou descrevendo. A maior parte do que se segue não teve nada a ver com ela; seria errado e fácil demais sugerir que as minhas ações tivessem sido uma reação ao nosso casamento ou a supostas falhas de caráter dela. Isso não seria verdade. Eu tinha um casamento feliz. Minha mulher era esperta, observadora e bondosa, e isso é tudo o que se precisa saber, acho eu. Quero protegê-la nesse sentido. Alguém pode ser inteligente e encontrar motivações irônicas em qualquer palavra que eu possa usar para descrever Lisa (assim, "esperta" talvez seja lida de um jeito; "bondosa", de outro), mas na realidade o que me aconteceu se derivou não do meu casamento com Lisa, mas das ações de quatro pessoas — eu, Caroline Crowley, Simon Crowley e uma outra. Éramos uma estranha trupe de pessoas que haviam se cruzado uma com a outra no tempo e no espaço. Havia também atores menores no nosso pequeno drama urbano, e, do mesmo modo, vou chegar a cada um deles a seu tempo. Mas minha mulher não impulsionou os acontecimentos. Ela simplesmente saía para trabalhar todos os dias e tomava conta das crianças enquanto eu me metia em confusão. O que também não faz dela uma impotente nem uma inocente consumada; tampouco quer dizer que ela não soubesse o que estava acontecendo; minha mulher é capaz de uma calma poderosa, vigilante. Minha mulher, apresso-me a acrescentar, é muito mais esperta, muito mais sábia do que eu.

Uma hora depois, eu estava na 83 com Broadway, em pé do lado de fora, no frio luminoso, trabalhando na história do crime do vestido de noiva. O nome dela era Iris Pell e havia dado um pontapé no namorado, um homem chamado Richard Lancaster. Era uma mulher atraente, de olhos escuros, meio pesadona, que se desapontara com o amor muitas vezes. Ela despachava a papelada numa grande firma de contabilidade no Rockefeller Center; ele era um executivo de nível médio do ramo de seguros, de quem seus colegas de trabalho se lembravam pelas maneiras educadas e gravatas-borboleta apuradas. Um sujeito que cortava o cabelo a cada dez dias. Iris tinha dito a Richard que não ia mais haver casamento e que não queria vê-lo nunca mais, e então ele a encontrou, e se aproximou dela sorrateiramente, confrontando-se com ela na lavanderia chinesa bem na hora em que estava fechando. Como Bobby tinha me dito, ela estava de fato segurando um vestido de noiva recentemente lavado a seco, quando se virou ao ouvir a voz de Lancaster, e as balas, duas, atravessaram o celofane, o vestido, a segunda folha do celofane, o casaco de inverno dela, a blusa que ela estava usando, o sutiã e finalmente chegou ao coração. Sim; como Bobby tinha dito, Iris Pell morreu segurando um vestido de noiva. Havia um bocado de sangue, a maior parte no chão, lambuzado, pisoteado, incrustado de poeira, seco mas depois novamente pegajoso por causa da neve nos sapatos das pessoas. Alguém tinha jogado alguns jornais no chão, mas não adiantou muito. Vi quando os detetives deram o assentimento ao dono da loja, que ficara acordado a noite toda enquanto eles não paravam de entrar e sair, e um garoto chinês de camiseta deixou cair um pano de chão pesado e molhado na mancha escura, e esfregou, retirando o que Iris Pell tinha deixado para trás. Havia uma reverência perceptível no zelo do menino com o pano; ele tinha conhecido Iris Pell, e aquilo era de uma tristeza pessoal para ele.

Richard Lancaster — ontem um cidadão, hoje um criminoso — fugira. Mas não para longe, como mais tarde se descobriu. Ele foi ao cinema, evitou ir para o seu apartamento. Usou um caixa automático, jantou um bife caprichado. Deu uma boa gorjeta ao garçom. Foi visto digitando furiosamente num laptop, e em seguida brindando a cadeira vazia à sua frente. Aquela mesma manhã, na mesma hora em que eu estava no metrô que ia na direção norte, ele foi encontrado por uma mulher anoréxica que fazia jogging num banco de praça na esplanada de Brooklyn Heights. Ali a silhueta cristalina da parte mais ao sul de Manhattan parece saudar o sol quando nasce. Lancaster estava vestido com o seu terno de trabalho, com todos os documentos de identidade na carteira, e uma nota de suicida metida na outra mão, que dizia: *Eu matei Iris*. Ele tinha dado um tiro na própria boca e depois caíra ali, o sangue pingando por entre as ripas do banco e escorrendo pela inclinação da calçada em direção à silhueta que se iluminava.

Mas ele não morrera. Uma segunda mulher, olhando pela janela do apartamento, viu Lancaster dar o tiro em si mesmo e chamou a polícia. A ambulância chegou e viu-se que, embora ele tivesse estilhaçado parte do rosto, o crânio, e o olho esquerdo, ainda estava muito vivo, tão vivo a ponto de implorar que o deixassem morrer no fundo da ambulância. A coisa complicou-se porque a polícia não conseguiu encontrar nenhuma arma perto do banco onde ele puxou o gatilho. A mulher que tinha chamado a polícia informou que tinha visto uma pessoa, talvez um sem-teto, inclinar-se perto da forma desabada de Lancaster logo depois do tiro, mas que não pudera ver claramente essa pessoa nem o que fizera, apenas que ela se erguera e sumira, entrando na névoa da manhã.

Levei umas duas horas para recolher todas essas informações; então, quando voltei do Brooklyn, ainda não sabia como tudo isso poderia render uma coluna decente para aquele dia. Eu tinha fatos, mas, a não ser pelo garoto chinês com o pano de chão, me faltava conteúdo emocional, me faltavam declarações. Não consegui chegar à família de Iris Pell, e os comentários posteriores dos colegas de trabalho de Lancaster foram inúteis. ("Richard Lancaster era um ótimo empregado, nenhuma queixa, nunca", declarou o relações-públicas da empresa.) A ex-mulher de Lancaster tinha deixado o telefone fora do gancho; talvez se considerasse uma pessoa de sorte, como acontece conosco de um jeito meio engraçado, quando a desgraça passa raspando por nós.

Eu estava totalmente ligado na minha coluna, e foi justamente nesse momento que Caroline Crowley me ligou. Assim que ouvi a voz dela, senti aquela sensação nervosa nas pontas dos dedos que eu costumava sentir antes dos jogos de futebol do ginásio, quando estávamos todos no campo com nossos uniformes e traves, víamos a multidão nas arquibancadas e ouvíamos o ressoar áspero do sistema de alto-falantes: *Faltam dez minutos para o início do jogo.*

"Tenho tentado encontrá-lo", ela disse. "Você sai cedo."

"Eu estava correndo atrás de uma história."

"Lembra-se da nossa conversa?", Caroline perguntou.

"Lembro-me de ter feito um discurso bêbado e sentimentalóide. O público chorava."

"Não, o que você disse foi muito carinhoso."

"Tá, é isso."

"Bem", ela começou a falar, "o que é que você costuma almoçar?"

"Qualquer coisa."

"Por que é que você não vem até o meu apartamento e come qualquer coisa?"

Eu não disse nada.

"Então?", soou a voz de Caroline.

"Estou sorrindo", respondi. "Você queria que eu sorrisse e eu estou sorrindo."

"E você também faz outras coisas?"

"Claro, paquero mulheres estranhas pelo telefone."

"Elas te paqueram, você quer dizer."

"Só quando querem alguma coisa de mim."

"Só quero que você venha até aqui. É um pedido inocente."

"Você tem mais coisas pra me mostrar, fotos do seu marido morto dentro de pastas, alguma coisa assim... bem-arrumada?"

"Que tal às duas horas?", Caroline perguntou, ignorando a minha pergunta. "Nada de gim-tônica."

"Então vou poder entender tudo muito bem."

"Isso", ela prosseguiu, "vai sacar as motivações e tudo mais."

"As suas, inclusive?"

"As minhas? As minhas motivações estão muito claras", ela disse. "Eu estou à procura da libertação."

"E não estamos todos nessa?"

"Não como eu", Caroline falou de forma abrupta.

Foi isso que me fez decidir — captei um certo tom nessa frase dela, ouvi os espaços sombrios, percebi que Caroline reconhecia sua própria cumplicidade em alguma coisa. "Sim", eu lhe disse, "eu vou."

Era quase meio-dia, e, com uma sensação nervosa de perda de tempo, saí perambulando pela rua, engraxei meus sapatos com um homem que me disse que ficaria tão rico quanto Bill Gates, e depois, ainda vagando, entrei numa loja de vídeo onde encontrei fitas dos filmes de Simon Crowley. Peguei uma das caixas brilhantes, embrulhadas com celofane: "*Sr. Lu* é o segundo trabalho do brilhante jovem cineasta que teve uma trágica morte prematura. Com somente vinte e seis anos, Simon Crowley filmou *Sr. Lu*, em apenas quatro semanas. O filme causou sensação no...".

O filme durava sessenta e dois minutos; achei que, se ia ver Caroline de novo, não seria mau ver um dos filmes do seu último marido. De volta à redação, entrei sorrateiramente numa sala de reunião nunca usada e pus a fita para funcionar. O filme, passado em Nova York, trata de uma motorneira de metrô, a negra Vanessa Johnson. Um mundo de correrias através de corredores escuros em direção a lixo, ratos e sinais vermelhos que mudam para verde, os dois raios dos faróis do trem varrendo a escuridão diante dela como se estivessem interminavelmente procurando algo.

Vanessa tem uns trinta e cinco anos, é solteira, mãe de três crianças e acredita que sua vida afetiva com os homens está acabada. Ela tem de lidar com ladrões que roubam os fios de cobre dos sinais dos túneis do metrô e estendem esses fios de um lado ao outro da via férrea para que os trens os cortem ao passar, e ela se confronta com um sem-teto cujo braço é acidentalmente arrancado pelo trem que ela dirige, pois o homem, bêbado, estava deitado sobre os trilhos. O rosto dela não admite nenhuma expressão, os olhos são desprovidos de qualquer esperança. Seu único consolo parece ser um gravador baleado, no qual ouve o *Requiem* de Mozart do início ao fim, ligando a fita assim que seu turno no metrô começa. Certa noite ela nota um homem de negócios mais velho, um chinês. Ele toma o trem dela toda noite e entra no trem sempre que a música chega ao mesmo ponto. Ela o observa pelo espelho lateral da cabine do motorneiro quando entra e sai, sempre vestido com um terno sob medida. Oportunamente, eles se falam. O nome dele é sr. Lu. Ele lhe faz perguntas a seu respeito, mas ela não diz muita coisa; o jeito de Vanessa, porém, insinua que gostaria de saber mais sobre ele. O sr. Lu tem uma loja de ferragens que vende por atacado em Chinatown e toma o trem a caminho de sua casa no Queens todas as noites. Depois de muitos encontros — cada um deles marcado por embaraço e tensão — Vanessa se entrega a ele, apenas com um pedido insistente de não ser tocada entre as pernas pelas mãos dele. Algo aconteceu há muito tempo e ela se lembra disso quando... — ele faz que sim. Ele, apesar de delicado com ela, permanece com um jeito reservado. Prefere não falar de si para ela, apenas que viveu na China até os anos 70. Há um estranho e forte erotismo inundando o filme, pois embora nenhum dos personagens seja convencionalmente sensual, cada um está claramente ávido da paixão a que ambos se esquivaram até esse momento. Afinal Vanessa é informada de que o sr. Lu tem um grave problema de coração — toda vez que eles fazem sexo ele fica literalmente em perigo — e que prestou serviço como um dos carrascos de Mao Tse-Tung durante a Revolução Cultural. Num longo e lamentoso monólogo no deck de observação do edifício Empire State, os turistas à volta deles filmando uns aos outros em vídeo e tomando sorvete, o sr. Lu explica que ele pessoalmente executou mais de oitocentos homens — e catorze mulheres, uma delas grávida. O chinês continua dizendo a Vanessa que ele não compreende mais o mundo, a não ser que o papel que desempenhou neste mundo foi vil. Ele admite ter odiado intensamente os negros depois de ter emigrado para a América, considerando-os sujos e burros. Nunca teve família, foi o que disse, e deseja ardentemente que sua vida tivesse sido diferente. O sr. Lu acredita que Vanessa é uma mulher muito boa, que "merece respeito". Ele quer que alguém saiba do remorso que ele sente pelo que fez. E teme morrer cedo, a qualquer momento, talvez ao subir uma escada ou ao atravessar a rua. O chinês indaga a Vanessa se ela permite que ele lhe faça uma "pergunta muito terrível". Ela responde que sim. O sr. Lu diz que pensa poder induzir um ataque cardíaco em si próprio e que gostaria de experimentar enquanto faz sexo com ela, para que não viesse a morrer só, mas nos braços de uma mulher. Ele está respeitoso e calmo. No momento em que eles deveriam se encontrar de novo, dizem a Vanessa que ele morreu naquele mesmo dia, ao levantar uma caixa pesada na loja dele. O filme termina com uma longa e agonizante tomada de Vanessa dentro do seu carro do metrô, as vozes do *Requiem* elevando-se e despencando, as estações e os passantes chispando, hipnotizando, exaurindo, os olhos de Vanessa vendo-os e no entanto não os vendo, o rosto dela pesaroso e misterioso.

Era, de fato, um filme tranqüilamente brilhante, e, lembrando-me das fotografias que eu tinha visto na noite anterior, a sina de Simon Crowley parecia vinculada à visão desolada do *Sr. Lu.* A morte de Crowley era agora, por estranho que pareça, um ligeiro motivo de pesar para mim. Cultura da pesada à parte, aí estava alguém com alguma coisa a dizer.

Às duas, serenado pelo filme, entrei no elevador e subi ao apartamento de Caroline Crowley acompanhado de Sam Shepard. Ele ia descer alguns andares acima do meu, talvez para visitar alguém igualmente glamouroso. Ele olhava fixo para a frente, na esperança de não ser reconhecido. Ainda era bonito, embora sua aparência fosse horrível, a pele frouxa debaixo do queixo, os olhos cansados. Ele me viu olhando para ele.

"Ei, cara."

A porta do elevador abriu-se naquele momento, e eu fiquei um minuto parado à frente da porta preta, com uma sensação estranha de estar ali outra vez, nem bem doze horas após minha saída cambaleante na noite anterior. Era tão esquisito quanto bastante lógico para mim; nossas compulsões nos são sempre evidentes, penso eu, mesmo que nos amedrontem.

Caroline abriu a porta assim que bati, o cabelo amarrado num rabo-de-cavalo. Ela estava de jeans e com um suéter de cashmere branco.

"Subi no elevador com Sam Shepard", falei.

"Tem um amigo dele que mora aqui em cima."

O apartamento estava inundado da luz branca do inverno e parecia maior do que me parecera na noite anterior. Vi traços recentes da passagem de um aspirador pelo tapete.

"Preparei um almocinho para nós", Caroline disse.

Eu a acompanhei à sala de jantar, onde havia um verdadeiro banquete de sopa e sanduíches sobre a comprida mesa de mogno. No meio, uma tigela com as maiores laranjas que eu já vira.

"Ontem à noite...", comecei a dizer.

"Ontem à noite foi tudo bem", ela interrompeu.

Eu não sabia o que ela queria dizer.

"Você não esperava me encontrar", continuou ela. "Eu o vi do outro lado da sala e me passou pela cabeça conversar com você. Sei que é... que é estranho, mas imaginei que você já tinha ouvido tudo que é história maluca que as pessoas têm para contar e essa era muito... Quer dizer, você tem que entender a minha... Charlie... é muito homem de negócios, muito seguro e tudo o mais, mas não está muito interessado no que aconteceu entre mim e Simon..." Ela tirou uma laranja da tigela e começou a descascá-la. "Acho que tenho um probleminha que é bem constrangedor." E levantou os olhos. "Pois é, se fosse só constrangedor, então não seria nenhum cavalo de batalha. Mas é bem mais do que isso."

Não nos conhecíamos, mas já existia uma estranha intimidade entre nós. Ela parecia sentir um grande prazer em me dizer certas coisas, uma espécie de essência de uma enrascada, e me ocorreu que talvez ela tivesse decidido que essas eram coisas que seria melhor deixar longe do conhecimento do noivo. Pois se ela pudesse dizer a ele, por que precisaria dizer a mim? Eu estava começando a me perguntar se Caroline não estaria se sentindo só. Não no sentido de desacompanhada, já que uma mulher como ela estaria sempre acompanhada, mas fundamentalmente no sentido de solitária; perguntei-me também se ela não teria confiança em si quanto a se manter fora de confusões. Apesar de viva e bonita, parecia à deriva. Que ela quisesse me contar o seu "pequeno problema" era prova da natureza aleatória da sua vida e, eu suspeitava, prova de que o seu problema não tinha nada de pequeno.

Caroline começou a passar o prato de sanduíches. "Ontem à noite você talvez tenha notado que os artigos de Simon que lhe mostrei não falam em mim. Pois é, nós não tivemos um casamento público, e também eu só o encontrei quase ao final da vida dele. A notícia do nosso casamento só apareceu depois que ele morreu, e eu tinha acabado de ir para o México; fiquei por lá uns meses, para evitar o pessoal da televisão, gente desse tipo."

"Gente como eu." Peguei um sanduíche. "Jornalistas dedo-duro."

"É, exatamente."

"Como é que você e Simon se encontraram?"

"Por acaso." Ela separou cada gomo da laranja, depois os arrumou em fila, oito pedaços. "Na ocasião eu estava — eu estava por aí, se é que você me entende. Eu já estava por aí há alguns anos..." Ela fez uma pausa, e o gesto me fez compreender que havia uma história que precedia sua chegada a Nova York, mas que ela parecia afastar para se concentrar no que estava me contando. "Eu estava vivendo uma espécie de vida nova-iorquina de garota bonita e cansada, sabe como é? Quase não tinha grana nenhuma e estava... sempre havia uns caras *certinhos* meio por perto, mas eu estava cansada, já tinha ido a muita festa e tudo mais... Eu tinha estado na Califórnia, mas vim para Nova York só para ver a cidade, ver algo diferente, entende?"

Assenti com a cabeça num gesto de vaga compreensão. Só mais tarde ficaria claro para mim que Caroline estava me apresentando uma versão absurdamente simplificada, muito pouco verdadeira dos motivos de sua vinda para Nova York; só mais tarde eu veria que as causas da sua mudança de território estavam bem enraizadas no seu passado e que os efeitos dela germinavam até esse exato momento. Mas então, vendo-a brincar com as cascas da laranja, a única coisa que eu sabia era que ela parecia perturbada pela ansiedade.

"Acho que eu estava na cidade há tanto tempo que sabia que precisava levar alguma coisa a sério", ela falou. "Quer dizer, esse lugar é dureza. Você tem de saber por que é que está aqui. Se você não sabe isso..."

"Fica na pior."

"É, você fica na pior, porque ou vão te meter em alguma coisa ou de um jeito ou de outro vão te comer. Isso aconteceu com uma amiga minha. Ela começou a fumar crack e eu simplesmente não a vi mais; um dia ela apareceu e estava realmente magra e doente, e aí tivemos que mandá-la de volta para o Texas num ônibus." Caroline meteu um gomo da laranja entre os dentes. "Então, como eu não tinha trabalho naquele momento, fui a uma agência e arranjei um serviço de atender telefone num escritório de advocacia, na mesa da frente, e fui levando desse jeito. Fazia uns três dias que eu estava lá, quando um dos advogados, um dos mais velhos, me convidou para tomar um drinque depois do trabalho. Ele era muito importante, mas era assim, tipo certinho — e não ia entender nada sobre mim... Eu nem estava procurando ninguém, estava vestida de forma bem conservadora e nem estava muito pintada. Só não queria chamar atenção, queria uma certa *estabilidade*, então, bem, ele me convidou para sair, e lá estava ele com o seu terno e o seu cabelo branco etc., uns quarenta e cinco anos, talvez, e parecia satisfeito consigo mesmo, como se tivesse acabado de ganhar um milhão de dólares ou qualquer coisa no gênero; pelo que sei, tinha ganhado realmente, e era meio atraente, mas... pois é, eu tinha visto gente na Califórnia que era bem estranha... Eu disse que estava tudo muito bom, mas que eu não podia sair. Então, como ele afinal de contas era advogado, quis uma justificativa e me perguntou se era uma questão de disponibilidade ou uma questão de preferência. Foi assim que ele se expressou. Eu estava meio zangada e respondi: 'de preferência'." Caroline comeu um pedaço da laranja. "No dia seguinte, a mulher que era chefe do pessoal me despediu quando voltei do almoço. Ela disse que apenas não ia..."

"Ele lhe pediu para fazer isso."

"Claro. Eu simplesmente me levantei e saí, e fui andando do centro para o sul da cidade; andei, andei, pelo menos uma hora — você sabe como isso pode ser gostoso num dia frio —, então eu estava só ali andando, até que entrei num bar apinhado lá na rua Bleecker. Dentro estava quente. Resolvi me sentar e daí Simon entrou — ele era fácil de reconhecer, não se parecia com ninguém. Eu tinha visto os filmes dele. Na verdade, eu tinha visto *Sr. Lu* duas vezes. Ele estava sozinho; me viu sentada ali e se aproximou perguntando-me se podia me oferecer uma outra bebida; eu disse que sim e conversamos um pouco. Achei que ele era até mais feio do que eu tinha visto na mídia. Mais baixo, com um ar assim meio mau, usando botas de caubói que fazem um cara de cidade parecer bronco. Mas tivemos um papo bem legal. Ele queria saber sobre a minha infância." Ela comeu outro gomo da laranja. "Especificamente, se tinha um varal de roupa no quintal do fundo, com camisetas, roupa de baixo e jeans secando na corda, e isso era engraçado, mas eu disse que sim, de fato, a gente tinha um varal assim. Os nossos pais tinham feito trabalho braçal... meu padrasto era chofer de caminhão. Fiquei pensando por que ele estava me dando tanta atenção."

"Ei, calma lá..."

"Tá certo, mas Simon sempre tinha um bando de mulheres em volta depois que os filmes dele começaram a fazer sucesso. Eu tinha lido sobre ele nas revistas, e me perguntei se Simon não era um babaca como muita gente de Hollywood... mas a coisa não era assim, realmente. No bar, nós só batemos papo. Daí Simon disse que precisava ir embora — tinha um pessoal esperando por ele lá na zona norte. Sharon Stone ou alguém parecido. Achei que era só isso, fim de papo. Mas então ele ficou bem pertinho de mim. E disse que ia me fazer uma pergunta, uma pergunta maluca, mas que estava falando sério. Bastava um simples sim ou não." Caroline me olhou direto nos olhos, seus olhos me desafiando a não acreditar nela. "Ele disse que a única coisa que queria era uma resposta. Sim ou não. Eu disse tudo bem. Então Simon disse: 'Quero me casar com você'. Achei que ele tinha enlouquecido e quase ri. Então me dei conta de que estava falando sério e não dissemos nada. Fiquei só olhando pela janela da frente do bar e pensando em como ele era feio, mas também em como ele era esperto, e era isso provavelmente que tornava a coisa tão atraente. Então eu simplesmente respondi — eu disse sim."

"Você o conheceu num bar, ele te propôs casamento, e você disse sim?", perguntei. "No espaço de menos de uma hora?"

"É."

"É a história mais ridícula que já ouvi."

"Concordo."

"Mas também acho bastante romântica."

"Não", Caroline corrigiu, "é totalmente maluca."

"Mas você casou."

Ela fez que sim. "Ele anotou todos os números de telefone dele para mim, pegou meu endereço e disse que precisava sair para encontrar umas pessoas, ele sentia muitíssimo, mas eu ia ter notícias dele no dia seguinte. Achei que talvez fosse me beijar ou qualquer coisa assim, mas ele saiu, só isso. Tinha um carro esperando por ele do lado de fora. Quando eu saí, talvez uns quinze minutos depois, tinha um carro esperando por *mim.* Ele tinha pedido para o motorista dele pedir um outro carro."

Eu tinha acabado o meu almoço. Caroline pegou outra laranja da tigela e, dizendo "Estas estão boas", me entregou a fruta.

"O que aconteceu depois disso?"

"Fui para o meu apartamento no carro e não sabia o que significava tudo aquilo, nem se eu deveria levar aquela história a sério. Fiquei meio em volta do telefone aquela noite, mas ele não ligou. Na tarde seguinte recebi um pacote que tinha sido mandado de Los Angeles aquela manhã, e o remetente era Simon. Era uma fita e um anel de noivado... e então eu *realmente* soube o que pensar. Quer dizer, era uma coisa estranha e também meio maravilhosa. Mostro a fita, se você quiser."

"Isso tudo vai chegar a algum lugar?", perguntei.

"Prometo que sim."

"Quer dizer, é interessante, não me leve a mal..."

"Não, não, você vai ver."

Fomos para a sala, e ela pôs uma fita de vídeo com a etiqueta OLHE PARA MIM CAROLINE [FITA 11] no aparelho. "Você tem que entender que Simon não era uma pessoa comum", disse ela. "Ele era obcecado por esses videozinhos. *Obcecado.* Não gostava de escrever nada, a não ser roteiros, e então fazia esses vídeos. Como diários. Ele fez todo tipo de vídeo. Quer dizer, esse era o grande barato dele — os filmes eram a arte maior, a imagem tinha matado a letra impressa, coisas desse tipo. Ele tinha toda uma filosofia... bem, já vou começar a passar." Ela fechou as persianas — a sala mergulhou na escuridão — e depois se sentou no sofá grande ao meu lado e enrolou um cigarro enquanto eu assistia.

(*Pára a estática, aparece uma imagem: uma cadeira e uma mesa na cozinha de uma casa cara. Uma janela ao fundo está escura e um relógio digital mostra: 1h17 da manhã. Passam-se alguns segundos, e ouve-se um suspiro do lado de fora da câmera. Então aparecem as costas de Simon Crowley quando ele se dirige para a cadeira, levando na mão um cigarro e um cinzeiro. Ele é pequeno, magrelo, uma barriga meio molenga. Ele se senta e olha fixamente para a câmera e depois olha adiante, os olhos calmos. O cabelo escuro cai pelo meio da cara, de vez em quando ele o afasta para trás. O rosto é meio desconjuntado, lábios e nariz grandes demais. Os olhos porém estão brilhantes de percepção, disponíveis ao pensamento. Suspira de novo, devagar.*) OK. Oi, Caroline, estou de volta a Bel Air, cheguei do LAX faz uma hora mais ou menos. O tempo todo no avião pensei no que seria estar casado com você. Fiquei pensando o tempo todo nisso, e teve uma coisa que me grilou: acho que não me dou bem com o ritual regular — seja lá que ritual a gente decida cumprir. Você é que decide e eu topo o que você decidir. Não é a cerimônia, nem a linguagem, é que eu — como você sabe — tenho um apetite voraz de *dizer* coisas, Caroline, e "sim" não vai bastar. Simplesmente não vai *bastar*. (*Ele dá uma tragada no cigarro, os olhos se apertando com o esforço, quase como se estivesse extraindo seu pensamento seguinte diretamente da própria ponta do cigarro em brasa.*) Então o motivo de eu estar aqui esta noite, mais ou menos umas treze horas depois da gente ter acabado de se conhecer, é que eu quero que os meus votos de casamento sejam feitos a você *agora*, neste exato momento. Assim é melhor para mim. Não sei exatamente o que dizer, mas quando tudo tiver sido dito e feito, é isso que vai ser a minha promessa de casamento. Estou fazendo o vídeo desses votos. Obviamente. Me perdoe, se puder. Desconfio que você vai ter que me perdoar por um monte de coisa. (*Olha para baixo, sorri para si próprio. Dá uma tragada.*) Então, depois que eu me despedi de você, fui jantar com a Sharon Stone. Ela quer participar do meu próximo filme. Conversamos sobre isso. Ela ainda está ótima. Foi só um papo comum. Ou seja, eu estava ali conversando com a Sharon Stone e pensando em você, numa garota que eu tinha acabado de conhecer, não é? Uma garota no bar, naquela tarde. A bela Sharon Stone não me interessava. Ela não provocou em mim aquele clique. Foi você, Caroline, que me fez sentir o clique, como eu não sentia há muito, muito tempo... Então eu estava pensando em você, Caroline, e me lembrei de quando era um ajudante de garçom, quando garoto. Eu lhe contei daquela tarde, quando eu era ajudante de garçom, mas na realidade eu nunca contei a ninguém o que aconteceu comigo, as coisas que me aconteceram... (*Ele tira uma caixa de fósforo do bolso de cima e fica brincando com ela.*) então, sabe, eu estava morando na casa do meu pai em Queens, ainda no ginásio. Eu ia tanto ao cinema, via uns quatro ou cinco filmes aos sábados, também alugava filmes, e vivia duro. Meu pai queria que eu tirasse a licença de eletricista de elevador, mas isso não era serviço pra mim. Mas eu o ajudava. O sindicato dizia que eu podia ser considerado aprendiz temporário. Às vezes eu ia junto com ele atender aos chamados. Ele tinha muitos pequenos clientes, uns prédios velhos no centro antigo, em toda parte. Mas eu não queria passar a minha vida fazendo isso. Então eu precisava arranjar um emprego, e arranjei como ajudante de garçom nesse lugar chamado Café Dante's, que era ali no sul do Village, antes de fechar. Eu gostava de trabalhar no Village, por causa de todos os cinemas alternativos que tinha por ali. Eu saía às onze e ainda pegava um filme. Logo, logo percebi que o ponto era quente, que muita gente da TV e muitos escritores costumavam ir lá, e até mesmo alguns atletas profissionais, Darryl Strawberry quando ele era o máximo, e gente desse tipo, e modelos e japonesas carregando umas bolsinhas pretas. As pessoas estavam sempre tirando fotos com máquinas Polaroid e fazendo circular as fotos por ali, fazendo uma coisa do tipo fama de minissucessos instantâneos... (*Ele se levanta e se afasta. Atrás dele o relógio da cozinha marca 1h21 da manhã. Ele volta com outro cigarro e o acende.*) Arranjar esse trabalho foi uma grande coisa. Eu podia observar as pessoas. Podia compreender como você agia se fosse rico e famoso. Claro, eu não era ninguém, era só um ajudante de garçom magrelo. Era um trabalho duro. No final de cada turno eu cheirava a lixo, cigarro e a todo tipo de cheiro misturado, que se grudava nos meus braços. Depois de um certo tempo passei a saber quem eram os fregueses habituais e se eles queriam o menu ou um cinzeiro, qualquer coisa dessas... eu era invisível, eu era só um garoto com uma gravata-borboleta. Às vezes as modelos que entravam eram tão lindas que eu entrava no banheiro e tocava uma punheta. Eu precisava. Eu podia ficar ali me masturbando, em pé, uns vinte segundos, vamos dizer. Uma vez eu estava nessa e um rato saiu de um buraquinho que ia dar na despensa. Eu via o dinheiro que estava sendo gasto. Uma pequena quantidade de pessoas detonava algumas centenas de dólares em comida e bebida. Eu estava recebendo gorjetas decentes e pude comprar uma câmera de vídeo. Costumava dar umas voltas por ali filmando coisas, gente discutindo, as barcaças subindo o rio, qualquer coisa. Eu já estava trabalhando no Dante's fazia mais ou menos um ano quando essa modelo muito bonita começou a ir lá — o nome dela era Ashley Montgomery. Todo mundo já se esqueceu dela porque ela acabou casando, por assim dizer, com o homem mais rico do Kuwait. Ela era alta, tinha provavelmente o melhor traseiro de Nova York e um cabelo preto comprido e liso. Nos meus diálogos privados, eu desafiava qualquer um a encontrar mulher mais bonita. Mas seria um erro, um erro lamentável, dizer que eu *amei* Ashley Montgomery no momento em que a vi entrar no Dante's aquela primeira noite. (*Ele balança a cabeça num gesto de repulsa.*) Podemos *imaginar* a música de oboé ao fundo, o riso e as mesas pequenas. Podemos *imaginar* que a entrada dela na minha consciência foi arquitetada pela astúcia do diabo. (*Ele parece ter entrado num estado de fuga, parece estar vivendo memórias enfeitiçadas.*) É, podemos imaginar isso. Mas estaria errado dizer que eu a amei instantaneamente. Não, essa seria uma terminologia insuficiente, que é o motivo da queixa dos advogados quando estão elaborando contratos de filmes. Seria insuficiente dizer que eu amava Ashley Montgomery. Ela me matava. Literalmente. Num certo sentido, ela me matava. Ashley Montgomery me matava. Ela não me via... (*Ele não está mais *olhando para a câmera, em vez disso, a fumaça subindo e se enrolando em volta dele, está olhando fixamente para um lado, a luz da lâmpada incansavelmente dura sobre suas feições estranhas.*) Posso me lembrar de tudo — os olhos dela varreram o restaurante quando entrou, procurando outras pessoas, as pessoas de verdade, não os tapa-buracos. Mas ela não me viu. Ela simplesmente... não... me viu. Entendi isso do mesmo jeito que entendi que eu estava respirando, porra. Quer dizer, a maioria das pessoas que passa os olhos numa sala, quando encontra os olhos de alguém olhando de volta faz uma de duas coisas: ou encontra o olhar da outra pessoa e o sustenta, mesmo que só por um segundo, ou pisca enquanto afasta o olhar para outro lado. A piscadela é a transição fisiológica. É só isso. É uma quantidade. Ela quer dizer: "Eu estou me mudando, o que vejo não interessa aos meus olhos". Entretanto isso é a prova de que alguma coisa foi registrada... (*Ele fecha os olhos e toma fôlego, e de novo traga a lembrança na sua cabeça. Os olhos se abrem.*) Mas Ashley Montgomery não piscou quando afastou os olhos de mim. Por quê? Eu não estava ali. Eu era uma colher na porra da xícara de café, era uma marca de dedo na porra do papel de parede, era a poeira que se filtrava imperceptivelmente através das sombras do recinto. Eu não estava ali, porra. Ela me matava. Eu ia pra casa e chorava no metrô. Às vezes, se eu estava na cozinha e ela estava lá numa das mesas, forçava-me a não pensar nela cortando-me um pouquinho com uma das facas de legume. Um cortezinho minúsculo... um estigma. Nunca funcionou. Cheguei até a cortar um pedaço minúsculo da pele do meu pau no banheiro dos homens. Só para ver o quanto a amava. Quando ela entrava, eu pagava a um outro ajudante para trocar de mesa comigo. Guardava as guimbas dos cigarros dela. Eu tinha um saco plástico com zíper no meu bolso. Tinha um desenho parecido deixado pelo batom em cada... também me lembro disso — a marca de batom era irregular e começava a mais ou menos meio centímetro do fim do filtro. Tons diferentes. Percebi que o batom combinava com o que ela usava. Se uma noite chegava com um vestido preto, então o batom seria vermelho forte. Se o vestido era de cor mais clara, então mais claro... Acho que todo mundo é fetichista. Ashley Montgomery usava uns seis tons. Me deu um arrepio quando percebi uma...

* * *

Inclinei-me para a frente e apertei o botão de pausa. "Esse cara está pronunciando os votos do casamento dele?"

Caroline virou-se para mim. "Simon era isso aí."

"Original."

Ela sorriu. De novo, recomecei a passar a fita.

Simon: ...cor nova. Quando ela entrava, eu sabia qual era o batom. Às vezes eu entrava no banheiro imediatamente e às vezes esperava até chegar em casa. Quando chegava em casa, tirava a roupa, me deitava e cobria o peito com as guimbas. Eu punha as guimbas na língua, nos ouvidos, no nariz e até uma vez no cu. O batom continha o perfume, a essência mais *sutil*, e depois... bem, depois eu fazia o de sempre, o troço. Eu não considerava isso depravado. Ela era um fetiche, um belo fetiche. Ashley passou a dar sinais mínimos de que me reconhecia... um sorriso, uma gentileza. Talvez percebesse algo... minha atenção trêmula. Eu costumava suar, costumava tirar o prato dela rápido demais, como se a estivesse mandando embora. Eu me dava conta de que precisava conservar o meu emprego. Me tornei o melhor ajudante de garçom do Café Dante's. Eles queriam que eu fosse garçom, mas eu não quis. Os garçons, eu via, estavam sempre muito ocupados. Eles não podiam ficar parados no fundo da sala estudando as pessoas. Isso eu podia fazer. Podia observá-la falar, podia observá-la escutar, observá-la tirar o cigarro da bolsa, depois fumar e pôr no cinzeiro. Ela em geral vinha com um bando, talvez uma vez por semana. Atores, gente da TV, gente da Broadway. Uma outra pessoa sempre pagava. Ashley nunca se oferecia para pagar, nem uma vez sequer. Ela entrava usando jeans e um boné de beisebol, e isso funcionava, ou entrava usando um mink que chegava até o chão e pesava uns noventa quilos, e isso também ficava legal. Os homens não a assustavam — essa, aliás, é a qualidade mais erótica que uma mulher pode ter. Ela amava os homens — de todo tipo. Era um pouco mais velha do que parecia. Ashley tinha vinte e seis anos.

Sabia ser espirituosa e rápida. Ao que parecia, passava mais tempo com gente de cinema. Uns caras mais velhos, diretores. E também um homem em particular. Era o novo cara dela, e a coisa me parecia bem séria. Meu Deus, com que atenção eu os observava. Ela o ouvia. Havia alguma coisa nela que eu compreendia. Às vezes eles escolhiam uma mesa no fundo, onde apenas se sentavam e liam, às vezes ele lia alto para ela. Um dia eu vi que ele estava lendo para ela as *Confissões de santo Agostinho*. Saí, comprei o livro e o li. Que coisa danada de classuda de se fazer junto com outra pessoa. Uma vez ou outra eles ficavam até a hora de fechar. Pareciam ter muito prazer de estar um com o outro. Tinha a ver com sexo, mas também tinha a ver com muitas outras coisas. Ele era páreo para a vitalidade dela. Ali estava ele engolindo a fumaça de cigarro dos outros homens, essencialmente *vital*, numa camisa bem passada e lendo santo Agostinho para uma das garotas mais bonitas da cidade. Então um dia ele entrou carregando uma caixa de gelo, uma caixa grande. Era cedo, talvez seis da tarde, antes do meu serviço apertar. Ele entrou com a caixa de gelo no ombro e a levou para a cozinha. Lá dentro tinha quatro atuns, de mais ou menos uns vinte quilos cada. Fiquei besta. Talvez eu estivesse numa idade em que simplesmente me apaixonava por todo mundo, sei lá. Aí o cara disse que tinha pescado aqueles peixes naquela tarde, na corrente do golfo, a quase cem quilômetros de Montauk. Ele levantou os peixes. Eram enormes. Belos. (*Simon tira um fósforo da caixa e o acende com ar contemplativo, olhando a chama se aproximar dos seus dedos.*) Cada peixe era uma amplificação grotesca da masculinidade dele. Fiquei fascinado. (*Ele joga fora o fósforo.*) Eu nunca teria o que ele tinha, *nunca*. Ele deu um peixe para o dono do café e outro para o *chef*. Tinha convidado um bocado de gente para ir lá aquela noite e queria que preparassem os outros dois peixes para a mesa dele. Meu Deus, o cara era demais. Ele era bonito e bem-vestido; estava se tornando famoso por algum motivo, e era arrogante. Quem não seria? Ele tinha uns trinta e dois, trinta e três anos. Tinha certeza de como as coisas iam se passar — ouvi as conversas, claro —, eu era invisível, eu era uma sombra, eu era a fumaça atrás da mesa. (*Simon acende um outro fósforo, apaga-o. Agora seu rosto está frio, vazio.*) Então, algumas horas depois, quando o homem tinha acabado de sair do banheiro dos homens, a caminho do lugar dele, virou-se para mim e cochichou uma espécie de frase conspiratória. Senti um breve arrepio, e então ele me disse algo parecido com "Uma das descargas não está funcionando, cara". Foi o que ele disse. Eu disse tá bem e entrei no banheiro dos homens. O filho da puta tinha vedado a saída de água da privada com papel. Todas as instalações do restaurante eram velhas como o diabo, e eu tinha que desentupir as privadas de tantas em tantas noites. Mas isso era demais. Desabei de joelhos naquele estábulo e vi a merda dele e o papel sujo de merda e, porra, chorei. (*Ele olha para a câmera.*) Chorei porque eu era um filho da puta feio, Caroline, chorei porque tinha inteligência suficiente para compreender a minha própria miséria. E acho que também chorei por amor. Realmente não sei dizer isso de um jeito melhor. Eu estava certo de que nunca seria amado. Nunca. Jurei que, se algum dia tivesse que me arriscar por alguém que amasse, eu me arriscaria na hora. Nunca hesite. Já tinha uns dez minutos, ou coisa parecida, que eu estava ali na estrebaria. Afinal o gerente entrou... (*Ele esfrega os olhos, respira, olha para longe.*) Eu serei sempre esse aí, Caroline. Sempre vou me odiar, sempre serei esse garoto de quinze anos, Caroline, sempre por fora, sempre fodido, de um modo ou de outro. Já fiz três filmes até agora, cada um mais bem-sucedido que o outro; me deram o Oscar, e estou contente, estou pasmo. Agora todo mundo me acha um gênio, mas o que é que isso significa realmente? Estou tentando dizer que a minha vida inteira tenho tentado ser mais feliz. Estou tentando encontrar o meu melhor eu, e não me parece que esteja chegando lá. Então... prometo a você que vou amá-la o melhor que posso, mas a previno de que sou um cara fodido em muitos aspectos, Caroline. (*Ele se senta olhando para a câmera, depois expira, levanta-se, pega um outro cigarro e volta.*) Agora, me faz o favor de abrir a caixinha que veio junto com esse vídeo. OK? Você está com ela aí, espero. Eu dei alguns telefonemas do avião enquanto pensava em você e mandei um rapaz procurá-la. O que você tem na mão, Caroline, é uma antigüidade romana. A pedra é uma cornalina. Se a segurar contra a luz, vai ver que a luz se refrata através dela, mais ou menos como numa estrela... o aro de ouro é muito imperfeito. A figura na pedra, a deusa com um capacete, é Atenas. O vendedor me disse que o anel foi feito a mão dois mil anos atrás, por aí, e foi descoberto numa caverna na Itália por volta de 1947. Um milionário brasileiro a possuiu por muito tempo. Nunca vamos saber quem usou esse anel, Caroline, mas a primeira pessoa que o usou foi provavelmente uma jovem romana nascida numa família rica. Talvez tenha sido passado adiante por muitas gerações, talvez tenha sido roubado e enterrado na caverna com o resto dos despojos. Eu não sei e não me importo. Eu só quero que você o possua... Espero não ter te desapontado, Caroline. Nós vamos ter que — pois é, quando eu a vi no bar, eu era o garoto que adorava Ashley Montgomery, só que naquela hora era você que eu adorava. Hoje eu vi uma mulher que esteve em muitos lugares, que podia agüentar, podia *me* agüentar, que me chutaria de volta se tivesse que fazer isso. Isso é o que me excita e aterroriza... Veja, Caroline, meu coração emociona o seu coração, meu coração sombrio emociona o seu coração sombrio. Esse é o meu desejo, Caroline. Meu desejo para você. (*Simon se levanta da mesa. Estática. Fim.*)

A apresentação me pareceu de uma frenética autocondescendência, ainda que estranhamente tocante.

"Nos casamos secretamente três dias depois, em Nova York." A voz de Caroline não traiu nenhuma felicidade diante dessa recordação. "Não me dei ao trabalho de convidar ninguém — a coisa toda era estranha demais. Ele providenciou para que um juiz fosse ao apartamento dele. Eu tomei um táxi. Nós nem tínhamos dormido juntos, mas naquela noite dormimos. Ele me disse para não usar nenhum anticoncepcional, e eu disse que estava bem. Não sei como não engravidei. Nossa relação durou seis meses no total e nesse tempo nós estivemos juntos, vamos dizer, umas sete semanas. Ele esteve trabalhando em filmes, voando para L. A., esse tipo de coisa. Ele comprou este apartamento e começamos a escolher os móveis..."

Ela parou. Tudo o que estava me dizendo soou-me como preparatório para alguma outra coisa, mas eu não disse nada. "Tenho certeza de que ele ia para a cama com outras mulheres naquela época, mas era muito cuidadoso comigo e, dada a estranheza do nosso encontro, não me queixei, embora, no devido tempo, pretendesse fazê-lo. Ele voltou para a cidade em agosto, realmente muito ocupado. Tinha um escritório no Village, onde estava sempre ocupado, e tinha reuniões com pessoas — gente do estúdio, gente da produção, roteiristas, fosse lá quem fosse. À noite passávamos algum tempo juntos e eu ia dormir. Então Simon saía. Tinha um cara que saía com ele por aí, dirigindo o carro, Billy Munson. Billy conhecia a cidade realmente bem. Simon saía e ficava só procurando coisas, situações, qualquer coisa. Uma vez perguntei se podia ir com ele e ele disse que não. Às vezes fazia vídeos.

"Então, depois de uma dessas noites, ele não voltou para casa. Pensei em chamar a polícia, mas esperei mais um dia, porque sabia que, se eu estivesse errada, ele ficaria zangado por causa da publicidade, de gente dizendo olha aí, nem a mulher sabe onde ele está. Então liguei para a polícia e os dias foram passando, e eu comecei a ficar apavorada, realmente apavorada. Claro que, assim que ele começou a faltar aos compromissos, todo mundo começou a telefonar, no maior nervoso, todo mundo preocupado. Daí a polícia o descobriu no centro velho da cidade..." Caroline inclinou a cabeça para trás, os olhos fechados. "De uma certa maneira, isso realmente não me surpreendeu. Mas fiquei louca. Como é que ele teve a coragem de morrer ou de ser morto ou seja lá o que for justamente quando nós tínhamos começado? Eu *ainda* estou meio zangada com ele. Mas também muito triste. Costumávamos nos sentar à noite e ver filmes; ele via alguma coisa, parava o filme, voltava e explicava o ângulo da câmera, a luz e como o diálogo se desenrolava. Ele sabia o diálogo todo."

Caroline se levantou e, assim que começou a andar sem rumo acompanhando as paredes do apartamento, pude admirar o comprimento de suas pernas, a perfeição de seu pescoço. "Passei um bom tempo achando que os detetives descobririam tudo. Eles dizem que não desistiram, mas acho que desistiram. Os estúpidos detetives particulares não servem para nada, é verdade, exceto o que me deu uma cópia do registro, aquela que eu lhe mostrei ontem à noite."

"O estúdio ajudou?", perguntei.

Ela balançou a cabeça. "É um bando de novos executivos do tempo em que ele estava lá. Ele está morto, não os pode fazer ganhar nenhum dinheiro novo, sabia disso? Quer dizer, os filmes que ele fez ainda dão dinheiro, mas é só o residual..." Caroline interrompeu-se. "As pessoas chegam para você com todo tipo de problema...? Coisas que elas sabem?", ela perguntou. "Imagino que você conheça todo tipo de funcionário importante da administração da cidade, gente assim."

"Às vezes as pessoas me procuram, sim."

"Gente como, quem?"

A resposta, percebi, era um passo necessário para ela. Ela queria se ver como alguém fazendo algo que não fosse estranho demais. "Alguns meses atrás", acrescentei, "a namorada de um tira apareceu e me contou como o namorado dela desce o pau nos traficantes. Isso não é raro, exceto pelo fato de que um dos traficantes é irmão dele. Depois teve um cara, não faz muito tempo, um velho que lê a minha coluna e que me contou como a mulher dele, que tinha um quadril artificial — eles moram no Brooklyn —, foi atropelada por uns garotos num desses carros baleados. Passaram por cima dela a pouco mais de sessenta quilômetros e não pararam. Nunca foram pegos. É esse tipo de coisa que as pessoas vêm dizer, sabe como é."

"Elas querem atenção, algum tipo de..."

"Elas querem uma transação, querem contar o que aconteceu, o que sentem sobre isso."

Ela pesou o que eu dissera.

"É claro que alguns só querem atenção", acrescentei.

"Eu não estou exatamente nessa categoria, acho. *Não* quero que você me mencione na sua coluna."

"Certo."

"Quero que tudo isso fique entre nós."

"Certo."

Ela arqueou uma sobrancelha. "Ontem à noite você estava muito bêbado."

"É."

"Você disse..."

"Eu disse as coisas malucas que os bêbados dizem."

Acho que essas palavras foram um desafio para Caroline, pois ela sorriu, aproximou-se e parou poucos centímetros à minha frente. Examinei o rosto dela com cuidado, a testa lisa — mais jovem do que a da minha mulher —, as sobrancelhas, os grandes olhos azuis — brilhando divertidos enquanto observavam os meus —, as maçãs altas, o nariz ligeiramente tendendo ao forte, a boca, os lábios num aperto sugestivo, depois, de novo, os olhos. Tão azuis que você podia simplesmente mergulhar neles. Ela estava acelerando seja o que for que nós estivéssemos prestes a fazer. Tomou um pouco de ar e o manteve, olhando direto para mim. Ela tinha voltado de onde eu queria ir; sabia por que as pessoas iam lá, podia me mostrar o meu eu mais verdadeiro, divertia-se com o turbilhão que acontecia em mim e esperava que eu sucumbisse a ela; no entanto, não me julgaria por sucumbir, pois sucumbir fazia parte da ordem natural das coisas. Ela expeliu o ar que engolira e deu uma olhada para baixo, os cílios escuros, depois olhou de novo para cima, então apertou o dedo indicador contra o lábio inferior, apertando-o muito de leve, a unha de um belo branco encerado de glacê de bolo, e então a ponta rosa e tímida da sua língua apareceu, tocando-lhe o dedo, que então, muito ligeiramente molhado, o redemoinho da polpa do dedo brilhando, atravessou o ar indo dos seus lábios até os meus, e quando meu olhar passou daquele dedo para os seus olhos, ela estava olhando bem dentro de mim com um apetite que ia além de mim e de quaisquer serviços sexuais de que eu fosse capaz, e prosseguia, até alcançar a lonjura dos seus próprios desejos.

"Se eu fosse você...", Caroline sussurrou.

"Sim?"

Ela apontou para a minha cintura. "Eu o desligaria."

Os olhos dela continuavam presos aos meus.

"Desligaria?", perguntei.

"Desligaria."

O bip.

"Você é engraçada", eu disse.

Ela assentiu com um único movimento de cabeça. "É. Eu sou engraçada."

* * *

A cama de Caroline era enorme. Ela tirou o prendedor do cabelo e o jogou sobre a penteadeira; em seguida, o relógio; então começou a se despir, tirou a camiseta pela cabeça e a jogou pelo avesso numa cadeira. Seu sutiã era delicado, preto, e pressionava um seio junto ao outro. Depois os olhos baixaram enquanto os dedos tocavam o botão da calça jeans. Eu nunca tinha sentido tanta culpa, nem tanta excitação. Eu podia sentir o sangue enchendo vigorosamente o meu pênis enquanto me livrava dos sapatos, da camisa, das calças e da cueca. Na minha idade, não me sinto nem envergonhado nem orgulhoso do meu corpo — não engordei como muitos homens engordam, e ainda dou uma chegada na academia talvez uma vez por semana. Ela, por outro lado, estava magnífica na sua nudez. Não tinha perdido sua essência nas dietas, como tantas mulheres em Nova York; era carnuda e cheia, com músculos nos braços, nas costas e nas coxas.

"Fica aí em pé um momento", eu disse.

"Por quê?"

"Você sabe por quê."

Notei um ajuntamento de linhas e formas de cor na omoplata dela.

"O que é isso?"

Ela virou a cabeça e olhou por cima do ombro. "É o que restou da minha borboleta. Isso era a asa."

"Tatuagem?"

"É. Preciso fazer mais uma sessão. O médico usa laser."

"Dói?"

"Não muito. O laser dissolve a tinta."

"Acho que eu gostaria de ter visto — a borboleta, quero dizer."

Ela olhou para mim. "Era linda."

Depois se enfiou sob o lençol.

"Você está tremendo", Caroline disse.

"Estou."

Não tivemos pressa. Suas paixões não a embaraçavam. A luz fraca do inverno atravessava a cidade do lado de fora da janela. Ela prendeu minha língua com força entre seus dentes; outro momento, outra posição, ela fechou os olhos e franziu a testa, como se estivesse concentrada numa peça musical intrincada. Lembro-me dos seus dedos abertos nos lençóis, agarrando e soltando, lembro-me do cabelo loiro preso em sua boca, do brinco que se abriu e caiu no lençol, e que ela num reflexo jogou no chão com um gesto rápido, da largura das cadeiras dela na minha frente, de como eu mamei tanto quanto possível, com um dos peitos dela na minha boca, sufocando com ele ali dentro, e da intumescência firme do bico do seio, que eu podia sentir no meu céu da boca. Lembro-me de que no último momento eu empurrei tanto e com tanta premência e fui tão fundo quanto pude, empurrei contra minha própria inconseqüência com a maldade que a maioria dos homens possui. E depois apertei meu rosto na barriga cálida e chata de Caroline e senti uma alegria florescendo em mim, uma alegria porque a vida ainda estava me presenteando com possibilidades — porque, certo ou completamente errado, eu tinha abraçado, sob a forma dessa mulher, a estranheza da própria possibilidade. Eu errei ao comer Caroline, mas não errei por ter querido comê-la; não, isso estava muito certo.

Na sala do maternal da minha filha Sally tem um menino que nasceu sem um maxilar. Eu o vejo nas manhãs em que levo Sally à escola. Lá, entre o alegre caos da sala de aula, crianças examinando livros de figuras ou brincando com blocos, está ele parado, os braços rígidos ao lado do corpo, lançando olhares à volta da sala, observando tudo, um menino que não tem muita boca a não ser um orifício molhado, enviesado para trás, com um ou dois dentes visivelmente salientes. Acima do lábio superior está o rosto de uma bela criança, de olhos brilhantes e cabelo castanho; abaixo, uma horrenda visão carnal. Por outro lado, ele é bastante normal, eu soube, bastante inteligente. Ele não fala, e não há perspectiva de que venha a falar normalmente por décadas, se é que vai falar algum dia. Também vi os pais do menino muitas vezes; o cabelo deles ficou branco de exaustão e desapontamento. Reconheço que o meu coração se aperta e fica pequeno, que me esquivo deles e não quero que nossos olhos se encontrem, mas apesar disso minha atenção se volta com uma fascinação doentia para o rosto do menino; se tenho possibilidade, roubo um segundo vislumbre desse rosto, quanto mais não fosse para reafirmar a minha repulsa, para extrair o consolo barato de que esse não foi o *meu* destino. Como deve ser difícil para a família, como deve ser fácil a vida da minha filha comparada à do filho deles. Eu não trocaria de lugar com o pai desse menino por nada nesse mundo. Critiquem-me severamente, mas eu não trocaria de lugar. Como deve ser, pergunto-me quando beijo Sally de manhã, ter um filho assim? Será que eu agüentaria? Quem é que se pode culpar: o destino, os cromossomas ou Deus? Será que o marido, pergunto-me, vê o rosto do menino quando está fazendo sexo com sua esposa? Será que há amor, calma e dinheiro suficientes nessa família para sustentar as operações, os desapontamentos, as complicações e frustrações inevitáveis? E se não há? De que uma família é feita? Do que eu posso depreender, a família do menino não parece estar lá muito bem, o marido engordou bem uns trinta e tantos quilos, e pelo jeito perdeu a alegria. Quero passar meu braço pelos ombros dele e dizer que sinto pra burro isso ter acontecido. Quero lhe mostrar que vejo o sofrimento dele, mas em vez disso, quando o filho se despede na linguagem de sinais, sempre ajo como um covarde e escapo furtivamente, pela porta, da prisão momentânea da dor deles. Imagino que o pai trabalhe num escritório em algum lugar, atendendo às necessidades das pessoas. Pela aparência, talvez venda alguma coisa — seguros ou publicidade, talvez. O salário dele é suficientemente bom para pagar a mensalidade da escola, mas desconfio que todo dólar extra que a família ganha é gasto no filho, de algum modo, ou por causa dele. Houve um tempo em que esse homem foi um menino, um menino numa bicicleta, o vento açoitando seus cabelos, depois um rapaz que se apaixonou; agora ele é um quarentão grisalho, oprimido pela gordura e pelo fardo de um filho com um grave defeito de nascença. E a mulher — ela é uma pessoa desarvorada e derrotada, a pele opaca com profundos círculos sob os olhos. Imagino que seja ela quem lida com as recomendações especiais da alimentação do filho, com as visitas aos terapeutas e assim por diante, quem pergunta aos médicos sobre a seqüência das operações para enxerto de ossos. Que seja ela quem administra a estrutura de tormentos da família. Qualquer um deles, ou o pai ou a mãe, daria qualquer coisa para que o filho tivesse um maxilar normal, *qualquer coisa.* E se a mãe e o pai de algum modo espiassem através da vidraça do alpendre da família Wren, digamos, na hora alegre e barulhenta que precede a escola, qualquer um dos dois veria o que para eles estava perdido para sempre e poderia testemunhar que eles também eram capazes dessa alegria, *quanto mais não fosse.* E qualquer um dos dois, particularmente o marido, ele próprio sujeito aos ventos da luxúria masculina, me diria que eu era louco por estar jogando com a integridade da família. *Não quero saber se o sexo é bom, ele não vale o risco,* o marido sussurraria no meu ouvido. *Olhe para mim, olhe para a destruição.* E ouvindo com atenção e respeito, eu daria o meu assentimento com um sinal de cabeça.

Contudo, contudo ali estava eu, dentro do box negro e molhado do chuveiro de Caroline, lavando o meu pau. Todas as superfícies das paredes do box eram de um mármore cor de ébano que cintilava como constelações estreladas de quartzo. Parecia ter uns trinta centímetros de espessura, e custar uns mil dólares o metro linear. Cheirei o sabonete e o xampu dela, e achei melhor não me untar com esses odores — Lisa notaria imediatamente. Então, já vestido, disse que precisava ir embora, e Caroline concordou, talvez com tristeza. O momento era terno, mas nada feliz, algo como se tivéssemos acabado de nos ferir. A sala parecia cinzenta e fria. Não fizemos nenhuma referência nem à minha esposa nem ao noivo dela. Não fizemos nenhuma referência à extrema imprevisibilidade do que tínhamos feito — o acontecido pairava ali, estúpido e monstruoso. Ela estava encolhida numa poltrona, vestida com um roupão branco, sentada sobre as próprias pernas, e parecia ter mudado para um estado de contemplação. Há alguma coisa sobre a primeira relação sexual com uma pessoa que nos convida à recordação de todas as outras primeiras vezes, próximas ou distantes, que formam a cadeia da nossa memória; o passo que nos leva ao êxtase com um novo par é também, pela lógica do tempo, um outro passo em direção à morte, e se não somos castigados por nada mais, melhor seria se fôssemos castigados por isso. Deixei Caroline passando um pente de tartaruga em seu cabelo loiro. Meu encontro com ela não diminuiu em nada o meu amor por minha mulher e meus filhos — não, isso está muito claro; o mistério é que o meu amor por eles não excluiu a possibilidade de que eu agora pudesse, também, amar Caroline Crowley, daquele jeito repentino, doentio, instável, que a pessoa anseia mas deveria imediatamente temer.

E então, eis o adúltero. No latão espelhado do elevador, encarei-me com atenção — corado, cabelo molhado, lábios ligeiramente inchados. Senti menos vergonha do que deveria, senti uma certa excitação, um eco de prazer no meu saco. Ajustei a gravata e abotoei o casaco de lã. Eu iria, é claro, ter que me compreender como um homem que tinha, pela primeira vez, enganado a mulher. Quase espontaneamente. Entretanto, vi nesse momento como teria sido muito melhor se eu também me compreendesse de uma outra maneira — tinha entrado num labirinto muito mais estranho e perigoso do que eu jamais poderia imaginar, muito mais deplorável do que a mera banalidade do adultério. A porta de metal amarelo do elevador abriu-se lentamente, e eu saí para o vestíbulo, onde passei pela mesa da frente e por Napoleão, o porteiro uniformizado. Ele era assim uma espécie de Pequeno Polegar gordurento que lançava olhares de soslaio à minha saída. Fez-me um aceno untuoso com a cabeça, bateu levemente o dedo no boné e apontou-me um táxi que estava esperando lá fora. Só pelo mais remoto dos acasos, depois que me instalei no táxi, depois que o porteiro presumiu que eu estivesse olhando para o outro lado, é que o vi olhar o relógio, puxar uma caneta e um bloco do bolso e anotar alguma coisa — alguma coisa, só me dei conta mais tarde, a meu respeito.

Pensamos conhecer a cidade, mas nunca a conhecemos. Todo brilho tem como corolário a escuridão, todos os lugares conhecidos correspondem a outros, repletos de vidas esquecidas e música perdida. Esses lugares sempre me atraíram; são úmidos, frios e desafiam a esperança; eles decaem e se enchem de ferrugem e podridão, repelem a vaidade e chamam a morte: um sapato de mulher num bueiro, uma garrafa vazia jogada num degrau de pedra, uma porta pintada inúmeras vezes numa centena de anos. Na manhã seguinte, cedo, fui parar num desses lugares — no lado norte da rua 11, perto da avenida B — sem nenhum motivo plausível a não ser o de ter acordado com um estranho desejo de ver o número 537, o terreno cercado onde o corpo de Simon Crowley fora encontrado dezessete meses antes. Mas embora o corpo tivesse sido descoberto num monte de entulho, o lugar naquele momento tinha sido aplainado e dividido em pequenos canteiros, como se cada um servisse a uma família. Eu podia ver isso apesar da neve ainda alta em alguns pontos, que, tendo sido empilhada pelos violentos redemoinhos de vento que varreram o terreno, chegou a formar um monte de quase um metro de altura que começava junto a um muro, atravessava o tapume com a corrente e contornava a frente do número 535, o prédio ao lado. Mas eram os canteiros plantados que me interessaram; as palhas secas do milho, os pés secos de tomate e os canteiros de flores mortas separados por caminhos feitos de restos de tijolo e enfeitados com lâmpadas de Natal e calotas cromadas. Na horta, ondulava uma pequena bandeira porto-riquenha, e, apesar do frio, as galinhas bicavam em volta de um casebre no fundo do terreno. De um lado, um banco de automóvel. E um enorme bicho de pelúcia sem olhos, cinzento pelo tempo — um urso ou um cachorro —, pendia do muro do prédio adjacente, como se fosse um vigia cego da horta ou talvez, mais especificamente, uma estátua de Cristo numa pequena gruta onde rosas e malvas-rosa haviam sido plantadas. Tudo tinha sido crestado pelo inverno, mas na próxima primavera este seria um lugar de viço e cor, de vida.

Do casebre saiu uma mulher mais velha e obesa com um ancinho, que ela começou a passar de um lado para o outro num dos pequenos canteiros. Parecia uma estranha atividade para um dia de inverno, ainda que meio quente, mas ela, fumando seu cigarro enquanto trabalhava, parecia contente. Em seguida percebeu minha presença, como eu tinha esperado, e protegendo os olhos com a mão para ver a figura delineada contra o tapume, gritou: "¿Qué quieres?". O que eu queria? Dei de ombros num gesto teatral. Ela veio em minha direção, pisando com cuidado nos pedaços maiores dos tijolos, e eu podia ouvir sua respiração ofegante ao se aproximar. Uma lembrança da minha mãe, morta havia mais de trinta anos, palpitou por um instante em algum lugar do meu cérebro. Minha mãe tinha me amado, seu único filho, de todo o coração, mas era um coração obstruído pela gordura; ela era tão imensa que morreu ao me tirar da banheira, quando eu tinha seis anos. Eu ainda não consigo explicar o fato para mim mesmo.

Agora a mulher se aproximava; ela tinha na mão um recipiente de plástico e um de seus dedos estava pousado sobre um botão. Vi em seu rosto as marcas do esforço, da saúde precária e da tristeza; sua testa tinha as cicatrizes em traços finos de uma mulher que tinha apanhado.

"Ei, moço, o senhor deseja alguma coisa?"

"Eu gosto de hortas, então parei para dar uma olhada."

"Hã?" Os olhos dela estavam exaustos.

"Tivemos uma horta quando eu era menino", eu lhe disse. "Tínhamos muitos legumes. Milho, tomate. A senhora planta isso por aqui?"

"Planto."

"Também plantávamos alface, repolho, brócolis e todo tipo de verdura. Ervilhas, antes disso. Acredito que aqui dá para a senhora plantar ervilhas em abril. E vocês não têm umas fileiras de cravos-de-defunto no meio para matar os insetos?"

"Cravos-de-defunto?", a mulher perguntou. "¿Las floras?"

"É, as flores. Cravos-de-defunto. Plante, os insetos detestam o cheiro."

A idéia intrigou-a. "Quer ver a horta?"

"Sim, eu gostaria muito."

Seguindo atrás da mulher, passei pela porta com a corrente, trancada cuidadosamente por ela.

"Meu nome é Estrella Garcia", ela disse.

"Porter Wren", retruquei.

Ela pareceu não reconhecer o nome, o que era uma sorte.

"O que é que a senhora tem aí?", perguntei, apontando para o recipiente na mão dela. "É spray antiladrão, pra borrifar no olho.

Ela balançou a cabeça solenemente. "Não se pode usar esse spray em cachorro. Precisa ter canais lacrimais." Ela apontou para os próprios olhos, que eram castanho-esverdeados, e logo me ocorreu que um dia, há muito tempo, talvez pudéssemos descrevê-los como belos. "Isso é pimenta, porque pimenta vai no nariz, não é? A pimenta serve pra cachorro e pra gente ruim, não é mesmo?"

Eu fiz que sim. "Fiquei preocupado porque achei que a senhora ia jogar isso em mim."

Ela fechou a cara. "O senhor não precisa ficar com medo."

Seguimos por um caminho tosco de tijolos à volta do terreno. Em silêncio, localizei o lugar aproximado onde tinha sido encontrado o corpo de Crowley; naquele momento, havia ali um canteiro de zínias mortas arrumadas em jardineiras feitas de tiras de pneus de carro. A terra não era muito boa, estava cheia de restos de reboco, cacos de tijolo e de vidro. A firma de demolição deixara para trás uns fragmentos grandes de concreto, até algumas vigas de aço, e fiquei pensando se a descoberta do corpo de Simon Crowley não teria apavorado os operários e feito com que terminassem a obra de qualquer jeito.

"Na minha terra a gente tem horta por toda parte", estava dizendo Estrella Garcia. "Na cidadezinha as pessoas plantam milho, tomate; esta horta aqui é só um lugar pras pessoas ficarem felizes e plantarem talvez umas flores, umas pimentas..."

"A horta é recente?", perguntei de forma casual.

"Tem só um verão. Todo mundo trabalhou muito duro na primavera passada porque o pessoal, o senhor sabe, primeiro põe um monte de lixo e de coisas quebradas, *tá vendo*, isso foi plantado pelo meu neto..." Ela apontou para uma fileira irregular de girassóis murchos. "A gente fez isso assim bonito para algumas pessoas que moram aqui. Todo mundo, moço, gosta desse jardim."

"Todo mundo que usa o jardim mora nessa rua?"

Ela fez que sim, distraída, cutucando um tijolo solto com seu pé gorducho. "O pessoal da minha família mora logo ali do lado." Ela fez um gesto em direção ao prédio adjacente, o 535. "Algumas pessoas moram do outro lado da rua, sabe, é tudo gente que saiu daqui de perto."

"O prédio que tinha aqui estava caindo?", perguntei.

Ela sacudiu os ombros. "Não, não tava tão ruim, não."

"Não estava cheio de gente demais e quase desabando?"

"Não tinha ninguém morando, mas estava legal, sabia?"

"Como estava o telhado?"

"Não sei essas coisas. Algumas pessoas tentaram morar aqui, mas foram expulsas. Nosso prédio é melhor. Meu genro é o zelador. Ele trabalha muito bem. Está sempre limpando o corredor, os degraus da frente, tudo..."

Voltamos ao tapume alto.

"Será que era preciso botar abaixo esse prédio?"

"Não, eu acho que ele estava bem bom."

"O seu genro saberia me informar sobre o prédio?"

"Ah, sabe."

"Seria muito incômodo se eu falasse com ele sobre isso?"

Se era muito ou nada incômodo, ela não disse. Fomos andando até o fundo da propriedade e a sra. Garcia à frente guiou-me até três degraus de cimento bloqueados por bicicletas de criança, passamos por uma outra porta com a indicação ESCRITÓRIO, descemos uma escada de madeira (o ar de repente se tornou muito quente), e entramos então num cômodo imenso, escuro, onde havia canos que serpenteavam por toda parte e uma fornalha barulhenta do tamanho de um caminhão, uma fileira de aquecedores de água quente sibilantes, uma cabine de elevador vazia, mais bicicletas, um escada ao fundo, lenha de todo tipo e, sob uma lâmpada numa corrente comprida e uma bola de tênis na outra ponta, uma mesa antiga bastante elegante, junto a qual estava sentado um homem latino de cabelos grisalhos, de óculos de lentes pesadas e manchadas, limando uma pequena peça coberta de óleo com uma determinação furiosa que me fez entender que sabia exatamente o que estava fazendo e que, de um modo geral, preferiria estar num outro lugar.

"Luis", Estrella Garcia disse, "este homem está querendo saber sobre o prédio que botaram abaixo."

Ele me olhou, piscando os olhos. "O prédio ao lado?"

"Isso", ela disse.

"Então?", o homem falou comigo, tirando os óculos.

"Eu estava querendo saber sobre o prédio aí do lado. Número cinco-três-sete. Por que é que o derrubaram?"

"Não prestava." Ele deu de ombros, enxugando a mão num trapo.

"Ora! Sua sogra disse que ele estava em boas condições."

Mostrando seu desagrado, ele sacudiu a cabeça. "Não, não, ela não tem idéia de como esses prédios funcionam. Nada prestava. Eles não tinham trocado nada desde, espera aí, 1970. Eu estive naquele prédio milhares de vezes. O telhado estava péssimo, o segundo andar tinha problemas de estrutura, rachaduras feias, nada prestava. Não trocaram o telhado, e você precisa fazer isso. Tem que consertar o telhado, senão a água desce por aí tudo, sabe como é, as coisas começam a congelar, rachar e apodrecer. E também estava cheio de ratos."

Eu me identifiquei, disse ao homem que era repórter. "E o corpo que eles encontraram quando estavam derrubando o prédio?"

O zelador assentiu com a cabeça e suspirou, como se toda atividade humana fosse um fardo para ele, um fardo estúpido que não o surpreendia. "Acho que teve alguma coisa desse tipo."

"Suponho que os tiras fizeram muitas perguntas."

"Algumas."

"Nunca solucionaram o caso."

Ele deu de ombros. Isso não tinha importância para ele. "As pessoas continuam a ser mortas, está sabendo? Teve uma mulher no quinto andar. E um garoto aí na rua."

Assenti com a cabeça. "Como é que o corpo chegou a esse terreno, você já pensou nisso?"

"Não, realmente não", ele disse. "Não é da minha conta."

"Bem, estou dizendo isso porque tinha um tapume na calçada com arame farpado por cima fechando o terreno, e também porque o prédio estava lacrado."

"A porta da frente não."

"Certo, mas ela estava trancada", acrescentei. "O que provavelmente não era..."

"Ei, espera lá", disse ele, de novo enxugando as mãos, distraído. "Sabe quantos serralheiros tem nesta cidade? Tem inquilinos aí em cima que trocam as porras das fechaduras deles o tempo todo. Eles não querem mais pagar o aluguel e ficam mudando as fechaduras." Ele balançou a cabeça. "O proprietário costumava mudar as fechaduras! Agora são os inquilinos. Sempre gritando que querem uma greve de aluguéis." O homem jogou o trapo em cima da mesa. Minha investigação não o interessava; em vez disso, aproveitava a oportunidade para expressar uma queixa generalizada. "Estou dizendo, a gente fica velho de ficar tentando consertar a pia e a merda de todo mundo. Só tenho um cara me ajudando..." Ele se virou para um corredor escuro com grandes canos cobertos de material isolante em toda a extensão. "Adam! Vem cá!"

Dali emergiu um homem baixo, de aparência calma, vestindo uma camiseta do Mets. Ele mascava o próprio lábio.

"Adam", berrou o zelador. "Pega a caixa. Mostra pro repórter quantas chaves você tem aí." Ele se virou para mim. "Mandei Adam tomar conta das chaves." Ele se virou de costas. "Não, Adam, pega a caixa *grande*. Os inquilinos são obrigados a notificar e a me dar a chave *nova* — está em todos os contratos —, só que eles não me dão a chave. Eu trabalho pro proprietário. Um merda filho da puta. Chumaço de cabelo na cabeça. Cada vez que eu o vejo, tem mais chumaços. Eu trabalho pra ele. Ganho dinheiro pra ele e o cara transforma a grana em *chumaços de cabelo*. Fica parecendo uma fileira de moitas!" Ele sorriu com amargura. "Mas eu trabalho pra ele. Todo mundo tem que trabalhar pra alguém, não é? Ele me manda botar essas fechaduras especiais, de duas chaves e dessas especiais, tipo de hotel, e toda espécie de merda do gênero, e daí eu volto uns três dias depois e a porra da inquilina mandou o serralheiro abrir a fechadura pra mulher pegar a chaleira dela, tá certo? *Tá certo* Adam? Vai pegar a caixa de chaves, agora, Adam. Ei, vamos parar com essa porra aí!" O homem olhou de novo para mim. "Eu conhecia todos os serralheiros, eles falavam comigo primeiro quando entravam, mas esses dias é..." O telefone tocou e ele tirou o fone preto e pesado do aparelho preso à parede. "Sim, *sim*. Não! Não *toca* nele, dona... Diz pra Maria não *tocar* nele. *Não*, isso não vai funcionar. Tô indo." Desligou e olhou para mim. "A mulher do segundo andar tem uma filha de cinco anos. A bola caiu na antena de TV. A garota enfiou a antena no bocal da lâmpada. A garota podia estar torrada agora, mas ela está bem. Não me pergunte como. Talvez a lâmpada esteja sem corrente. Preciso dar uma olhada." Ele apanhou uma caixa de ferramentas, depois se aproximou do elevador vazio e apertou um botão vermelho. "Então, quer dizer... é, sobre essa história de fechadura, aquele prédio — talvez os caras não tenham entrado pela porta da frente, mas eles podiam, podiam ter feito qualquer coisa, podiam ter ido do meu telhado para o deles, depois derrubado a porta de acesso ao telhado e dado uma festa ali em cima."

Eu estava prestes a lembrar ao sujeito que ele dissera à polícia que provavelmente ninguém tinha chegado ao 537 pelo telhado dele, já que mantinha a porta do telhado dele sempre trancada. Mas o telefone tocou uma segunda vez e ele atendeu. "Sim, dona, sim, tô indo agora." Desligou e olhou para o elevador, cujos cabos laterais se moviam. "Esse troço é lento demais. Leva um tempão." Voltou-se para mim, fez um sinal negligente com a cabeça. "Tudo bem, dá licença. Preciso ir. Não posso deixar a garota descobrir a eletricidade." E começou a subir a escada. "Adam! Esquece a porra da caixa! Vamos de escada. Adam, vem comigo, tô indo pro dois-zero-quatro. A sra. Salcines. Adam? Adam, pára com essa porra aí atrás!"

E então ali estava eu, no subsolo, debaixo de um emaranhado de canos. Estrella Garcia, o pescoço cercado por uma rosca de carne mole, olhou para mim. "Sra. Garcia", eu disse, "posso dar uma olhada na sua horta outra vez?"

Ela fez que sim com a cabeça, talvez até satisfeita.

Meia hora depois, na zona norte da cidade, atravessei o saguão do primeiro andar do jornal, cumprimentando Constantine, o segurança, com um aceno. "Bom dia, sr. Wren", disse ele, com uma generosidade que me confundiu. Constantine estava no jornal havia quase duas décadas e tinha conhecido centenas de repórteres, editores, entregadores de delicatessen, fotógrafos, vendedores de empresas de publicidade. Três anos atrás, ele tinha sido visto preenchendo cartões de loteria, fazendo círculos a lápis sentado atrás da mesa. De início preenchia muitos por dia, mas não tardou a preencher dúzias de cartões por semana. Enquanto isso, sorria e continuava a cumprimentar com um aceno de cabeça. Logo, logo os profissionais educados que passavam por ali, como não podia deixar de ser, começaram a parar e a tocar no assunto dos cartões de loteria de Constantine. E expressaram sua preocupação de que ele estivesse jogando compulsivamente. Será que precisava de ajuda? Um terapeuta? Será que se dava conta de que cartões de loteria eram uma forma de taxação regressiva? Que as chances eram escassas e que ele provavelmente não podia gastar tanto dinheiro nessa obsessão? Isso foi antes de Constantine ganhar doze milhões de dólares. Apesar disso, dispôs-se a continuar trabalhando como segurança, e as pessoas do edifício passaram então a levar seus cartões de loteria para ele preencher.

Subi no elevador com um jovem repórter que carregava um saco de papel de uma delicatessen que ficava ali perto, na mesma rua. Com o cabelo despenteado, como se o tivesse puxado, o rapaz, mergulhado em pensamentos, piscava e batia o pé.

"É só botar tijolo", eu falei, sem me lembrar do nome dele.

"O quê?" Ele me olhou aflito.

"Você está atrapalhado com uma história?"

"Eu... é, eu não estou sacando a história direito, como é que você percebeu?"

"Sem paletó. Sem bloco. Muito café. Você saiu e voltou."

"O que foi mesmo que você disse?"

"Põe tijolo."

Ele fez com a cabeça que tinha compreendido. "É."

Saímos do elevador e o jovem repórter escafedeu-se para uma outra parte da redação. Com passos rápidos, fui me esgueirando junto à parede do fundo. Anos atrás havia uma certa camaradagem entre mim e os outros repórteres, mas isso foi quando estávamos todos no caminho da subida. Costumávamos nos sentar e ficar falando de Ed Koch, de como iríamos acusá-lo de alguma coisa irremediável. Mas nunca fizemos nada disso, e muita gente foi para outros jornais ou foi trabalhar como RP por um salário três vezes maior. Ou se fodeu. Tem uns que envelhecem junto com a gente, mas o resto parece sempre mais moço. Todos querem acertar alguns petardos. Depois tem os repórteres investigadores que já estão cansados de tanta investigação. É muito trabalho de detetive para o dinheiro que se ganha, cara. Eles têm esposas, maridos, filhos e hipotecas, e vivem duros. Precisam bolar altas histórias, vendê-las para os editores e depois distribuí-las. Eu fiz isso; eu ia à Prefeitura, à delegacia de polícia, ao escritório do promotor e aos tribunais federais. Ficava lá sentado. Um tempão. Quando o sujeito enjoa de ser repórter investigador, tenta se tornar colunista. Todos pensam que eu ganho muito. Vejo na cara deles. Meu salário apareceu na revista *New York*. Alguém deixou vazar a informação. É constrangedor. Eles me olham e eu sei o que estão pensando. Eles não compreendem a pressão de ser "Porter Wren". Eles podem se esconder por trás da objetividade, mas um colunista precisa ir além, cavar histórias, chegar à primeira página. Uma coluna de jornal três vezes por semana é um abutre que destroça o seu fígado mais rápido do que ele pode se regenerar. Você está preso à pedra, o pássaro se aproxima, os olhos brilhantes, o bico fedendo a última refeição, até que, pousando de repente, ele bica e dilacera a ferida que abandonou dois dias antes, come até se fartar, engolindo os pedaços, depois sai voando. Os outros repórteres acham que compreendem isso, mas não compreendem, e eu me ressinto do ressentimento deles para comigo. Então eu entro sorrateiramente, ainda metido no meu paletó, e vou me esgueirando junto à parede do fundo da redação, de cara fechada, sem cumprimentar ninguém. Vou me embora. Não me chateiem. Acabei de trair minha mulher.

Richard Lancaster arrancou os tubos, dizia a letra estranhamente precisa de Bobby Dealy no pedaço de papel grudado na minha tela. *A morte não demora.* Lancaster era o corretor de seguros de cinqüenta e seis anos que tinha matado Iris Pell. Quanto mais vivesse, é claro, melhor a história. Dei uma olhada nas minhas anotações do dia anterior. Não gostei do rascunho mal alinhavado — como era possível descrever o que tinha acontecido com Iris Pell em oitocentas palavras? Alguém se importava? Como é que realmente sairia uma coluna sobre ela? Eu preferia uma chuveirada com Caroline Crowley. Liguei para o hospital, cujo porta-voz eu conhecia; ele só iria declarar que o estado de Lancaster tinha piorado devido à infecção no cérebro e nada comentaria sobre o fato de Lancaster ter conseguido arrancar os tubos — admitir tal coisa poderia ser usado pela família de Lancaster como alegação de omissão e negligência da equipe do hospital, o que provavelmente era o caso. "Dizem que ele arrancou os tubos", eu disse ao porta-voz. "Não confirmo isso", ele respondeu. O que significava: *Sim, é isso, mas arranja outra fonte.* Talvez essa não fosse a melhor maneira de trabalhar a história; todos os caras da TV estariam na expectativa da morte do Lancaster. E a única fonte válida seria um enfermeiro ou servente, que a essa altura já teria sido silenciado pelos administradores do hospital. Corri os olhos pelas páginas da minha caderneta de trabalho. O último número era o da mãe de Iris Pell. Talvez ela falasse com mais desenvoltura, sabendo que Lancaster estava quase batendo as botas.

Eu amo prazos de entrega, flerto com eles, os acaricio e lhes faço promessas, minto para eles e para mim mesmo sobre a mentira. Mas o dia do prazo sempre chega, e assim estava na hora de ligar para a mãe da moça morta. O que é preciso ser feito com cuidado. Alguém morreu, pelo amor de Deus! Dez anos atrás, eu costumava fugir desse tipo de telefonema quando estava com pressa. Agora, quase sempre faço a coisa certa; a gente precisa respeitar a dor, não pode perder o sangue-frio nem se sentir constrangido pela outra pessoa. Você tem que ficar firme e aceitar o que vem, tem que simplesmente se abrir ao que acontece e esquecer o prazo de entrega, esquecer tudo o mais, e quando você tiver esquecido tudo o mais, eles vão saber que você se importa e vão lhe contar, que é o que eles realmente querem. Eu dou a isso o nome de ponto de dilatação. Ao telefone, a sra. Pell foi de início cautelosa, como se estivesse mordendo a mão antes de dizer qualquer coisa. Depois se abriu um pouco. Depois, deixou cair. Ninguém tinha falado com ela, ninguém tinha lhe *perguntado* nada. Sua filha tinha andado aos dez meses. Sua filha tinha mostrado jeito para a matemática aos quatro anos. Sua filha tinha criado peixinhos dourados quando tinha sete anos. Sua filha tinha doado sangue de seis em seis meses desde os dezoito anos de idade. Sua filha tinha estudado contabilidade. Sua filha tinha arranjado um emprego de quarenta e um mil dólares e, poucos anos depois, entrou para uma academia de ginástica na região central da cidade, onde, à maneira da época, profissionais ofegantes pedalavam bicicletas estaticamente ou subiam escadas mecânicas mecanicamente. Na entrada da academia, algum membro da área empresarial — sem dúvida um banqueiro de investimentos — tinha posto uma pilha de prospectos que anunciavam a primeira oferta pública das ações de uma empresa. Era um lugar estranho para deparar com um prospecto de aplicação em ações, o que era proposital, é claro, uma vez que poderia chamar a atenção das pessoas, e Iris Pell, a contadora, notou. Ruborizada pelo exercício, possuidora de uma espessa cabeleira negra, ela, por sua vez, foi notada por Richard Lancaster, o executivo do ramo dos seguros. Ele fez um comentário casual. Ela retrucou. Eles viram um no outro o apreço pelas formas e complexidades do dinheiro. Discutiram o prospecto. Que engraçado o prospecto estar ali, no saguão da academia, que ilustração da nossa maneira de viver atual. Ah! Pois é. Ah! E assim por diante. O que eles estavam realmente discutindo era a perspectiva de um relacionamento, e nos primeiros dez minutos, no gesto de assentimento e no sorriso e na observação cuidadosa, o negócio foi fechado. Não importa que Lancaster fosse tão mais velho. Logo vieram o vinho, a cama, os planos. Iris Pell contara tudo à mãe. Cinco meses depois, o vestido de noiva da família Pell, guardado numa caixa de papelão no armário embutido de cedro num lar suburbano em New Jersey, foi solenemente retirado do meio das naftalinas. Umas trinta e oito mulheres tinham se casado com o vestido. As bainhas se desfizeram e foram novamente costuradas, o corpete foi ajustado, seja para expor, seja para esconder o colo (dependendo dos encantos deste, da preocupação da mãe com as aparências e do atrevimento da filha), mas o vestido, o vestido básico, tinha envolvido em brancura os sonhos de trinta e oito mulheres num espaço de noventa anos — quase um século completo — mães, filhas, primas e enteadas, e embora a renda tivesse sido manchada de perfume, batom, cinza de cigarro, champanhe e glacê de bolo, o vestido em si permaneceu sagrado para a família Pell; o vestido sugeria a uma família de classe operária de New Jersey que, num mundo sem valor, ela possuía valores. Pois é, o vestido de noiva de Iris Pell tinha tido sua última dança de fim de noite sob as luzes fluorescentes de uma lavanderia chinesa no Upper West Side, sendo a última dança o giro repentino de Iris Pell quando vislumbrou Richard Lancaster, seu amante rejeitado, no momento em que ele irrompeu na loja e disparou a arma que carregava, tendo as balas perfurado o vestido de noiva antes de perfurar o coração de Iris Pell, e depois, a uma grande distância, o coração da mãe da moça. A filha caiu, o assassino fugiu, a polícia chegou, a mãe sofreu. O vestido foi rapidamente fotografado pela polícia e devolvido à mãe, que, possuindo o conhecimento de uma mãe sobre o sagrado e o profano, mandou incinerar o vestido de noiva — o vestido de noiva *dela*, o vestido de noiva da *mãe* dela. E assim, chorando, contou-me o fato: "Eu precisava fazer isso, sabe, simplesmente não era certo continuar guardando o vestido. Nem discuti o assunto com o meu marido, sr. Wren, eu simplesmente tinha que fazer isso. Nunca mais ia poder olhar para o vestido outra vez, nunca mais ia poder... eu — o senhor me dá licença um instante... me desculpe — ela era minha filha! Ela era minha filha. Por que minha filha se foi? Por que ninguém me diz nada?".

É, Bobby Dealy estava certo, eu gosto do esquema romântico. E se a coluna de jornal é um abutre, ela recupera minhas forças mesmo quando me dilacera. Ouvindo, por exemplo, as confissões dolorosas de uma mulher humilde, decente, na cozinha da sua casa em New Jersey, descubro que há um momento em que recupero minha integridade por meio do sofrimento dela — quando vislumbro a humanidade num estranho, passo a ser melhor do que realmente sou.

* * *

Ao terminar a coluna, meus pensamentos se voltaram para a tarde anterior; parece que, se a minha culpa de marido fosse uma caverna, eu gostaria de sondar suas paredes escuras e úmidas para conhecer as saliências e o tamanho da cavidade que eu abrira dentro de mim. Queria matutar sobre o acontecido para decidir se deveria confessá-lo à minha mulher e, se fosse o caso, quando e de que forma. E se *não* devesse haver confissão, então o que eu deveria pensar de mim? Imagino que outros maridos adúlteros reflitam sobre as mesmas questões. Também imaginava que Caroline Crowley pudesse avaliar a minha ambivalência, a minha hesitação, e, assim, não exigir de mim um outro contato tão cedo. E é possível que ela tivesse seu próprio remorso para investigar, uma vez que estava noiva do jovem executivo que eu vira na festa de Hobbs. Mas eu estava errado. Nem bem despachei a coluna, ela telefonou.

A conversa entre nós foi breve e cheia de mais possibilidades sexuais. Disse a mim mesmo que não iria vê-la nunca mais e disse a ela que a encontraria dentro de meia hora num restaurante que ficava mais ao norte, perto da Park Avenue, em cujas paredes havia muitas esculturas de peixes abstratos. Cheguei primeiro e pedi ao garçom que guardasse a lista de vinhos, e então lá estava Caroline do lado de fora da janela do restaurante, de casaco de pele e jeans; mais uma vez percebi por que tinha feito o que fiz. Ela entrou, e todos os homens olharam, e continuaram a olhar enquanto tirava o casaco e o entregava ao garçom. O dia deles passou então a ser um dia um pouco melhor; estavam guardando um pouco de Caroline para si mesmos, engolindo-a e colocando-a no lugar onde o tesouro particular deles ficava guardado. Ela me beijou e sentou-se com o suspiro satisfeito de uma mulher que acabou de caminhar vinte quarteirões ao ar de Manhattan, os olhos brilhantes, parecendo mais jovem do que quando a vi pela primeira vez.

"Gosto deste lugar." Ela olhou em torno. "Você vem muito aqui?"

"Nunca."

"Você está me escondendo?"

"Estou, mas às claras."
"E se encontrar alguém conhecido?"
"Não vou encontrar."
"Mas poderia."
"É, poderia."
Ela deu uma risadinha. "Eu podia fingir ser sua esposa."
"Não vai colar."
"Podia ser sua assistente."
"Não tenho assistente."
"Podia ser uma fonte importante."
"Você é uma fonte importante."
"De quê?"
"Culpa."
"Bem, não me sinto culpada", declarou Caroline. "Eu sei que devia estar parecendo meio contemplativa antes de você sair, mas não estou triste nem deprimida nem nada disso, só estava pensando no jeito como você foi doce e que eu queria lhe dizer algumas coisas meio difíceis de falar; então acho que o que eu quero agora é só lhe mostrar isso e depois ver no que dá. Eu... eu estou..." Ela estava brincando com o guardanapo, e vi que seus dedos estavam tremendo, muito ligeiramente. Eu tinha segurado esses dedos, junto com o lençol. "Eu me sinto meio sozinha, Porter. Estou com Charlie, você sabe, mas ele é jovem. Quer dizer, é uma ótima pessoa..." Ela levantou os olhos, ansiosa, e depois os baixou de novo. "Ele acha que vamos nos casar em junho, provavelmente..." Balançou a mão num gesto de aversão. "Então, Porter, essa é uma maneira meio enrolada de dizer que eu quero lhe mostrar aquilo de que tenho falado. Hoje à tarde. Agora. Se você tiver tempo."

Eu assenti com a cabeça. Ficamos em silêncio e eu pedi um bule de chá para espantar o frio. Caroline desejava algo especial de mim, e eu não sabia dizer o que era — pelo menos por enquanto. Ela claramente queria atenção, até mesmo amor, mas não havia nenhuma razão para pensar que eu pudesse lhe fornecer coisas desse tipo, pois minhas energias, como era óbvio, estavam quase inteiramente devotadas à minha família e ao meu trabalho. E se era de sexo que ela estava a fim, então ... bem, parece-me que sou tão apto quanto o cara ao lado, mas se ela quer escolher, basta ficar um ou dois minutos na paquera num bar que logo encontra o amante da sua preferência. E isso vale para todos os passatempos menos importantes; ela podia encontrar conversadores brilhantes, profetas esfomeados, viciados em heroína amáveis, empresários ansiosos com hobbies caros, ativistas do gueto fascinantes — qualquer um. Eu era um jornalista casado. Não fazia sentido para mim. Não precisava fazer, ainda não.

Fomos subindo a pé a Park Avenue, passando por executivos, mulheres de chapéu, mensageiros, entregadores e secretárias de sapatos sensíveis.

"Aqui", disse Caroline, ao tomar o meu braço.

Reparei na fachada do edifício; era um banco da Malásia do qual eu nunca tinha ouvido falar, mas que sem dúvida servia a um número cada vez maior de ricos intermediários malásios que trabalhavam para indústrias japonesas e sul-coreanas, organizando a produção de mercadorias de baixa tecnologia a preço de salários medievais. Entramos em um saguão de mármore onde se destacava, atrás de um vidro, um Buda sentado, imenso e milenar, de mais de dois metros. Percebi que Caroline lançou à estátua um olhar de apreciação. Em seguida identificou-se perante os três guardas uniformizados sentados junto a um grande balcão; silenciosamente, um deles tirou um fone do gancho, falou por um segundo, depois assentiu com a cabeça.

"Você guarda o seu dinheiro *neste* banco?", perguntei.

"Não." Ela riu. "Aqui eu guardo o Simon."

Atravessamos um saguão, onde Caroline cumprimentou com a cabeça uma recepcionista que então apertou um botão na mesa à qual se sentava. As portas de um elevador abriram-se atrás de nós. Descemos no décimo quarto andar. Lá, Caroline disse um número de conta a uma outra recepcionista. Da posição lateral em que eu estava, podia ver o rosto dela na tela colorida — era um rosto estranhamente exangue. Então veio ao nosso encontro um guarda uniformizado com uma arma no coldre, que nos acompanhou através de portas de vidro de segurança e um labirinto de corredores. Após passarmos por mais uma porta, esta ainda mais obviamente impenetrável — de aço polido, com talvez mais de um metro de espessura —, atravessamos um corredor estreito com portas numeradas, sem janelas, conduzidos por uma diminuta mulher malaia. Um cavalheiro de turbante e uma mulher envolta num véu emergiram de uma das portas, e atrás deles vislumbrei uma pequena casa-forte, onde rapidamente percebi o que parecia ser um daqueles soldados de barro em tamanho natural da China. O casal olhou calmamente adiante de nós; sem dúvida fazia parte do protocolo ninguém ver ninguém. No final do corredor, a funcionária digitou uma senha curta num dispositivo existente numa porta, depois se afastou enquanto Caroline digitava a dela. Uma luz verde acendeu e a funcionária abriu a porta para Caroline. A mulher acenou com a cabeça e depois se retirou.

Eu não sabia o que devia esperar, mas fiquei espantado com a nudez do cômodo, cujo conteúdo constava exatamente de cinco coisas: duas cadeiras de escritório simples, uma mesa pequena, um aparelho de videocassete e uma mala enorme, do tamanho do freezer grande que meu pai mantinha em nossa garagem, onde ele guardava o veado que todo outono matava com uma espingarda.

"Isto aqui é algo de que eu tinha uma vaga idéia quando Simon estava vivo, mas que na verdade só vi depois que ele morreu." Caroline abriu os fechos da tampa da mala grande; ao se abrir, a tampa provida de molas revelou uma bandeja com fitas de vídeo. Em cada uma delas estava afixada uma pequena etiqueta branca numerada: 1, 2, 3, 4, 5 etc. As fitas não estavam em ordem numérica; talvez houvesse ali umas setenta e cinco ou cem.

"Que fitas eu devo ver?", perguntei.

"Tantas quanto possível."

"Sério?"

Ela me olhou, as sobrancelhas arqueadas.

"Isso levaria ... bem, todas são de duas horas?"

"Não. A maioria é só de dez, vinte minutos. Algumas são mais longas. Tem algumas muito mais longas."

"Vou ver as que puder."

"Você pode voltar e ver o resto."

Ela levantou a bandeja de fitas.

"É bom vê-las pela ordem dos números?", perguntei.

Ela balançou a cabeça. "Isso não tem importância."

"Nem ordem, nem mensagem, nem nada?"

"Não. De jeito nenhum. Ele via as coisas de outra maneira. Ele achava que não deveria haver nenhum modelo. Seria simplista demais. Na realidade, ele achava que modelos eram coisa de gente covarde."

"Você não pode ficar aqui sentada vendo as fitas comigo?"

"Não."

Olhei para ela.

"Me desculpe. Mas não agüento mais ver essas fitas." Os olhos dela guardavam uma lembrança. "Já as vi muitas vezes. Não poderia vê-las de novo. É exaustivo demais."

Puxei uma das cadeiras para perto da mala e comecei a mexer nas fitas.

"Vou dizer para o pessoal aí da frente que você talvez se demore algum tempo aqui."

"Tá bem."

Ela se aproximou de mim. "Obrigada, Porter."

"Acho que esse é um dos momentos mais estranhos da minha vida."

"Só quero que você se lembre de que Simon foi muito, muito infeliz a vida toda e que ele estava sempre buscando alguma coisa, a *verdadeira* vida, pois queria capturar a verdade. Talvez seja bobagem, mas é isso que ele queria. Essas fitas de vídeo são uma espécie de coleção particular. Cada uma corresponde a alguma coisa de que ele gostava; foi essa a seleção dele. Deixou de lado muitas outras. Uma vez conversamos sobre isso. Estava tentando juntar uma coleção de momentos filmados. Não como um filme. Nem numa seqüência. Só uma coleção."

"Charlie viu essas fitas?"

"Charlie? Claro que não! Ele não compreenderia."

"Então...?"

"Então eu estou pedindo que você veja esses vídeos."

"Por quê?"

"Bem..." Ela me encarou com seus grandes olhos azuis, e era como se eles tivessem cheios de respostas que lembravam não só o tempo que vivera com Simon Crowley, mas a vida dela antes disso; ela parecia insinuar que havia uma relação entre uma coisa e a outra, que tudo se relacionava com tudo o mais, e que a única maneira de compreender isso era deixando que ela me desse as explicações à sua maneira, por mais difícil que fosse. "Eu preciso... eu quero que você veja essas fitas porque só assim vou poder te falar sobre uma *outra* coisa."

Aprendi o suficiente com o meu trabalho para saber que durante uma entrevista às vezes é mais útil deixar que o entrevistado seja mais evasivo do que forçar a barra dele. As declarações evasivas cavam uma espécie de espaço negativo à volta do que está sendo evitado. Então eu simplesmente concordei com um gesto de cabeça. Caroline inclinou-se para a frente e pousou um beijo demorado perto da minha orelha. "Nos vemos amanhã no meu apartamento?", sussurrou ela.

Fiz que sim — bobamente.

Ela saiu e a porta se fechou com um clique. O som me incomodou, em seguida me assustou; logo depois me levantei de um salto e fui verificar se não tinha sido trancado ali dentro. Então peguei uma fita, rotulada FITA 26, a introduzi no aparelho e dei início à função.

FITA 26

(*Formas escuras, som do motor de um caminhão.*)

Primeira voz: ... Corrente do golfo, o barco tinha talvez uns quatro metros e meio.

Segunda voz: O que você tem aí nesses números... seis cadeiras?

Primeira voz: É, duas de frente no fundo, algumas dos lados. (*O som do motor está mais alto. A luz do sol ilumina a cena e revela uma espécie de boca de metal enorme; mais adiante, o fluxo contínuo do chão da rua, buracos. Ouve-se a mudança de marchas do caminhão, o guincho dos freios. O tráfego distante, sirenes. O caminhão pára. Aparece um homem usando um uniforme de lixeiro, arrastando uma lata grande; dentro, sacos de lixo, sapatos, revistas despencadas; depois outro homem, com outra lata, e depois o primeiro com uma outra; após meia dúzia de latas, o piso da rua adiante da boca de metal fica enevoado por uns dez segundos, em seguida, guincho de freios; os homens aparecem; ritmados, descarregam latas de lixo, uma depois da outra: lixo, roupa, sacos de papel molhados, algumas garrafas, um rádio quebrado, jornais que deveriam ser reciclados, sacos, sacos, sacos, um monitor de computador velho, alguns brinquedos de criança, revistas, embalagens de isopor, papéis...)* Cheguei mesmo a ver um belo cardume ali.

Segunda voz: Eram o quê?

Primeira voz: Atuns, de uns catorze quilos cada. Subi até o deck, estava lindo... (*O caminhão cambaleia para a frente de novo; homens trazem mais latas, despejando uma atrás da outra, arfando um pouco devido ao esforço, agora com o sol nas caras deles. Sob as grossas camisas verdes há torsos de ombros e braços fortes. Quando a luz brilha nas caras dos homens, eles parecem mais velhos do que seria de esperar, dado o considerável esforço de erguer latas muito pesadas.*)

Primeira voz: Então eu estava lá e os vi. Inacreditável. A água era azul, tão azul, sabe como é, e então o capitão grita, "Aí vêm eles", e eu estou ali no deck e vejo esse brilho... essas formas, e eles estão correndo, disparados, assim a talvez uns três metros da superfície, e é a coisa mais linda que eu já vi. (*O caminhão cambaleia para a frente de novo. Os homens trabalham com afinco, parando só para puxar a alavanca que ativa o compactador digestivo do caminhão do lixo. E então, mais excremento social: sacos, pedaços de teto, uma bicicleta, excremento de gato, sacos de lixo cujos rasgões revelam cascas de ovo, borra de café, ossos de costeletas de porco, revistas de moda, guimbas de cigarro e uma anágua de mulher, suja, transparente e sedutora, a flutuar momentaneamente sobre o refugo.*) É algo que nunca vou esquecer, eles se aproximando de mim daquele jeito, como se fossem centenas.

Segunda voz: É.

Primeira voz: Uma coisa linda mesmo, estou te dizendo. (*O caminhão de lixo cambaleia para a frente de novo, dá guinchos até parar, e os homens retomam seu trabalho. Isso continua por uns vinte minutos. Eles não dizem nada uns para os outros. A fita termina.*)

Eu ponho outra.

* * *

FITA 32

(*A tela mostra o banco de trás de um carro grande, uma limusine. É noite. O rádio está tocando, baixinho. A metade de baixo da janela lateral está visível. O carro segue no meio do tráfego, ultrapassa táxis, as luzes dos letreiros das lojas, gente nas ruas com casacos de inverno. É a cidade de Nova York.*)

Primeira voz: Já ligou, eu apertei o botão.

Segunda voz: Você tá muito doidão, tá sabendo? (*A parte posterior de uma cabeça, perto da câmera. A câmera tenta focalizar automaticamente o cabelo escuro. A cabeça mexe, a câmera focaliza de novo.*)

Primeira voz: Me dá isso, cara.

Segunda voz: Se eu beber uma gota a mais, eu enjôo, vomito tudo.

Primeira voz: Vê se abre a janela antes.

Segunda voz: Não dá tempo.

Primeira voz: Não.

Segunda voz: Merda.

Primeira voz: Pede ao Max ou seja lá quem for pra ir pela Décima Avenida.

Segunda voz: Eu não tô pronto.

Primeira voz: Pede ao Max, só isso.

Segunda voz: Ele vai pensar que somos uns pervertidos filhos da puta.

Primeira voz: Ele está sendo pago.

Segunda voz: Max! Décima Avenida, rua 46! (*Um som.*)

Primeira voz: O que foi que ele disse?

Segunda voz: Disse "claro".

Primeira voz: Ele disse que Bush vai ser reeleito.

Segunda voz: Dane-se.

Primeira voz: Puxa, tô me sentindo ótimo, tô me sentindo como se a minha cabeça estivesse tipo lev-mag.

Segunda voz: Lev-mag?

Primeira voz: Levitação-magnética, cara. O trem japonês tá indo a uns duzentos por hora e não tá tocando em nada, vai indo acima dos trilhos.

Segunda voz: Nós não podemos fazer isso.

Primeira voz: Alto demais pra morrer, cara.
Segunda voz: Vamos lá, não fode.
Primeira voz: Estamos quase chegando lá! Tem uma. Diz pro Max ir mais devagar. (*Som. O carro está andando mais devagar.*) Tem uma ali.
Segunda voz: Deus do céu, não!
Primeira voz: Não era nenhum bagulho!
Segunda voz: Era imensa!
Primeira voz: Ali!
Segunda voz: Não!
Primeira voz: Sim, cara!
Segunda voz: Max, pára aí! Pára aí! (*Rosto na janela, garota loira de dentes estragados.*)
Garota: Oi, gente.
Primeira voz: Oi.
Garota: O que é que está acontecendo hoje? Tá frio e eu estou tão sozinha aqui fora.
Primeira voz: Nós estamos meio sozinhos aqui dentro.
Garota: Parece que vocês têm aí tipo assim um bar completo.
Segunda voz: Isso aí, entra no carro.
Garota: Legal.
Primeira voz: Billy, ela é tua? (*Pausa. Carros passando lá fora.*)
Billy: Abre a porta. Deixa eu dar uma olhada. (*A porta abre. A garota finge dançar, mexe os quadris para a frente e para trás, levantando o vestido com as mãos.*)
Primeira voz: Billy?
Garota: Lamber e chupar, serviço completo, é cento e cinqüenta.
Billy: Você é feia demais pra esse dinheiro todo.
Primeira voz: Ela não é feia. Sem graça, talvez. Indefinida. Genérica. Uma certa utilidade...
Garota: O que é que ele tá dizendo?
Billy: Você parece interessado, cara.
Primeira voz: Eu até podia me interessar. Podia ficar muito interessado. Mas outra vez, é você que está pagando. (*A garota se senta no banco do carro, uma perna para dentro, outra para fora.*)
Billy: Fecha essa porta, tá frio.
Garota: Eu posso atender vocês dois, se isso...

Primeira voz: Não entro nessa merda. Já vi o Billy nu e é de lascar.
Billy: Dane-se, Simon.
Garota (*levantando o vestido*): Qual dos dois senhores...
Billy: Vai ser ele, mas eu estou pagando. Então acertamos...
Garota: Eu disse cento e cinqüenta pra lamber e chupar, serviço completo.
Billy: Isso é loucura. Não vou pagar essa grana toda.
Garota: O que é que ele quer afinal?
Billy: O que é que você quer?
Simon: Uma foda simples.
Garota: A maioria dos caras quer chupadas.
Simon: Ei, nenhum ritmo na coisa, nenhuma força. (*Toma um grande gole de uma garrafa.*)
Billy: Isso não pode ser cento e cinqüenta.
Garota: Isso eu faço por cem, mas o quarto é vinte.
Billy: Dá pra você fazer isso aqui, o banco é bem grande.
Garota: Então, cem.
Simon: Billy?
Billy: É grana demais.
Garota: Qual é!
Simon: Você está tratando com um negociador muito duro, moça. Esse cara trabalha pra Merril Lynch, ganhou um milhão de dólares o ano passado.
Billy (*realmente zangado*): Merda, não diz pra ela.
Garota (*ensaiando uma voz coquete*): Você não me quer?
Simon: Claro, claro que eu quero, mas não sou eu que pago. Ele é quem tem a grana, ele é quem tem a grana nesse negócio.
Garota: Setenta e cinco? Mas esse é o meu último...
Billy: Não, porra. *Nem pensar.* Tem um bando de garotas por aí mil vezes melhores do que você que fazem isso por trinta e cinco!
Garota: Tá, tô *sabendo.*
Billy: Não tá acreditando?
Garota: Se você quer uma coisa melhor, tem que pagar por isso.
Billy: Tudo bem, vamos encontrar outra — parece que ali tem uma, vamos ver, vamos ver só quanto ela vai cobrar...
Garota: Por favor, por favor, preciso da grana. Tenho um problema com dinheiro. Gasto muito.

Simon: Você é um grande cara, Billy! Não chora, meu bem.
Garota: Trinta e cinco? Eu vou...
Billy: Chiii! Caro demais.
Garota (*chorando*): Você não está entendendo. Eu tenho todo tipo de proble...
Billy: Tem que baixar o preço.
Garota (*chorando, orgulho se foi*): Vinte? Por favor! Estou precisando de algum hoje.
Billy: Cinco paus. Essa é a minha... última oferta. (*A garota chora e olha esgazeada os rostos de um e de outro sem parar.*)
Simon: Seu filho da puta, não tem dúvida de que ela vai...
Garota (*agora, com expressão decidida*): Não vai me pagar mais?
Billy: Não.
Simon: Você é mau mesmo, cara. Mau pra caralho. (*Toma um gole.*)
Garota: Vinte? É tão pouco. Vocês são ricos.
Billy: Cinco, então, sua puta!
Garota: Não.
Billy: É isso aí, então. (*A garota olha pela janela procurando outros carros. Nenhum aparece.*)
Garota: Seu filho da puta. Me dá o dinheiro primeiro.
Billy: Não, primeiro você entra. (*Ela entra no carro. Aparece uma mão segurando uma nota. A garota pega a nota rapidamente.*)
Garota: Você vai olhar?
Billy: Não, vou sair do carro desse lado e ficar aí fora uns minutos olhando pro outro lado, fumando um cigarrinho com calma.
Garota: Tudo bem.
Billy: Aí, garoto Si, você vai ficar numa boa com essa gatinha?
Simon: Vou, vou ficar numa boa. Pra alguém que está totalmente bêbado, você ainda é um filho da puta mau pra caramba.
Billy: É isso aí, cara, podem até me cortar o saco que eu não deixo de ser mau. (*A porta do carro se abre, Billy sai. A porta bate.*)
Garota: Tudo bem, moço. Vamos logo com isso.
Simon: Quer um gole?
Garota (*animando-se*): Quero.
Simon: A gente aqui tem todo tipo de...

Garota: Me passa isso aí mesmo. (*A garota pega a garrafa.*) Vou dar um trago pra valer.

Simon: Doçura, já tomei a metade dessa aí, então você pode tomar o maior trago que puder. Recupera aí a tua grana. (*A garota vira a garrafa, que fica assim por alguns segundos.*)

Simon: Meu Deus.

Garota: Que é isso? Uísque?

Simon: É.

Garota: Sempre amei uísque. Tira a calça, tira logo a calça, fica mais fácil. (*Barulho de roupas sendo tiradas.*) Tô tirando o meu vestido, tá vendo?

Simon: Hum-hum.

Garota: Olha só o que a gente tem aqui.

Simon: Tá limpo.

Garota: Tem camisinha aqui.

Simon: Hum-hum.

Garota: Dá um tempinho. (*A mão apalpa o interior de uma bolsa.*) Tenho que usar essa aqui. Teu pau é grande.

Simon: Engraçado, sou um cara pequeno.

Garota: O maior pau que eu já vi foi o de um gordo baixinho. Havaiano ou coisa parecida. (*Entediada, agora.*) Tudo bem, fica duro, cara. Você pode.

Simon: Isso tá bom. Muito *profissional*.

Garota: Pensa em me dar ele, cara. Em enfiar ele.

Simon: Tá certo.

Garota: Quem fica em cima?

Simon: Eu.

Garota: Vai com calma, minhas costas estão me matando.

Simon: Tudo bem.

Garota: Agora vem. Me dá aquele pau gostoso, cara.

Simon: Tá.

Garota: Ah.

Simon: Não tô sentindo a borracha.

Garota: Eu coloquei ela.

Simon: Tem certeza?

Garota: Eu coloquei ela, você não está sentindo porque está me sentindo.

Simon: Aah.

Garota: Vou apertar mais.

Simon: Ah. Agora foi. É, essa foi boa.

Garota: Vai, vai, vai, cara. Não tô cobrando por minuto. (*Alguma coisa balançou a câmera e agora a tela mostra o rosto da garota; seus olhos estão abertos e olham ao redor enquanto o corpo continua a trabalhar sobre ela; então nota a garrafa perto dela, no chão do carro, agarra-a e toma um grande gole enquanto ele a martela, e o uísque se derrama pelo seu queixo. Ela inclina a garrafa no chão, ajeita ligeiramente os quadris, depois torna a pegar a garrafa, dessa vez esvaziando-a alguns centímetros. Depois aperta as duas mãos nas costas do corpo.*) Vai agora, vai, vamos, me faz gozar, cara, vamos. (*Há um longo gemido e a cabeça de Simon afunda com intimidade no pescoço dela por um instante, mas ela já está se levantando de debaixo dele, puxando o vestido para baixo.*)

Simon: Borracha desgraçada!

Garota: Tava tudo certo.

Simon: Acho que ela caiu, eu não senti ela lá.

Garota: Que nada, eu senti. (*Aponta para a virilha dele.*) Está bem aí! (*Ela encontra a garrafa de novo.*)

Simon: Leva com você.

Garota: Não, porra, é só jogar fora aí na rua.

Simon: Não, eu estava falando da garrafa.

Garota: Opa, obrigada! (*Ela abre a porta e quase imediatamente surge o som de uma outra porta se abrindo.*)

Billy: Você ainda está aí dentro?

Simon: Eu tô legal.

Billy: Ela tá levando a porra do nosso uísque!

Garota: Ele me deu. (*Fecha a porta com um pontapé.*)

Billy: Você roubou o uísque!

Garota: Foda-se, seu babaca.

Simon: Ela ainda está puta com você.

Billy: Max! Max! Vamos botar isso aqui pra andar! (*O carro começa a andar. Billy aperta o botão da janela e espicha a cabeça para fora.*) Cinco dólares! Ei, to-do-mun-do! Essa puta desgraçada está dando por cinco dó... (*Ele mete a cabeça para dentro rapidamente.*) Ai, ai, ela tá nos pegando. (*Alguma coisa atinge o carro, som de vidro quebrando.*)

Simon: Ela jogou a garrafa?

Billy: É. (*Olha para a frente do carro.*) Max! Não se preocupe. O carro tá legal. Nenhum problema. Me manda a conta de qualquer problema! (*O carro se esgueira no meio do tráfego. O vaivém das luzes da cidade, o fluxo do tráfego.*) A coisa foi foda.

Simon: Um episódio sombrio.

Billy: Muito sombrio.

Simon: E agora, para onde?

Billy: Tem o Harlem. Tem o East Village, o Central Park West. Têm possibilidades de todo tipo.

Simon: Ei, a gente devia desligar esse troço.

Billy: É uma fita de duas horas, vai ter muito...

Simon: Me dá esse fio. Não! Só me dá... Billy, seu puto... (*A imagem some bruscamente. A tela está estática, nevoenta.*)

FITA 69

(*Sala opulenta de tetos altos e espessas cortinas vermelhas até o chão. Gente bem-vestida circulando. Uma mulher segurando uma prancheta. Um cavalheiro mais velho de cabelo grisalho cercado por outros, mais jovens. A câmera não está estável, como se estivesse sendo operada manualmente ou, até mesmo, escondida. Um grupo de homens entra despreocupadamente na sala, mas todos se viram. Um dos homens é Bill Clinton. Ele está mais moço, o cabelo apenas começando a embranquecer. Ele é o número um, é o poder. Muitos o cercam. É claro que estão acostumados a estar com ele. É decerto um homem alto. A câmera se aproxima, instável. Ouve-se uma voz: "Sr. presidente?". Clinton olha, depois se volta para o seu interlocutor. A conversa prossegue; Clinton está esperando para responder, assentindo com a cabeça, os olhos cruzando a sala. A mulher com a prancheta chega perto dele e fica claro que ela precisa falar um momento em particular com ele. A câmera agora está próxima. Parece que a câmera está escondida na pessoa que vai se aproximando.*)

Mulher com a prancheta: É só um problema de acertar um horário.

Clinton: Não posso.

Mulher (*para a câmera*): Paul, dá para segurar o pessoal mais uma hora?

Voz: Acho que não.

Clinton (*o rosto se ruborizando, intenso*): Não tenho tempo para isso.

Voz: Podíamos dividir a diferença e por exemplo...

Clinton: Não, que diabo. Quando é que vocês vão entender que quando eu digo não, é não? E que o seu problema não é o meu? Encontrem uma solução. Vocês são todos muito espertos, leio os seus resumos. Digam a ele que vamos sacanear o projeto, se fizer outra tentativa. (*Chicoteia o ar com a mão.*) Vão me matar com esse tipo de merda. (*Clinton se afasta e se movimenta pela sala cumprimentando outras pessoas. A fita chega ao fim.*)

FITA 72

(*Um trem que serve aos subúrbios, cheio de homens e mulheres vestidos formalmente, com trajes de trabalho. As janelas estão escuras, é noite. Diante da câmera, as costas das cabeças de dois homens.*)

Primeiro homem: ... no quartil mais baixo da firma, estou te dizendo, uma das medidas são as horas pagas. Todos nós sabemos disso. Então eu pedi a ele que fosse ao meu escritório; ele foi, nós nos sentamos e daí eu disse: "Gerry, precisamos conversar sobre o que está acontecendo com você". Ele ficou na defensiva e disse que estava cumprindo o tempo dele. Eu disse: "Espera aí, você faturou umas mil e quinhentas horas o ano passado, isso não é nem a metade". Ele disse que trabalha o tempo todo, mas que tem família e precisa dar assistência a ela. Deu nove anos pra firma e por isso acha que tem direito a uma certa margem de tolerância. Eu disse OK, que eu compreendia, mas que está parecendo que ele anda meio sumido. Quer dizer, eu disse ao Gerry que, se tirasse férias antes de fecharmos o contrato da McCabe, a coisa ia ficar feia pro meu lado e eu realmente não ia saber lidar com isso, de maneira que, quando ele voltasse das férias, estaria o maior caos. E foi o que aconteceu. Gerry diz que tem família para cuidar, que a filhinha dele estava correndo de um lado para o outro durante um jantar, atravessou o vidro de uma janela e arrebentou os nervos do pé. A mulher dele está grávida do terceiro filho e ele tem que levar a garota a um fisioterapeuta ou coisa do gênero. Eu digo: "Você não pode contratar uma pessoa pra levar a menina, uma baby-sitter ou coisa parecida?".

Segundo homem: Isso é uma coisa meio difícil.

Primeiro homem: É, pois é, também é meio difícil aprontar a documentação da McCabe a tempo quando o sócio sênior não está por perto. Eu tenho dois assistentes — você sabe, Pete qualquer coisa e Linda; os dois são muito bons, mas você também sabe que eles prepararam a minuta do contrato da McCabe e aconteceram problemas sérios. Essa turma ligada a imóveis que trabalha na cidade há uns vinte, trinta anos, sabe todos os truques. A turma toda. Eles metem uma cláusula pequenininha, engraçada, que parece inócua, e depois você descobre que ela pertence a alguma parte obscura do código municipal, e então você se fode, porque já está no contrato. Acaba custando alguns milhões de dólares — já nos aconteceu.

Segundo homem: Então o que você disse pro Gerry?

Primeiro homem: Eu disse pra ele que tirasse menos tempo de férias, mas que ficasse por perto e começasse a marcar presença. Quer dizer, minhas horas pagas diminuíram, mas é porque eu estou por aí arranjando trabalho pro escritório. Os caras no comitê de compensação entendem isso. Então o Gerry diz que não sabe como pode aumentar as horas dele. Está trabalhando sem parar, a mulher fica na marcação pra ele ficar em casa, corre de um lado para o outro, como todos nós, certo? Eu lhe digo que ele precisa entender que a situação dele na firma é problemática. Não posso protegê-lo mais. Não vou protegê-lo mais. Ele diz: "O que você quer dizer com isso?". Nós dois estamos pensando a mesma coisa. Dois garotos na escola particular, o terceiro vindo por aí, todo esse esquema. Então eu digo: "Vamos pensar numa coisa em que eu sei que você vai faturar, vamos dizer, mil e novecentas horas por ano, e vai tirar só uma semana de férias".

Segundo homem: O que foi que ele disse?

Primeiro homem: Não disse nada. O negócio é o que ele fez.

Segundo homem: O que foi?

Primeiro homem: Você não vai acreditar. Ele pirou.

Segundo homem: O quê?

Primeiro homem: É isso aí. Ele não fala nada. Levanta da mesa, fica em pé, vira de costas pra mim. Eu penso, tudo bem, isso tá estranho. Então percebo o que ele está fazendo. Tá tirando o pau pra fora e mijando...

Segundo homem: O quê?! Não vem com essa!

Primeiro homem: Não tô brincando, não. Ele mija aqui e ali, depois vai até o computador e dá uma mijadinha em cima e cai um pouco de mijo na minha mesa, então ele chega perto do computador e mija um pouco nele, depois pára. Fecha o zíper. Senta de novo na cadeira dele e olha para mim. Como se nada tivesse acontecido. Eu fico ali sentado. Estou pensando em milhões de coisas. Posso mandar esse cara embora agora? Não. Isso tem que passar pelo comitê. Só o Carl pode despedi-lo na lata, mas ele está nas Bermudas. Me pergunto se o Gerry está realmente maluco, se ele é perigoso.

Segundo homem: E o Gerry ali sentado, calmamente?

Primeiro homem: É, ele está ali muito calmo. Nem parece zangado. E uma gota do mijo até molhou uma das declarações do Mueller que eu estava lendo. Ficamos simplesmente ali sentados. Então eu lhe disse que era melhor ele pensar que ia ser mandado embora. Disse isso com a maior calma possível. Quer dizer, a coisa já estava feita, ele tinha ido longe demais, tá certo? Então ele disse: "Vou fazer o máximo pra aumentar minhas horas pra mil e quinhentas por ano, John, e pode ter certeza de que vou organizar minhas férias sem precisar tirar mais do que uma semana de cada vez".

Segundo homem: Que coisa estranha.

Primeiro homem: Então ele saiu. Pouco tempo depois, na segunda seguinte, o Carl voltou, e ele e o Gerry estavam no escritório do Carl. Não no pequeno, mas no grande lá do sexto andar. Eu contei pra ele o que aconteceu. O Carl se virou pro Gerry. Gerry disse que aquilo era ridículo, que era maluquice. É, tivemos uma discussão sobre o número de horas e eu vou voltar pro batente, mas mijar no escritório dele? "Isso é loucura, Carl."

Segundo homem: Espera aí, ele negou a coisa toda? Não ficou cheiro nem...

Primeiro homem: Não, o pessoal da limpeza esteve lá na mesma noite; tiraram o pó, esvaziaram as lixeiras, limparam tudo e passaram aspirador. Não havia nenhum cheiro, nenhum sinal. Eu não tinha nenhuma prova. Estou ali sentado olhando pro Carl, e sei que o Carl está pensando consigo mesmo, O que é mais louco? Um dos meus sócios seniores mijar no escritório de um outro, ou um dos meus sócios seniores *alegar* que um outro sócio sênior mijou no escritório dele? As duas coisas são igualmente loucas. Posso ver o Carl pensando desse jeito. Trabalhei para ele muito tempo...

Segundo homem: O Gerry também.

Primeiro homem: É, o Gerry também. Então Carl olha pra nós dois. Ele fica assim olhando pra mim com aqueles velhos olhos cansados. Eu sei o que ele está pensando. Não tenho provas. Só a minha acusação. Então ele olha pro Gerry. Pois é, o Gerry talvez não esteja dando as horas necessárias, mas o cara é quadradão, sempre certinho, nem paquera as secretárias.

Segundo homem: É.

Primeiro homem: Então o Carl está só ali sentado, pensando. Daí ele se vira pro Gerry e diz: "Como está passando a sua filhinha?". O Gerry diz alguma coisa do tipo: "Ela está de fato muito melhor. O problema com os nervos do pé não é tão grave". Então o Carl diz que a filha dele uma vez quebrou o pé montando a cavalo e que o pé teve que ser posto no lugar, depois quebrado de novo duas vezes, e que ele a ouvia chorando de dor no quarto dela. E o Gerry, aquele filho da puta, fica só dizendo que sim pra ele mesmo. Então o Carl diz pro Gerry: "Os médicos fazem coisas espantosas hoje em dia, acho que vai ficar tudo bem". E eu penso comigo mesmo: Espera aí, não é por causa disso que nós estamos aqui, nós estamos aqui porque o cara mijou no meu tapete, nos meus papéis e em tudo, e agora estamos aqui tendo um papo triste sobre a filha do Gerry? Então eu digo: "Ei, espera aí, Carl, a gente está falando sobre o fato de o Gerry ter mijado no meu escritório". (*Agora o segundo homem olha para fora, através da janela escura.*) E assim que digo isso, entro numa fria. Carl se vira pra mim e diz: "Não é disso que eu estou falando. Estou falando de uma outra coisa. Estou falando de uma garotinha chorando no quarto porque o pé está doendo". Então eu penso que é melhor tomar cuidado. Quer dizer, este é o homem que enfrentou a AT&T, de cara, e ganhou. Então eu fico quieto. Depois o Carl diz: "Minha filhinha ficava chorando no quarto porque não queria que a gente ouvisse. Nós lhe dissemos que precisava ser corajosa e não chorar, e nunca fizemos com ela nada mais estúpido do que isso". Ele vai continuar com esse papo, eu não posso acreditar. Então percebo que o Gerry vai se safar dessa. Ele mijou no meu escritório todo e nada vai acontecer com ele, agora estou vendo isso. O Carl continua na dele, e o Gerry, aquele filho da puta fingido, fica ali dizendo que sim com a cabeça, talvez até com uma lágrima no olho. Estou pirando. Ele vai se safar dessa, realmente...

Segundo homem (*levantando-se quando o trem diminui a marcha*): Esta é a minha parada.

Primeiro homem: Ah, é. Tá certo. A gente se vê, hein... sexta?

Segundo homem: Isso. (*Ele passa na frente do primeiro homem para chegar ao corredor; segurando na pasta, caminha pelo corredor e entra na fila com outros passageiros habituais do trem suburbano. O trem pára, fazendo todos darem um pequeno passo para trás, depois eles saem. Pode-se ver o primeiro homem coçando o nariz. Talvez tenha suspirado. Então ele pega a pasta, abre-a e tira um maço de papéis que começa a ler. O trem continua, uma parada atrás da outra. O homem afinal larga os papéis e olha fixamente pela janela. Sinais de chuva apareceram no vidro do lado de fora.*)

Tirei a fita. É claro que Simon estava interessado em fragmentos do que se poderia chamar de "realidade encontrada", mesmo que essa realidade incluísse ele próprio no banco de trás de uma limusine com uma prostituta. Perguntei-me se teria passado muitas horas estudando esses clipes; era um diretor de cinema — alguém com um olho para as nuanças do comportamento humano, movimento e voz, alguém que poderia considerar que essas fitas, de uma forma até certo ponto significativa, o instruíam. Ou então outra vez, ele poderia apenas gostar delas pelo voyeurismo que elas propiciavam; afinal, agora nós não somos nada senão uma nação de *voyeurs*. Levantei-me da cadeira, abri a porta e espiei o corredor. Nada, apenas uma fileira de portas de cada lado, uma cara passadeira persa estendida no centro e uma fileira de lâmpadas no teto.

Voltando para a saleta, peguei outra fita. Na etiqueta, numa letra clara, a anotação: FILMADA POR M. FULGERI 5/94.

FITA 67

(*Um vilarejo do Terceiro Mundo. Prédios baixos de construção barata, carros incendiados. A câmera faz um giro panorâmico sobre o lugar; ninguém à vista. Mas dá para se perceber que há formas no chão do outro lado da estrada e a câmera prossegue nessa direção. Som de passos, duas pessoas andando. As formas são humanas, estão chapadas no chão, imóveis. Estão empilhadas de qualquer jeito, aqui e ali, como se o vilarejo inteiro tivesse sido arrancado violentamente de suas camas e continuasse a dormir. Ali, uma mãe com o filho, acolá, dois meninos pequenos, um velho, uma criança pequena empalada num poste grosso...*)

Voz não identificada, sotaque britânico: Vou deixar a máquina preparada, por precaução.

Segunda voz, sotaque italiano: Tenta a igreja. (*A câmera se mexe em direção a um prédio maior que tem um telhado de zinco, pontudo, e janelas baixas, sem vidro, recortadas nas paredes. A câmera passa por uma mulher deitada na poeira, os seios arrancados. Na entrada da igreja, a câmera escurece de repente, mas em seguida o olho fotoelétrico se ajusta.*)

Voz italiana: É, aí também. (*A câmera agora entra na igreja cheia de corpos, todos mortos, empilhados uns sobre os outros. É impossível contar, mas com certeza há centenas, talvez até mil, todos mortos, a maioria crianças, os rostos apagados no repouso da morte, as moscas zumbindo de um para o outro. Há marcas de mãos na parede — hieróglifos que indicam golpes e puxões, sinais de uma atividade frenética. No canto extremo da igreja há algum movimento, e o zoom faz a câme-*

ra se aproximar; é um cachorrinho, comendo com mordidas abruptas; ele olha para cima, as orelhas se mexem, e depois torna a olhar para baixo e comer. A câmera, em tomadas panorâmicas, avança e recua sobre os mortos; eles sem dúvida se juntaram na igreja em busca de refúgio, em número muito maior do que o espaço nos bancos, e a densidade dos cadáveres sugere um ritmo metodicamente enérgico de mortes corpo a corpo. E, no entanto, nem sempre os matadores tiveram pressa; muitos corpos mostram danos extensos feitos às bocas, como se os dentes tivessem sido arrancados.)

Voz britânica: Acho que ouvi tiros.

Voz italiana: Não, não. Não me parece.

Voz britânica: Talvez estejam matando os cachorros.

Voz italiana: Você sabe o que todos estão fazendo agora no meu país?

Voz britânica: Não, o quê?

Voz italiana: Vendo os jogos decisivos do campeonato da liga de basquete. Você sabe o que é? Muito importante na Itália. Basquete. Patrick Ewing. Todo mundo sabe todos os nomes.

Voz britânica: Dá uma olhada ali. (*A câmera faz um giro completo de novo, captando o panorama da morte, e depois prossegue para fora da igreja. Três soldados com os capacetes azuis das Nações Unidas se aproximam.*)

Primeiro soldado: Pedimos que vocês se retirem agora, por favor.

Voz britânica: Estamos documentando. O coronel Aziz sabe que estamos aqui.

Primeiro soldado: Tenho ordens para pedir que saiam agora, por favor. Muito obrigado. Obrigado. Agradeço a vocês. Obrigado. (*Tomada panorâmica turbulenta da igreja, da terra e do céu azul. A fita chega ao fim.*)

Desliguei a máquina. A não ser pelo ruído suave do ventilador, a saleta agora estava inteiramente quieta, e me surpreendi ao ouvir a minha própria respiração. Por que Caroline não tinha me falado sobre o que havia nas fitas? Considerei o silêncio dela vagamente perturbador. Ela e eu tínhamos entrado numa espécie de diálogo manipulado. Mas o que estaria tentando me dizer sobre o marido morto e talvez, também, sobre si mesma? Que Simon Crowley era um especialista em sofrimento humano? Que ele não via nada do que havia de bondade na vida, que ao reunir exemplos do que era feio, sombrio e eterno sobre a natureza humana ele a compreendia melhor? Que era um artista de verdade? Um artista falso? Eu não sabia nem me importava particularmente com isso. Não há nenhuma imagem que não esteja disponível hoje em dia. Em termos de assombro, fantasia ou pornografia, tudo foi feito. Levamos dentro de nós uma enciclopédia de imagens ingeridas; somos capazes de sonhar em câmara lenta e em meia tela; sob o efeito especial de hoje e sobre a atrocidade de amanhã. Nenhuma das imagens de Simon Crowley, nem mesmo as do vídeo de Ruanda, parecia menos perturbadora ou mais real do que as apresentações diárias da CNN. Eu só tinha visto uma pequena parte, mas elas sugeriam que Simon Crowley cultivara um fascínio por imagens "autênticas". Se essas fitas eram estudos empreendidos para o aperfeiçoamento da arte cinematográfica dele ou se constituíam um fim em si mesmas era uma pergunta que eu não podia responder. Não, a importância das fitas para mim não era o fato de caracterizarem Simon, mas a possibilidade de poderem revelar algo sobre Caroline.

Eu estava prestes a introduzir outra fita na máquina quando o meu bip disparou. Minha irritação foi logo suplantada pelo medo. VÁ PARA SR. HOBBS, era a mensagem, acompanhada de um número de telefone. VÁ PARA SR. HOBBS. As únicas pessoas que tinham o número do bip eram a minha mulher, Josephine, os tiras, meu pai no Norte do estado, Bobby Dealy, então de folga, e o editor do caderno da cidade. Hobbs, ou um de seus representantes, tinha ligado para a redação e obtido o número com o editor, que, embora soubesse que o número era particular, não teria recusado a informação a Hobbs. Nem eu recusaria, é claro.

Ele mantinha seu quartel-general em Londres, mas conservava um escritório em Nova York que ocupava diversos andares de um edifício próximo à Grand Central. Eu fiquei ali em pé no frio, do lado de fora do banco, imaginando se deveria ligar antes para ter uma idéia do que me esperava ou simplesmente topar com o fato. Optei pela ligação, encontrei um telefone pago e entrei em contato com o escritório de Hobbs. "Sim, estamos esperando a sua visita", disse uma secretária. "O sr. Hobbs quer lhe dar uma palavrinha."

"Podemos ter essa conversa agora mesmo pelo telefone", sugeri.

"Sr. Wren, o sr. Hobbs quer vê-lo pessoalmente."

Eram quase cinco e meia da tarde. "Agora?"

"Agora seria ótimo."

Não respondi.

"Amanhã o sr. Hobbs vai estar em Los Angeles", disse ela. "Podemos esperá-lo dentro de vinte minutos?"

A única resposta admissível era sim. Desliguei e fiz sinal para um táxi. Eles voavam pela Park Avenue como se o vento os açoitasse; era a hora em que homens e mulheres, curvados com seus casacos, chapéus e echarpes, se apressavam em atravessar a escuridão, sentindo que as forças da natureza e do tempo os tornavam menores, sabendo que num piscar de olhos tudo seria gente nova no mesmo campo de pedra. Eu queria estar com minha mulher e meus filhos, no calor da cozinha, Sally desenhando na mesa da sala de jantar, Tommy brincando com os ímãs na geladeira. Dentro do táxi fiquei matutando por que um bilionário convocaria um reles colunista. Não encontrei nenhum motivo tranqüilizador. Hobbs era um homem que não perderia tempo com gente que não pudesse lhe propiciar o que ele desejava.

Quando cheguei, havia uma secretária esperando por mim como uma sentinela perto da porta do elevador. Ela sorriu oficialmente e me levou a um escritório revestido de lambris. Lá fora, dez quarteirões ao sul, estava o edifício Empire State. Fui apresentado a um tal Walter Campbell — um varapau andante e distinto que usava um terno negro e me apertou a mão com vigor, como se ele fosse candidato a um posto importante.

"Costumo apreciar suas colunas", disse ele com sotaque londrino. "Muito vívidas, me parecem."

Pisquei.

"Muito bem, quanto ao motivo pelo qual estamos aqui esta tarde", disse ele, inclinando-se para a frente. "Bem, esta é uma conversa particular. O senhor está presente como um empregado da companhia, não, repito expressamente, *não* como jornalista."

Sentei-me.

Campbell seguia meu olhar. "Presumo que isso esteja subentendido."

"Tudo bem", disse eu.

Campbell assentiu com a cabeça. "Certo. Você está aqui porque nós temos um problema. Nenhum de nós o criou, mas, não obstante, existe um problema." Ele olhou para mim. "A minha dificuldade nesse caso... eu..." Campbell alisou a gravata, depois baixou os olhos para um papel sobre sua mesa e o virou. Passou os olhos pelo papel por uns dez segundos, depois olhou em minha direção. "O senhor esteve recentemente na companhia de uma certa mulher que não é a sua esposa. Não atribuo nenhuma interpretação moralista ao fato. Simplesmente afirmo o que é conhecido."

Continuei ali sentado, confuso, ansioso.

"Primeiramente o senhor passou um certo tempo com ela duas noites atrás, saindo do apartamento da moça depois de duas e meia da manhã. O senhor a visitou no dia seguinte à tarde e passou quase três horas com ela. Hoje, o senhor a encontrou num restaurante, e depois se dirigiram..."

"Sei onde estive."

"Certo. Claro. O sr. Hobbs vai lhe pedir para fazer algo por ele. Não é nada ilegal nem perigoso, nem, na minha opinião, desarrazoado. Assim sendo, a nossa solicitação é de natureza bastante..." Aí o rosto de Campbell tornou-se inexpressivo e frio, de tal forma que passei a compreender que ele era um especialista nesse tipo de questão, uma espécie de homem-da-mala da empresa. "Bastante compulsória, eu diria."

"Ou então vocês me mandam passear?"

"Bem, digamos simplesmente, teríamos uma reação assim." Campbell ergueu um documento grampeado que estava na sua mesa, passando-o para mim. "Demos uma olhada rápida no seu contrato. Veja, por favor, na página três, bem no final da página. Há uma cláusula que eu gostaria que o senhor lesse."

"O senhor está se referindo a 'conduta profissional'?"

"Não. A linha seguinte."

"Insubordinação?"

"É", respondeu Campbell.

"Eu não fiz nada", eu disse.

"Sim. É verdade."

"O que o senhor quer?"

Campbell olhou-me fixamente, depois assentiu com a cabeça vigorosamente, uma vez. "Chegamos ao fim dessa parte da nossa conversa. O senhor tenha a bondade de me acompanhar..." Ele parou e me indicou uma outra porta, que foi aberta por ele. Acompanhei-o por um corredor pequeno, revestido de madeira, passamos por uma porta, depois entramos num outro escritório, também revestido de madeira.

Ali, sentado, numa imensidão tranqüila, tomando chá, estava o próprio Hobbs. Ele levantou os olhos e um braço gigantesco. "Sr. Porter Wren, cronista do infortúnio do povo! Boa tarde, senhor, entre!" Os dedos acenaram na direção de uma cadeira, os olhos verdes me acompanharam enquanto eu entrava na sala. A um lado, dispostos na parede, encontravam-se cinco relógios digitais: HONG KONG, SYDNEY, LONDRES, NOVA YORK, LOS ANGELES. Quando me sentei, Campbell fez um gesto seco com a cabeça para o patrão e fechou a porta atrás dele ao sair. "Muito frio lá fora, me disseram. Pois bem, estou encantado que você esteja aqui e que possamos discutir uma certa questão." Ele alisou a lã do seu paletó com as mãos imensas. Parecia o próprio globo terrestre. "Minha esperança é de que gostemos um do outro, de que possamos chegar a uma compreensão mútua agradável..." Ele arqueou as sobrancelhas como se estivesse usando uma possível expressão minha, caso eu descobrisse o que aconteceria se esse acordo não fosse alcançado. "Irei imediatamente ao ponto. O senhor está tendo um caso com a srta. Caroline Crowley, e..."

"Espere aí", protestei, a raiva tendo voltado a mim, "isso não é da..."

"Eu lhe pediria para não interromper!" Hobbs deixou cair as mãos no tampo da mesa, as palmas para baixo, os dedos abertos. "Um hábito maldito, *horrível*, dos americanos. Vejamos, por que motivo eu *afirmo* que o senhor está tendo um caso? Porque o senhor *está* tendo um caso. Eu poderia acrescentar que isso não é da minha conta. Exceto por se apresentar aí uma oportunidade. A vida é cheia de oportunidades, não é mesmo?"

Ele estava fazendo um jogo comigo. "De uma maneira ou de outra", respondi.

"É, exatamente. Esta é uma maneira, e não a outra. É uma oportunidade que eu tenho de obter algo que quero e uma oportunidade para o senhor de não obter o que não quer." Ele inclinou a cabeça em minha direção, para que eu compreendesse que sua própria inteligência o deixava irritado. "Pois bem, então Caroline Crowley é..."

Uma campainha tocou e Campbell reapareceu. "Com licença. O senhor tem uma hora marcada com o curador", disse ele.

"O que temos hoje?", Hobbs perguntou, ignorando-me.

"Creio que são máscaras."

Hobbs agitou o ar com um aceno. "Mande-o entrar."

Um homem baixo, bem-vestido, na casa dos cinqüenta, apareceu empurrando uma espécie de quadro-vitrine, com rodas, do tamanho de um quadro-negro escolar, no qual estavam penduradas cerca de uma dúzia de máscaras africanas, esculpidas em marfim; eram rostos alongados e apavorantes.

"Sr. Hobbs, hoje temos aqui uma seleção primorosa", começou o homem a dizer, um açougueiro com os seus cortes. "De alta qualidade, eu diria, excelentes exemplos do século XVI nigeriano..."

Hobbs esticou um dedo. "Vou ficar com aquela da esquerda e com as duas maiores do meio..."

"Ah!", exclamou o homem, como se estivesse genuinamente encantado com a escolha, "a máscara ritual do luto, muito..."

"E aquela de baixo... sim... essa."

" Ah, *sim*, a fertilidade ... "

"Quanto é?"

"Todas elas?", guinchou o homem.

"Sim, rápido."

O homem olhou para as máscaras, uma depois da outra. "Bem, cinqüenta... e oitenta e dois... Daria aproximadamente duzentos e sessenta mil, acredite... Sim, são..."

"Cento e setenta."

Parecia que o homem estava tentando sorrir enquanto recebia um tiro no peito. "Sinto muito, eu não..."

"Cento e setenta mil pelas quatro, é pegar ou largar."

O homem assentiu com a cabeça tristemente. "Foi muita generosidade sua."

"Campbell vai acompanhá-lo."

"Então, sr. Hobbs, obrigado, foi um prazer termos podido..."

"Um bom-dia, senhor". Ele virou-se para mim, os olhos verdes brilhando. "Então, eu estava dizendo... Sim, Caroline Crowley tem me mandado fitas de vídeo, sr. Wren. A mesma, todas as vezes. Não gosto de receber essas fitas. É só graças à lealdade de minha equipe pessoal que essas fitas não saem do meu escritório. Eu destruo cada uma delas pessoalmente, e então, mais cedo ou mais tarde, ela me manda outra. Para cá, para este escritório. Isso me deixa um tanto fora de mim, sr. Wren, isso me torna", ele fez uma pausa, a boca cavernosa aberta, as sobrancelhas arqueadas, "me torna irracional, sr. Wren. E por quê? Por um motivo óbvio, sr. Wren. Tenho medo de que uma dessas fitas saia daqui de dentro e seja passada na televisão ou algo assim. É uma pequena fita bastante desagradável, muito constrangedora, devo dizer."

"O senhor está fazendo algo repugnante?"

Ele assentiu sem abrir a boca. "A fita me compromete, digamos assim."

"O senhor quer me dizer o que há na fita?"

"De jeito nenhum."

"Quando as fitas começaram a chegar?"

"A primeira?" Hobbs franziu a testa. "A primeira chegou há mais ou menos um ano e meio."

"Antes ou depois de Simon..."

"*Depois*, sr. Wren, logo *depois* da morte do amante ou marido ou seja lá o que for que o homem era dela."

"O senhor pode me dizer por que Caroline está lhe mandando a fita?"

"Ah! É impossível lhe responder."

"O senhor a conhece?"

Hobbs olhou para mim e arfando muito respondeu: "Estou bem *familiarizado* com ela". Ele esperava que eu compreendesse exatamente o que quer que isso significasse. "Se eu de fato *conheço* a mulher? Não. É possível que algum homem conheça uma mulher? Duvido."

"O senhor sabe que é ela quem está mandando a fita?"

"Como fato documentado, não. Como matéria de extrema probabilidade, sim. Sei que Caroline Crowley tem conhecimento da existência da fita e de seu conteúdo; sei também que, logicamente, é a única pessoa que posso imaginar que esteja em posição de ter a fita."

"Ela quer dinheiro pela fita?"

"Aparentemente não. Não houve nenhuma solicitação. Ah, é de uma inteligência psicológica filha da puta, o senhor sabe como!"

Havia nele um magnetismo estranho e enérgico, e por um minuto eu me calei.

"Por que é que o senhor não contrata alguém invisível para invisivelmente percorrer o apartamento dela ou andar atrás dela por aí ou fazer seja lá o que uma pessoa invisível faz?"

"Ah, já fizemos isso, já fizemos", disse Hobbs, "não que ela não saiba. Mas não conseguimos nada."

Fiquei imaginando se ele sabia sobre o cofre alugado no banco malaio. "E então estou aqui porque o senhor quer que eu peça a ela para não mandar mais a fita?"

"Não, senhor, melhor do que isso." Hobbs esfregou suavemente uma mão na outra. "Um pouquinho melhor. Eu mesmo pedi a ela, em muitas ocasiões, que parasse com isso. Até propus comprar a fita, por uma soma absurda. Mas ela sempre insiste em me dizer que *não* está me mandando nenhuma fita, no que, francamente, não acredito.

"Então eu lhe pergunto de novo sobre a fita e ela diz que não está me mandando fita nenhuma..."

Nesse momento ele se inclinou para a frente com um ar malévolo. "Então o senhor prossegue. O senhor vai dando conta do recado. Uma pitada de garra, uma pitada de sorte. O senhor improvisa. Disseram-me que hoje à tarde o senhor entrou num certo banco malaio com a nossa srta. Crowley. Ela tem sido vista entrando nesse banco de vez em quando, e naturalmente fico me perguntando se não está guardando a fita lá."

Olhei para ele. "Essa coisa toda é uma loucura..."

"É isso mesmo, meu senhor!" Ele se levantou de repente e percebi que além de ser um homem grotescamente gordo, Hobbs também era bastante alto. "Loucura é exatamente a palavra para isso! A loucura de uma maldita irritação para alguém que, como *eu*, tem que dirigir negócios em trinta países diferentes. É uma questão de negócios, sr. Wren, nem mais, nem menos. Essa fita simplesmente não pode andar por aí circulando pelo universo." Ele acenou as mãos carnudas de um lado e de outro, e o próprio tamanho delas parecia inscrever o cosmo em torno do volume gigantesco dele. Posso demitir o senhor e demitir todos os seus chefes, até o que está no topo. Posso demitir todo mundo do seu jornal, sr. Wren, e se eu o fizer, não vou perder o sono. Eu contrato outros. Agora mesmo sei que tem um bocado de gente muito boa em Londres que adoraria trabalhar em Nova York. Gente que adora voejar em torno da vela de Manhattan! O talento é barato, sr. Wren, inclusive o seu. O senhor acha que é o único que pode perambular por um pequeno cenário triste e extrair dele a dose necessária de uma prosa banal e piegas? Faça-me o favor, sr. Wren. *Faça-me o favor!* Eu jogo um *osso* na *rua* e consigo uma equipe de jornalistas. Já fiz isso em Melbourne, já fiz isso em Londres e poderia fazer isso aqui. Então vamos ao que interessa: o senhor é meu empregado e está comendo Caroline Crowley, o que significa que o senhor está dentro da vida dela. Eu quero que o senhor consiga essa fita para mim, sr. Wren. Quero essa fita maldita bem depressa, e não vou ficar ouvindo nenhuma objeção a respeito. Até logo, senhor."

Eu não me levantei. "Hobbs, o senhor está fora de si."

"Eu disse até logo, sr. Wren."

Encaramos um ao outro. "Ei, sabe de uma coisa? Mal conheço a mulher. Se o senhor não conseguiu arrancar a fita dela nem intimidando, nem roubando, eu não vou conseguir nada. Sério." Estendi as mãos e dei de ombros. "Certo? Além disso, posso me poupar à confusão e embarcar num outro jornal."

"Não vai adiantar", disse Hobbs. "Vamos sugerir alguma explicação para a sua demissão. Desfalque de ouro, talvez. Bebida em excesso nas funções sociais! Algum processo prolongado bem irritante. Moções e moções protelatórias, advogados dizendo babaquices por minha conta, advogados dizendo babaquices por sua conta." A dramaticidade da idéia o divertiu. "O senhor podia responder com uma ação judicial por constrangimento ou seja lá como se chama isso por aqui e então poderíamos fazer o mesmo. A coisa poderia se arrastar durante anos. Anos! Ou enquanto seu dinheiro permitisse. Pode acreditar, não é difícil fazer isso. Aliás, eu fiz uma coisa dessas na Austrália no ano passado. Um sujeito me contra-atacou e tudo deu errado para ele depois disso." Sua expressão tornou-se fria. "Eu sei um pouco sobre o senhor, sr. Wren, sei como seria difícil resistir aos meus advogados, mesmo contando com a receita da sua mulher. Sei quanto o senhor pagou por aquela propriedade no centro velho de Manhattan. Um bocado, realmente. E o senhor foi muito esperto na transação. Levantou uma hipoteca, o que os homens vêm fazendo desde o século v. O senhor, sendo um sujeito instruído, estudou os ciclos das taxas de juros. E agiu muito bem! Tornou a hipotecar a casa em dezembro de 93, e pegou as taxas de juros americanas na baixa depois de vinte e três anos. O senhor ficou muito contente com isso, aposto, e a julgar pelo tamanho da hipoteca, calculou que quanto maior a alavancagem, melhor. Muito esperto! Até o último centavo, aposto! O que o senhor fez? Hipotecou os sapatos da sua mulher? Hipotecou o cachorro?" E aí ele atirou a cabeça para trás e riu das vaidades de um homem pequeno como eu. "O senhor, sr. Wren, está carregando uma hipoteca de quinhentos e vinte mil dólares! Uma quantia espantosa! O senhor precisa de cinco mil dólares por mês para pagar os juros desse empréstimo no vencimento. Pelos meus cálculos, o seu salário vai para a casa e o da sua mulher cobre todo o resto. O senhor *se atreve* a ficar sem trabalho três ou quatro meses? O senhor acha que o banco vai lhe perdoar os atrasos?"

Dei de ombros. Isso era tudo ameaça, desde que eu estivesse disposto a dar com a língua nos dentes. Lisa ganhava um bom dinheiro; se fosse preciso, viveríamos dele. A casa podia ser vendida.

"Ou nós poderíamos simplesmente deixar que a sua mulher saiba em que é que o senhor está se metendo."

Isso me apavorou, mas esfreguei os olhos com tédio.

"*Ou* então poderíamos descobrir que a sua mulher operou alguém que conhecemos e que, infelizmente, o serviço não foi lá muito maravilhoso, o que nos permitiria entrar com uma alegação de imperícia..." Ele me viu levantar os olhos de imediato. "É, talvez *isso* motive o senhor."

Quando dois homens sentados numa sala se confrontam, como então eu e Hobbs fazíamos, os dois pais de ambos também estão ali. O pai dele tinha criado e depois construído uma cadeia de jornais na Austrália nos anos 40, e eu sabia que Hobbs, quando menino, sentara no colo de alguns dos homens mais poderosos do continente, tendo sido educado nas artes políticas e financeiras. O meu pai, que tinha duas lojas de ferragens, era filho de um fazendeiro que plantava batatas e que caíra no chão derrubado por um saco de arsênico em 1947. Meu avô engolira uma boa quantidade de veneno e nunca mais fora o mesmo; foi ficando cada vez mais fraco e acabou perdendo a fazenda na qual meu pai crescera. Conseqüentemente, meu pai se conduzira com uma dignidade cautelosa. Um homem bom, caridoso, devotado ao filho sem mãe, mas incapaz de me ensinar sobre os assuntos mundanos do dinheiro e do poder, pois era desprovido dos dois. Como ele detestaria ver onde eu estava naquele momento.

"Vamos nos entender mutuamente, sr. Wren", continuou Hobbs. "Eu não o estaria envolvendo dessa maneira se o senhor não fosse capaz de atender ao meu pedido. Li sua ficha. Vamos ser francos, o senhor e eu. O senhor é um colunista assalariado que está na pior. Eu tenho talvez uns cinqüenta homens e mulheres como o senhor, trabalhando nos meus jornais na Inglaterra e na Austrália e nos Estados Unidos. Conheço o tipo. De início ambicioso, bom para o trabalho de detetive. Agora? Bem, hum... agora já não tão bom. Exaurido, ganhando muita grana — quanto estamos lhe pagando?" Ele olhou para o número no papel em suas mãos e encolheu os ombros; para ele, era uma ninharia, o trocado do engraxate, uma bagatela. "O senhor tem um estoque de construções gramaticais e alguns truques de repórter; trata com muito cuidado as boas colunas e com muita esperteza as más, e fica até tarde para se certificar de que os editores de texto não erram na disposição das citações que o senhor colheu. Isso me soa familiar. O senhor oscila entre um profundo cinismo e uma fé ilimitada. Sente-se derrotado pelo barulho. O senhor ama sua mulher e seus filhos, mas todo mundo está ficando mais velho a cada dia. E então surge uma mulher. O senhor acha que não está se envolvendo tanto. Mas foi aí que o senhor errou, sr. Wren. Era isso que o senhor desconhecia. Eu vinha junto com Caroline Crowley. Imagine o meu prazer, sr. Wren, imagine como fiquei satisfeito ao saber que o último amante de Caroline Crowley é um repórter investigador experiente! E um dos meus empregados!" O rosto de Hobbs se abriu como uma máscara de carne em que se estampava um deleite maníaco. "Aí estava o homem que iria me conseguir o vídeo de volta! Como eu já disse, sr. Wren, li alguma coisa do seu trabalho. E sabe? O senhor *foi* bom... um dia. As pessoas lhe falavam, diziam-lhe coisas que não contariam a mais ninguém. O senhor tinha algo. Agora, quem sabe? O senhor está com quantos anos, quase quarenta? É um pouco cedo para entregar os pontos. Acho que está precisando de um desafio. O senhor foi bom um dia e agora vai ter que se tornar bom *de novo*, sr. Wren. Para mim."

A essência de uma ameaça: pede-se a uma pessoa a execução de uma tarefa; se a tarefa é executada, retira-se a ameaça. Se a tarefa não é executada, aquele que fez a ameaça opta por impor ou não o castigo, e ele sabe que, se não o impuser, em breve ninguém acreditará nas suas ameaças. Eu sei disso. Sei disso de inúmeras maneiras, e não de uma das menos importantes, como pai. Maridos e mulheres também se ameaçam mutuamente, embora não tão às claras. Basta uma sobrancelha arqueada. Uma resposta muda. Lisa toma fôlego, prende a respiração e depois lança um olhar feroz. Aprendi há muito que as ameaças dela, embora raras, devem ser respeitadas; afinal de contas, aí temos uma mulher que regularmente enfia um bisturi na carne humana. Levo suas ameaças tão a sério como levava as do meu treinador de futebol do ginásio, um sádico genuíno que costumava nos prometer "apitos nas orelhas", castigo temido no calor de agosto, se não tivéssemos um ar "esperto" no treinamento. O sistema dele era o de ameaças que se encadeavam e aumentavam progressivamente, não só até o limite da dor, mas até chegar à própria essência masculina de um jovem de dezessete anos. No jogo do campeonato da Associação Atlética de Champlain Valley, em Plattsburgh, Nova York, em 2 de dezembro de 1977, com todos que eu conhecia e amava no mundo sentados nas arquibancadas, meu treinador ameaçou me deixar "no banco, dobrando toalhas", se eu não marcasse o recebedor do time adversário, um cara negro chamado Pernell "D. J." Snyder, que estava prestes a ganhar uma bolsa completa na USC em parte porque ele corria os cem metros rasos em 9,4 segundos — exatamente um segundo mais rápido do que eu. D. J. estava apavorando o meu treinador com suas disparadas pela lateral. "Você gosta de toalhas, Wren?", berrava o meu treinador. "Você gosta de toalhinhas brancas macias boas de dobrar?" D. J., aquecido com o jogo, estava cada vez mais rápido e começou a me dizer besteiras com a sua voz grossa: "Aí, cara. Vou te pegar, cara". Só a inépcia do quarto zagueiro adversário tinha me salvado até ali. Se D. J. pegasse mesmo a bola, ele se mandava — eu podia ter asas, podia implorar a Deus, nada me faria alcançá-lo. Então, no quarto tempo, com o nosso time precisando de três pontos, a bola foi atirada com precisão para D. J., e enquanto eu observava a bola em espiral atravessando o céu azul — enquanto via as mãos de D. J. se esticarem, os dedos negros dele se mexendo —, compreendi que tinha a opção de atingi-lo honestamente abaixo dos joelhos ou machucar pra valer. Dei um salto e parti para o jogo duro, com tudo o que havia nos meus oitenta quilos. D. J. deixou cair a bola e grunhiu ao ser derrubado. Desloquei o ombro, danificando-o para o resto da vida. Nós dois ficamos ali deitados e quietos no campo frio. Levei uma falta, mas ganhamos o jogo. Aquela noite, doidão de tanto analgésico, no banco da frente da picape do meu pai, fiz amor com a minha namorada. Ela era uma garota doce chamada Annie Frey, e eu costumava lhe pedir que usasse o cinto de segurança porque me parecia que ela corria demais. Ela, porém, não conseguia ver a ameaça da própria inquietação e capotou junto com seu carro quatro meses depois; ficou perdendo sangue até morrer num trecho escuro da estrada, ao qual nunca mais eu quis voltar.

É, sei o que é uma ameaça e é por isso que não entendo por que fiquei vadiando uns quatro ou cinco dias depois da ameaça de Hobbs. Não há dúvida de que eu me ressentia da intrusão dele no meu caso — o meu *caso*. Mas eu fui atrás de matéria para uma coluna. Havia todo tipo de contratempo na cidade, mas nenhum deles parecia valer a pena. Tiroteios, crimes sexuais, ligações sobre lavagem de dinheiro — nada batia. O editor das notícias locais continuava mudando a história da primeira página, variando entre histórias nacionais e locais. Nenhuma celebridade sendo presa, desfalecendo no palco ou dando algum escândalo. Os caras da TV abandonaram a vigília junto ao Richard Lancaster moribundo e ele prontamente morreu. Ninguém se importava. Os criminosos estavam deixando barato. Os políticos estavam todos de férias nas ilhas. Os bombeiros estavam salvando todo mundo. Gastou-se a verba para a remoção da neve da cidade. Meu editor me olhou uma ou duas vezes, com uma expressão que queria dizer: *Alguma coisa boa?* — mas sabendo que eu não estava descolando as cartas certas. Mandei uma história grotesca sobre um cara que estava se aposentando do show da feira de horrores de Coney Island porque os garotos não estavam mais interessadas em vê-lo martelar pregos no nariz ou engolir cigarros acesos. Elas preferiam o show de horrores da Internet. Ironia, rá, rá. Eu estava *perdendo tempo.* Vejo agora que aqueles dias preciosos poderiam fazer alguma diferença, mas eu os deixei passar, como se, paralítico, eu contemplasse a inserção de uma agulha comprida, dando-me uma injeção que me deixaria numa atividade frenética. Naquelas manhãs, eu apanhava os jornais empilhados na frente do portão e os folheava rapidamente à procura da seção de negócios, com um fascínio doentio, em busca de informações que mostrassem que Hobbs se preocupava com outros assuntos além dos relacionados a mim. Como o secretário dele havia dito, Hobbs viajara para o Oeste, e pude rastrear os movimentos dele de Los Angeles a Hong Kong, onde ele se reuniria com autoridades chinesas para tratar da capacidade de transmissão de sua rede de televisão, seguindo depois para Melbourne e Nova Deli. A cada instância, ele comentava sobre o negócio, qualquer que fosse a situação deste, pendente ou fechado, ou sobre a direção geral de sua empresa e, com referência a alguns funcionários sul-coreanos que estavam demorando a responder a oferta de novecentos milhões de dólares feita por ele, foi citado no *Asian Wall Street Journal* como tendo dito: “Não espero que os outros vejam como eu. Apresento meus argumentos e então prossigo. Obrigado”. As palavras não se referiam a mim, mas me deixaram assombrado e ansioso. Acaso a medida do homem não se encontra nas menores expressões tanto quanto nos grandes gestos?

É claro que eu precisava contatar Caroline a respeito de Hobbs, e o fato de ela não ter me telefonado depois da nossa ida ao banco malaio era um motivo tanto de alívio como de ansiedade. Queria vê-la de novo (sim, também queria trepar com ela —

ali havia, eu sentia com voracidade, uma safra a ser saqueada), mas ao mesmo tempo me perguntei se não seria mais sensato dar o caso por encerrado, antes que eu entrasse mais fundo nele. E, espera aí, podia ser que ela tivesse me enganado, podia ser que *ela* tivesse *me* dado o fora. Bem que parecia capaz de fazer isso sem qualquer desculpa ou explicação; havia uma frieza em seu peito cálido, e se eu fosse honesto comigo mesmo, também admitiria estar interessado nessa característica dela. Mas uma decisão dessas parecia pouco provável, dadas as referências que fez ao seu problema misterioso e ao esforço empregado para me içar à sua vida. Então, de novo, podia ser que ela não me considerasse bom de cama ou que o noivo tenha voltado a fazer parte do quadro. Eu não sabia com que freqüência ela o via, ou onde, ou sob que condições, ou se havia alguma probabilidade de ele saber da minha existência, circunstância que eu desejava evitar; na rua, são os jovens que se inflamam mais com o ciúme. Os homens mais velhos, ao se defrontarem com a infidelidade de uma mulher, ficam furiosos, é verdade, mas também refletem privadamente sobre as nuances da situação. Os homens mais jovens tendem a procurar uma arma; os mais velhos, um drinque. É isso, eu podia cultivar uma pequena dose de ansiedade quanto ao jovem Charlie; o rapaz estava em forma e sabia onde me encontrar.

Se eu estava confuso quanto ao futuro dos acontecimentos ligados a Caroline, não tinha dúvidas de que precisava voltar ao banco malaio e dar uma olhada em absolutamente todas as fitas de vídeo ali guardadas. Mas não estava certo de que acreditava que Caroline atormentaria Hobbs com um vídeo e depois lhe mentiria a respeito. Tampouco era capaz de simplesmente desacreditar nisso. Será que eu poderia ir direto ao assunto e lhe perguntar pelo vídeo que Hobbs queria? Isso também não parecia sensato. Eu ainda não a conhecia suficientemente bem. O melhor, pensei, é continuar me inteirando do que é importante para ela; tomei a decisão de ver *Ríctus* e *Minutos e segundos*, o segundo e o terceiro filmes de Crowley de grande orçamento. Os dois não tinham nenhuma relação, no que se refere a estilo e conteúdo, às fitas granulosas e espasmódicas que eu tinha visto, embora registrassem a preocupação, como as fitas, com as formas infinitas com que um ser humano abusa do outro. Havia alguma outra relação? Eu só podia me fazer perguntas.

Enquanto isso, minha ansiedade passava desapercebida a Lisa, que tinha suas próprias preocupações. Ela estava nadando muito — de manhã, escapulia uma hora mais cedo para uma academia onde completava umas quarenta ou cinqüenta idas e voltas na piscina — e isso significava apenas uma coisa: uma grande operação estava para acontecer. Certa noite, depois que as crianças dormiram, eu lhe perguntei sobre o assunto enquanto ela lavava o rosto.

"Transplante de dedo", ela deixou escapar, o rosto, uma máscara ensaboada.

Alguma alma infeliz tinha perdido o polegar. A paciente em questão, disse Lisa, era uma mulher de trinta e sete anos, administradora de um fundo mútuo de quinhentos milhões, cujo polegar esquerdo tinha sido amputado pela hélice de um barco enquanto estava mergulhando em Cancún, no verão anterior. O polegar não foi recuperado. Era uma operação arriscada e requeria uma avaliação das condições psicológicas da paciente. Lisa me mostrou a ficha da mulher, que, além das anotações habituais, incluía uma foto da mão da paciente desprovida completamente do polegar arrancado e com várias lacerações menores. "Isso foi três semanas depois do acidente", Lisa observou. Depois dos ferimentos cicatrizados, grudou-se a pele da virilha da mulher no coto e na membrana do polegar.

"Amanhã é o dedo?", perguntei.

Lisa fez que sim. Era uma operação épica, com oito horas de duração. Apenas duas ou três pessoas na cidade eram capazes de executá-la. Lisa "colheria" o dedo da mulher, que estaria sendo mantido frio e seco, e passaria horas meticulosas ligando tendões, veias e nervos. Na realidade, a operação era um transplante, e o recebedor também era o doador; o paciente estava trocando uma amputação por outra, e se a operação fosse malfeita... — bem, Lisa Wren, cirurgiã-ortopedista microvascular, não fazia operações malfeitas, não dava ponto sem nó.

"É tudo debaixo de microscópio?"

"É." Ela secou o rosto. "Primeiro os vasos dorsais e palmares — as artérias — depois os aglomerados neurovasculares."

"O dedo está vivo a essa altura?"

"Esperamos que sim. Depois, o osso e os tendões e as cápsulas das juntas e a pele."

"Você vai matar a pau."

Ela deu de ombros. "Preciso de óculos novos."

"O microscópio arranhou?"

"Não. Meus olhos estão mudando."

"Para pior?"

"Um pouco. Mas eu gosto de ter a resolução extra, a clareza."

"Você vai fazer um ótimo trabalho", eu disse a ela. "Você sempre passa por isso e sempre faz um ótimo trabalho."

Na manhã seguinte, tendo Lisa saído cedo, decidi que, se minha mulher podia costurar um dedo numa mão, então eu podia pegar o telefone. Liguei para Caroline e lhe disse que queria ver o restante das fitas. "Quais as que você já viu?", ela me perguntou, a voz rouca de sono. Lembre-se de que se ela acorda tarde, eu disse a mim mesmo, é porque ficou acordada até tarde da noite.

"Os lixeiros, os dois advogados no trem, Clinton ficando puto."

"A sessenta e sete?"

"Qual é essa?"

"Ruanda."

"É, essa aí também."

Ouvi Josephine lá embaixo, com Sally e Tommy.

"A três?"

"Qual é essa?"

"Os homens na prisão. É curta."

"Não."

"Quando você quer voltar?"

"Hoje. Esta tarde."

Caroline disse que providenciaria a minha entrada junto ao banco. "Você podia vir até aqui depois", sugeriu.

Eu não estava pronto para vê-la. "Amanhã", eu disse.

"Mas amanhã é dia de entregar a sua coluna", protestou Caroline. "Hoje você está livre."

"Na realidade, não."

"Vou ficar muito desapontada."

"Duvido."

"Vou fugir com o primeiro homem que vir."

"Charlie?"

"Talvez um policial. Gosto de policiais."

"Pode ser divertido."

"Eu poderia mesmo fazer isso — você não me conhece."

"É verdade." Pensei em Hobbs; até que ponto ele conhecia Caroline?

Então Sally entrou correndo no quarto.

"Papai, a gente tem que ir para a escola!", gritou ela.

"Tá certo, meu benzinho."

"É a sua filha?", Caroline perguntou no meu ouvido.

"É", respondi no fone. Sally pulou para o meu colo. "Você liga para o banco para mim?"

"Ligo. Sr. Wren?", acrescentou Caroline.

"O quê?"

"Termine a sua coluna."

Sim, eu disse a mim mesmo. Sim. Mas primeiro preciso levar Sally à escola. A caminhada de nove quarteirões era um dever que eu cumpria com satisfação, pois acreditava que ela se situasse fora de quaisquer problemas que eu vislumbrasse naquele momento; então, depois de nos despedirmos de Josephine e Tommy, Sally e eu fomos andando, ela segurando a minha mão o caminho todo. Passamos por um muro comprido, e eu a ergui para que ela pudesse andar em cima do muro, levantando bem os pés, como se estivesse marchando. A felicidade deixou-a tão agitada que ela não lembrou de prestar atenção no caminho e caiu nos meus braços. Então chegamos à Oitava Avenida. Uma das lavanderias tinha uma fonte imunda onde quatro ou cinco peixinhos dourados meio apodrecidos nadavam desconsolados, e olhamos para eles, como sempre fazíamos; expliquei-lhe que os chineses vinham de um lugar chamado China, e depois passamos pela padaria, onde muitas vezes víamos um gato velho e gordo na vitrine, piscando com o sol da manhã. Depois inspecionávamos a neve que derretia e passávamos rapidamente pelas bancas de jornal — prateleiras de revistas de desgraças alegres, escândalos revelados e eternas novidades — e então seguimos adiante, até a pequena pré-escola particular que Sally freqüentava.

A escola parecia ser um eixo de instrução e êxtase. Para as crianças isso talvez fosse verdade, mas para os pais a viagem matinal à escola era um ritual de desconforto. Embora em Manhattan todos possam presumivelmente permanecer estranhos se o quiserem, na prática isso não acontece. Os pais se olham mutuamente, examinam as roupas, as esposas, os maridos e os carros uns dos outros. Medem-se. E assim como as crianças têm simpatias e antipatias imediatas umas pelas outras, o mesmo acontece com seus pais, mas essas irritações, julgamentos e afeições estão envolvidas em ritos de polidez. A maioria das crianças são deixadas na escola pelas mães, e essas mulheres se dividem em três campos: as profissionais duronas, vestidas com tailleurs de trabalho e calçando sapatos finos, que depositam seus filhos com um espasmo ritualizado de culpa, as free lances, as de meio expediente, e as que ficam em casa, que têm mais tempo, embora olhem para as mulheres profissionais com um misto de inveja e superioridade maternal. Esses grupos têm suas hierarquias e seus canais de fofoca. Mas as mães têm outros tipos de diferenças. Algumas estão no primeiro filho, algumas estão grávidas de novo, outras terminaram, graças a Deus. Algumas são bem-casadas, outras não, algumas são divorciadas, e umas poucas são lésbicas ou vivem com dois homens ou sabe-se lá o quê. Os poucos pais que deixam seus filhos regularmente, eu inclusive, sabem que as mães ou aprovam nosso envolvimento com nossos filhos ou suspeitam de que somos malandros — ou as duas coisas. E na verdade, nenhum dos pais que têm cargos graúdos nas empresas deixa os filhos na escola. Eles estão no escritório às sete, empunhando com força as grandes alavancas da sociedade.

Acompanhei Sally ao segundo andar e lembrei-a de pendurar o casaco. A classe cheirava a peixe e, de fato, as professoras, Patty e Ellen, mostravam um vermelho, bem morto, numa frigideira.

"Nós vamos pintar o peixe!", disse Sally, puxando a minha mão.

"É", disse Patty, uma mulher bondosa de uns quarenta anos. "Você quer pegar um avental?"

Sally vestiu um pequeno avental amarelo e começou a mergulhar um pincel grosso numa tinta vermelha. A idéia era pintar o peixe, depois pressionar uma folha de papel sobre ele. O peixe seria então lavado e estaria pronto para a criança seguinte.

Patty viu que Sally estava ocupada e falou comigo: "Sr. Wren, eu gostaria de lhe mostrar o que Sally desenhou ontem".

Ela tirou um desenho da pasta de Sally. Cinco figuras feitas com traços: mamãe, papai, Sally, Tommy e Josephine. Cada uma com um garrancho assombroso como cabelo, membros desengonçados, grandes sorrisos. "Sempre pergunto às crianças o que estão desenhando", disse Patty, "e Sally me disse quem era cada pessoa. Perguntei o que era essa coisa preta", ela apontou para uma garatuja preta, como uma aranha, perto da figura de Josephine, "e ela me disse que era o revólver que Josephine tinha na bolsa."

Olhei diretamente no rosto dela, boquiaberto.

Patty assentiu com a cabeça. "Fiz a pergunta de novo. Eu disse: 'O que é isso?'. E ela repetiu o mesmo."

"Deus do céu". Eu tinha visto a bolsa um milhão de vezes. Josephine sacava de dentro dela todo tipo de coisa: poções, panfletos religiosos, inaladores para asma, cartas com propaganda, de tudo um pouco. Ela sempre deixava a bolsa numa certa cadeira da sala, ao alcance das crianças.

"Achei que o senhor devia saber", Patty disse.

"Certamente. Claro."

"Pensamos em telefonar, mas sei que o senhor e a sra. Wren trabalham até tarde..."

Concordei com um aceno de cabeça. "Agora tenho que descobrir se isso é verdade."

Patty olhou para mim. Ela trabalhava com crianças há muito tempo. Ela também tinha visto muitos pais, e preferia, eu podia afirmar, confiar nos filhos deles.

Lisa não deveria ser incomodada. Não quando estava ao microscópio, examinando um dedo de trinta e sete anos recentemente amputado, tentando imaginar como ligá-lo ao coto de um polegar de trinta e sete anos. Nós conversaríamos sobre Josephine e seu revólver, mas por enquanto eu teria que lidar com Josephine sozinho. Fui direto para casa e, ao passar, fechei o portão com raiva. Tendo lutado muito para me assegurar de que malucos e idiotas não ameaçassem a minha família, aí estava Josephine tranqüilamente guardando o que eu podia apenas imaginar como sendo um revólver carregado, na nossa casa, cinco dias por semana. Eu a encontrei na sala calçando uma das botas de borracha de Tommy no pé dele. Ele estava no colo de Josephine, observando as mãos dela.

"O senhor esqueceu alguma coisa?", ela perguntou.

"Não, Josephine. Só levei Sally à escola e a professora me mostrou uma pintura que Sally tinha feito. Você também estava no quadro, e uma coisa que Sally disse à professora foi que ali tinha um revólver. Um revólver que você guarda na sua bolsa."

Josephine ficou estática, os olhos abertos. Tommy brincava com a bota.

"Só me responda claramente, Josephine, sim ou não — tem um revólver na sua bolsa?"

"Quer dizer..."

"Só me responda, Josephine."

"Sim. Só o trago por segurança." Ela calçou a segunda bota em Tommy. "Às vezes eu chego em casa muito tarde, o senhor sabe, e tanta gente que conheço foi atacada e roubada, sabe como é, então entrei na aula pra isso. Eu só estou tentando ter segurança..."

"Josephine! Uma das crianças poderia ter tirado isso da bolsa e disparado! Porra!"

"Mas as crianças nunca mexem na minha bolsa, eles *sabem* que não devem fazer isso."

"Bem, então como é que Sally sabia do revólver?"

Josephine não teve resposta. Ela olhou para baixo, obviamente envergonhada, e eu imaginei que talvez Sally tivesse visto a arma quando Josephine tivesse aberto a bolsa para procurar uma coisa qualquer.

"Deixa eu ver a arma."

"Na frente de Tommy?", perguntou Josephine.

Botei Tommy para brincar com uns blocos de Lego e entrei na cozinha acompanhado de Josephine. Ela procurou e tirou o revólver de dentro da bolsa, sempre o apontando para baixo. Era enorme e feio, como se você pudesse martelar pregos num quadro com ele. Quando garoto, usei um revólver para atirar nos corvos do bosque e um dia acertei num deles, a cabeça transformando-se em névoa vermelha e penas pretas.

"Meu Deus, Josephine, é um trinta-e-oito."

"Eu tenho muito cuidado."

"Está carregado?"

Ela olhou para mim.

"Eu quero as balas."

Ela não respondeu.

"Me dê as balas, Josephine. Não posso ir trabalhar sabendo que tem um revólver carregado aqui em casa."

Ela virou a ponteira do revólver para cima e as balas deslizaram para fora; e me foram entregues, uma a uma. Uma mão preta pondo balas numa mão branca. Simon Crowley poderia ter filmado esse momento. Meti rapidamente as balas no bolso.

Ela estava calada. Eu detestava fazer isso. "Josephine, olha aqui, você é maravilhosa com as crianças. Eles te amam. Para nós é uma sorte termos você, e procuramos mostrar nossa gratidão..."

"O senhor e Lisa têm sido muito bons para mim."

"Quero que continue a trabalhar para nós. Precisamos de você. Mas você não deve nunca mais, de jeito nenhum, trazer uma arma para dentro desta casa. *Nunca.* Não vou ficar fuçando por aí, Josephine. Se o revólver voltar para esta casa, você será despedida, na hora, sem qualquer pergunta. Detesto dizer isso, mas é assim."

Ela estava chorando, a mão cobrindo os olhos, os lábios moles e torcidos, e eu queria consolá-la.

"Josephine, sei que você nunca tentou expor as crianças a nenhum perigo, mas não posso aceitar isso. E não vou ficar examinando sua bolsa ou seus bolsos ou qualquer coisa do tipo, desde que me dê a sua palavra."

"Não vou mais trazer o revólver para cá", soluçava ela. "Foi um grande erro. Ah, Lisa vai ficar danada comigo."

Isso era verdade. Voltei para a sala, abracei Tommy e lhe dei um beijo de boa sorte, olhando seu rosto feliz e inocente, suas bochechas sujas de muco e suco vermelho, que forneciam um adesivo para as migalhas verdes dos sucrilhos do café. Ah, menino lindo, lindo. O mundo, e o seu pai, não eram bons o suficiente para ele. Beijei-o mais uma vez e por um instante tive vontade de chorar. Então me levantei, peguei minha pasta e saí pela porta, as balas tinindo no meu bolso como dinheiro. Será que eu realmente teria mandado Josephine embora, ali, na bucha? Nossos filhos a adoravam, nunca tinham tido outra babá. Todo dia, assim que Josephine ficava pronta para ir para casa, eles corriam para se despedir dela, abraçando-lhe as pernas grossas, e Sally insistia em receber um "beijo lambido", o que provocava um grande beijo estalado que deixava na bochecha de Sally a marca dos lábios vermelhos de Josephine até a hora do banho. Ela era uma segunda mãe para as crianças — paciente, severa, justa, incansável. Como na maioria das vezes, a decisão da minha mulher de contratá-la tinha sido excelente; nós conhecíamos algumas outras famílias que tinham tido relações desastrosas com baby-sitters, e havia até um caso em que o marido, ao voltar para casa mais cedo, encontrou as crianças vendo um vídeo do Barney e a baby-sitter recebendo uma inserção de felicidade do homem do serviço de luz. Mas Josephine era um caso inteiramente diferente, e outros pais já tinham nos perguntado com muito tato até quando ela "ficaria" conosco e quanto lhe pagávamos. (Os negros ainda pertencem aos brancos na América, admitamos, ainda que em segredo, aqui para nós.) Na realidade, a própria existência de Josephine desafiava a concepção que eu tinha de mim mesmo como pai; ela limpara mais merda das bundas dos meus filhos, alimentara-os mais vezes, levara-os para passear mais vezes do que eu. Ela era paga pelo seu trabalho e não pelo seu amor, mas dava seu amor gratuita e copiosamente aos meus filhos, e às vezes eu me perguntava se esse amor não poderia ser igual ou até superior ao meu. Com certeza ela era mais paciente, com certeza compartilhava mais de perto do que eu os minutos das vidas deles. Nós raramente falávamos direta ou profundamente um com o outro, preferindo em vez disso manter a conversa no nível das banalidades — o tempo, as notícias —, mas eu guardava um estranho sentimento por ela. De algum modo o amor dos meus filhos por Josephine se refletia no meu próprio coração relutante, mas de um jeito que me impedia de reconhecê-lo abertamente. Nós dois compreendíamos que as forças da história tinham criado destinos muito diferentes e que nada, a não ser o respeito humano básico, contribuía para melhorar essa situação. Ela era uma mulher orgulhosa, e isso me agradava, pois significava que sua vida não era sem esperança. Eu desconhecia a maior parte do passado dela, mas de vez em quando ela e Lisa conversavam, talvez quando estavam juntas trabalhando na cozinha, e eu imaginava, talvez fantasiosamente, que nesses momentos deixavam de ser a patroa branca e a empregada negra, eram apenas duas mulheres conversando. No correr dos anos Josephine disse a Lisa que tinha tido cinco filhos, três dos quais a tinham desapontado, sendo que um deles morrera num incêndio num lugar onde se fumava crack. O primeiro marido dela, com quem se casara ainda moça, batia nela assim como o filho que se tornou o cara do lugar onde vendiam crack. Eles se separaram. O segundo marido de Josephine, com quem ela teve três filhos, era um homem mais velho que morreu de uma diabetes avançada. Lisa suspeitava que ele tenha sido o verdadeiro amor da vida de Josephine, pois lhe comprara uma casinha em Porto Príncipe, onde Josephine esperava morar ao se aposentar. Josephine tinha escolhido seu atual marido menos por paixão do que pela percepção pragmática de que ele era um homem basicamente decente, com quem podia contar economicamente. De fato, se ainda havia alguma paixão em Josephine, era um mistério. Às vezes ela se sentava tranqüilamente perto da janela e lia a Bíblia à luz natural. Sua fé era inabalável, e me fazia perguntar a mim mesmo se a crença dela em Deus, que me parecia a mais autêntica possível, tenha sido forjada pelo sofrimento ou era apenas testada por ele. Acredito que a graça seja o mais impalpável dos dons, e Josephine, lenta de movimentos, inarticulada, supersticiosa, era uma das mulheres mais graciosas que eu jamais vira. Intimamente eu sabia que ela era um ser humano melhor do que eu. Que eu diga isso mais uma vez e que saiba disso de uma vez por todas: revólver dentro da bolsa ou não, Josephine Brown era um ser humano melhor do que eu, e entre meus outros arrependimentos nesse relato, está a dolorosa percepção de que meus atos inflingiram a Josephine mais uma dose desnecessária de sofrimento.

A única coisa que Bobby Dealy tinha a me oferecer naquela manhã era a prisão de um velho demente que tinha atacado crianças com seringas, o que sem dúvida era uma boa história — especialmente porque o homem era um ex-padre católico —, mas as vítimas se espalhavam pela cidade, o que significava muitas caminhadas, e eu precisava ficar a tarde inteira no banco malaio. Então eu passei a história adiante e o jornal a entregou a uma jovem porto-riquenha que seria tão boa quanto qualquer um dentro de uns três anos. Não liguei; eu tinha a história do martelador de pregos de Coney Island preparada para o dia seguinte, e queria conversar com os caras da firma de demolição que fizeram o serviço na rua 11, Leste, 537. A firma, segundo minha lembrança do registro que Caroline me mostrara, chamava-se Demolições Jack-E, e eu acabei encontrando-a no Queens, não muito longe do estádio Shea, numa daquelas avenidas em que as calçadas desapareceram e as árvores são cortadas até o meio, em que há carros amassados, caminhões estripados por todo lado, caras de macacão com graxa nas mãos dirigindo BMWs de oitenta mil dólares, cachorrões dormindo sob pequenos barracos em cuja frente suja há uma pilha de correntes e placas de ESTACIONAMENTO PROIBIDO onde se lê que POSITIVAMENTE ISSO INCLUI VOCÊ. A Demolições Jack-E ficava num lote sujo com guindastes, escavadeiras amarelas salpicadas de ferrugem e, nos fundos, um trailer que servia de escritório. Muitos desses lugares abrigam algum tipo de negócio ilegal — carros roubados, muitas vezes —, e eu estava imaginando a satisfação com que a administração responderia a minhas perguntas, mas McGuire, o responsável, homem dos seus cinqüenta anos com um fio de fumo seco escorrido no queixo, riu assim que me apresentei.

"Você tá tirando um sarro em cima de mim! Porter Wren, aqui? Eu leio todas as suas colunas!" Ele sacudiu minha mão com força, e eu esperei tê-la de volta. "Vem cá! Senta aqui." Ele remexeu na bagunça sobre a sua mesa e dali tirou um jornal da semana anterior: MÃE QUEIMOU VESTIDO DE NOIVA. "Sobre a dona cuja filha levou o tiro? E o vestido de noiva? Tá me gozando!"

Perguntei se ele se lembrava do serviço no qual o corpo de Simon Crowley foi encontrado.

Ele assentiu com a cabeça vigorosamente, como se a pergunta fosse de certo modo um insulto. "Como é que eu vou esquecer?

Meu filho o encontrou, a cabeça como um tomate esmagado, o pobre garoto vomitou."

Perguntei se podia me explicar os procedimentos da demolição.

McGuire assentiu com a cabeça. "Tá, é assim que a gente faz. Lembre-se, tem todo tipo de lei e de merda regulando a gente. Inspecionamos o prédio. Talvez haja algumas plantas registradas em algum lugar — em geral, ninguém tem planta nenhuma. Talvez se tiver sido feita uma restauração parcial ou algo assim uns vinte anos atrás, mas esses prédios em geral são os mesmos. Nós planejamos como é que vamos botar ele abaixo. Às vezes é andar por andar, especialmente se tem muito aço no prédio ou se o espaço é pequeno. Você precisa de lugar para uma queda e um caminhão para dar conta do entulho. Ou se não é esse tipo de serviço, provavelmente a gente derruba o prédio com uma bola no guindaste e escavadeiras. Se é muito grande, muito alto, então é preciso usar procedimentos especializados como corte de vigas, às vezes explosivos, esse tipo de coisa. Nós não nos metemos nisso — isso é para os grandões. Mas esse prédio de que você está falando tinha o quê? Seis andares? Não, a gente só dá uma olhada, sabe, tira os detalhes se tivesse sobrado algum. Ornamentações nos lintéis, qualquer coisa meio fora do comum. Às vezes a gente tira os acessórios, ou as portas ou consoles de lareira, qualquer coisa que possa ser recuperada e vendida. Às vezes as pessoas gostam de comprar radiadores velhos. Eu particularmente detesto, são barulhentos demais. O cobre a gente tira do entulho. Você tem que derrubar as paredes para pegar o cobre. Às vezes a gente guarda um corrimão. Uma janela bonita em arco, talvez, uma coisa assim já fora de linha, mas que alguém pode querer. Então a gente levanta o tapume na calçada."

"Mais alguém entra lá?"

"Claro, todo tipo de gente." Ele procurou no bolso de cima, tirou uma guimba de charuto e a pôs na boca.

"Quem?"

O homem tirou o charuto da boca. "Os caras do gás vão fechar o gás. O mesmo com o cara da luz. Corta a energia do prédio. Um cara do seguro passa por lá, pra garantir que não deixamos pra trás nenhum elemento estrutural que possa matar alguém, especialmente um cara como eu. Depois a água também tem que ser cortada — espera um instante." McGuire gritou num microfone. "Becky, olha pra mim aquele serviço da 11, Leste. Há um ano e meio mais ou menos, me traz a ficha aqui." Ele olhou para o charuto. "O meu filho toca o negócio agora." A ficha lhe foi entregue. "É, está aqui, agosto, dois anos atrás. Primeiro, arrancamos as janelas. Está no código. Nenhum vidro voou. Vamos ver... desligamos a luz, a firma dos elevadores deixou cair a caixa alguns dias antes de nós demolirmos..."

"Deixou cair a caixa?"

"Quer dizer — bem, ninguém quer um elevador de setenta anos — então chamamos a firma dos elevadores para jogá-lo no fundo do poço, depois enchemos a parte de cima. Quer dizer, quase sempre o porão da obra fica cheio de entulho, porque o proprietário não quer correr nenhum risco, um bando de garotos entrando, subindo e descendo num grande buraco, pelo qual você pode ser processado mesmo que ponha uma cerca em volta — você tem que gostar da coisa —, então a gente enche aquilo tudo com entulho e põe uma boa cobertura de tijolo por cima. Arremata com concreto, se os caras quiserem pagar o serviço. Depois, se forem construir um edifício, vão precisar escavar essa merda toda."

"Não é trabalho demais?"

"Na realidade não, porque de qualquer maneira você tem que escavar para as fundações do edifício. Algumas fundações chegam a quinze, dezoito metros. Então quatro, seis metros de entulho não é grande coisa."

Concordei, mas nada disso me parecia relevante. "Então a seqüência é: cercar, desligar tudo, chamar o seguro para a inspeção, depois demolir?"

"Não, primeiro você precisa de uma licença."

"Certo."

"E primeiro precisa também chamar um cara para exterminar os ratos."

"Tinha rato por todo lado lá no terreno", disse eu.

"Quer dizer, você paga um cara para ele dizer que exterminou." E ele piscou o olho para mim.

"E depois?"

"Bem, a Prefeitura também tem um inspetor."

"Tudo isso é feito assim numa seqüência rígida?"

"O que é que você quer dizer com isso?"

"Quero dizer: as coisas são sempre feitas assim, nessa mesma ordem?"

"Não, a água pode ser fechada antes da energia ser desligada, a energia pode ser desligada antes da água. Sabe como é, o cara do seguro pode chegar antes, depois, qualquer coisa assim. Você sabe, nós conhecemos todo o pessoal do Departamento de Obras. É uma relação amigável. Nós conseguimos que tudo fique mais ou menos verificado antes de começarmos a demolir."

"Deve ter sido um choque encontrar o corpo."

"Bem, eu estive no Vietnã, já tinha visto algumas coisas, mas o meu filho..." Ele olhou para longe. "Ele tirou uns dias de folga."

"Como é que você acha que o corpo foi parar no entulho?"

McGuire riu. "Isso é o que os policiais queriam saber."

Esperei por ele.

"Eu? Para começo de conversa acho que o corpo não estava no prédio, acho que veio pelo telhado. Tinha uma corda."

Esse fato não constava do registro de Caroline Crowley. "Você disse isso aos policiais?"

"Disse."

"E eles, disseram o quê?"

"Não acreditaram em mim."

"Por quê?"

"Não sei. Simplesmente não acreditaram." McGuire abriu uma gaveta, pegou um outro charuto e pôs a guimba molhada no bolso de cima. "Sabe de uma coisa? Eu queria ver por mim mesmo se eles jogaram o corpo por cima do meu tapume na calçada. Então peguei uma escada e examinei cada centímetro daquele arame farpado, procurando algum fiapo de roupa, cabelo, sangue, uma coisa qualquer, e não encontrei porra nenhuma. Eu disse isso para os tiras, e eles ficaram danados comigo por ter tumultuado o local do crime. Disse que o tapume era meu. Eles me amaram por isso. Disse que de nenhum jeito o corpo podia ter passado por cima do tapume. Acho que veio do telhado; eu disse isso e eles só ficaram olhando para mim, como se eu estivesse maluco."

"Tem um cara que é zelador no prédio vizinho, um porto-riquenho. Você já o viu?"

McGuire deu de ombros. Uma escavadeira passou resfolegando do lado de fora da janela. "Pode ser, não me lembro."

"Tudo bem, e quanto ao telhado: não seria muito difícil jogar um corpo no terreno de uma distância tão grande?"

"Não. Não foi isso que eu disse. Eles vieram pelo telhado com o corpo, do número, hã", ele olhou na ficha, "do número cinco-três-cinco para o cinco-três-sete. Isso quando o edifício ainda estava de pé. Depois eles vieram com pés-de-cabra ou alguma coisa do tipo, um pedaço de madeira, qualquer coisa, e arrebentaram as molduras das janelas do andar de cima. Quer dizer, a mais ou menos um metro da cornija. É difícil, mas dá para fazer. Então é aí que entra a corda. Encontramos um pedaço de corda amarrado numa das escoras de ferro sob a caixa d'água. O que eu acho é que eles amarraram o corpo com a corda, mediram, sabe como é, para saber o comprimento certo, e depois, balançando o corpo do lado de fora do edifício, o meteram para dentro pela janela arrebentada. Depois cortaram a corda."

Tentei imaginar a cena. "Isso quer dizer que a outra ponta da corda ainda estaria amarrada no corpo."

Ele olhou para o charuto. "Talvez."

"Não tinha nenhuma corda amarrada no corpo."

"Eu sei, eu vi, lembra-se?", ele disse, irritado. "Mas faltava uma mão."

Pensei nisso. "Se eu, do andar de cima, fosse balançar um corpo para ele atravessar uma janela, amarraria as mãos ou os tornozelos, acho até que o pescoço." Se tivessem amarrado uma corda no pescoço de Simon Crowley, o pescoço estaria quebrado e o policial teria notado. Por outro lado, o pescoço também poderia ter sido quebrado na demolição, sob o peso do entulho ou da escavadeira.

"Ainda acho que foi uma corda."

"Mas a sua teoria tem uma falha."

Ele balançou a cabeça, meteu o charuto novo na boca. "Qual é! O corpo estava bastante arrebentado. A corda poderia ter saído de alguma maneira."

"Você já mediu a corda que encontraram na torre da caixa d'água?"

"Não, isso tudo foi depois."

A conversa estava ficando especulativa demais, e agradeci-lhe o tempo que tomei.

Então McGuire acendeu o charuto, soltou uma fumaça azulada e me olhou de esguelha. "Você vai escrever uma história?"

"Estou verificando as coisas", eu lhe disse. "Só verificando."

Isso, suponho, era verdade agora. E depois de conseguir com muito esforço voltar a Manhattan, arrastando-me atrás de uma perua com uma porta que ficava abrindo e fechando, o próximo local a ser pesquisado era a biblioteca do jornal, que não é mais simplesmente uma sala onde recortes amarelados enchem arquivos, mas um escritório contendo fileiras e mais fileiras de CDs vendidos por empresas particulares cujo negócio é manipular a pista eletrônica deixada por cada um de nós. A maioria das pessoas não têm idéia da rapidez com que um jornal pode ter informações sobre elas, caso queira. Na nossa biblioteca, por exemplo, temos diretórios em CD que podemos usar se tivermos o número de telefone de uma pessoa mas não o nome ou se tivermos um endereço mas nem o nome nem o telefone. É uma ferramenta extraordinária; dê-me um número mal escrito de algum telefone da cidade, e haverá uma grande chance de que em alguns minutos eu possa lhe dizer o endereço desse número, quem mora lá, quem mora no mesmo prédio ou em frente, quem possui carro no prédio, qual a marca e o modelo do carro, quando o apartamento foi comprado, que impostos incidem sobre ele, o preço da compra, se as pessoas têm título eleitoral, em que partido votam e se estão envolvidas em algum litígio recente na cidade. Podemos até obter informações básicas sobre crédito. Isso é uma intromissão na privacidade das pessoas? Sem sombra de dúvida. E vai piorar? A mesma resposta.

Encontrei a bibliotecária-chefe, a sra. Wood, uma negra pequenina de unhas espetaculares que ajudara o jornal a dar notícias por quase dez anos. Dizia-se que ela tinha uma memória fotográfica, o que talvez fosse verdade, mas, na minha opinião, seu verdadeiro talento residia em sua capacidade de inferir, a partir de um fato isolado, toda uma estrutura de informações.

"Sra. Woods, dá para a senhora procurar uma coisa para mim?"

"Para o senhor, sr. Wren, eu iria procurar até na lua."

"É claro que vou ter que pegar um café para a senhora daqui a pouco."

Ela concordou com a cabeça. "Sem dúvida."

"Café preto."

"Como eu."

"Como eu poderia esquecer?"

"O senhor não esqueceria."

"Porque, sra. Wood, a senhora está gravada na minha memória."

"Vamos parar com esse flerte de garoto branco. Qual é o problema?" Ela puxou uma cadeira para perto do seu computador e eu dei o endereço: rua 11, Leste, número 537. Depois de uns dez minutos ela verificou que o terreno era então propriedade da Empresa de Comércio e Importação Fwang-Kim, do Queens.

"Meio estranho", disse ela.

"Por quê?"

"Em geral os terrenos vagos pertencem ao município, que se apossa deles para financiar os impostos."

"E os coreanos compram lojas, não terrenos." Talvez eles estivessem apenas segurando a terra. Se a área um dia se tornasse mais nobre, o que era duvidoso, então talvez o valor da terra subisse.

A sra. Wood foi até um arquivo de microfichas e voltou um minuto depois. "Nunca pertenceu à municipalidade. Mas a Importadora Fwang-Kim comprou-o de uma outra firma coreana, a Hwa Kim Importação e Imóveis; antes disso o terreno — com um prédio — pertenceu a uma outra firma do Queens, até essa data não há nenhum registro em microficha de quando ele foi comprado.

"Os dois proprietários coreanos são recentes?"

"Dos últimos dois anos."

"O preço?"

"Da primeira vez setenta e seis mil; da segunda, trinta e um mil."

"Estranho que tenha baixado."

"Tenho uma teoria." Ela voltou aos computadores. Eu a observava botar e tirar disquetes da máquina. "Aqui... tudo bem. As duas firmas coreanas têm o mesmo endereço. O que significa que uma é provavelmente uma sucessora reincorporada da última. Microempresários fazem isso o tempo todo — permite que eles se afastem das dívidas difíceis. O segundo preço de compra reduzido seria uma maneira de criar um prejuízo no balanço da primeira firma. Isso poderia ajudar o dono na hora dos impostos. O preço reduzido também poderia ser útil no caso de doações ou taxas governamentais. É muito claro que as duas firmas foram dirigidas pela mesma pessoa ou pelas mesmas pessoas." Ela sacudiu as mãos. "Bandalheira financeira típica."

"Mas por que uma firma comercial coreana do Queens compraria um prédio abandonado, botaria o prédio abaixo, depois simplesmente sentaria em cima? Não é uma localização privilegiada nem coisa parecida." Pensei na sra. Garcia se movimentando vagarosamente pela sua horta crestada. "Ali não dá para montar negócio nenhum."

"Tem alguma delicatessen coreana na vizinhança?"

"Tem."

"Então os coreanos decidiram que o bairro era viável."

"Talvez. Mas não tem muita grana por lá."

"Dá para construir ali?"

"Claro."

"Você viu o terreno?"

"Vi."

"Quanto mede?"

"Talvez uns mil e duzentos, mil e quinhentos metros quadrados."

Ela voltou a olhar para a tela. "Você não acompanha os preços dos imóveis da cidade."

"De terrenos abandonados, não."

"Trinta e um mil para um terreno grande, mesmo no Lower East Side, não é nada."

Dei de ombros. "OK."

"Tem muita gente na vizinhança?"

"Por toda parte."

"Viu algum supermercado?"

Fiz que sim. "Tem um alguns quarteirões mais para baixo. Mas sei o que você está pensando: que eles talvez quisessem fazer daquilo ali um prédio comercial. Mas a localização estaria errada. O terreno não fica numa avenida, fica no meio da rua, é zona residencial. E pobre."

"Um prédio de apartamentos."

"Talvez", disse eu, sentindo-me desanimado. "Não sei mais onde pesquisar."

"Eu sei. Essa avaliação está baixa demais." A sra. Wood examinou o microfilme. "Olha aqui, um terreno parecido a um quarteirão mais à direita daquele — numa vizinhança pior — vendido por noventa e nove mil."

"Por que a firma que era dona do terreno originalmente o venderia por um valor abaixo do mercado?", perguntei.

"Agora o senhor está *finalmente* fazendo perguntas que prestem."

Então a sra. Wood fez duas coisas. Ela procurou no registro dos litígios civis o nome do primeiro, e por muito tempo, proprietário, a Administradora de Propriedades Segal, do Queens, e o nome da firma a quem a Segal vendeu o terreno, a Hwa Kim Importação e Imóveis. "Aí está", disse ela. "A Administradora de Propriedades Segal foi processada pelo sr. Jong Kim há três anos. Agora deixa eu procurar o... aqui está..." Ela logo verificou que a Administradora de Propriedades Segal, do Queens, tinha dado entrada num pedido de falência no Tribunal Superior do Distrito Sul do Estado dois anos antes. Então, usando os diretórios cruzados, ela verificou que o endereço da Administradora Segal era também o de uma Norma e um Irving Segal, que aparentemente tinham uma firma de advocacia, Segal & Segal, com o mesmo endereço. A Segal & Segal também tinha dado entrada num processo de falência, no mesmo dia em que a Administradora de Propriedades Segal entrou.

"Tive uma outra idéia", disse a sra. Wood, digitando vigorosamente à procura do arquivo do Departamento de Veículos Motorizados do Estado de Nova York. Os dados lhe permitiram verificar que Norma Segal tinha sessenta e oito anos e seu marido, oitenta. Eles dirigiam um Mercury de sete anos. E ela devaneou:

"Casal de judeus velhos do Queens com um processo na justiça e um prédio de apartamentos caindo aos pedaços em Manhattan é processado por um empresário coreano espertalhão".

Eu começava a compreender. "Talvez um passo em falso, um acidente de automóvel, qualquer coisa."

"Os velhos não têm outros bens importantes", postulou a sra. Wood. "Eles concordam em dar o prédio de apartamentos ao coreano como pagamento. É uma venda legal, mas bem abaixo do mercado. Eles conseguem alguma grana, o coreano consegue talvez um grande negócio."

"A não ser pelo fato de ter havido a demolição do prédio não muito depois da data da compra", ressaltei.

"Pois é, o preço reflete isso. Tão baixo ele é. O coreano queria o terreno, não o responsabilidade de um velho prédio de apartamentos." Ela me dirigiu um sorriso tímido.

"Eu detestaria saber o que a senhora seria capaz de descobrir sobre *mim*", eu disse.

"Sobre o senhor? O senhor é *fácil*."

"Não vou tocar nisso."

"Claro que não."

Lembrei-me de que eu precisava ir até o banco malaio, mais ao norte, e estava prestes a sair quando me ocorreu uma idéia. Então perguntei: "Dá para a senhora procurar mais uma coisa?".

"Não chega o trabalho que o senhor me deu?"

"Como é que eu posso adoçar o trato? Um sanduíche?"

"Quero um daqueles de presunto e ovo que eles têm lá embaixo e *dois* cafés. E o último número da *The Economist*."

"A senhora é durona, sra. Wood. Talvez um dia me diga o seu primeiro nome."

"Não tem por que querer saber disso, agora vai pegar o que eu pedi!"

Antes de descer, dei a ela o nome e o endereço de Caroline, na rua 66, Leste. Quando cheguei ao saguão para pegar a comida da sra. Wood, Constantine, o segurança, me viu e me entregou um envelope.

"Um cara deixou isso para você."

"O que é?"

"Não sei."

"Tem certeza de que não são doze milhões de dólares?"

Constantine sorriu. "A única coisa que fiz foi continuar comprando bilhetes."

Li a nota manuscrita ao entrar novamente no elevador:

Caro sr. Wren:

Se o senhor quiser mais informações sobre Richard Lancaster, o homem que matou Iris Pell, favor aparecer na esquina noroeste da 86 com a Broadway dentro das próximas três horas. Lá o senhor vai ver um sujeito meio gordo de nome Ernesto que vai estar usando um boné dos Yankees. Favor se identificar e dizer a ele que o senhor está procurando o Ralph.

Minha informação sobre Lancaster é boa.

Sinceramente,

Ralph.

Sinceramente eu não queria ir mais para o norte e encontrar um sujeito meio gordo de nome Ernesto. A quem eles estavam enganando? Além disso, Lancaster estava morto, informações velhas.

"Caroline Crowley não tem uma carteira de motorista válida para o estado de Nova York", anunciou a sra. Wood quando eu voltei, "mas ela tem uma que vale para a Califórnia e que expira daqui a poucos meses. Ela mora no apartamento há dois anos. Foi comprado por dois milhões e trezentos mil, e tem uma hipoteca de dois milhões. Os impostos sobre ele são de dezenove mil. O apartamento pertence a um fundo estabelecido no nome de Simon Crowley, que, ao que me lembro, é um personagem falecido da indústria cinematográfica." A sra. Wood me deu um sorrisinho malicioso. "Ela não tem título de eleitora. Não possui imóveis na área. Não está processando nem sendo processada no presente momento. Ela cometeu uma infração importante."

"Do que se trata?"

"Uma velha multa por fumar no metrô."

"Também tem isso aí?"

A sra. Wood assentiu com a cabeça, com jeito irônico. "Ela é uma dessas garotas ricas que anda de metrô."

"O que isso lhe diz?"

A sra. Wood deu uma risada. "Que está preocupada com dinheiro."

Estava na hora de tomar a direção norte para chegar ao banco malaio e ver os vídeos, mas enquanto me demorava no saguão do jornal, relendo o estranho bilhete de "Ralph", comecei a imaginar se talvez não devesse espremer uma visita a ele entre uma coisa e outra. Eu me sentia particularmente atraído pela frase "minha informação sobre Lancaster é boa". Podia ser matéria para uma coluna — nunca se sabe. E se fosse uma roubada, iria direto para o banco. Eu não mencionaria essa carta de Ralph, nem o que se seguiu aquela tarde, mas ambos, afinal, confirmaram a verdade das últimas palavras que ouvi de um velho repórter bêbado que conheci quando eu estava começando. Um sujeito alto com uma queda por bons ternos, chamado Kendal Harpe, e que por volta de 1982 não servia para mais nada a não ser esvaziar um copo de uísque atrás do outro. Mas havia algo atraente na decadência dele, e ele percebeu que antes de ser levado embora da sala de redação para sempre, teria de me agradecer. "Pois bem, garoto, tem duas coisas que eu quero lhe dizer", disse-me um dia abruptamente, oscilando um pouco, quando eu voltava do almoço. "Primeira: quando você ficar atolado, é só botar tijolo. Sacou?" Ele perscrutou meus olhos para ver se eu estava prestando atenção. "Segunda: não é só um monte de historinhas. Nada disso, é tudo uma única grande história. Lembre-se disso." Então ele saiu cambaleando da minha vida para sempre.

Trinta minutos depois eu estava na esquina da 86 com a Broadway perto da escada do metrô e procurando um cara com um boné dos Yankees. E lá estava ele, um homem realmente imenso, de quase um metro e noventa e uns cento e vinte quilos, quase tudo se avolumando nos ombros e no peito, parado com os braços pendurados ao longo do corpo, como se em transe. Atravessei a rua cauteloso, observando-o, e subi no meio-fio.

"Estou procurando o Ralph."

Ele me examinava. Eu não podia dizer de que raça era — o cabelo era meio crespo e de um loiro sujo, os olhos verdes, a pele escura.

"Eu trouxe o bilhete dele", falei, tirando o papel do meu bolso. "Diz para eu vir aqui e encontrar um cara chamado Ernesto, com um boné dos Yankees."

Ele assentiu com a cabeça e foi se afastando. Eu deveria ir atrás, percebi. Eu o alcancei e nos encaminhamos para o Oeste, atravessando o Riverside Park, em direção à estrada West Side, onde os veículos, em geral táxis, trafegavam a mais de cem por hora. Se continuássemos a andar, seríamos mortos. Ernesto saltou uma mureta. Senti-me apavorado e idiota. Ele chamou. Saltei e percebi o estado dos meus velhos joelhos. Mas então tornei a me erguer e vi uma certa riqueza antropológica no local; ali estavam os restos de uma população móvel e nervosa: latas e garrafas, guarda-chuvas, colchões, pneus, latas de óleo, roupas, embalagens de tudo que era forma e idade, eletrodomésticos sucateados. A vegetação penetrara nos detritos, envolvera muitos deles e conseqüentemente definhou, ficou marcada e se contorceu, como se a própria natureza tivesse sido geneticamente prejudicada em sua luta contra a personalidade humana e a rudeza do hábitat urbano. Ernesto movimentava-se com agilidade nessa micropaisagem. Ele parecia uma criatura sem dúvidas, apto para rastejar e disparar por entre a escuridão e a sujeira. Seguindo-o, atravessei um muro de pedra arrebentado que havia sob a estrada, cuja abertura estava obstruída por ailantos novos e compridos que buscavam a luz do sol. Um pouco mais para dentro, a moita se transformava num caminho de terra batida que levava a um outro muro, este em bom estado. Ernesto olhou para trás para ver se eu o acompanhava, e depois seguiu em frente. Até que ponto ia a minha temeridade? Segui Ernesto que prosseguia paralelo ao muro, correndo um pouco para acompanhá-lo, resfolegando um pouco demais, mas ainda capaz de ler os grafites.

A BOCETA É DOCE
O MEL TAMBÉM
ENTÃO COME O QUE PODE
E GUARDA A GRANA MEU BEM
VOCÊ GOSTA DE JAZZ
EU GOSTO DE SWING
TOMA NO CU
& NÃO CONTA

VOCÊ QUER LUZ
E EU QUERO TREVAS
FICA AQUI EMBAIXO
E SEJA MEU ESCRAVO

Uma criança abandonada de uns catorze anos e de ar emaciado passou por nós na direção oposta, carregando sacos de lixo e caixas plásticas de leite vazias. Era um menino cinza. Algo em seu jeito — o corpo curvado e os passos de sonâmbulo — sugeria uma labuta repetitiva e estafante. O muro continuava por quase quarenta metros. Então Ernesto desapareceu por uma fenda. Eu o segui — trevas adentro. À medida que meus olhos se acostumavam com a escuridão, pude ver que estávamos de pé num espaço imenso, abobadado, que tinha uns trinta metros de altura e alcançava uma sombria distância de talvez um quilômetro e meio. Era um antigo túnel de estrada de ferro e, a uns nove metros do chão, onde um dia correram trilhos, apoiavam-se as plataformas de baldeação enferrujadas, espaçadas de trinta em trinta metros. Os dormentes de ferro estavam recheados de madeira, placas de metal e o que parecia ser pilhas de roupa, cordas e garrafas plásticas de água. Individualmente esses aglomerados expressavam a singularidade de seus criadores, mas coletivamente pareciam ser obra de uma espécie de pássaro imenso e inteligente. Dali meus olhos desceram para as paredes de barracos construídos junto aos aglomerados. Eu via sombras que se moviam aqui e ali a uma grande distância, o arco oscilante da luz de uma lanterna e a luminosidade bruxuleante do que parecia ser uma fogueira. Eu corria atrás de Ernesto que continuava no meio do espaço; o meio funcionava como uma rua principal, de onde se ramificavam trilhas marcadas pelo entulho. Sob os ninhos havia círculos de lixo, que denotavam, inferi, o espaço do chão pertencente ao ninho de cima. Era uma espécie de sociedade.

"Por aqui", disse Ernesto com voz rouca, e eu entrei com ele na escuridão. Passamos por alguns barracos baixos, muitos deles inteiramente abertos. Dentro, havia pessoas amontoadas dormindo, homens e mulheres. Em outros eu podia ver o ocupante varrendo ou arrumando, amarrando sacos plásticos, às vezes sentado numa cadeira e martelando alguma coisa. Mais adiante passamos por dois homens e uma mulher de pé, junto a uma fogueira. A mulher, de uns cinqüenta anos, vigiava uma panela colocada sobre o fogo, levantando a tampa com um pau comprido. As chamas açoitavam o ar num movimento ascendente, como se houvesse vento, e isso me intrigou até eu perceber que a fogueira se assentava na grade de ferro de um respiradouro de ar.

"Para onde vai a fumaça?", Ernesto perguntou.

"Rachaduras", respondeu ela, apontando para o teto.

Continuamos até chegarmos a um círculo de lixo que se encontrava diretamente embaixo de uma outra casa-ninho construída em cima de uma plataforma de baldeação.

"Ralph!", Ernesto gritou.

Um rosto envelhecido, barbado, apareceu na beira, e quase imediatamente um rolo de corda apareceu no ar. Ao cair, o rolo de corda transformou-se numa escada atada à mão, bastante bem-feita. Ernesto arrastou um ferro comprido tirado da pilha de lixo e o ajeitou cuidadosamente nas pontas da escada. Depois foi trepando como um macaco, puxando com os braços e empurrando com os pés. Quase no topo, olhou para trás.

"Sobe aí, moço!"

Eu já tinha estado em muitos locais agourentos, inclusive numa cela temporária com cheiro de mijo em Rikers Island e no túmulo de um mendigo no cemitério Potter's, mas nunca havia subido, estando no subsolo, a uma morada como aquela. Agarrei a escada, experimentei-a com uma sacudidela, então comecei a subir. Não era fácil, e eu não gosto particularmente de alturas, assim fiquei olhando para cima, de onde eu podia ver Ernesto me observando. Quando cheguei ao topo, subi numa plataforma improvisada que ficava em frente a uma tapera feita de madeira e chapas de obra pesada roubadas, o que era mais provável, de equipes de serviços públicos. Ernesto então desceu a escada, deixando-me ali.

"Bem-vindo, sr. Wren", chegou-me uma voz de dentro da tapera.

Entrei, esgueirando-me, e passei por pilhas de livros. Lá estava, sentado numa cadeira e lendo, um homem de cabelos brancos de uns cinqüenta anos, talvez mais velho.

"Meu nome é Ralph Benson", me disse ele.

Apertei sua mão, que era surpreendentemente firme.

"Grato por vir até tão longe", disse ele, "em todos os sentidos da palavra. Eu lhe mandei o bilhete porque leio a sua coluna há, hã, muitos anos. Li sobre a garota Pell. Não posso deixar de pensar nos pais dela... ela teve uma morte estúpida, inútil, sr. Wren, porque o amante dela era um covarde, hã. Eu tive uma filha um dia, sr. Wren, e eu a amava — eu a amava, hã — não vou falar do que aconteceu... tão sem sentido... um dia eu fui... festas de aniversário, e, hã... ela só tinha dezenove quando a encontraram... Tudo desmoronou depois disso, ruína atrás de ruína. Minha mulher querida... morreu de coração partido, para usar uma frase de Saul Bellow, e... e foi uma espiral, sr. Wren, eu não posso... hã, uma espiral... ruína. A sociedade é caótica demais para mim, sr. Wren... um dia eu fui, nem sinal disso agora, hã, um dia eu fui professor de letras clássicas, sr. Wren, da Universidade Columbia, notável para mim até agora, eu morava no norte da cidade, sr. Wren... New Rochelle, casa de meio acre em Cape Cod, pereira no quintal... tão bonita, hã, adubar na primavera e no outono. Eu vivia no... cortadores de grama e shoppings, frutos do capitalismo... nada seguro, nenhum lugar é, como sei pelos jornais, e quando li que aquele covarde, *aquele covarde desgraçado, comedor de merda, bebedor de mijo, fodedor de pombo que eu seria realmente capaz de cortar em mil pedaços e comer cru como uma fina guloseima, ostras talvez, os ossos deles cozidos até formar uma pasta que eu pudesse passar sobre bolachas...*" Ele parou e olhou surpreendido, como se alguém por perto tivesse sussurrado no ouvido dele. "Hã. Não aquele homem, não o homem que... nosso... mas aquele homem que matou... com o vestido de noiva, Iris Pell, hã, nome engraçado, rima com 'bell' [sino], como 'wedding bell' [sino de casamento], ou 'death knell' [dobre de finados], e daí ele não foi suficientemente decente para completar o suicídio dele com eficiência, e os contribuintes pagando a conta do hospital... seja lá como for, solicitei sua amável presença aqui hoje para lhe dizer que o jovem Ernesto perambula pela cidade mais do que a maioria das pessoas que vive por aqui. A maioria das pessoas por aqui fica satisfeita de se afastar do mundo em cima de nós, que representa, hã, fracasso, tristeza, morte, violência, drogas... e assim por diante. Povo das cavernas é, hã... A história está sempre se repetindo, esse é o grande fato ignorado pela nossa civilização, é. A China vai rir de nós dentro de uns cem anos. Seja como for, Ernesto mora aqui porque encontrou gente que gosta dele. Minha nova esposa — chamo-a minha esposa, já tem cinco anos que estamos juntos, minha esposa e eu — ela saiu, está fazendo a nossa comida, acho — minha esposa e eu gostamos dele. Não vou contar a história familiar dele, mas basta dizer, sr. Wren, que a única coisa que minha esposa e eu podemos dar a ele, amor, é a única coisa de que ele necessita. Desde que ele tenha alguma afeição de uma ou duas pessoas, *uma certa* afeição, fica contente de viver como vive. A ausência de afeição destrói a alma. Como o senhor pode ver, ele tem uma cabeça lerda. Um bom coração, mas uma cabeça lerda. Para mim, ele é feliz porque circula pela cidade. Ele é os meus olhos e ouvidos acima do solo, e no fim do dia me traz todos os jornais do dia, jogados fora é claro. É assim que leio sua coluna. Também leio Jimmy Breslin, Russel Baker, aquele Safire, agora Maureen Dodd, que, tenho que lhe dizer, sabe das coisas..." Ele deu umas piscadelas espasmódicas por alguns segundos e olhou para mim. "Onde é que eu estava?", perguntou.

"O senhor estava me falando do Ernesto."

"Ah, sim." Ele sorriu. "Não!" E franziu a testa. "Eu estava descrevendo o meu interesse pelos colunistas da imprensa. Como grupo, muito fraco, muito pobre, hã, me parece. E o senhor também. Frases picadas, escritas para uma atenção curta. Propositalmente simples. Verbos opacos. Hã. Não é o dr. Samuel Johnson, hã, hã! Mas me interessei em ler sua coluna de uns cinco dias atrás, na qual o senhor descreveu a cena passada na esplanada do Brooklyn. Como o senhor deve se lembrar, uma mulher olhando pela janela do apartamento viu uma figura — o senhor chamou de 'um sem-teto' — possivelmente tirar a arma do nosso presuntivo suicida que sangrava, o sr. Lancaster. Ocorre que a figura era Ernesto. Ele estava no Brooklyn porque, como os grandes poetas americanos, ama a ponte do Brooklyn. Ernesto também apanhou a pasta do homem, que ele depois me trouxe."

"O que aconteceu com a arma?", perguntei.

"Ele vendeu."

"Para?"

"Para quem exatamente eu não sei." Ralph franziu a testa. "Ele teve cabeça para não deixar o revólver onde este estava nem para trazê-lo para mim. Teve medo de ficar andando com a arma, então entrou num bar e a vendeu. Ele é lerdo, como eu disse, mas sabe como fazer certas coisas. Não é um criminoso, mas sabe farejar criminalidade. Um traço estranho, hã, lá estava ele, dirigindo-se para o próprio assassino. Assim, ele vendeu a arma, não sei para quem, e se soubesse não lhe diria. Quero deixar o Ernesto inteiramente fora disso. Ele é inocente, mas tem uma ficha de pequenos delitos. Tem até, de fato, um mandado de prisão muito antigo contra ele, que alega, acho eu, hã, crime contra a propriedade. Não tenho certeza. Ele tem um problema de memória, ligado ao abuso que sofreu do pai. Se cometeu algum crime no passado, já esqueceu. Seja como for, quero manter Ernesto fora disso. Ele agora está no caminho certo, e jogá-lo na Rikers Island por causa de uma velha acusação de roubo de carro não seria justo, a meu ver. A sociedade tirou de Ernesto muito mais do que ele tirou dela." Ele olhou para mim, os óculos caídos sobre o nariz, insistindo no tema. "Então, Ernesto abriu a pasta e encontrou um laptop. Ele não sabe o que é um computador, a não ser que não se deve deixá-lo cair no chão e que ele se relaciona com saber ler e escrever. Minha mulher e eu somos as únicas pessoas realmente alfabetizadas que ele conhece, e por isso nos trouxe o computador. Um dia eu fui fã de hi-fi, como se dizia, voltando aos 70, quando... hã... todo mundo andava de calça boca-de-sino, comia fondue de queijo e fingia fazer sexo em grupo... e então percebi como se usava o que eu estava vendo assim que o liguei."

"A bateria ainda estava boa?"

"Estava. Abri alguns dos arquivos — e logo ficou claro o que eu estava procurando. Não um dos grandes textos, infelizmente, mas, hã, retoricamente convincente. Aqui está, deixe eu lhe mostrar." De dentro da bagunça de papéis e livros ele tirou um laptop e o ligou. "Está vendo, aqui estão os arquivos que têm data... estas são as notas de Lancaster. Vou abrir este, escrito uma semana antes do dia em que matou Iris Pell."

> Hoje liguei três vezes para o trabalho do meu amor e ela não me ligou de volta. Mandei rosas ao meio-dia. O florista ligou às cinco para dizer que as rosas tinham sido rejeitadas. Alucinado, não consegui me concentrar na reunião do final da tarde. Liguei para o meu amor quando cheguei em casa. Talvez pudéssemos ir ao cinema. Ninguém respondeu. Fui até o prédio dela. Frio do lado de fora. O porteiro não me deixou entrar. Disse que eram as instruções que tinha. Eu lhe ofereci cem dólares, mas ele não me deixou entrar. Muito perturbado desde então. Muitíssimo. Não quero voltar para casa. Fui para o café do lado de fora do prédio dela. Talvez Iris volte para casa. Talvez tenha ido ao cinema.

"Você percebe", observou Ralph Benson. "Era o registro da caça dele a ela. Podíamos chamá-lo *Memórias da fera* e vendê-lo por um milhão de dólares. Também podemos ter os direitos para o cinema. É bem detalhado. Também tem o relato do tiro dado por ele."

"Posso ver?"

"Claro. Você vai ver que as idéias dele foram deteriorando."

> Encontrei-a. Lavanderia. Dentro, naquele vestido azul que ela usou, caso o revólver soubesse que ela tava lá. Do outro lado da rua, vigiando, pensando, e não podia dizer quanto a amava para sempre e que ela não podia ser de ninguém. De nenhum homem, nunca!!! Entrei no estabelecimento e atirei nela. Ela me viu e eu dei um tiro pra dizer tudo pra ela sobre isso. As balas a atingiram e todo mundo gritou e eu fugi. Agora estou num táxi, medalhão #3N82, correndo pela ponte do Brooklyn, saindo de Manhattan.

Assenti com a cabeça. Definitivamente era uma coluna. "Bastante irrefutável."

"Pois é."

"O senhor está me dando isso?", perguntei.

"Depois de um certo ponto a ser negociado."

"O senhor quer que eu publique os apontamentos do covarde e assim previna as moças inocentes da natureza assassina dos homens."

Ralph piscou. "Essa é uma motivação admirável, mas não é a minha."

"O que o senhor *quer?*"

"Eu quero todas as coisas boas, sr. Wren, mas não posso tê-las. Não posso ter um milionésimo de todas as coisas boas. Uma garrafa de clarete seria ótimo, hã... 'O vinho elimina a sensação de fome.' Assim disse Hipócrates. Mas o que eu gostaria, mais do que qualquer coisa, é um par de sapatos decente para minha esposa, para mim e para o Ernesto. As pessoas não jogam fora ou dão sapatos bons, sem uso. Minha esposa quase sempre usa sapatos de homem que ficam grandes demais para ela. Não tenho nada a lhe dar senão o meu sorriso em ruínas, meu espírito — rá! — e, por fim, o pouco que eu possa espreitar da Babilônia em cima de mim." Ele me olhou, os olhos desesperados. "Eu estava pensando em mil dólares."

"Eu não compro informação."

"Quinhentos — claro que o senhor tem esse crédito."

"Escuta, eu gostaria que as coisas fossem diferentes para o senhor."

Ele pegou o computador e o segurou acima da cabeça, como se fosse atirá-lo como faria com uma bola de vôlei. "Vou simplesmente jogá-lo para longe, palavras no vazio."

"Não, não vai não."

"Não?" Isso pareceu interessá-lo, e ele abaixou o computador.

"Em vez de jogar longe o senhor vai tentar vendê-lo a uma outra pessoa."

"Ouço negociações na sua voz, sr. Wren. Um tom de possibilidades! Quinhentos. Deve estar perto do seu preço."

"Não tem preço nenhum."

"É muito nobre da sua parte!", emitiu Ralph Benson com veemência. "Muito nobre, hã! Sua integridade jornalística fica imaculada e, assim, como uma dama bem-posta, pode se pavonear pelo bulevar das boas intenções, admirando a beleza dos próprios saltos, a maciez do próprio casaco." Ele estendeu os braços para cima, e em sua raiva eloqüente vislumbrei quem ele havia sido um dia. "Muito nobre! Então agora, sr. Wren, que tal vermos tudo isso dentro do contexto? Sou um homem sem um tostão, incapaz de ganhar a vida. Sou tão incapaz de funcionar no mundo lá de cima que estou reduzido a viver no mundo inferior e a ter um colosso meio idiota para caçar meu alimento no lixo! O acréscimo de quinhentos dólares a meus pertences elevaria esses pertences a quinhentos dólares. O senhor é um homem mundano, de sucesso, muito mais poderoso do que eu, dono de posição, reputação e capital. Não tenho dúvida de que o senhor é muito bem compensado pelo seu trabalho. A subtração de quinhentos dólares de suas posses lhe passaria despercebida. É uma soma que está agora sob o seu escrutínio. Quinhentos dólares! Não é nada para o senhor. Então eu lhe pergunto, no mundo aqui debaixo, o que é mais razoável? A manutenção da sua ética jornalística puritana, violada todo dia por muitos dos seus colegas, ou a transferência de uma pequena soma para um sujeito sem-teto, sem um tostão, em troca da qual ele lhe entregará um tesouro de informações?"

Olhei para ele e depois para o meu relógio. Eu queria ver os vídeos de Simon.

"Quanto custam três pares de botas?"

"Hã, o preço do par na Urban Outfitters é cinqüenta e nove dólares e noventa e cinco."

"O que dá uns cento e oitenta dólares." Olhei na minha carteira, verifiquei no meu bolso da frente. Eu tinha cento e trinta e dois dólares, e os entreguei a ele. "Supondo que o senhor não vá aceitar o American Express, isso é tudo o que eu tenho."

"Vendido."

Um tanto desconsolado, assenti com a cabeça.

"Ernesto!", Ralph Benson chamou.

Num instante, Ernesto precipitou-se corda acima e, aparentemente usando um só braço, desceu, trazendo-me o computador.

"Como posso contatá-lo, se precisar?", perguntei. "Digo, sem precisar descer até aqui."

"Hã, é simples", disse Ralph Benson. "Todo dia de semana, mando o Ernesto ficar na esquina da 86 com a Broadway às oito da noite e à meia-noite. Ele fica dez minutos lá. Quem quiser me contatar ou me mandar alguma coisa — e, aliás, tem gente que quer — simplesmente entrega um bilhete para o Ernesto. No dia seguinte o Ernesto leva a resposta. Se a pessoa quer uma resposta imediata, é preciso que assinale isso no bilhete de forma adequada, e que fique esperando na esquina. Em geral, o Ernesto está de volta dentro de uns vinte minutos mais ou menos."

Olhei-o nos olhos e apertei sua mão. Era um cara estranho, mas não tinha querido me sacanear por causa do dinheiro, e afinal não me importei de ter lhe dado os dólares. Era um homem que tinha uma filosofia, o que, receio, não é o meu caso. Até que gostei de Ralph Benson, e me parece que ele percebeu que eu não era assim tão mau. Isso foi uma sorte para mim, pois mais tarde eu iria precisar da ajuda dele.

Dirigindo o meu carro, atravessei o Central Park na direção leste, por entre as árvores sem folhas, avistei o banco malaio e deixei o carro num estacionamento-garagem. Na rua, com o vapor de minha respiração à minha frente, parei para examinar a inflexível ascensão do aço e do vidro. Raramente a estratificação física da cidade fora tão aparente; a cidade é literalmente outra quanto mais alto se sobe, um mundo de coberturas, restaurantes caros e escritórios de corporações. Em Manhattan nunca se está longe das verticalidades brutais de classe. E depois, lá dentro, para além do Buda sentado, vi que Caroline tinha realmente telefonado e providenciado o meu acesso ao cofre particular dela. Repeti o ritual da semana anterior, tomei o elevador para o décimo quarto andar, assinei ao entrar e fui conduzido pelo comprido corredor branco. A funcionária abriu a porta para mim e partiu. O cômodo estava como quando o deixei.

Decidi que, se a fita que Hobbs queria estivesse ali, eu a levaria no bolso do casaco, faria uma cópia em casa e depois entraria em contato com ele. Mas primeiro precisava encontrá-la. Tirei uma pilha de fitas da mala de aço, arrumei-as em ordem numérica, meti uma atrás da outra no aparelho e, apertando o botão, fiz com que elas avançassem rapidamente — as figuras se movimentaram freneticamente pela tela como fumadores de crack psicóticos, a imagem atravessada por duas faixas de estática. Eu estava esperando que a imagem de Hobbs aparecesse. Gostaria de poder dizer que o encontrara em meio aos estranhos esquadrinhamentos da tragédia humana que Simon Crowley reunira. Como teria sido mais fácil. Mas havia uma outra descoberta esperando por mim, e, com o risco de insistir na sensibilidade voyeurística de Simon Crowley, farei aqui uma breve reprise da seqüência que levou a essa descoberta:

1º) Acidente de carro com bêbado em delírio, preso nas ferragens, chamando a esposa, morta devido a ferimentos na cabeça, no assento ao lado dele. Ele está embriagado e em choque. Há sangue sobre o terno inteiro. Talvez as pernas estejam esmagadas, mas ele parece desconhecer isso. Mão enluvada de bombeiro na moldura da porta. O homem descobre a mulher caída ao lado dele. Chora e a beija apaixonadamente, as mãos dele sobre o rosto dela, tocando sua boca ensangüentada com a dele. De repente pensa que esteja viva, parece insistir na idéia de que esteja viva. Mais beijos, levanta a pálpebra, fala com o cadáver. Bombeiros cortam as ferragens e tiram o homem.

2º) Menino retardado de uns doze anos aprendendo a atar os cordões do sapato; erra dezenas de vezes; não se frustra.

3º) Pátio de prisão aberto, visto do alto de uma torre. Céu azul, enevoado de cercas com rolos triplos de arame farpado. Atividades normais do período de exercícios. Então começa uma briga no perímetro da área. Os guardas se agitam, sacam armas. Detentos, todos negros, deitam-se no chão. Os guardas se movimentam procurando algo. Busca inútil. Os guardas se movimentam com as armas. Detentos se despem, jogam roupas para um lado. Céu azul. Campo de homens negros nus. Enevoado de cercas.

4º) Homem de uns sessenta anos de uniforme verde no qual está escrito FRANK na frente e ELEVADORES QUEENS nas costas. Ele se agacha no fundo de um poço de elevador. Caixa de ferramentas e lanterna. Ele conserta alguma coisa.

5º) Mulheres asiáticas trabalhando numa fábrica de tênis Nike no extremo Oriente; pilhas de partes de sapatos à volta delas, máquinas de costuras e bisnagas de cola quente; uma garota, talvez exausta, costura seu dedo junto com um tênis e uma outra mulher a ajuda; as mulheres continuam a trabalhar.

6º) Sul da Califórnia. Palmeiras se balançando ao fundo. Um grande galpão cheio de cortadores de grama e tratores, pelo menos uns cem, a maioria deles pintada de vermelho, cada um estacionado bem junto do outro. Uma mulher loira num veículo de quatro rodas o estaciona. Óculos escuros. Cinto fino. Crianças no banco de trás do carro. Um cortador de grama emplacado é exibido e embarcado atrás. A mulher parte dirigindo o carro. Mexicanos se movimentam lentamente por entre os cortadores de grama. Nenhum tem óculos escuros.

7º) Tomada no nível da areia, talvez por meio de um dispositivo para filmagem remota de vídeos, de bombas caindo em soldados iraquianos durante a operação Tempestade no Deserto. Correria confusa, explosões, areia caindo como chuva. A imagem não é colorida, mas de um verde estranho, frio, perturbada de vez em quando por detonações adjacentes, fora da tela. Soldados iraquianos pranteando em silêncio.

8º) Um velho numa cama de hospital, sua mulher sentada numa cadeira. O homem a examina com os olhos, olha para longe. Mexe no controle da cama do hospital, tentando ficar confortável. As costas lhe dóem. Minutos e minutos disso. A mulher suspira etc.

9º) Uma câmera segue uma mulher negra de um cômodo para o outro. Baratas por toda parte. Ela abre um armário de cozinha resplandecente de baratas. A câmera faz uma panorâmica no teto. Baratas. A mulher e o que parece ser um funcionário do conjunto entram num quarto; as pernas de um berço estão metidas em latas de café com uma solução de lixívia. As latas estão cheias de baratas mortas, meio desmanchadas. O funcionário faz que sim com a cabeça. O bebê chora; a mãe vê um inseto no ouvido da criança. Não consegue tirá-lo. A mãe fica histérica.

10º) Cena de festa, em algum lugar em Los Angeles. Vale de luzes ao fundo. Vídeo de má qualidade. A câmera parece estar presa à altura da cabeça. Rostos aparecem, falam com Simon Crowley. Nicolas Cage, David Geffen, Sharon Stone, um garçom com sorriso inexpressivo, Tom Cruise. De novo Sharon Stone. Conversas etc. Ida ao banheiro. No espelho, Simon Crowley se olha. Está verificando o fio. Um minúsculo cabo ótico está preso próximo à articulação direita dos óculos dele. Passa por baixo do cabelo comprido por dentro do colarinho, algum dispositivo escondido na sua jaqueta folgada. Crowley examina rosto, dentes, olhos, no espelho. Murmura algo para si mesmo. Agarra o saco. Volta para a festa. E o mesmo se repete...

11º) No campo, tomada feita a muitas centenas de metros de distância. Um homem de macacão dirigindo um trator reboca um carro velho debaixo de uma árvore. Salta do trator. Amarra o guincho a um galho da árvore. Abre o capô do carro, prende correntes. Guincha o motor do carro para fora, à medida que o galho enverga a cada movimento do guincho. O motor desobstrui o capô. O homem dirigindo o trator contorna o carro até o outro lado deste, prende a corrente, reboca o carro. O motor fica pendurado na árvore.

12º) Anoitecer ou amanhecer. Um barco pequeno de fundo chato é manobrado por índio com uma vara atravessando um rio lamacento. O índio é magro mas vigoroso. O barco margeia a terra passando por templos de pedra antigos e degraus onde mulheres lavam roupa batendo na pedra. Um búfalo nada ali. À frente, há uma fogueira na margem. O homem conduz o barco em direção a ela; um imenso esquife é protegido por dois homens com ancinhos compridos. Há cravos-de-defunto espalhados pelo chão e duas crianças brincam por perto. Um pequeno cachorro marrom vigia. O barco se aproxima. Há uma figura humana perceptível dentro das chamas. Um de seus braços enegrecidos contraiu-se para cima com o calor. As crianças brincam contentes; o cachorro abocanha uma mosca. Um outro búfalo passa nadando, soprando ar pelas narinas, os olhos se revirando, grandes como maçãs.

13º) Letreiro de cinema suburbano. Na marquise: RÍCTUS, COM BRUCE WILLIS. Grupos de adolescentes entram e saem da luz. Todos são brancos. Garotas de ginásio passeiam atentas a si mesmas; os garotos, relaxados. Experimentam cigarros. Uma torrente de pessoas sai do cinema: casais, grupos de garotas, grupos de garotos, gente casada mais velha. Procuram as chaves dos carros, olham os adolescentes. Acabaram de ver o filme. Não têm nenhuma expressão.

14º) Uma mulher minúscula de cabelo branco trabalha junto a uma bacia, as costas para a câmera. Ela usa luvas amarelas compridas, está jogando água e lavando algo na bacia, jogando água e lavando. Ela levanta da bacia um pássaro untado de óleo, enxuga-o com uma toalha, dá um beijo na cabecinha lustrosa e solta-o num jardim. No jardim estão talvez uma centena de pássaros semelhantes, todos limpos. A mulher desaparece, volta com outro pássaro cheio de óleo, coloca-o na bacia, lava-o e enxuga-o. E repete. E repete.

15º) Cidade de Nova York, Lower East Side, noite, tráfego. Tomada do parque Tompkins Square. A câmera faz uma panorâmica no interior bagunçado de um furgão. A câmera volta a filmar a praça. Policiais passam do lado de fora. Depois mais. Aparece uma massa de gente que avança. Luzes de lanternas, tochas acesas. Policiais tomam posições para controlar a revolta. Luzes de televisão visíveis a distância. Uma chuva de garrafas, latas e paus chega perto dos policiais. A massa avança. Policiais a enfrentam com escudos antidistúrbio e cassetetes, dando porradas nas pernas e nos ombros deles. Mais policiais aparecem. O furgão é atacado. O furgão está sendo balançado, os agitadores sobem em cima da capota.

De repente isso me pareceu familiar. Diminuí a velocidade da fita, passei para a velocidade normal.

Simon (*cuja voz reconheci pelas fitas anteriores*): Você trancou as portas?

Billy (*também reconhecível*): Sim. (*Sons de pés na capota. Gritos. Policiais passam pelo furgão, girando os cassetetes. Cessam os barulhos na capota do veículo. Mais ruídos a distância, gritos. Lampejo oscilante de um lado, embora a imagem não esteja enquadrada.*)

Simon: Os pneus estão derretendo.

Billy: Filhos da puta destruidores.

Simon: Acho que estamos bem.

Billy: Agitadores babacas. (*O bando passou. Três policiais mais velhos vão atrás, um deles falando ao rádio. Um helicóptero circula acima das árvores, com seu cone de luz preciso varrendo a cena embaixo. Homens segurando câmeras de televisão, repórteres entrevistando policiais do lado de fora de uma unidade de controle móvel grande e azul. Um chinês passa de bicicleta com uma caixa de entrega na frente da bicicleta. Mandam-no parar e voltar.*)

Simon: Ali.
Billy: É um tira cameraman.
Simon: Por que é que ele está filmando as placas de licença?
Billy: Ele está vindo para cá.
Simon: A gente pode dar o fora rápido.
Billy: Não, puseram barricadas.
Simon: Vamos ficar aqui até umas quatro da manhã.
Billy: Aqui atrás tem uns sanduíches e mais alguma coisa.
Simon: Cago num jornal.
Billy: Obrigado por me avisar.
Simon: Espera, espera.
Billy: Ele vem vindo.
Simon: Fica frio. (*Passa-se um minuto. Passa uma policial com uma pequena câmera manual. Mais policiais andam por ali. Muitos estão parados em círculo. Um rojão estoura, e alguns policiais olham na direção do som. Um deles fala ao rádio.*) Tudo bem, Billy, vou fechar isso aqui — (*Imagem nova: a câmera foi ajustada e atravessa a rua em zoom em direção à calçada.*) OK, agora estamos vendo... (*Um tumulto ao longe.*) Isso são os agitadores — eles estão insatisfeitos com... (*Tumulto, e a massa se aproximando. A polícia começa a arrumar cavaletes azuis. As luzes da rua acima das árvores formam poças de luz e sombra. A turba grita enraivecida; polícia e massa convergem; um furgão da polícia dá ré e pára; as luzes da TV estão acesas de um lado a outro da praça; mais barulho, mais tumulto; parece que os agitadores estão surgindo de outra direção; a câmera se posiciona agora para mostrar a fronteira dilacerada entre os agitadores e os policiais. Pessoas correm por ali. Agora garrafas aterrissam nos policiais, e então outro rojão estoura; à direita, uns cinqüenta metros para trás, há um lampejo vermelho ofuscante seguido de uma fumaça vermelha; o lampejo surpreende a atenção coletiva da massa. No fundo da cena um homem branco grande com uma espécie de bastão ou porrete comprido salta para a frente e brande o pau contra um policial negro que está olhando para a fumaça vermelha, atingindo-o no dorso do pescoço.*) Ah, porra! (*O policial cai duro no chão. O atacante corre para a câmera que o capta num*

ângulo; quatro passadas e ele está fora da tela. Os agitadores avolumam-se e avançam, e os policiais parecem confusos, alguns notaram o companheiro caído e correram para cercá-lo; agora uma luz brilhante o ilumina, e um policial está transmitindo pelo rádio; outros policiais correm e começam a ministrar os primeiros socorros.) Você viu? Aquele cara o pegou! (*Os policiais de capacete na linha de frente já ouviram em seus rádios que um dos seus caiu, e de repente começam a empurrar e a bater maldosamente nos agitadores; um policial a cavalo, fuzil a postos, aparece; mira as cabeças dos indivíduos e grita para eles. Os agitadores vão para trás, para trás e para trás, até formarem uma massa escura, que grita.*) Eles acabaram com o policial, porra!

Billy: Tô vendo, tô vendo!

Simon: Espera um instante, a gente precisa sair...

Inclinei-me para a frente e apertei o botão para parar a fita. Eu não precisava ver o resto. Eu conhecia o resto. Eu sabia tudo sobre o fato. Como os nova-iorquinos se lembram, no início dos anos 70 o parque Tompkins Square começou a se transformar num acampamento esfumaçado de gente sem-teto, invasores (muitos deles filhos das classes executivas e criados em áreas desocupadas como Upper Saddle River, New Jersey, ou Darien, Connecticut), viciados em drogas, vagabundos, mendigos, prostitutas de meio expediente e poetas de rua. Eu cobri a história muitas vezes. A polícia periodicamente enxotava os grileiros de suas choças e barracas, apenas para fazê-los voltar. Enquanto isso os moradores do lugar que residiam em casas e apartamentos queriam a praça deles de volta. Os representantes dos sem-teto argumentavam que esse pessoal não tinha outro lugar aonde ir que fosse tão seguro ou oferecesse as delícias de uma área verde coletiva. A Prefeitura sustentou que os cidadãos pagadores de impostos da vizinhança e seus filhos se beneficiariam com uma praça de verdade, não com uma coleção da miséria humana que defecava no que restava de grama.

O conflito foi inevitável, e não vou entrar em detalhes sobre a noite do protesto, nem sobre a estratégia policial do controle da massa, tampouco sobre o empenho político de curto prazo da administração Dinkins. O importante é que um certo Keith Fellows, oficial da polícia, parado numa esquina, foi golpeado por trás com um bastão de beisebol. Como apareceu no vídeo de Simon Crowley, o atacante se esgueirou gingando por entre a massa que avançava e desapareceu. Eu estava lá, andando em volta da praça, falando com quem eu pudesse, com a cabeça a mil por causa dos nove ou dez cafés que tomei, me alimentando de violência ininterruptamente. De repente, nos rádios da polícia, pude ouvir a notícia de que havia um policial caído e gravemente ferido, sangrando sem parar pelos ouvidos e nariz. Pela lógica do comando da polícia, a mensagem traduzia-se assim: *Alguém fodeu o poder*. Quando isso acontece, a grande máquina logística do Departamento de Polícia de Nova York se mexe com uma velocidade fulminante; vi quando os enormes carros azuis de transporte de pessoal pareceram se materializar das sombras; de repente havia centenas de policiais cruzando com suas botas a praça escura, e, uma vez atacados, eles então revogavam qualquer direito de reunião livre por parte dos rebeldes, prendendo-os às dúzias sob nenhum pretexto, com algemas de plástico descartáveis. Então, sob o clarão de luzes possantes, que davam à cena a hiper-realidade de um jogo de futebol profissional disputado à noite, eles executaram uma busca cuidadosa na praça. Ao mesmo tempo, outros policiais fizeram uma busca de casa em casa na vizinhança toda, passando pelos telhados e entrando em prédios abandonados (como o da rua 11, Leste, 537, apenas a um quarteirão mais para o norte) e chegando às escadas de incêndio e a qualquer outro lugar. Dezenas de pessoas foram interrogadas minuciosamente, mas, apesar de tudo isso, a tarefa da polícia foi frustrante; talvez tenha havido uns mil agitadores ali na praça; mas ninguém deu um passo à frente, ninguém admitiu — nem as ameaças conseguiram que admitissem — ter visto o golpe na cabeça de Fellows. Especulou-se que isso pudesse se dever, ao menos em parte, ao fato de que os agitadores tinham detonado (de novo, como o vídeo de Simon Crowley havia mostrado) um rojão colorido momentos antes; o próprio policial Fellows poderia ter virado a cabeça na direção do súbito clarão de luz quando recebeu o golpe.

A noite virou dia, e tudo o que restava era um campo de lama pisoteado que uma turma de uns cinqüenta policiais vigiava. O bastão de beisebol foi encontrado no fundo de um bueiro. As impressões digitais tinham sido apagadas. Enquanto isso o policial Fellows estava sobrevivendo em coma no hospital Beth Israel, com o cérebro gravemente afetado. Quando o boato de que o atacante do oficial era branco já tinha circulado por mais de dois ou três períodos de noticiário, o reverendo Al Sharpton apareceu do lado de fora do hospital com sua caravana de seguidores, acusando o Departamento de Polícia de não proceder a uma investigação persistente "porque eles acham que a vida de um policial negro não vale tanto quanto a de um branco". E assim por diante — o velho drama racial que é a cidade. A alegação encontrou as habituais defesas sombrias. A TV mostrou a mulher de Fellows entrando no hospital, conduzindo os três filhos deles. Em minha coluna revelei que o policial Fellows salvara nada menos do que quatro vidas no ano anterior, e não revelei que ele tinha sido acusado duas vezes, talvez injustamente, talvez não, de brutalidade policial em sua carreira de nove anos. Ele não pôde responder às acusações, que aliás eram irrelevantes àquela altura. Também falei com a mulher dele, que expressou a frustração de não poder explicar aos filhos por que a polícia não tinha pego o homem que atacara seu pai.

Depois que Fellows morreu, escrevi sobre o enterro em minha coluna. O DPNY enterra seus mortos com pompa e solenidade; o ritual cumpre o papel de prometer aos policiais vivos que também serão enterrados com honra, se morrerem no desempenho de sua função. O serviço fúnebre ocorreu na igreja Brooklyn Tabernacle na avenida Flatbush, e a polícia interditou as ruas por alguns quarteirões em volta da igreja — os engarrafamentos de tráfego nunca interessam —, fazendo com que a vizinhança ficasse quieta, respeitosa, depois alinhou milhares de policiais, cinco mil ao todo, ao longo da avenida em uniformes de gala, chapéus e luvas brancas. Nada se mexeu. As luzes dos sinais de trânsito ficaram vermelhas, verdes, amarelas, e ninguém olhou. Alguns sujeitos com rádios operavam nos telhados. A um sinal, a fileira de policiais começou a se enrijecer numa atenção de rostos graves. Prefeitos entraram e saíram, grupos de agitadores surgiram e caíram, gangues de drogas floresceram e desapareceram, mas o Departamento de Polícia da Cidade de Nova York jamais. Ali na rua ele era o Poder, sempre. Depois os irlandeses autênticos com as gaitas de foles e o trevo verde tatuado em seus joelhos esquerdos marcharam rua abaixo, o tambor soando lentamente, depois surgiram dezenas de policiais em motocicletas imensas, usando capacetes azuis e óculos espelhados, parecendo centuriões urbanos, suas motos mal se movimentando, como se as leis da física tivessem sido temporariamente rescindidas por um decreto divino. Depois o carro negro da funerária com as flores, depois mais policiais nas motocicletas, depois o carro fúnebre trazendo Fellows num caixão de mogno, seguido das altas patentes da polícia e mais carros policiais, e, por fim, um enorme caminhão de socorro da polícia, no caso um veículo civil infelizmente apanhado no caminho da procissão. Esse funeral policial, como outros a que assisti, foi estóico, brutal e belo, tudo ao mesmo tempo.

Com o tempo, é claro, quase todo mundo tinha esquecido o policial Fellows — todos, menos sua família, alguns companheiros da polícia e os investigadores que tenazmente deram prosseguimento ao caso. (Como se admite, o matador de Fellows também, provavelmente, se lembrava dele — do momento em que a arma afundou na cabeça do guarda, da corrida frenética sob as árvores, da entrada difícil na multidão, e depois da fuga por uma das ruas próximas.) E então ali estava esse vídeo, filmado por Simon Crowley. Era um pouco trêmulo e escuro, mas eu sabia que a polícia não pouparia despesas para que a imagem do atacante fosse realçada e aumentada. Depois de repassar a fita e de apertar o botão de congelamento da imagem, pude ver que ele era branco, tinha uns trinta anos, um metro e oitenta, barba, talvez uns noventa quilos, e estava vestindo uma velha jaqueta do exército com as mangas arrancadas. Carregava um bastão de beisebol na mão direita, segurando-o no meio, como um corredor de revezamento que estivesse agarrando um bastão grande demais. Parei a fita e botei de novo para funcionar. Havia um momento em que o homem atravessava correndo uma coluna de luz vinda de um dos postes de luz da rua e ele podia ser visto com clareza; talvez até fosse visível uma tatuagem no seu substancioso braço esquerdo. A polícia, eu sabia, podia fazer muito com essas informações. Eles podiam saber exatamente quem era esse homem.

Também podiam fazer muito com uma pessoa que conscientemente manteve essas informações por alguns anos — que seria

Caroline, se ela tivesse compreendido o significado da fita. Um ato desses constituía no mínimo uma obstrução da justiça, e num caso já tão complicado é certo que acarretaria a instauração ávida de um processo pela Promotoria Pública de Manhattan. E então, havia eu. Eu poderia usar essa fita. Poderia *realmente* usar essa fita. Ela daria uma grande história, seria útil para contatos policiais durante anos, e talvez fosse um ponto forte contra a minha demissão por Hobbs. Ao refletir, pus isso em dúvida; ele vivia numa outra estratosfera; poderia me demitir se quisesse fazê-lo, quanto mais não fosse para mostrar que sua palavra como déspota era valiosa. Mas se eu recentemente surgisse com uma grande história, seriam melhores as minhas chances de ser rapidamente contratado por um dos outros jornais. Wren, eles veriam, ainda tinha a matéria. Desliguei o aparelho e, com uma espécie de sofreguidão no meu fôlego, tirei rapidamente a fita e a meti no bolso interno do casaco. Depois pus a caixa vazia na mala de aço junto com as outras fitas embaladas nas caixas, para que não se desse por falta de nenhuma delas.

Mas o que fazer? Sair correndo do banco com a fita da polícia ou ficar ali, procurando com sangue-frio a fita que Hobbs pedira? A última tarefa poderia levar *horas* — eu ainda precisava ver dezenas de fitas —, e eu estava nervoso demais para permanecer naquele lugar. Eu só me preocuparia se Caroline ou um dos funcionários do banco chegassem, se de algum modo me arrancassem a fita do conflito. *Sai daqui, sai daqui*, minha cabeça me dizia.

Mas eu não saí. Fiquei mais umas duas horas, dando uma olhada no resto das fitas, procurando a imagem de Hobbs. Era tudo mais ou menos a mesma coisa. Enfim fechei a porta atrás de mim e precipitei-me pelo corredor atapetado. Lembrei-me de não andar rápido demais, e mantive as mãos nos bolsos, muito à vontade, para que não se percebesse o volume da fita de Fellows. Era teatro barato dos piores, mas guardas e recepcionistas, vindos das classes mais baixas, tratam com deferência homens brancos usando ternos de boa qualidade. Quando o elevador chegou ao térreo, quando tudo o que havia entre mim e a rua era o saguão e as portas de vidro, ocorreu-me que, se Caroline não tivesse a outra fita à mão, eu poderia usar esta nova fita contra ela. Não me orgulho desse pensamento, mas então, mais uma vez avaliando o fato em relação a tudo o que se seguiu, esse era apenas um pecadilho na esteira dos grandes pecados.

Lisa estava calmamente parada junto à pia da cozinha quando cheguei em casa. Ela parecia cinzenta. Imaginei que Josephine tivesse lhe contado sobre o revólver.

"Você já sabe?", perguntou-me quando entrei.

"Do revólver."

Ela assentiu com a cabeça. "Pensei em mandá-la embora, no ato."

"Eu também."

Lisa se aproximou e se agarrou a mim. "É uma decisão difícil. Eu fiquei ... não sei se algum dia me senti tão abalada. Nem mesmo quando papai morreu."

"Como foi que ela reagiu?"

"Nós duas choramos muito."

"As crianças gostam muito dela", eu disse.

"Ela gosta muito delas."

"Nunca vamos encontrar ninguém melhor."

Lisa balançou a cabeça exaustivamente, e me lembrei da operação. "Como foi?"

"Acho que fiz um bom trabalho", ela respondeu. "O tecido recuperou o rosado sem problemas."

Mais tarde naquela noite, acompanhamos o banho das crianças. Elas gritavam de felicidade e espirravam água para fora da banheira, eu vociferava como era esperado de mim e elas continuavam a brincar com o sabão e os brinquedos de plástico, doces e inocentes. Sally, tão desinibida quanto jamais o seria, firmou os calcanhares na beirada da banheira e impulsionou os quadris para o ar, exatamente como o movimento que eu via nos bares de strip-tease quando as mulheres se apresentam de joelhos para receber a gorjeta, uma nota enfiada na liga de veludo. Então Sally levou a mão ao próprio corpo. "Isso é o meu fundilho?", perguntou.

Minha mulher sacudiu os ombros. "Olha, meu bem, esse lugar se chama vagina."

Ela me olhou, confusa. "Um lugar que se chama China?"

"Não, meu bem, sua *vagina*. Agora abaixe as pernas."

"*Tem* um lugar que se chama China."

"Tem sim, mas é uma coisa diferente."

E quando saíram do banho, passaram a correr de um lado para o outro e a dar mais gritos. Tommy nu andando no seu carro de bombeiro, o pênis pequenino se balançando, de um jeito bobo e parecendo ser de borracha, até que o agarrei e dei nele com uma fralda com a rapidez de um cozinheiro de lanchonete. E depois os pequenos pijamas e meias. O mesmo com a minha filha, e depois a hora de tomar o leite, ela usando a xícara, ele, a mamadeira aquecida. Depois que adormeceram, Lisa ligou para o seu serviço de transcrição para ditar o final de um relatório sobre a cirurgia, cujo início tinha sido ditado pelo telefone, num aparelho de parede do lado de fora da sala de cirurgia, imediatamente após a operação, Lisa ainda vestida com o jaleco de cirurgiã. Aproveitar toda oportunidade para documentar, a fim de evitar ou ganhar um processo por imperícia profissional. Eu podia vê-la no banheiro escovando o cabelo com uma das mãos e falando ao telefone sem fio com a outra: "... avaliação do movimento da articulação metatarsofalangeal esquerda e da articulação interfalangeal. Avaliação mensal da extensão. Ponto. Avaliação mensal do poder de adução...".

Ela parou quando me viu. "Hoje à tarde apareceu uma paciente nova meio engraçada no consultório, depois da cirurgia. Ela se queixou basicamente de artrite reumatóide."

"Mas você é cirurgiã."

"Eu sei. Mas ela queria uma consulta comigo de qualquer jeito. Ligou hoje de manhã, aprontou a maior confusão."

"Você não trata de artrite."

"Às vezes eu quebro uma fusão malfeita, sabe como é, caso os dedos estejam muito curvados."

"O que aconteceu?"

"Bem, ela entrou, e eu me surpreendi mesmo."

"Por quê?"

"Ela era muito bonita", disse Lisa. "Rosto e olhos lindos, meio parecida com a Uma Thurman, apesar de bem mais cheia. Uns vinte e oito, vinte e nove anos, no máximo. Fiquei realmente espantada."

Um grito silencioso percorreu minha cabeça: Caroline — maluca, arruinando a minha vida. "O que é que você recomenda no caso de artrite?", perguntei. "Aspirina, antiinflamatórios?"

"No caso dela, nada."

"Por quê?"

"Porque ela não tem artrite."

"E ela tem o quê?"

"Nada. As mãos delas estão em perfeita saúde."

"Provavelmente doem."

"Ela me disse que tinha muita dor. Mas não tem."

Eu podia perceber que Lisa tinha avaliado o caso, que tinha reunido um conjunto de observações e constituído um argumento. "Como é que você pode afirmar?"

"Vinte e oito anos é em geral muito cedo para que a doença se instale", Lisa começou seu raciocínio. "Dez anos depois, tudo bem. E o tipo de dor que ela descreveu é mais do que apenas uma inflamação da membrana sinovial, chega a ser sinal de destruição da cartilagem articular. Ela não tinha rigidez matinal, nem vermelhidão, nem inchaço, nem sintomas simétricos. Na realidade, dei um bom puxão nas juntas e ela nem piscou. Tem mais, ela não estava nem *pensando* nisso. A maioria dos pacientes quer uma solução, sabe como é — um fim para a dor. Pelo menos uma explicação. Eles querem saber qual é o problema, como a doença funciona e tudo mais, querem saber o que podem *comer* para melhorar, perguntam sobre vitaminas, drogas, acupuntura, exercícios, água quente, água fria, querem qualquer coisa que alivie a dor. Essa mulher não estava sentindo dor, nem no polegar, nem no indicador, nem nas primeiras juntas dos outros dedos, nem em lugar nenhum."

"Não se faz algum tipo de exame?"

"A gente pode avaliar a taxa de sedimentação. É um exame de sangue para avaliar a inflamação."

Eu estava atento à insinceridade na minha voz. "Você pediu esse exame?"

"Não."

"O que é que você fez?"

"Primeiro, decidi não dizer nada."

"E então?"

"Então vi a mulher brincando com a pulseira do relógio, e isso, se ela estivesse sentindo a dor que descrevia, seria impossível fazer."

"Você confrontou a mulher consigo mesma?"

"Eu lhe disse que não me parecia que tivesse artrite."

"Ela ficou surpresa?"

"Não, nem um pouco."

"Não?"

"Ela sabia que não tinha artrite nenhuma. Era fingimento", Lisa disse.

Tinha de ser Caroline. "Por quê?"

"Mistério."

Não faça isso, preveni a mim mesmo. *Não pergunte o nome dela.*

"Disse mais alguma coisa?"

"Perguntou-me sobre a profissão de cirurgiã. Por que eu escolhera isso etc. e tal. Perguntou sobre os filhos."

"Que tipo de coisa?", perguntei com voz imparcial.

"Como eu me arranjava com eles, escola e coisas assim."

"Está certo."

"Também perguntou o que o meu marido fazia."

"Você disse que ele era um tarado sexual."

"Eu disse que ele era repórter."

"Ela tinha lido a coluna?"

"Não perguntei."

"Ela disse o que fazia?"

"Não, não disse."

"Então...?"

"Então estava deixando *eu* perceber que *ela* sabia que *eu* sabia que ela estava fingindo. Não havia vergonha na história. Em geral os impostores que são pegos sentem alguma vergonha. Ela não. Acho que foi ao meu consultório me fazer perguntas sobre mim e as crianças, e me dizer que não tinha artrite e que não se importava a mínima caso eu soubesse disso."

"Parece louca."

"Mas *não era.*"

Balancei a cabeça diante de uma coisa aparentemente tão incompreensível. Depois ficamos ali sentados. Um casamento tem dessas pausas. O silêncio era uma possibilidade. Eu podia preenchê-lo com uma explicação. Podia começar do começo e contar tudo a Lisa e ela escutaria. Ficaria furiosa, mas escutaria, ficaria atenta aos tons, às palavras e às modulações que lhe diriam como seria daí em diante, se isso era um problema pequeno ou uma catástrofe. Ela perceberia dentro da primeira frase da minha narrativa como tudo prosseguiria. Conhecia-me bem demais, conhecia a si mesma bem demais, e na verdade eu detestava isso. Eu amava esse traço mas o detestava. Percebia o valor conjugal de me conhecerem tão bem, mas eu também percebia que isso me deixava nu. Eu não queria ficar nu com a minha mulher.

Em vez disso, tirei a roupa. "Não posso mais ficar falando sobre mãos", disse a Lisa. "Preciso das outras partes."

Funcionou. Lisa pareceu aliviada. O marido dela estava mais interessado em trepar do que em ficar falando sobre uma mulher maluca. Claro que, se alguma coisa estranha estivesse acontecendo, ele não seria capaz de simplesmente fingir que não estava acontecendo nada e fazer sexo com a própria mulher. Ele não era esse tipo de monstro.

Mas era. E assim, para a cama: o escuro, o esmorecimento do dia, a espera do começo, a longínqua calma musical da cidade de algum modo dentro do quarto, o "você primeiro" ou o "eu primeiro", a decisão de começar, as evasões e as concentrações, o início. Meu pai e os dois irmãos mais velhos dele foram operados da próstata, assim como o pai deles, anteriormente. É uma operação sangrenta, que os deixou, todos eles, impotentes; então me parece que o destino que me espera será provavelmente o mesmo. Talvez eu revele essa pequena morte ao meu filho da mesma maneira que me foi revelada por meu pai. De todo modo, cada noite que passa é uma noite mais próxima desse destino possível, e então gozo o meu prazer enquanto e tantas vezes quanto posso, enquanto ainda sou moço o bastante para fazê-lo tão facilmente, pois o tempo está contra nós, uma mão invisível no dorso do nosso pescoço, fazendo pressão.

"Agora vem cá", disse Lisa.

Aproximei-me da cabeça dela, ajoelhado, e ela abriu a boca para mim. Um ou dois minutos depois, uma das mãos dela foi descendo até chegar entre suas pernas. Tenho estudado Lisa quando faz isso, no escuro, tenho observado seus olhos fechados ou entreabertos, e não compreendo nada. A princípio, acho, ela estava apenas sendo generosa com os meus desejos. Mas com o tempo, na medida em que cada noite Lisa provocava isso, vi que gostava desse ato, de sua possibilidade brutal e carnal, e que ela estava ensinando a si mesma algo sobre o relaxamento da própria garganta. Ela gostava de usar os dentes e queria ver até que ponto poderia morder sem realmente me machucar. Gostava daquilo em contato com seus dentes, entrando e saindo, não apenas em contato com seus lábios, e não ficava satisfeita enquanto eu não entrasse com força dentro dela. Ela teria uma ânsia de vômito e eu sairia imediatamente, mas, com uma mão nada ambígua na minha bunda, me puxaria de novo para dentro. Com isso, passei a compreender que minha mulher, assim como estava comigo, estava também tendo um diálogo particular consigo mesma, um diálogo que não precisava ser explicado. Um diálogo que *não* tinha necessidade de ser explicado. Ela gostava desse diálogo, e o modo que descobriu para iniciá-lo, pelo menos por enquanto, era me tendo dentro da sua boca.

Depois, passei minhas mãos pelo cabelo dela, pela testa, pelos olhos, nariz, lábios, percorrendo com um dedo o lábio superior dela, bem no ponto em que as três diferentes partes de carne se encontravam, cada parte sentindo as outras duas, tudo escorregando para trás, para a frente e para todo lado numa confusão molhada. Eu podia sentir a tensão da pele de sua bochecha, a pequena saliência no canto dos seus lábios, o calor da sua respiração saindo das narinas. Compreendi que eu, o homem, era um mero instrumento que ela, a mulher, tocava, e houve uma grande e estranha liberdade nisso. Então ela emitiu um grito do fundo da garganta, a boca cheia de um som abafado, e eu olhei para baixo para ver seus olhos fechados e trêmulos. Ela arqueou-se e relaxou. Os olhos abertos, sem ver, depois, fechados.

Então, apoiou-se nas mãos e nos joelhos, como ela gosta, e, depois que mudei de posição para perto dela, vi que uma de suas mãos continuava na cama e a outra em seu corpo. Seus orgasmos se sucedem com facilidade — cinco, seis, oito, nove — e às vezes me parece que sou acidental, embora não me importe com isso. Tudo o que passa por nossas cabeças — filhos, imagens de outros, preocupações, dinheiro, lembranças, seja o que for — permanece compassivamente mudo; e nessa noite eu me exauri e então voltei a ficar de joelhos, depois desfaleci ao seu lado. Esse era o momento de desaparecer, quando tudo estaria seguro e seria cálido e verdadeiro.

Mas não estava. Logo depois me levantei e, nu, fui até meu escritório, matutando se Caroline teria sido de fato a cliente de Lisa aquela tarde. Se tinha sido Caroline, então ela era maluca, talvez perigosa. Quem mais poderia insistir em conseguir uma consulta de trezentos dólares e depois ficar de papo sobre o marido e os filhos de Lisa? E quem mais era tão bonita quanto a descrição de Lisa? A idéia me deixava doente de ansiedade. Fechei a porta e me sentei perto do telefone. Talvez precisasse me livrar de Caroline. Eu pretendia contar à polícia sobre a fita mas sem mencionar Caroline. Entretanto, se o fizesse, ela estaria cercada de merda.

Liguei para o meu velho amigo Hal Fitzgerald. Quando se nomeia um novo comissário de polícia, fileiras inteiras de chefes do Departamento de Polícia de repente avançam, enquanto outras fileiras de repente se vêem congeladas no lugar em que estão. Hal tinha sido promovido recentemente subcomissário, o que na ocasião considerei um golpe de sorte. Os ternos dele melhoraram, e lhe deram um motorista e três linhas de telefone em casa, uma delas a linha de emergência para a qual eu tinha discado.

"O que é que manda, cara?", perguntou ele.

"Hal, estou aqui com algo que lhe interessa; acho que realmente quero dar isso pra você, mas preciso estipular algumas condições."

"Vamos lá", disse Hal, mudando de tom.

Descrevi a fita em termos muito gerais, sem mencionar que mostrava o assassinato de um policial nem que tinha alguma coisa a ver com um conflito no parque Tompkins Square. Eu queria vê-lo interessado, mas não excitado demais. Se lhe dissesse o conteúdo exato da fita, haveria um carro de polícia na frente da casa dentro de cinco minutos e eu teria que entregar a fita ou me arriscar a ser preso.

"Me diz suas condições", disse Hal, "apesar de já saber quais serão."

"Não vou dizer onde consegui a fita."

"Bem, claro que isso seria um problema."

"A pessoa que estava com a fita não sabia o que ela continha."

"É muito difícil acreditar numa coisa dessas."

"Não vou dizer. É pegar ou largar."

Ele ficou calado. De fato não poderia negociar, eu sabia. Se o caso se tornasse motivo de contestação, logo, logo os advogados do jornal e os advogados do Departamento de Polícia se intrometeriam, discutindo intimações e as leis de proteção do estado de Nova York que se destinam a proteger a liberdade de imprensa. Nenhum de nós queria essa coisa toda.

"Minha condição seguinte é a de que eu não precise testemunhar."

"Talvez precisássemos estabelecer salvaguardas..."

"Vocês podem chamar peritos para averiguar se a fita foi adulterada."

"Talvez", disse Hal.

"A última coisa é que a história é minha."

"Sua história."

"Estou lhe pedindo para não dar essa história para ninguém mais."

"Certo."

"Hal, você está usando comigo aquele tom meio caviloso."

"Estou usando com você esse tom caviloso, sim, senhor."

Todo funcionário municipal tinha medo de Giuliani. Especialmente se soubessem que um policial era a vítima. "Você vai precisar fazer uma verificação na fita", acrescentei.

"Claro que sim."

"Você me liga?", perguntei.

"Assim que puder, mas eu vou precisar conversar com o comissário por uns minutos."

"Esta noite?"

"Ele vai estar num grande evento republicano no Waldorf."

"Depois disso?"

"Duvido."

"Amanhã, por aí." Fitzgerald suspirou. "Vou ver quando eu posso retornar o telefonema, o mais rápido possível."

"Você tem o número do meu bip?", perguntei.

"Tenho todos os seus números."

"Me faz um favor, liga pra minha sala no jornal ou pra mesa."

"Pra casa, não?"

"Vou verificar na minha sala. Você sempre consegue falar com Bob Dealy."

"Lisa não sabe da fita?"

"Minha sala."

Onde é que se esconde uma fita de vídeo numa casa? Que tal junto com os outros vídeos? Sally tinha uma pilha de fitas de Barney e Thomas, A locomotiva-tênder, e uma dúzia de fitas Disney, e eu tirei *A pequena sereia* da caixa e a substituí pelo vídeo de Fellows. Depois voltei furtivamente para a cama.

De dentro da escuridão veio a voz suave e ansiosa de Lisa: "Você vai me dizer o que há?".

Era essa a pergunta. Eu lhe diria? E aí eu abro a minha camisa e lhe mostro meu coração enegrecido. Não, eu não diria, eu não lhe disse; em vez disso murmurei as mentiras que maridos murmuram e ouvi Lisa voltar a dormir. Ela estava cansada; tinha acordado às cinco horas, foi para o hospital, costurou um dedo em uma mão, depois atendeu uma meia dúzia de pacientes no consultório, inclusive uma que era a amante do seu marido, depois se confrontou com Josephine, preparou o jantar e deu banho nas crianças, depois ligou para o serviço de transcrição, e finalmente teve relações com o marido; minha mulher estava satisfeita, sabia disso, e se exauria todo dia. Amava isso nela. Mas eu também sei que, se eu esperasse, não muito tempo, com o vento lá fora fazendo a macieira varrer a janela, ela logo adormeceria.

E ela adormeceu.

E eu não. Estava acordado com o meu segredo. Terrível, embora emocionante. Um segredo é o nosso tesouro dentro de um labirinto de mentiras. Um segredo transforma nosso rosto em máscara, e nos faz ver os que são enganados pela nossa atuação. Ter um segredo é aprender outra vez, manhosamente, os maneirismos da conversa normal, da tagarelice cheia de evasivas que esconde brilhantemente a vontade de gritar. Um segredo organiza a nossa vida. As irritações mundanas se tornam desejáveis; suportando-as silenciosamente prestamos homenagem ao segredo, de olhos abertos, nós o alimentamos no escuro.

Quando o desastre passa a ser inevitável? O momento só se torna aparente, é claro, quando se faz uma retrospectiva. Para mim, o desabrochar da revelação começou quase no fim daquela tarde, quando, com a fita de Fellows no bolso do casaco, dobrei a esquina da 66 com a Madison e vi o toldo verde e branco do prédio de Caroline e, elevando-se acima dele, a construção de ameias e balcões em pedra fuliginosa e as deliciosas fendas do período anterior à guerra. Ah, a grandiosidade da decadência. A cidade continua a se deleitar com a decadência, se você prestar atenção nela. Fiquei um tempo ali sobre o tapete verde do lado de fora do prédio, sob o toldo, os táxis correndo às minhas costas, e, espiando pelas portas de vidro blindado, vi o saguão azulejado onde uma nuvem de lírios cor-de-rosa flutuava acima de um vaso de cristal lapidado que estava no centro de uma mesinha georgiana. Lá estava Napoleão sentado numa banqueta, atento a um livro de mistério. Não pude deixar de pensar em Caroline atravessando aqueles pequenos quadrados escorregadios, os saltos batendo de um jeito indiferente, os lírios cor-de-rosa tremulando à sua passagem, a imagem do seu torso refletida e distorcida uma centena de vezes no abacaxi facetado do vaso. Napoleão ergueu os olhos e eu acenei com a cabeça. Ele tocou a campainha do apartamento de Caroline, resmungou algo, lançou-me um sorriso de ódio. Tivemos aquele papo masculino, rápido e silencioso: *Te amo, cara. Vá à merda. Eu a comi, você não.*

Mas eu não estava numa missão erótica, disse a mim mesmo, eu estava ali para fazer três coisas potencialmente desagradáveis.

A primeira era perguntar a Caroline se tinha sido ela a cliente de Lisa no consultório no dia anterior. Se assim fosse, então tínhamos um grande problema; eu teria que lhe dizer que não iria tolerar nenhuma outra intrusão pelo resto da minha vida. Se ela continuasse a passar dos limites, teria de notificar à polícia o lugar em que eu tinha encontrado a fita de Fellows. O segundo item envolvia a própria fita de vídeo de Fellows. Se Caroline não tivesse sido a estranha paciente do consultório de Lisa, ou tivesse sido mas concordasse em não se intrometer novamente, então seria apenas justo que lhe informasse de que havia falado com Hal Fitzgerald sobre a fita. E que eu tinha insistido com ele que não iria revelar onde o vídeo fora encontrado. Sem essa informação, seria difícil para a polícia identificar a fonte da fita; naquela mesma manhã, antes de produzir a coluna do dia seguinte sobre o diário insano de Richard Lancaster, decidi rever a fita de Fellows do princípio ao fim; não só não havia mais nada que fosse digno de nota — apenas alguma troca de frases — mas, observei, Simon nunca foi identificado pelo nome. Nem o rosto dele nem o de Billy apareciam. Só uma vez Billy foi chamado pelo primeiro nome, mas quantos William poderiam existir em Nova York? Quando escrevi sobre a fita, era possível que a polícia mandasse uma intimação para o jornal, mas nessa circunstância o jornal protegeria a identidade de Caroline. Os jornais, mesmo os tablóides lúbricos de propriedade de estrangeiros, ainda se mantêm firmes quanto aos direitos da imprensa. Na realidade, no que se refere à administração do jornal, teoricamente era eu quem estava em apuros, uma vez que tinha informado à polícia sobre a fita antes de ter discutido a questão com o redator-chefe. Mas moralmente, essa era fácil; um homem foi assassinado a sangue-frio — foi esse o meu limite. Quanto mais cedo os policiais bolassem o que podiam me oferecer como garantia, o que aconteceria, imaginei, naquele dia ou no outro, mais cedo teriam a fita e começariam a derrubar as portas por toda a cidade. Eles iriam procurar um cara loiro de seus trinta anos — Deus o ajude, se você souber quem ele era. Quanto ao jornal, tudo o que realmente queríamos era a exclusividade — revelar a história, tentar dar um gás nas vendas em banca, talvez dominar a posição por alguns dias. E esse seria o meu argumento junto aos chefões do jornal; muitos deles podem ter sido jornalistas um dia, mas a maior parte era de caras velhos que não tinham mais nenhum pêlo na canela e caras jovens com mestrado que sabiam mais sobre o futebol de segunda à noite do que sobre descobrir uma história para o jornal. Eu já tinha tido minhas discussões com todos eles sobre um ou outro problema; aos velhos, você dizia: *Ei, você se lembra como é a rua?*, e então eles adquiriam aquele olhar suave, que, sendo uma lembrança do tempo passado, era uma medida do tempo que restava — a pura contemplação da morte. Se eles não se lembravam como era a rua, então o que estavam fazendo nos escritórios da empresa? Eram pagos para dar os telefonemas decisivos, para driblar os problemas. Então esses caras eram fáceis. Eram os caras de menos de quarenta e cinco que viam o meu salário e achavam que podiam contratar três jovens repórteres paus-para-toda-obra por essa soma, o que era verdade. Em geral eu ficava só ouvindo a lengalenga deles e, quando acabavam, eu perguntava se tinham confirmado com os velhotes. Ou eu lhes dizia que estavam no ramo de diversões e que, para divertir, precisavam de talento, e eu tinha o talento para percorrer as margens da cidade, descobrindo histórias. Para fazer isso eu precisava estar numa boa com a polícia, e se eu mostrava meu respeito contando para eles sobre a fita, então: *Ei, só tem uns cinco caras na cidade que chegam à primeira página regularmente, inclusive você, sinceramente, e o Jimmy Breslin está velho.* Eu poderia até ter feito isso aquela manhã, usando o diário de Lancaster que o Ralph Benson me vendeu. Pus na matéria toda a linguagem de Lancaster, enquanto evoluía de paranóico ciumento para assassino. A história se escreveu sozinha e eu arquivei a coluna lá pelas três horas. Ninguém tinha essa história. Os editores amaram e estavam pensando numa manchete de primeira página; algo assim como DIÁRIO DA MORTE. Não, se era para haver alguma dificuldade, então seria com Caroline. Eu não esperava o protesto dela por eu ter ligado para o Fitzgerald, pois, como a viúva do policial Fellows, ela sabia o que era perder o marido repentinamente. Por outro lado, eu ligara sem falar com ela, o que era falta de consideração, de qualquer ângulo que você examinasse.

O terceiro item era o assunto perturbador de Hobbs. Eu tinha resolvido perguntar a Caroline sobre a fita que ele queria. Ela saberia onde a fita estava? Se dissesse que não, então eu repetiria a resposta para Hobbs. Se de fato soubesse, então lhe pediria que desse a fita a Hobbs e tornasse a minha vida menos preocupante.

Tudo isso parecia bastante lógico. E por que não? Como são fáceis as mentiras que contamos a nós mesmos! Como elas são alegres e livres da fricção da verdade! Mas eu era um bobo, era um bobo voluntário. Afinal, aí estava uma mulher cujo marido talvez tivesse sido assassinado, que parecia ter hostilizado um empresário global poderoso e que possuía uma fita de vídeo de um policial de Nova York sendo morto. Eu tinha certeza de que ela tinha visto a fita de Fellows, mas queria mostrá-la a Caroline de qualquer jeito, e, no elevador do edifício, depois que uma mulher mais velha desceu no segundo andar, tirei a fita do bolso do meu casaco, verificando-a de novo para me assegurar de que não tinha pego um dos vídeos da Disney de Sally. Era o vídeo certo. O rótulo, FITA 15, estava escrito com um tipo de letra de forma intencional e não podia ser confeccionado rapidamente; por mais impulsivo e apaixonado que Simon Crowley pudesse ter sido, ele levara a sério a identificação da coleção dele. Meti de novo a fita no bolso do casaco.

Caroline abriu a porta. Ela estava com um copo e um cubo de gelo na boca. "Estou preparando um drinquezinho", anunciou. E deixou cair o gelo no copo. "Não faz mal que um pouco do meu cuspe polua os seus órgãos vitais?" Os olhos dela olharam os meus, desceram para minha boca, depois tornaram a subir.

"Ligue para o nove-um-um", eu lhe disse. "Já."

"O quê? Por quê?"

"Vou ter um ataque do coração. Vou morrer nesse minuto, antes que o seu belo cuspe chegue ao..."

"Ah, pára!" Ela agarrou minha mão e me arrastou para dentro do apartamento. Era o mesmo de antes: caro, imaculado, sem humanidade. Caroline viu a minha inspeção.

"Sei exatamente o que você está pensando." Ela me entregou a bebida, pegou meu casaco e o guardou no armário.

"Sabe?" Falei da sala, olhando o Central Park pela janela.

"Sei."

"Você está enganada."

Ela entrou na sala. E veio direto para junto de mim. "Não, não estou."

"Não, acho que não."

Ela pegou meu pulso e examinou meu relógio. "Cinco horas", disse ela. "Você deveria estar escrevendo a sua coluna agora, não é?"

"Já terminei a coluna." Vi o rímel nos cílios dela. Coisa sexy, rímel.

"Você disse à sua mulher a que horas chegaria em casa?"

"Não."

"Inventou uma desculpa caso chegue tarde?"

"Não falei com ela desde de manhã."

Ela pôs o dedo na minha gravata e ficou percorrendo o desenho para cima e para baixo. "Quando você tem que estar em casa?"

"Mais tarde."

"Não tem hora certa?"

"Não tenho hora certa."

"Mas o prazo de entrega da coluna é cinco e meia."

Assenti com a cabeça.

"Então se espera que você chegue em casa logo depois disso?"

"Não necessariamente."

"Por quê?"

Toquei o queixo dela com a minha mão. "Poderia haver um motivo."

"Qual?"

"Desdobramentos da história."

Seus olhos azuis gostaram disso. "E a sua coluna já está pronta?"

"Está."

"E é sobre o quê?"

"O cara que matou aquela pobre garota uma semana atrás, a que estava segurando o vestido de noiva."

Caroline não pareceu se comover. "Tem que saber detectar os psicóticos."

"Como é que você faz isso?", perguntei.

"Eles são malucos." Ela riu. "Pode crer."

Assenti com a cabeça. "Tô sabendo."

Seus olhos brincavam. "*Talvez* você esteja sabendo." Ela apertou minha mão contra o seu seio.

"É melhor eu lhe dizer. Tenho coisas a fazer aqui."

"Eu também", disse ela.

"O quê, primeiro?"

"Se você adivinhar as minhas, fazemos as suas primeiro."

"E vice-versa."

"A sua", ela disse, "é alguma coisa mais ou menos assim: você encontrou uma fita de vídeo interessante no banco e agora quer falar sobre ela."

Olhei para ela, espantado, um pouco apavorado. Depois disse: "Você sentiu a fita no meu bolso quando pendurou o casaco".

"Senti. Qual é?"

"O conflito no parque Tompkins Square. O policial morre."

"Aquela."

Assenti com a cabeça.

"Falamos disso mais tarde", disse ela.

"Mas, *logo* mais tarde."

"Ótimo."

Eu não podia me conter. "Caroline, o tira foi *assassinado.*"

Ela olhou para longe. "Eu não sabia disso, não exatamente."

"Não?"

Ela franziu a testa. "Parece que estamos falando disso agora, e não mais tarde."

"Não posso deixar de falar, Caroline."

"Eu vi a fita uma vez. Alguns anos atrás."

"Eu contei à polícia sobre a fita", disse abruptamente.

"Ótimo." Ela parecia estranhamente calma.

"Ótimo?"

"Dá para eles."

"Vou dar." Foi fácil. "Eu esperava mais reação."

Ela deu de ombros. "De mim? Por quê?"

"Eu..." O olhar dela me interrompeu.

"Você é repórter — eu *esperava* que você encontrasse coisas."

"Esperava?"

"É. Se você não encontrasse, ficaria desapontada."

Caroline entrou na cozinha, onde tirou papéis e fumo de sua bolsa, e enrolou um cigarro. Eu ainda estava pensando na fita de Fellows. Caroline acendeu o cigarro e sorriu dentro da fumaça. Agora eu precisava lhe perguntar se ela tinha procurado a minha mulher. Talvez a pergunta a enfurecesse. Talvez eu fizesse essa pergunta mais tarde.

Um homem e uma mulher, numa sala ao escurecer. Uma espécie de música latina rápida atravessa o teto. Tambores, guitarras, castanholas e uma grande gritaria. "O que é?", ele pergunta. "Afro-peruanos", a mulher disse, "muito bons, eles tocam essa música o tempo todo." O homem sussurra para ela, falando-lhe dos dentes perfeitos, da boca perfeita e do pescoço perfeito dela, e a mulher pergunta com uma autocomplacência vulnerável: "Onde está a *perfeição* maior?". E ele diz que a perfeição maior está na suavidade simétrica da delicada curva côncava de carne na base do pescoço dela, perfeitamente centrada, variação de uma curva convexa, e ela sorri para si mesma, então ele passa para o lado dela, para apreciar os seios, que, ao contrário dos da esposa dele, não conheceram a devastação de crianças mamando neles, nem uns dez anos a mais de seriedade. Os bicos parecem castos em sua pequenez. Que coisa misteriosa é tocar uma mulher que não é sua esposa, pensa ele. Ele fez amor com a esposa na noite anterior e lembra-se de ter gostado, mas agora aquele prazer parece distante e teórico. Ele passa as mãos pela barriga da mulher, pelas costas, pelos seios, depois por baixo deles, pegando-os com as mãos em concha, espantado com o peso deles, sentindo aquela leve ondulação de pequenos nós das glândulas sob a pele e a gordura. Do lado de fora da janela, o céu a oeste é de um azul negro, salmão na orla mais longínqua. Ele olha de novo para a mulher. Ela respira profundamente, os olhos fechados. O romance deles é totalmente carnal, e é assim que ele prefere. "Se você vai me matar", a mulher sussurra, "seria melhor começar logo."

Depois, no escuro do quarto. Caroline quebrou o silêncio. "Me diz por que você faz amor comigo." A voz dela estava estranhamente clara e desperta.

"Não."

"Me diz se é diferente de quando você está com a sua mulher."

"Não."

"Sua mulher é atraente, não é?"

Grunhi: "Aposto que você sabe a resposta".

"Talvez."

Girei o corpo para poder olhar Caroline diretamente no rosto. "Você foi..."

"Sim."

"... ao consultório dela?"

"Fui."

"Por quê?"

"Estava curiosa."

"Ela sabia que você estava mentindo."

"Imagino que sim."

"O que você fez foi muito sacana."

Caroline afastou-se. "Me desculpe. Eu não tive essa intenção."

"Ela é esperta, Caroline. Ela é muito, muito esperta."

"Mais esperta do que eu?"

"É."

Ela não gostou da minha resposta. "Como você sabe?"

"Ninguém é mais esperto do que a minha mulher, pode crer."

"Mais esperta do que você?"

"Duas ou três vezes mais."

Caroline ficou quieta. Eu senti a diferença nas nossas idades.

"Minha mulher é uma boa pessoa, Caroline, e eu realmente não quero que ela sofra com isso."

"Eu não deveria ter feito o que fiz."

"Não."

"Mas é como se ela me interessasse. Quer dizer, algum dia eu serei supostamente uma mulher casada."

"Você *foi* uma mulher casada."

"Não de fato. Eu não me sentia assim. Foi sempre apenas um estranho arranjo. Simon nunca me conheceu, me parece."

"Ele nunca a conheceu?"

"Bem, ele conheceu realmente bem alguns aspectos, mas de outros não fazia a menor idéia. Ele *queria*. Estava sempre tentando me virar do avesso."

"Não era algo em que o tempo apenas passasse", interpretei.

"Eu não era realmente uma mulher para ele."

"O que você era então?"

"Um ... eu era ... um *espécime*."

"Um espécime de quê?"

"Boa pergunta."

"Acho você realmente um belo espécime."

"Você sabe o que estou querendo dizer", disse ela.

"E você, é *espécime* de alguma coisa?"

"Talvez ... provavelmente. Mas nunca de uma mulher casada. É por isso que estou fazendo perguntas sobre a sua mulher."

"Não me importo de lhe contar coisas, mas não quero que tenha nenhum outro contato com ela."

"Tudo bem."

Eu não retruquei.

"Eu disse tudo bem."

"OK."

"Vou lhe fazer uma pergunta."

"Claro."

"Ela é boa na cama?"

"Demais."

"Você ama sua mulher e ela te ama?"

"Sim, muito."

"Então, em que é diferente?"

"Se não se têm filhos, é difícil compreender, acho eu."

"Tente me explicar."

A pergunta dela me parecia ingênua, mas tentei responder. "Depois que você tem filhos, a morte se intromete. Você passa a compreender, como nunca compreendeu antes, que vai morrer. Eu não tinha percebido isso antes de ter filhos. Agora me preocupo o tempo todo se eles vão ficar doentes ou morrer, e sei que a minha mulher também está se preocupando. Fico pensando: O que vai acontecer se eu morrer? O que vai acontecer se ela morrer? E quem vai morrer primeiro? Quem vai ficar sozinho? O que vai acontecer se uma das crianças morrer? Tudo isso entra no sexo. Quer dizer, eu vi as duas crianças nascer."

Caroline voltou para perto de mim. "Se parecia com quê?"

"A cabeça parece uma bola de tênis molhada. No nascimento de Sally, o parto de Lisa foi de costas."

"O que é isso?"

"O bebê empurra a espinha atingindo o nervo espinal. Lisa delirou de dor. Eu disse ao médico que lhe desse uma peridural."

"É uma injeção para a dor?"

"Eles enfiam uma agulha comprida na medula. Eles têm de aproveitar o tempo entre as contrações."

"Você viu o cordão umbilical e tudo mais?"

"Eu o cortei."

"Como ele é?"

"É assim uma espécie de corda grossa azulada."

"E o pós-parto é nojento?"

"Não tem nada nojento no parto."

"Eles tiram a placenta?"

"Eles põem a placenta numa bandeja de aço e você pode ver ela ali. Parece um pedaço de fígado do tamanho de um catálogo de telefone."

"Estava tudo legal com as duas crianças e tudo mais?"

"Sally teve icterícia, o que não é grave, embora tenha tido que voltar para o hospital, mas Tommy nasceu azul."

"Por quê?"

"O cordão estava enrolado no pescoço." Eu tomei fôlego, talvez por compaixão. "Terminou isso e nove dias depois ele pegou uma pneumonia. Não foi brincadeira. Tenda de oxigênio e outras coisas mais."

"Ele está legal?"

"Está muito legal."

Ela ficou quieta um instante. "Tudo isso entra na hora do sexo com a sua mulher?"

"De algum modo."

"Você pensa em outras mulheres quando está com ela?"

"Penso."

"Em quem?"

"Tentações da minha própria imaginação."

"Você fez sexo com ela desde a última vez em que transou comigo?"

"Fiz."

"Uma vez?"

"Foi."

"Quando?"

"A noite passada."

"Então, talvez, há umas dezoito horas."

"É."

"Você tomou banho?"

"Tomei."

"Bem. Você pensou em mim quando estava com ela?"

"Sem dúvida."

"O que quero saber é se pensou em mim não apenas por se sentir culpado por minha causa."

"Isso."

"Quer dizer, você a estava comendo, mas na realidade estava imaginando estar me comendo."

"Isso." Olhei para ela. "Eu posso mudar de um lado para o outro sem interrupção."

"Você está me gozando."

"Não, realmente não estou."

"Você pensou nela no momento em que estava comigo?"

"Pensei."

"E não só porque se sentiu culpado?"

"Não só."

A voz dela subiu de tom. "Você pensou nela apenas alguns minutos atrás?"

"Sim."

"E nas outras tentações da sua própria imaginação?"

"Sim."

"Você pensa em homens?"

"Às vezes."

Ela pensou. "Vai fazer sexo com eles?"

"Não."

"Quem são eles?"

"São homens e não são eu, exatamente, mas eu sou eles. Vejo-os fazendo sexo com as tentações da minha própria imaginação."

Caroline parecia insatisfeita. "Quais são algumas das *outras* diferenças entre nós duas?"

"Você não vai querer entrar nessa", disse eu.

"Não, *você* não quer entrar nessa."

Dei de ombros.

"Tem uma diferença física?", Caroline perguntou. "Quer dizer, é diferente, o lado de dentro?"

"É."

"Em quê?"

"Ela tem dois filhos. Você não tem nenhum, que eu saiba."

"Isso faz muita diferença?"

A pergunta ficou suspensa no quarto escuro, a música rápida e fraca acima de nós, em algum lugar. Lá fora tinha começado a nevar.

"Faz diferença."

"Você olha para sua mulher quando está transando e pensa 'Eu vou ficar com ela até morrermos'?"

"Sim."

"E o que você acha disso?"

"É ao mesmo tempo um conforto e um horror."

"Por quê?"

"Porque é reconfortante pensar que nós vamos estar juntos, mas também me horroriza pensar no que o tempo vai fazer conosco, com todos nós. Isso me aterroriza. Então, para responder à sua pergunta original, a diferença entre você e a minha mulher, à parte de todas as diferenças óbvias, é que, quanto a você, eu não sou responsável pelo seu futuro. Não tenho obrigações com você, nem você tem obrigações comigo. Está tudo aqui, agora. A neve no parapeito é nova. Muito agradável agora, depois acabou. Você vai sair e fazer sabe Deus o quê, casar-se com Charlie, e eu vou voltar para Lisa, e acho que nós dois sabemos disso. Você é *agora.* Eu não vou acompanhar você envelhecendo diante dos meus olhos nos próximos quarenta anos. Você vai estar aqui e assim será. Eu posso estar com você e também não me importar se você me ama ou não."

"Você me ama?"

"Desde o momento em que eu a vi."

Ela sorriu, satisfeita. "Talvez fosse apenas luxúria barata."

"Acho que você está certa."

"É mesmo?" Ela me deu um pequeno soco. "Bem, talvez eu fosse apenas uma tentação da *minha* própria imaginação, capturando você na minha teia."

"Não me importo."

"Isso não o incomoda?"

"Não."

"Mas eu podia ter todo tipo de esquema..."

"Não me importo."

Ela encontrou um cigarro e um fósforo na mesa de cabeceira. "Por quê?"

"Tenho esperteza suficiente para dar o fora."

O fósforo luziu. "Tem certeza?"

"Tenho."

"Talvez eu seja muito, *muito* esperta e você não saia da minha rede."

"Eu saio."

"Por que tem tanta certeza?"

"Sou esperto."

"Mais esperto do que eu?"

Pensei em diversas respostas. "Nós ainda não sabemos, não é?"

Eu me virei para ver a reação dela, mas ela tinha fechado os olhos, os cílios tão espessos e compridos que pareciam descansar no rosto. Amaldiçoei-me por estar fascinado por ela. Que babaca eu era. Lá estava Sally, talvez nesse exato momento, cortando um pedaço de papel vermelho tipo cartolina com uma tesoura arredondada, ou Tommy, arrastando um dos bichos de pelúcia sujos por cima do suco de maçã que ele acabou de derramar, e lá estava Lisa, deixando correr a água quente do banho; tudo isso enquanto eu, pai, marido, protetor, estava numa cama king-size na zona norte da cidade, o pau molhado e flácido contra a minha perna, com uma outra mulher. Sim, amaldiçoei o meu fascínio por Caroline, mas como me sentia extraordinariamente feliz por isso.

"Me diz mais alguma coisa sobre a diferença", pediu ela.

Pensei. "Bem, tem a diferença *feia*."

"Ah, é?", disse ela interessada.

"Quando minha mulher e eu transamos, é o fim do dia. Estamos cansados. Ela está cansada. Trabalhou duro, as crianças nos esgotaram com o jantar, o banho, os pijamas, as histórias etc. e tal, e estamos cansados. Geralmente, ela lê um pouco enquanto..."

"O que é que ela lê?"

"As coisas mais horripilantes que encontra. Nesse momento, algo chamado *Veneno*. Então, quando nos deitamos, vamos dormir a noite toda; ali estamos juntos, fazendo descobertas que depois entram no sono, no inconsciente, na morte futura. Com você, você não está cansada, sua vida não tem grandes atividades. Talvez você tenha malhado. Talvez a correspondência tenha chegado. Umas poucas contas, alguns catálogos. Talvez você tenha tirado a poeira da mesa baixa da sala, telefonado para o Charlie ou pedido à empregada para limpar o chuveiro..."

"Ah, foda-se."

"Deixa eu terminar. A questão é que eu sou uma diversão, um jogo. Uma ninharia. Um bombom à tarde. Eu sei. Não a estou levando a nenhum lugar aonde você queira ir. Eu a estou afastando do lugar em que você não quer estar. Desconfio que você não pensa muito em mim quando não estou aqui. Vai à academia, bate papo com os seus amigos e vai ao Bloomingdale's, ao cinema ou qualquer coisa do gênero, mas eu não faço parte da sua vida, nem isso tem nenhuma importância. Nós estamos trepando. É isso aí, Caroline. Nada mais, nada menos. Você sabe. Fica na superfície, não tem nada profundo. A nossa relação não comporta nem apostas nem mortalidade."

"Isso é bastante duro."

"Estou levando-a ao nível seguinte."

"Ah, claro."

"Essa é a única vantagem que os caras mais velhos têm."

Ela sorriu, virou-se e me beijou. "Então já que você entrou nessa coisa de que morte é vida, me conta uma história de morte, meu bem."

Então compreendi que agora ela estava se aborrecendo com isso de me conhecer. Dei uma olhada para fora, vi a neve outra vez. "Me traz mais um drinque."

Ela trouxe, um para mim e outro para ela, e nos ajeitamos na cama sob o cobertor azul; vi-me contando para ela a minha lembrança de um inverno na minha cidadezinha do norte do estado de Nova York, quando eu tinha doze anos. Tinha nevado muito durante três dias, e meus amigos e eu soubemos que os vagões de carga tinham se congelado e ficado presos nos trilhos. Para uma cabeça de doze anos essa é uma idéia fascinante, pois tínhamos passado horas e horas vendo os trens ir e vir, tínhamos atirado paus e pedras neles, jogado moedas na via férrea, e até um guaxinim morto, cuja decapitação foi estudada por nós com grande seriedade. Naquele dia fomos caminhando com os pés enfiados na neve alta até a ponta mais distante da estação de passageiros, onde havia muitos desvios. Dois vagões de carga estavam congelados um junto ao outro, a quase cinqüenta metros ao sul da estação, e por ali ficamos perambulando, examinando as locomotivas à procura de sinais de atividade. Não houve nenhum sinal. Sabíamos que não deveríamos ficar perto do trem, mas não tínhamos pulado nenhuma cerca nem cancela para chegar lá e, fosse como fosse, gozávamos daquela certeza da meninice de que a cidade era nossa, feita para a nossa inspeção. Escalamos a locomotiva por alguns minutos, chutando grandes chumaços de neve e vendo, pelas janelas estreitas, aerodinâmicas, os aferidores, controles e o que parecia ser um assento pequeno e desconfortável. Depois descemos, tendo descoberto que o vento empilhara a neve entre os vagões fechados adjacentes dos dois trens, quase até os topos dos próprios vagões — talvez à altura de uns cinco metros. Um túnel. Isso é o que os meninos imaginam, e nos pusemos a cavar um túnel entre os dois vagões fechados, pressupondo cavernas feitas de neve iluminadas pela luz da lanterna. Isso é o que os meninos imaginam, não o que eles irão encontrar; ao cavarem, uma bota...

"Oh!", disse Caroline bem alto.

... que, logo em seguida, passou a ser uma bota com uma perna enregelada junto, e a ponta de uma mão. Os outros dois garotos recuaram perturbados, gritando. Eu estava afastado alguns metros e não vi o que eles viram. Os outros atravessaram aos berros o pátio de manobras dos trens, correndo desajeitados pela neve alta, exercitando o terror deles, invocando uma resposta adulta oficial. Deixaram-me ali. Comecei a correr, mas não me sentia impelido a correr. Voltei para perto da perna anônima, então fui andando entre os vagões fechados de um dos trens e, no mato, arranquei um galho sem folhas de um bordo novo. Daí, usando o pau como uma vassoura, afastei a neve do corpo. A bota e a perna se tornaram duas pernas. Depois a mão se tornou um braço e um ombro. Cuidadosamente, varri a neve de um lado do rosto. A cabeça estava afundada no peito. Um queixo. Uma bochecha. Um olho congelado, vítreo. Era um velho, e a neve continuava empilhada na sua careca sem chapéu e nas orelhas. O outro olho estava quase fechado. Tinha neve dentro dos ouvidos. No colarinho dele tinha uma guimba de cigarro congelada. Naquele momento fiquei apavorado, mas também estranhamente emocionado, e continuei a limpar o corpo, usando até as mãos um pouco. Parecíamos estar numa relação íntima um com o outro. Tirei minha luva, olhei por cima do meu ombro, depois toquei o rosto dele com o meu dedo. Estava duro como gelo. Pude ver que tinha feito uma fogueira pequena e inútil perto dele. A garrafinha no saco de papel, o jornal de uma semana atrás — certamente apanhados de uma das latas de lixo da estação —, o chapéu no chão. Era um quadro do último desespero, e fiquei olhando fixamente para ele por muito tempo, implorando para ouvir os segredos contidos ali dentro, desesperado para saber o que estava acontecendo comigo enquanto eu olhava. Então chegaram atrás de mim os gritos excitados dos meus amigos, enquanto eles corriam à frente do chefe da estação, um homem gordo de uns cinqüenta anos que, enfurecido, tomado de raiva nervosa, gritava comigo para que eu me afastasse. Pouco depois disso, o xerife da cidade mandou que saíssemos dali e fôssemos para casa, e eu me mantive a alguns passos dos meus amigos, sentindo-me diferente e estranho pelo que tinha acontecido, pelo que eu decidira fazer enquanto eles tinham ido embora.

Parei, olhei para Caroline.

"Essa foi boa." Ela chegou mais perto de mim no escuro, enquanto se ouvia uma sirene correndo lá embaixo na avenida. "Me conta outra."

"É isso o que fazemos como diversão? Ficarmos deitados a noite toda contando histórias de gente morta?"

"É." Ela tirou uma cinza do seu seio com um piparote. "É divertido e você sabe disso. Seja como for, estou me acostumando com as suas perversões."

A fumaça do cigarro estava me envenenando deliciosamente. "Você não me conhece o suficiente para saber quais são as minhas perversões."

"Conheço", ela riu.

"Me diz."

"Você não quer saber."

"Me diz."

Silêncio. Depois: "Você procura a morte. Acho que isso é uma espécie de perversão".

"Você estava certa", eu disse um momento depois.

"O quê?"

"Eu não queria saber."

"Me conta mais uma", ela pediu.

"Tem a do primeiro corpo que eu vi como repórter do jornal."

"Tá bom."

"Eu tinha dezenove anos."

"Você já sabia alguma coisa?"

"Não", respondi. "E você, sabia alguma coisa quando tinha dezenove anos?"

"Eu sabia como me meter em confusão. Conta primeiro a sua história."

"Eu estava em Jacksonville, na Flórida. Eu era um repórter do verão para o *Florida Times-Union*, um grande jornal da região. Minha namorada da época e eu saímos no MG conversível sessenta e nove dela, tão enferrujado que dava para ver a estrada passando entre nossos pés. Alugamos um apartamento nojento. Ela arranjou um trabalho como garçonete num bar, eu trabalhava no jornal. Comecei na mesa do noticiário, mas eles me passaram para as reportagens especiais porque na realidade não havia muitas notícias locais, só transações corruptas com imóveis e pilotos da marinha mergulhando com seus aviões, e eles viram que eu podia fazer a matéria especial. Então uma das minhas matérias especiais foi um dia na vida de uma equipe de emergência da ambulância. História bem estereotipada, mas eu era um garoto, não sabia nada. Então eu circulava na ambulância. Havia um monte de coisa chata, ataques do coração, coisas tipo..."

Eu olhei para o lugar onde estava a mão dela.

"Você está fazendo o que eu acho que você está fazendo?"

"Estou. Sua voz é sensual."

"Você quer?"

"Continua a história."

Olhei para o teto.

"Conta a história, meu bem."

Tomei fôlego. "Receberam uma chamada e então fomos para uma área de trailers. Lugar deprimente. Era só areia, pinheiros mirrados, carros velhos e trailers na pior. Paramos perto do que estávamos procurando — isso está bom mesmo?"

"Está. Estou ouvindo e fazendo isso — e tá legal."

"Quando chegamos lá vi que um vizinho estava levando um menino pequeno para longe do trailer. E sai dali esse cara alto, magrelo, com uma calça boca-de-sino. Era um marinheiro. Tinha uma grande base naval na área. O cara alto está sem camisa. Ele acena para nós. Era magrelo e loiro e tinha mais ou menos a minha idade. Quer dizer, ele era exatamente da minha idade, mas vivíamos vidas muito diferentes. Daí nós saímos rapidamente, ele estava preocupado e perturbado, e disse: 'É minha filha, é minha filhinha' — eu não posso contar isso. Porra, você tá aí se masturbando!"

"Conta."

"É um puta sacrilégio."

"Conta."

"Subimos os degraus do trailer e dentro tinha uma garota bonita porto-riquenha, e ela está chorando e levantando os punhos bem acima da cabeça e depois abaixando-os e socando as próprias pernas, dando socos fortes mesmo, se machucando de verdade. E o marinheiro nos faz atravessar o trailer até um quartinho de criança minúsculo sem quadros na parede, nem um Mickey nem nada parecido, e ali no berço tem uma menininha de seis meses de barriga para cima, e a equipe de emergência passa a cuidar da criança e a fazer tentativas durante algum tempo, enquanto a mulher está soluçando lá fora no outro cômodo. E eu ali parado como a pessoa mais alucinada do mundo."

A mão de Caroline tocou no meu pênis.

"Eles deram oxigênio à criança e tentaram fazer o coração funcionar, depois eles desistiram, chamaram pelo código e um deles saiu para falar com a mãe e o pai. E então estávamos só eu e esse cara mais velho da emergência, e ele começou a examinar a criança com muito cuidado, chegou mesmo a tirar a fralda. E eu lhe perguntei o que estava fazendo — quer dizer, eu ainda estava meio doidão, mas tinha que perguntar. Ele disse que estava procurando sinais de abuso, machucados, qualquer coisa, na criança. E eu disse: 'E o que é que você está vendo?. Ele disse que o lençol do berço estava limpo, a criança bem-alimentada, não havia machucados, cortes, nem marcas nela, o cabelo dela estava limpo, as unhas cortadas, a fralda limpa, a pequena... — você *tem* que fazer isso?"

A boca dela estava em mim agora. Ela levantou a cabeça. "Fala. Estou ouvindo."

Tomei fôlego. "A criança estava limpa, não tinha assadura da fralda, nem uma manchinha sequer. O cara da emergência olhou para mim e disse que a criança estava perfeitamente bem-cuidada. Perfeita. Depois ele virou a criança de barriga para baixo e mostrou duas faixas arroxeadas de cada lado da coluna. Isso era a lividez, o sangue se coagulando no cadáver. Então ele virou a criança de novo, fechou os olhos dela e limpou o berço dos pequenos restos de invólucros, tubos e o que mais tinha lá, depois disse ao outro cara da emergência para chamar a mãe e o pai. Eu estava lá quando eles entraram; a cara da mulher... ela viu a filha... ah... ela viu a filha, e era como se tivesse fios puxando a cara dela para o outro lado do crânio... Olhei para o rapaz, o pai, ele era um militar, tinha sido treinado para não mostrar emoção e estava mordendo o lábio inferior com tanta força que seus dentes estavam sujos de sangue. Eu vi — ah... eu vi isso e nunca, nunca mais esqueci."

Minhas palavras pareciam ecoar no escuro. Eu teria mais crédito se pudesse dizer que minha história afinal causou um curto-circuito na nossa luxúria, mas isso não seria verdade, e de um repórter espera-se a verdade. Caroline, montada em mim, oferecendo suas ancas, puxando-as para trás, oferecendo-as, parecia estar fazendo uma declaração — seu apetite não se enfraqueceria com histórias de esposas, bêbados enregelados e crianças mortas. Nessa matéria, eu percebia que ela era minha professora. Não tenho dúvida de que poderíamos ter a montagem gráfica do Holocausto projetada em cada parede, caminhões de corpos cinzentos emaciados sendo esvaziados em túmulos coletivos, e eu ainda poderia entrar nela facilmente, meu rosto uma máscara de saciedade e triunfo. Talvez isso me faça ateu, terrível. Mas penso que não. Pois acho que quando fazemos sexo, esses cadáveres estão sempre projetados ali nas paredes da imaginação, caindo frouxos e pungentes no túmulo coletivo do tempo. É, estou certo disso. Esses cadáveres estão sempre ali; eles são as pessoas de fora do quarto e as pessoas do passado, as pessoas do futuro, nossos pais e nossos filhos; eles são os nossos eus da juventude, nossos eus do momento e nossos eus do amanhã, todos condenados.

Voltamos para baixo dos lençóis. "Estou acabado", disse a Caroline. "É isso aí."

"Sem gás?"

"Sem suco."

Ela se levantou, escovou o cabelo na penteadeira e recolheu nossos copos. "Está com fome?"

"Estou."

"Vou fazer alguma coisa." E saiu do quarto.

Eram quase oito horas. Lisa estaria botando as crianças para dormir, esperando um telefonema meu. Eu não estava pronto para dá-lo. Não podia garantir a minha voz. Talvez a bebida ajudasse, talvez não. Mas havia também alguma outra coisa. Como repórter você tem milhares de conversas com estranhos. Algumas são rápidas, outras são aflitivas. Mas numa entrevista bem-sucedida, há um momento identificável que, como mencionei, poderia ser chamado de ponto de dilação, quando o entrevistado se abre. Será que eu pretendi entrevistar Caroline? Num certo sentido, sim. A dilação vinha. Eu podia sentir. Eu sabia que, depois de ter falado, ela também falaria. É por isso que as pessoas trocam histórias. Elas querem ser conhecidas. A história é uma espécie de moeda. Se você der uma, geralmente recebe outra de volta. Eu não queria ligar para Lisa, não queria cortar o momento com Caroline; ou ela ouviria o meu telefonema ou eu desligaria o telefone possuído pela culpa. A oportunidade passaria, talvez para sempre.

Mas eu tinha outros telefonemas a dar. Peguei o fone perto da cama e disquei o número de Bobby Dealy, que tinha acabado de entrar em seu turno da noite.

"O que há por aí?", perguntei.

"Prédio queimando no Harlem, um alarme, a dona diz que o sanduíche de queijo quente pegou fogo." A voz dele estava monótona. "Homem deixou uma cobra num ônibus do lado de fora da catedral de St. Patrick. Tiro na perna de policial no Bronx. Diversos núbios presos sob suspeita de serem suspeitos. Vejamos... dois caras de New Jersey atacaram dois gays no Village, chamando-os de veados, os gays deram uma surra nos imbecis. Também tem uma garota numa clínica que está em coma há vinte anos e está grávida."

"Estuprada."

"Isso. O negócio é que os olhos se mexem. Segue as pessoas em volta do quarto."

"O cara estuprou uma mulher em coma e ela ainda podia vê-lo?"

"O pessoal da TV está todo lá."

Suspirei. "O que mais?"

"Sujeito com uma faca preso na Seção de Passaportes dos EUA no Rockefeller Center."

"Qual foi?"

"Foi na fila dos passaportes de emergência", disse Bobby. "O cara queria sair dos Estados Unidos. O país está mesmo se danando, o cara não podia ficar na fila como todo mundo."

"Que mais?"

"Corpo encontrado na via expressa Whitestone."

"Nela ou perto?"

"Nela."

"Flagrante de droga no carro."

"Certo."

Caroline voltou com duas garrafas de vinho tinto e dois copos.

"Que mais?"

"Você está na primeira página amanhã."

"O diário de Lancaster."

"É. Como conseguiu?"

"Um cara arrancou de Lancaster." Peguei uma das garrafas. A etiqueta do preço ainda estava nela. Cinqüenta e nove e noventa e cinco.

"Coisa boa."

"Acabou?"

"Não, Fitzgerald te ligou."

"Ele está em casa?"

"Está."

Telefonei para Hal.

"Suas condições foram aceitas", disse ele.

"Dá a sua palavra?"

"Dou."

"Nada de testemunho, nada de identificação de fonte, nada de passar a história adiante nas primeiras vinte e quatro horas."

"Certo."

"Deixo a fita na sua sala amanhã de manhã."

"Ótimo", disse Hal. "Agora, qual é a história?"

Contei a ele. Hal ficou excitado. "Essa é quente, você sabe."

"Claro, Hal."

"Tem *certeza* de que é Fellows?"

"Parque Tompkins Square. Rebeldes lutando contra a polícia. Guarda Fellows de pé, próximo à esquina. Cara negro, alto, uns trinta anos. Bombas estouram em algum lugar no parque. Fellows recebe a paulada nas costas, o elemento sai correndo, a multidão passa pelo corpo, os tiras o vêem, empurram a turba para trás. Você sabe o resto."

"Vou mandar um carro apanhar a fita agora."

"Não."

"Não é problema nenhum."

"Não estou em casa."

"Onde é que você está?"

"Em nenhum lugar em particular."

"A gente pode mandar um carro aí também."

Houve uma pausa enquanto ele se dava conta de que eu não diria onde estava.

"Amanhã de manhã; prometo."

"Tem que ser a primeira coisa."

"Será."

"Obrigado, Porter."

Tudo acertado. Desliguei no momento em que Caroline voltava com uma bandeja onde havia sopa quente e pão. Uma mulher nua trazendo uma bandeja de prata.

"A história tem desdobramentos?", perguntou ela.

"Grandes."

Ela pousou a bandeja. "'Grandes' é coisa boa."

"Às vezes."

"Em geral, acho eu."

"Um problema pequeno é melhor do que um problema grande."

"É, imagino que sim." Ela me deu uma tigela. "Você estava ligando para alguém?"

"Estava, para a polícia."

"Por quê?"

"Papo."

"Sobre mim?"

"Não."

"Honestamente?"

"Não."

"Você vai me entregar por alguma coisa?"

"Nãão."

"Quer dizer, por algum crime."

"Tipo o quê?"

"Fazer declarações pornográficas, por exemplo."

"Eu não ouvi nenhuma."

"Você não estava escutando."

"Eu escuto tudo o que você me diz. Me lembro de cada palavra."

"Claro."

Tomei um gole da sopa. "Faça um teste."

"Quais foram as primeiras palavras que eu lhe disse hoje à noite?"

"Você disse: 'Estou preparando um drinquezinho'."

"E as últimas palavras que lhe disse ontem no telefone?"

"'Termine a sua coluna'".

Ela balançou a cabeça. "É meio apavorante."

"Não, realmente não."

"Você lembra quais foram as primeiras palavras que eu lhe disse?"

Isso era um pouco mais difícil. Rememorei a festa de Hobbs, e a visão de Caroline atravessando a sala na minha direção e se sentando. "'Sua foto, sr. Wren, é um lixo'. Foi isso o que você disse."

"Foi?"

"Foi."

Fizemos nossa refeição em silêncio, depois pusemos os pratos no chão.

"Essa é a vez em que ficamos juntos por mais tempo", disse ela.

"É."

"É bom."

"Quando eu era aquele jovem repórter olhando o bebê no trailer", disse eu, "onde você estava?"

"Eu provavelmente estava com uns nove anos", respondeu Caroline, esvaziando seu copo de vinho. "Morávamos em Dakota do Sul. Acho que sou de lá. Minha mãe engravidou quando tinha dezessete anos. De mim. Ela era da Flórida e durante um inverno fez sexo com um menino de uma família rica de Connecticut que estava de férias por lá. Ele não queria se casar, então ela ficou morando com os pais, depois, alguns anos mais tarde, encontrou esse cara, o Ron Gelbspan, que dirigia caminhões de longa distância. Eles se mudaram para Dakota do Sul e então tiveram o meu irmão. Eu nasci com o nome de solteira da minha mãe, mas depois ela mudou meu nome para o do meu pai, que é Kelly, mas ela mudou meu nome de novo depois que se casou com o Gelbspan, o que eu detestei. Sempre penso em mim como Kelly. Nunca me importei de mudar meu nome para Crowley. Às vezes acho que, se eu me casar com Charlie e tomar o nome dele, vão ser então cinco nomes, o que é ridículo. Acho que depois de um tempo o sobrenome realmente não importa. Seja como for, minha mãe trabalhava para o Visa. Ficava ao telefone o tempo todo, falando com as pessoas sobre a cobrança das contas delas. Nós morávamos numa casinha a uns quinze quilômetros da cidade. Recebi duas cartas do meu pai verdadeiro, a última quando eu tinha uns dez anos — e foi só. Ron era totalmente maluco, queria ser dono de uma empresa de caminhões de longa distância. Estava tentando montar um negócio, sabe como é. Era mesmo maluco. Ele tinha um altar para Jackie Onassis em casa, um cantinho onde havia um monte de livros e retratos dela. Também tinha um monte de armas, especialmente espingardas. Ele costumava nos bater; uma vez estávamos navegando num barco a motor e ele jogou meu irmão para fora do barco." Ela tornou a encher o copo dela e depois o meu. "Então, quando eu estava mais ou menos com uns oito anos, o que eu queria, queria demais, era um cavalo. Tinha umas garotas que montavam naquela época e eu queria um cavalo. Falar disso com Ron era um sufoco — eu ficava aporrinhando para me dar o cavalo, e..." Ela fez uma pausa. Os olhos azuis piscaram. "Não deu certo. No ginásio eu tinha namorados e tudo mais, mas comecei a perguntar à minha mãe pelo meu pai verdadeiro — quem era, onde estava, coisas assim. De início não quis me dizer, mas continuei a perguntar e ela disse que achava que ele estava morando em Santa Monica, na Califórnia. Isso me parecia tão lindo. Santa Monica, Califórnia. Deixei meu cabelo crescer bastante, talvez até a metade das costas, e meu irmão, minha irmã e Ron todos eles tinham cabelo castanho, então perguntei a mamãe como era o meu pai, e ela disse que tinha cabelo loiro e olhos azuis como eu, e que tinha escapado de ir para o Vietnã por causa de uma escoliose na coluna, era só um pouco, mas talvez o médico tenha sido pago para dizer isso. O pai dele era um executivo da Atlantic Richfield Oil Company, aqui em Nova York — você sabe, a ARCO. Quando eu tinha dezoito, ele deveria ter uns trinta e sete. Mamãe não o via há quase quinze anos. Perguntei se ela sentia saudade dele; ela disse que ficava pensando no que tinha acontecido com ele e que a mãe dele era muito, muito bonita, com a mesma testa que eu. Minha mãe estava tão acabada. Ouvia problemas de crédito o dia inteiro. Eu lhe disse que queria ver meu pai e perguntei se ela tinha o número do telefone dele em Santa Monica. Ela disse que não, mas que a irmã dele em Nova York talvez tivesse. Assim, no verão depois do quarto ano do ginásio, peguei o ônibus para Los Angeles."

Dois dias mais tarde, disse Caroline, depois de ver e sentir o cheiro do mar pela primeira vez, ela estava parada num grande estacionamento da praia de Venice olhando para um homem magrelo de cabelo comprido, loiro e grisalho, lavando um velho furgão VW corroído de ferrugem que parecia estar estacionado permanentemente. Ele não a reconheceu quando a viu se aproximar e parar na frente do furgão. Claro que estava observando os seios dela se mexendo dentro da blusa, as pernas compridas. "Ei, em que posso ajudar você?" Ele endireitou os ombros para apresentar uma versão mais poderosa de si mesmo, o que era pouco provável conseguir, devido ao corpo flácido, e ao mesmo tempo parecia mal nutrido, com pernas, braços e peito descarnados. Ela parou a uns cinco metros de distância e perguntou o nome dele. "Tudo depende de quem está perguntando", disse ele.

"Digamos que seja a sua filha?", ela disse.

O homem se enrijeceu. "De que porra você tá falando?"

Ela viu os danos que o sol fizera naquele rosto, queimando e tornando a queimar a pele no tênue contorno do couro cabeludo, no nariz e nos ombros dele.

"Eu disse: digamos que seja a sua filha?"

Ele piscou. "Eu perguntaria o que ela queria."

"Talvez ela queira conhecê-lo."

"Então eu diria para esquecer."

"Por quê?"

"Porque eu não quero conhecê-la."

Eles ficaram ali, sob um céu brilhante, perfeito. Por perto, um vira-lata fuçava o lixo que estava em volta de uma lixeira. Ela olhou para o pai. "Você é meu pai. Meu nome é Caroline Kelly Gelbspan e o seu é John J. Kelly III; você foi criado em Greenwich, em Connecticut, o seu pai trabalhou para a companhia de petróleo Atlantic Richfield e você conheceu minha mãe nas férias da faculdade; ela ficou grávida de mim — de você. Ela se lembra de tudo sobre você. Contou-me a história cinqüenta vezes."

Ele ficou ali parado e enxugou as mãos no short.

"Vai embora daqui."

"Não há dúvida de que você é meu pai."

"Já falei." Ele abanou a mão, empurrou o ar. "Não te conheço nem sei disso aí que você está falando."

O cachorro encontrou algo no lixo e levantou os olhos, mastigando.

"Eu vim de Dakota do Sul até aqui. Eu queria te ver."

"E eu tô lá me importando que você venha da porra de Marte? Não te conheço nem sei dessa merda que você falou. Vai dando o fora daqui. Não tenho nada a ver com toda essa babaquice."

"Não tenho muita grana."

"Não é problema meu, e também não tenho grana."

Ela o olhou com firmeza. "Você uma vez disse a mamãe como ia..."

"Epa, eu disse pra muitas garotas muitas coisas naquele tempo, e quase sempre era papo pra comer todas."

Foi o mais próximo que ele chegou da admissão de reconhecê-la.

"Mas eu vou dizer de novo: não sei quem você pensa que é pra me dizer que tem uma porra de direito de dizer que eu sou seu pai, porque isso não quer dizer merda nenhuma pra mim. Tenho um monte de outras coisas pra me preocupar além de uma garota que me chega aqui com esse tipo de merda."

Ela não se mexeu.

"Vamos lá, some da minha vista."

Ela se demorou um instante.

"A menos que você dê uma chupada no meu pau."

Então, por uma semana, Caroline disse, ela dormiu na areia junto com os outros garotos que perambulavam pela praia de Venice em torno das lojas de camisetas e de aluguel de bicicletas; tentava manter limpo o cabelo comprido e se lavava em banheiros públicos. A novidade do mar esgotou-se rapidamente. Eles não paravam de dizer que ela podia ser modelo, que tinha um cabelo lindo. Havia uma outra garota que se parecia com Caroline, que tinha conseguido um trabalho como modelo e de quem nunca mais se ouviu falar. A conversa se resumia a música, tatuagens, polícia, saber quais eram as melhores drogas, como abrir um negócio na praia ou como ser artista. Era um papo de garotos de ginásio, não muito diferente daquele que deixara em Dakota do Sul. Ela ligou para casa, mas a mãe não estava, Ron disse: "Você tem que se cuidar, diminuíram as horas da mamãe". Debruçado sobre a praia, havia um hotel novo e imenso, uma construção rosa de muitos andares, o Loews Santa Monica, e ela se viu atenta às pessoas que saíam de lá para passear; em geral alugavam bicicletas ou iam gastar dinheiro nas lojas. Ela disse a si mesma que iria ser como elas. Daí, entrou no restaurante do hotel e perguntou se havia trabalho. Uma mulher prestimosa vestida com um tailleur lhe disse que eles só contratavam por intermédio de um sindicato. Ao sair, ela percebeu que havia muitos rapazes brancos em condições físicas excelentes em volta de uma Jacuzzi. São os Montreal Canadiens, soprou-lhe um empregado responsável pelas toalhas; eles sempre se hospedam aqui quando vêm à cidade. Um dos atores acenou para Caroline, mas ela continuou a andar.

Uma hora depois, tinha feito uma trança bem apertada no cabelo e estava numa cafeteria a uns três quilômetros do bulevar, perguntando a uma velha se lá havia trabalho. Trabalhei numa parada de caminhão em Dakota do Sul, mentiu Caroline. Garota bonita como você nunca trabalhou, a mulher respondeu. Um cabelo assim. Deixa eu servir as mesas por uma semana, e se eu não for boa, a senhora não precisa me pagar. Me dá só um pouco de comida. Ela podia se manter limpa por uma semana, calculou Caroline, e estava certa.

Assim, ela pôde alugar um quarto por cem dólares por semana e sobreviver, mas isso nunca a levaria a lugar nenhum. Um dos fregueses do restaurante, um homem alinhado dos seus trinta anos, já começando a ficar grisalho, lhe deu o número do hotel dele; disse que estaria lá por uma semana — por favor, vá me ver se você quiser. Ela foi, e ficava deitada ali no quarto enquanto ele tratava de negócios ao telefone. Ele comprou algumas roupas para ela e foi bondoso. De manhã, ela o observava fazer flexões e abdominais. Havia algo de seguro nele. Ele era limpo. E tinha um cartão American Express de platina. No fim da semana, ele disse que sabia que nunca mais a veria, mas queria lhe dar um conselho não solicitado. Você precisa de um plano, o rapaz disse. Você é bonita, mas há muitas garotas bonitas por aí e a maioria segue a direção errada. Eu sei, Caroline disse. Não sabe, o rapaz disse, na realidade, você não sabe. Se você não tem um plano, as coisas começam a ficar difíceis. Pouco a pouco você acaba indo aonde não quer. Como você sabe de tudo isso?, ela perguntou. Eu sei, pode crer, tenho idade suficiente para saber. Você já está num caminho difícil. Como você sabe? Me diz com quantos homens você já dormiu. Ela parou para pensar. Contando com ele, talvez uns dez. É muito, o rapaz disse. Você precisa ir para a escola, seguir esse caminho, tem inteligência suficiente. Onde você foi à escola?, Caroline perguntou. Fui a um lugar chamado Yale, ele disse, à escola de direito de lá. E eu sou inteligente o bastante para ir para Yale?, ela perguntou. É, mas não tem preparo suficiente. Eu posso me preparar. Ele a olhou com tristeza e, de repente, ela o desprezou. Detesto gente rica, Caroline declarou. Eles acham que são melhores. Eles *são* melhores, em alguns aspectos, disse o rapaz. E você quer ser rica, não é isso? É claro, ela respondeu. Tudo bem, o último conselho. Qual é? Ela estava achando a conversa exasperante. Os homens vão sempre querer tirar de você, ele continuou, lembre-se disso. Já sei disso, ela retrucou. Talvez você saiba, ele deu de ombros. Você quis tirar de mim?, ela perguntou. Claro. E tirou? Tirei, realmente. É? É, mas também estou tentando dar em troca.

Ela chegou à conclusão de que ele era um babaca que se achava importante, e se arrependeu do tempo que ficou com ele — mas o que ele dissera a deixou ansiosa. Algumas semanas depois ela soube dos bares e clubes em outras áreas da cidade e ficou intrigada com o que acontecia lá e com a possibilidade de ganhar dinheiro. Uma das garçonetes sabia de um lugar perto do aeroporto chamado Club Comanche; de dia não era nada além de uma porta numa parede, com um cara parado do lado de fora, mas lá pelas onze da noite as sombras entravam sorrateiras — ciclistas, iranianos, policiais de folga, empresários locais que não usavam gravata no trabalho, roteiristas desempregados e homens negros com bons ternos. As garotas iam lá por três motivos: ou eram namoradas de alguém, ou, pela permissão benevolente do grupo, estavam esperando ser namoradas de alguém, ao menos por uma noite, ou usavam vestidos vermelhos curtinhos e meias arrastão pretas e carregavam copos cheios em bandejas numa direção, e dinheiro e copos vazios na outra. Nas noites de sábado, cinqüenta mulheres trabalhavam com os homens e trinta trabalhavam com o álcool. Dentro de um ano, o lugar seria um verdadeiro clube de strip-tease, disse Caroline, e pior para ela, porque eles tendiam a ser mais bem administrados, mas por enquanto a essência do lugar estava em algum ponto entre o inferninho e o café da manhã. Ela foi em frente e lhe disseram para voltar quando Merk estivesse, sendo Merk o cara que entrevistava todas as garotas novas. Ela passou a manhã tentando decidir o que usar, e finalmente apareceu numa tarde chuvosa de sábado vestindo suéter e jeans, o cabelo comprido preso no alto da cabeça. Um homem e uma mulher estavam discutindo no beco, o que não lhe inspirou confiança, mas ela bateu na porta, uma cortina se mexeu, e ela entrou. Merk não estava, disseram-lhe, mas ela podia esperar por ele nos fundos, onde as garçonetes guardavam as coisas delas. Havia alguns uniformes pendurados num armário, e ela poderia experimentar um, pois Merk pediria para ver como ela ficava vestida com um deles. Então ela pôs suas coisas no chão do cômodo, que não era nada além de alguns armários com chave, um sofá rasgado, três pias, três vasos e uma porta de saída. Tinha uma cesta de lixo cheia de carteiras de cigarro, caixas de Tampax e garrafas de cerveja. Ela pegou um uniforme tamanho trinta e oito que não parecia sujo demais e estava só de calcinha e sutiã quando Merk entrou, já com o pênis na mão, e lhe disse para deitar no sofá. Ele não era alto, mas era aquela espécie de grandalhão cevado que sugere violência. Ah, você é assim a coisinha mais doce que eu já vi, disse ele, esses seios grandes, ah... que merda, e quando ela resistiu ele a pegou pelo braço e a empurrou para o sofá. Põe as pernas pra cima, comandou o homem, e ela não achou que valesse a pena lutar. Ele sabia o tempo todo, ele já devia estar de olho, que os outros já a tinham preparado. Tira o sutiã. Ela tirou, e ele disse de novo "Ah... que merda". Não vai doer muito, Merk acrescentou, tem vaselina aqui. E de fato tinha, e ele entrou nela devagarinho com muito mais perícia do que ela já experimentara com os garotos de Dakota do Sul e os do píer de Santa Monica, já contando dois desde a chegada, mas isso não significava que ela estivesse gostando, e o olhar que lançou para o cara, porque ele estava em cima dela, foi desafiador. "O que é que você está olhando?", ele perguntou entre um fôlego e outro. "Oi," disse ela, "meu nome é Caroline Kelly, e eu estou procurando trabalho aqui." Merk sorriu, e os dentes dele tinham estado por toda parte. Espera um pouco, garotinha, deixa só eu — e então ele meteu nela com força, o que fez doer as costas de Caroline, e ela já sabia o suficiente sobre a capacidade de reabastecimento dos sistemas reprodutivos dos homens para saber que ele tinha fodido alguma outra recentemente, de modo que ia ter de dar duro para a porra sair, e foi exatamente o que ele fez, deu duro, fodendo com uma espécie de determinação ofegante para acabar o que tinha começado, vida de clube não sendo mesmo a mais saudável das vidas, e quando a bicicleta estava quase no topo do morro, a confiança voltou ao rosto dele e ele lhe disse que ia ter que foder ela todos os dias em que trabalhasse lá porque ela era a coisa mais linda que ele *jamais* — e foi então que os gritos no beco atrás do clube começaram. Era uma mulher que gritava enquanto uma faca entrava e saía dela, assim quase tão rápido, e ela implorava "Não faz isso, por favor, estou pedindo, por favor", mas quem quer que fosse fez isso mais três vezes, e Merk gritou "merda" e imediatamente perdeu a ereção, alguma moral esfarrapada ainda escondida nas entranhas frouxas dele; com a calça desabotoada e um revólver na mão ele abriu violentamente a porta antichama, e foi aí que a mulher que Caroline tinha visto discutindo lá fora caiu dentro do clube, perto da porta de entrada, com borbulhas de sangue escorrendo pelo lado do pescoço, a cara branca, os olhos cheios de uma fraternidade frenética buscando os de Caroline.

A polícia perguntou a Caroline o que vira, e, parada ao lado de Merk, ela lhes contou, sem nunca mencionar o estupro. Quando saíram, ela se virou para ele e disse: "Agora você tem que me dar o emprego". Ele fez que sim com a cabeça, e deu. Assim se completou a primeira parte da educação de Caroline em Los Angeles.

Ela se sentou com os joelhos para cima e ficou rememorando o que acontecera. Era uma história muito ruim, mas eu precisava lhe perguntar sobre a fita de Hobbs, precisava forçar a conversa para esse ponto. Entretanto, meu instinto me levou a esperar mais um pouco; talvez a história dela pudesse chegar aí. Mas primeiro eu tinha que afastar o outro problema. Pedi licença e fui à cozinha; finalmente, com o intento de deixar um recado para Lisa ouvir de manhã, dei um telefonema curto e torturado para minha casa. Josephine atendeu ao terceiro sinal.

"Da casa dos Wren", disse ela, sonolenta.

"É Porter", disse eu, surpreso.

"Lisa me ligou", Josephine respondeu com suavidade. "A filhinha de alguém cortou o dedo fora."

Alguém importante o suficiente para conseguir um especialista no meio da noite. Isso acontece; se a vítima é suficientemente rica ou importante, ele ou ela pode solicitar a presença de um cirurgião do primeiro time de Manhattan. A parte desnorteada liga para alguém que conhece um membro do conselho do hospital através de contatos sociais, que liga para o diretor do hospital e explica que é uma situação que envolve uma pessoa muito importante. No caso de um problema de mão, o diretor telefona para o chefe do departamento de ortopedia, que então irá resolver que cirurgião microvascular chamar, alguém que tenha boa mão para trabalhar à noite, que não esteja bêbado, que se apresente bem aos pais da vítima. Daí um telefonema para Lisa. O processo pode acontecer tão rápido que o cirurgião talvez chegue ao hospital antes do helicóptero. Sei que Lisa respondeu sim ao receber a ligação, xingou-me por eu não estar lá e ligou para Josephine.

"Vou chegar em casa muito tarde", eu disse. "Diga a Lisa, por favor. Diga-lhe que estou bem, só que estou trabalhando numa história." Josephine, sempre temi, sabe todos os pensamentos que me passam pela cabeça.

"Sim, Porter."

"Então tá, boa noite."

"Boa noite." Quando desliguei, passei os olhos pela cozinha de Caroline e me peguei olhando para a geladeira; de novo não havia nada na porta, nem um ímã, nem uma foto, nem um calendário, nem um cartão-postal, nada. Como o resto da cozinha, era imaculada. Senti um ímpeto de abrir as gavetas e escancarar os armários, para ver o que essa limpeza perfeita poderia estar ocultando.

Mas então a voz de Caroline chegou à cozinha, vinda do corredor que levava ao quarto dela; quando voltei, ela perguntou: "Ligou para a sua casa?".

"Liguei."

"O que você disse?"

"Mentiras."

Caroline assentiu com a cabeça. Ela tinha aberto a segunda garrafa de vinho.

"Você estava descrevendo sua descida à vida de garota bonita em L. A. Suponho que conseguiu o trabalho no clube e que durante alguns anos trepou com um bocado de gente, inclusive talvez com algumas garotas — como um alívio dos homens —, tomou um monte de drogas e viu um bocado de piscinas em Bel Air ou Malibu. Talvez alguns astros de cinema, produtores ou atletas profissionais."

"Ah, dane-se."

"Estou errado?"

"Você não está certo, não completamente."

"Não?"

"Pois é, *teve* o Magic Johnson." Ela suspirou, como se estivesse tentando se lembrar de um filme visto um dia. "Comigo e com uma outra garota chamada Shari. Ele pediu para a gente chamá-lo de Earvin. E foi muito simpático. Rolamos todos numa grande cama. Realmente não me lembro muito do que aconteceu, a não ser que eu estava realmente, realmente mal por causa dos sedativos mexicanos. Fui ao banheiro e lá havia uns chinelos, botei os pés dentro deles e ri de tão grandes que eram. Acho que então vomitei, bem em cima dos chinelos."

"Muito bonito." Calcei as meias. Já passava de uma da manhã. Eu tinha que fazer rodeios para chegar ao Hobbs. "Por que você veio para Nova York?"

"Um pouco por conhecer Merk." Eles tinham feito uma espécie de amizade, por estranho que pareça. Caroline disse. "Eu realmente gostava dele. Na realidade, ele me deu a minha tatuagem. Pagou por ela. Levou um tempão para fazer; as asas tinham muitas cores. Era linda." Ela riu. "Sinto falta dela."

"Por que tirou a tatuagem?"

"Ah, o Charlie. Essa gente toda, você sabe como é."

"Merk estava pedindo desculpas."

"Acho que sim. A coisa ficou realmente meio complicada."

Merk lhe fornecia a droga de que ela realmente gostava, cristal de metedrina, continuou ela, e logo começaram até a rir do estupro que ele cometeu contra ela. "Eu estava mesmo viciada no cristal, usava a droga e depois ficava arrumando a minha bolsa durante umas cinco horas, coisas assim", recordou-se Caroline. "Ele também estava fumando crack. Nós investimos no barato duplo especial algumas vezes, e aí, sabe, fui chupá-lo, e quando ele já ia gozar, deu uma tragada enorme no cachimbo. Gozou na hora. Tentamos comigo, ele me chupou embaixo, mas não funcionou. Não estava realmente se concentrando em mim. Além disso, o que eu queria experimentar era heroína, mas eu disse que não queria injetar. Ele arranjou alguma para cheirar. Você cheira uma, duas vezes, três vezes, talvez, sem ficar viciado."

"Quantas vezes você cheirou?"

Ela riu. "Três."

Foi enquanto estavam usando drogas, numa tarde de abril antes que o clube abrisse, disse Caroline, que um ciclista que Merk conhecia, a quem chamavam Chains, chegou e sugeriu que eles dessem uma volta de bicicleta até a Central Sul. Chains soubera que alguns tumultos estavam começando a acontecer no cruzamento das avenidas Florence e Normandie, e ele queria dar uma olhada. Os negros estavam botando fogo na cidade, disse Chains. Nunca se sabe quando vai ser possível ver um outro tumulto, e bem que se poderia tirar vantagem da oportunidade. Ver um tumulto enquanto se cheira um cristal — uma chance na vida, cara. Eles se amontoaram no carro de Merk, com um amigo de Chains, e atravessaram um território de gangue atrás do outro: dos East-Coasts, dos Brims, dos Hoovers, dos Underground Crips, dos Raymond Avenue Crips, dos Watergates, dos Rollin'Sixties, dos Eight Treys. Exceto pelo vermelho dos Bloods e o azul dos Crips, ninguém que não fosse membro de uma gangue ou policial poderia lembrar-se deles sem erro. O céu estava cheio de fumaça e helicópteros, sirenes perto e longe. "Gente, alguém mais além de mim tem uma arma?", Merk perguntou. Os outros balançaram as cabeças. Eles passaram por carros pegando fogo e saqueadores, então um garoto negro com uma bandana azul, que estava numa esquina, os insultou. "Vamos ter que parar aqui e ver qual é", Merk declarou. "Não, cara", disse Chains, "não é..." Mas o Merk deu uma parada e foi aí que uma lata de cerveja atingiu o capô. Depois um outro garoto negro apareceu com uma espingarda, deu uma coronhada no Merk através da janela aberta, escancarou a porta, puxou o Merk para fora do carro e começou a chutá-lo, mantendo a arma apontada para todos os outros. Chains pulou do assento do passageiro com uma faca, deu a volta pela frente do carro e, com um sorriso na cara, o garoto abriu fogo: a mão de Chains estourou. Caroline começou a gritar e a tentar se esconder no banco de trás. Um outro disparo da arma arrebentou o vidro da janela do lado. Ela sabia o que era uma espingarda de cano duplo pela coleção de armas de Ron, então botou rapidamente a cabeça para fora para ver se o garoto estava recarregando. Não estava, então ela pulou para fora do carro enquanto o garoto fazia calmamente um sermão sobre o respeito aos negros para Chains. Caroline arrastou Merk para o banco de trás, o sangue dele escorria pelo rosto. A arma dele caiu da camisa e ela a apanhou. "Sua puta", riu o garoto com a espingarda, "vai fazer o quê com isso aí?" Caroline atirou, sem mirar. O tiro não atingiu o garoto, mas do outro lado da rua um homem agarrou o tornozelo e gritou. Chains, enquanto isso, teve a presença de espírito de pular de volta para o banco da frente do carro, apertando o coto sangrento da sua mão, já à procura de um torniquete. Tinha gente atravessando a avenida correndo. O atirador estava agora apalpando os bolsos para encontrar mais balas. Com Merk no banco de trás, Caroline engrenou uma marcha à ré no carro e abaixou a cabeça. Ela fez uma curva, retornou no meio da avenida Normandie e foi direto para o hospital. Aquela noite ela assistiu aos conflitos na televisão com as outras garotas na casa dela, fumando um baseado. Merk tinha um coágulo de sangue no olho; queriam que ficasse algumas semanas no hospital. Ela ligou para a mãe para dizer que estava bem e ouviu o choro do outro lado da linha. Não havia nenhum motivo especial para isso; sua mãe fazia a mesma coisa toda vez que conversavam. Ron veio falar e disse que eles tinham visto os conflitos na televisão, depois foram consultar um mapa para ver se ela não estava por perto. Não, ela disse com jeito sonhador. Eu estou ótima.

Dois dias depois, enquanto Los Angeles contava seus mortos e extinguia os últimos incêndios na Central Sul, Caroline chegava a Nova York.

Descobri nos meus anos de repórter que as pessoas não parecem se perturbar tanto com surpresas genuínas quanto com eventos criados por elas próprias. A ocorrência imprevisível não pode trazer arrependimento, ao passo que a ocorrência que a pessoa ajudou a criar pode causar remorso ou raiva por tempo indefinido. Com Caroline também foi assim. O estupro de Merk contra ela no clube foi uma surpresa cruel, mas de modo nenhum foi culpa sua; incidentes subseqüentes, no entanto, originaram-se de uma série de ações conscientes. Todavia, os dois eventos se relacionam; os dois *tipos* de eventos se relacionam. O primeiro, apesar de brutal, demonstrou a Caroline que ela podia ser brutalizada e sobreviver — se não inteiramente intacta, pelo menos funcionalmente intacta. O espectro do abuso vivido foi assim ampliado. Se ela ainda tinha medo de ser estuprada, não temia o fato exatamente da mesma maneira. Se ela se vira encarada por um outro ser humano como apenas uma coisa, então, se quisesse, poderia se encarar como apenas uma coisa; no dizer da teoria feminista, poderia "internalizar a reificação", uma frase concisa e correta. Se ela tinha sido brutalizada, então ao menos podia medir a distância entre ser brutalizada e imaginar sê-lo. Há pessoas que se deleitam com a degradação, ou que a procuram pensando que irão se deleitar com ela, ou que a procuram porque é a maneira que conhecem de obter prazer. Afinal de contas, a experiência é delas. Talvez tenham vivido através da degradação e encontrado prazer nessa realização. Ou talvez tenham descoberto que na degradação há uma libertação de si mesmas; a pessoa se torna impotente; a responsabilidade desaparece. Não estou descrevendo o que ocorre durante o acontecimento real, mas o pensamento subseqüente sobre o acontecimento, que se acumula na mente da pessoa. Um colega repórter me contou um dia que um garoto de dezessete anos tinha sido estuprado por três homens num parque. Eles tinham feito tudo o que era possível três homens fazer a um menino, e ele ficou hospitalizado três semanas. O garoto então já tinha crescido, tinha quatro filhos e uma esposa contente. O ataque não tinha sido de modo nenhum provocado por ele; estava na bicicleta a caminho do mercado, a pedido da mãe; os homens o arrancaram da bicicleta e o arrastaram para o parque. O estranho é o seguinte: ele não lamentava o incidente. Admitia que se tivesse a chance de apagar o acontecimento do quadro-negro da sua memória, deixaria-o ali. Ele ainda pensava sobre o ocorrido; isso era importante para ele e tinha lhe permitido contemplar outras expressões da sexualidade. Ele tinha, na realidade, se tornado um verdadeiro voyeur, fato que ele atribuía, não infelizmente, ao incidente.

No caso de Caroline, a interação entre acidentes e acontecimentos de autoria própria era complicada demais para a minha compreensão, mas ainda assim ocorria. Isso, penso eu, é o que o homem que freqüentou Yale intuitivamente previu quando avisou a Caroline que o caminho dela seria difícil. Ele sabia que, se ela tinha dormido com ele com tanta facilidade, também dormiria com outros e que essa indiscriminação continha a certeza de que os outros não seriam tão bondosos quanto ele fora. Enquanto pais, rapidamente nos tranqüilizamos ao ver como um filho é impressionável e como essa impressão tênue, nova, rapidamente se torna o vinco do hábito, até mesmo o traço final da personalidade. Ouvindo Caroline descrever sua odisséia de Los Angeles a Nova York, não pude deixar de sentir uma estranha fusão do jornalista desprovido de paixão, do amante e do pai. Sem dúvida minhas elucubrações eram presunçosas e emitidas através de uma argumentação imperfeita, mas ainda assim começavam a se aglutinar em torno de uma questão poderosa. Perdido num transe contemplativo, compreendi que muito antes de sua chegada a Los Angeles, Caroline teria sofrido algum período ou episódio primário de brutalização, algum momento que a afastou abruptamente do arco normal vivido pela maioria das meninas e a jogou no estranho ziguezague de violência e sexualidade que ela descrevera. A experiência teria que ter sido suportável — pois havia sobrevivido a ela —, embora incomum, mesmo para uma garota de família rural de classe média baixa, com uma mãe deprimida e um padrasto de propósitos e sanidade questionáveis. Ocorreu-me que esse acontecimento poderia ser tão típico — embora horrível — como um incesto ou algum abuso semelhante. Todavia pressenti que era uma outra coisa, algo que não correspondia a tendências sociológicas, mas que tinha uma unidade e uma intensidade poéticas reconhecíveis para uma menina. As crianças são capazes de uma espécie de atenção concentrada que nós, adultos, mais ou menos perdemos. Suas cabeças não estão entulhadas dos escombros da existência. O mundo é novo, a linguagem poderosa, as imagens ainda por serem vistas. Quem era a menina, me perguntei, que se tornou essa mulher? Se aconteceu alguma coisa, o que foi?

Mas então, olhando pela janela do apartamento de Caroline, amaldiçoei-me por nutrir essas especulações meio bêbadas e tão tolas. Não havia nenhuma educação sentimental no caso; eu era simplesmente um babaca com uma mulher promíscua num quarto. Na cidade, sempre há pessoas em outros quartos, fazendo outras coisas. Naquele momento eu era uma delas. E assim voltei para a cama para ouvir mais do que Caroline tinha a me contar. O que eu desconhecia então era que a minha pergunta sobre a infância de Caroline, que eu formulara com ponderações tão enfadonhas, era estranhamente semelhante à que Simon Crowley tinha instintivamente apreendido antes de morrer. Que eu ficasse matutando sobre a resposta e que ele *perguntasse* era uma das nossas grandes diferenças. Ainda assim, por estranho que pareça, foi Hobbs que a ouviu — da própria Caroline. Assim nós três estávamos unidos por laços desconhecidos de cada um de nós; assim a complexidade da nossa relação estava misteriosamente centrada num acontecimento que nenhum de nós tinha vivenciado.

Mais tarde — muito mais tarde — tudo isso ficaria claro para mim, mas por enquanto eu ouvia Caroline descrever seus primeiros dias em Nova York. Era abril e, de início, ela se hospedou num hotel barato bem perto do parque Washington Square, vendo as folhas aparecer, os rostos, os prédios, o movimento, as sombras descendo as avenidas e atravessando as ruas — o centro, particularmente, onde o dinheiro andava nas ruas encarnado em seres humanos. As mulheres, ela podia dizer, eram levadas mais a sério em Nova York; não tinham uma aparência tão boa quanto as mulheres em L. A., mas tinham mais poder, estavam no jogo. Por toda parte aonde ia, compreendia que a América que ela tinha conhecido até então era estranhamente desprovida de densidade, de firmeza no poder. Até L. A. parecia dissoluta, perturbada por suas estradas, arremessada para fora, pequena sob o sol. Em Nova York, todos os contextos eram íntimos. Até mesmo os desgraçados e os pobres pareciam engrandecidos no seu sofrimento; homens monstruosos vestidos em andrajos abrindo caminho como gigantes na multidão, empurrando, vamos dizer, uma mulher astuta dos seus quarenta anos que podia relacionar de memória todos os apartamentos à venda por um milhão de dólares ou mais num dado quarteirão da Park Avenue, que falava ao telefone celular com um homem que toda noite dirigia o programa de entrevistas de horas tardias mais importante do país, selecionando dos onze monitores das câmeras a seqüência de planos afastados e aproximados — a tomada panorâmica do público, a tomada precisa do convidado sorrindo, o corte no instante em que a sobrancelha do anfitrião fazia um movimento zombeteiro —; nessas condições faziam-se fortunas, e Caroline compreendeu, percebeu que, embora a dissolução e a fragmentação contínuas da América talvez tenham se reproduzido em L. A., foram antecipadas em Nova York; nas fendas, rupturas e disjunções culturais desta cidade havia pessoas que sabiam como atacar repentinamente com seus software, imagens, palavras e análises. Ela podia ver as pessoas discutindo em restaurantes, as fotos tiradas nas avenidas, a atitude, o *foda-se, eu estou falando com você*, uma atitude que demonstrava saber que o mundo não estava dando nenhuma coisa boa, que a coisa boa tinha de ser comprada, ou obtida com sedução ou roubada diretamente. E onde se encaixaria nesse lugar ela não sabia, mas por enquanto isso não a preocupava; pela primeira vez sentia-se livre de tudo o que era sua origem, livre até de si mesma, e enquanto em L. A. ansiava por agradar, rir e foder com os outros, naquele momento ela se recolhia e se preservava. Havia anos que não morava num clima frio, e ela gostava do frio, gostava de ser obrigada a se meter dentro de casacos, cafés e museus; do seu primeiro apartamento em Manhattan, na rua 97, Oeste, ela podia ver lá embaixo a multidão se movimentando pela fita molhada da Broadway, os miseráveis vendedores de livros sob o chuvisco, contemplar os aglomerados dos táxis que paravam e prosseguiam, paravam e prosseguiam, a centralidade pesada disso, os prédios velhos, a fuligem, e saber que pela primeira vez de que tinha lembrança ela poderia se descrever como feliz.

Seu primeiro caso na cidade, Caroline me contou, foi com um jovem médico que ela conheceu uma noite do lado de fora de um mercado coreano, e que durante as poucas semanas que se viram mostrou-se perturbado e exausto. Ele possuía um corpo esguio que a excitava, mas muitas vezes tinha dificuldades com a ereção; ele era médico residente num pavilhão de oncologia e passava os dias olhando nos olhos dos miseráveis e moribundos, respirando as emanações dos mortos-vivos, tomando conhecimento da progressão de tumores, da liquefação dos ossos, da beleza divina da morfina. Todo dia o espírito dele se gastava no hospital, e embora ela sentisse um amor novo e pálido por ele, não se surpreendeu quando ele fugiu dela, não a procurando mais.

Por um tempo, ela se sustentou gastando o que poupara, sem trabalhar.

"Você trabalhou?", perguntei.

"Na realidade não."

"Como fazia para viver?"

"Desisti do meu apartamento", Caroline respondeu.

"Onde morava?"

A resposta deveria ser encontrada nas vantagens do que era então o aspecto mais conservador de Caroline e nas ineficiências funcionais da riqueza. Os ricos podem apenas ocupar um espaço de cada vez. Entretanto podem possuir duas, três ou mais residências, e tendo certa vez cuidado de um apartamento para uma pessoa rica, ela descobriu que os ricos estavam sempre indo à Itália por seis meses ou sendo transferidos para Hong Kong. Eram pessoas que não pertenciam a uma nação determinada mas ao país da riqueza; precisavam de alguém em Nova York que transmitisse seus recados, despachasse a correspondência ou molhasse as cerejeiras de ramos pendentes no alto da cobertura. Os arranjos eram sempre informais, e se tornavam mais fáceis visto que Caroline estava "entre um apartamento e outro", "ainda não tinha se estabelecido na cidade". Os donos dos apartamentos, é claro, sabiam ou percebiam a verdade — que a única agência de Caroline era a beleza dela —, mas também sabiam que seu encanto sugeria que o dono do apartamento era uma pessoa de generosidade e refinamento. A presença de Caroline era uma forma de autolisonja.

Assim vivia à deriva de um apartamento para o outro, numa vida de luxo, sem nenhuma previsão, quase dura, sempre, mas se arranjando de um jeito ou de outro. Em todo apartamento ela inspecionava os tapetes, os livros e a louça. Sempre lia quaisquer livros ou diários que encontrasse e ficava espantada de ver como os ricos eram infelizes, ou quão infelizes imaginavam ser. Ela sabia que precisava ser discreta a respeito de quem levava ao apartamento, para que não chegasse aos donos a informação de que ela estava maculando o bom nome e os tapetes deles com os homens que apareciam. E os prédios de apartamentos sempre tinham homens mais velhos que a achavam fascinante e não podiam deixar de lhe oferecer "conselhos sobre os investimentos dela" ou pequenos presentes de valor monetário significativo, desde que ela se lembrasse de não os cumprimentar na frente de suas esposas.

Vou interromper o meu resumo do longo relato de Caroline para observar que, ao mesmo tempo em que eu a ouvia descrever seus primeiros dias na cidade de Nova York, ia tomando conta de mim a estranha noção de que chegaria um tempo em que Caroline, mais velha, descreveria esses dias para alguém. Se ela não me mencionasse, pelo menos descreveria os poucos anos que antecederam os trinta, quando estava morando bem perto do Central Park e estava noiva de Charlie. Eu suspeitava que não iria vê-la no seu eu futuro, e isso fez com que um longínquo dobre de tristeza soasse por mim, porque para mim, agora que estou me aproximando dos quarenta anos, as mulheres, todas elas, são belas. Não, isso é mentira — nem todas as mulheres. Mas muitas. Garotinhas, adolescentes e mulheres na casa dos trinta, é claro. Mas são igualmente instigantes as mulheres mais velhas dos seus sessenta, setenta ou até oitenta anos. Elas parecem saber tanto sobre seus mundos. Elas olham atentamente os mais jovens, homens e mulheres, com uma clareza delicada. Elas viveram o ciclo, ou a maior parte dele, e ao ver as lutas dos outros — por amor, identidade, segurança — lembram-se das suas próprias. E então há as mulheres dos seus cinqüenta anos; elas chegaram à idade da sabedoria e estão exaustas; às vezes são amargas e freqüentemente duras, devido à longa subida. Por fim, parecem mais seguras do seu poder, ao passo que os homens da idade delas começam a decair, e seus corpos se fixam seja lá em que forma de ruína, que eles carregarão pelo resto da vida — carnes pesadas, uma ossatura lenta que se retrai, dedos dos pés curvados, nodosos e doloridos. E então há as mulheres dos seus quarenta anos, inflamadas pela intensidade de seus desejos. Talvez não haja nada mais sensual do que uma mulher na casa dos quarenta. Ela chegou a novas liberdades, embora saiba que o tempo está tirando coisas dela, mesmo que ele apresente mais recompensas. Quando eu era um rapaz de vinte e cinco anos, não conseguia ver a sexualidade — muitas vezes difícil de obter — de uma mulher, digamos, de uns quarenta e três anos. Mas agora vejo. É uma espécie de glória.

Olhando para Caroline, eu podia imaginar a aparência dela dali a uns quinze anos — os dentes e a boca ainda maravilhosos, os óculos escuros, o batom, as linhas nos cantos dos olhos e os tornozelos ainda esguios, e sempre mais grana para conservar os cabelos loiros — mas não a conhecia bastante bem para adivinhar se as duas próximas décadas seriam muito boas ou ofereceriam alguma nova ocasião de sofrimento. Eu me perguntava se de alguma forma inexplicável ela teria chegado a um momento de ajuste de contas consigo mesma. Não era só a mim que ela estava contando sua história — não. O eu futuro dela também estava ouvindo.

Já tinha se passado quase um ano da chegada dela a Nova York, disse Caroline, quando chegou uma carta da mãe, dizendo que o pai tinha morrido na Califórnia. A causa era desconhecida; ele não saíra do velho furgão VW por muitos meses. Caroline ficou olhando fixamente a carta durante quase uma hora, tentando compreender por que a notícia a fazia sofrer tanto. Ela nunca conhecera o pai, nunca o vira, senão naquele dia na praia de Venice, e no entanto a morte dele foi muito chocante para ela; o universo parecia ter diminuído. A infelicidade do relacionamento deles era então eterna. Se tivesse alimentado esperanças de que um dia eles se encontrariam, e que de algum modo resgatariam um ao outro, essa possibilidade estaria excluída. Ela morreria sem nunca ter conhecido o pai; morreria sem saber se ele a amara ou sentira falta dela ou pensara nela ao menos um dia.

Depois disso apareceu um empresário israelense que era todo cabelos encaracolados e ouro. Ele parecia movido a ódio, ódio por aqueles que ele sobrepujava no comércio, pelos árabes, pelos americanos covardes, negros, russos, que eram tratantes, por qualquer um que não vivesse a vida dura que ele vivia. Ela não sabia nem sequer por que motivo o agüentara — talvez porque no fundo as tiradas dele lhe partiam o coração. Ele lhe confessou uma noite, depois de terem transado, que quando menino ouvira uma explosão na rua e que, quando correu para o ônibus que tinha sido bombardeado pelos palestinos, a primeira coisa que viu foi a metade de cima do corpo da mãe dele, arremessado como uma boneca de pano numa árvore sem folhas. Depois disso, Caroline achou que deveria perdoar a brutalidade dele. Mas uma noite ele a esbofeteou num acesso de raiva, e ela percebeu que o dano nunca seria remediado, que a bomba de vinte anos antes explodia novamente a cada dia, e que ele estava condenado pelo rancor que carregava.

Ela compreendeu então que nos homens que a atraíam havia alguma coisa de excessivo. Os bares, as academias de ginástica e os edifícios de escritórios estavam cheios de homens ótimos e chatos, e a moderação e o bom humor deles não a atraíam em nada. Eles estavam interessados em fundos mútuos e no futebol profissional; eram espirituosos demais no primeiro encontro e educados demais na cama. Eles se descreviam como políticos, mas não compreendiam as ruas. Pareciam produzidos em massa, exibiam a ironia impotente de sua geração, eram como a televisão. Ela achava que os homens à margem eram mais interessantes, arriscavam mais, eram forçados a viver com mais consciência.

E então chegou Simon. Ele ficava na costa Oeste metade do tempo. E não a queria por lá. Quando estava em Manhattan, desaparecia com Billy. Ou circulava pela cidade gastando dinheiro em compromissos agendados, em gente a ser vista, festas, números em boates, peças, *one-man-shows*. Ela ia com ele, mas às vezes parecia que ele esquecia que ela estava ali, tal a impetuosidade com que ele discutia com os outros. E ela o observava com admiração. Ele era um longo solo. A fim de conversa e de nuances e de observação, e tanto melhor se fosse num restaurante com mais uma dúzia de pessoas e a conta chegando a milhares de dólares.

Depois, em grupos de um, dois ou três, entrariam cambaleando num táxi e voltariam em disparada para o apartamento.

"Chegávamos em casa, íamos para a cama e talvez fizéssemos sexo", Caroline recordou. "Mas em geral Simon queria ver filmes. Ele observava a iluminação da cena ou o modo como uma seqüência tinha sido editada, com planos afastados ou aproximados." Ela compreendeu que ele pensava melhor à noite, que só depois de encher a cabeça com a conversa e as imagens do dia ele era capaz de mais tarde se concentrar, de deixar tudo fluir outra vez. "E então ele voltaria para L. A., sem se preocupar em fazer mala. Simplesmente tomava a limusine para o aeroporto e se mandava. Ele gostava de aviões..."

"Tudo bem", interrompi.

"O que é que isso significa?"

"Significa tudo bem."

"Você está chateado, quer que eu cale a boca?"

"Não, eu quero saber..."

"O que, o que é que você *quer* saber? Se eu..."

Ela não terminou a frase, e por um minuto, talvez mais, nenhum de nós falou. A noite estava no seu apogeu, a neve ainda caía. Muitas vezes penso nessas longas horas — no quarto do apartamento de dois milhões de dólares (onde alguma outra pessoa mora hoje), Manhattan cintilando lá fora, o burburinho do tráfego lá embaixo — examino os momentos, os estágios e os níveis; foi, por si só, uma noite espetacular que, me parece, ainda não compreendi completamente. E o resultado foi que nós não tínhamos nos contentado um com o outro, de jeito nenhum. Por fim Caroline levantou-se para fazer xixi, e eu fiquei parado junto à janela, minha cabeça cheia do vinho caro, de algum modo vendo a beleza da silhueta escura como eu nunca havia visto, sentindo o volume e o peso de cada prédio à minha frente, aparições de sombra entalhadas na janela estranhamente iluminada, vidas que transpiravam ali com a mesma previsibilidade e mistério que a minha.

"Há uma outra parte da sua história que eu quero ouvir", disse eu, quando Caroline voltou.

"É ruim?"

"Provavelmente."

"Acabamos com o vinho."

"Eu poderia voltar ao gim, continuar com vinho ou saltar para o uísque", acrescentei.

"Pode ser que você se arrependa."

"Pode ser que eu me arrependa de um monte de coisas."

Ela desapareceu na cozinha e voltou com uma garrafa e dois copinhos. Despejou a bebida neles.

"Diga lá."

"Quero ouvir a parte que fala sobre o seu encontro com Hobbs e termina com ele recebendo um vídeo de si próprio."

"Sebastian Hobbs?", ela perguntou.

"Você o conhece?", perguntei.

"*Você* o conhece?", repetiu.

"Conheço, infelizmente." Contei-lhe sobre a nossa conversa no escritório dele — as ameaças, as máscaras africanas, tudo.

Caroline afundou-se mais na cama. "Qual é!"

"Não, eu estou falando sério. Você não acredita em mim?"

Caroline começou a rir, loucamente, e depois ficou deitada, emitindo sons que não eram exatamente um riso, mas uma espécie de tosse aflita. "Não posso acreditar", gritou ela, "não posso acreditar nessa *porra*!"

"O quê? O quê?", perguntei.

Ela me olhou com olhos grandes, injetados. "*Eu* quero que você encontre a fita para mim."

"O quê?"

"Para *mim*."

Segurei o rosto dela com minhas mãos. Mas não serviu. Seus dentes de cima apertavam de forma horrível o lábio de baixo, água transbordando dos olhos. "Eu realmente preciso encontrar aquela fita", disse ela com a respiração arquejante. "Ele continua a me ameaçar, diz que vai me processar por assédio, diz que vai comprar os direitos dos filmes de Simon e tirá-los das lojas. Diz que vai contar para o Charlie. Acho que ele põe gente para me vigiar. Entraram no meu apartamento. Isso parece loucura, mas é verdade."

"O que é que tem na fita?"

"Não sei!", gritou ela. "Quer dizer, eu sei, uma espécie de... não é muito legal..." Ela me olhou melancolicamente. "Não é legal, foi uma coisa que Simon..." Ela se afastou e se jogou de costas nos lençóis. "É por isso que eu queria que você visse todas as fitas de Simon. Achei que você precisava ver justamente o tipo de coisa de que ele gostava, como *colecionava* vídeos estranhos de coisas — de gente em Ruanda e tudo mais —, como tinha uma espécie de curiosidade doentia sobre as coisas."

"Eu sei, percebi isso."

"É muito difícil de explicar, isso me faz parecer uma espécie de meretriz ou coisa parecida. Nós estávamos no Waldorf para alguma coisa, alguma festa que o estúdio estava dando, e Simon e eu demos o fora. Ele não parava de me dizer que estava indo a alguns lugares e que não sabia se eu, se eu podia agüentar o rojão dele. Então, naturalmente, eu ficava puta com isso e nós tínhamos aquelas brigas; e lá estávamos nós no bar, numa das salas privadas, e ele me desafiou. Disse que faria qualquer coisa que eu lhe pedisse, desde que isso não machucasse ninguém, e ele também podia me pedir para fazer qualquer coisa. Quer dizer, era ridículo, mas tinha um certo tipo de efeito. Quer dizer, eu gostei, pensei: tudo bem, esse cara, essa pessoa, está interessada em saber qual é a minha força, e se fizermos isso, então vamos ter feito alguma coisa juntos, vai ter assim... um laço, eu acho. Então eu disse que tudo bem, legal, porra Simon, tudo certo. E ele disse que tava legal, mas que a gente ia precisar de uma *prova*. Eu disse que tudo bem. Daí ele disse: 'Quando nós vamos fazer isso?'. E eu disse: 'Esta noite, nós dois vamos fazer isso hoje de noite, tem mil possibilidades — clubes, bares, as ruas'. Ainda era cedo, onze horas talvez. Então comecei a imaginar qual era a coisa que ele *realmente não* queria fazer. Eu disse alguma coisa do tipo 'você tem certeza de que quer fazer isso'? Quer dizer, eu sabia que o que ele queria era que eu fosse fazer sexo com alguém, algo assim. Bem previsível. Então ele disse: 'Você sabe o que é que eu vou lhe pedir para fazer?', e eu respondi: 'Sei, você quer que eu vá trepar com alguém'. E ele disse: 'É. Tudo o que eu quero é que seja alguém que eu nunca poderia adivinhar. Você tem que me surpreender, tem que realmente me surpreender'. Ele disse que não podia ser, sabe como é, o mensageiro do hotel nem um dos produtores, nem gente do estúdio que estava lá em cima. E então disse que não podia ser uma mulher, que não contaria. Tinha que ser um cara. Quer dizer, a psicologia da coisa toda é bastante óbvia, eu sei, mas o negócio é que, se você vai realmente jogar esse tipo de jogo, então a coisa fica interessante, excitante, mais ou menos isso. Talvez eu não esteja conseguindo explicar. De qualquer jeito, eu disse que sim. Foda-se, sim. Mas então eu tinha que fazer alguma coisa por mim. Não ia pedir a ele para sair e fazer sexo com alguma mulher, isso era fácil demais, não valia. Então pensei que talvez pedisse para ele fazer sexo com um homem, mas então me preocupei com a AIDS. Eu fiz testes de AIDS — tudo negativo, graças a Deus. Além disso, era provável que Simon ficaria totalmente bêbado e comeria alguém ali pelo East Side ou coisa assim. Ou entraria num bar gay e simplesmente... você sabe, qualquer coisa. Ele talvez se sentisse enojado, mas isso não o iria *balançar* pra valer. Eu queria pensar em alguma coisa que o balançasse, talvez até edificante, de uma certa forma, de modo que nós parássemos de jogar esses jogos babacas um com o outro. Assim eu meio que matutei que essa era uma oportunidade, e então me surgiu uma idéia, e eu disse: 'Quero que hoje à noite você esteja presente na hora em que alguém, ele ou ela, morra. Quero que você esteja lá e até toque na pessoa, se possível'. E eu disse que não queria que ele se mandasse e passasse por cima de alguém com o carro ou qualquer coisa assim, mas que de fato entrasse num lugar ou numa situação, talvez um setor de emergência, algo assim, e ficasse com alguém enquanto a pessoa morria. Quer dizer, Simon conseguia se meter em todo tipo de lugar. E quando eu lhe disse isso, ele ficou meio chocado, de certo modo isso o fez perceber que, se ele achava que podia pedir para eu me prostituir para ele, para seu capricho, sua diversão, então eu ia lhe dar o troco, ia jogar mais pesado ainda. E acho que era o único jeito que eu sabia de ganhar o respeito dele. Nossa relação não ia funcionar se ele não tivesse respeito por mim. Então eu lhe disse isso, e ele ficou quieto um momento, depois olhou para mim e vi que tinha sacado. Ele percebeu o que eu estava fazendo, aceitou o desafio. Então, ótimo. Pediu a um dos caras do estúdio para ir até o escritório dele pegar duas microfilmadoras de vídeo com cabos e baterias pequenas, daquelas caras pra caramba, e instalou uma na minha bolsa; depois abriu um buraco na bolsa e me mostrou como ligar o vídeo quando eu estivesse pronta. Depois dissemos que nos encontraríamos às nove horas da manhã seguinte. Ele me mostraria a dele e eu mostraria a minha. Quer dizer, nós dois estávamos de porre, mijados e excitados. Ele ligou para o Billy do telefone do bar e lhe pediu para buscá-lo. Billy — acho que deu para você sacar isso dos vídeos —, Billy era uma espécie de cupincha dele, eles aprontavam juntos. Escondiam a câmera no casaco do Billy ou qualquer coisa do tipo. Então o Billy veio e parou o carro lá fora, depois eles saíram juntos. E eu estava ali. Por um momento pensei que tudo aquilo era estúpido, humilhante e ridículo. E *era.* Mas se eu não fosse até o fim, ele ficaria furioso. E eu meio que senti que o estaria degradando. E *me* degradando também. O que aconteceria se eu não fosse até o fim e ele fosse? Isso seria muito ruim, eu o teria enganado. Claro que pensei que o contrário também podia acontecer, eu me mandaria, faria sexo com algum cara e depois ia descobrir que Simon não tinha feito nada, tinha ido para uma boate ou coisa do tipo. Mas eu tinha que acreditar na palavra dele. Tinha que continuar. Então comecei a pensar no assunto. O hotel estava cheio de turistas, empresários e todo o tipo de cara habitual. Eu podia sair por ali e encontrar um cara, mas qual? Quer dizer, encontrar um cara velho seria fácil. Pensei que podia ir até um dos bares onde eu sabia que alguns dos Yankees vão depois dos jogos, mas até isso era meio previsível. Muitos desses caras vão para festas. Vi isso em L. A. Então entrei num táxi e mandei o cara dar uma volta, tentando pensar em alguma coisa. Mandei até ele passar perto da mansão do prefeito, mas as luzes estavam apagadas. Afinal, voltei para o hotel. Fiquei sentada ali talvez por uma meia hora. Dois homens se aproximaram e eles eram empresários comuns da Filadélfia ou funcionários de Washington, algo assim. Então eu estava ali sentada quando chegou um grupo de pessoas, animadas, nervosas e meio que desimpedindo o caminho, e eu vi o cara atrás do balcão botar o fone no gancho e acenar para algumas pessoas do hotel — quer dizer, eles estavam nervosos, era óbvio — e então chegou esse gordo imenso..."

"Hobbs."

"É. Mas eu ainda não sabia disso. A única coisa que eu via era que ele era imenso, alto, e que o terno dele devia ter custado algo como dez mil dólares. Ele estava usando um grande chapéu-coco. Ele não olhou para a recepção do hotel nem para ninguém, simplesmente foi direto para o elevador. Depois, desapareceu. O pessoal dele foi se registrar no balcão da recepção, depois subiram em outro elevador. Tudo se acalmou. Tudo demorou talvez um minuto. Ele não andava muito depressa, mas não ficou no saguão mais do que quinze segundos. Então perguntei a um dos empregados quem era aquele. Ele disse que era Hobbs, o australiano que tem jornais pelo mundo todo. 'Um bilionário', disse ele. Lembro-me de que eu disse 'Bilionário'? E ele me olhou como se eu fosse uma idiota. 'Ele se hospeda aqui quando está na cidade', ele disse. Então eu disse: 'Quero saber uma coisa'. E o empregado responde, só assim: 'Não senhora, de jeito nenhum, eu não posso. Balança a cabeça'. 'Você não sabe nem o número do quarto?' 'Ah, eu sei, moça, mas eu não posso falar.' Eu digo que pago a ele para saber o número. 'Qual é', ele diz, 'eu posso perder meu emprego.' 'Quinhentos paus', eu digo. Ele meio que diz: 'Ah, que merda, moça'. Então eu digo: 'Mil'. Ele diz: 'Você não tem mil'. Mas eu tinha. Quer dizer, Simon estava ganhando tanta grana que nós carregávamos assim uma tonelada, sem nenhum motivo. Então eu mostro o dinheiro para ele. O rapaz era moreno, meio magro, talvez paquistanês ou algo parecido. Ele me diz o número. 'É a suíte principal', ele diz, 'qual é o quarto eu não sei.' Eu pergunto a ele como é que vou saber se ele está falando a verdade, e ele diz: 'Porque se eu não estiver, você vem aqui embaixo, conta pro gerente e eu perco o meu emprego'. Isso me pareceu bem bom, então dei a grana para ele. Depois me toquei de que eu deveria subir antes que Hobbs fosse dormir. Se ele está chegando da Inglaterra ou de algum lugar, vai estar realmente cansado, se ele está chegando da costa Oeste, então vai ficar acordado mais um pouco. Estou pensando nisso e me perguntando que porra o Simon estará fazendo. Daí fui lá para cima e bati na porta. A porta se abre e tem um cara ao telefone. Eu sorrio e digo: 'Estou aqui para ver sr. Hobbs'. O cara olha para mim e acena para eu entrar. É uma suíte grande, muito grande, talvez seis cômodos. O cara me faz entrar no cômodo seguinte e lá está Hobbs, sentado, lendo jornal, e então ele diz: 'Muito bem, o que temos aqui', algo assim, sabe como é, e você pode muito bem imaginar o resto por si mesmo, ou alguma coisa pelo menos. Ele era diferente, e doce, também."

"Você filmou."

"Foi fácil. Pus a bolsa numa penteadeira e liguei a câmera. Era uma câmera silenciosa, com olho-de-peixe. Pegava o quarto todo."

Eu não disse nada, só fiz que sim.

"Voltei ao apartamento na manhã seguinte e Simon foi logo atacando a minha bolsa. Tirou a fita de lá e nunca me deixou vê-la. E acabou nunca cumprindo a parte dele no trato." Ela suspirou com amargura. "Odiei Simon por aquilo que eu me tornara, por eu estar querendo fazer uma coisa daquelas. Tomei um banho de chuveiro que deve ter durado umas três horas — eu disse para mim mesma que nunca mais. Tivemos uma briga feia por causa da fita, mas ele não a devolveu para mim, e então, depois de ter visto a fita, tivemos uma briga realmente feia. O que é que ele esperava? Então depois, depois que Simon morreu, saquei que a fita deveria estar na coleção dele, mas não estava."

"Por que eu?", perguntei, tentando não sentir raiva.

"Ah, não sei", Caroline respirou, a voz cansada e confessional. "Achei que talvez você pudesse me ajudar. Talvez apenas me dar um conselho ou coisa parecida. Contratei investigadores particulares ou seja lá como eles se chamam, e eles não puderam me ajudar. Não sei onde está a fita. Não sei o que tem nela de tão ruim, realmente."

Olhei fixo para ela. "A coisa toda entre nós é para que eu a ajude a encontrar a fita?"

"Bem..."

"É só me dizer."

"É."

Me peguei olhando para a janela.

"Me perdoa?", ela perguntou.

"Não. Nem a mim mesmo."

"Eu gosto de você, Porter, gosto de ficar com você. Mas tinha esperança de que eu pudesse conseguir que você me ajudasse... quer dizer, se eu não encontrar essa fita... Eu pensei que eu podia ignorar essa fita, simplesmente não pensar em Hobbs. Recebi esses..."

E aí ela acendeu uma lâmpada que estava na mesa e vasculhou nervosamente uma gaveta, tirando de lá um maço de cartas bem amarrado. O escritório de advogados tinha sede em Londres e um escritório de tamanho considerável em Nova York.

"Recebi isso a semana passada. E esta foi antes disso, e..."

Prezada sra. Crowley,

Conforme nossa última comunicação à senhora, datada de 12 de janeiro, voltamos a tentar chamar sua atenção para a gravidade deste assunto. Sua relutância proposital em entrar em contato com este escritório ou em responder às solicitações diretas do sr. Hobbs é extremamente preocupante. Continuamos a afirmar que a senhora está de posse...

E assim por diante. "Por que você não contrata um advogado para tratar disso?", perguntei. "Certamente Simon tinha um advogado que cuidou das disposições do espólio, não tinha?"

"Tinha."

"Então havia uma contabilidade completa dos bens, não havia?"

"Havia."

"Por que não pedir a esse advogado para responder a Hobbs? Escreva uma carta para ele dizendo que não havia nenhuma fita desse tipo com Simon no momento da morte dele, alguma coisa assim. Quer dizer, é um negócio bastante simples."

"Não quero lidar com advogados. O espólio foi tão complicado..." Ela olhou para mim com esperança nos olhos e pegou minha mão. "Por favor, Porter, me ajude."

Mas eu só senti um ardor que se extinguia; levantei-me sem dizer nada e fui ao banheiro; lavei o rosto e me olhei no espelho. Em algum lugar da voz de Caroline eu tinha percebido uma mentira, talvez mais de uma, e eu queria pensar com cuidado no que ela tinha me dito. Mas estava cansado e minha cabeça afogada na bebida. E então a minha casa parecia o melhor lugar para se estar.

Napoleão estava de folga e, sem os impressionantes botões e o colarinho, ele era apenas um indivíduo de camiseta, que dormia num apartamento barato e sonhava os sonhos cinzentos da depressão. Substituindo-o no saguão do edifício estava um velho cujas pálpebras inferiores estavam tão caídas que se penduravam para fora da superfície curva de suas pupilas, como se não dormisse há vinte ou trinta anos. Um desses personagens noturnos de Nova York que parece ter saído de uma pintura de Edward Hopper. Ele me viu andar pelo corredor, passar de novo pelos lírios, dos quais algumas pétalas rosas haviam caído na mesa, o tempo passando desoladamente como sempre, e naquele momento cacarejou: "Um táxi aí, moço?".

Fiz que sim, e enquanto os olhos dele pareciam cansados demais para se afastarem do meu rosto, a mão rastejara pela mesa de mogno gasta até um interruptor redondo de latão, no qual ele dava piparotes movimentando-o para a frente e para trás com energia irritante, como um homem que estivesse insistentemente sinalizando o fim do mundo. Quando cheguei lá fora, havia um táxi parado, os redemoinhos de neve formando um halo de luz no teto, o motorista bebericando um café.

"Noite fria, moço", ele disse quando eu entrei. "Fria pra valer."

"É."

"Uma boa neve começando a se acumular por aqui."

Mexi minha cabeça num sinal afirmativo. Uma batida de jazz vinha do rádio, suave, até acalentadora, e eu apertei mais o meu casaco no corpo e, sonolento, me afundei no banco do carro. Eu estava exausto e vagamente ansioso. Eram quase cinco da manhã. O motorista avançou o sinal, depois olhou para trás pelo espelho.

"Tudo bem aí atrás?"

"Ah, sim e não."

"Sim e não? Não vai me fazer nenhuma besteira aqui, vai? Um dia eu levei um cara que teve um ataque de coração. Não foi mole. Vou lhe contar."

O táxi voava pela avenida deixando para trás as luzes bruxuleantes na neve, algumas sombras encurvadas que passavam pelas calçadas brancas, a cidade, uma fantasia de sonhos, na qual o mundo da manhã nunca chegaria. Observei o motorista mudando de pista sem fazer nenhum sinal. Uma luz azulada banhava o interior do táxi, o rádio emitia o leve som de uma espécie de saxofone. Toda a noite parecia impossível para mim, impossível e verdadeira. Passamos zarpando por uma limusine branca duplamente grande. Os garotos dentro dela — marinheiros ou jogadores de futebol de algum ginásio — tinham tirado as camisas e estavam pendurados para fora das janelas ou sentados no teto. "Olha aqueles babacas", o motorista resmungou.

Paramos perto do meu muro de tijolos. A rua estava quieta. Paguei o motorista e fui me arrastando para o portão. Uns três metros adiante, levantei os olhos e vi um carro parar bruscamente. Dois homens saltaram. Eles estavam usando uns bons casacos de lã, e um deles estava sem chapéu, lembro-me disso. Não gostei do interesse deles por mim e tirei a chave do bolso.

"Wren."

Eu tinha destrancado o portão quando eles me alcançaram. O homem maior pôs o pé no lado de dentro do portão. Pareciam empresários. Não eram policiais. Ninguém podia me ver dentro do túnel.

"Em que posso servi-los nesta bela noite?"

"Entregue a fita para nós."

A neve me fazia piscar. "Ainda não está comigo."

"A fita está aí no seu casaco."

Fiquei espantado. "Esta não é a fita certa."

"Entregue a fita agora e você não vai ter nenhum problema."

O homem mais próximo tirou algo de dentro do casaco dele que brandiu contra mim; eu dei um pulo para trás, mas perdi o equilíbrio. O outro homem me chutou entre as pernas como o cara que os derrota na linha de fundo marcando para os Giants, e eu defequei instantaneamente, uma merda assustada bem ali nas minhas calças. Então caí, caí feio. Uma mão enluvada no dorso do meu pescoço empurrava a minha bochecha direita contra o tijolo frio do piso, enquanto eles procuravam no meu casaco. Pegaram a fita.

Uma voz perto do meu ouvido: "Ei, Wren, você é um babaca, tá sabendo?".

Ouvi o barulho de um jato de aerossol; o meu olho esquerdo, o nariz e a garganta arderam de dor, e a minha boca tornou-se um enorme orifício com uma ventilação excessiva; enquanto me contorcia, ouvia os meus gemidos, como se viessem de muito longe. E eles me chutaram mais algumas vezes, uma vez na cabeça, duas no estômago e uma vez mais no saco, e então rolei, enrijecendo-me por dentro, tenso, cego e com os miolos em fogo, gritei por misericórdia, o som alto dentro do túnel. Não houve nenhuma resposta, e eu me enrijeci mais, esperando ser atacado de novo; cobri a cabeça, dobrei as pernas para cima. E então me dei conta de que nada acontecia. Meu olho direito, o que estava contra o tijolo frio, recebera apenas um jato acidental de gás lacrimogêneo; ao abri-lo, ele era uma fenda aquosa que piscava. Comecei a me arrastar em direção ao portão aberto. Que ficava talvez uns dois metros adiante. Eu queria chorar. Engatinhei mais um pouco mas não avancei. Precisava pensar em muitas partes do meu corpo. Caí de barriga no chão. Por fim consegui segurar o meu saco com ternura e concluir que os testículos ainda estavam mais ou menos por ali. Virei-me de costas, sentindo a merda se mexer dentro das calças. O ardor no nariz acalmou. Forcei a abertura do mesmo olho direito outra vez para poder ver, com uma clareza lacrimosa e para além do portão aberto, o céu de janeiro, onde uma estrela tardia piscava contra a escuridão evanescente, fria e bela. Era o momento em que a noite dá lugar ao dia. A neve ainda caía. Eu podia vê-la túnel adentro, em lufadas, pousando na manga do meu casaco. Podia senti-la contra o meu rosto, nos meus cílios. Lembrei-me de que tinha contado a Caroline sobre o encontro com o homem morto na neve. Estava nevando, mas eu não era um homem morto. Eu ficaria bem. No geral, andava bebendo demais, transando aqui e ali e apanhando, mas eu estava bem. É, eu estaria bem dentro de alguns minutos. Mas minutos são uma coisa estranha. Você não faz nada e eles passam. Você não faz nada a não ser ficar deitado num caminho de tijolos com o portão ainda aberto, razoavelmente aquecido dentro do seu casaco de lã, o rosto frio, à espera de algo, uma resposta, talvez. Eu esperava que os meus testículos ainda funcionassem. Percebi naquele minuto que o controle não estava mais comigo. Os acontecimentos passavam correndo por mim e me atropelavam. A confusão em que estava metido me sugeria que tudo o que estava ruim em breve estaria pior.

Então um carro parou do lado de fora do portão. Eu podia ouvir o motor funcionando. Uma porta se abriu, passos na neve, passos mais perto, os sons claros no ar parado, frio. O portão permaneceu aberto. Os homens tinham voltado? Tentei me empurrar para cima. Nada. Os braços estavam mortos. Os passos se aproximavam. Levanta seu bêbado babaca, salva a sua vida. Seja herói. Passos. Uma pessoa. Fiquei de joelhos, vacilante.

"Por favor", gritei.

Não houve nenhuma resposta. Alguma coisa voou atravessando o portão aberto e atingiu meu peito. Um baque no chão.

O jornal. Primeira página. PORTER WREN: DIÁRIO DE UM LOUCO.

Bom dia! Você tem uma esposa furiosa, sangue na sua urina e uma grande história publicada no jornal. Mas — mas depois que Lisa me lançou um olhar gelado ao sair pela porta com Sally — eu não conseguia pensar nessas coisas. Não, o que realmente precisava acontecer era Hobbs cancelar a ordem dada aos dois "executivos". Eu só podia imaginar que eles, uma vez percebendo que estavam com a fita de vídeo errada, iriam praticar outros belos truques. Será que sabiam que eu estava sozinho em casa nesse momento, já que Lisa saíra e Josephine também saíra com Tommy? E como é que souberam que naquele momento a fita estava comigo? A não ser quando ficara escondida, enquanto eu estava em casa, a fita tinha permanecido no bolso do meu casaco desde que saí do banco malaio. Não a tirei do bolso em público, nem a mostrei a ninguém em nenhum momento. Ocorreu-me que Caroline vinha mentindo sobre Hobbs e sobre quase tudo mais, e que tinha ligado para Hobbs ou Campbell, ou mesmo para os dois "executivos", e lhes dito que eu estava descendo pelo elevador com uma fita. Ela era, afinal de contas, a única pessoa que sabia que a fita estava no meu bolso. Mas eu não conseguia pensar isso a respeito dela depois da nossa longa conversa da noite anterior; não fazia sentido. Talvez Hobbs tivesse mandado colocar um sistema de escuta no apartamento dela. Isso era meio forçado, mas não impossível. Podia-se subornar o administrador do prédio e entrar. Obviamente os porteiros já tinham recebido uma grana e vigiavam as idas e vindas das pessoas — obviamente isso não tinha sido óbvio para mim. Então me lembrei de que, quando eu estava no elevador, eu tinha tirado a fita do bolso para verificar se não era uma das de Sally. Num prédio bacana como o de Caroline, o elevador teria uma câmera de vídeo de circuito fechado, disponível para uma revista, se necessário. Eles tinham me visto subir, tinham talvez observado num monitor enquanto eu sorria estupidamente para a velha, acompanhava-a com os olhos quando ela saiu no segundo andar, e depois procurava a fita no meu bolso. Então era só questão de um telefonema. Será que eles tinham esperado que eu fosse embora para casa, pensando que pegariam a fita no momento em que eu saísse do táxi? Isso não fazia sentido — eu poderia muito bem ter deixado a fita com Caroline.

Este último pensamento me fez mal. Como eles teriam sabido que deveriam me seguir? *Eles tinham de ter estado com Caroline primeiro.* Liguei para ela e deixei o telefone tocar. Deixei o desgraçado do telefone tocar cinco, dez, quinze vezes. Eram onze e meia da manhã. Caroline não tinha deixado a secretária eletrônica ligada. Deixei o telefone tocar mais quinze vezes. Daí, justamente quando estava prestes a desligar, atenderam o telefone.

"Sim."

"Caroline?"

"Quê?" Era uma voz que eu nunca tinha ouvido — morta, cheia de ódio, mais dura do que a minha jamais seria.

"É Porter."

"Hein?"

"Acordei você?"

"Sim. E eu gostaria que as pessoas não deixassem a porra do telefone tocar oitocentas vezes quando eu estou na cama."

"Ei, me..."

"Me liga depois."

Ela desligou. Apertei o botão para uma nova discagem. Ela atendeu o telefone mas não disse nada.

"Uns caras foram procurar..."

"Sim. Eu lhes disse que ela não estava comigo."

"Eles saíram?"

"Bem, de início eles não acreditaram em mim."

"Depois?"

"Depois acreditaram. Só levou dois minutos, mas acreditaram em mim. Podiam ter me matado, porra." Ouvi um soluço aflito. "Agora você sabe por que eu tenho tanto medo do Hobbs. Depois que eles saíram eu quase lhe telefonei."

"Mas você não tem o número da minha casa", eu disse.

"Não diga." A voz dela estava amarga. "Mas fiquei preocupada. Chequei no serviço de informações."

"Não listado."

"É. Totalmente inatingível."

Se eu não mudasse o clima da nossa conversa, ela desligaria de novo. Eu não conseguia pensar em nada inteligente. "Tudo bem, por que é que você está tão puta comigo?"

"Por quê? *Por quê?*", Caroline gritou. "Porque você demorou até onze e meia da manhã para sacar que eu poderia ter tido algum problema. Você provavelmente estava despejando a porra do sucrilho e do leite nas tigelas dos seus filhinhos e dando um beijo de despedida na sua mulher bonitinha que ia para o trabalho enquanto eu podia estar morta, estendida na cozinha com uma faca no meu pescoço!"

"Isso de fato poderia ser verdade."

"Então?"

"Mas, de fato, não é verdade."

"Então por que você demorou tanto?"

"Tive de explicar à minha mulher por que eu não queria tomar o café da manhã."

"O quê?", ela gritou. "É só isso?"

"Eu também tive de explicar por que havia sangue na nossa cama, sangue ao lado de nossa casa, nos capilares arrebentados do meu olho esquerdo, no cabelo, na camisa, na gravata e no vaso sanitário."

"Ah, que merda."

"Talvez aí também."

"Pára."

"Eu acho que realmente vou precisar parar por uns dias, deixar que os meus testículos voltem a se entrelaçar."

Ela estava rindo. "Você está legal?"

Tinha uma fotografia de Lisa na minha cômoda. Eu a apanhei. "Eu estou batendo o pino, mas tudo bem."

"Ah, bom." Ela suspirou. Percebi que ela acendeu um cigarro. "O que foi que você disse para a sua mulher?"

"Eu disse que três caras pularam em cima de mim e levaram o meu dinheiro."

"Ela acreditou?"

"Não sei."

Percebi que ela exalava a fumaça. "Eu nunca me casaria outra vez."

"E o Charlie? E aquele compromisso?"

"Aquele compromisso? Bem..."

"Espera, vamos falar sobre a fita que o Hobbs está querendo."

"Vamos."

"Agora me diz a verdade: você não sabe onde ela está nem com quem?"

"Não", ela respirou. "Não sei mesmo."

"Você pode me dizer um milhão de outras mentiras, mas por favor diga a verdade sobre isso."

"Eu estou dizendo."

"Tudo bem. O que é que o Simon fazia com as fitas dele?"

"Ele andava por aí com elas, deixava no carro, guardava em L. A., no escritório dele aqui. Sei lá."

"Então alguém teria feito cópias?"

"Acho que é possível. Mas ele não perdia coisas. Era bagunceiro mas não perdia coisas. Ele também tinha muito ciúme de mim, não iria deixar que justamente esta fita circulasse entre as pessoas."

"O que é que tem na fita?"

"Ah..."

"Falando sério, imagino que seja você e o Hobbs trepando, algo assim."

"Bem, na realidade eu nunca *vi* a fita. Mas nós não... quer dizer, a maior parte do tempo nós só falamos."

"Qual é a coisa mais comprometedora na fita? Para o Hobbs, digo."

"Não sei. Honestamente a maior parte do tempo nós só falamos. Um papo entre uma garota e um bilionário australiano — o típico, você sabe."

A coisa não estava me cheirando bem. "Quem controla os negócios que o Simon deixou?"

"Os advogados."

"É uma administração complicada?"

"Muito."

"Aqui na cidade?"

"É."

"Ele deixou um espólio, não é isso?"

"Bem..."

Falar-me da estrutura financeira, da existência dela, deixava Caroline bloqueada e insegura.

"Caroline, eu já sei que o seu apartamento pertence a um fundo no nome de Simon e que ele custou dois milhões e trezentos mil dólares. Aliás, os impostos anuais sobre ele chegam a dezenove mil."

"Como é que você sabe tudo isso?"

"Repórteres sabem de tudo. Agora, eu queria dar uma olhada nos negócios de Simon lá no escritório de advocacia. Hoje de tarde, vamos dizer, a uma hora. Ligue para eles por favor, acerte isso."

Ela me disse o nome do escritório.

"Um dos melhores."

"Não sei em que é que o escritório de advocacia pode servir", ela disse. "Lá só tem um monte de contas e papéis."

"Bem, acompanhe o raciocínio: você gravou a fita de vídeo, depois Simon a tomou. Se ele a destruiu, nós não teríamos esse problema. Se a perdeu, seria um fato contrário ao caráter dele, segundo você. Não havia motivo para Simon vendê-la; ele tinha muita grana. Para mim, isso sugere que ele guardava a fita, valorizava a fita. Talvez no planejamento financeiro, Simon tenha..."

Caroline riu. "Simon? Ele não conseguia manter nada muito arrumado. Ele era péssimo com dinheiro. Realmente não entendia de dinheiro."

"Você entende de dinheiro?"

"Não, mas sei dizer quando alguém entende."

"Quem, por exemplo?"

"Charlie entende de dinheiro", respondeu prontamente.

"Ah, sei. Uma outra razão para se casar com ele, sem dúvida." Era uma conversa maluca; eu estava no meu quarto olhando para uma foto da minha mulher enquanto ouvia uma mulher com quem eu estava indo para a cama comparar o falecido marido dela com o noivo.

"Talvez o escritório esteja pagando um cofre ou alguma coisa que você desconheça."

"Pode ser."

Havia uma hesitação na resposta dela, uma relutância em lidar com o escritório de advocacia.

"Por que você não está administrando o dinheiro?", provoquei. "Quer dizer, eles podem estar te depenando, sabia?"

"Podem?"

"Claro, é isso que os escritórios de advocacia *fazem*."

Funcionou. Uma hora. Quinta Avenida com rua 44.

"Como é que eu vou reconhecê-lo?", Caroline perguntou.

Piadas. Ainda as fazíamos.

Fiquei parado no alpendre vendo o vapor da minha respiração no frio e listando algumas coisas desagradáveis que poderiam acontecer em breve. Hal Fitzgerald e eu talvez tivéssemos uma conversa desagradável daqui a pouco. Lisa e eu ainda não tínhamos tido, eu esperava, uma conversa desagradável. Talvez agrade aos homens permanecer parados nas entradas das casas pensando nas más notícias; talvez um dia um fazendeiro legalista tenha ficado parado nessa mesma entrada, ou numa versão prévia dela, preocupando-se com a revolução, e tenha olhado então para uma estrada poeirenta ou um campo e visto o general George Washington passar a cavalo, ajustando seus dentes de madeira ou coçando seu saco sifilítico. A história arrasa com o melhor deles. Minha virilha, e minhas costelas e minha cabeça doíam, mas era como se eu tivesse acabado de jogar futebol; você sente dor à beça depois do jogo, mas no íntimo está satisfeito. A dor lhe fez lembrar de que você tinha três dimensões e ocupava um espaço no universo, que você era alguém com quem o mundo tinha de lidar. Por outro lado, eu não queria lidar com o mundo dali, do meu alpendre. Os dois "executivos" podiam voltar, e, atrás do meu muro, não se podia ver nem ouvir o que estavam fazendo. Eles sabiam onde eu morava.

Então decidi tomar uma pequena providência antes de ir para a zona norte, onde ficava o escritório de advocacia de Caroline. Num passo titubeante, passei pelo caminho, atravessei o túnel e o portão e dobrei a esquina da Oitava Avenida. Tinha alguém me seguindo? Talvez eu tivesse uma maneira de descobrir. Entrei numa dessas lojas alternativas de vídeos e revistas de quadrinhos que se especializam em pornografia japonesa animada. Fiquei lá dentro alguns minutos, comprei um vídeo barato, rasguei a capa e tirei o rótulo, joguei os restos no lixo e saí, com o vídeo na mão. Depois entrei numa delicatessen, pedi um saco de papel, e podiam me ver saindo da loja para o sol de inverno enquanto metia o vídeo no saco de papel. Mantive-o debaixo do meu braço enquanto perambulei por uns quinze minutos, tomando a direção sul, afastando-me do meu bairro.

O restaurante era pequeno, com um chão de cerâmica molhado por causa da neve e mesinhas muito juntas umas das outras. A clientela era formada em sua maioria por pessoas das grandes galerias próximas ou turistas que queriam ver as pessoas das grandes galerias próximas. No bar havia um cara de terno, com rabo-de-cavalo, de uns quarenta e cinco anos, talvez. Eu tinha falado com ele exatamente duas vezes; ele contava uma história aos turistas, cujas primeiras linhas eram as seguintes: *Esta cidade, deixa eu lhe dizer, esta cidade o desmascara, rapaz. Desmascara pra valer. Você não está nem olhando, e é aí que o dedo-duro bate no seu ombro. É isso aí. Aconteceu comigo, em 87. Eu era um cara influente lá da Morgan Stanley.* Na parede do restaurante havia licenças para vender bebidas que remontavam a 1883. Por ali havia muito papo sobre arte e tudo girava em torno de dinheiro. De um telefone pago, liguei para o escritório de Hobbs em Nova York. Ligação que foi transferida três vezes, através de camadas sucessivas de secretárias. Ele estava no Brasil, disseram-me. Mas já falei com prefeitos e senadores e gente do crime; os figurões sempre podem ser alcançados; é só uma questão de quem tem os números de telefone do dia. Desliguei, tornei a ligar e perguntei por Campbell. "Sou vizinho dele. É muito importante", eu disse, "o nosso prédio está pegando fogo e eu achei que ele gostaria de saber."

Funcionou. "Campbell", disse eu quando ele atendeu, "a fita que os seus caras arrancaram de mim ontem à noite não é a que Hobbs quer. A esta altura você provavelmente já sabe disso. É uma fita de um policial sendo atacado. Agora, a polícia sabem dessa fita. E a querem. Vou ter que dizer pra eles que você está com ela e que a tomou de mim."

Não houve uma pausa para considerações. "Sr. Wren, não estou entendendo essa sua história um tanto estranha. Além disso, minha agenda hoje está bastante..."

"Escuta aqui, seu babaca britânico desgraçado! Você não entende do Departamento de Polícia de Nova York. Tudo o que eu preciso fazer é dizer pra eles que vocês têm a fita de um policial sendo atacado, e eles vão ficar com aquele sorrisinho na cara. Eles adoram humilhar caras de terno. É assim, uma coisa de luta de classes. O subcomissário de polícia sabe da fita. Para ele saber que você está com a fita basta um telefonema. E depois disso, qualquer um saberia da história. Especialmente os outros jornais de Nova York."

"Então nós teríamos uma situação muito interessante, sr. Wren", Campbell disse com a violência suave de um homem a quem pagam uma grana grossa para jogar de volta na cara das pessoas os problemas que estas apresentaram. "O proprietário do seu jornal estaria processando um dos *ex*-colunistas dele por difamação. E ele ganharia o processo. Ele também processaria qualquer outro jornal que contratasse o colunista em questão para que ele contasse a história injuriosa. Mas então, mais uma vez, é tudo especulação inútil, como se diz, porque tenho certeza de que as coisas não chegarão a um clímax tão desagradável. A meu ver o senhor manterá uma discrição prudente."

"Me devolve a fita, Campbell. E diz pro Hobbs que você deu uma mancada."

"Nós não temos mais nada a discutir, ao que me parece, sr. Wren." E então Campbell desligou.

Botei mais uma moeda no telefone e liguei para Hal Fitzgerald. "Preciso falar, Hal. Estou com um problema."

"Problemas são um problema. Você ainda está com aquela fita para mim?"

"Não."

"Onde é que você está?"

Eu lhe disse, depois pedi à garçonete um lugar na janela. Saí do restaurante de novo e negligentemente joguei o saco de papel com o vídeo dentro na lata de lixo da esquina. Sem olhar para trás, voltei ao restaurante olhando de soslaio a luz do sol que batia no vidro da janela. Eu poderia ver o lado de fora, mas do outro lado da rua ninguém poderia me ver lá dentro. Do meu lugar observei os caras que almoçam cedo chegar. Um deles sentou-se ao lado do sujeito do rabo-de-cavalo, que contemplava a fumaça do seu cigarro.

Vinte minutos depois um carro da polícia sem letreiro parou à porta do restaurante, Hal no banco de trás. Eu o observei enquanto saía; ele fechou a porta e alisou a gravata, um maneirismo que pegou quando começou a subir. Estava ficando vaidoso com o passar dos anos; logo viriam mocassins italianos e camisas com monograma. Apertamo-nos as mãos sem entusiasmo.

"Eu tenho que estar na zona norte em mais ou menos" — ele puxou o punho de dentro da manga, olhou no grande relógio de ouro — "quarenta e nove minutos."

"Pede o chili."

"Tá. Tudo bem, escuta, esse negócio da fita. A gente precisa da fita, Porter."

"*Eu* preciso da fita."

"O quê? Alguém a arrancou de você?"

Dei uma olhada para fora do restaurante. Se alguém estivesse me seguindo, iria ver o que eu tinha posto no lixo. "Arrancou."

"O que é que fizeram, apontaram uma arma?"

"Me apontaram arma e me apontaram os sapatos deles."

"Chutaram você?"

Fiz que sim. "Tá tudo bem."

"O que é que tem na outra fita?"

"Nada que lhe interesse. Profissionalmente, quero dizer."

"Gente trepando?"

"Talvez, não tenho certeza."

"Eu estou sempre interessado em gente trepando."

Pedimos o chili.

"Sabe quem foi?"

"Mais ou menos."

"Quem?"

"Não posso abrir o jogo."

"Não pode."

"Não, Hal, não posso."

"Eu ainda preciso da fita."

"Quando eu tiver de volta essa outra, essa outra fita, vou poder trocar pela fita do Fellows. Eles vão me devolver, não querem essa fita."

"Você viu a fita do Fellows."

"Vi."

"Talvez você possa me dizer exatamente o que tem nela."

"Um branco grandão dá no Fellows com um bastão e foge."

"O que mais?"

"Ele corre direto para a câmera."

"O que mais?"

"Loiro, uns vinte e oito, trinta anos. Uma cara grande. Tudo muito rápido. Só vi a fita uma vez. Os seus caras vão ter que..."

"Eles vão ampliar a fita e tudo mais. Vão conseguir. Dá para identificar alguém numa formação?"

"Não. É rápido demais."

"Nós precisamos da fita."

Havia um homem de terno parado perto da lata de lixo. Ele poderia ser um dos "executivos" da noite anterior. "Vamos ver qual a minha situação daqui a uma semana", eu disse.

"Porter, você não está entendendo. Eu preciso voltar pra lá com alguma coisa."

"Cinco dias."

"Três."

O braço do belo terno do "executivo" estava dentro da lata de lixo. Numa rápida flexão dos joelhos, ele pegou o saco de papel e desapareceu. "Estou fazendo o melhor que posso, Hal", disse entre os dentes. "É muita pressão em cima de mim, cara."

"Ei, Porter, eu não quero começar a falar de pressão." Hal debruçou-se sobre seu prato de chili. Se quisesse, podia mandar os detetives investigar as minhas fontes em quinze minutos. "Você telefona pra gente, diz que tem a fita que soluciona o assassinato do Fellows e que pode nos dar, depois me diz que *não pode mais* me dar a fita? Tá ficando muito complicado. Quer dizer, eu me responsabilizei por você, disse que esse é um cara que gosta de tiras, um cara legal, e assim por diante, mas agora a história tá ficando complicada. Tá começando a sujar para o meu lado, tá começando a parecer que eu estou comprometido, o que não é verdade. Tudo o que fiz foi pegar o telefone quando você ligou e depois, naturalmente, fui ao meu chefe, que já tem um monte de problema por sua própria conta; eu lhe dou umas noticiazinhas boas, dou uma animada nele, digo que nós vamos prender o cara que matou o oficial Fellows uns anos atrás, isso é bom para os tiras, ainda há detetives trabalhando no caso, a Associação Beneficente dos Patrulheiros acha que a alocação de recursos foi suficiente, porque essa é uma das cinqüenta coisinhas que a estão aporrinhando. Quer dizer, aquele garoto foi morto uma semana atrás em parte por causa de um problema no funcionamento do rádio, tá certo?"

Fiz um aceno constrangido com a cabeça.

"Você precisa entender que depois de me dizer essa porra toda eu naturalmente vou falar com o meu chefe e dar a ele as boas notícias, e agora eu tenho que voltar e lhe dar as *ruins?* Tá complicado. Ele vai me olhar como se quisesse fazer um mexido com a porra dos meus olhos e talvez comê-los, não é mesmo? Você não entende das pressões do orçamento. O Giuliani não tem porra de dinheiro nenhum; o Dinkins deu a grana pro sindicato dos professores. Então eu vou lá dizer pra ele: 'Me desculpe, houve um adiamento, o meu chapa tá com um probleminha, é que tem uma outra fita e um bando de gente atrás dela, e trocaram as fitas, daí é possível que eu tenha perdido a história do Fellows'. Você acha que isso vai dar certo? Não vai. Sabe qual é a expressão favorita do meu chefe? É esta, que ele diz isso o tempo todo: 'Desculpa não enche barriga'. É isso aí. 'Desculpa não enche barriga'. Entro lá sem nada, e vou ouvir isso dele."

"Hal..."

"Não, não. Escuta. Porter, não pense em mim como amigo." Ele acenou com as mãos na minha frente, como alguém que estivesse mandando que um avião não aterrissasse. "É aí que começa o problema. Pense em mim como um sacana. Isso vai ajudá-lo. Eu estou do outro lado da linha. Você sabe quando é que ligam o dez-treze? Quando um policial recebe um tiro? O rádio fica silencioso, o papo acaba. Fica sério pra burro. Então os tiras começam a chamar: tem alguma coisa pra eles, pegaram o cara?"

"Eu sei de tudo isso, Hal."

"Sabe mas não sente. Você não é tira, Porter. Não conhece a vida." Ele tinha que dizer tudo isso, eu sabia; fazia parte do processo de negociação. "Você não entende a questão da lealdade, Porter."

Limpei a minha tigela com um pedaço de pão. "Fale-me mais sobre essas coisas que eu não entendo."

"Você sabe que um policial pode se aposentar, guardar o distintivo num cofre especial, e depois dar o distintivo para o filho ou o neto usar? Tem realmente alguns caras andando por aí com distintivos de três dígitos, distintivos de talvez uns cem anos. Isso é alguma coisa, não é mesmo? É a vida policial. O tira assina contrato, ele sabe dessas coisas. Os tiras se odeiam entre si, os pretos odeiam os brancos, os homens odeiam as mulheres, os caras odeiam os gays. Existe todo esse ódio no cacete do sistema. Os caras do gabinete odeiam os caras da batida, e vice-versa. Tem a pressão da hierarquia, corrupção por toda parte, tensão entre o sindicato e a estrutura de comando, tem todo tipo de pressão e ódio, mas puta que o pariu, Porter, tem a porra da lealdade. Todo policial aí fora sabe que mais ou menos uns oitocentos tiras foram mortos em serviço por esses anos afora, e cada um dos crimes foi solucionado! Só temos dois que se destacam agora, incluindo o do Fellows. E vamos solucioná-los. Todos, mais cedo ou mais tarde. Nunca falhamos. É como a gravidade, Porter. Está me puxando e está puxando você. É só o que eu posso fazer nesta situação. O jogo já começou, tá sabendo? E agora você quer dar um tempo, acertar o relógio de novo? Não pode. Precisa jogar duro. Você tem doze metros e três segundos para disparar. Não é culpa minha se isso é quase impossível. Percebeu? Alguns desses capitães que estão por aí não dão merda nenhuma por um cara como você. Pra eles é guerra, e sempre será. Necessariamente não consigo controlar esses caras. Quer dizer, você me diz que a fita não está com você, e então amanhã os tiras encontram droga na sua pasta, eu não vou poder fazer nada. E Deus o ajude se o meu chefe contar pro Giuliani. Vamos esperar que isso não aconteça. Se você vai rezar, reze pra isso." Hal comeu uma garfada do chili. "A coisa é grande demais, Porter, se movimenta rápido demais. Tô falando sério, eu tenho cá uma teoria de que esta sociedade é realmente uma sociedade da velocidade."

"É?"

"Se não controlar a sua velocidade, você está encrencado."

"Isso parece muito inteligente."

"Pense nisso."

"Vou pensar."

Hal se levantou, jogou o guardanapo na mesa bruscamente e olhou as horas. "Administração da velocidade."

"Cinco dias."

"Três."

Ele estava me encarando. "Tá certo", eu disse. "Três."

Havia uma esposa de executivo parada no saguão do escritório de advocacia. Saltos altos, pérolas, tailleur de lã. A maquiagem era mais leve em algumas saliências do rosto. Aparência estilo fino, extremamente racional. Acho que até mudou de relógio. Estava ali, sem dúvida, a aparição com quem o Charlie queria se casar, não a mulher que desmaiou enquanto Magic Johnson a comia.

Fomos levados a uma sala não suficientemente grande para pertencer a um sócio e encontramos Jane Chung, a advogada que supervisionava a administração do espólio de Simon Crowley.

Caroline me apresentou e vi a expressão de Jane Chung se transformar em cautela.

"Em que condição ele está aqui? Na de repórter?"

"Apenas como amigo", Caroline respondeu.

"E ele não tem interesse financeiro no espólio?"

"Nenhum."

"Absolutamente nenhum", repeti.

Jane Chung sentou-se à sua mesa, e pude perceber que já tinha recuperado a compostura. Ela lidava com toda sorte de arranjos familiares em questões de espólio, e sem dúvida os sabichões do escritório a tinham escolhido por seu tato e discernimento.

"Como mencionei pelo telefone", Caroline começou a falar, "nós estamos aqui porque eu gostaria de ver a contabilidade das despesas do espólio, todos os pequenos gastos etc."

"Eu tenho uma cópia." Jane Chung entregou a cada um de nós um documento de uns dois centímetros de grossura. "Como vocês podem ver, há um número substancial de pagamentos."

E de fato era. Dei uma olhada nos primeiros pagamentos:

Sally Giroux Inc., Nova York (relações públicas)	$15.000,00
Sally Giroux, Limit., Londres (rel. públ., Europa)	$15.000,00
Asilo para Idosos Greenpark, Queens, N. Y. (pessoal)	$ 6.698,19
Bloomingdale's, Nova York (pessoal)	$ 3.227,03
Recursos Audição Rego Park, Inc., Queens, N. Y. (pessoal)	$ 1.267,08
Fotoduplicadores, Nova York (despesa de serviço)	$ 174,23
Imposto sobre Serviços, não-incorporado, da cidade de Nova York (impostos)	$23.917,00
Lavanderia FK (pessoal)	$ 892,02
Federal Express, Nova York (despesa de serviços)	$ 189,45
Serviços de Hipoteca Citibank (pessoal)	$17.650,90
Harvey's, Carnes, Nova York (pessoal)	$ 217,87

A relação de itens continuava até o fim do documento.

"A renda e os royalties do espólio são obtidos do licenciamento e da reapresentação dos filmes do sr. Crowley." Jane Chung piscou, como se estivesse ouvindo o próprio ditado. "Essa é a receita. A despesa inclui desembolsos para a manutenção das atividades profissionais, para os gastos com o asilo do pai, para os pagamentos mensais a você, Caroline, para os impostos do apartamento, e assim por diante."

Caroline estava passando os olhos por todas as páginas do longo documento. Parecia confusa, até meio atordoada. Perguntei-me se ela estaria vendo os números e as palavras. "Isso é complicado", disse finalmente.

"E quanto ao conteúdo material do espólio?", perguntei. "Há menção de alguma coisa no testamento de Simon?"

"Não", Jane Chung respondeu. "O testamento dele só estabeleceu um espólio. Não houve menção a objetos específicos."

Assenti com a cabeça. "Voltamos então ao documento com as contas."

Caroline suspirou. "Acho que sim."

Jane Chung olhou impaciente para Caroline. "Realmente. Pois bem, vocês têm alguma pergunta específica?"

Caroline estava olhando fixamente as páginas do documento.

"Caroline?", chamei.

"Bem, parece que está tudo aqui", disse ela com uma certa resignação.

Virei-me para Jane Chung. "Estamos procurando uma coisa, Jane, por isso estamos aqui. Estamos procurando alguma indicação de certas atividades de Simon enquanto estava vivo."

"Talvez nós possamos ... posso perguntar que atividades seriam, ou com quem elas teriam sido empreendidas?"

"Ah, não", respondi.

Ela olhou para Caroline.

"Não estou entendendo."

Caroline endireitou-se na cadeira. "Vou deixar o Porter falar por mim. Isso tudo é bastante exaustivo, francamente."

Jane se voltou para mim. "Sr. Wren, eu realmente não posso dizer que esteja entendendo que..."

"Jane, me dê apenas um minuto de atenção. Vou explicar o melhor que eu puder. Nós — Caroline e eu — estamos procurando uma informação relacionada ao Simon. Precisamos demais dessa informação. Não vamos lhe dizer por quê. É assunto pessoal. Esteja certa de que a nossa investigação não traz, de jeito nenhum, descrédito ou ônus para o escritório de vocês, embora me ocorra que, se não tivermos sucesso na busca, isso sim *poderia* criar um ônus para o espólio. Acontece que o nosso método é meio disperso. A gente nem sabe se mergulhar no exame desses dados seria útil ou não. Mas não temos outro lugar por onde possamos começar. O que gostaríamos de fazer, hoje, agora, é dar uma olhada nas faturas recebidas pelo escritório, referentes a cada uma desses zilhões de despesas, só dar uma olhada em cada uma delas e tentar imaginar..."

Ela já estava balançando a cabeça. "Me desculpe, mas isso é extremamente insólito. Esses dados provavelmente estão armazenados, e o tempo gasto para reuni-los seria enorme. Essa contabilidade resumida das despesas certamente nos parece suficiente para determinar..."

"Por que não nos deixa dar uma olhada no documento original?"

"Porque não é..."

"Não é o quê?"

Ela piscava de irritação reprimida. "Isso é inteiramente insólito."

"Então?"

"Então, sr. Wren, nós temos aqui alguns *procedimentos* que levaram um certo tempo para serem desenvolvidos e visam a máxima eficiência. Tenho certeza de que o senhor compreende isso."

"Tudo isso é tempo que se põe na conta do espólio, então qual é o problema?"

"Bem, francamente, eu tenho compromissos marcados para o dia todo, e não poderia supervisionar..."

"Não há motivo para supervisionar. Nós todos somos adultos bem crescidos. É só nos enfiar numa sala junto com as caixas e a gente se vira."

"Me desculpe, mas um pedido de natureza tão insólita realmente necessita ser encaminhado por intermédio do Comitê de Supervisão da Divisão de Espólios, que se reúne apenas mensalmente." Ela encolheu os ombros e sorriu. "É uma questão de procedimento interno."

"É porque sou repórter?"

"Não."

Olhei para Caroline. "Vou falar francamente agora, em seu nome, Caroline. Tudo bem?"

Ela assentiu com a cabeça. Virei-me para Jane Chung.

"Jane, vamos reconhecer que o espólio de Simon Crowley não é um espólio típico. É 'extremamente insólito', para usar as suas palavras. Ele faz dinheiro. Ele faz dinheiro para si próprio, para os credores dele, para a Caroline aqui presente e, particularmente a meu ver, para o seu escritório, para você. Jane, quando você compra a sua pasta de dente, uma parte desse dinheiro veio do espólio de Simon Crowley. Considero *inexplicável* você não atender à viúva de Simon Crowley."

"Sr. Wren, ameaças desse tipo são inúteis."

Inclinei-me para soprar no ouvido de Caroline: "Lembra-se daquela puta durona de quem você me falou ontem à noite?".

"Quem?", Caroline respondeu, os olhos enormes.

"Você. Preciso que ela se apresente aqui, agora."

Os olhos azuis dela brilhavam divertidos. Então seu rosto se tornou frio, quando ela se virou para a advogada:

"Jane, ou você nos ajuda, ou eu vou mudar o espólio para outro escritório."

Jane deu um risinho seco. "Penso que vocês não avaliam o quanto é complicado. Isso leva anos, é preciso encaminhar uma petição ao..."

"Não, não vou", Caroline interrompeu com uma voz de puta enfurecida na maior irritação. "A única coisa que vou fazer é ligar para as pessoas que conheço no estúdio e dizer-lhes que tem uma irregularidade na *porra* de escritório de advocacia, e que eles façam o favor de me mandar a *porra* do cheque diretamente para que eu possa pagar as *porras* das minhas contas."

Alguns minutos mais tarde eu estava numa pequena sala de conferências cercada de livros num outro andar. Caroline tinha pedido dispensa depois da sua explosão, e eu disse que a encontraria num café lá fora dentro de uma hora. A porta se abriu e um garoto ruivo, cheio de espinhas, entrou empurrando um carrinho de escritório lotado de caixas.

"Salve, estimado cliente de nosso venerável escritório", disse ele, fazendo uma mesura com as mãos postas. "Meu nome é Bob Dole. Ah, acho que não. Na verdade é Raoul McCarthy."

"Como é que um garoto de cabelo ruivo me aparece com um nome como Raoul?", perguntei.

"Bem, a minha mãe morava no Upper West Side nos anos 70, se o senhor quer mesmo saber."

"Tá certo."

"Seja como for, aqui estão elas. O que equivale ao ano passado."

"Onde estavam?", perguntei.

"Ah, meu Deus, estavam bem lá no fundo do..." Ele virou os olhos. "Nós chamamos de sala do inferno. Bem lá no fundo."

"Você é um para-advogado?"

"Para-*escravo*, o senhor está querendo dizer. Jane tem *três* para-escravos." Ele começou a empilhar as caixas na mesa. "Eu só fico transportando papel de um lado para o outro. Um monte de papel num lugar como esse. Estou falando da sala do inferno, eles podiam fazer um filme de Freddy Kruger ali. Na semana passada caíram umas caixas em cima de um cara, quase o mataram. Os advogados nunca entram lá."

"Nunca?", perguntei.

"Qual é? O senhor tá me gozando? Lá é a sala do *inferno*."

"E os computadores, os scanners e coisas desse tipo?", perguntei. "Praticamente estamos no novo milênio."

Ele olhou para mim. "É claro que o senhor está brincando."

Eu dei de ombros.

"O senhor deve saber que todos esses arquivos de computador, todos os importantes, estão copiados em papel. E todas as cartas, moções, disposições, documentos compulsórios e coisas do gênero ainda estão em papel. E muitos desses arquivos voltam. Lá dentro nós temos arquivos vigentes de quarenta anos. Mas o problema é que as coisas se perdem. Tivemos um probleminha o mês passado: o cara da limpeza pegou por acaso umas nove caixas de um arquivo vigente e jogou tudo fora." Raoul se permitiu um sorriso irônico. "Eles tiveram que encontrar o caminhão e o aterro, e então um punhado de para-escravos foi lá para Staten Island para procurar os papéis. Tivemos que tomar vacina contra disenteria. Tinha um cara com um veículo com uma caçamba na frente e tudo mais..."

"Vocês encontraram os papéis?"

Raoul suspendeu as calças. "Sim, debaixo de uns dez milhões de fraldas usadas."

"Jane Chung parecia um bocado nervosa por causa desses papéis."

"Como eu já disse, nós temos tido muitos problemas ultimamente. Não é que as coisas *realmente* desapareçam, é *como se* elas se perdessem. Então, temos uma sala onde se arquiva e uma onde se rearquiva, e as coisas podem ficar presas ali algumas semanas..."

Fiz sinal para ele encerrar aquele assunto. "Tudo bem, vamos ver o que temos aqui."

"Bem, falando como seu empregado, basicamente um para-escravo, eu diria que o que temos aqui é um monte de contas. Estão em ordem cronológica, mas é só isso."

"Quem realmente paga as contas?", perguntei.

"Eu."

"Você faz o cheque?"

"Eu faço a requisição para o cheque."

"Jane olha tudo?"

Ele olhou de relance para a porta, baixou um pouco a voz. "Não, na realidade não."

"Ela estaria num outro lugar do escritório?"

"Acho que, por ela, estaria em *qualquer outro* lugar."

"Então você é o cara que mexe com os pagamentos feitos pelo espólio de Simon Crowley."

Raoul deu de ombros. "Isso."

"Você."

"Isso aí. Como para-escravo eu faturo cinqüenta e cinco dólares a hora, mas o escritório pode declarar como sendo a hora de um associado, de trezentos e dez dólares."

"Muito bom."

Ele assentiu com a cabeça e abriu a primeira caixa. "O senhor vai olhar todas essas?"

"Acho que sim."

"Por que o senhor simplesmente não me pede o que lhe interessa?"

"Bem..."

"Eu posso lhe dizer tudo o que tem nessas caixas, no duro."

"Pode mesmo?"

"Claro."

"Fale-me sobre Sally Giroux."

"Firma de relações públicas para cinema", recitou Raoul. "Tem uma empresa nacional e uma européia, com base em Londres. Ela, ou seja, a firma, lida com toda espécie de pesquisa de mídia, lida com releases na área de RP, tipo introduzir videoclipes nos shows curtos da tevê, coisas desse tipo. Uma vez fez trabalhos para o estúdio, mas se tornou consultora alguns anos atrás. Ela cobra trimestralmente, e todo ano a sua remuneração aumenta. A meu ver, é um desperdício de dinheiro. Ou seja, ninguém jamais fiscaliza essas pessoas e nem coisa nenhuma."

"Vocês só pagam as contas."

"Todas. Liquidamos tudo."

Abri minha pasta. "Vou anotar algumas coisas."

Daí partimos para investigar quais eram as despesas pessoais e quais as de serviço. "Pagamos o apartamento para a sra. Crowley", explicou Raoul. "A hipoteca sobre ele, mais a manutenção e todas as despesas correlatas. Na realidade eu sei o que está acontecendo na vida dela, mais ou menos isso. Se ela manda botar uma pia nova, eu vejo a conta. Aliás, lembro-me de que ela mandou botar um chuveiro novo no ano passado. Nove mil dólares, por um chuveiro." Ele balançou a cabeça enquanto eu lembrava a maravilha que aquele chuveiro era. "Pagamos tudo. As contas de telefone dela, a eletricidade dela, os cartões de crédito dela, tudo."

Havia um estranho desamparo nisso, que eu não compreendia. "Parece uma maneira maluca de se levar a vida. Não dá realmente para acompanhar o andamento de tudo."

"Acho que não."

"Ela tem ao menos uma conta no banco?"

"Teoricamente, talvez."

"Mas..."

"Mas os extratos do banco vêm para cá, e eu preciso conferi-los, então vejo o que ela está fazendo."

"O que é?"

"Justamente sacar dinheiro do caixa automático."

"Quanto por mês?"

"Talvez alguns milhares por mês."

"Qual é a tendência do rendimento?"

"Baixar."

"O rendimento bruto do ano passado?"

"Uns oitocentos mil."

"Este ano?"

"Seiscentos e vinte, mais ou menos. Por causa do término dos pagamentos dos compromissos, da queda dos royalties. O dinheiro graúdo dos filmes é nos primeiros anos, e já tem um tempo desde que o último filme de Crowley..."

Assenti com a cabeça mostrando que tinha compreendido. "O ano que vem? Você tem uma estimativa para isso?"

Ele puxou uma caneta e fez uma coluna de números, depois os somou.

"Talvez uns quatrocentos e dez mil."

"Vai continuar a cair?"

"Vai."

"E o valor líquido do espólio?"

"Baixando."

"O espólio está quase sem dinheiro."

"É o que parece."

"A sra. Crowley sabe disso?"

"O senhor faz mesmo as perguntas certas."

"Ei."

"É, ela sabe. Às vezes ela me telefona."

"Por que o valor líquido está caindo?"

"Bem, os custos da vida dela, inclusive o apartamento, as despesas de manutenção e tudo mais, estão por volta de quatrocentos mil. Depois o imposto sobre a renda do espólio vai chegar a algumas centenas de milhares de dólares. É um arranjo muito mal estruturado, que não está bem posicionado em relação aos impostos. Todos os investimentos estão colocados em instrumentos de renda, que são taxados de forma mais pesada do que os veículos em que há ganhos de capital. Depois há alguns rendimentos que vão para a mãe da sra. Crowley..."

"Quanto?"

"Dois mil dólares por mês."

"O que mais? A taxa de administração do escritório, de quanto é?"

Nesse ponto a voz dele enrijeceu. "É calculada com base numa percentagem do valor bruto do espólio, numa porcentagem da renda anual bruta e nos custos legais para administrá-la."

"Vamos lá, em números."

"Talvez uns sessenta mil."

"O que mais?"

"Bem, o asilo para o sr. Crowley, o pai. São mais ou menos seiscentos mil por mês. Eles têm muitos pacientes do programa de ajuda médica do governo, pelos quais a clínica não recebe do governo federal a mesma compensação que recebe pelos outros. Então eles cobram o diabo dos pacientes particulares. Ou seja, eles nos cobram tudo — meias extras, visitas de médicos especialistas, coisas assim. Uma bengala nova. Toda a papelada e todos os relatórios médicos vêm para cá. A princípio isso me preocupava, mas Jane perguntou à sra. Crowley se queria que essas coisas lhe fossem enviadas, e ela respondeu que não. Também há outras contas do pai. Tipo enfermeiras para terapias especiais, visitas do acompanhante, aparelhos de audição, caixas de frutas especiais no Natal, cirurgia nas gengivas..."

"Quem é o acompanhante?", perguntei. "Alguma vizinha a fim de ganhar um dinheirinho extra?"

"Não, na realidade é um escritório de advocacia."

"Não entendi."

"Bem, deixe eu lhe mostrar." Ele despejou o conteúdo de uma das caixas, espalhando-o por toda a mesa. Em poucos segundos pescou um documento encimado pelo nome SEGAL & SEGAL, com um endereço no Queens. O que me deixou gelado. A Segal & Segal tinha requerido falência no mesmo dia em que a Administradora de Propriedades Segal, antiga proprietária do número 537, da rua 11, Leste, tinha requerido falência. "Está vendo, aqui está a relação das visitas ao sr. Crowley."

Examinei o documento. Ali estavam detalhadas duas visitas por semana de uma sra. Norma Segal pelo período estipulado de um mês. Cada visita custava ao espólio cinqüenta e cinco dólares. Essa seria a mesma velha Norma Segal que a sra. Woods havia encontrado em seus dados.

"Cinqüenta e cinco dólares por visita — não me sinto mal pagando isso", Raoul estava dizendo. "Algum tipo de escritório de advogado de bairro. Se o senhor examinar a conta do asilo, vai ver que fica perto. O mesmo código postal."

"Parece um dinheiro bem gasto", observei.

"Provavelmente", disse Raoul. "Às vezes eles cobram por outras coisas. Geralmente cinco mil dólares, mas não é comum."

"Que coisas?"

"Não sei. Eu só pago."

"E pagamentos de cofres de segurança, despesas com armazenamento, caixas postais particulares, coisas desse tipo?"

"Nada disso."

"Voltando a outras despesas pessoais, será que aqui tem algum pagamento para outras partes — sabe como é, pessoas que não estão cobrando por um serviço ou uma mercadoria, estão apenas recebendo um pagamento?"

"Ah, tem, muitos. Eles vêm através da sra. Crowley. Nós só recebemos um bilhete dela que diz: *Favor pagar tanto a fulano de tal.*"

"Imagino que ela pudesse pagar a essas pessoas com o dinheiro da conta corrente dela."

"Sim, mas a renda dela do espólio é tributável. As despesas contraídas pelo espólio são não tributáveis. Por exemplo, se ela manda consertar uma pia quebrada e paga por isso usando o dinheiro da conta corrente dela, esse gasto é, no final do ano, uma despesa concreta sobre a qual ela paga dólares de imposto. Se ela encaminha a conta para o espólio e este a paga, a despesa é deduzida da renda total do espólio, reduzindo dessa maneira o total anual das obrigações tributárias federais e estaduais do espólio, ainda que muito pouco."

"Você deveria ser advogado", eu disse.

Ele sorriu. "Estou trabalhando para isso."

Continuamos dali, e por fim eu tinha examinado todas as caixas, à caça de alguma coisa, qualquer coisa, que pudesse me dizer por que alguém estava mandando uma fita de vídeo para Hobbs. Mas depois de algum tempo, senti-me abatido; as caixas de papel, em suma, pareciam só isso: caixas de papel, peles mortas de pequenas transações financeiras, notáveis pelo custo de manutenção do luxo do estilo de vida de Caroline, mas pouca coisa mais.

* * *

Encontrei Caroline no café do térreo. Ela estava lendo a *Vogue*.

"Não sei como você vai encontrar isso", ela disse, largando a revista. "Isso tudo é uma maluquice. Por que é que você não liga para o Hobbs e lhe diz que é impossível?"

"Por que não liga *você*?"

"Liguei. Já tentei falar com ele."

O comentário me pareceu interessante. "Quando você ligou, como foi isso?"

"Só liguei."

"Para onde?"

"Para o escritório dele, ou outro lugar qualquer."

"Onde é outro lugar qualquer?"

"Sei lá, basicamente, o escritório dele."

A mente dela recorria à precisão. Estava mentindo.

"Você quer que eu encontre a fita?"

"Claro."

"Então chega de brincadeira, Caroline."

"Não estou brincando."

"Está, sim. Se você não telefonou para o Hobbs no escritório, então para onde telefonou? Para a casa dele?" Ah, a mente de Porter Wren começa a indagar: Por que isso, por que ela telefonaria para o Hobbs em algum outro lugar que não fosse o escritório dele? Bem, poderia ser porque ela tem o número do telefone da casa dele. Como seria possível?, pensei comigo mesmo. Como poderia ela ter o número da casa dele? Presumivelmente essas pessoas são adversárias. Ou talvez sejam adversárias agora, mas não o foram o tempo todo. Talvez tenham se conhecido um pouco melhor. Talvez tenham se visto mais do que uma única noite num hotel.

Ela tinha um rosto belo, mas era capaz de torná-lo feio, e é o que estava fazendo. "Foda-se."

"Não, Caroline, não. Você me meteu nisso. Achou que eu poderia simplesmente ser a porra do seu cachorrinho e me ter na coleira por aí. Mas você não me examinou com atenção. Caroline, você não sacou como é que um garoto de cidade pequena como eu, sem nenhuma ligação em Nova York, abriu caminho no sufoco, na marra, no tranco, para ser um colunista de jornal. Você também precisa entender uma outra coisa. A polícia vai me arrebentar para conseguir a fita do Fellows, e vai fazer o mesmo com você. Então nós temos que ter a fita do Hobbs de volta, e você vai ter que me dizer o que aconteceu entre vocês."

Tivemos uma longa conversa depois disso. Depois do primeiro encontro com Hobbs, ela o vira mais algumas vezes. Apenas para conversar, disse ela; quando Simon saía da cidade ela ia ao hotel do Hobbs e passava lá algumas horas. Perguntei-lhe se Simon sabia. Ela respondeu que sim. Simon sabia do caso. Hobbs tinha lhe mandado um pequeno presente e, ao descobri-lo, Simon confrontou-a com o fato. Caroline admitiu que estava se encontrando com Hobbs. Então Simon tinha motivo para odiá-lo. Tinha, disse ela. Mas a fita só foi mandada para Hobbs depois da morte de Simon. Perguntei se ela conhecia as pessoas com quem Simon trabalhava. Algumas. Havia dúzias, é claro. Talvez Simon tenha lhes dado a fita. Não — a fita teria voltado para ela, disse Caroline, sendo Hollywood o que era. Alguém teria vendido uma cópia para um dos programas de televisão. E além disso, por qual motivo? Hobbs aparentemente não estava sendo chantageado; ademais, pagaria simplesmente qualquer soma se isso estivesse acontecendo. E Billy? Quem é ele? Caroline balançou a cabeça. Eles circulavam por aí, mas Billy endireitou, agora é um empresário da pesada. Banqueiro ou coisa parecida. Simon tinha algum outro confidente? Ela balançou a cabeça. E o estúdio, como funciona? Ela suspirou. Bem, o estúdio faz o pagamento à companhia produtora. A companhia produtora faz os pagamentos relativos aos dois primeiros grandes filmes para a agência de Simon, e eles pegam a comissão deles, depois enviam um cheque para o escritório de advocacia. Agora, quanto ao terceiro filme, Simon era o dono da produtora, mas ela agora está praticamente extinta, então o cheque do estúdio vai direto para a agência, depois o cheque vem para cá, para o escritório de advocacia.

"Há algum motivo para pensar que ele poderia ter arranjado alguém por lá para fazer isso, mandar as fitas para o Hobbs?", perguntei.

Caroline deu de ombros. "Acho que não. Por que fariam isso? É uma idiotice. Causaria um bocado de problema para eles. Todo mundo em Hollywood tenta ser simpático com todo mundo porque um dia eles podem vir a trabalhar juntos. Tem ainda outra coisa para você entender, Simon estava lá havia muito pouco tempo. Todo mundo muda de um lado para o outro. O seu pequeno núcleo está por toda parte, sabe como é. Alguns estão agora trabalhando para o Quentin Tarantino, o John Singleton, todo tipo de gente."

"Me fala dos espaços físicos que Simon controlava, possuía ou alugava quando ele morreu."

"Nós tínhamos o apartamento. Sei tudo sobre o apartamento — a fita não estava lá. Ele tinha um escritório no centro que foi todo esvaziado por mim. Aliás, não tinha muita coisa lá. Uns roteiros velhos, muito lixo. E também tinha um escritório no estúdio, mas este foi esvaziado depois que ele morreu. Mandaram tudo o que tinha lá. Simon tinha um quarto no Beverly Palms que ele usava muito, mas isso provavelmente não conta. Tinha um apartamento em Brentwood, que comprou pouco antes do nosso casamento, mas depois vendeu porque começou a se preocupar com terremotos. É tudo de que eu me lembro."

"E a casa do pai dele?"

"O pai dele vive num asilo de velhos há uns seis ou sete anos. A casa foi vendida há muito tempo."

"Fale-me do sr. Crowley", pedi. "O que é que ele tem?"

Caroline pôs açúcar no café. "Não sei."

"Você não conversou com os médicos dele?"

"Não."

"Você o conhece?"

Ela balançou a cabeça. "Não."

"Mas já esteve com ele."

"Na realidade, não."

"Por que não?"

"Simon nunca me levou lá para vê-lo."

Isso me soou estranho.

"Simon nunca me levou ao antigo bairro dele", ela protestou. "Ele disse que ia me levar até a casa onde ele cresceu para que eu conhecesse os vizinhos, coisa e tal, mas nunca teve tempo. Então eu realmente não tenho nenhuma ligação com esse pessoal."

"Mas o pai não foi ao enterro?"

"Não."

"Por que não?"

"Bem, Porter, foi um enterro pequeno e, você sabe como, muito íntimo, e ele não foi, é só."

"Ele foi avisado?"

"Imagino que sim."

"Você não mandou um recado para o asilo dizendo que o filho dele tinha morrido e que ele deveria ir ao enterro?"

Ela baixou os olhos para a mesa, apertou os dedos contra a testa. "O estúdio organizou o enterro, Porter. Eu não tinha condições de fazer isso."

"Você está me dizendo que o pai de Simon Crowley nunca soube que o filho tinha morrido e que houve um enterro?"

Ela olhou para mim. "Acho que foi o que aconteceu. Talvez eles tenham dito depois."

Observei as pessoas passando do lado de fora do café.

Ela pegou minha pasta do outro lado da mesa e remexeu no conteúdo. "Você devia ter uma foto minha aqui. Toda vez que abrisse a pasta, veria o meu rosto sorridente."

Eu rebati. "A minha mulher faria disso motivo de discussão."

"Ela não saberia", Caroline falou.

"Saberia", retruquei.

"Por quê?"

"Ela sabe tudo, a minha mulher. Decerto saberia como chamar meu pai para o meu enterro."

"Você diz isso com orgulho."

"Eu me orgulho dela."

"Mas você está aqui comigo."

"E também estou aqui com ela."

Ela fechou depressa a minha pasta. "Estou indo. Você está enchendo o meu saco."

O Asilo para Idosos Greenpark, no Queens, era uma estrutura institucional avantajada, cuja própria arquitetura sugeria que toda esperança era uma ilusão. Na mesa à entrada, assinei meu nome num registro. A área da recepção estava cheia de velhos em cadeiras de rodas, velhos arrastando os pés de um lado para o outro no chão encerado, velhos olhando fixamente para os slogans alegres, proclamando felicidade, grampeados nos quadros de aviso. A equipe uniformizada era, uniformemente, negra. Perguntei onde eu encontraria o sr. Crowley e me mandaram para o sexto andar. Em geral os andares nesses locais estão organizados pelo nível de condição dos pacientes, e me perguntei sobre qual seria o estado dos pacientes do sexto andar. Subi com um idoso de bigode que executou uma seqüência de flexões de joelho enquanto se mantinha sobre uma poça de urina, não necessariamente dele. Ao chegar ao andar, me mandaram assinar um outro registro e me perguntaram o nome do paciente que eu ia visitar. A enfermeira puxou um caderno marcado com o nome *Crowley*, em que também pus minha assinatura e anotei a data. O último visitante tinha sido a sra. Norma Segal. Na realidade, ninguém mais tinha visitado o sr. Crowley recentemente. A sra. Segal, ao que parecia, ia toda segunda e quinta sem falta. A letra da assinatura dela era firme, cuidadosa, num estilo que associei a professoras de terceira série. Passei com os olhos da página esquerda à direita, o que me levou às visitas de alguns meses atrás. A sra. Segal não falhava.

A enfermeira conduziu-me à sala de estar, e no caminho passei por muitas idosas chinesas, só mulheres, afundadas em suas cadeiras de rodas. Uma outra mulher de robe vermelho passou arrastando os pés, avistou-me e guinchou: "Ei! Estou tão cansada!".

Na sala de estar encontrei uma dúzia de velhos em cadeiras de rodas. Havia uma televisão ligada que estava sendo assistida com olhos vigilantes (sem ironia — mas com a maior das ironias). Cada velho segurava uma pequena embalagem de papel com alguma bebida nutritiva e um canudo. Ninguém estava bebendo. Uma mulher me devorou com um olhar úmido.

Uma atendente, uma jovem negra afundada numa cadeira, levantou os olhos. "Sim?"

"Estou procurando o sr. Crowley."

Ela apontou com negligência.

Ele estava sentado com uma grande bolsa de urina afixada abaixo dele na cadeira de rodas, e embora seus olhos estivessem abertos, acordados, sua boca pendia mole e úmida. Os dentes, eu vi, eram exatamente como os do filho, tortos e grandes. O rosto não era barbeado há dias; o pescoço, há muito mais tempo.

"Sr. Crowley?"

Ele apenas me olhou fixamente. O lábio de pele sob cada olho caíra para dentro, como se os globos oculares tivessem recuado.

"Oi, sr. Crowley."

"Não vai adiantar muito, moço", a atendente falou.

O sr. Crowley cheirava, sinto dizer, como um animal velho. Mas tentei de novo e ele levantou uma mão de papel no ar. Apertei-a delicadamente e notei que a mão de um consertador de elevadores aposentado ainda tinha bastante força.

"Se o senhor quiser levá-lo para o quarto, pode", disse a atendente.

Enquanto eu empurrava a cadeira do sr. Crowley para fora da sala, percebi que ainda tinha uma boa quantidade de cabelo, embora este estivesse achatado pela gordura e salpicado de inúmeras estrelas de caspa. O chão do corredor era imaculado, mas sob o odor penetrante do desinfetante, o ar parecia mofado, viciado, e penetrava com esforço nos rins das pessoas. Uma atmosfera de respirações comprimidas. Passamos de um quarto ao outro, cada um deles uma variação sobre o mesmo tema; idoso dormindo na cama, queixo para cima, boca puxada para trás, como se num ensaio da morte; idoso na cadeira de rodas, atendente fazendo a cama; idosa em pé nua da cintura para baixo, atendente vestindo-a; idoso em cadeira de rodas olhando para os cereais na bandeja da cadeira de rodas; idoso dormindo na cama. O quarto do sr. Crowley — particular, notei — era pequeno e escassamente mobiliado. Havia uma pia numa parede, um armário embutido com gavetas, um chuveiro. Uma entrada para o aquecimento assobiava no canto. Numa mesa de cabeceira perto da cama de hospital havia uma pequena fotografia colorida emoldurada, e eu me curvei para inspecioná-la; um homem baixo de cabelo escuro, o sr. Crowley, com a mulher e o filho deles, Simon, com uns três anos, de pé entre os dois. O cenário: Queens, Nova York, por volta de 1967.

"É uma boa fotografia", eu disse, um tanto bobamente.

Ele não disse nada, embora seus olhos me espiassem. Fui até a janela e olhei lá para baixo, para o estacionamento do asilo de idosos. Três atendentes de uniformes azuis estavam jogando sacos de lixo amarrados numa grande lixeira. Um outro atendente estava lavando um carro com a água de uma mangueira que vinha do prédio.

Do lado de fora da porta, uma velha de roupão vermelho seguia arrastando os pés. "Ei! Estou tão cansada", exclamou. Ela olhou para dentro e, parecendo ter esperança de que a visita de um outro paciente prestasse atenção nela, dirigiu-se a mim: "Estou tão cansada".

"Meu nome é Pat", ela disse com voz rouca. "Ele não fala."

Notei manchas de comida no roupão dela.

"Eu conheço todo mundo aqui. Estou tão cansada."

"Talvez a senhora devesse se sentar."

"Não posso." Ela me olhou, mastigando com a boca fechada. "Tive três filhos."

"Sinto muito, Pat."

"Tive três filhos e agora não consigo encontrá-los."

"Sinto muito, Pat."

"Obrigada", falou a voz rouca. "Obrigada." Ela olhou para o fim do corredor, como se estivesse contemplando os *rounds* intermináveis, estabelecidos por ela. "Aí vem o James." Ela prosseguiu, arrastando os pés.

Uma passada do lado de fora da porta, e logo um homem de meia-idade com uma camisa havaiana e calça verde entra no quarto. Ele segurava uma prancheta e pareceu surpreso de me ver. "Ora, ora, sr. Crowley, temos uma visita!" Ele se voltou para mim. "Como vai, sou James, o barbeiro. Preciso descobrir quando é que este simpático cavalheiro quer cortar o cabelo! Temos também que dar uma olhada nessas unhas, sr. Crowley. Precisamos fazer isso! O senhor é parente do sr. Crowley, se não é atrevimento meu perguntar?"

Respondi que eu era apenas um amigo da família.

"Muito bem, isso é ótimo! O sr. Crowley não recebe muitas visitas! Se não fosse pela sra. Segal, que Deus a abençoe, este simpático cavalheiro ficaria sozinho!" Ele se inclinou para a frente e apertou afetuosamente o ombro emaciado do sr. Crowley. Exceto por mim, é claro, *não é*, sr. Crowley? Temos tido um bom relacionamento. O tempo está ótimo. Ele vai à minha barbearia e eu lavo bem o cabelo dele, corto e dou uma olhada nas unhas, simplesmente tento dar uma geral nele! As unhas dele são bastante grossas. Limpo bem as orelhas e o nariz. Talvez uma boa barbeada se ele estiver a fim. Algumas das meninas querem que eu lhes faça velhos penteados de quarenta anos passados, e eu tento contemporizar. Não é isso, querido?" Ele se virou para mim com ar conspiratório. "Sei que ele compreende. Ele não responde, mas sei que compreende. Está nos olhos dele, está tudo nos olhos deles. O senhor precisa olhar nos olhos para ver alguma coisa. Mas deixe eu lhe dizer: quando o sr. Crowley chegou aqui ele era afiado como um canivete, só que tinha um pequeno problema — talvez fosse diabetes, não me lembro o que era. E até uns dois ou três anos atrás, ainda falava. Eles vão descendo ladeira abaixo, infelizmente, exatamente como crianças num trenó. Mas nós tentamos enfrentar tudo com bravura, tentamos pensar em coisas boas, não é, sr. Crowley? A equipe", ele fez um aceno triste com a mão, "bem, eles estão sobrecarregados, por isso não adianta nada sermos críticos, mas realmente acho que ele ainda pode..." Ele deu uma olhada em sua prancheta. "Vamos descer com ele amanhã às dez horas da manhã, acho eu."

O sr. Crowley levantou o braço com um gesto débil. Dele saiu um som.

"O que é, querido?", disse James, a expressão alerta. "Hã? Como é? A gaveta? O senhor — ora, *sim!* Ele quer lhe mostrar, o senhor conhece isso? É a coisa mais fantástica que jamais vi, e eu trabalho nesta adorável terra da esperança há vinte e sete anos!" James aproximou-se da gaveta. "Ele fez isto, o senhor está vendo, não foi, sr. Crowley? Sim!" E então me chamou à parte e disse com voz tranqüila: "Foi há algum tempo, quando o querido velhinho estava mais... era ainda ele mesmo, se o senhor me entende." Depois tirou da gaveta uma estranha combinação de fios e caixas velhas de sucrilho. "Deixa eu só... está um pouco emaranhado, não é, sr. Crowley? É, vamos pendurá-la. O senhor está vendo, ele fez esta coisa, fez esta coisa sozinho. Que trabalho! Alguns dos queridos pintam um pouquinho lá embaixo, no centro de artesanato, umas cores maravilhosas, mas ninguém nunca ... aí está!"

A engenhoca foi pendurada numa vareta presa à cabeceira da cama de hospital: uma seqüência vertical de seis pequenas caixas de flocos açucarados presas uma à outra por um fio. Abaixo delas, pendia uma outra caixa, bastante modificada, recortada com tesoura, de modo que a caixa tinha um teto arqueado.

"Agora, olhe. Não! O senhor quer fazer funcionar, sr. Crowley?"

Ele disse "Oooh", e o empurramos para perto da cama. Ele estendeu seus velhos dedos de aranha, que delicadamente seguraram um dos vários fios. Os olhos dele estavam então brilhantes de determinação; nas cinzas de sua mente um carvão ainda brilhava. Os dedos puxaram o fio para baixo e a caixa pequena, em arco, que estava embaixo, lentamente subiu, por dentro das caixas. Ele parou a caixa em arco quando ela entrou na caixa de cereal que estava em cima.

"Está vendo?", James disse, inclinando-se para a frente. "Tem portinhas!" E, de fato, com uma pressão dos dedos, ele abriu um par de portas liliputianas que giraram sobre dobradiças de fita gomada. Aberta, a porta revelou uma outra porta na caixa interna, uma porta que correspondia perfeitamente à primeira, e que também abriu.

"Isso não é a coisa mais espetacular que o senhor jamais viu?", James disse. Ele olhou o relógio. "Ah! Está na hora de ir ao quarto da sra. Chu. Compromissos, compromissos. Tchau, queridinho!" Ele bateu levemente na mão do sr. Crowley e depois sumiu.

Nós fomos deixados no quarto com a engenhoca pendurada à nossa frente.

"Sr. Crowley?", chamei. "O senhor sabe que o seu filho, Simon, morreu?"

Ele me contemplou como um cavalo contempla um homem que não sabe nada sobre cavalos, depois fechou os olhos. Por um momento temi que pudesse desfalecer na cadeira, mas ele abriu os olhos de novo, olhando de esguelha, e um som escapou do peito dele, um sopro que talvez carregasse um queixume de tristeza. Ficamos sentados ali. Aproximei-me do elevador de brinquedo e o inspecionei. O sr. Crowley tinha tentado fazer várias marcas dentro e fora de cada caixa, de modo que correspondessem a botões, painéis, janelas, e a quaisquer outros detalhes de elevadores que eu desconhecia. Havia uma certa obsessão na obra. Quando olhei, o sr. Crowley estava dormindo, a cabeça caída para trás do encosto da cadeira de rodas e a boca aberta. Eu observava. Da garganta saíam ruídos secos quando ele respirava. Um minuto depois seus olhos abriram só um pouco, e eu não podia dizer se tinha me visto ou se ele se fora. Inclinei-me para a frente e levantei a palma da minha mão até a testa do velho, pedindo-lhe em silêncio, como eu pedia a meus filhos, que fechasse os olhos e se livrasse dos medos. O conforto da mão calorosa do outro. O sr. Crowley então se sentiu mais à vontade na cadeira, e sua respiração tornou-se mais profunda. Minutos depois, levantei-me silenciosamente e saí.

A próxima parada seria na residência da sra. Norma Segal, a apenas uns dez quarteirões dali. O fato de que a sra. Segal era a acompanhante do sr. Crowley, além de ser, juntamente com o marido dela, a ex-proprietária do prédio onde o corpo de Simon fora encontrado significava algo, quanto mais não fosse que o universo ainda produzia, com relutância, uma ou outra coincidência. Eu estava ansioso para falar com ela, e por isso não sei por quê, ao sair, fui de novo dar uma olhada no livro de visitas do sr. Crowley, a não ser pelo fato de que o livro tinha sido um registro estranhamente instigante quando o examinei ao entrar, e de que, depois de ter conhecido o sr. Crowley, eu o via como um documento muito comovente. Um homem nasce e cresce, aprende a rebater a bola, escova o cabelo no espelho, casa-se, tem um filho, trabalha, come, compra uma bicicleta para o filho, transa com a mulher, vai aos jogos dos Yankees, conserta o carro, vota em Nixon, escolhe um tipo de pão na mercearia da esquina, paga suas contas todo mês, escova os dentes com cuidado, e então pimba, está vivendo num asilo de velhos e há um fichário de três furos que prova que, a não ser pelos coletores de impostos e por uma certa sra. Segal, ele está só. O mundo esqueceu que ele está vivo. Até mesmo as bem-intencionadas demonstrações de simpatia de James, o barbeiro, eram genéricas. Também me deixou chocado, enquanto eu voltava no tempo ao percorrer as páginas, e só via a assinatura da sra. Segal, ver que Caroline não tinha visitado o sr. Crowley depois da morte de Simon. Presumindo que ela amava Simon, a incapacidade demonstrada por ela de visitar o pai dele *ao menos uma vez* parecia um ato de uma notável insensibilidade. Ela sabia que ele estava lá; sabia que não deveriam deixar o velho apodrecer num depósito. Continuei a passar as páginas, e então retrocedi mais de um ano e meio, chegando ao tempo anterior à morte de Simon. A sra. Segal também tinha feito visitas. A assinatura dela era de vez em quando interrompida pela de Simon, a dele pouco mais do que um rabisco, como se a formalidade o deixasse apressado ou irritado. A assinatura dele era mais freqüente à medida que o tempo recuava, e percebi que as visitas dele se agrupavam, três visitas em cinco dias, ou duas em seis, e depois um longo período de intervalo. A assinatura da sra. Segal continuava a aparecer duas vezes por semana. Quando fui mais para trás, a assinatura de Simon aparecia dia sim dia não, e presumi que essa freqüência só fora possível antes que a carreira dele se acelerasse. Ao recuar mais alguns meses, vi que as visitas eram diárias. Simon tinha sido um filho extraordinariamente devotado. Prossegui olhando as páginas mais à frente e descobri a última visita dele e, surpreendentemente, também isto: uma pequena observação entre parênteses junto ao nome de Simon (*e Billy*), com a letra dele. A data era 6 de agosto, dezessete meses antes daquele momento. Essa foi, me lembrei, a última vez em que Caroline vira Simon vivo. Billy Munson tinha estado com Simon naquele dia. Quem saberia disso?

A voz era feminina, profissional, e não estava nem um pouco interessada no meu problema. A seguinte também não. Nem a outra. Billy Munson tinha saído de três bancos em dois anos, e depois deixara inteiramente o negócio. Finalmente o localizei numa pequena mas potente financeira, e sua secretária supunha que ele poderia estar disponível aquela noite depois de uma reunião de negócios às 5h30 da tarde no Harvard Club. Eu precisava falar tanto com Munson como com a sra. Segal, mas a sra. Segal era uma mulher velha com um marido velho, dificilmente um alvo em movimento, e o que eu ainda tinha de faro me dizia que Munson era a figura mais dinâmica dos dois. Se ele estava por perto, eu gostaria de vê-lo o mais cedo possível.

Ao entrar no clube, fiz um aceno grave com a cabeça para o homem da recepção. "O grupo do sr. Munson?", perguntei.

"Terceiro andar, senhor."

Fui recebido por uma mulher que parecia uma das modelos de segunda linha do catálogo da Victoria Secret. "Que bom ver o senhor", disse ela com um sorriso demorado demais — para mostrar que queria dizer outra coisa. "O senhor pode pendurar seu casaco ali." Segui por um corredor forrado de madeira e entrei numa saleta. Um homem pequeno se adiantou como se estivesse movido por rodas e agarrou a minha mão. Tacos de golfe flutuavam na gravata dele. "Estamos contentes de ver que conseguiu chegar!", disse ele, num tom conspiratório. "Com um tempo como o desta noite..." Ele balançou a cabeça como se estivesse à espera de uma grande tristeza, então sugeriu que eu me aproximasse do bar. Aguardei um gim-tônica. O bar era contíguo a uma sala de conferências; bebida na mão, entrei com ar vago. As mulheres tinham todas cerca de cinqüenta anos e queriam deixar bem claro que passavam muito tempo na academia de ginástica. A maquiagem e o cabelo delas pareciam variações sobre os temas de frutas de cera e plásticos moldados à injeção. Uma delas parecia estar grávida de quase seis meses e, quando passei meio vago por ela, escutei-a descrever o seu Svengali, o especialista em fertilidade. Os homens eram mais velhos e circulavam com um certo prazer lúbrico; que eles estivessem ali, nessa sala, fosse com que finalidade fosse, parecia motivo de uma congratulação particular. Olhei em redor à procura de Billy Munson. Ele seria muito fácil de reconhecer, imaginei, pelos vídeos de Simon Crowley: exuberante, pesado, cabelo escovinha.

Um homem grande, bronzeado, aproximou-se de mim. Apresentou-se: "Jim Krudop. Bom você ter conseguido chegar". Ele tinha um aperto de mão como o de um encanador e, ao contrário de outros homens, usava sem constrangimento uma bolsa intestinal que estufava os botões de sua camisa. Eu estava prestes a sair devagarinho quando todos começaram a se sentar, com um ar de expectativa; crianças no circo. O homem baixinho que me recebera perto do elevador deslizou para dentro da sala. "Vamos tentar manter um ambiente estimulante", proclamou. "Todos vocês me conhecem; assim, farei apenas a apresentação de Bill Munson, que está trabalhando nos aspectos legais da sociedade e supervisionando as finanças e o orçamento. Bill trabalhou com Jim Krudop bastante tempo e tem — posso pôr palavras na sua boca, Bill?" O homem baixo sorriu como se estivesse sendo eletrocutado. "Bill tem enorme confiança nesse projeto. Ele vai apresentar o Jim, e depois vamos passar a bola para o Jim e seu show de slides."

Um outro homem se levantou — com seus trinta e muitos anos, esbelto, começando a ficar confiantemente grisalho, o rosto sólido e decidido, a linha que marca os primeiros fios de cabelo parecendo mais sensata à medida que desaparecia. Esse era Billy Munson, soldado do capital. "Direi apenas algumas palavras", anunciou. "Como vocês sabem, estamos tentando levantar dez milhões. Cada unidade do investimento foi fixada em cem mil dólares. Quer dizer, o investimento mínimo é de cem mil. Levantamos quatro milhões até agora. Estaremos em Hong Kong amanhã, e depois disso, no Rio de Janeiro, e espero que a esta altura, daqui a duas semanas, tenhamos conseguido mais do que pedimos. Estou tentando manter os custos baixos mandando fazer o trabalho legal em troca de muitas unidades da sociedade — aliás, a firma do marido de Beppy Martin estará tratando disso." Ele acenou para a grávida de cinqüenta anos. "Oi, Beppy, bom vê-la aqui. A corporação será ou suíça ou das Bermudas, por causa dos impostos. Então, os dez milhões que estão sendo levantados constituirão setenta por cento da companhia, dinheiro que será devolvido antes que os proprietários dos outros trinta por cento recebam alguma coisa, com juros a um percentual razoável, que seriam acumulados. O equilíbrio do controle inclui a participação de Jim, que é de treze por cento, e ele rapidamente poderia lhes dizer que é desse percentual que ele tem que pagar os mergulhadores e técnicos dele, assim como certos funcionários governamentais dos Açores. Dez por cento é um pagamento de boa-fé para a Bluegreen Explorações, a sociedade limitada anterior de Jim, que deu início à grande quantidade de explorações feitas por ele nos Açores nesses anos, assim como à recente pesquisa técnica na ilha Graciosa, onde se localizam os navios naufragados que interessam a Jim. Quatro por cento dos dez milhões vão para os que trabalham no financiamento, e os três por cento restantes vão para a Investimentos Gripp, para apoio administrativo, assistência contínua, supervisão, e assim por diante. O orçamento de dez milhões cobre a atividade dos próximos quatro anos. Jim explicará a seguir um detalhamento das despesas, mas posso lhes dizer que o projeto inclui um veículo de operação remota Phantom, com sonar, vídeo e câmeras fotográficas para objetos a mais de seiscentos metros de profundidade. Há também um sonar de varredura lateral, um magnetômetro, uma câmera de recompressão, quatro botes infláveis Zodiac, coisas desse tipo, dinheiro bem gasto, posso lhes assegurar. Também estamos pagando ao governo português uma taxa anual de licença de cento e cinqüenta e cinco mil pelo período de trabalho de seis meses, assim como cerca de cento e cinqüenta mil por ano ao GeoSub, o grupo de pesquisa em águas profundas que estaremos subcontratando. Eu poderia continuar com as finanças, mas vou deixar Jim falar da parte divertida."

Munson sentou-se na frente; eu não poderia me comunicar com ele. Teria de esperar.

Krudop levantou-se. "Obrigado a todos que vieram aqui esta noite", disse ele. "Como a maioria de vocês sabe, venho mergulhando em busca de navios naufragados durante quase toda a minha vida, desde que saí da marinha. Agora, eu só ... dá para ajustar as luzes? ... obrigado. Desde muito tempo me interesso pelos Açores, mas o governo português manteve o lugar trancado por trinta anos. Aí... rá, rá, eu estava bem mais magro nessa foto; sou eu trabalhando na minha primeira busca de destroços, em 1957. Então, os Açores foram uma estação importante no transporte transatlântico desde o final do século XV até meados do século XIX. Esse é um galeão típico, cem pés de comprimento. Eles paravam ali ao voltar do Novo Mundo, a caminho da Espanha, ou na volta do Brasil para Portugal. Além disso, os navios portugueses das Índias orientais que tinham contornado o cabo da Boa Esperança aportavam ali. Este é o mapa da ilha Graciosa. Eles ancoravam na enseada para se abastecer de água, suprimentos, alimento. Muitas vezes, conseguiam uma escolta da armada, se estavam transportando ouro ou prata, como muitos transportavam. Essa é uma foto de algumas barras de ouro que encontramos ao largo da Flórida em 1962, exatamente como as que havia em muitos desses navios. Sem as marcas do fundidor, elas não têm valor e são vendidas ao preço de mercado do ouro. Com as marcas, e vocês podem ver que esta tem muitas, e está datada de 1547, são vendidas a um preço quarenta vezes maior. Nada mau. Nós chamamos as grandes barras de prata como essas, que encontramos em 1977 ao largo de St. Croix, de batentes de porta. De 1500 a mais ou menos 1825, as nove ilhas dos Açores foram visitadas por uns seiscentos, oitocentos navios por ano. Sabemos disso pelo registros encontrados na América do Sul, em Lisboa, em todos os lugares onde os governos mantêm os documentos antigos. Esse é um deles. Passei trinta anos aprendendo a lê-los — em geral são escritos numa mistura de português, castelhano, latim, às vezes até holandês. Neles estão os registros dos navios. Esse é um registro referente a um navio mercante holandês, de 1550, aproximadamente. Nele estão listadas cerca de trinta e seis mil moedas de ouro. Os destroços estavam em águas profundas, e encontramos essas moedas no interior de uma área de quarenta metros quadrados em 1969. Infelizmente, a maior parte das moedas foi confiscada pelo governo panamenho. Cada uma valeria cerca de vinte e cinco mil dólares hoje. Seja como for, todos esses navios atravessavam os Açores. Há milhares de barcos naufragados na área vizinha mais ampla. Parece muito, eu sei. Mas, por exemplo, em 1591, cento e vinte navios espanhóis que voltavam da América do Sul foram atingidos por um furacão. Oitenta e oito afundaram. Aí está um canhão. Conseguimos muitos desses canhões de cano longo em excelente condição, porque foram fundidos em bronze. Os pescadores às vezes os trazem para cima. De mais ou menos vinte mil cada um..."

Tesouros submersos. Eu estava sentado numa sala cheia de gente muito rica que queria encontrar tesouros submersos. Todo mundo quer alguma coisa. Olhei de relance para Billy Munson, pensando em como conseguiria que falasse comigo.

Agora o show estava ficando bom, melhor do que qualquer coisa mostrada nos canais de compras. "... em zonas anaeróbicas", Krudop dizia, "o que significa que elas são desprovidas de oxigênio, e isso impede que os vermes comam a madeira, o que é bom porque a madeira conserva melhor o tesouro. Isso é — esse é um dos nossos mergulhadores operando o velho aspirador de areia que usávamos. Levava três dias para cavar a areia de, digamos, uma sala deste tamanho, mas agora temos esse — é assim como um ombro grande, e o colocamos na hélice do navio e aspiramos a areia. Podemos aspirar uma sala destas de areia em talvez dez segundos e voltar ao que chamamos de base firme, onde o navio realmente está. Essa é uma foto de algumas das pérolas que pescamos na Jamaica. Pegamos dezessete mil delas; quatro barcos afundaram. Agora, muitos desses barcos procediam do Extremo Oriente, carregados de porcelana. Aí está, porcelana da dinastia Ming que trouxemos à tona em 1983. Todas as peças estavam quebradas. Cada uma delas. Pescamos mais de dois milhões de cacos, nem um pires inteiro sequer. Foi um naufrágio em águas rasas; a pancada espalhou tudo, ficou tudo destroçado. Muitas vezes os naufrágios em recifes não valem a pena, o material fica muito espalhado. Aí está, isso é uma corrente de ouro; apanhamos muitas dessas. O registro do navio sempre traz a lista da carga, mas muitas vezes os navios transportam contrabando. O procedimento legal era que um marinheiro não precisava pagar imposto sobre nada que trouxesse sobre seu corpo, se fosse carregado para fora do barco por dois escravos. Palavras muito capciosas. Então os marinheiros juntavam correntes de ouro que enrolavam no corpo. Correntes muito finas. A mais comprida que encontramos tinha quase quarenta metros. Aí está um astrolábio português. Encontramos dezessete dos sessenta e nove astrolábios antigos conhecidos no mundo. A Sotheby's vendeu o último por oitocentos e oitenta e dois mil dólares. Muito raro. Mas esperamos encontrar muitos. Esperamos que se acertarmos no alvo podemos calcular uma média de cinqüenta milhões por barco. Claro, leva anos para conseguir esse dinheiro, quero enfatizar bem isso. Essa foto mostra uma moeda de prata antes de ser limpa, quase preta, e depois, com todas as marcas à mostra. Içamos quase oito mil desse tipo na Flórida em 1969. Aí temos um riquixá feito de jade que trouxemos à tona em 1978. Um curador levou cinco anos para..."

Parei de ouvir e fiquei observando a rápida sucessão de dobrões, duros, pérolas, lingotes, marfim, garrafas, cabos de facas, empunhaduras de pistola em bronze, caixas de rapé, canhões, caixas de ouro para especiarias, tigelas de porcelana para sabão de barba, estribos de prata, baús, pentes de prata, pedras preciosas, crucifixos etc.; uma enumeração fabulosa de uma riqueza antiga. A cada pequeno intervalo, chegava uma mulher com uma travessa, e em pouco tempo eu já tinha comido cerca de uns cem dólares de caviar. Afinal as luzes se acenderam e Billy Munson recebeu algumas perguntas. Um homem encarquilhado que parecia ter uns oitenta anos fez algumas perguntas espertas. É claro que ele precisava do seu investimento de volta mais cedo ao invés de mais tarde. Depois a reunião começou a se dispersar. Munson não tinha a aparência de quem se apavora com facilidade. Fui calmamente até ele e, quando tive chance, sussurrei: "Estava pensando se poderíamos ter um momento juntos para uma conversa ligeiramente mais particular".

O olhar de Munson passou rapidamente de mim para o pequeno homem sorridente, que fez o sinal de *sim* com as sobrancelhas.

"Vamos passar para a outra sala."

Ali me identifiquei e expliquei que soubera de rumores não confirmados sobre as atividades dele junto com Simon. Eu não acreditei neles, disse eu, por serem muito remotos, mas me perguntava se não poderíamos discutir o assunto em pouco tempo.

A voz de Munson estava calma: "Qual é a parte da sua história que está cheia de merda?".

"A parte que diz que não acredito nos rumores."

Ele disse que tinha que pegar um avião para Hong Kong, mas que ele me convidava para acompanhá-lo ao aeroporto JFK. "Olha, eu conhecia o Simon melhor do que ninguém. Passamos um bocado de tempo juntos. Muito tempo."

"Deve ter sido péssimo quando ele morreu."

"Foi. Muito ruim."

Saímos e pegamos um táxi. Munson abaixou o vidro da janela, tirou um baseado e começou a fumá-lo. Relaxou visivelmente, o que foi bom porque eu estava prestes a atacar.

"Caroline disse que vocês eram íntimos."

"Fizemos alguns negócios."

"Ouvi dizer algo sobre vocês fazendo vídeos juntos."

Ele riu. "É, circularam boatos sobre isso."

"Tempos quentes, coisa e tal."

"Bem quentes."

"Você algum dia os mostrou a alguém?"

"Os vídeos?"

"Sim."

"Não estão comigo."

"Onde estão?"

Ele afrouxou a gravata. "Sumiram."

"Mesmo?"

"Sumiram." Ele balançou a cabeça diante dessa tragédia. "Muita gente daria a cabeça para ver essas fitas, cara. Coisa quente, com Simon na execução. Pode crer, o estúdio andou procurando essas fitas. Simon deveria estar trabalhando num projeto novo e o estúdio estava pensando que ele talvez estivesse querendo fazer algum tipo de controle, o que é maluquice, e eles puseram gente atrás das fitas. Se o estúdio não conseguiu encontrá-las, ninguém consegue."

"O que aconteceu com elas?"

"Não sei. Simon nunca conversava comigo sobre elas. Talvez as tenha mencionado uma ou duas vezes. Nunca as vi, mas gostaria porque eu estou nelas, só sei isso."

"Elas não estavam no espólio?"

"Você está querendo saber se ele deixou as fitas para alguém? De jeito nenhum. Para quem as deixaria?"

"Não sei. Para a mulher dele?"

"Caroline? Nem pensar."

"Mas era a mulher dele."

Billy sacudiu a cabeça. "Olha aqui, você precisa entender, eu andei com Simon num monte de lugares. Ele transava com um monte de garotas. Casou-se com a Caroline porque era uma coisa interessante para ele. Era uma coisa interessante, se você entende o que eu quero dizer. Ela era uma espécie de charada com a qual ele brincava. Mas ele nunca entrou nessa de marido. Além disso, só tiveram relações um com o outro durante uns seis meses, mais ou menos."

"Você e o Simon saíam muito?"

"Muito mesmo."

"O que é que você e ele estavam juntos fazendo no dia em que ele desapareceu?"

"Eu não estava com ele."

"Onde você estava?"

"Eu estava num avião para Hong Kong. Exatamente como hoje à noite. Estou sempre circulando."

"Por que não disse à polícia que viu Simon no dia em que ele desapareceu?"

"Porque eu não vi."

"Eu discordaria."

"Olha aqui, sabe de uma coisa?", disse ele com jeito amigável.

"O quê?"

"Eu não o vi no dia em que ele desapareceu."

Seguimos a caminho do aeroporto. O motorista olhava de vez em quando pelo espelho. "Eu podia lhe contar o meu problema", disse eu, "mas isso não iria fazer você se sentir melhor."

"Me conte o seu problema."

"Meu problema é que vi as fitas, Billy, todas as fitas de vídeo de Simon."

Ele olhou para mim. "Estou ouvindo. Estou esperando a isca."

"A isca está na prova que eu tenho por ter visto as fitas."

"É mesmo?"

"É o West Side na fita, talvez Décima Avenida com rua 46. Você e Simon estão cruzando as ruas numa limusine. Você pára, pega uma puta e pechincha até ela baixar o preço para cinco dólares. Depois sai do carro enquanto Simon fode a mulher. Você volta para o carro depois que eles terminam, toma a direção e seguem adiante."

"OK."

"OK."

"E daí?"

"Daí que essa é uma das fitas."

"Daí que foda-se!" Ele sorriu com ódio. "Oba! Você viu uma das fitas do Simon! De onde é que você tirou a idéia de que pode aparecer assim de repente numa das minhas..."

"A outra fita", interrompi, "a que é pertinente, se passa no interior de um furgão. O furgão está estacionado no parque Tompkins Square antes e durante um tumulto com sem-tetos e gente da rua. O furgão está posicionado de tal maneira que a ação importante do momento do tumulto é filmada através do vidro de trás. Você estava no furgão com o Simon. A câmera pega vocês dois, e a sua voz está registrada com clareza. Você conhece a fita de que estou falando, Billy. Mesmo que nunca a tenha visto, você sabe qual é. Sei que se lembra dela, porque qualquer um se lembraria de como seria ver um policial ser golpeado na cabeça com um bastão de beisebol. Uma porrada, ele cai. Você viu, Billy, viu isso com os seus próprios olhos e, na realidade, até comentou o fato. Mas ali estava. Um tira negro foi assassinado por um cara branco com um bastão de beisebol e você o viu matando o tira. Você assistiu. Leu os jornais no dia seguinte. Talvez até tenha lido a minha coluna. Viu o noticiário. Tanto você como o Simon."

"Ele disse que ia usar a fita num filme. Disse que era tão boa que simplesmente precisava usá-la."

"OK."

"OK?"

"OK."

"O que é que você quer dizer com OK?"

"Quero dizer que você pode contar isso para os tiras."

"Por quê?"

"Porque agora eles estão muito interessados. Eles sabem da fita, Billy. Eu lhes contei sobre a fita. Ainda não a entreguei para eles. Estamos negociando sob que termos eu vou entregar a fita. Ela confirma quem é o assassino, certo? Agora poderão prendê-lo e mandá-lo a julgamento. O assistente do promotor público vai apresentar, ou tencionará apresentar, uma série de detenções. Então eles vão me arrastar para o tribunal e me identificar como o cara que lhes deu a fita. Vão me perguntar de quem eu recebi a fita e assim por diante. Só que eu não quero ser chamado para testemunhar. Não me interessa como jornalista. Em algum momento por aí eles vão me perguntar sobre você. Se eu falei com você, se você sabe sobre a fita, esse tipo de coisa. Ou seja, os policiais sabem que seria natural eu ter lhe perguntado por que você não lhes contou sobre a fita. E eu seria forçado a dizer que sim, que eu conversei com você sobre a fita, e que você me disse exatamente o que acabou de me dizer, Billy, que é o seguinte: 'Ele disse que ia usar a fita num filme. Disse que era tão boa que simplesmente precisava usá-la'. Você disse isso. Disse há um minuto. Eu não anotei nem gravei, Billy, mas me lembro do que você disse. Posso me lembrar de citações por muitos anos, aliás. Então, onde é que nós estávamos? Tudo bem. Então, se eu conto isso para os tiras eles vão dizer: 'Puta que o pariu, isso é admissão de conhecimento. Esse sujeito, William Munson, estava persistindo em reter uma prova sobre o assassinato de um policial'. Billy, sabe o que eles vão fazer com você? Algum dia já olhou o Rudy Giuliani nos olhos? Você vai mergulhar com esse negócio de tesouro afundado lá na Prisão Estadual de Attica, onde talvez algum outro cara afunde um tesouro dentro de você, sabe como é? Talvez. Talvez você se safe dessa. Mas os jornais não vão livrar a sua cara, Billy. A manchete que eu vou escrever vai ser: 'Banqueiro de Investimento Preso por Morte de Policial'. Isso é primeira página, Billy. Isso é Tom Brokaw, *CBS Evening News*, na CNN. A *Vanity Fair* vai escrever uma matéria sobre você, entrevistar todas as suas antigas namoradas. Use a sua imaginação."

"Espera, espera..."

"Não, espera você ", eu disse, cutucando-o com o meu dedo. "Continue a ouvir. Tem uma saída. Se eu não contar para os polícias o que você disse, você poderá procurar o seu advogado, hoje à noite talvez, e começar a pensar no que vai dizer quando te interrogarem. Seria muito melhor ter uma resposta. Um problema de drogas sério seria útil. Sugiro que você incremente ou intensifique uma história de dependência de drogas, Billy, ou um problema de bebida, qualquer coisa que lhe permita dizer aos tiras que naquela noite você apagou e não consegue se lembrar de nada. Uma longa história de dores de cabeça, tratamentos, tonteiras, desmaios, tomografias computadorizadas, coisas do gênero. Tem advogados que se especializam nesse tipo de defesa..."

"Quem? Você conhece algum?"

"Não. Peça para a sua secretária procurar. Então, como estávamos dizendo, o que aconteceu no dia em que Simon desapareceu?"

Munson olhou fixamente para fora da janela do táxi. Agora se sentia derrotado. "Nós só ficamos rodando, cara."

"Em que carro vocês estavam?"

"No furgão do pai dele."

"Do pai dele?"

"O que o pai costumava usar para trabalhar. Era dele."

"Aquele em que vocês estavam no parque?"

Ele tocou na abotoadura da camisa. "É."

"Tinha equipamento de vídeo lá dentro?"

"Tinha todo tipo de ferramenta velha do pai, e do Simon tinha câmeras, drogas, bebidas, livros, um colchão, uma bicicleta, um monte de ferramentas de mão, coisas assim. Ele guardava de tudo lá dentro."

"Aonde vocês foram?"

"Fomos ao asilo de velhos, e Simon e o pai conversaram sobre uma merda qualquer. Não ouvi. Fiquei de bobeira no corredor. Não queria ver o Simon com o pai. Achei que ele poderia chorar, e eu não queria ver. Só apertei a mão do velho."

"Qual o grau de lucidez do velho naquele momento?"

"Ele estava legal em relação a algumas coisas — não era Alzheimer mas alguma outra coisa. Tinha perdido a capacidade de ler e escrever. Ainda podia falar um pouco, me parece. Eu não conseguia entendê-lo. Simon conseguia."

"Vocês saíram, e depois?"

"Sei lá. Ficamos circulando de carro. Não me lembro da ordem dos acontecimentos. Pegamos alguma coisa para comer, paramos numa espécie de escritório."

"Escritório de um advogado?"

"Não sei. Um escritório numa casa, uma coisa assim."

"Uma pessoa de nome Segal?"

"Não me lembro."

"Por que pararam lá?"

"Porra, cara, não me lembro", protestou Munson. "Eu fiquei no carro. Foi uma parada rápida."

"Era no Queens?"

"Era, perto do asilo."

"Simon algum dia lhe falou sobre Sebastian Hobbs?"

"O cara que é dono do seu jornal?"

Assenti com a cabeça. "Sim."

"Por que falaria?"

"Estou perguntando se algum dia ele mencionou esse cara."

"Não."

"Algum dia ele lhe mostrou a coleção de fitas de vídeo dele?"

"Não, de jeito nenhum."

"Por que não?"

"Simon não era desse tipo. As fitas eram uma coisa particular, como um diálogo interior, tá? Ele fazia as fitas com um objetivo em mente. As pessoas também lhe davam uns vídeos, quando achavam que eram bons. Fui com ele algumas vezes, sim, filmamos e tal, mas ele nunca me deixou ver as fitas. Nunca ofereceu e eu nunca pedi. Era uma espécie de honra ser filmado num vídeo com ele, e eu não queria que ele se sentisse constrangido pelo fato de estar sendo filmado junto comigo. Ele também fez um monte de vídeos sem mim. Nunca os vi. E sabe de uma coisa, perto do fim nós dois estávamos tão ocupados com nossas vidas que já não nos víamos tanto."

"Onde você estava no dia seguinte ao que vocês circularam de carro?"

"Olha, eu tenho o canhoto da passagem, os dados da companhia aérea. Eu estava a caminho de Hong Kong. Sempre fico no Conrad. Tenho registro dos telefonemas dados do avião. Tenho registro dos telefonemas dados do carro do hotel. Eles têm um Rolls Royce comprido, vermelho, que pega a gente no aeroporto. Eu só soube que ele tinha morrido, pode-se dizer, uma semana depois. Vi na CNN."

"Você nunca disse à polícia que passou parte do dia com o Simon?"

"Não."

"Você era amigo dele?"

Munson franziu a cara. "Foda-se, cara. Si e eu nos separamos, pode-se dizer, talvez às três da tarde. Ele me deixou no aeroporto. Para onde ele foi depois eu não tenho a menor idéia. Passei algumas horas com ele. Saímos de carro de Manhattan, visitamos o pai dele, pimba, paramos no escritório, pimba, e depois fomos para o aeroporto. É isso aí. Pelo que eu estou entendendo, a polícia nunca descobriu exatamente quando o Simon foi morto, não é isso? Por que eu deveria me envolver nisso? Eu não fazia parte da história. Simon poderia ter tido dezenas de interações com outras pessoas depois daquele momento. E você sabe de uma coisa? Matutei muito sobre isso. Pensei sobre isso e depois pensei sobre o que fazer. Tenho mulher e dois filhos. Estou ganhando dinheiro para eles, e isso aí só iria foder as coisas para mim. Por nenhum motivo. Simon teria concordado comigo, aliás. Ele teria dito: 'Não se mete'."

O táxi chacoalhou ao passar sobre um trecho de estrada ruim. "Mas também tinha a questão da fita do parque Tompkins Square. Quanto menos ligação entre vocês, melhor."

"Acho que sim."

"Você não tinha medo de que a fita aparecesse de uma maneira ou de outra?"

"Eu sabia que isso dependia de Caroline."

"O que você quer dizer com isso?"

Ele me deu um pequeno sorriso, ao admitir sua mentira anterior a respeito de não saber onde as fitas estavam. "Ela me ligou um dia e disse que vira a fita e achava que ficaria ruim para a memória de Simon se nós falássemos com a polícia."

"Ela fez isso?"

"Fez. Mas estava mentindo."

"Não percebi."

"Quer dizer, não foi por nenhum motivo sagrado. Se o assunto da fita do tira viesse à tona, iria prejudicar a capacidade de comercialização das coisas do Simon. São todos esses vídeos sendo alugados, todos os royalties e assim por diante. As pessoas poderiam ficar chateadas de ver que o espólio ainda estava ganhando dinheiro."

"Ela sabia que você tinha estado com o Simon aquele dia?"

"Não sei. Eu não disse a ela."

"Ele poderia ter estado com ela entre o momento em que o deixou no aeroporto e a hora em que desapareceu", eu disse, lembrando-me de que Caroline não mencionara Munson no depoimento à polícia. "Simon poderia ter dito à mulher que tinha estado com você."

"É possível, imagino."

O táxi estava chegando ao aeroporto.

"Então você vai para Hong Kong de qualquer maneira?", perguntei.

"Claro. Para fora do país. Difícil de alcançar." Ele sacou a carteira e meteu quatro notas de vinte pelo vidro. "Motorista, leve esse cara de volta para a cidade."

Eu podia então jogar umas perguntas barra-pesada. "Simon alguma vez lhe falou sobre Caroline?"

"Falou."

"O quê?"

"Disse que ela era simplesmente capaz de quase arrancar o pau dele fora." Ele olhou para mim. "Isso é uma citação. Eu posso me lembrar de citações por muitos anos."

Eu ia sorrir, mas meu bip disparou.

TOMMY LEVOU TIRO. VÁ HOSP. ST. VINCENT.

Pequenas letras brilhantes, grandes acontecimentos.

* * *

Um menino. Um menino de apenas um ano e meio, dormindo num berço de hospital, uma bolha crescendo e diminuindo nos seus lábios, sonhando seja qual for o sonho que uma criança sonha — mãe, leite, biscoitos, irmã, bichos, vermelho, amarelo, verde. Que uma bala tenha atravessado o minúsculo bíceps do seu braço esquerdo é algo que ele não compreendeu, a única coisa que compreendeu foi que havia um homem mau no quarto, que Josephine gritou, houve barulho, alguma coisa quente cortou o braço dele e ele estava chorando. Sally estava chorando, Josephine estava gritando. Ele não podia saber que a bala, feita para estilhaçar e crescer ao toque da carne, atravessara-lhe o braço como se este fosse etéreo, ainda jovem demais para oferecer o toque quente e úmido de resistência a um projétil. Essa mesma bala, ele não sabe, entrou, depois de atravessar o braço dele, no mesmo joelho que o menino apavorado estava abraçando, e a bala floresceu, de acordo com as especificações diabólicas do fabricante, numa mancha de muitos dentes com jaquetas de metal, provocada pela destruição da carne, levando com ela a rótula de uma negra de cinqüenta e dois anos.

Permaneci à beira do berço de Tommy sentindo um misto de medo, raiva e culpa. Eu gostaria de poder chorar. Lisa se aproximou.

"Eu mesma examinei a ferida", disse com voz opaca.

"Qual a gravidade?"

"Resumo? Tecido danificado no músculo, mas não em toda a sua profundidade." Ela esfregou as costas de Tommy delicadamente. "Ele vai precisar de alguma reabilitação, alongamento, principalmente, para manter o tecido maleável. O braço não ficará fraco, mas esse músculo nunca terá a perfeita contração que teria se não fosse isso."

"Cicatriz?"

Ela olhou de relance para Tommy, piscou. "Ele vai crescer tanto que não vai ficar muito desfigurado. Talvez uma covinha. Muito pouco quelóide — ele ainda é um bebê."

"Josephine?"

Lisa suspirou. "Atingiu a rótula direita. Isso é irrecuperável. Vai precisar de algumas operações, de reabilitação. Sem dúvida vai levar um ano."

Lisa foi dar uma olhada em Sally, que dormia no sofá de um consultório. Até aquele momento eu sabia que todos tinham sido transportados na ambulância juntos — Josephine, Tommy e Sally —, uma vez que Josephine insistira com uma força histérica em meio à dor que não a separassem das crianças. Lisa chegara de seu consultório uma hora depois dos tiros e encontrara, ela me contou quando apareci no hospital, as crianças estranhamente calmas. Ao vê-la, irromperam em soluços de terror e se agarraram a ela, Sally especialmente, que, incólume, ainda estava traumatizada pelo sangue de Tommy e Josephine.

"Já arrumei tudo para Josephine", disse Lisa.

"Pagar tudo para ela?"

"É."

"Quarto particular?"

"Consegui o melhor quarto do hospital para ela. E médicos."

"Posso vê-la?"

"Está sedada, mas acho que sim." A voz da minha mulher estava fria, distraída. Ela me pareceu sozinha.

"Sedada?"

"Passou por um trauma, e hoje a medicação ansiolítica é uma das formas de tratamento da dor. A ansiedade aumenta a dor."

"De quem era o revólver?"

"Do homem."

"Mas Josephine atirou com a arma dela?"

"A polícia acha que sim. Ela estava confusa. Agora vai melhorar." Lisa suspirou. "Não cheguei a falar com ela. Estavam tratando do joelho dela."

"Apesar de tudo, ela continuou com a arma."

"Continuou", disse Lisa. "Acho que não compreendo mais as coisas."

Ficamos ali parados, minha mulher e eu. Havia alguma coisa que ela não estava me contando.

"Eles vão precisar desta cama."

"A do Tommy?"

"É." Lisa afastou os olhos de mim.

"Mas por Deus, ele só foi atingido no braço."

"É uma ferida na carne comparativamente pouco substancial, já desinfetada, suturada, protegida. Ele vai tomar um pouco de antibiótico e vai ficar bem." A voz dela estava tensa, desinteressada da minha ansiedade em relação a Tommy.

"Não estou lhe entendendo. O seu tom, para ser mais preciso."

"Você sabe quem era o homem, imagino."

"Tenho uma boa idéia."

Lisa examinou-me com atenção. Ela era apenas a mãe dos filhos dela, e não, naquele momento, minha mulher. "Seja lá o que for, a coisa ainda não acabou?"

"Não."

"Não posso deixar que as crianças façam parte disso, Porter."

"Não, não pode."

Tommy se mexeu, e ela ajeitou melhor o cobertor. "Você vem agindo como se estivesse numa pior."

"Estou."

"Fica fora de casa o tempo todo, é espancado e inventa uma história de que foi assaltado. Você deve estar pensando que eu sou tonta."

"Não."

"Você deve estar realmente equivocado a meu respeito."

"Não."

"Então, a seu respeito."

"Talvez."

Ela pousou os olhos escuros em mim. "'Talvez' é resposta de covarde."

Eu não disse nada.

"Você pode garantir que esses homens não vão voltar?"

"Não."

"Parece que você *realmente* deixou alguém furioso, Porter."

"Não é exatamente assim."

O rosto dela tinha um travo de amargura. "Bem, espero que seja por um *bom* motivo."

"Também não é exatamente assim."

Ficamos ali parados, minha mulher e eu, ela num belo vestido e com saltos delicados.

"Vou levar as crianças para a casa de mamãe", anunciou. "Hoje à noite. Vou pegar as passagens no aeroporto. Pedi um carro para daqui a dez minutos."

A mãe dela morava na região montanhosa nos arredores de San Francisco e fazia gaiolas de pássaros com pinho e velhas placas de carro da Califórnia.

"E o seu trabalho?", perguntei.

"Estou me sentindo uma merda por causa disso, Porter — muitos pacientes estão aguardando cirurgia. Por sorte são cirurgias que podem ser feitas agora ou na próxima semana." Falhar no atendimento aos seus pacientes deixava-a desalentada. "Quanto à cobertura dos chamados, também já organizei tudo, mas não é uma coisa que eu goste de fazer. Não me sinto nada bem de sumir assim de repente. Todo mundo no hospital vai saber disso. Mas são meus *filhos*."

"É."

"Tenho muitas coisas a lhe dizer, mas estou furiosa e triste demais por causa do Tommy." Olhou-me com raiva e bufou. "Que droga, Porter, eu estou de saco cheio, isso tudo é uma merda."

"É."

Então ela saiu com Tommy no colo, acompanhada de uma enfermeira que carregava Sally. Dei um beijo de despedida nas crianças e me senti satisfeito por estarem dormindo, por eu não precisar dizer que não ia com elas. Eu podia ir atrás de Lisa e tentar explicar tudo. Mas não fui.

Lá em cima, enfiei minha cabeça dentro do quarto de Josephine, na expectativa de que a família dela estivesse ali. "Josephine?"

Ela estava deitada de lado olhando para uma tela embutida num grande console para som e vídeo. Sobre ele, um menu com os serviços do hospital. Ao lado da tela, filmes complementares, se ela quisesse vê-los.

"Ah, Porter!" Ela se virou para mim e pude ver lágrimas em seus olhos. "Eu estava com Tommy e Sally, você sabe, e tinha começado a preparar um talharim, daí ouvi a campainha do portão e pensei que Porter podia estar chegando em casa mais cedo, algo assim, depois fui olhar e vi aquele homem na janela..."

Não tinha dúvida de que o homem de Hobbs sabia como soltar um cadeado. "Como ele era?"

"Era um sujeito de talvez ... eu diria uns cinqüenta anos, com um casaco pesado, e eu pensei: Ah não, não está certo, isso não está me cheirando bem, ninguém *me* disse nada sobre a vinda de um homem aqui em casa. Então ele sorriu, bateu na porta, e eu gritei através do vidro: 'Quem é o senhor?'. E ele não disse nada; daí eu disse: 'Vá embora, vou chamar a polícia'. E então ele chutou a porta, isso mesmo. As crianças viram. Sally ficou com muito medo nessa hora. Daí o homem já estava dentro da cozinha e eu pensei: Ah não, *isso* não está certo, esse aí não é um homem bom. Ele perguntou: 'Onde é o escritório do Porter?'. Eu disse que isso não era da conta dele, e depois ele disse: 'Me mostra o escritório ou eu vou machucar alguém'. Sabe como é. Então eu mostrei o escritório para ele, porque eu acho que..."

"Não, não, você fez a coisa certa. Sem a menor dúvida."

"Então ele começou a mexer em tudo do escritório, tirava coisas do lugar, e eu ia pegar as crianças para ir embora, e então ele diz: 'Não, vocês vêm todos aqui para dentro'. Eu estava tentando pegar o Tommy no colo para poder fugir. Mas ele saiu do escritório, estava armado, e disse: 'Todo mundo no escritório'. Então eu peguei minha bolsa e as crianças e entrei; ele estava tirando seus papéis, abrindo as gavetas e jogando os papéis por toda parte, e dizendo: 'Onde ela está? Onde ela está?'. Daí eu disse: 'Moço, eu não sei do que é que o senhor está falando'. Depois ele disse que ia levar as crianças com ele, e aí — ah, o meu..." Josephine pressionou suas mãos no pescoço e baixou os olhos, piscando. "Eu só... eu só sei que o senhor me disse para eu não trazer mais o revólver para o trabalho, mas..."

"Agora isso já ficou para trás, Josephine", falei.

"Eu só disse: 'Não, o senhor não pode fazer isso, moço, o senhor não pode levar estas crianças'. Então saquei o meu revólver, apontei e só puxei o gatilho. Ele gritou e me xingou — o senhor sabe como eles fazem quando estão putos —, então ele atirou e foi o tiro que pegou o Tommy e eu, daí nós dois gritamos, eu caí com o Tommy e atirei de novo; acho que o peguei, talvez, e atirei outra vez, mas a bala passou longe, bateu na parede, e depois ele saiu correndo para fora. O homem saiu pela porta da cozinha direto para o outro lado do pátio, então ele caiu, uma vez, sabe como é, depois continuou a correr. Eu não segui o sujeito. Fiquei só agarrada nas crianças. Elas estavam tão perturbadas que eu fiquei só segurando e beijando, sabe como é."

Do hospital, fui diretamente para a redação do jornal e comprei alguns litros de Coca-cola. Bebi a Coca e consegui ficar acordado a noite toda, que era a minha intenção. Hal Fitzgerald tinha deixado dois recados na secretária eletrônica e parecia preocupado. Mas eu não podia pensar nele naquele momento. Pedi ao guarda que abrisse a sala do serviço de informações do jornal. A sra. Wood tinha ido embora, mas eu sabia me localizar por ali. Campbell. Eu precisava saber onde Campbell estava. Qual era o primeiro nome dele? Não conseguia me lembrar. Podiam alinhar dez mil homens e eu o identificaria imediatamente, mas não havia a menor possibilidade de me lembrar do primeiro nome dele. Eu podia procurar "Campbell" na lista telefônica em CD, uma lista muito precisa feita por uma empresa particular e atualizada de três em três meses, mas eu teria nomes demais. Em vez disso, fiz uma pesquisa entrecruzada com os nomes Campbell e Hobbs. Uma história recente sobre o *The New York Times* no jornal poderia trazer o primeiro nome de Campbell. Talvez ele tivesse sido promovido enquanto estava no posto de Nova York; o setor de RP do jornal teria produzido um release. Que tal "Campbell" e "Londres"? "Campbell" e "Inglaterra"? Aí estava, um tópico diminuto: *Walter Campbell promovido à posição de vice-presidente executivo... Natural de Londres, Campbell estará à frente do...*

Com "Walter Campbell" eu podia começar. Onde ele morava? Em Nova York? New Jersey? Connecticut? Numa região cara. Em Upper Saddle River, em New Jersey? Lugar muito bacana. Em Darien, Connecticut? Também um lugar legal. Uma ligação difícil. Talvez não. Provavelmente ia a Londres com freqüência, a negócios. Ele sairia do JFK. Não eram muitos os vôos internacionais que usavam o LaGuardia. Um homem que vai do JFK com freqüência, que precisa tomar o avião de manhã cedo e coisas assim, não vai morar em New Jersey nem em Connecticut. Mesmo com uma limusine com chofer, seria muito longe para sair de manhãzinha, muito tempo perdido. Ele ficaria em Nova York, ou em Long Island, ou na própria cidade. Procurei Walter Campbell nos códigos de área 212, 718 e 516. Em oito códigos. Descartei os seis que se localizavam em bairros de classe média ou pobres. Ficaram dois, ambos em Bridgehampton. Três horas na via expressa de Long Island toda manhã — esquece. O número de Campbell não estava na lista. Lembrei-me de que ele não tinha aliança. Ou era gay ou era divorciado; isso o situava em Manhattan, que, para um homem rico de meia-idade, era o lugar onde estava a ação. Seria ele um eleitor registrado? Só se fosse cidadão naturalizado. Pouco provável. Os benefícios para os aposentados são melhores no Reino Unido. Eu estava de mãos vazias. Ele era Walter Campbell. Eu não tinha data de nascimento nem o número da previdência social. Como é possível encontrar um cidadão britânico em Manhattan sem um número de telefone, um endereço ou um número da previdência social? O homem dirige um carro. Meti o CD do Departamento de Veículos Motorizados do Estado de Nova York. Oitenta e quatro pessoas de nome Walter Campbell. Nenhum endereço listado. Imóveis. Entrei num arquivo só de Manhattan. Tinha um W. Campbell na rua 148 Leste. Harlem espanhol. Nem pensar. O homem não tinha nenhuma propriedade na cidade. Se tivesse, eu teria todos os meios possíveis de encontrá-lo. Mas fazia sentido ele não ter comprado uma propriedade; Hobbs provavelmente trocava o seu pessoal-chave de lugar com alguma periodicidade. Passei rapidamente pela lista das possíveis maneiras de encontrar pessoas: falência; embargos na construção civil; infrações em calçadas; sentenças do Comitê de Controle do Meio Ambiente; embargos em situações de emergência; arquivamento uniforme do Código Comercial; vazadouros de risco inativos. Aqui estava: multas sobre infrações sobre estacionamento de veículos.

O computador levou alguns segundos e então me informou:

MULTAS IEV: Walter Campbell
ENDEREÇO: R. 35 L., 107 A, 2º
M: 14 TOTAL: $1090,00 JUR: $102,16 PLACA: JD0876

Aí estava um executivo britânico transgressor de leis que alugava um apartamento distante uma caminhada do escritório. Agora eu podia saber alguma coisa sobre ele; enfiei um CD atrás do outro na máquina. Campbell tinha cinqüenta e cinco anos. Dirigia um Lexus 95. Não tinha porte de arma. Não estava sendo processado no presente momento. Não recebera nenhuma multa por fumar no metrô. Seu apartamento era propriedade de Lucy Delano, comprado em 1967, quantia não registrada. O vizinho de Campbell no terceiro andar era o sr. Tim Westerbeck, trinta e seis anos, que pagara trezentos e quarenta e cinco mil pelo apartamento em 1994. A vizinha de Campbell no primeiro andar era a sra. Lucy Delano, oitenta anos, que comprou o apartamento em 1964 por um valor não registrado. Eu precisava do número de telefone de Campbell. Procurei o número de Westerbeck: o recado na secretária dizia que ele estava em lua-de-mel em Baja e "seja lá o que sobrar de mim" voltaria mais tarde. Foda-se. Procurei o número da sra. Delano e lhe telefonei.

Uma voz hesitante, velha: "Alô?".

"A sra. Lucy Delano?"

"Sim?"

Eu disse meu nome e lhe informei que eu era repórter do jornal.

"O que o senhor deseja?"

"Estamos extremamente ansiosos para encontrar o sr. Campbell, seu vizinho."

"Como é que o senhor sabe que ele é meu vizinho?"

"É uma questão de dados do serviço público, minha senhora. Por acaso teria o número dele?"

"Tenho, mas não posso lhe dar."

"Entendo."

"Sinto muito."

Emiti um som de desalento. "Senhora, estou muito necessitado de falar com ele."

"Posso bater na porta dele, se o senhor quiser."

Era arriscado. "Está certo", eu disse.

Ouvi o fone ser pousado. Tosse. Barulhos indistintos. Nada. Nada e nada. Nada e depois nada. Talvez ela tenha morrido no corredor. Nada. Ruídos indistintos e tosse. Depois: "Sinto dizer, mas ele não está."

"Sra. Delano?"

"Sim?"

"Eu realmente preciso desse número."

"Desculpe. Moro nesta cidade há muito tempo."

"Sra. Del..."

"A primeira vez que eles me agrediram foi em 1965."

Eu não disse nada.

"Então o senhor sabe como é."

Sei.

Rua 35, onze da noite, uma noite de janeiro. O apartamento fazia parte de uma casa de arenito avermelhado de quatro andares, o que era bom; não tinha porteiro. O prédio tinha uns sete metros e meio de largura, o padrão para esse tipo de casa de Manhattan, com janelas salientes no primeiro e segundo andares. O alpendre tinha sido demolido, de maneira que a entrada principal ficava três degraus abaixo da rua e dava para o térreo. Eram três botões de três campainhas, o que significava que havia três apartamentos nos quatro andares; um deles era duplex — ocupando provavelmente o térreo e o primeiro andar. A sra. Delano, previdente como são as velhas, teria ficado com o térreo para evitar a escada; isso significava que Campbell morava no apartamento em cima do dela e o babaca do Westerbeck em cima do dele. Toquei no botão do apartamento de Campbell; nenhuma resposta; ele ainda não estava em casa. Ou talvez não viesse para casa; poderia ter uma amante em algum lugar da cidade. Alguma garota de botas vermelhas dona de um poodle.

As luzes estavam apagadas no primeiro andar; a sra. Delano estava dormindo. Procurei um jeito de entrar no prédio. Não vi nada além de adesivos do serviço de alarme e barras de ferro nas janelas. Fui para o outro lado da rua, achei uma sombra, cruzei meus braços dentro do casaco. Enquanto esperava, notei que a tampa da lata de lixo perto de mim estava amarrada a uma cerca com um pedaço curto de arame barato.

Uma hora depois, Campbell chegou, andando sozinho, carregando um saco de compras do mercado. Eu o vi parar em frente à casa, tirar a chave. E então, rápido como um galho arrancado pelo vento, atravessei a rua em poucos passos. "Opa!", disse ele, mas eu já tinha passado o arame em volta do seu pescoço. Deixou cair as compras e eu as chutei pela porta aberta; empurrei-o para dentro e tirei a chave da porta.

"Te dou dinheiro", ele ganiu. "A minha carteira..."

"Sobe a escada."

"A minha carteira..."

"Cala a boca." Dei um puxão no arame e ele tossiu.

"Pega as compras."

Ele pegou. Isso manteria suas mãos ocupadas. À porta do segundo andar, obriguei-o a identificar a chave certa.

"Não me mate. Por favor."

"Acende a luz."

Ele acendeu. Apartamento bom, tapetes, lâmpadas, ambiente vitoriano — no conjunto, talvez um pouco triste pela ordem excessiva. A solidão de um solteirão.

"Sexo?", ele tossiu.

"O quê?"

"Você quer sexo?"

"O quê?"

"Eu faço. Sou bom nisso. Vai ser bom."

Eu ri e dei um puxão no arame. Eu era muito mais forte; ele não chegava nem perto. Arrastei-o para a cozinha.

"Mostra a gaveta onde está a faca maior, mais afiada."

Ele gelou.

"Mostra!"

"Não. Você vai me matar."

"Mostra, Campbell." Dei um puxão brutal no arame e ele caiu de joelhos. Quando caiu, vi que ele pintava o cabelo.

"Levanta, seu babaca."

"Ai. Eu estou... morrendo."

"Não, você não está, ainda não."

"Ai." Tropeçando, ele se levantou.

"Me mostra a gaveta."

Ele não mostrou. Arrastei-o pelas costas para perto das gavetas, abri algumas, agarrei uma faca de trinchar enorme, e depois uma pequena, que enfiei no meu bolso. Depois empurrei Campbell na direção do telefone.

"Você sabe quem eu sou?"

"Não", ele tossiu. "Não posso te ver."

"Wren. Porter Wren. Eu trabalho para você. Teus capangas atiraram no meu garotinho esta tarde. Você sabia disso?" E dei um puxão mais forte no arame antes que ele pudesse responder. As mãos dele tateavam a beirada da mesa do telefone. "Eu devia te matar, Campbell."

"Não, por favor."

"Liga para o Hobbs."

"Não posso." .

"Por quê?"

"Ele está... no Brasil."

"Não dá pra engolir."

"Juro!"

Tirei a faquinha do bolso e esfaqueei a bunda do Campbell, um furo de uns dois centímetros de profundidade. Ele gritou. Doeu, mas não era grave.

"Comece a pensar, Campbell."

Então eu o forcei a dobrar os joelhos e a deitar no tapete. Sentei-me nas costas dele. Eu pesava quase noventa e cinco quilos. Puxei para o chão o telefone e o que parecia ser uma agenda telefônica pessoal, e internacional, muito bem organizada.

"Põe as mãos para trás."

"Não."

Enfiei-lhe a faca de novo.

Ele pôs as mãos para trás. Amarrei-as bem apertadas com o arame. Depois botei a agenda telefônica no tapete perto do rosto dele e pressionei o botão do falante para que eu pudesse ouvir a conversa.

"Ligamos para quem?"

"É impossível", gemeu Campbell.

Cheguei com os meus lábios perto do seu ouvido. "Campbell, meu chapa. Meu filho tem um ano e meio, é um perfeito anjo, é inocente. Você danificou o corpo dele e talvez a alma. Não sou homem de natureza violenta, Campbell. Mas juro que vou te torturar até você conseguir botar o Hobbs no telefone."

"Vou perder o meu emprego!", gritou, dando pontapés.

Esfaqueei-o de novo na bunda. Bem fundo. Mas não sangrou muito. Esfaqueei de novo, girando a faca. Era uma sensação estranha, ainda que familiar, assim como se eu estivesse testando o ponto de um peru de Natal. Esfaqueei de novo. Campbell estava começando a ficar sem ar.

"Liga pra ele."

"Você não entende", Campbell disse. "Eu não posso simplesmente..."

Percebi que furar o seu traseiro com delicadeza não estava adiantando. Talvez o barato dele fosse a dor. Puxei um abajur de cima da mesa, arranquei a cúpula e sacudi a lâmpada quente na frente da boca do Campbell.

"Abre bem", eu disse. "Vai ser uma sensação nova. O que é que você quer agora, a faca ou a lâmpada?"

"Tudo bem! Tudo bem! Ligue para Londres!", ele respirava ofegante. "Acorde a sra. Fox!"

Fizemos isso. Levou alguns minutos. A sra. Fox era a governanta de Hobbs. Cambpell explicou à sra. Fox que ele precisava do telefone da casa da sra. Donnelly. A sra. Donnelly era a secretária particular de Hobbs, ia com ele para todo lugar. O sr. Donnelly atendeu. Era de manhãzinha em Londres. Um sujeito sonolento falando com um conterrâneo histérico em Manhattan. Preciso do número da sua mulher no Brasil, Campbell disse. Por quê? Me diz, só isso! Um grosseirão miserável, não é? E assim por diante. Um telefonema para o Brasil, com os códigos do país e da cidade corretos. Ninguém atendeu. Dez toques. Depois uma voz em português. A sra. Donnelly foi chamada. Ela estava dormindo. Sim, ela se lembrava do sr. Campbell, em que poderia ajudá-lo? Preciso falar com o sr. Hobbs. Sinto muito, ele não está no momento. E assim por diante. Campbell estava suando muito, molhando os lábios. Por favor, sra. Donnelly, por favor. Estou metido numa situação muito difícil, numa situação de emergência. Me dá o número do celular. Ele sempre anda com um telefone celular. Sinto muito, sr. Campbell, ele pediu para não ser incomodado — Campbell gemeu. Estou pensando — ele disse resfolegando alto —, aí tem celular, sra. Donnelly? Não que eu saiba. Nenhum celular; isso quer dizer que o serviço de celular é ruim. Sra. Donnelly! Sim? O motorista tem que ter um telefone via satélite! Como? Um telefone direto para um satélite; cabe no porta-malas da limusine! Não estou familiarizada com isso. Está sim, é o número do carro, ligue para o número do carro. Ah, o número do carro. Isso, diga. Ela disse o número. Eu disquei. Cinco toques. Sim? Era uma voz inglesa. É o motorista? Sim. Aqui é Campbell, de Nova York. Chame o Hobbs. Infelizmente... É uma emergência. Ele está participando de um jantar lá dentro. Tem muita gente lá dentro. Tira ele de lá e traz para o carro. Não posso, senhor. Aqui é Campbell, de Nova York. Não sei quem você é. Campbell, de Nova York. Dirijo as operações nos Estados Unidos! Desculpe-me, senhor. Escute, vá até a porta e consiga o telefone de dentro da casa. Você pode fazer isso. Nós ligaremos para eles. Houve uma longa pausa. Estou tentando, porra, dá para perceber? Campbell cuspiu. Minha bunda está doendo. Você me esfaqueou na bunda. Então a voz voltou com o número da casa, que foi discado por Campbell. Uma empregada atendeu, falando português. Grande falta de comunicação. Depois, a filha adolescente, que falava um inglês perfeito. Um inglês, papai. Alô? Uma voz grave. Aqui é Artur Montegre. Aqui é Walter Campbell de Nova York. Preciso falar com um dos convidados do seu jantar, o sr. Sebastian Hobbs. Isso não é habitual, é? Não, senhor, não é de todo, mas eu estou numa situação muito difícil. Uma longa pausa.

Alô? Hobbs. Quem está falando?

Deixei Campbell falar um pouco, explicar o básico. Como ele tinha se fodido. Mas ele estava se desculpando demais, quase chorando de exaustão, e o meu recado não estava sendo transmitido. Peguei o fone: “Hobbs, escuta aqui, seu filho da puta. Se você não ligar para os seus malditos capangas, eu vou fazer umas mil cópias daquela fita”. Essa foi a mentira mais fácil da minha vida. “Vou fazer mil cópias e mandá-las para cada porra de jornal e canal de televisão deste país, e vou providenciar uma transcrição da conversa para os idiotas que não conseguem fazer isso sozinhos. Eu vou despencar feito uma estrela cadente e você vai comigo, seu gordo sanguessuga. Os putos dos teus capangas me deram a maior surra, roubaram a fita errada de mim, e deram um tiro no meu menino, Hobbs, e você é esperto o suficiente para saber como isso foi estúpido. Você pode me processar no próximo século, não me importo. Vou virar um bicho, Hobbs, se qualquer outra coisa acontecer com minha mulher ou meus filhos. Vou te caçar e arrancar o teu coração, monstruosidade balofa filha da puta, está entendendo? E antes de fazer isso eu também vou dizer para o Departamento de Polícia de Nova York que o teu cara daqui, o teu 'executivo', está com a fita que os teus capangas tiraram de mim, uma fita que por acaso mostra um policial sendo morto. Os tiras querem essa fita. Eles vão jogar o Campbell na porra da Rikers Island. Você já ouviu falar da Rikers Island? A maior colônia penal do mundo, bem aqui em Nova York! Dezessete mil presos! Campbell vai para lá, ele vai ... espera aí! O teu cara está chorando, Hobbs. Ouve só."

Eu pus o fone perto dos lábios de Campbell.

"Implora", mandei.

Ele respirava em pânico mas não disse nada. Meti a ponta da faca na orelha dele.

"Sr. Hobbs! Sr. Hobbs!", Campbell gritava com voz rouca. "É culpa minha! Sinto muito! Deixei os homens ir longe demais! Eu preciso ... por favor me dê autorização para afastá-los!"

Uma pausa. A cabeça de Campbell caiu no tapete.

"OK", disse ele.

Peguei o fone. "Quero ouvir de você, Hobbs."

"O senhor tem a minha palavra, sr. Wren. Estarei em Nova York em breve. Vamos trocar as fitas. E agora, posso voltar para o meu jantar?"

Eram quase três da manhã quando voltei ao portão do muro, atento à minha retaguarda. Dentro do túnel vi algumas gotas de sangue no tijolo e depois um traço alongado riscado no chão da entrada; lá dentro, sangue por todo lado, no chão, lambuzando o telefone, ensopando duas toalhas grandes e num borrifo escuro na parede. A equipe da emergência tinha deixado restos de pacotes de gaze rasgados e invólucros de seringas espalhados. Todo esse sangue era culpa minha, e me alegrava saber que Lisa e as crianças estavam longe de mim. Eu não era digno deles. De uma maneira ou de outra isso não me surpreendia; sempre soube que eu era egoísta e mesquinho, um babaca entre babacas. Não presto. Sou particularmente mau. Sou capaz de coisas que deveriam ser legitimamente condenadas. Meu pai, na realidade um homem gentil e paciente, sempre se preocupou com a minha natureza na época em que me criou sem a minha mãe. De pé na minha cozinha, olhando as manchas vermelhas atiradas pelo cômodo, lembrei-me de um dia, há muitos anos atrás, uma tarde de julho, quando eu tinha quinze anos. Meu pai tinha me pedido para pintar a cozinha da srta. Whitten, uma velha que morava em nossa cidade. Meu pai era um dos presbíteros da igreja, e imagino que o empobrecimento da srta. Whitten tivesse lhe chamado a atenção. Eu lhe disse que não queria fazer o serviço, mas meu protesto não foi muito veemente, porque eu sabia que meu pai não teria me pedido uma tarefa tão onerosa não fosse ela de algum modo muito importante para ele. Meu pai me explicou que ele próprio se propusera a pintar a cozinha, mas havia dias que as costas lhe doíam. De fato, vi a dor em seu rosto quando ele ergueu um galão de tinta para botar no seu caminhão. Fomos de caminhão para a casa da srta. Whitten depois do café da manhã, e no percurso meu pai me explicou como se pinta um cômodo, usando panos para as manchas, fazendo uma máscara de fita gomada em volta do que se vai pintar e dando pinceladas longas e tranqüilas. "O importante é não se apressar", disse-me ele. A srta. Whitten nos recebeu à porta da sua casa modesta de ripas de madeira, apoiada numa bengala. "Muito bem, aqui estão vocês", disse ela. Assim que entramos, ela se sentou pesadamente numa cadeira de rodas, enfiando a bengala numa alça pendurada num dos braços de alumínio. Meu pai foi de uma solicitude rara com ela. A velha nos conduziu a uma cozinha grande, estilo antigo, com aparelhos domésticos dos anos 50, piso e bancadas de linóleo rachado, e a pintura caindo do teto como folhas. Meu pai me ajudou com as latas e os panos para limpeza, e disse-me que estaria de volta às seis daquela tarde.

Trabalhei com afinco, primeiro raspando toda a pintura que estava soltando, depois fazendo máscaras nas partes que não seriam pintadas, depois arrumando os panos. A srta. Whitten inspecionava o progresso do meu trabalho de vez em quando, movimentando-se em sua cadeira de rodas sobre o velho carpete vermelho da sala de jantar até à porta de entrada para a cozinha. Ela não dizia palavra. O dia estava quente; e por volta de uma da tarde eu já tinha tirado a camiseta e estava bebendo água da bica. "Rapazinho, vista a sua camisa", ordenou-me ela da sua cadeira de rodas. Olhei para ela, dei de ombros e vesti a camiseta. Sua rabugice não podia exatamente me atingir; eu tinha me firmado num ritmo de trabalho nada desagradável e, mais exatamente, estava pensando nas calcinhas de algodão que Annie Frey usava, na fragilidade macia do tecido, no arremate franzido do elástico na cintura, que, afastado uma vez por meus dedos, deu lugar a um monte almiscarado de pêlos púbicos. Annie sempre suspirava com resignação quando minhas mãos se movimentavam sobre ela — o que ela queria, é claro, era *emoção*—, e nesses suspiros havia mercados inteiros de transação sexual. Cada mercadoria era comprada ao preço de um certo número de respirações tolerantes, e uma vez tendo aprendido a ignorar as demonstrações de paciência da virada dos olhos de Annie, eu continuava a me confundir. Essas eram as minhas preocupações enquanto eu pintava a cozinha da srta. Whitten e por isso foi uma surpresa total para mim quando ela deu um grito da porta que levava à sala de jantar. "Você estragou! Você estragou." Ao dizer isso, ela fincou a bengala numa mancha diminuta de um pingo de tinta errante que violara o espaço aéreo da própria cozinha e aterrissara no carpete vermelho desbotado da sala de jantar. Precipitei-me ansiosamente para a mancha ofensiva. "Posso ajeitar isso", garanti-lhe, curvando-me até me aproximar da mancha. "Vou só pegar um pano e..." "Não! Não!", gritou a velha mais alto do que eu. "Está estragado! Ah, menino estúpido." E desse jeito, com essa incongruência, ela ergueu a bengala e a abaixou com precisão sobre o meu ombro. "Seu menino estúpido, estúpido! Tinta pelo tapete todo!" Ela estava pronta para uma outra bengalada quando eu pulei para trás. Estava prestes a oferecer meus protestos de desculpas, mas me arrisquei a olhar direto nos olhos dela; vi uma lanterna de ódio, ainda acesa e brilhante das chamas de uma vida de amargura. Ela me meteu medo, mas só por um instante, e então tive plena certeza de que não poderia suprimir nem um pouco da minha crueldade. Enquanto a srta. Whitten continuava a me encarar, a bengala a postos, eu sorri com um sorriso mau, de nojo, que, traduzido da linguagem corporal, era algo mais ou menos assim: *Eu não tenho medo de você, sua bruxa velha filha da puta numa cadeira de rodas.* Mas a srta. Whitten não teve medo e não tinha terminado. Ela abaixou a bengala e apertou os olhos dramaticamente. "Você é um menino mau, um menino mau", proclamou. "Não pense que eu não esteja vendo exatamente quem você é, rapazinho. Eu estou vendo. Eu vejo bem aí na sua cara. Você pensa que é muito inteligente. Mas desapontará o seu pai, desapontará todo mundo." E com isso ela deu marcha à ré com a cadeira e eu permaneci sem ser visto o resto da tarde. Terminei meu serviço correndo, mijei na pia da cozinha dela, depois levei os panos e as latas para fora, para o alpendre, e ali esperei meu pai, a quem não relatei o incidente.

Você desapontará.

A luz fria voltou outra vez, e eu não quis vê-la. Eu estava muito abatido para comer — as caixas de sucrilhos me deixavam simplesmente arrasado, como as tigelinhas de plástico que Tommy e Sally usavam. Arrastei-me para o frio lá de fora e olhei de novo para a neve ensangüentada. Então ouvi alguém no fim do túnel de tijolo.

"Ei, que diabo você quer?", gritei.

"Sr. Wren?"

"Sim", eu disse, encaminhando-me para o portão.

Era um policial jovem. "Tenho aqui um recado do subcomissário Fitzgerald."

Peguei o envelope.

"Obrigado."

Esperei até ele voltar para o carro e se afastar. Uma folha de papel: *Corre*, dizia.

Assim fiz, deixando de lado o café da manhã para tomar o carro de volta ao Queens, notando a diferença na disposição do tráfego, por ser ainda cedo. A casa dos Segal estava coberta de moitas de azáleas precisando de poda. A calçada estava rachada; o alpendre dava a impressão de que desabaria a qualquer momento. Um pequeno letreiro na janela dizia SEGAL & SEGAL, ESCRITÓRIO DE ADVOCACIA, mas ninguém poderia acreditar que ali dentro se realizasse muito trabalho de advocacia. Toquei a campainha. Não houve resposta. Toquei a campainha de novo, dessa vez apertando com mais força. O interfone fez um ruído rascante.

"... um minuto."

Um homem encarquilhado de uns oitenta anos atendeu à porta. Ele espiou para fora, os óculos turvos de poeira e do que parecia ser geléia do café da manhã.

"Pois não?"

"Quero falar com Norma Segal."

"Ela foi fazer compras."

"O senhor é Irving Segal?"

Ele esticou a dentadura inferior bem para fora da sua boca, como a gaveta de uma caixa registradora ao se abrir. Depois a enfiou para dentro. "Sim."

"Bem. Meu nome é Porter Wren...", e mencionei o escritório de advocacia em que Caroline tinha conta.

"Estou bem familiarizado com esse escritório", cacarejou o velho. "Bem familiarizado, rapaz."

Eu lhe disse que estava ali em nome de Caroline Crowley. O sr. Segal me deu um arremedo de aperto de mão meio frouxo, como se temesse que os ossos de sua mão pudessem se quebrar, e depois me conduziu por um corredor forrado de madeira onde o carpete tinha pelo menos quarenta anos. Uma trilha gasta levava a uma porta fechada; dentro, um grande escritório forrado de madeira com pilhas de papéis por toda parte. As venezianas estavam fechadas e, a não ser por uma lâmpada de mesa, a sala estava às escuras.

"Como é mesmo que o senhor disse que se chamava?"

"Porter Wren."

"O senhor tem algum tipo de identificação?"

Espalhei alguns cartões da minha carteira em cima da mesa; o velho pegou um de cada vez e os examinou sob a luz da lâmpada. "Ninguém mais é quem diz que é", resmungou ele. "A gente nunca sabe. A identidade de todo mundo ... nada mais é privado. Hoje em dia tudo é sexo disso e sexo daquilo. Eu vejo alguns desses romances que tem para vender na drogaria, posso dizer pelas capas, estou lhe dizendo, mas acontece que a relação sexual entre um homem e uma mulher costumava ser um ato privado. Hoje em dia esses garotos estão fazendo todo tipo de coisa que não é natural, se o senhor quer saber." Ele balançou a cabeça, concordando sinistramente com a própria avaliação. "Agora, é claro, tem também as escolas. Ensinam como fazer as coisas, ensinam qualquer famigerado alfabeto. O que nós temos neste país é uma... o senhor pode chamar, ora, de desgraça, o que seria uma palavra generosa, isso sim. Acho que a palavra *generosa* seria um tanto... digo, a palavra desgraça seria *generosa*, quando na realidade a situação desses livros de sexo *imundos*, *imundos*, é... olhei alguns um dia, e algumas dessas revistas imundas, ali na loja, bem no lugar em que meninas pequenas podem vê-los, essas meninas pequenas, pequenas... ah... e eu disse para o vendedor da drogaria que no meu tempo essas coisas eram inaceitáveis."

Ele me olhava bem de frente e não via coisa nenhuma.

"Claramente inaceitável. Lembro-me de quando os Ezzinger, uma ótima família, administravam aquela drogaria. Bert Ezzinger era um bom pai, tinha três filhas que eu me lembre. Uma delas era alguns anos mais moça do que eu e ela possuía... ela era uma verdadeira... bem, naquele tempo nós tínhamos palavras de respeito quando uma garota era... não esse sexo, sexo, sexo imundo, imundo, de que esses garotos estão sempre falando na televisão."

O velho parou para tomar fôlego, e eu aproveitei a oportunidade para pegar de volta a minha identidade. "Sr. Segal, estou aqui para lhe perguntar sobre o arranjo especial que o senhor tem com o espólio de Simon Crowley..."

"Qual é mesmo o nome que o senhor disse, pode repetir?"

"Crowley."

O velho me passou um papel e um lápis.

"Por favor, escreva aqui."

Fiz isso e ele pegou o papel, depois se levantou com esforço e foi arrastando os pés até um imenso arquivo verde. Puxou uma gaveta e alguns papéis caíram, o que ele ignorou. "Humm, C, não. Primeiro vamos procurar no B, aqui..." Outra gaveta e mais papéis. "Deve estar aqui — ela arquivou... pedi-lhe que tratasse dos papéis, como é que eu posso me lembrar? Dirijo um escritório movimentado, como posso gastar meu tempo arquivando quando eu..." Ele se virou. "O nome, outra vez?"

"Crowley. O papel estava na sua mão."

"Sim, claro." Ele olhou para as mãos, mas um minuto antes ele tinha largado o papel, que já estava perdido na confusão de papéis no chão. Meu bip tocou. Dei uma olhada na tela. PORTER ME LIGA. HAL. O sr. Segal estava então limpando os óculos.

"O senhor conheceu Simon Crowley?", perguntei, achando que eu deveria conduzir a conversa.

"Ah, sim, ele veio nos ver há algum tempo."

"O que ele queria?"

"Não posso lhe dizer. É uma relação privilegiada com um cliente. Sem dúvida o senhor compreende."

"Ele está morto."

"Está?"

"Sim."

O velho franziu a testa desconfiado. "O senhor tem uma cópia da certidão de óbito?"

"Não."

Eu estava prestes a desistir. Mas Irving Segal estava começando a se lembrar de algo. "Havia... certas instruções...", ele matutava. "Lembro-me de que tínhamos tudo escrito... iríamos... e depois o acerto passou a ser de cobrar, mandar um... o senhor está vendo, as coisas estavam muito bem arquivadas no porão, mas então aquele cano, ficou tudo uma bagunça horrível e tinha também uns morcegos, tivemos problemas terríveis na ocasião, eu não puxei o freio a tempo e fomos processados por um coreano, então..." O velho advogado abriu uma gaveta, procurando um bloco. "Vamos ter que fazer uma faxina neste escritório mais cedo do que pensávamos", anunciou. "Em geral o nosso sistema é muito..." Ele puxou uma pilha de revistas pornográficas da gaveta e elas caíram no chão num monte lúbrico. "Eu estava procurando..." O velho parou, depois entortou a cabeça. "Normie? Normie, é você?"

Houve o barulho de uma porta se fechando e compras sendo descarregadas sobre a mesa, e então uma mulher de seus sessenta e muitos anos entrou no escritório. Ela se surpreendeu ao me ver.

"Normie, esse rapaz aqui quer saber sobre o... hã..."

"Crowley, Simon Crowley."

"Sim", disse ela sem hesitação. Depois virou-se para mim. "Estou familiarizada com os negócios do meu marido, e receio termos feito alguma coisa uma vez para um cliente de nome Crowley, mas isso foi anos atrás, talvez há uns dois ou três anos; acho que não fizemos mais nada desde então."

"Sim, sim", o sr. Segal acrescentou. "É isso mesmo. Algum trabalho anos atrás, mas nada ultimamente, senhor, nada que possa ajudá-lo neste momento, então sinto muito, mas devo dirigir minha atenção para outro... muito ocupado, meu senhor, prazer em lhe falar." E, tendo dito isso, começou a manusear os papéis e a correspondência já descartada com interesse, virando-os de um lado para o outro como uma criança que examina cartões coloridos com desenhos de bichos. Escolheu uma *Seleções* publicada durante a primeira administração Reagan e pousou-a numa cadeira.

"Vou levá-lo à porta", disse a sra. Segal. Quando não estávamos mais ao alcance dos ouvidos do marido, ela se voltou para mim: "Eu não queria magoá-lo. Então agora, qual é o assunto sobre o Simon?".

Expliquei quem eu era e por que estava ali.

"O senhor escreve para o jornal?"

"Escrevo. Mas não vou botar isso no jornal."

Ela me olhou desconfiada. "Não posso ter certeza disso."

"Eu também deveria lhe dizer que ontem fiz uma visita ao sr. Crowley no asilo..."

"O senhor viu Frank?"

"Vi."

"Como ele estava?"

"Bem... É claro que não sei como é o estado habitual dele, mas não me pareceu assim tão bem, sra. Segal." Olhei para ela decidido a jogar. "Ele foi um bom pai para o Simon?"

"Não."

Esperei.

"Vou dizer para o senhor, nós somos todos do mesmo velho bairro, sr. Wren. Morávamos seis casas mais para baixo. A sra. Crowley morreu quando Simon era bem pequeno, tinha uns dois anos, eu acho. Câncer no seio. Morreu assim. Depois disso o Simon começou a passar um tempo conosco. Eu queria um filho, o senhor sabe, e levei sete anos para ficar grávida. Eu achava que havia alguma coisa de errado comigo, mas finalmente, quando estava com trinta e seis anos, se é que o senhor acredita, engravidei. Eu tive um menininho, Michael..."

Meu bip tocou de novo. "Com licença."

ME LIGA AGORA — HAL (TEU CHAPA)

Guardei o bip.

"Então, eu tive um filho chamado Michael, e os dois, Simon e Michael, brincavam juntos. O tempo todo. Eu os pegava na escola. Eram como irmãos. O sr. Crowley — Frank — trabalhava horas e horas. Era um bom homem, mas eu acho... bem, ele nunca teve muita imaginação. Tudo vinha da mãe, e eu achei que era meu dever fazer o que ela teria feito se tivesse vivido, veja o senhor. Os meninos brincavam juntos, e às vezes Frank me dava dinheiro para comprar umas roupas para o Simon. Ele não tornou a casar. Acho que ele não sabia como fazê-lo. Não sei se isso lhe ocorreu. Eram só elevadores. Pela cidade toda. Mas Simon e Michael se divertiram muito..."

Ela parou e tirou os óculos. Depois os colocou e olhou para mim. "Michael morreu quando tinha cinco anos. Afogou-se na piscina de um motel. Foi culpa minha. Corri para buscar uma toalha no quarto e ele bateu a cabeça; até hoje, sr. Wren, eu me amaldiçôo pela minha estupidez. Fez vinte e cinco anos julho passado."

"Eu sinto muito."

"Foi... nós estávamos ganhando dinheiro, pensando em talvez nos mudarmos para a Flórida para termos uma vida melhor. Irving estava ganhando um bom dinheiro, andávamos de Cadillac naquele tempo. Eu tinha passado dos quarenta, Irving é mais velho, estava na casa dos cinqüenta. Era o segundo casamento dele, o senhor sabe, e junto com Michael costumávamos andar para baixo e para cima na estrada 1, lá na costa Leste da Flórida. Isso era no tempo em que a Flórida era segura, antes de todo mundo... bem, essa é a história. Tínhamos uma casa em St. Petersburg e estávamos pensando em mudar. Tudo isso foi antes de Michael morrer. Quando Michael morreu, foi... foi o fim de tudo, sr. Wren, não podíamos nos agarrar a nada mais. Meu hábito de beber começou a piorar muito. Eu... parte do motivo de Michael ter se afogado foi que eu quis pegar um outro drinque, e passei muito tempo preparando-o, essa é a terrível verdade, sr. Wren..."

Ela me olhou, os olhos úmidos.

"Continue."

"Acho que foi depois disso que comecei a beber de verdade, e Irving, ele simplesmente não se lembrava mais de nada. Tínhamos algumas propriedades, muito boas, mas..."

"Isso foi em St. Petersburg?"

"Foi, lindo, o céu e o ar..."

"Vocês tinham alguma propriedade em Nova York?"

"Tínhamos."

"Como eram?"

"Ah, nós tínhamos quatro, me parece. Tínhamos umas casinhas aqui pelo bairro, alugadas. Tínhamos uma loja. E tínhamos um prédio na zona sul de Manhattan.

" Rua 11, Leste, 537?"

"É, um prédio horrível. Frank — quer dizer, Irving — nunca deveria ter comprado aquele prédio."

Ela tinha cometido um erro curioso. "Foi onde Simon morreu."

"Foi."

"Qual a relação?"

"Ah, Simon tinha as chaves dos nossos prédios. Às vezes ele dava uma passada nesses lugares para mim."

"Por quê? Não entendi."

Os olhos da mulher perscrutaram o meu rosto, para decidir o que me dizer. Eu estava apertando muito o cerco.

"Me desculpe", falei. "Volte ao que a senhora estava dizendo."

"Acho que me precipitei. Então, depois que Michael morreu, Simon vinha muito aqui. Eu não tinha mais um menininho. Dessas coisas a gente nunca se recupera, sabe como é? Naquele momento eu já estava muito velha. Mas como eu ia dizendo, Michael — quero dizer, Simon — costumava aparecer e ficar um tempo aqui comigo, e eu lia para ele, contava-lhe histórias e coisas assim. Eu tinha um cavalete pequeno na cozinha e ele pintava uns quadros. Menino muito talentoso. Tínhamos uma regra, que era: nada de televisão por aqui. Era um menino muito inteligente, o menino mais inteligente que este bairro produziu, se o senhor quer saber. Mas era pequeno, e estava começando... — ele tinha um jeito meio engraçado, que herdou da mãe —, os garotos às vezes implicavam, e ele costumava vir e eu o consolava, acho que o senhor diria assim. Desenhávamos e víamos livros, às vezes cozinhávamos juntos. Acho que Frank— eu ficava furiosa de pensar nisso —, Frank não tinha idéia da inteligência de Simon. A menor idéia. Ele tinha um garoto que era... opa, é melhor eu morder a língua. Seja como for, aqueles foram anos bons para mim. Eu tinha Simon, e não me importava muito se o negócio do Irving não ia tão bem. Às vezes ele levava Simon a todos os prédios, e era assim que ele conhecia pessoas ou via pessoas pelo menos, porque era uma criança quieta. Em algum momento Irving trouxe para mim uma filmadora, porque nós ainda íamos para a Flórida, e eu mostrei a máquina para o Simon e ele quis usá-la. Usou-a um bocado. Tinha uns dez anos, me parece. Acho que nunca mais a usei, mas temos alguns..." Ela se levantou. "Eu sei que estou falando, falando, mas sabe como é, não tenho ninguém com quem falar sobre essas coisas. Ninguém está interessado nas lembranças de uma velha, mas o que eu ia dizer é que tenho um dos velhos filmes que o Simon fez com a nossa câmera, em algum lugar lá em cima..."

"É muito trabalho?"

"Ah, não, não, é só um minuto."

E foi, pois evidentemente ela sabia exatamente onde procurar. Ela voltou com um velho projetor Kodak e caixas de um amarelo desbotado de filmes de oito milímetros. "Meus dedos...", ela disse, e eu a ajudei, enrolando o filme com cuidado e mirando o pequeno retângulo de luz na parede da cozinha.

"OK", eu disse.

A sra. Segal desligou a luz da cozinha, e depois dos indefectíveis quadros trêmulos apareceu a casa dos Segal, as moitas podadas. A câmera se sacudia em panorâmicas para cima e para baixo. Depois um corte, um cachorro brincando num quintal modesto.

"Era o cachorro dele. Não consigo me lembrar do nome."

Depois vinha uma tomada do sr. Crowley sentado num banco de carpinteiro.

"Isso foi no porão deles."

O sr. Crowley olha para a câmera, depois toca na aba do chapéu. Ele tinha os mesmos olhos negros e cintilantes de Simon. A tomada seguinte foi feita num interior, e nela está Simon, aos dez anos mais ou menos, de pé diante da câmera. Ele é pequeno, de faces suaves, exuberante. Ele levanta um dedo. Espera. Depois sai rapidamente do quadro.

"Irving ou eu filmamos isso, me parece", observou a sra. Segal.

Simon desaparece do quadro por um momento, e pensei ter reconhecido na cena a sala dos Segal. Depois Simon volta correndo. Está vestido com um uniforme dos Yankees de Nova York, boné, luva, e traz um bastão de beisebol. Ele se pavoneia de um lado para o outro com ar importante, depois o rolo acaba.

"É o único que eu tenho dele", diz a sra. Segal.

"Sra. Segal, eu agora preciso lhe perguntar uma coisa. A senhora me contou do seu relacionamento com Simon quando menino. Mas como foi com ele quando homem? Há um amontoado de fatos que não consigo explicar. A senhora era dona de um prédio em Manhattan, e Simon dava uma passada nos seus prédios, já que tinha acesso às chaves, acho que foi o que a senhora disse. E ele morreu num prédio que tinha sido seu." Tomei fôlego. "A senhora visita o pai dele duas vezes por semana e vem fazendo isso há muito tempo. A senhora está recebendo do espólio de Simon uma compensação regular pelo serviço, mas o espólio lhe faz pagamentos maiores, irregulares. Eu não sei a que leva tudo isso, sra. Segal. Não consigo ligar todas essas coisas. A senhora consegue?"

O ponto de dilação. A sra. Segal arregalou os olhos para mim, amedrontada, e lembrei-me de que não sabia o que era ser uma mulher de sessenta e oito anos com um marido senil se arrastando de um lado para o outro, sem filho algum para tomar conta de mim. A sra. Segal tocou no saleiro e no recipiente de pimenta sobre a mesa, dois meninos holandeses de porcelana que alguém provavelmente colecionava.

"Sr. Wren, eu… ah, acho que sou apenas uma velha com meus segredos bobos. Veja o senhor, eu amava Frank Crowley", ela disse chorosa. "Eu o amava… como uma esposa, imagino que se pudesse dizer. Ele era... ele era gentil comigo. Nós… durante anos… se é que o senhor entende." Seus olhos estavam enormes diante da magnitude daquela confissão. "Depois que Michael se afogou, meu marido não quis outro filho — não podia, ou não iria — e Simon vinha muito aqui, ele não..." Ela balançou a cabeça com tristeza, como se quisesse que o marido se importasse o suficiente para ter ciúmes. "Frank era... era um homem encantador, muito composto, muito fino. Depois que a mulher morreu, ele foi o mais gentil..." A sra. Segal olhou para longe. "Ah, tudo isso é bobagem, claro, ninguém se importa."

"Eu me importo."

Ela levantou os olhos. "Se importa?"

"Sim", respondi com suavidade.

"Bem, não sei que pergunta o senhor quer que eu responda primeiro. Posso lhe dizer que Simon me perguntou se ele poderia cuidar de nós, uma vez que tinha começado a ganhar dinheiro, e eu respondi que não, que era o dinheiro dele, ganho por ele. Mas ele insistiu. O escritório de advocacia dele começou a me mandar dinheiro, mil dólares por mês. Pois é, me senti péssima com isso, e achei que deveria lhes mostrar algo em troca do dinheiro deles, mesmo sendo o dinheiro do Simon. Eu visitava Frank duas vezes por semana mais ou menos, e assim passei a registrar minhas visitas com uma nota de agradecimento. Eles me chamaram e disseram: 'Por favor, formalize a sua nota em papel timbrado de uma firma', e foi o que fiz. Temos aqui alguns papéis timbrados antigos do escritório de advocacia, então fiz como mandaram. Simon soube disso e ficou muito satisfeito. Ele não gostava desses advogados e contadores, dessa gente. Era a nossa pequena piada, o senhor entende."

"E os pagamentos grandes?"

"Isso era diferente. Simon sabia que estávamos tendo problemas de dinheiro. O carro de Irving atropelou um coreano e o homem teve uma fratura séria no quadril. Não podia mais andar. Então nos processou. Daí que tínhamos alguns problemas de dinheiro. Eu não disse realmente ao Simon o quanto a situação estava ruim, mas ele se ofereceu para comprar uma casa nova para nós, qualquer coisa. Mas eu disse que não, que eu estava feliz onde estava. Quer dizer, todo mundo que conheço mora no meu bairro — o açougueiro, o pessoal do supermercado. Afinal Simon disse que queria que fizéssemos algo para ele, e que poderíamos cobrar do escritório. Eu teria que mandar algo para uma terceira pessoa e depois cobrar do escritório no papel timbrado antigo..."

"Referente a cinco mil dólares?"

"É."

“Era uma fita de vídeo, sra. Segal?”

Ela me olhou com olhos rasos de terror. Ninguém falou; eu podia ouvir o chiado suave dos radiadores, o som do marido mexendo em papéis no escritório. A casa estava cheia de tempos idos, da morte que se aproximava.

“Era”, disse a sra. Segal, “era uma fita de vídeo. Eu teria que mandá-la e cobrar por serviços especiais ou coisa parecida. Uma coisa vaga, o senhor sabe como é. Simon parecia muito contente com esse arranjo.”

“A senhora deveria mandar a fita numa hora determinada?”

Ela balançou a cabeça. “Quando eu quisesse, o Simon disse.”

“Continue.”

“Uma vez vi o Irving com a fita na mão e a tirei dele para que ela não se perdesse. Então mandei copiar a fita numa loja de máquinas fotográficas onde o pessoal me conhece, caso o Irving perdesse a primeira fita. Passei por coisas terríveis. Perdemos todos os nossos clientes, tivemos uma horrível... bem, o senhor pode ver...”

“A fita, sra. Segal.”

“Sim, bem, mandei a fita para o endereço — quer dizer, a cópia da fita. Não ousei vê-la, é claro, mas mandei, e depois mandei a conta para o escritório de advocacia de Simon. Espero não ter causado muito problema com isso às pessoas. Apenas pus a fita num envelope pardo e a despachei pelo correio; então, três semanas depois, recebi um cheque de cinco mil dólares. Foi a coisa mais extraordinária que jamais vi.”

“Foi depois que Simon morreu?”

“Foi. Nós tínhamos acabado de passar por esse terrível processo...”

“Então a senhora mandou a fita outra vez?”

“Bem, a coisa não foi bem assim”, a sra. Segal explicou. “Não exatamente. Houve um mês em que estávamos atrasados com uma coisa e outra, o senhor sabe como é, então pensei que talvez pudesse tentar de novo, daí mandei fazer outra cópia da fita e a mandei para o mesmo endereço, e bati na máquina uma outra fatura. Apenas mandei a conta para o espólio de Simon referente a, conforme instruções anteriores ao falecimento, serviços especiais, algo assim — peguei um bocado dessa linguagem nesses anos todos —, e de novo fiquei tão surpresa, recebi um outro cheque de cinco mil dólares!"

"A senhora continuou fazendo isso?"

Ela assentiu com a cabeça. "Nós não temos muito dinheiro, sr. Wren. E eu, bem, sim, respondendo à sua pergunta, sim, continuei. Pensei: Quem vai jogar um pobre velho de oitenta anos e sua mulher na cadeia? Então fiz sim, fiz mais algumas vezes."

"Disseram-me que foram quatro ou cinco vezes no decorrer dos últimos dezesseis meses mais ou menos."

"Pois é, de novo, espero não ter causado problemas para ninguém", insistiu, "porque sem dúvida achei que, se o escritório de advocacia decidisse não pagar, eles teriam uma boa razão..."

"Eu quero que a senhora me entregue a fita agora, sra. Segal"

"Sr. Wren..."

"A senhora me entrega agora ou vai lidar com pessoas muito desagradáveis, sra. Segal. Ouso dizer que estou lhe poupando muitos dissabores ao tirá-la de suas mãos."

"Sinto-me perfeitamente inclinada a aquiescer, mas o senhor precisa compreender que temos muito pouco..."

Assenti com a cabeça, sabendo o que ela ia dizer. No grande esquema geral, a dela era uma pequena transgressão. "Continue a cobrar do escritório, sra. Segal. Na realidade, a senhora pode aumentar a fatura para sete mil e quinhentos."

"Posso?"

"Pode. Agora me dá a fita, só isso, sra. Segal."

Ela se levantou e foi até à bancada da cozinha. Meu bip soou outra vez: NÃO BRINCA, PORTER. Meti-o de volta no bolso, tentando lembrar que pergunta eu esquecera de fazer.

A sra. Segal estava abrindo uma caixa de madeira de receitas: "Costumo guardá-la aqui, porque assim sei onde ela está. Irving está muito esquecido. Não se lembra de nada". Ela me entregou a fita, para a qual olhei com muita atenção. A etiqueta com a letra de Simon ainda estava ali: FITA 63.

"Preciso usar o seu telefone." Liguei para Campbell e, sem nenhuma indagação sobre a saúde dele, pedi que dissesse a Hobbs para tomar um avião da América do Sul para o Norte.

"Ele já está na cidade", respondeu Campbell.

Espantoso. "Ele viajou ontem de noite?"

"Gosta de dormir em aviões, prefere."

"Se ele quiser a fitinha dele, diz para ele me encontrar no Noho Star, esquina da Broadway com Lafayette, às duas horas."

"O sr. Hobbs costuma almoçar no Royalton."

Um lugar ridículo cheio de tendenciólogos que só falam uns com os outros; o mictório era uma parede de aço cromado contra a qual você mijava. "Por que incomodá-lo?", disse eu. "Vamos até lá."

E então saí, a fita no bolso. Eu sabia que me esquecera de perguntar uma ou talvez duas coisas à sra. Segal, mas naquele momento estava excitado demais com a presença da fita para me lembrar delas. E, afinal de contas, precisava telefonar para o Hal.

"Porter, estamos com um problema de velocidade", disse ele depois que encontrei um telefone na esquina.

"Do que é que você está falando?"

"O meu chefe ficou meio excitado com a história do Fellows — eu disse que estávamos com um certo atraso, mas ele não me escutou — e, bem, ele contou pro Giuliani."

"Ah, foda-se, Hal." Desliguei. A polícia leva dez segundos para rastrear uma chamada num raio de cinco distritos. A idéia de que um repórter de jornal pudesse estar retardando a identificação e a captura do assassino de um policial deixaria Giuliani louco de raiva. Eis aí, afinal, um homem que ama a ópera italiana. Tornei a ligar.

"Alô?", atendeu Fitzgerald. "Porter?"

"Em que pé estamos?", perguntei furioso. "Os teus caras já botaram a minha casa abaixo?"

"É, já terminaram."

Desliguei. Depois tornei a ligar.

"Porter. Não estamos tentando..."

"Sim, vocês estão, sim."

"Você precisa entrar na história."

"Isso não vai adiantar. Estou trabalhando no caso, estou quase chegando lá."

"Escuta aqui, Porter, vamos pensar nessa coisa..."

Dez segundos. Desliguei. Tornei a ligar.

"Pelo amor de Deus, Porter."

"Diz para o prefeito que eu estou trabalhando no caso."

"Porra, Porter, vai você dizer pra ele!"

"Eu vou."

Uma pausa. No total de dez segundos.

"Porter Wren?"

Uma voz firme. Uma voz que comandava a cidade. Giuliani.

"Sr. prefeito, com todo o respeito, estou trabalhando no caso, eu lhe prometo." Desliguei e me afastei bruscamente do meu carro. Os tiras o encontrariam dentro de dez minutos. Provavelmente já sabiam da localização da cabine telefônica e estavam mandando um carro para lá. Desci os degraus do metrô e tomei o trem que saía de Manhattan. Depois peguei um táxi e atravessei a via expressa Brooklyn-Queens, entrei na área mais ao sul de Manhattan e percorri a rua Canal, pensando, ruminando minhas preocupações, mantendo minha cabeça baixa. A cidade está cheia de carros de polícia quando você não quer encontrar um deles. Antes do meu encontro com Hobbs, eu precisava ver a fita para ter absoluta certeza de que era a certa. Mas onde? A polícia estaria vigiando a minha casa — um carro do lado de fora do portão, o motor funcionando. No meu escritório? Muita gente em volta. Talvez até um detetive sentado na minha cadeira, naquele momento. Eu precisava de um vídeo e de privacidade. Me perguntei se poderiam rastrear a localização do meu bip — e o desliguei. Na Sétima Avenida saltei fora e comprei um gorro de tricô vermelho e óculos escuros. Depois liguei para Caroline. Tocou dez vezes, ninguém atendeu. Talvez ela não esteja em casa. Talvez trepando com o Charlie. Protegendo o investimento dela. Talvez eu devesse ir ao banco malaio, pressionar os funcionários para entrar e usar a máquina no cofre pessoal dela. Talvez não — eles telefonariam para ela a fim de obter a autorização para a minha entrada. Aliás, ela não estava em casa, talvez não estivesse por muitas horas. Eu podia entrar na loja de aparelhos eletrônicos, comprar um vídeo e uma televisão pequena, depois alugar um quarto num hotel. Mas levaria bem uma hora para encontrar um hotel que tivesse um quarto vago. Eu precisava de uma solução muito mais rápida, um lugar onde... eu tinha acesso a ele, e nem era muito distante.

Vivemos em tempos estranhos. Uma mulher negra de cinqüenta e dois anos com um joelho baleado está deitada na cama num quarto particular de um hospital, o tal com todas as amenidades disponíveis na terra do dólar, sua mente é um sonho bíblico de morfina, e quando ela abre os olhos, o que parece fazer vagarosamente de dez em dez minutos mais ou menos, pensa que está vendo um homem branco sentado numa cadeira ao lado da sua cama, sem prestar muita atenção a ela, mas olhando fixa e atentamente para a televisão, de que ela gosta muito. O homem branco lhe é familiar. De fato, ele é o seu patrão. Na realidade, ela prefere a esposa. Ela gostaria de perguntar como estão as crianças, como está Tommy, mas de algum modo a formulação da pergunta afasta a necessidade de perguntá-la; além disso, nesse momento estão aparecendo imagens engraçadas de um gordo na televisão e então ela fica vendo, ou sonha que está vendo — nunca irá lembrar.

(*Visão trêmula de um quarto de hotel opulento. A câmera se estabiliza. Um objeto não identificável, talvez a alça de uma bolsa, tolda a visão de um canto do quarto. Ao fundo, uma cama grande, uma cadeira de veludo e uma janela. É noite.*)

Caroline:... seria interessante, só isso. (*Aparece a imensa figura de Hobbs, usando um terno caro. Está de costas para a câmera. Tira o fone do gancho.*)

Hobbs: Telefonista, aqui é do quarto 1412. Não quero ser interrompido, nenhum telefonema. Com uma exceção. Se ligar um homem de nome Murdoch, complete a ligação. Murdoch, Rupert Murdoch. M-U-R-D-O-C-H. Isso, exatamente, obrigado, ninguém a não ser ele. (*Repõe o fone no lugar.*) Não é provável que ele ligue, mas pode ser que meu escritório lhe forneça este número. (*Hobbs vira a cabeça ao som de uma batida na porta. Consulta o relógio.*) Sim?

Voz: É Springfield, senhor.

Hobbs: Entre, Springfield.

(*Aparece uma pessoa no quarto, de costas para a câmera.*)

Hobbs: Sim.

Springfield: Terminamos a agenda de Londres, senhor. O sr. Campbell disse que eu deveria lhe informar.

Hobbs: Muito bem, Springfield, diga-me qual é a agenda.

Springfield: Pois não, senhor, temos o sr. Trump às oito da manhã, depois o sr. Ridgeway do banco às dez; depois almoço com o grupo do sr. Lok...

Hobbs: Os números estão organizados para essa reunião?

Springfield: Tenho que perguntar ao sr. Campbell, senhor. Mas eu diria que sim.

Hobbs: Diga ao sr. Campbell que, se ele não juntou os números, pode começar a comer arroz com peixe.

Springfield: Sim, senhor. É só por esta noite?

Hobbs (*voltando-se para Caroline*): A senhorita quer alguma coisa? Há alguma coisa que Springfield possa lhe trazer? Gostaria de cigarros, flores, qualquer outra coisa?

Caroline: Não, estou ótima, obrigada.

Hobbs (*erguendo a mão*): Tudo bem, Springfield.

Springfield: Boa noite, senhor, senhorita. (*Sai Springfield.*)

Hobbs: Vamos deixar tudo muito claro.

Caroline: OK.

Hobbs (*tira seu paletó desajeitadamente*): Quero que você me diga o que quer, exatamente.

Caroline: OK.

Hobbs: Você estava esperando algum tipo de pagamento?

Caroline: Não.

Hobbs: Estranho. Você não estava esperando nenhum tipo de trabalho nem pagamento regular em dinheiro, nem nada?

Caroline: Não. Só passar um tempinho com você. Você me deixa curiosa.

Hobbs: Veja bem, eu preciso perguntar por ter a posição que tenho; as pessoas estão sempre me infernizando com pedidos de dinheiro; trabalho ou alguma outra coisa. Você disse Carol, não foi?

Caroline: Caroline.

Hobbs: Claro, mil desculpas. (*Ela balança a cabeça e em seguida tira algo do cabelo, soltando-o.*) Você quer luzes acesas ou apagadas?

Caroline: Apagadas. Já vem muita luz da cidade.

Hobbs (*Ele se dirige à parede, e as luzes se apagam. Eles se instalam na cama.*): Agora... (*Ela toma a mão dele nas dela.*) Deixe eu lhe dizer uma coisa, minha senhorita Caroline. Nós nos fitamos de um lado ao outro de um abismo profundo. Claro, sabemos como são essas coisas. (*A voz dele é grave, lenta e muito afetuosa.*) Você é uma bela mulher, é americana, tem uma vida inteira à sua frente. E nós sabemos muito bem quem eu sou... sim. Eu sou um...

Caroline: Psssiu. (*Ela começa a se despir.*)

Hobbs: É muita bondade sua. Mas deixe eu lhe dizer uma coisa, minha senhorita Caroline, quero que saiba quem sou. Eu sei qual é a minha aparência, para você. Isso é muito importante para mim. Sou um velho gordo. Sou um horror, uma obscenidade. Não consigo tocar nos meus dedos dos pés há bem uns trinta anos. Também sou incapaz de uma função sexual normal, minha senhorita Caroline.

Caroline: Tem certeza?

Hobbs: Estou praticamente certo. (*Ele chuta fora os sapatos.*)

Caroline: Não consegue fazer sexo?

Hobbs: Não. Mas por favor...

Caroline (*Ela recomeça a tirar a roupa.*): Posso perguntar por quê? Quer dizer, é...

Hobbs: Você não, de jeito nenhum, claro que não. (*Ele deixa cair as calças, desabotoa a camisa.*) Foi algo que aconteceu... há muito tempo, infelizmente.

Caroline: Eu gostaria de ouvir você falar disso.

Hobbs (*suspirando*): É uma história de velho.

Caroline: Quero ouvir essa história. Já vi algumas coisas.

Hobbs: Deixa eu pegar um cigarro. (*Desaparece no banheiro, seu corpanzil de repente iluminado, como uma lua, por uma luz que pisca, depois se apaga da mesma forma abrupta.*) Daí então. Bem. Se você insiste. Na realidade, eu não falo nisso há muito tempo. Minha querida Caroline, era uma vez... Eu tinha vinte anos e meu pai era o nono homem mais rico da Austrália. Meu pai e eu não nos dávamos bem naquela época, nada bem. Ele queria que eu entrasse no negócio dos jornais e eu tinha outras idéias. Eu me interessava mais em velejar e em garotas, sabe como é. Tinha um bocado de dinheiro para um garoto da minha idade, e costumava ir aos bordéis de Melbourne, que, devo dizer, eram maravilhosos. Meu pai não conseguiu seu intento de me despachar para Oxford ou Cambridge, foi forçado a se contentar com a Universidade de Sydney. Esse, um desapontamento e tanto. Ele estava preocupado com o meu futuro, estava mesmo. Não o culpo. Tínhamos brigas terríveis. No verão anterior ao meu último ano na universidade, fiz o inqualificável: fui contratado para trabalhar num cargueiro.

Caroline: Um barco.

Hobbs (*Deita-se na cama*): Isso; o cargueiro é, ou era, um navio que transportava tudo de um lado para o outro do mundo. Carvão, aço, grãos, seja o que for. Agora, a não ser pelos navios-container e os petroleiros, os únicos que fazem transporte são os jumbos de carga. Mas nos idos de 1956, o cargueiro era o máximo. Eu gostava muito de trabalhar no navio. Tinha um bocado de pintura para fazer. Raspar e pintar. Subimos toda a costa Oeste da África, depois dobramos Gibraltar e fomos em direção à França. De cada porto eu mandava cartas bem curtas para meu pai e minha mãe, sabendo que elas chegariam na Austrália semanas depois. Em Marselha, desembarcamos alguns pneus de automóvel que tínhamos apanhado. Marselha era uma cidade barra-pesada, muito barra-pesada. O nosso capitão tinha até nos avisado, mas eu não me assustei. Não, de jeito nenhum. Estávamos com um problema na caldeira, e assim ficamos no porto cinco dias, e a maior parte desse tempo eu estava livre.

Caroline: Tem mulher nessa história, estou sentindo.

Hobbs: Sem dúvida que tem.

Caroline: Era bonita?

Hobbs: Tão bonita quanto você, exceto que ela era escura, como o mogno. Era a prostituta mais cara de Marselha, quer dizer, se ela te quisesse. Eu carregava muito dinheiro que guardava bem escondido, e fiz a coisa mais espantosamente estúpida que poderia ter feito.

Caroline: O quê?

Hobbs: Me apaixonei por ela. Eu lhe dava dinheiro para que ficássemos juntos, e ela foi condescendente comigo.

Caroline: Estava se aproveitando de você.

Hobbs: O que eu sabia. Mas não me importava. Passamos a metade do tempo nos campos franceses, bêbados. Aluguei um carro. Ela dizia se chamar Monique. Era meio índia, um quarto zulu, alguma coisa de chinesa, e o restante boer. Nascida na Cidade do Cabo. Tinha tido uma vida e tanto. Seu francês era rudimentar. Gatinha muito durona — exatamente como você, aposto. Ela tinha sido seqüestrada e levada para Marselha por um capitão após o fim da guerra. Foi seqüestrada por ele, depois apaixonou-se por ele. Você pode imaginar a emoção que isso tudo causava num rapazola de vinte anos deitado na relva do campo francês, meio bêbado. Fiquei totalmente enamorado. O caso estava condenado, naturalmente. Eu sabia que precisava voltar para o cargueiro em breve. Esses dias são tão reais para mim quanto o café de hoje de manhã. Posso olhar pela janela, Caroline, e sei que estou em Manhattan, no hotel Plaza e que hoje é oito de junho ou qualquer coisa assim — nunca sei qual é a data certa —, mas estou simultaneamente de volta àquele lugar, olhando dentro dos olhos pretos, pretos da minha Monique. Não tenho nenhuma fotografia dela. Não tenho nenhuma carta. Nada, a não ser a lembrança dela, do último dia que nos vimos, que foi vinte e três de maio de 1956, às onze e cinqüenta e sete da noite. Eu tinha de voltar ao navio à meia-noite. Zarparíamos às duas da manhã para pegar a maré. (*Caroline acende um cigarro.*) O apartamento dela ficava dois andares acima do térreo, a quatro quarteirões do cais. Eu tinha lhe dado tudo, até o último franco, libra e dólar que eu tinha, voluntariamente e com prazer. Ficamos juntos quase cinco dias consecutivos. A idéia de deixá-la acabava comigo: sabia que nunca mais a veria. Mas também me sentia estranhamente feliz, porque sabia que tinha tido uma pequena e intensa aventura amorosa, podia-se chamá-la assim, e logo estaria de volta ao navio, navegando a salvo oceano afora.

Caroline: Você se despediu dela?

Hobbs: Claro. Eu disse adeus e a beijei, disse que a amava e que nunca a esqueceria, e todas as coisas que a gente diz quando o coração está transbordando; então ela me disse que eu tinha de ir, que levava três minutos para chegar ao cais, e eu lhe disse que, se corresse, poderia percorrer a distância na metade do tempo; ela disse: "Bem, talvez dois minutos", e acho que nos beijamos mais uma vez. Depois olhei para ela, aquele último olhar, aquele olhar que você sabe vai durar até morrer, e então voei escada abaixo e pelas ruas escuras, e foi talvez a um quarteirão de distância que alguns dos marinheiros comuns de Marselha me pegaram, ainda que eu fosse um sujeito de bom tamanho e tivesse lutado o mais bravamente possível, e me surraram pra valer; um deles enfiou uma faca em volta da minha virilha bem uma dúzia de vezes, e me largaram ali para morrer.

Caroline: Deus do céu!

Hobbs: Eles me odiavam por eu ter levado Monique, entende? Sabiam que eu não devia ser realmente um marinheiro, já que havia pago cinco dias pelo tempo dela, alugado um carro e comprado muito vinho. Eles ficaram à minha espera. Sabiam quando o meu navio iria partir. Eu estava numa sinuca. Meu barco partiu sem mim. Eles me arrastaram para fora da rua principal, deixaram-me atrás de restos de lixo. Uma velha me encontrou de manhã. Eu estava mal. O médico disse que achou que eu tivesse perdido metade do sangue, que só me salvei pela minha juventude. Mas os marinheiros tinham cortado meus nervos, tinham cortado tudo o que se podia cortar. Por sorte ainda tenho os meus testículos, mas depois disso não prestaram mais. Não endureciam. Eu queria. Quis durante quase quarenta anos. Nada. Fui aos melhores médicos do mundo. Os melhores. Sempre esperando que surgisse algum tipo de técnica... alguma droga, mas nada. Os nervos aí estão todos mortos. Posso sentir quando faço xixi, um pouco, mas é só. Do contrário, quase nada. Calor e frio, um pouquinho. Ereção, impossível.

Caroline: E o que aconteceu depois disso?

Hobbs: Fiquei no hospital. Estava na pior. Não tinha dinheiro nenhum e não sabia quase nada de francês. Enfim pedi a uma enfermeira que entrasse em contato com o diretor do jornal. Em vez disso ela me contatou com um homem que trabalhava para a BBC. Aposentado. Podíamos falar em inglês. Dei-lhe o nome e o endereço do meu pai. Três dias depois meu pai chegou. Depois, um hospital particular em Paris. Ele ficou comigo um mês. Lia os jornais para mim. Estávamos muito mudados, ele e eu. Passou a me esclarecer sobre alguns dos problemas que vinha tendo nos jornais dele. Foi inteligente o suficiente para tornar o relato interessante. Todo dia, horas e horas, sem parar. Às vezes ele lia para mim. Mandou colocar um telefone especial no quarto para que pudesse trabalhar enquanto estava lá sentado. Quando fiquei bom ele voltou para a Austrália. Levou-me direto para o jornal. Eu nunca teria ido se não tivesse sido à força, mas precisava ter algo para fazer. O meu pai foi muito inteligente. Sinto falta dele. (*Hobbs fica em silêncio.*) Três anos depois as coronárias o mataram e lá estava eu com o maldito negócio. (*No quarto escurecido, ela está encolhida contra o corpanzil de Hobbs. Os minutos passam. A respiração dele é tensa e ofegante; a dela, natural, é inaudível. Parece que a mão dele está se mexendo para a frente e para trás no ombro e no pescoço dela. Ela pega a mão enorme e pousa-a no rosto dela, beijando-a.*) Você não sente repugnância de mim?

Caroline: Acho você um doce. (*Ela pega um dedo de cada vez e o põe em sua boca, afastando-o depois e fazendo o mesmo com o seguinte.*)

Hobbs: Há uma outra coisa que eu gostaria de fazer.

Caroline: O quê?

Hobbs: Acho que vai ser uma coisa... tem bastante significado para mim, por sua vez.

Caroline: Eu não...

Hobbs: Deixa eu só... (*O imenso corpanzil de Hobbs sai da cama e passa pela câmera.*) Agora, se você descer só um pouquinho para cá... (*Hobbs está numa extremidade da cama, ajoelhado, com alguma dificuldade. Ela está deitada de pernas abertas. Hobbs abaixa seu corpanzil até chegar entre elas.*) Está vendo, minha srta. Caroline... (*Hobbs pôs sua cabeça entre as pernas dela; as palavras dele estão um tanto abafadas.*) Eu tenho uma... talvez você tenha visto, minha língua é..., eu tenho uma certa... isso, aqui, se me permite, eu vou só...

Caroline: Epa, ai.

Hobbs (*Levantando a cabeça*): Sim? Acho que isso é provavelmente muito... (*Abaixa a cabeça dele, deixa cair uma mão carnuda em cada uma das coxas dela.*)

Caroline: Ah. Isso é a sua língua? Não posso acreditar — ah! É... (*Sons indecifráveis. Passam-se muitos minutos, Caroline respira profundamente.*) Não... devagar... um pouco mais devagar... um pouquinho... não, agora entra e vai de um lado para o outro... eu... (*A cabeça dela para trás e para a frente.*) Agora sai, agora vai... ai, entra, agora, é muito... Eu disse não faz, mas por favor faz de novo... ah, isso, isso é... (*O quarto fica silencioso por algum tempo, a não ser pela respiração sibilante de Hobbs, e pelos sons de Caroline ao se contorcer na cama. Na rua lá embaixo, passa uma sirene. No ar há zumbidos e murmúrios longínquos. Depois ela vira de lado.*) Foi... me sinto tão relaxada.

Hobbs (*Levantando-se devagar*): Agora eu estou enganando, sabe como é, enganando o tempo. (*Deita-se na cama.*) Quando estou aqui, assim, no escuro, sentindo você aqui ao meu lado, realmente me recordo do passado, srta. Caroline, volto para lá, não me sinto destruído pelo tempo... Costumava passar muitas horas com as prostitutas do Cairo. É impossível lhe descrever como era delicioso. É impossível lhe dizer como estou feliz neste momento; isso é tudo que um homem como eu pode gozar. Eu costumava fumar um bocado naquela época, sentado nos balcões dos bordéis e vendo as multidões. Depois do acidente, descobri que tirava muito pouco prazer dessas coisas. Eu me considerava desfigurado e, desse modo, passei a me desfigurar ainda mais — ou, pelo menos, é assim que eu compreendo a minha forma de agir. O fato de eu estar vivo é algo que me confunde, srta. Caroline, e no entanto, agora estou bastante satisfeito de estar vivo. Ah, eu sei o que pensam de mim e compreendo isso, mas eles são agora uma espécie de família para mim. Sinto um certo orgulho de ter criado trabalho para essa gente, quase nove mil pessoas pelo mundo todo, srta. Caroline, e tem uma coisa aí também, eu gostaria que as pessoas concordassem... (*De repente ele fica quieto, melancólico, talvez.*) Eu estava voando sobre a Iugoslávia uma noite dessas, e o céu estava claro. Podia ver o fogo dos foguetes lá embaixo, lampejos... e ali estava eu a caminho de Frankfurt. Estavam bombardeando Sarajevo com morteiros. É... horrivelmente estranho, realmente, eu não moro em lugar nenhum, minha Caroline. Circulo pelo mundo, de um lado para o outro, mas... eu teria que admitir... nunca tive ninguém, Caroline, talvez devesse ter me casado, mas nunca entendi a necessidade que os homens têm disso. Fui um tolo. Agora é tarde demais, não posso morar em lugar nenhum. Não moro em lugar nenhum. Não conheço ninguém... Só faço voar e voar e voar. (*Ela toma o braço dele e o esfrega.*) Encontro consolo em interlúdios como esse. Você é jovem e está pronta para me ouvir... sua própria estranheza me permite ter intimidade com você. Percebo que você vem de algum lugar, que tem histórias, que não deveria estar aqui... Nós somos a bela e a fera, talvez. (*Risos.*) Não, deixe-me corrigir esse pensamento: a bela e o capital. Como é estranho que essas coisas estejam sempre uma à procura da outra. Olho no seu rosto e esqueço de mim, esqueço o... o vôo constante, o... (*Ele enterra a cabeça maciça nos seios dela e ela a afaga. Passa-se meio minuto. Afinal Caroline inclina sua cabeça por cima de Hobbs, o cabelo dela fazendo uma cortina para os dois. Talvez ela lhe segrede alguma coisa, lhe beije a cabeça, segrede mais alguma coisa.*) Você sempre fez isso com os homens, transformou-os em destroços?

Caroline: Eu amo os homens. Esse é mais ou menos o meu problema.

Hobbs: Os homens sempre irão se destroçar por você.

Caroline: Isso me apavora.

Hobbs: Deveria. Vou pensar em você.

Caroline: Vai?

Hobbs: Vou. Vou me lembrar da bela mulher que foi paciente com o velho gordo, que o deixou tagarelar, iludindo-o de que havia significado no que ele tinha para dizer.

Caroline: Você é duro demais consigo mesmo.

Hobbs: Eu não tenho nada, Caroline. Gostaria que você compreendesse isso. Tenho um momento como esse uma vez por ano, se tanto, e isso é tudo. O resto não é nada para mim...

nada. (*As duas figuras vestem-se lentamente, sem dizer nada. Ela está enfiando o vestido e ele sugere ajudá-la com os botões das costas, tarefa em que se concentra, resfolegando laboriosamente enquanto seus dedos grossos enfiam cada botão na sua casa.*) Muito bem. (*Ela se vira*) Eu gostaria de vê-la de novo.

Caroline: Não sei ao certo.

Hobbs: Bastante justo. Se você quiser, ligue para o meu escritório aqui, peça para chamar o sr. Campbell. (*Veste o paletó.*) Precisa de alguma coisa? Um carro?

Caroline: Estou bem.

Hobbs: Me deixe ao menos providenciar um carro. (*Tira o fone do gancho.*) Sprigfield, um carro lá embaixo, por favor. Sim. Tudo bem. (*Desliga.*) Tudo certo, então?

Caroline: Tudo.

Hobbs: É só uma despedida rápida.

Caroline: Onde você vai estar a semana que vem?

Hobbs: A semana que vem? Talvez Berlim. Não, Londres primeiro e depois Berlim. (*Ele tira o fone do gancho outra vez.*) Estarei no hall em cinco minutos. Hum? Sim. Passe um fax para ele. Sim. Diga ao piloto que sairemos às três e trinta. Sim, cinco minutos mais ou menos. (*Desliga.*) Vou me despedir de você.

Caroline: Você vai viajar hoje à noite?

Hobbs: Para Londres, vou.

Caroline: Tenha uma viagem tranqüila.

Hobbs: Obrigado.

Caroline: Até logo.

Hobbs: Se quiser, ligue para o sr. Campbell.

Caroline: Não sei ao certo.

Hobbs: Então, até logo. (*Uma porta abre e fecha; o corpanzil pode ser visto atravessando um quadrado de luz. Caroline Crowley senta-se na cama, sem se mexer. Passam-se um ou dois minutos. Ela olha para fora da janela, depois se vira e anda em direção à câmera. Caminha diretamente para a câmera, com passos rápidos, seu rosto sai do campo de visão, seu braço procura alcançar a câmera. A imagem fica escura.*)

* * *

No Royalton, encontrei Hobbs sentado num compartimento imenso. Notei uma valise preta a seus pés. Um assessor dele estava sentado a uma outra mesa.

"Sr. Wren..." Hobbs fez um gesto na direção de uma cadeira. "Por favor. Espero que desta vez possamos nos tratar como cavalheiros."

Naquele momento eu o via de forma diferente; eu o percebia ansioso e vulnerável como qualquer outra pessoa.

"Tenho certeza de que o senhor permitirá que eu lhe ofereça um almoço espetacular", disse Hobbs.

Eu não estava interessado em ser seduzido. "Quero o nome do cara que atirou no meu filho e na baby-sitter", retruquei.

Hobbs me encarou. "Não."

"Nada feito." Levantei-me.

"Só um instante." Hobbs acenou para o assessor, que levou com ele um telefone celular.

"Número de telefone e endereço também."

Hobbs e o assessor se falaram em voz baixa por um minuto. Quando terminou, ele passou um pedaço de papel para mim. Phil Biancaniello, Bay Ridge, um telefone do Brooklyn.

"O senhor compreende que eu ainda tenho um problema pessoal com ele."

Hobbs abriu as mãos. "Naturalmente."

Pedimos o almoço e depois tirei a fita do bolso do meu paletó e a entreguei do outro lado da mesa.

Hobbs a examinou. "Parece bastante inócua, não acha?"

Então fez sinal para o assessor, que abriu uma pasta e de lá tirou um equipamento aproximadamente do tamanho de um laptop. Nele havia um monitor diminuto na parte superior, e Hobbs meteu a fita de vídeo numa abertura lateral.

"Onde fica a bateria?", perguntei.

Hobbs estava botando óculos de meias lentes. "Ah, tem alguma por aí, do tamanho de uma pílula, com certeza." Ele observou a tela, franzindo o rosto com raiva. "Tudo turvo, senhor."

Um medo gelado. Mas então: "Rebobine a fita".

O que ele fez. A máquina zumbiu amigavelmente, deu um clique e a fita começou a rodar. Hobbs ligou fones de ouvido, depois se debruçou atentamente sobre a máquina, chegando tão perto que ninguém mais podia ver o que ele estava vendo. Nossa comida chegou, em diversos pratos fumegantes, e Hobbs nem levantou os olhos. Sua expressão relaxou, então vi um rosto que eu ainda não havia visto, um rosto que parecia cansado e contemplativo. Comi a minha comida. Hobbs tinha razão: era muito boa. À nossa volta, o retinir e tilintar das pratas; era uma sala na qual quase todo mundo era rico ou famoso de alguma maneira, e no entanto o intenso brilho da sala favorecia uma estranha privacidade. Notei que lá estavam Larry King, William Buckley e Dan Quayle. Hobbs os ignorou. Finalmente ele desligou os fones de ouvido e mexeu na sua valise. De lá tirou um equipamento de tamanho semelhante ao primeiro e passou a fita de uma máquina para a outra. Em seguida consultou os dados que o dispositivo registrava. Fez um sinal afirmativo com a cabeça, depois olhou para mim. Ele virou o pequeno aparelho de modo que eu pudesse ler o que estava escrito. Lá estava: ORIGINAL, NÃO É CÓPIA.

"Bom trabalho, senhor."

"Eu estava extremamente motivado."

"O senhor estava realmente, e eu também. Agora quero lhe fazer três perguntas."

"Vamos lá."

"O senhor sabe de alguma cópia dessa fita?"

"Não."

"Foi Caroline Crowley que me mandou essa fita?"

"Não."

"Quem foi?"

Expliquei quem era a sra. Segal e falei sobre a inocência dela na coisa toda.

"Ela viu a fita?"

"Essa é a quarta pergunta."

"Realmente, acho que tenho algumas outras. Acho que o senhor poderia ser condescendente com elas, como mais tarde serei condescendente com o senhor neste nosso almoço."

"Bastante justo. Não, a sra. Segal não viu a fita. Se o marido viu, não se sabe, mas ele parece bastante atrapalhado."

"Ele tem que idade?"
"Pelo menos uns oitenta."
"Então eu não me preocuparia com ele."
"Nem eu."
"Você mostrou a fita a Caroline Crowley?"
"Não."
"Por que não?"
"Imaginei que quanto mais cedo eu a tirasse das minhas mãos, mais cedo eu teria minha vida de volta."
Hobbs assentiu com a cabeça.
"Um homem seu baleou o meu filho, Hobbs."
Ele pegou o garfo. "Vou experimentar o meu camarão. Então agora, a última pergunta. O senhor viu esta fita?"
"Vi."
Encaramo-nos um ao outro.
"Sou uma figura agradável de ver, não é mesmo?"
Eu não disse nada.
"O senhor pode ver por que eu a queria de volta. Uma questão de privacidade, creio. Um certo orgulho, nada além disso."
Assenti com a cabeça.
Ele mexeu dentro da valise e tirou de lá uma fita de vídeo. Na letra de Simon: FITA 15. A fita do Fellows.
Tirei-a dele.
"Com licença?"
Meti a fita no aparelho portátil de Hobbs. Ali estavam: o parque Tompkins Square, os agitadores, a polícia. Apertei o botão para acelerar a velocidade da fita pois queria me assegurar de que o trecho principal ainda estava lá. Fellows é derrubado como uma árvore, o atacante foge. Fiz a fita parar, rebobinei-a, tirei-a do aparelho e guardei-a na minha pasta.
Depois comemos com apetite, Hobbs e eu, e então se seguiram a sobremesa e o café.
"E agora, senhor, a última coisa."
"Sim."
Dessa vez ele tirou um envelope do bolso interno do paletó.
"Isso está conosco há bastante tempo, mas dentro do espírito de que tudo está bem quando acaba bem, achei que deveria devolver." E me entregou o envelope. Havia algo pequeno e duro dentro dele; pousei-o na mesa sem abrir.

"Como o senhor pode imaginar, tivemos acesso ao apartamento de Caroline Crowley. À procura da fita, é claro. Não sei se ela suspeita ou não desse ato."

"Suspeita."

"Isso não me surpreende. As mulheres em geral sabem coisas desse tipo. Demos uma olhada em todas as chaves dela, à procura de um cofre, um outro apartamento, um carro, fosse lá o que fosse, e identificamos todas, menos esta. Não a necessito mais e achei que deveria devolvê-la."

Abri o envelope. Uma chave minúscula, sem inscrições, chata e velha. Três furinhos em vez de um. Denteada nos dois lados. De tanto fuçar no celeiro do meu pai quando menino, eu sabia que essa era a chave de um cadeado pequeno. Eu tinha estado em todos os cômodos do apartamento de Caroline e não vira nada que combinasse com ela. A chave era tão intrigante — tão inidentificável — que os fantasmas de Hobbs a confiscaram. Talvez eles fossem por si mesmos peritos em fechaduras amadores, se invadiam apartamentos com tanta facilidade.

"Não é uma chave de casa, eu diria", Hobbs acrescentou.

Saímos então, ele e eu, e alguns dos clientes observaram o seu andar lento; quando chegamos do lado de fora, uma limusine nos esperava. Hobbs entregou sua mala ao motorista e virou-se para mim.

"Creio que pusemos todos os pingos nos *is*, não é mesmo?"

"Creio que sim."

Ele entrou no carro e o motorista fechou a porta. O meu reflexo curvilíneo tornou-se o rosto dele quando o vidro foi aberto.

"Aliás, a srta. Caroline guardava a chave em cima da geladeira, num armário de louças." O rosto abundante olhou para mim, os olhos verdes brilhantes, os lábios ainda úmidos do almoço. "Um lugar bastante estranho para uma chave minúscula, eu diria."

Depois ele se foi.

Liguei para Hal Fitzgerald da esquina. "A fita está comigo."

"Porter?"

"Ela está comigo."

"Bom, isso é muito bom."

"É só me dizer aonde vou levá-la."

"Bem, vamos ver, hã... Você está na região central da cidade?"

A tecnologia dos tiras estava melhorando.

"Estou..."

"Esquina da Sexta Avenida com a 44?"

"É."

"Espere. Vamos mandar um carro até aí."

"Posso levar a fita, se você quiser."

"Não", disse Hal. "Nós, hã... espere aí, Porter." Ele estava bloqueando a linha. "Não, espere aí só um instante. É um carro sem identificação. Uns quatro ou cinco minutos."

Esperei. Pelo céu parecia que ia nevar. Não tinha muito tráfego. O sinal mudou duas vezes e depois, bem no final da Sexta Avenida, vi um sedã preto a toda velocidade, uma luz vermelha piscando atrás do pára-brisa. O carro encostou um pouco adiante de mim e a porta se abriu. Curvei-me e olhei para dentro — olhei nos olhos zangados e escuros de Rudolph Giuliani, prefeito da cidade de Nova York, arcanjo vingador.

"Sr. prefeito."

Olhos em brasa, boca num sorriso invertido, ele estendeu a mão para fora. Pus a fita nela. Ele assentiu com a cabeça, olhou de relance para o motorista.

"Segue", ordenou.

E eles entraram na onda do tráfego.

Mas eu não tinha terminado meu assunto com Hal. Parei na esquina e telefonei para ele novamente.

"Hal, tem mais uma coisa que eu quero conversar com você."

"O quê?"

"Eu estou indo aí para o centro. Me espera do lado de fora."

Consegui um táxi na primeira tentativa.

"Você não é o Porter Wren?", o taxista me disse. "O cara que escreve no jornal?"

"Isso aí."

"Acho que a coluna anda meio caída", o homem falou. "Você precisa acertar na mosca logo, está me entendendo?"

"Estou."

"Quer dizer, aquele negócio sobre o cara que matou a namorada, o diário de um homem louco, ou coisa parecida, que tem o vestido de noiva e tudo mais, isso foi legal."

"Não é o meu melhor trabalho."

"Pois é, com isso eu vou concordar."

"Me dê uma outra oportunidade — talvez eu o surpreenda."

"Claro, nenhum problema."

Em seguida eu estava do lado de fora do quartel da polícia, e Hal vinha descendo os degraus de granito sem sobretudo, o vento agitando seus cabelos, e com um ar excitado. Ele tinha cumprido o prometido, ainda que um pouco tarde, e agora seu boletim ficaria realmente muito atraente.

Ele apertou minha mão. "O prefeito está satisfeito."

E, evidentemente, Hal também. A satisfação do prefeito era uma forma de moeda corrente, conversível em pelo menos uma promoção e conseqüentemente num nível salarial mais alto; Hal tinha produzido não só uma fita de vídeo como uma grana extra para as matrículas dos seus filhos, algumas idas a Atlantic City com a mulher, talvez uma meia dúzia de camisas com monograma para ele próprio. Agora era hora de entrar com a minha reivindicação.

"Ainda tenho uma ou outra condição a impor, Hal."

"Ora, espera..."

"Não, espera você, porra!"

Ficamos ali nos encarando um ao outro, dois sujeitos no frio.

"Eu sou o cara que levou chutes no saco para conseguir essa fita, o cara cuja casa foi revirada de cima a baixo pelos seus tiras, cujo filho levou um tiro e cuja mulher teve que sair da cidade. Estou numa pior. Vou impor algumas condições, Hal, e você não vai negar nenhuma delas. Um: preciso revelar a história — amanhã. Dois: não ter o meu nome mencionado quando lhe perguntarem como conseguiu a fita. Nem agora, nem nunca. Foi mandada pelo correio anonimamente. Três: você manda alguns dos seus detetives pegar esse cara e fazer uma coisa bem escrota com ele." Levantei o pedacinho de papel, onde estava o nome de Phil Bianchiniello.

"Um e dois não tem problema, três, não saquei."

"Esse cara deu um tiro no meu filhinho."

Hal alisou sua gravata ao vento. Pessoas passavam.

"É o meu filhinho, Hal."

"Não podemos matar o cara — não é assim."

"Só ir à forra. Fazer com que ele pague a conta."

Ficamos ali parados algum tempo, depois ele assentiu com a cabeça, olhando-me olho no olho, o que os homens fazem somente com muita cautela, e eu sabia que ele ia cuidar de tudo. Talvez não naquele dia, nem mesmo muito em breve, mas um dia. A gente precisa ter fé no Departamento de Polícia, e eu tenho.

Eu podia ter parado por aí. Podia ter me afastado de tudo mais. Mandado a chave para Caroline, tirado férias, voado para a Califórnia, ido num carro alugado para a casa da mãe de Lisa, chegado lá de surpresa, e começado a salvar os restos do incêndio. Mas não fiz nada disso. Havia muitas perguntas se acumulando na minha cabeça, como a neve leve mas persistente que começara a cair. Telefonei para Caroline e disse que tinha boas notícias para ela.

"Por que você não dá uma subida aqui em casa?", ela perguntou, animada. "Acabamos de chegar de uma recepção."

"Você e Charlie?"

"É. No banco do Charlie."

Esse papo era para ele.

"Posso ir uma outra hora."

"Não", protestou ela, "eu gostaria que você o encontrasse."

Aí estava uma oportunidade de compreender Caroline melhor; talvez fosse isso o que ela estava oferecendo. Talvez não.

Napoleão estava lá, lendo um outro romance policial. Ele levantou os olhos.

"Os mocinhos estão ganhando ou perdendo?"

"Perdendo."

No andar de cima, Caroline tinha aberto a porta negra e luzidia para eu entrar, e, sem saber o que dissera a Charlie sobre o nosso envolvimento, lembrei-me de entrar como se não tivesse passado muitas horas voluptuosas ali.

E lá estava ele, metido num terno que o fazia se parecer com um senador, botando uma acha de lenha na lareira da sala. Ele ficou ereto, e de repente vislumbrei o futuro — quarenta anos de grana alta.

"Oi, você deve ser Porter." Ele sorriu à vontade enquanto nos apertamos as mãos. "Charlie Forster."

"Sei que vocês estão acabando de chegar de uma recepção", falei educadamente, preocupando-me em me lembrar do sobrenome de Charlie.

"Sim, nós... o nosso banco... estava apresentando um novo..."

"Já vou até aí, um minuto", gritou Caroline da cozinha. "Porter, o que você quer beber?"

"Ah, será que você faz um bom gim-tônica?"

Sentei-me no grande sofá branco perto de uma bolsa de seda. "Vou tentar", gritou ela de volta.

"Você torce para os Knicks?", perguntei a Charlie.

Ele estava atiçando o fogo. "Claro. Sem dúvida. Uma noite dessas fui ao jogo levando alguns clientes japoneses. Nós — o banco — temos um ótimo camarote."

"Caroline gosta de jogo?"

O pensamento dele teve um estremecimento. "Na realidade, não. Levei-a a um ou dois jogos, mas não me pareceu interessada."

"Não interessada em quê?" Ela entrou na sala com a mesma bandeja de prata que eu já vira, mas dessa vez, ao invés de nua, estava vestida: vestido preto de veludo de mangas compridas, pulseira de diamantes, relógio Cartier. Os brincos eram de diamante, os sapatos, de salto alto, a meia, cor de champanhe. O cabelo penteado para cima no que eu acho que se chama coque. "No que é que eu não estou interessada?"

"Só em jogos de basquete, jogadores e times, nisso tudo", disse Charlie. "Eu estava dizendo ao Porter que fui ao jogo numa noite dessas."

"Ele está certo." Ela se sentou e se virou para mim. "Charlie sabe tudo a meu respeito."

"Uma ótima maneira de se começar um casamento." Por não ousar olhar para ela, eu bebia o meu drinque.

Charlie estava consultando o relógio.

“Pois é, Porter, você não está sabendo”, disse Caroline, “mas isso é uma pequena comemoração. Hoje Charlie foi empossado como vice-presidente.”

“Parabéns.”

Ele fez um sinal com a cabeça. “Obrigado... não é realmente uma coisa tão importante.”

“Você é muito jovem para ser vice-presidente.”

“Pois é, eles espalham títulos por aí, sabe como é.”

“Temos procurado casas”, declarou Caroline. “A maioria em Connecticut.”

“Tem belas casas por lá”, concordei.

“Fui criado em Litchfield”, Charlie disse. “Então... bem... acho que não quero que meus filhos cresçam na cidade.”

“Hum.”

Ela acendeu um cigarro comum. “Porter tem dois filhos.”

“É?”

“Uma menina e um menino.” Olhei para Caroline. “Não me lembro se você me disse onde você foi criada.”

“Ah, eu fui criada numa cidadezinha lá no Oeste.”

Charlie consultou o relógio de novo.

“Bem, já é tarde”, disse eu, “então provavelmente eu deveria...”

“Ah, não, não”, Charlie riu. “Isso não quer dizer... estou esperando um telefonema do nosso escritório de Pequim. Talvez precise voltar ao banco. Estamos estruturando o débito de uma fábrica de caminhões nova.”

“Dá para você ficar e a gente conversar mais um pouco?”, Caroline me perguntou.

“Uma meia hora pode ser.”

Charlie franziu a testa, ainda pensando na sua chamada internacional. “É possível que ele tenha ligado para o meu escritório.”

Ele se levantou e foi à cozinha.

“Cara simpático, o seu noivo.”

“O mais simpático de todos.” Ela sorriu. “Que tal o seu drinque?”

“Parece feito por profissional.”

Olhei para os olhos azuis dela, depois para as sobrancelhas escuras, depois desci os olhos para o nariz, e depois para os lábios. Depois, para os olhos. "Então..."

"Você tem boas notícias?", Caroline perguntou.

"Para você, só as melhores."

"Você continua me seduzindo, vou acabar deixando uma mancha molhada no sofá."

Mas Charlie voltou a aparecer. "Pois é, o vice-ministro da indústria pesada esteve com o nosso homem a noite passada, em Pequim, é claro, e foi tudo fechado. Tenho que passar os números para eles imediatamente, meu bem."

Eu realmente gostava dele.

"Você tem mesmo que ir?", Caroline disse.

Ele já estava tirando o paletó do armário. Levantei-me e apertei a mão dele. "Eu esperava lhe fazer todo tipo de pergunta sobre o seu trabalho", ele me disse.

"Vou descer com você." Caroline virou-se para mim. "Não vai a lugar nenhum."

Essa frase tinha dois significados: não saia bisbilhotando por aí e não vá embora, e eu planejava fazer as duas coisas, nessa ordem. Assim que ouvi o barulho do elevador do lado de fora do hall, fui diretamente para a cozinha. Subi num banquinho e abri o armário acima da geladeira, cuja parte de cima, tratando-se de uma geladeira, era surpreendentemente limpa (o que sem dúvida testemunhava a qualidade do serviço de limpeza). Como o armário era difícil de alcançar, acabei simplesmente me sentando em cima da geladeira e abrindo a porta. Tinha louça empilhada nas duas prateleiras; assim, estendi delicadamente a minha mão em direção ao fundo, como se eu estivesse investigando a boca de um leão. Tateei todo o lado esquerdo do armário debaixo da prateleira de cima. Ali senti três preguinhos minúsculos formando um pequeno triângulo apertado. A chave se encaixaria neles? Puxei minha mão para fora, tirei a chave do bolso, depois voltei com a mão para dentro do armário. É, a chave encaixava. Eu podia sentir pelo tato.

Voltei para a sala e me aproximei da janela. Caroline entrou, o cabelo coberto de neve que se derretia.

"Ele parece um cara legal."

"Ele é", disse ela com tristeza.

"Você ama o Charlie?"

"Essa é uma pergunta danada." Ela pegou seu drinque, colocou-o na mesa de volta. "Amo a bondade dele. Mas não, não o amo."

"Isso tem importância?"

"Não."

Compreendi então que havia algo em Caroline que lhe permitia, ardilosamente, sair de uma situação e entrar em outra. Talvez estivesse apenas envelhecendo e começando a se preocupar com o fato de que não dava mais para transar em série. Talvez eu não tivesse a menor idéia da verdade da situação — é, era isso.

Por que uma mulher guarda uma chave nos três pregos presos no fundo de um armário que fica acima da geladeira? Havia lugares mais fáceis de esconder uma coisa dessas.

"Você tem que preparar uma coluna para amanhã?", ela perguntou.

"Estou com alguns problemas."

"Eu sou um deles?"

"Você é todos eles, de um jeito ou de outro."

Isso a agradou.

"Bem", comecei a falar, "está na hora das grandes notícias."

"Me conta."

"Você está livre para se casar com o seu vice-presidente sem a interferência do terrível bilionário."

Caroline estudou o meu rosto. "O que você..."

"Achei a fita."

"Como?"

Contei-lhe toda a história, deixando de fora a minha conversa com Billy Munson e o fato de que Hobbs, quando estávamos à mesa, me passara discretamente uma chave, que por acaso correspondia aos três pregos que havia no armário de cozinha dela.

"Não posso acreditar", disse Caroline. "Aquela velhinha, a sra. Segal, estava mandando a fita?"

"Ela precisava do dinheiro, depois do processo que o coreano moveu contra ela."

"Você disse isso para o Hobbs… a história toda… que não tinha sido culpa minha?"

"Sem dúvida."

"E ele acreditou em você?"

"Claro que sim."

Ela juntou as mãos como se rezasse, e seu rosto se iluminou. "Ah, que bom! Isso é tão bom! Eu estava tão preocupada que ele fizesse alguma coisa comigo ou demitisse o Charlie, alguma coisa assim."

"Não, ele foi muito civilizado."

"Você precisa ir para casa?"

"Minha mulher levou as crianças para a Califórnia."

"Por quê?"

Eu lhe contei sobre a invasão dos homens de Hobbs, o que eles fizeram.

"Quero que você pense em outra coisa durante algum tempo", disse Caroline.

Nós nos esquecemos, me parece, da rapidez com que passamos a conhecer um outro ser humano — caso não seja a história ou os segredos dele ou dela, pelo menos a natureza física básica, os hábitos dos olhos dele, o jeito como anda, as pausas da fala. Lembrei-me disso quando, deitado na cama, eu esperava Caroline surgir do banheiro; não tínhamos passado mais do que umas vinte e cinco horas juntos, mas ao ouvi-la do outro lado da porta, eu podia jurar que sabia exatamente como funcionava o diafragma dela — ouvi o ligeiro grunhido que produziu, quase uma tosse, seguido de uma respiração profunda —, sabia, alguns minutos depois, quando ela estava se afastando de mim e quando se aproximava, sentindo o meu fôlego. Aquela seria a última noite em que faríamos sexo, e não acho que esteja me enganando ao dizer que sabia disso e que prestei toda a atenção extra que me foi possível. Ali na minha frente estavam o pescoço de Caroline, seus peitos, sua boceta, sua barriga, seus olhos — fecha, abre, fecha — e seu cabelo, cinza sobre sua pele cinza. Estávamos suficientemente tranqüilos por saber que muito do que acontecia se passava com um a uma grande distância do outro; não me lembro do que foi dito, nem sequer se alguma coisa foi dita. Nos movimentamos devagar, talvez até mesmo com uma reverência triste pelo que havia para além da nossa percepção. Tínhamos quase terminado, e acho que ela também sabia disso.

"Olha", disse ela alguns minutos depois. Ela acendeu a lâmpada da mesa-de-cabeceira e deitou-se de bruços perto da luz, mostrando-me seu ombro. "Desapareceu tudo."

De fato, a única coisa que restava da tatuagem era uma ligeira nódoa azulada sob a pele.

"Essa pequena nuvem de cor vai desaparecer em poucas semanas."

Esfreguei o dedo na mancha. "Inacreditável."

Ela gostou. "É."

"Todas as marcas desapareceram."

"Quase todas."

"Quase?"

"Tenho uma que não desaparece."

Eu estava perdido. Eu percorrera seu corpo todo. "Entre os dedos dos pés?"

"Não."

Ela se sentou na cama com as pernas cruzadas do jeito indiano e pôs as mãos entre as pernas, afastando os pentelhos para trás. "Eu usava um anelzinho no clitóris."

"Você nunca me contou."

"Você nunca perguntou."

Puxei a lâmpada mais para perto.

"Está vendo?", disse ela, tocando com o dedo as dobras almiscaradas dos seus lábios vaginais, logo acima do clitóris. "Aqui tem uma cicatriz pequena, muito pequena."

E realmente ali estava a cicatriz, mais como uma saliência. Toquei-a. "Você mandou tirar o anel quando conheceu Charlie."

"Foi."

Tornei a pôr a lâmpada na mesa. "Sente falta dele?"

"Muita." Levantou-se e vestiu a calcinha. "Charlie está querendo fazer uma viagem em breve", disse ela. "China e Japão."

"Viagem de negócios?"

"É. Mas quer que eu vá com ele."

"Você deve ir."

"Eu vou."

Pegou um cigarro na cozinha e ficou com ele na mão, na frente do corpo. “Eu devo ser maluca.”

“Por quê?”

“Eu disse para o Charlie que tinha parado.”

“E você vai parar?”

“Espero que não.” Ela soprou um longo penacho de fumaça. “O que você notou quando viu a fita do Hobbs comigo?”

“Literalmente?”

“Não, estou querendo dizer é o que você compreendeu... sobre mim, quero dizer.”

Pensei no jeito como ela tinha se aninhado no corpanzil do homem, do óbvio prazer dela quando ele lhe falava. “Acho que compreendi por que você gostava de estar com ele. Ele compreendeu algo sobre você, algo que você não percebeu em outros homens, ou percebeu muito pouco, e você se rendeu a ele. Isso se deu em parte por ele ser muito mais velho.”

Ela cobriu os seios com uma camiseta. “É também meio por esse motivo que eu gosto de você.”

“Por que não se casar com um cara mais velho?”

“Eles são espertos demais. Sacam quem eu sou.”

“Hobbs sacou?”

“Nuns três segundos.”

“Mas você o viu outra vez.”

“Vi.”

“Simon deve ter ficado maluco.”

Ela soltou o ar. “É isso aí.” Ela se lembrou de novo de que Hobbs tinha lhe mandado um presentinho e de que Simon tinha inquirido sobre a origem do presente.

“O que é que você lhe disse?”

“Eu disse que era um presente de um amigo, só isso. Mas o Simon tinha visto a fita, e acho que percebeu o mesmo que você. É por isso que faz sentido o trato que ele fez com a sra. Segal. Quer dizer, eu mais ou menos suspeitei de que houvesse algo assim, mas não tinha idéia do mecanismo da coisa, sabe como é? Não entendia como funcionava.” Ela pegou um jeans no armário. “Seja como for, o negócio com Charlie é que ele nunca vai me machucar. Vai ser sempre legal comigo.”

Ela pronunciou essas palavras sem nenhuma afeição sensível por Charlie, e o assunto parecia conter alguma dificuldade indizível para ela, como se fosse a melhor de duas opções questionáveis que tivesse sido instada a vomitar. Pela minha experiência, homens e mulheres que têm uma espécie de força brutal ficam assim por uma seqüência de acontecimentos, por terem ido além do ponto de onde não se volta. Eles aprendem que a vida exige a capacidade de suportar a dor friamente de uma maneira ou de outra. Eu não sou um pessoa desse tipo, nem minha mulher o é, e eu até poderia ter certeza de que meus filhos não serão assim. Mas o mundo está cheio deles. Dá para ver isso em alguns garotos negros da rua, que ainda nem chegaram aos oito anos; dá para ver isso nas mulheres chinesas que vendem cabeças de porco no centro velho da cidade; dá sem dúvida para ver isso nos rostos de muitos policiais. Eles farão o que for necessário para sobreviver; irão esconder e proteger suas vulnerabilidades, exceto daqueles que não possam machucá-los. Acima de tudo, irão impor sua superioridade quando esta se apresentar.

O telefone tocou. Caroline atendeu. "Oi, meu bem." Ela escutou um momento. "Sim. Sim. Oba. Claro. Eu posso... está na minha gaveta. Claro. Está bom. É. Tchau." Desligou e olhou para mim. "Estou indo para a China amanhã."

Ensaiamos uma despedida, e se aquela fosse para ser a última vez que nos veríamos, nunca seria possível saber disso, de tal modo Caroline estava à vontade. Vi que os pensamentos dela já tinham se transferido para a viagem — para Charlie, as roupas, o passaporte, o resto do mundo.

Mas então eu sabia de algo. Sabia que a chave tinha realmente estado no apartamento de Caroline, exatamente como Hobbs dissera. E me lembrei de que a polícia tinha falado com o proprietário coreano do número 537 da rua 11, Leste, mas não com os Segal. Eu também sabia que Simon Crowley tinha passado pela casa da sra. Segal no dia em que desapareceu. Liguei para a sra. Segal do telefone público do lado de fora do prédio de Caroline.

"Tenho algumas outras perguntas a lhe fazer", eu disse.

"Deixa eu abaixar a televisão."

Quando ela voltou, perguntei-lhe se se lembrava do dia em que Simon a visitou pela última vez.

"Lembro, claro."

"Ele pegou alguma coisa com a senhora?"

"Não estou me lembrando..."

"Uma chave, ele pegou uma chave? Uma chave do prédio da rua 11, Leste, 537?

"Nós tínhamos muitas chaves."

Tentei me lembrar da data de venda do prédio. "Sra. Segal, acho que a senhora já tinha fechado a venda daquele prédio para o novo comprador, o coreano. A senhora teria que ter dado a esse homem as chaves do prédio. Na realidade, por acaso eu sei que ele recebeu as chaves do prédio."

"Certo."

"Então por que a senhora tinha cópias dessa chave?"

"Ah, não me lembro, eu... ele... eles iam botar o prédio abaixo, foi isso."

Havia algo que eu não compreendia. Simon tinha a chave do 537, mas os novos proprietários tinham mandado pôr cadeados novos. Talvez os cadeados ainda não tivessem sido mudados quando ele entrou, mas só depois, nos dias que se seguiram à morte dele, antes da descoberta do corpo.

"A senhora me disse que sabia que foi onde eles tinham encontrado Simon, sra. Segal. A senhora sabia disso."

"Eu... sim..."

"Por que não disse à polícia que sabia que Simon tinha uma chave daquele prédio?"

"Sr. Wren... eu... aquele foi um tempo difícil, nós tínhamos problemas de dinheiro terríveis..."

Ela parou de falar e eu podia ouvir sua respiração ansiosa no telefone. Então compreendi. "Será que foi por que a senhora e o novo dono do prédio fizeram uma espécie de trato, sra. Segal? A senhora vendeu a um preço bem baixo e recebeu uma grana por fora?"

"Essas coisas são complicadas. Nós... é, negociamos alguns termos..."

Desliguei. Ela tinha ficado assustada, nada além disso. A polícia não tinha sido capaz de explicar como o corpo de Simon Crowley tinha aparecido no canteiro da demolição se a hipótese deles era a de que ele não estivera no prédio antes de morrer. Mas a presença da chave da sra. Segal destruía essa hipótese. E se Simon tinha entrado no prédio usando uma chave? Mas será que a chave de Hobbs tinha sido encontrada junto ao corpo de Simon pela polícia e depois sido devolvida para Caroline? Não. Isso seria um dado muito importante. Eu teria lido sobre isso no relatório dos detetives. A polícia teria rapidamente imaginado que a chave se adaptaria a um cadeado e teria tido uma explicação para a presença do corpo. Não, se a chave saiu do prédio, isso aconteceu de alguma outra maneira, e acabou nas mãos de Caroline, depois dos homens de Hobbs, depois de Hobbs. Agora nas minhas.

Mas então me dei conta de que a chave *não* teria feito Simon entrar no prédio — não pela porta da frente do número 537 ao menos, pois, como o relatório dos detetives dizia, a Empresa de Demolições Jack-E tinha construído um tapume na calçada da frente e dos fundos do prédio antes da demolição. Para se chegar à porta da frente do número 537, Simon teria que ter tido uma chave para o cadeado da corrente que fechava a porta do tapume, e essa a sra. Segal *não* tinha.

Estava ficando confuso. Tinha em meu poder uma chave que pode ter sido de um prédio que não existia mais, a qual não poderia ser usada quando o prédio ainda estava de pé. Isso estava me deixando maluco. Havia algo que não conseguia enxergar.

Meu carro ainda estava abandonado no Queens, então eu estava num táxi naquele momento, em direção a Alphabet City. Próximas à avenida, as ruas nevadas estavam quase desertas. Na rua 11, toquei a campainha do 535, e pouco depois a sra. Garcia atendeu. Depois que ela me fez entrar, atravessei um corredor, desci a pequena escada novamente, passando pelas bicicletas de criança, atravessei a porta com a indicação ESCRITÓRIO, e lá estava Luis, o genro dela, sentado à sua pequena mesa.

"Que é?" Ele levantou os olhos, como se despertasse de um transe.

"Conhece esta chave?", disse Estrella Garcia, em espanhol. Ela entregou a chave a Luis, e ele olhou para mim e depois para a chave, e em seguida tocou nos óculos colocando-os mais para frente.

"É da porta da calçada."

"Da calçada?"

"Da porta que abre para o lado de fora do prédio. Onde você conseguiu isso?"

Eu disse que pertencia à sra. Segal. Ele assentiu com a cabeça, com ar cansado. Todo mundo era burro, exceto ele. "Por que os Segal teriam uma chave do prédio?"

"Vamos lá. Eu posso explicar, mas vamos dar uma olhada primeiro."

Ele se levantou, pegou o casaco, um par de luvas, um chapéu e uma echarpe; saímos pela porta, passamos pelas bicicletas e de novo subimos a escada, depois saímos para a frente do prédio. Luis apontou para as portas de serviço de metal que davam para a calçada. Elas estavam inteiramente cobertas pela neve a última vez em que eu tinha estado ali. "O cara que construiu esses dois prédios fez um monte de erros. Obra feita rápido demais, provavelmente. Os prédios deveriam ser exatamente iguais. Talvez ele estivesse com problemas de grana, sei lá. Ele fez só uma rampa para o carvão. Olhe aqui." As portas davam para o canto do lado direito do número 535. "Essa é a rampa para o carvão. Bastava ao carvoeiro fazer uma única entrega para os dois prédios. A rampa fica na frente do 535, mas também servia ao 537. Não sei por quê. Esta aqui é uma cópia da chave que abre essa porta. Ele se curvou e enfiou a chave no cadeado que mantinha as duas portas de metal trancadas. O pino soltou-se, abrindo-o. Ele me entregou o cadeado e a chave, depois empurrou uma das portas, que rangeu mas logo se abriu. Luis iluminou os degraus com sua lanterna. "Então em algum momento ele venderam o outro prédio e construíram essas portas." E realmente, descia-se a escada e lá estavam duas portas, uma conduzindo ao 535, à esquerda, e a outra conduzindo ao lado direito, ao 537. Fiquei olhando-as fixamente.

"O que acontece se abrirmos a porta do 537?"

"Só se você for o homem mais forte do mundo."

"Está trancada?"

"O cadeado dessa porta deve estar quebrado há talvez uns vinte anos, digamos."

"Não entendi."

"A porta abre *para dentro*."

Entendi. "E o porão está cheio de entulho do prédio demolido."

"Ah, sim."

"Então você teve que dar essa chave para o proprietário do 537."

"O cara antes de mim fez isso, há muito tempo."

Examinei as portas de metal que davam para a calçada. Na borda interna de cada porta tinha sido soldada uma peça saliente na qual havia um furo; nesses furos podia-se enfiar um cadeado, fechando-se assim as portas por dentro.

"Você está me dizendo que quando o 537 estava de pé, esta chave, que estava nas mãos do proprietário do 537, destrancava esse cadeado do lado de fora das portas da calçada e, que uma vez lá dentro, o 537 estava então completamente aberto? Podia-se entrar direto lá?"

"É isso aí."

"A polícia fez perguntas sobre isso?"

"Não."

"Porque parece que as portas da calçada serviam ao seu prédio, não aos dois prédios."

Luis deu de ombros. "Provavelmente."

"Por que você não contou isso à polícia quando eles estavam tentando entender como é que mataram o cara no prédio?"

Nesse momento ele se indignou. "Porque não vi ninguém destrancando essa porta, tá sabendo? Eu não vi esse tal Simon. O cadeado esteve sempre aqui. Ninguém arrebentou ele nem nada. Estava aqui para todo mundo ver. Eu não digo para os tiras como é que eles têm que fazer o serviço deles."

Estava frio e tínhamos terminado. "Será que posso usar o telefone para uma chamada local?"

Com passos vacilantes, voltamos ao porão e entramos no calor escuro, esfumaçado pelo óleo. A única pergunta a fazer era saber como a chave saiu da mão de Simon e foi parar no armário em cima da geladeira de Caroline. Disquei o número dela. Caroline provavelmente estaria fazendo as malas para a China. O telefone ainda estava tocando quando ouvi um barulho. Era o elevador, que vinha descendo e que caíra no seu compartimento. Eu o examinei, com um sentimento estranho. Era um elevador relativamente estreito com um teto decorado, em arco, como uma gaiola, e com uma porta sanfonada.

Era o elevador que o sr. Crowley criara com as caixas de sucrilhos.

Exatamente. Ao vê-lo, me lembrei de que McGuire, das Demolições Jack-E, tinha dito que o elevador tinha "caído na caixa" antes de demolir o 537. O elevador estava parado no seu compartimento no piso do porão do que tinha sido o 537. Simon Crowley tinha visto seu pai no dia em que desaparecera. O pai de Simon Crowley tinha sido um técnico de elevadores. O pai de Simon Crowley, desde a morte do filho, vinha construindo um modelo em escala do elevador do prédio em que Simon Crowley provavelmente morrera. Elevador, elevador, elevador. Agora estava parado sob toneladas de fragmentos de concreto cerca de três ou quatro metros abaixo da superfície da horta crestada pelo vento da sra. Garcia.

Voltei-me para Luis e perguntei: "O 537 era a cópia exata do 535? Ou era assim uma cópia espelhada?".

"Não estou entendendo."

"Os pisos dos andares dos dois prédios tinham a mesma planta?"

"A mesma, centímetro por centímetro", disse ele. "Tudo igual."

"Alô?", a voz de Caroline chegou ao telefone. "Alô?"

Naquele momento eu estava pensando. Desliguei. Suavemente.

Capital, mão-de-obra, tecnologia. O capital era fácil. Parei num caixa eletrônico, tirei alguns milhares de dólares, o que agora é possível. Dali tomei um táxi para Chinatown. O motorista era um homem baixo, careca, e o nome na licença era Abdul Jabbar.

"Abdul Jabbar?"

O homem assentiu com a cabeça, com jeito cansado. "Sei, sei." Na rua Canal, todas as lojas estavam fechadas. Mas consegui entrar numa loja de ferragens de atacado onde ainda havia luz acesa. Um garoto chinês veio me atender, e eu lhe entreguei uma lista feita no meu recibo do banco. O garoto recuou.

"Tenho que perguntar ao meu pai", ele disse. "O senhor espere aqui, por favor."

O pai, um homem de pernas arqueadas na casa dos cinqüenta, aproximou-se franzindo a testa diante da lista.

"É uma lista muito comprida."

"Vou pagar em dinheiro."

O homem fez que sim, chamou diversos auxiliares e eles começaram a executar o meu pedido. Então lhe perguntei onde eu poderia alugar um pequeno caminhão ou uma picape até a manhã seguinte. O homem conferiu em chinês.

"O senhor não se importa com uma picape muito suja?", o mais velho perguntou. "Muito amassada, muito riscada."

"Desde que ande bem."

"Vai custar duzentos dólares."

"Tudo bem. Preciso dela imediatamente", respondi.

Então o meu pedido foi levado para a frente da loja: quatro pares de luvas profissionais para o frio, quatro suéteres pesados de trabalhador, quatro chapéus de lã, quatro pares de sapatos pesados tamanho quarenta, quatro pares de meias de lã para serviço pesado, um pé-de-cabra de metal de um metro e meio, noventa metros de cabo de extensão com uma caixa de saída na ponta, quatro lâmpadas de alta potência para obras com tripés, uma trena de trinta metros, um maçarico de acetileno com um bujão de gás, um pé-de-cabra comum, um jogo de chaves de fenda, alicates de dupla articulação para serviço pesado, duas marretas, três lanternas grandes, e uma escada de alumínio dobrável, de cinco metros e meio.

"Preciso de homens que possam fazer um serviço pesado para mim."

Os homens se entreolharam. Eram velhos demais. O terreno estava cheio de grandes blocos de cimento e de pedaços de aço.

"Esquece."

Vinte minutos depois eu me dirigia para a zona norte da cidade. A picape adernava muito para um lado e os freios eram fracos, mas servia. Parara de nevar. Subi a Décima Avenida, passei por todas as oficinas e borracheiros vinte-e-quatro-horas usados pelos táxis, depois virei para a direita, contornei e me dirigi para os fundos do terminal rodoviário Port Authority. Um sem-teto me observava, mascando a boca vazia.

"Ei!"

"Ei, o quê?"

"Preciso de três homens que possam trabalhar duro umas quatro ou cinco horas."

"Três homens, o quê?" Ele se levantou e se aproximou. Os pés tinham feridas.

"Preciso de alguns homens para fazer um serviço. Estou pagando."

"Quando, amanhã?"

"Não. Esta noite. Agora."

"Você tá maluco."

"Cada homem vai receber duzentos dólares em dinheiro."

"Ei, você vai matar alguém ou coisa do gênero?"

"Não. É para mexer com pedaços de cimento e de tijolo. Trabalho pesado."

Ele olhou para mim. "Está todo mundo dormindo ali."

"Vou dar café, comida, qualquer coisa."

Ele balançou a cabeça. "Merda."

"Estou falando de grana."

"Me mostra."

E eu mostrei.

"Você precisa de dois caras?"

"É." Eu tinha estacionado em local proibido, mas isso não importava.

Ele passou pela porta mancando e eu olhei o meu relógio. Depois de sete minutos e da passagem de uma ambulância, ele saiu com dois homens, ambos jovens, se divertindo. Um era compacto e o outro, magro e rijo. Aproximaram-se da picape.

"Aí, caras, querem trabalhar?"

"Fazer o quê?"

"Tirar tijolos do lugar. Concreto."

"Aqui fora tá um frio filho da puta."

"Vou comprar café, comida."

"Merda."

"Preciso de caras fortes."

"Nós somos fortes."

"Faz aí vinte flexões."

Os dois jovens mal chegaram às vinte cada um. O mais velho de pés feridos fez três, depois desabou.

"Quando vamos receber? Essa é a pergunta principal da minha agenda."

"Assim que eu encontrar o que estou procurando."

"O quê?"

"Isso é comigo."

"Se nós também estamos procurando, então é da nossa conta também."

Eu não disse nada.

"O que vai acontecer se a gente não encontrar essa coisa?"

"Vocês vão receber de qualquer jeito."

"Por que você não pode fazer isso num dia comum? A polícia te pega pelo rabo?"

"Eles não querem isso."

"Eles querem o rabo de todo mundo, do jeito que eu vejo a situação."

"Então você ainda tem..." Não gostei do sorriso no rosto do homem, da avidez repentina. "Espera aí, quantas vezes você esteve na Rikers?"

"Eu? Nunca."

O outro homem começou a rir. "Opa, eles têm uma porra de uma reserva permanente!"

"Pelo menos eu não ataquei um tira."

"Você atacou um tira?", perguntei.

"Me meteram numa fria."

O outro homem caiu na risada. "Eles te *metamorfosearam*, cara."

Eles se afastaram, insultando-se um ao outro.

O velho me olhou.

"Eles não prestam. Mas eu posso ir. Meu nome é Richard."

"Acho que os seus pés estão bem machucados, Richard."

"Dá para eu trabalhar."

Eu duvidava disso. "Tudo bem."

Ele subiu no carro e eu embiquei a picape na direção do tráfego. Pelo retrovisor eu podia ver os homens brigando. Eu tinha capital e tecnologia, mas a mão-de-obra não era suficiente. Onde encontrar mão-de-obra bruta num janeiro, tarde da noite? Já passava das onze e meia.

"Você não conhece mais ninguém?", perguntei ao homem.

"Rapaz, conheço todo tipo de gente, mas você tem que entender que nesse lugar não tem muita gente pronta para sair por aí carregando pedra de um lado para o outro. O pessoal anda fraco por causa das drogas e da merda toda."

Tive uma idéia, olhei a hora, depois me dirigi para a Broadway esquina da 86. Ralph, o professor de filosofia, encarregava Ernesto de apanhar os recados à meia-noite. Eu tinha alguns minutos e estacionei a picape. Richard ouvia o rádio, que só pegava estações AM. Aos três minutos depois da meia-noite, Ernesto apareceu. Richard inclinou-se para a frente, enxugou o pára-brisa. "Tá aí um sujeito *grande* pra valer."

Chamei Ernesto do outro lado da rua, e ele se aproximou da minha janela escondendo-se com cautela. Tornei a me apresentar, depois lhe entreguei um recado para ser levado ao Ralph:

Preciso contratar Ernesto por um período de cerca de seis horas. Pode me cedê-lo? Darei comida, chapéu, casaco, luvas etc. O serviço inclui mexer pedaços de concreto. Nada ilegal. Quinhentos dólares, metade adiantado.

"Espero que ele diga sim", disse Richard.

Quinze minutos depois, Ernesto reapareceu com uma folha de caderno na mão:

1. Ernesto não é escravo cuja mão-de-obra possa ser comprada ou vendida.
2. Entretanto, por mil dólares abro mão de toda instrução moral da minha vida e digo a ele que trabalhe para você por nada além de seis horas.
3. Se esses termos lhe são convenientes, mande quinhentos agora.

Ernesto fez um aceno de compreensão quando lhe dei o dinheiro e desapareceu na mesma direção pela segunda vez.

Voltou dentro de cinco minutos e subiu na picape. Eu podia sentir o cheiro dele, e o odor era tanto original como familiar. Baixei o vidro da minha janela e tomei o rumo sul.

De novo encontrei Luis e o convenci a me deixar puxar energia da linha dedicada do porão do prédio dele. Em seguida, na direção da picape, atravessei o terreno passando por cima do entulho, provavelmente estragando os pneus, e fechei o portão atrás de mim. Começamos a cavar; era um trabalho lento, mas Richard e Ernesto foram se animando. Usando a trena e em idas e vindas do 535, pude estimar a localização do poço do elevador. Havia grandes pedaços de laje que tinham sobrado da demolição e precisavam ser quebrados com marreta para ser retirados do lugar. Depois de quase uma hora, tínhamos uma pilha de entulho e um buraco bem pequeno.

Continuamos. Richard se cansou. Ernesto não. Ele e eu levantamos grandes blocos de concreto. Ele levantou alguns sozinho — pedaços que poucos homens conseguiriam levantar. Mais uma hora. Ele trabalhava em espaços apertados, sob as instruções de Richard. O pé-de-cabra comprido foi útil. Acho que as mãos de Ernesto sangravam, mas ele não disse nada. Não estava trabalhando para mim; estava trabalhando para Ralph; sua labuta era um ato de lealdade. Cavamos um metro e meio, dois metros, mais. Passamos camadas de tijolo, reboco, ripas de madeira, tijolo, de novo, eu respirava poeira de cimento. Passamos por canos, lixo e cacos de peças de porcelana e de azulejos que caíam no buraco como moedas. Em seguida a escada já estava lá dentro e estávamos jogando os pedaços pequenos para fora do buraco e carregando os grandes escada acima. O peito de Ernesto inflava-se e murchava enquanto avaliava os pedaços de entulho para decidir qual deles carregar a seguir. Subi para descansar um pouco; ele continuou trabalhando. A uns quatro metros não havia nada, e comecei a me preocupar de ter perdido o que eu queria encontrar.

Eu tinha. Do lado. A um metro mais ou menos. Então vi o cabo do elevador, uma laçada do cabo, sobre o entulho como uma cobra morta. Cavamos para o lado, depois mais alguns centímetros para baixo. Um pedaço de concreto levantou-se e caiu sobre a bota de Ernesto. Ele não disse nada e eu o ajudei a removê-lo. Tirei minhas luvas e olhei minhas mãos. Não tinham um bom aspecto. Tornei a calçar as luvas. Depois encontramos o teto do elevador. Apesar de muito danificado pelo entulho, o teto não tinha se partido, estava apenas amassado como a tampa de uma lata machucada por marteladas.

"Estou vendo, mas custo a acreditar", grasnou Richard.

Eu tinha usado um maçarico uma vez quando adolescente. Prendi o tubo ao bujão e torci o botão para ligar o gás. Acendi um fósforo e o aproximei da ponta do bico. Uma chama de mais de meio metro saltou.

"Santa mãe." Ernesto sorria.

Levei um tempo para manusear o maçarico, produzi muitas chispas e quase queimei os dedos dos pés, mas afinal consegui gravar um quadrado desengonçado, fora do centro, no topo do elevador, entre duas vigas de aço mais grossas. O pedaço quase quadrado caiu de repente no buraco negro. Fiz sinal para Ernesto passar a corda e a deixamos cair um pouco. Deitei-me no topo e joguei o facho da lanterna lá dentro.

Vazio. O piso do elevador era de mosaico de cerâmica preto-e-branco, remendado com linóleo e coberto de pó rosado de tijolo pulverizado. As barras da cabine do elevador formavam curvas graciosas no estilo dos anos 30, exatamente como o do 535, e em outras circunstâncias eu teria admirado sua arte. Mas naquele momento abaixei-me para penetrar na cabine pela borda irregular do buraco, tão perto da borda que pude sentir o cheiro do aço queimado, e caí pesadamente no fundo. Iluminei à volta — do lado de fora do elevador, empilhados como história perdida, havia mais tijolo e ripas e reboco. Depois notei algo no canto, um fragmento de uma pedra verde, e o apanhei. Era um pedaço de jade entalhado, de quase quatro centímetros de comprimento. A cabeça de um cavalo sem orelhas. Lembrei-me, naturalmente, de que o relatório dos detetives mencionara que havia um pedaço de jade no bolso interno do casaco de Simon. Talvez os dois pedaços pertencessem à mesma estátua ou estatueta. Enfiei o fragmento no meu bolso e olhei em volta. Senti-me um bobo. Não havia mais nada no elevador.

Nada exceto o painel. Então por que não o abrir, já que você está aí? Uma chave de fenda não servia; os parafusos na placa de latão eram especiais para que os idiotas com chaves de fenda comuns não pudessem abrir o painel. Era preciso uma ferramenta sob medida. Assim, trabalhei no painel com a marreta, empenando-o o suficiente para meter o pé-de-cabra e arrancar a placa de latão com uns três puxões. Embora eu desconheça o básico para lidar com um emaranhado de fios elétricos, especialmente os de um elevador de setenta anos, sou perfeitamente capaz de reconhecer a instalação precária de uma câmera de vídeo em miniatura com cabo de fibra ótica apontada para filmar através do botão inexistente correspondente ao décimo andar e ligada à força do elevador. Minhas mãos estavam tão frias que não podia confiar em mim para desengatar o cartucho da fita do cabeçote magnético e da engrenagem que fazia avançar a fita. Pus minhas mãos dentro das calças para aquecê-las e notei que o mecanismo prendia a fita com um braço provido de mola, e, tendo percebido isso, foi fácil meter a chave de fenda e desprender o braço. A fita saiu logo, caindo em minha mão enluvada. Virei-a; o rótulo trazia as claras letras maiúsculas de Simon Crowley: FITA 78 (REAPROVEITADA).

"Ernesto, Richard!", gritei pelo buraco negro acima de mim em direção à noite.

"Oi!"

"Vão jogando tudo dentro do caminhão."

O jornal nunca fecha. Nunca. (Pode *morrer*, se o dono vai à falência e não aparece comprador, mas nunca fecha.) Talvez houvesse alguma notícia. Exércitos se movimentando durante a noite, terremotos na Turquia, assassinatos de celebridades, qualquer coisa. Se a ponte do Brooklyn desmoronasse às quatro da manhã, um fotógrafo do jornal estaria lá em dez minutos. Depois de ter deixado Ernesto e o velho mais ao norte, estacionei a picape amassada na garagem do jornal, bem na vaga reservada para o vice-presidente financeiro — um sujeitinho gordo que, sabia-se, decorava sua casa em Long Island com oito mil luzes de Natal. O garagista acordou sobressaltado, de olhos arregalados, depois se sentou desconfiado na guarita, perguntando-se se seriam assassinos. Acenei.

Ele se inclinou um pouco para fora da guarita. "Meio tarde hoje, hein, sr. Wren?"

"Está sempre meio tarde."

"Tô com o senhor."

Lá em cima, na sala de redação, Bobby Dealy estava sentado à mesa do caderno da cidade numa nuvem de fumaça de cigarro, debruçado sobre um aeromodelo, com uma rosquinha frita na boca, colando uma roda minúscula no trem de aterrissagem. É possível que em cima da rosquinha também houvesse um pouco de cola. Um fone se aninhava junto à cabeça dele, embora ele parecesse mais interessado nas vozes sobrepostas, e estalidos, do seu radar policial. Na frente dele, resumos de notícias do mundo todo se desenrolavam numa tela, e um relato silencioso da CNN era apresentado numa outra. Perto do aeromodelo metade incompleto estavam a caixa de rosquinhas e uma pilha de jornais da manhã seguinte. Bobby pôs o fone no gancho quando me viu.

"Você está todo enlameado."

"Eu sei."

"Quer falar sobre isso?"

"Agora não posso."

"Tenho uma boa. Os tiras pegaram um cara que..."

"Não posso."

"É uma história?"

Dei de ombros.

"Precisa de alguma coisa?"

"Preciso, me dá uma das suas rosquinhas."

Fechei a porta da minha sala, tirei a correspondência que estava na minha cadeira, enfiei a fita na máquina, e a rebobinei.

Depois pus para funcionar.

(*Quatro homens de terno em pé do lado de fora de um galpão enorme sob um céu nublado. É verão. Três homens são mais velhos e um é mais moço. Ele está animado; os outros, cautelosos.*)

Moço: O prédio é bastante grande para se fazer a expansão. Dezoito mil metros, bem mais de quatro mil metros quadrados. Vamos entrar. (*Ele abre uma porta e os homens entram, um a um. Quando a câmera se ajusta à mudança de luz, aparece um espaço interior enorme, intensamente iluminado, que abriga uma série de tanques de água imensos. Há canos de todas as larguras entrando e saindo deles. A meia distância encontram-se dois homens de aventais alaranjados, mexendo com varas compridas que estão dentro de um dos tanques.*) Por favor, metam os pés naquela bacia azul.

Voz: Por quê?

Moço: Desinfetante. Diminui as bactérias. Duas linhas, senhores. Como eu disse antes, a linha do consumo mundial de peixe continua a subir e a linha que corresponde ao suprimento disponível nos oceanos continua a descer. Aí está o primeiro tanque. (*Tomada de um tanque com milhares de velozes formas negras.*) Os peixinhos nascem aos dois meses. É um híbrido de perca de água salgada e perca branca de água doce. Controlamos o crescimento deles, de forma incidental. (*Aponta para um mostrador digital de temperatura.*) Se queremos acelerá-los, fazemos a temperatura subir uns nove graus. Damos a eles uma corrente para que nadem contra ela. Quanto mais crescem, mais forte a corrente. Esse é o tanque da quarentena, onde os vacinamos, depois o criatório, depois o tanque de crescimento, onde eles começam a mostrar seu verdadeiro tamanho, depois, bem lá para trás, os tanques de colheita, onde os selecionamos, e então ou os vendemos vivos para os restaurantes ou os atordoamos e os processamos. Aqui temos um milhão e trezentos mil peixes. Esta não é tão grande quanto as nossas fazendas de peixes a céu aberto. Mas este é o estado da arte. Nossa taxa de mortalidade é de 12,7 por cento, muito mais baixa do que a das fazendas a céu aberto, e usamos a água novamente. (*Pausa enquanto ele observa a reação deles.*) Um sistema fechado. A maioria das fazendas usa aproximadamente quatro mil litros de água por meio quilo de peixe. Usando essa quantidade, vai-se ficar sem água. Aqui nós baixamos para aproximadamente quinhentos litros por meio quilo de peixe. E aproveitamos as fezes novamente, formando o ciclo natural. Vendemos esse produto para os fazendeiros locais ao custo do transporte. Isso e mais os peixes mortos. Eu disse que contamos os peixes mortos? Contamos os peixes mortos. Sabemos quantos peixes morrem, de modo que nós não...

Interrompi a fita. Eu não estava entendendo. Era impossível que a câmera dentro do elevador tivesse filmado isso, supondo que a câmera tivesse funcionado. Talvez eu tenha me enganado completamente. Pus de novo a fita para rodar.

... desperdiçamos comida. Muitas fazendas simplesmente jogam as coisas no lixo. Eles usam mão-de-obra transitória, adolescentes, seja lá o que for. Usamos pessoal habilitado em ciências naturais. Muitas fazendas gastam um, dois quilos de alimento por cada meio quilo de peixe. Nós gastamos bem menos, meio quilo. Nunca se ouviu falar tal coisa, bem distante da curva. Aqui... (*Os homens o seguiram ao longo de uma série de tanques. Os operários olhavam, depois voltavam às suas tarefas. Os homens pararam junto a um tanque enorme.*) Roy, me arranja um dos maduros — de uns quarenta centímetros, se aí tiver algum. (*Um operário sobe uma escada, saca uma pequena rede de um anel, olha dentro do tanque como um pássaro, e num segundo um peixe está pulando na rede. Ele o pega com a mão vestida numa luva de borracha, põe a rede no lugar, desce a escada.*)

Operário (*entrega o peixe*): Aqui está.

Moço: Obrigado, Roy. (*Ergue o peixe. À luz clara ele é lindo. O peixe tenta nadar no ar.*) A aquacultura tem cinco mil anos, senhores. Não é uma idéia nova. (*Joga o peixe graciosamente para cima na direção do tanque e a câmera o acompanha no ar. Ele descreve um arco ao passar pela beira do tanque. Ouve-se o mergulho.*) Mas estamos diante de uma oportunidade histó... (*Estática. Uma nova cena. Escuro. O interior do elevador do 537, no nível do olho. O lado esquerdo do rosto de Caroline Crowley aparece.*)

Caroline: ... não gosto, Simon.

Simon (*fora do quadro*): É a atmosfera. (*Um braço aparece, fecha-se a porta de correr. Vê-se a parede do poço através da cabine quando o elevador sobe, cada número de andar desaparece à medida que se sobe.*)

Simon: Este prédio vai ser demolido logo.
Caroline: É por isso que está sem luz?
Simon: É isso aí, cara!
Caroline: Como é que o elevador funciona?
Simon: O velho Simon tem muitos truques na manga.
Caroline: O papai do velho Simon foi consertador de elevador.
Simon: É isso, também. Aliás, hoje mais cedo o consultei sobre questões técnicas, como por exemplo tirar a língua de um outro homem da boceta da sua mulher.
Caroline: Isso de novo?
Simon: Aí vamos nós. (*O elevador pára no sétimo andar. O braço dele abre a porta. Simon e Caroline saem do elevador para o que parece ter sido um pequeno hall. Ela tem a mesma altura que ele. Está vestida com um vestido amarelo solto. Ele está com um boné de beisebol, uma camiseta azul e jeans.*) Pessoas moraram aqui um dia. (*Bem na frente da porta do elevador tem uma cama, feita recentemente. A única coisa que ilumina o espaço é um estranho aparato perto da cama: uma luz ligada a uma bateria de automóvel. No chão, uma caixa de leite. Atrás da cama está escuro, impressão de pintura se soltando da argamassa apodrecida.*)
Caroline: Muito lindo.
Simon: É o nosso tipo de lugar.
Caroline: Por que você está com tanto ódio de mim? Por quê?
Simon: Você me repele.
Caroline: Só estou cansada, Simon. Essas pequenas experiências já não me interessam mais.
Simon: Você sabe tudo que precisa saber?
Caroline: O que sei, Simon, é que você é um cara cheio de merda.
Simon: Sou um cara cheio de verdade.
Caroline (*Sentando-se pesadamente na cama*): Merda, verdade, qualquer coisa. (*Olha para cima.*) O que é que você está fazendo? (*Simon levou uma mesinha para cima da cama. Há diversos objetos nela, mas o ângulo da câmera não permite que eles sejam identificados.*) Que negócio é esse? O meu cavalo? Você tirou o cavalo do apartamento? (*Pega a pequena estatueta.*)
Simon: São objetos de interesse marital.

Caroline (*Pousando a estatueta na mesinha*): Vou me mandar daqui. (*Ela corre para o elevador. O rosto na direção da câmera, os olhos ansiosos. Olha para trás, para Simon, que não se mexeu. O painel de controle está abaixo da câmera.*)

Simon: Não vai funcionar. Tem um código. Você tem que digitar o código e depois apertar o botão para descer. Do contrário, nada. (*Ela sai correndo do elevador, passa pela cama e sai de quadro. Batidas.*) Não vai funcionar. Estão todas trancadas. (*Ela passa por ele correndo. Batidas.*) Caroline, eu já disse que todas as porras das portas estão trancadas!

Caroline: O quê? O que é que você quer?

Simon: Vem cá.

Caroline: Foda-se.

Simon: Vem cá.

Caroline: Não.

Simon: Sou seu marido. Você se casou comigo.

Caroline: Você...

O telefone da minha sala tocou. Foi um choque. Congelei a imagem da fita: Caroline enraivecida, sacudindo o punho; seu rosto, uma nódoa brilhante.

"Alô?" Silêncio. "Alô?"

"Oi."

"Caroline?"

"Estou com saudades."

"Você acabou de me ver."

"Não me senti legal com a nossa despedida."

"Talvez a gente nunca se diga adeus."

"Por que você não está na sua casa?"

"Estou trabalhando numa história."

"É uma boa história?", ela perguntou.

"Muito complicada."

"Nela tem um homem e uma mulher?"

"A maioria das histórias não tem um homem e uma mulher?"

"Tem."

"Em geral um deles é mau."

"Não acredito em histórias assim", disse Caroline.

"Não?"

"Acho que todo mundo é mau. Alguns são um pouco e outros são muito."

"Provavelmente isso está correto."

Ela suspirou. "Então, na sua história, qual é o muito mau, o homem ou a mulher?"

"Não está claro."

"Ainda não?"

"Ainda não."

"Porter. Estou me sentindo sozinha. Sei que é bobagem, mas estou me sentindo sozinha." Ficou quieta. Pude ouvir a música ao fundo do apartamento dela. "Você volta?"

"Acho que não posso."

"Vamos tomar café juntos?"

Olhei no relógio. O sol sairia daí a umas três horas. "Gosto da idéia", eu disse.

"Um café bem cedo?"

"Oito horas é cedo o suficiente?", perguntei.

"É."

Eu disse a ela que me encontrasse no Noho Star, na esquina da Bleecker com a Lafayette. "Continuo tentando comer lá", eu disse.

"Oito?"

"Isso."

"Não vai esquecer?"

"Não", eu disse. "Você está se esquecendo de que é inesquecível."

Voltei a passar a fita. O rosto furioso de Caroline fundiu-se em movimento.

(*Continuando.*)

Caroline: ... me perguntou, Simon.

Simon: Te perguntei porque eu queria saber como era estar casada.

Caroline: Isso não é um casamento. Isso é um arranjo estranho em que você vai para L. A. comer as garotas nas festas e eu fico sentada em casa com o dedo enfiado no rabo. Os teus pais foram casados.

Simon (*Pega a estatueta*): Me fala desse cavalinho, Caroline. Me conta por que o Hobbs te deu esse cavalo. Isso aí deve ter uns mil anos de idade. Essa merdinha foi bastante cara. Mesmo para um cara como ele.

Caroline: Foi presente.

Simon: Comemorando o quê?

Caroline: Eu contei a ele uma historinha idiota de quando eu era menina, de como eu queria um cavalo, e ele me mandou de presente. Só isso, Simon.

Simon: Me conta a história.

Caroline: Não.

Simon: Me conta, quero ouvir.

Caroline: Não. É só...

Simon: Tem algum significado. Você não a teria contado se não tivesse.

Caroline: Simon, me diz o código do elevador.

Simon: A história.

Caroline: Não.

Simon: A história, e então você pode ir.

Caroline: Eu não vou nunca te contar a história, Simon, nunca. (*Ele atira o cavalo em Caroline. A estatueta voa, passa por ela e entra no elevador. Barulho de coisa se quebrando.*) Porra, qual é o teu problema?

Simon: Foder é a porra do meu problema! Você não se dá conta de que tem uma coisa que eu exijo? Eu exijo fidelidade sexual. Isso é pedir demais? Sou um cara ocupado, muito ocupado, e tem um bocado de pressão em cima de mim, certo? Preciso ter você ali, esperando por mim. Isso é pedir demais? Fui eu quem te encontrou sentada num banco de bar! Você estava descendo a ladeira rápido, garota, e eu te encontrei e te arranquei dali. Era pra você pensar que eu iria esperar alguma fidelidade, já que você é, realmente, minha mulher. Mas quando eu liguei duas noites atrás, onde é que você estava? Sei muito bem onde você estava — estava com aquele gordo fodido! Como é que pode? Como é que pode a minha mulher preferir a porra de um porco de uns duzentos quilos quando ela me tem?

Caroline: Não é isso. Nós só conversamos, só... (*Simon levanta a mão, como se fosse bater. Ela estremece. Ele não faz nada. Ela relaxa. Ele dá nela com a mão espalmada.*)

Simon: Que porra você acha que eu sou, um idiota? Tá ruim da cabeça, madame? Estamos falando do Hobbs! Esse cara está comprando toda a Hollywood, Nova York e até a China. Ele não come comida, come gente! Come você! E você gosta, não basta pra você, não é mesmo? Eu vi a boca do homem. O homem tem uma língua de bicho de fazenda! Eu sei bem o que vocês fazem. Sei que ele conversa com você e te faz sentir segura, como se você tivesse um verdadeiro papaizinho...

Caroline (*com amargo desdém*): Isso machuca, Simon — você realmente, realmente me machucou dizendo isso.

Simon: Aí, toma essa faca. (*Tenta entregar a Caroline uma faca que tirou do bolso. Ela não aceita. Agarra os dedos dela, espeta-os com a faca, fecha os dedos.*) Isso aí, me dá uma facada. Vamos. Estou pedindo. Mete a faca! Mete a faca, sua boceta fodida! Você não está com nada, você não pode fazer nada! Vamos lá, mete a faca! O quê? O que eu estou vendo? Estou vendo a tua cabeça trabalhando! Dentro dessas tranças loiras, as rodinhas giram! O que você está pensando? Você está pensando: Tenho que arrancar dele o código do elevador! Tá certo! É disso que você precisa pra dar o fora daqui. Nenhum problema! O código é o teu aniversário. Vinte e um de fevereiro. Dois-um-dois. Me mata, Caroline, e você vai pensar em mim no teu aniversário o resto da tua vida! Isso agora é uma sacação, não é mesmo? Eu me especializo em sacações, meu benzinho. Então, onde é que nós estávamos? Ah, você estava me matando. Vou dar uma dica — vai em frente. Mete a faca mais cedo e não mais tarde, porque pode ser que eu resolva mudar tudo. Ah, mete a faca, ai, ai. Espera, espera! Esquecemos a chave! Você esqueceu a chave! (*Ele levanta uma chavinha.*) Precisamos de uma chave para entrarmos pelas portas da calçada, se lembra? Se você me mata e sai sem trancar o cadeado, alguém pode subir até aqui logo e me encontrar. Desde que eu não seja encontrado por alguns dias, tudo bem, garota, porque eles vão derrubar a merda deste prédio e o teu companheiro, o teu marido, vai despencar no meio do entulho feito um boneco de trapo. Não é um mau plano, não é mesmo? Exceto por um problema. Olha. Eu tenho praticado. (*Joga a chave dentro da boca, pega a caixa de leite com água dentro, deixando espirrar um pouco da água, joga a cabeça para trás, toma um gole demorado, joga a caixa no chão, põe a cabeça para a frente, abre a boca. A chave foi engolida.*) Sou a encarnação do mal ou o quê? Não, isso é grandioso demais. Não aspiro ao mal, aspiro à verdade, aspiro te confrontar com a verdade até você me dar tuas entranhas, Caroline. Me dá, Caroline, eu quero o que você tem dentro. Quero a história da menininha. Quero saber como é que a menininha que circulava por L. A. transando com jogadores de basquete profissionais e que depois foi parar em Nova York, onde foi tirada de um bar pelo jovem diretor de cinema mais brilhante desde Scorsese, como é que ela sobreviveu? Não vai contar pra mim, o marido dela? Contou pro Hobbs? Não, espero que não. Espero que tenha estado muito ocupada gozando com os encantos orais dele. Mas sabe de uma coisa? Quem tem a resposta é o Hobbs. O teu marido adivinhou. Isso! Como foi que ela sobreviveu? É fácil, pessoal. Ela quer ser amada! Ela vai aonde acha que o amor está, e quando percebe que ali não tem mais nada, ela se muda. É craque em fazer os homens se apaixonar por ela! Mas alguma coisa, alguma coisa inexplicável faz os homens começarem a considerá-la repugnante! Como é possível acontecer isso com a minha bela esposa, a mulher com um aro dourado na boceta maviosa? Ela se passou de um marido amoroso para o sr. Hobbs. E quanto tempo vai durar? Ah, talvez não muito. Ele vai perceber algo em você e vai se mandar, ou então pode ser que você veja a repugnância antes dele e daí você se mande. Então você vai contar a mesma historinha triste para algum outro. Desgraça e tristeza. Etc. etc. Você é craque, moça. Craque. Você me fez de bobo, porra! Me levou na conversa. Fiquei na tua. Acreditei, porra! O artista tinha encontrado a musa! Então a musa deu o fora. Então, garota, foda-se! É aí que eu dou o fora. É aí que eu saio do páreo. Sumo. Mas primeiro... é! Claro que minha intenção é te matar, claro que eu tenho que fazer isso, não é? Qual é a alternativa? Dizer adeus, deixar os detalhes para os advogados maquinarem? Não, não, são fofoqueiros! Fofoqueiros! Pobre rei! O *Lear*, uma peça que você nunca leu! É a história da musa, meu bem, da musa americana. Você é muito especial! Minha garota americana. Olha pra ela, olha esses dentes, esse cabelo, esses olhos azuis e esses seios. Bem cevadinha! Não pode ser morta pelos americanos maus! Deviam fazer um filme sobre ela! A porra de um filme! Ela é totalmente americana. Cevadinha! A pin-up da *Playboy*. Nasceu no lado errado da linha do trem! Oba, a boceta dela é feita de sucrilhos! Vamos cantar com o Willie Nelson! É só ela ser modernizada, que está pronta para o milênio! A garota americana pós-moderna! Queimada de sol nas duas costas! Dirige um Chevy da Toyota no México! Viu milhares de canais! Transou com um superastro! Abriu as pernas para um bilionário! É isso que ela é! *Mas não basta!* Ela quer amor, mais e mais e mais amor! Nunca teve o suficiente! Sua mãe trabalhou pro Visa, e a origem do pai dela é a grana da ARCO. O capitalismo está nos genes dela! Não vê a tragédia disso? Você é a tragédia encarnada! Você tem tudo o que a América pode dar e ainda tem fome! Ainda assim continua sem amor, minha garota americana! Ah, por favor, acabe com isso, meu bem, enfie essa faca em mim, enfie direto na minha garganta, na barriga, nos miolos ou em algum lugar que me cale pra sempre. Enfia! Ei, garota americana! Vamos lá! Vamos lá vamos lá vamos lá! Tenho que mandar que você faça? Me mata. Faz isso. Duvido! Dá uma facada. Espera! (*Ele dispara até o canto do quarto e pega algo. Volta, uma expressão desvairada no rosto.*) Tenho um revólver, isso! Já te falei disso? Já te disse que tenho um revólver? Depois que você me matar, sugiro que o pegue e jogue no rio — é a história típica. Ou que o limpe bem e jogue na rua! Dá pro garoto de nove anos na esquina. Ele sabe usá-lo. Ele quer o revólver. Agora, escuta aqui, minha querida, cada buraco do tambor desse revólver tem uma bala, e eu vou detonar um jorro de cultura no teu cérebro se você não me esfaquear. Vamos lá, vê se agüenta a pressão. Dá pra você sair dessa, garota americana? Isso aí, vamos lá, segura com as duas mãos, mete, força! Tantos homens te pressionando, metendo paus, dedos e línguas na tua boca, na tua boceta e no teu cu! Mete a faca. (*Levanta o revólver.*) Mete. Mete agora. Eu puxo o gatilho. Agora, tá? Vou te mandar pra porra do Aeroporto Internacional John F. Kennedy, meu benzinho. Vou começar a contagem regressiva. Alinha as tuas moléculas de sucrilhos, garota americana, ajeita os músculos dos braços, cinco, quatro, os músculos dos meus dedos estão a postos, benzinho, três... dois... não tem mais tempo pra ver se... (*Parece que lhe ocorre uma outra idéia e ele abaixa o revólver. Eles se encaram. Ele resfolega. É nesse momento que Caroline enfia a faca diretamente no pescoço de Simon.*) Ah... aaah. (*Simon está de pé, ereto, a faca enfiada profundamente no seu pescoço. Ele a arranca. O sangue jorra do pescoço para os lados até quase um metro de distância, e então ele cambaleia para trás. O boné dele cai. Ouve-se o tinido da faca caindo no chão.*) Ai, meu Deus. (*Ele aponta para o revólver, mexe com a arma desajeitadamente para mostrar que está vazia. Depois cai, com a mão no pescoço. O sangue vai rapidamente formando poças pelo chão. Ele olha para Caroline. Ela recua.*) Aaah... Aaah! (*Ela começa a se aproximar dele, que tem espasmos, um som molhado gorgolejante sai de seu pescoço. Ele perdeu tanto sangue que não consegue se pôr de joelhos. Agora se vira e fica deitado de costas; ao fazer isso parece perder o que ainda tinha de forças; há uma frouxidão no corpo de Simon, que não geme nem se contorce mais. Ela se ajoelha junto dele. Os olhos dele estão abertos. Os ombros dela se sacodem. Ela se senta por alguns minutos. O quarto está quieto. Há um guincho e ela vira a cabeça. A forma de um rato atravessa o primeiro plano. Os minutos passam. Simon está imóvel, mãos e pernas espalhadas. Ela chora e depois pára, então chora mais um pouco. Senta-se com os joelhos dobrados para cima, embalando-se sobre suas ancas. Por fim, levanta-se.*)

Caroline: Ah, a chave. (*Suas palavras saem de um suspiro. Ela apanha a faca, ergue a camiseta azul de Simon. Está chorando. E dá um pequeno empurrão na barriga pálida dele. Então se levanta de novo e sua mão começa a se movimentar: desce pela garganta, passa pelo peito, e depois vai direto até logo abaixo do diafragma. Ela cutuca a área, experimenta, sonda, sente. Então se ajoelha ao lado de Simon. Coloca a faca no estômago dele, enfiando-a talvez uns dois centímetros. A faca permanece fincada em linha reta. Ela se levanta abruptamente e vai até a cama. Então chuta fora os sapatos, tira o vestido amarelo e o deposita cuidadosamente na cama. Na sua omoplata há uma forma colorida, uma borboleta. Ela tira o sutiã, depois a calcinha. E também os deposita na cama. Depois pega o boné de beisebol de Simon do chão e enfia nele seu cabelo levantado. Suas nádegas nuas esperam. Uma mulher nua com um boné de beisebol. Então se volta para Simon. A faca ainda está fincada na barriga dele. Ela se inclina sobre o corpo, olha para longe, depois põe seu peso em cima da faca. Esta entra provocando uma lufada ruidosa de ar e sangue. Agora Caroline está molhada. Ela olha o que está acontecendo e suspira. Depois, serra a carne, cortando uma lasca. Afastando a lasca com uma das mãos, usa a outra para cortar mais. Agora o sangue jorra para cima à medida que ela faz pressão sobre o corpo, vaza da ferida para a barriga de Simon e desce pelos lados dele, de início, formando listras costelas abaixo, depois, cobrindo-as completamente à medida que ela cutuca com a faca. Ela puxa a mão para fora, sacode-a violentamente, e deixa cair um pedaço de carne. Depois, enfia a mão na cavidade e pesquisa em volta. Nada. Ela suspira. Está pegajosa com o sangue que cobre sua barriga, seus braços e suas mãos. Há sangue nos bicos dos seus seios. Agora ela corta uma lasca maior. Depois, senta-se ao lado de Simon e o vira de cabeça para baixo. O conteúdo do estômago dele vai saindo num fluxo audível. Ela torna a virá-lo de barriga para cima. E investiga os conteúdos dele com a faca; levanta os olhos. Ratos aparecem nas sombras.*) Fora daqui. (*Ela retoma a tarefa. Enfia de novo a mão na cavidade e de repente puxa alguma coisa para fora, e examina um objeto sanguinolento em sua mão. A chave. Agora Caroline está em pé; põe então a chave na mesa e volta para perto da cama, de onde tira uma fronha com a qual enxuga as mãos e a barriga com cuidado. Há um pouco de sangue em suas coxas, em seus joelhos. Esfrega cada lugar vigorosamente. Examina os pêlos púbicos à procura de sangue, sugando a barriga para dentro, com as duas mãos fazendo pressão contra os ossos da bacia. Depois, limpa os dedos e as mãos e examina o dorso das pernas, a bunda. Entra de novo na calcinha e nos sapatos, em seguida enfia o sutiã e o vestido amarelo, abotoando-o nas costas com a graça desajeitada das mulheres. Tira o boné de beisebol, o inspeciona, o sacode, o inspeciona de novo, depois o atira no chão perto de Simon. Tira a chave da mesa num movimento suave e a põe na bolsa. Pega a caixa de leite vazia do chão e joga a faca e o revólver dentro dela. Olha à volta, examinando. Agora percebe algo fora do quadro da câmera, alguma coisa pequena no chão, mais perto da câmera. Pega-a. É um pedaço da estatueta verde. Volta até Simon e se posta acima dele, o rosto dela parecendo conter tanto remorso quanto vitória. Ajoelha-se. Esfrega o pequeno pedaço no vestido, enfia-o no bolso de cima da camisa dele; então, passa um dedo no sangue que cobre o pescoço dele e toca a própria língua. Levanta-se rapidamente, segura a caixa pela tampa e segue direto para dentro do elevador.*)

Caroline (*em frente à câmera mas olhando para baixo, aparentemente para os botões do elevador*): Dois-um-dois. (*Sua voz é um sussurro.*) Dois. Um. Dois. (*Olha em volta.*) Descer. (*Nada acontece.*) Ah, merda. (*Nota que a porta da cabine está aberta, fecha-a.*) Descer. (*O elevador começa a ranger e a descer. O cadáver de Simon Crowley e o piso sobre o qual ele descansa vão ficando para cima. O número sete aparece no poço do elevador e depois a escuridão. Então, à luz fraca do elevador, o seis, depois, cinco, quatro, três, dois. Agora ela desaba, tossindo de repente e se sacudindo com pequenos soluços. Quando o elevador atinge o primeiro piso, ela abre a porta da cabine violentamente e corre pelo corredor, seus passos se afastam. A porta da cabine se expande lentamente, e pára no meio do caminho. No corredor de sombras, nada se mexe. Há o som de uma porta pesada se abrindo, uma rápida claridade se espalha, indistinta, refletindo-se em diversas paredes, a última mensageira da luz, e então tudo é escuridão. A porta se fecha com estrondo. Não há mais nenhum som. Só escuridão. Não há mais nenhum som. Só escuridão.*)

Manhã em Manhattan. Excelente e clara. Táxis amarelos, lavados, correm pelas ruas ao sul da cidade. Mexicanos podam tulipas do lado de fora de delicatessen coreanas. Trabalhadores matinais caminham para o trabalho, satisfeitos consigo mesmos. Os trens do metrô chispam como a informação. A claridade desliza pelas fachadas de edifícios, quase perceptivelmente. Ao fundo dos bares e restaurantes, centenas de milhares de conversas aceleram seu ritmo, escorrem, flutuam à deriva. Uma mãe escova o cabelo da filha. Ganhar milhões hoje, cara. O coro grego da cidade lê a página das opiniões do jornal. Passa uma máquina limpa-ruas, varre uma carteira vazia. A luz do sol penetra nas íris. O prazer de piscar. Um homem olha para a própria barriga, vê um monte de ruínas. Há uma mulher contente com o seu batom. Que sapatos vai usar? Sonhos de sol e redenção ao café. Peruas carregadas de peixe passam velozes em direção à zona norte. Formação e deterioração. Estou perdendo dinheiro aqui. Chegar ao escritório cedo. Este poderia ser o dia. Este não é o dia. Foda-se. Foda-se. Há uma chinesa sentada à sua máquina de costura industrial. O vento sopra uma pilha de fotos de modelos num beco atrás da agência. Alguém roubou a delicatessen da esquina, levou dois pães judaicos secos. Vou te mandar por fax. Condições da fumaça na rua 49. Woody Allen está acabado. Mensageiro de bicicleta se agarra num ônibus municipal indo para a 40 via Broadway. Aumentaram o meu aluguel. O guarda da Rikers Island dá instruções para a ronda noturna: "Levanta os braços, mostra os buracos, abre a boca, mostra a língua, levanta o saco, depois te curva, mostra o cu, e tosse forte cinco vezes". Por favor, espere. Vou experimentar um novo antidepressivo. Um executivo contador examina o cartão que uma mulher lhe entregou ontem à noite. Fogo no Harlem, seis mortos, cinco crianças. Vou completar sua ligação. Ewing está ficando velho, cara. Harry, vá a um médico, por favor. Que cartão de crédito você vai usar nessa transação? Aqui é o Sal, do Brooklyn. A balsa de Staten Island choca-se contra os pilares. Não há mais respeito nenhum. No grande terreno transversal à West Side Highway, um homem enche os pneus de caminhões de lixo. Não esqueça a sua lancheira. Há uma mulher sentada na beira da cama, lembrando-se de que o exame de AIDS deu positivo. Estou te dizendo que a MTA consome milhões. Há uma fila na porta da clínica dos viciados. O Times Square não é mais o mesmo. Temos sérios problemas raciais nesta cidade. O presidente está na cidade; o tráfego vai ficar um pesadelo. Você nos deve dinheiro. Não deu dinheiro nenhum. Não é sobre o dinheiro. Você pode ficar com o dinheiro. Eu não tenho dinheiro nenhum. Custa muito dinheiro. Ônibus de turismo cheios de gente do Meio-Oeste. Eles se mudaram para New Jersey. O médico legista põe suas luvas de plástico, liga o rádio. Não sou gay, sou homo, um homem explica para sua mãe no apartamento dela na Riverside Drive. A cocaína é entregue com segurança, e hoje o Harlem espanhol está parecendo o paraíso. Ando vendo televisão demais. Um belo apartamento nessa faixa de preço. Assine aqui, por favor. Realmente, não é mais uma democracia. Num escritório na zona central todas as portas estão fechadas: o patrão foi despedido. Liga e pega as entradas, por que não. Em frente ao hotel Plaza, um chofer de táxi, sorrindo, furta o passageiro no troco. Vou fazer lipoaspiração. Um homem caminha rapidamente pela Lafayette na direção sul, sentindo uma chave num bolso da calça e, no outro, um fragmento de pedra, depois entra num restaurante de esquina; é o primeiro freguês. Não fez a barba. Está sujo de lama seca. Carrega um embrulho pequeno. Um garçom dobra toalhas limpas.

"Bom dia, senhor."

"Bom dia." Fingi que estava verificando o dinheiro que eu tinha. "Sei que estou sujo pra burro."

"Não vamos notar."

Sentei-me e fiquei observando o mundo passar, os poucos fregueses que entravam. O café da manhã é a mais otimista das refeições, e isso era visível nos rostos dos homens e mulheres. No banheiro, olhei-me no espelho. Eu tinha terra no cabelo, nas olheiras, nos ouvidos. Minhas gengivas estavam se retraindo, meus dentes estavam ficando marrons, meu cabelo embranquecia. Só há uma direção.

Foi assassinato? Caroline esfaqueara Simon no pescoço enquanto ele abaixava e descarregava o revólver. Não, foi autodefesa. Foi, sem dúvida, um momento de extrema agitação, em que Simon gritava e agia de forma estranha, mas me pergunto por que ela não se encaminhou para o elevador e o utilizou, uma vez que Simon tinha lhe dito o código que o faria funcionar. Ou ela talvez pudesse ter gritado de uma janela. Engolir a chave deve ter sido um gesto de efeito. Simon deveria saber de uma outra maneira de sair do prédio. Ele só iria precisar de um alicate que estaria escondido em algum lugar. Se teve o trabalho de arranjar a caixa de leite, a cama, a bateria elétrica, a lâmpada e o aparelho de vídeo, não seria muito esforço ter arranjado um alicate. Billy Munson dissera que havia todo tipo de equipamento na perua do pai de Simon. Não seria de esperar que Caroline pensasse em todas as coisas naquele momento, mas tampouco seria de esperar que metesse a faca em Simon simplesmente porque ele estava delirando. Vi aquele momento da fita dez ou doze vezes na minha sala. Houve uma pausa, um longo intervalo, entre o momento em que Simon abaixou a arma e o momento em que Caroline deu a estocada com a faca. Foi uma pausa durante a qual cada um olhou para o outro para ver o que viria depois. Foi também uma pausa na qual ele estava vulnerável, e ela se aproveitou da oportunidade. É assim que vejo tudo isso; foi assim que ela sempre agiu.

E o que aconteceu a seguir? Imaginei que tivesse esperado o máximo possível no vão escuro abaixo das portas da calçada, que tivesse esperado até uma hora tardia em que houvesse pouca gente do lado de fora. Então, quando não se ouvisse mais nenhum barulho, ela tivesse destrancado o cadeado com a chave, aberto uma das portas e se lançado escada acima, silenciosamente, levando a pequena caixa de leite com o revólver e a faca dentro, depois tivesse trancado as portas do lado de fora e, em disparada, dobrado a esquina. Era possível fazer isso em menos de um minuto. Esses fatos teriam ocorrido ou nas últimas horas de 6 de agosto ou nas primeiras horas de 7 de agosto. Se a hora fosse suficientemente tardia, era possível que ninguém a tivesse notado ou se lembrasse de que a notara. Afinal, o corpo de Simon não foi descoberto até 15 de agosto, e esse intervalo era decerto bastante longo para alguém esquecer o que tivesse visto. Mas as ações imediatas de Caroline não foram a única indicação de sua culpa. Ela não mediu esforços para ocultar o que acontecera. Mentiu à polícia sobre a natureza do desaparecimento de Simon. Disse-lhes que não reconhecia o pedacinho da estatueta de jade. Teve a inteligência de contratar um detevive particular para tentar provar o que havia acontecido a Simon. O que foi inteligente, pois o detetive poderia involuntariamente lhe dar alguma informação que pudesse implicá-la, permitindo assim que antecipasse os problemas. Mais engenhoso ainda era que tal arranjo, caso chegasse ao conhecimento da polícia, poderia indicar que ela não era a criminosa. O detetive particular não encontrou nenhuma informação útil, é claro, porque se tivesse verificado o título de propriedade do 537, rua 11, Leste, teria descoberto que o dono do prédio era um coreano, e não os Segal. Se, como a polícia, ele tivesse falado com o proprietário coreano, este não poderia lhe dizer nada, pois, não estando familiarizado com o prédio então prestes a ser demolido, o coreano não sabia nada sobre as ardilosas portas da calçada. Nem o mestre-de-obras da empresa de Demolições Jack-E, que ficou obcecado com um pedaço de corda que encontrou. Os detetives não tinham motivo para procurar os Segal, e a sra. Segal, devido ao trato questionável que fizera com os coreanos, tinha o que supunha ser uma boa razão para não os procurar. A polícia de fato falou com o zelador do 535, mas a conversa deles se concentrou no acesso à porta do telhado do 535, não nas portas da calçada para o 537. Era verdade que, se a polícia tivesse examinado a papelada do espólio de Simon, talvez tivesse sido levada à sra. Segal, como aconteceu comigo. Mas eu estava procurando um item específico, a fita de Hobbs, quando encontrei a velha, e não, como era o caso da polícia, informações sobre a forma como Simon teria entrado num prédio. Era uma trama lógica, feita de acaso e intenção. Ninguém tinha agido com pleno conhecimento;

ninguém planejara os acontecimentos da maneira como tinham ocorrido, inclusive Caroline. Assim, seria assassinato? Na minha cabeça, sim.

Uma bela mulher de visom e jeans entrou, atravessando a claridade. Uma bota de caubói de lagarto preto cruzava-se na frente da outra, ela sorria confiante para o mundo, para o garçom, para mim. "Oi, querido", disse, oferecendo-me a face fresca, que beijei com grande interesse, nunca tendo beijado uma asssassina antes, ao que eu saiba; e a dureza da mulher fazia com que sua pele parecesse até mais macia. Não posso dizer que tenha sentido repugnância. Não, de jeito nenhum posso dizer tal coisa.

"Andou rolando na lama?"

"Sou um cara sujo, você sabe disso."

"O que foi que aconteceu?"

Toquei com o dedo o pedaço da estatueta no meu bolso. "É uma história comprida."

"Posso ouvi-la?"

"Claro."

O restaurante estava começando a encher. "Primeiro vamos pedir o café."

Sentamo-nos, e observei sua alegria. Ontem eu a libertara de Hobbs, e hoje ela estava partindo para a China; era a primeira vez desde que nos conhecemos que ela acreditava não ter nada com que se preocupar. Seus olhos estavam luminosos e os lábios prontos para sorrir. Ela não precisava mais de mim; só precisava encerrar a história sem problemas. A música vinda do fundo do restaurante era de Vivaldi, brilhante e clara, e, como eu sabia que ambos estaríamos diferentes apenas dali a alguns minutos, fiquei simplesmente observando-a. Não era pouco o prazer de ouvi-la falar disso e daquilo, e deixar uma mancha de batom na borda do copo d'água. Enquanto ela falava, minha mente se imaginava uma poça prateada de luxúria aos seus pés, uma poça que se metamorfoseava num filme de desejo que inundava seus pés e calcanhares, subia pelos joelhos e coxas, penetrava entre suas pernas e ia direto para dentro dela, mergulhando cada vez mais fundo; depois, se afastando, roçava a minúscula cicatriz secreta, e continuava a subir, passando pelos quadris, umbigo e percorrendo os contornos das costas e do estômago, detendo-se, em desamparo, na forte dobra dos seios contra o arcabouço das costelas, e depois se espraiava para fora e por cima dos seios, excitando lembranças na minha imaginação ao passar sobre os mamilos, e então, subindo até os ossos delicados do pescoço, alcançava e abraçava os ombros e descia pelos braços até os dedos que tinham segurado a faca. Até as pontas dos dedos. Até as belas unhas, limpas, bem cuidadas. E então, subindo impetuosamente pelos braços, segurava, como uma mão em concha, o queixo e a mandíbula, e forçava a entrada na boca, penetrando fundo, passando pela língua rosada que tinha me tocado, e então, afastando-se da boca, o filme luminoso do meu desejo deslizava lentamente pelas maçãs do rosto e pelos olhos — as pálpebras piscando, as pestanas se roçando suavemente —, depois subia pela testa e, como dedos, atravessava a extensão doce e espessa de cabelo loiro, e depois subia — meu desejo por ela num fluxo que subia e se afastava sempre, libertando-a para sempre. Foi o que se passou comigo quando eu olhava para ela. Eu sentiria saudades. Quando fosse velho sentiria saudades dessa mulher.

"Tenho uma coisa para lhe mostrar", disse ela.

Era um desses folhetos luzidios publicados pelas firmas de compra e venda de imóveis nas melhores áreas. "Acabei de dar uma olhada nesse folheto no táxi." Ela o abriu, passando as páginas. "Olha isso." Era uma foto colorida de um casarão branco com um gramado extenso, muitas janelas, alpendres, beirais, muitos telhadinhos. Parecia um iate, ou talvez um bolo de noiva. "Charlie vai gostar", observou ela. "O corretor diz que fica a sete minutos a pé da estação de trem."

Caroline continuou a estudar a foto; quando olhei para seu rosto, vi que o tempo estava começando a se acumular ao redor dos seus olhos. Eu realmente não acreditava que ela queria terminar num casarão branco nem que quisesse uma vida junto de Charlie. Acho que a idéia dessas coisas representava uma espécie de esquecimento no qual ela se perderia por algum tempo. Mas os desejos sempre voltam e, se havia algo que eu compreendia a respeito de Caroline Crowley, era que seus desejos continuariam a carregá-la para longe de, e não na direção de, seja quais forem as casas brancas e seguras ainda existentes nesta sociedade. Por outro lado, eu então compreendia o quanto ela poderia desejar desesperadamente uma nova vida. E me parecia que ali estava esta vida, diante dela, quase ao alcance de sua mão; e eu também percebia que ela de fato acreditava que sua jornada, longa e estranha, tinha terminado. Para uma mulher jovem, não é moderno depender completamente do sustento de um homem; para uma mulher como a minha esposa, que foi beneficiária de uma educação de qualidade, a idéia dessa dependência tem, o que é compreensível, o gosto de uma morte existencial. Mas se Caroline alimentava o desejo de uma carreira ou de um trabalho, ele estava subordinado a um impulso ainda mais básico de se entregar a uma vida que representaria uma descontinuidade em relação àquela que tinha vivido durante tanto tempo, uma vida na qual, pela primeira vez, ela estaria a salvo — dos outros e de si mesma.

"Eu também tenho algumas coisas para mostrar", eu disse.

"Tem? São interessantes como a que eu lhe mostrei?"

"Exigência difícil."

"Deixa eu ver a primeira."

Enfiei a mão no bolso, toquei no fragmento de jade. Eu podia parar por ali, podia dizer que era tudo brincadeira, e tudo seria simplesmente levado pelo vento. Pus o fragmento de jade em cima da mesa. As orelhas estavam quebradas, mas os olhos e a boca estavam perfeitos.

Ela franziu a testa, depois o pegou e disse: "É bonito. O que é? Quer dizer, de onde é isso?".

Olhei para aquele rosto lindo, aqueles olhos azuis, aquela máscara, e percebi que nunca a conhecera, que nunca iria conhecê-la.

Murmurei: "Não minta para mim agora, Caroline".

Ela olhou para baixo e depois para longe.

"É o presente", acrescentei. "Para você, digo."

"É."

"Do Hobbs."

"É."

"Muito valioso."

"Acho que sim. Foi dele por muito tempo."

"Simon descobriu e ficou puto."

"Foi. Eu te disse."

"Você não contaria a Simon a história que você contou a Hobbs por ser algo que você podia manter longe dele, algo que era só seu."

"É." Ela assentiu com a cabeça. "Nós falamos disso ontem à noite, Porter."

"Ele jogou a estatueta na sua direção no prédio da rua 11; ela se chocou contra a parede do elevador e você não se preocupou em pegar este pedaço."

Ela estava me encarando, sem dizer nada. Depois fiquei muito atento à minha omelete, empurrando pedacinhos de cebolinha verde com o garfo. À nossa volta, o ruído dos talheres batendo na louça, o papo e o convívio, o grande palco da vida de Manhattan.

"Porter?"

Levantei os olhos. Depois empurrei a chave para o outro lado da mesa.

Ela se espantou ao vê-la. "Uma chave?"

"A chave."

Ela olhou direto no meu rosto. Olhos azuis. Então tocou na chave com uma unha, depois a pinçou entre o indicador e o polegar, levantando-a.

"Hobbs me devolveu esta chave", eu disse. "Os homens dele tinham..."

"Sei, sei."

A garçonete trouxe um copo de suco de tomate para mim.

"Você sabia que tinha uma fita de vídeo?", eu disse finalmente.

Ela comeu um pouco do ovo. "De quê?"

"Ele instalou uma câmera pequena no mecanismo do painel do elevador. As lentes ficavam escondidas atrás do indicador do andar."

Ela estava prestes a entender tudo.

"No sétimo andar do prédio o elevador parava, e, com a porta aberta, as lentes apontavam diretamente para o espaço adjacente. Que era o quarto onde..."

"O que você está dizendo?"

"A fita inteira está lá, Caroline, a coisa toda." Inclinei-me para a frente, para que as pessoas em volta não escutassem. "Segundo por segundo. A discussão, a faca, a chave."

Ela assentiu com a cabeça, dessa vez mais desajeitadamente.

"Acredito que ele tenha perguntado ao pai como deveria fazer a instalação, por ser um elevador velho."

"Sei."

"Acho que era tudo uma cena da parte de Simon. Para ver o que ficaria registrado na fita."

"Me enganou."

Olhei para ela. "Tem certeza?"

Ela não respondeu. Não havia resposta.

"Tem a fita original", eu disse, "e agora, uma cópia. A original está num lugar que você não sabe qual é e a cópia está aqui." Minha mão foi sorrateiramente para debaixo da mesa. Os olhos dela me vigiavam atentos. Pus a fita sobre a mesa e a empurrei lentamente para ela. "Aqui está, esta é sua. Vai poder assistir a ela na intimidade do seu lar."

Os dedos de Caroline tocaram a fita de vídeo.

"Tudo isso é surpreendente", eu disse.

"Também foi surpreendente para mim."

"Então qual é a história?", perguntei.

"Qual?"

"A história que Simon queria tanto ouvir."

"Ah, é só uma história que eu contei para o Hobbs. De quando eu era menina."

"Por quê?"

"Ele queria saber."

"Não saquei."

O rosto dela parecia cansado. "Ele simplesmente me entendia — era a coisa mais estranha. Como ninguém me entendeu até hoje. Era isso que Simon odiava tanto. Você viu a fita, viu como isso o deixou maluco." Ela olhou pela janela as pessoas passando, e naquele momento eu pude sentir nosso caso desaparecendo; era questão de uma meia hora, talvez até menos. "Não sei — não é realmente uma grande história. Ele só queria saber o que é que me fazia ser forte, e contei o que aconteceu quando eu era pequena." Quando menina, ela queria muito um cavalo, disse ela, mas Ron não estava interessado em lhe dar esse presente, e sua mãe era inútil para argumentar em favor da filha. Eles tinham um desses casamentos frustrados que é um tecido de ódios. Ron, além disso, tinha ido longe na fixação por Jackie Onassis e reunira uma coleção nada insignificante de livros e artigos de revista sobre ela. Havia até um pequeno mercado de colecionadores de lembranças de Jackie; e ele, comprador ávido desses objetos, prometia à mulher que tudo isso valeria muito dinheiro um dia. Quando ela protestava, ele às vezes batia nela. E havia mais: bebida, um negócio de caminhões frustrado, uma úlcera que sangrava. Era compreensível que o homem tivesse tranqüilamente chegado ao limite quase invisível da sanidade. E, ainda assim, a Caroline de dez anos atormentava Ron por causa de um cavalo, que era o que ela queria ganhar em fevereiro, como presente de aniversário. Ele bateu nela algumas vezes, mas tinha sido sem querer, concluiu, nada que se comparasse com o que Ron tinha feito com seu irmão mais moço no verão anterior — ele o jogou para fora do barco a motor, fazendo com que o menino rodasse feito um cata-vento antes de cair na água a cinqüenta quilômetros por hora, quebrando o braço. Um cavalo, ela queria um cavalo. Era seu pedido diário. E então, numa manhã fria de fevereiro, Ron lhe disse para entrar na caminhonete, vamos dar uma volta. Eles atravessaram a pradaria gelada de Dakota do Sul, sem dizer palavra, um homem derrotado, nos seus quarenta anos, metido num casaco velho abaixo dos joelhos e uma garotinha loira que era sempre perturbadora de se olhar; oitenta quilômetros e quarenta minutos depois eles pararam perto de um pasto e de um celeiro caindo aos pedaços no meio do nada, e Ron saiu do carro, batendo a porta e esmagando a neve com seus passos. Ela o seguiu, curvando-se para passar por baixo de uma cerca e se mantendo atrás do corpanzil negro na neve à frente dela. Havia pegadas de cascos e bosta de cavalo congelada no chão, e ao lado, mais longe, ela viu uma égua velha, levantando as patas e tentando se aquecer. Era um bom sinal, mas onde estava o cavalo dela? A égua estava velha e acabada demais para ser montada por alguém, os cascos estavam sendo destruídos pela doença, entretanto, Ron estava se dirigindo para a égua, que parecia estar tão gelada que nem se mexia. Ficaram ali parados um instante. Ela não estava entendendo. "Feliz aniversário, Caroline", disse Ron. "Este aqui é o seu cavalo." Depois ele sacou uma velha pistola grande do casaco, engatilhou-a e atirou na cabeça da égua.

E depois outra vez, e a égua caiu. Caroline deu um pulo para trás quando o peso bateu no chão, o vermelho se espalhando pela relva congelada.

"É isso aí", Caroline me disse. "Essa era a história." Seus olhos estavam claros; ela parecia tranqüila.

"Era isso o que Simon queria saber?"

"Ele já tinha me tirado tudo, Porter. Eu tinha contado todas as histórias para ele."

"Você o matou por causa de uma história?"

"Não é exatamente assim que eu vejo."

"Está tudo lá na fita."

A garçonete me trouxe a conta, que paguei em dinheiro. Não haveria nenhum registro do nosso café da manhã, jamais.

Ela brincava com a colher. "Por que você foi atrás da fita?"

"Acho que você queria que eu fosse, Caroline."

Ela ficou calada.

"Você queria contar a alguém." Ela estava de cabeça baixa; o repartido no cabelo era perfeito. "Às vezes coisas acontecem e as pessoas têm que contar a alguém. Na realidade, você nunca precisou que eu descobrisse a fita de Hobbs. Sabia onde ela estava. Basicamente. Bastava ver se o espólio estava pagando por alguma coisa estranha. É claro que não precisava de mim para fazer sexo. Você precisava de mim para algo mais, Caroline, e sou um babaca por não ter compreendido isso desde o início. Meu Deus! Caroline, a única coisa que você precisava era contar para alguém antes de se casar com Charlie.

Quando ela levantou a cabeça, havia lágrimas em seus olhos. Não acreditei nelas.

"Não quero mais isso, está entendendo?", disse-lhe.

Ela assentiu com a cabeça.

"Eu tenho um certo… sinto um certo... mas agora não posso mais. Você nunca ligou para mim, mas percebeu que eu poderia ser útil. Eu poderia me envolver e então revelar a história, um pouco de cada vez. Hobbs era só uma parte do todo."

Ela pegou um cigarro da bolsa.

"Senhorita", disse um garçom que passava. "Não pode fumar. Baixaram essa nova lei."

"Sim, sim", disse agitada, acenando com a mão. "Eu não podia contar para o Charlie, sabe, e se eu me casasse com ele sem estar com tudo resolvido..." Não precisava terminar a frase. Compreendi que Charlie a deixaria na hora, se viesse a saber de uma coisa assim; ele não só a desprezaria imediatamente pelo fato de Caroline não ter lhe contado, mas também temeria que o passado dela de algum modo manchasse a carreira dele, e se havia alguma coisa no mundo que ele protegeria, era a carreira. E uma vez casada com Charlie e portando o nome dele, os problemas dela também seriam dele. O fato de que a empresa de Hobbs recebia uma parte de seu financiamento através do banco de Charlie significava, Caroline imaginava, que Hobbs poderia pedir que Charlie fosse afastado da conta, talvez até demitido. Então compreendi por que motivo escolhera Charlie. Aí estava o homem perfeito, perfeito na sua beleza vazia, na sua brandura digna de confiança.

"Então, como é que você pôde ir à festa promovida pelo Hobbs?"

"Fui porque queria ter a chance de lhe dizer mais uma vez. De jurar que eu não tinha a fita. Que Simon devia ter feito alguma coisa com ela... mas não consegui me aproximar dele. Toda aquela gente em volta. Tinha gente que ele precisava encontrar e tudo mais. Fiquei ao lado de Charlie, mas não parei de vigiar... na verdade, eu vi você ser apresentado ao Hobbs, vi os caras chegarem perto de você e levarem você até ele... eu o reconheci pela foto."

Ao olhar para o outro lado do salão, Caroline admitiu, vira alguém que vivia se intrometendo nas vidas das pessoas, embora a última coisa que quisesse fosse provocar o aparecimento de uma história de jornal sobre o vídeo que Hobbs queria. Se o que ela queria de mim era que eu tentasse encontrar a fita de Hobbs, então isso teria de acontecer porque eu, pessoalmente, o quisesse. Tudo isso ela compreendeu no momento em que bateu os olhos em mim e me viu olhando de volta. Então pediu licença a Charlie e ao pequeno grupo de executivos e caminhou na minha direção. Com uns dois minutos de conversa entre nós, percebeu que podia ir para a cama comigo, se quisesse. Afinal, ela poderia ter feito erros colossais, mas sabia como fisgar um homem. Talvez, admitiu, também tivesse se sentido atraída por mim. Não que sua intenção fosse essa. Gostou do jeito como eu reagi a ela na nossa primeira conversa, com dureza, ainda que eu estivesse perdendo completamente qualquer racionalidade que ainda pudesse ter. Ela também gostou do fato de eu ser casado; isso lhe dava um pouco mais de controle sobre mim.

Nossa garçonete trouxe mais café.

"Você quer saber se vou dar uma cópia desta fita à polícia."

Ela me olhou, os olhos assombrados. "Quero", murmurou.

"Aqui está a minha resposta. Se, de algum modo, você informar minha mulher sobre o que aconteceu entre nós, a polícia vai receber a fita. Só Deus sabe o que vão fazer com ela. Você matou o Simon? É uma pergunta terrível. Claro que ele te ameaçou. Foi autodefesa? Muito difícil. Isso é muito difícil, eu diria. Você poderia ter entrado no elevador, tentado fugir. Poderia ter se recusado a matá-lo..."

"Ele ia me matar."

"Não, não ia. Estava filmando uma cena. Uma cena doentia. Não iria se dar ao trabalho de esconder a câmera no painel do elevador se ele não tivesse..."

"Juro que ele ia me matar, naquele instante."

"Veja a fita, Caroline. Ele abaixa o revólver. Há uma longa pausa. Depois você mete a faca nele. Está lá, gravado."

"Não, não é..."

De repente me cansei de mim mesmo. "Adeus, Caroline."

Levantei-me e pus umas notas na mesa para a gorjeta.

"Não vá assim. Diga alguma coisa para mim."

Olhei para ela e percebi que realmente não se importava com o que eu pensava, de tal forma que, quando eu saísse, ficaria de novo só consigo mesma, como sempre estivera. Curvei-me e beijei-a delicadamente no rosto. "Fique numa boa", eu lhe disse. "Na melhor que você puder."

E então saí, abrindo caminho por entre outros clientes, sem olhar para trás, contente de estar saindo, pronto para voltar à rua, pronto para enfrentá-la de novo. Eu tinha uma coluna para escrever, sobre a fita do Fellows. À porta pensei em olhar para trás e até quis fazê-lo, para ver Caroline uma última vez. Mas não olhei; quando acabei de virar a esquina, disse a mim mesmo que me sentia muito melhor em relação a tudo.

* * *

A feiúra disso, de quem eu fui e de quem sou agora, é mais forte quando estou com minha mulher e meus filhos. Enquanto eles brincam na praia, enquanto jantamos juntos. Enquanto toco na cicatriz de Tommy. Eu podia contar à minha mulher sobre o caso com Caroline e ela, acho, me perdoaria com o tempo. Seu coração é genuíno e verdadeiro. Se há alguma coisa em que de fato acredita, é na família, e como uma xícara de chá que foi consertada, a fratura vai sempre aparecer, vai estar sempre ali. Talvez eu seja apenas covarde. Mas prefiro manter a minha culpa perto de mim do que forçar minha mulher a lidar com ela.

Tentei ser esperto sobre tudo isso e imaginar o que poderia dar errado no acerto que há entre Caroline e mim. Ambos guardamos uma carta. Ambos poderíamos destruir a vida um do outro. Tenho me perguntado se, por não entregá-la, estou traindo os que um dia amaram, e ainda hoje amam, Simon Crowley. É uma questão difícil. A sra. Segal o amou como só uma mãe substituta poderia amar. Ainda se perturbava com a morte dele e continuaria a se perturbar até morrer, mas, eu desconfiava, talvez com propriedade, que a morte dele parecia não ter sido surpresa para ela, dada a forma de vida de Simon. Qual seria o ganho de lhe dizer que Simon tinha sido morto pela própria mulher? Ela parecia tão velha que todas as tristezas já tinham se derretido e penetrado profundamente no fardo que carregava por ser humana, e eu duvidava de que saber a verdade teria contribuído para aumentar a dor dela, que por si só já era completa.

Quanto ao pai de Simon, não tenho nenhuma resposta. O homem estava sumindo; qual seria o ganho de tentar lhe explicar tudo? Ele tinha lutado para fornecer uma única chave para a morte do filho — é preciso que seja reconhecimento disso? Ou seria melhor que fosse deixado em paz? Ele vai morrer a qualquer momento, agora, hoje ou amanhã, na semana que vem — será uma bênção, se não para ele, para mim.

E, quando repasso o que aconteceu, descubro que não posso determinar onde a história começa ou realmente termina. Será a história de Simon? De como um menino se tornou um cineasta brilhante que se tornou um cadáver? Será a história do que aconteceu porque um empresário coreano processou um velho advogado judeu e sua esposa, no Queens? Será a história de uma cirurgiã de mãos que se deu ao trabalho de pôr um smoking dentro do carro do marido para que ele pudesse comparecer a um compromisso de negócios? A história de um menino sem graça de Bay Ridge, no Brooklyn, que ao crescer foi trabalhar numa organização de "segurança" e que, por ter metido uma bala no bíceps de um garoto de um ano e meio, filho da cirurgiã de mãos, foi — como afinal vim a saber — chutado escada abaixo pela polícia três semanas depois, quebrando os braços e alguns dentes? (Como isso me deixou estranhamente abatido.) Ou será a história da viúva do policial Fellows, que, depois de ter recebido o telefonema dos detetives dizendo que tinham apanhado o homem que matou o marido dela, ficou parada na cozinha e chorou? Sei disso porque escrevi uma coluna sobre o assunto. Ou, por último, será a história de um bilionário idoso e obeso que confessou seu afeto a uma mulher deslumbrante uma noite num quarto de hotel de Nova York, e acabou se arrependendo disso?

Nas palavras do velho repórter bêbado que eu conheci certa vez, é tudo uma única história, e suponho que seja, mas o fio que não posso soltar é o de Caroline, claro, e, uma vez reconstruída a seqüência desse fio, ele ainda permanece misterioso para mim; como é que, me pergunto, a menina parada num campo de Dakota do Sul, perto de um cavalo morto, se torna a adolescente estuprada por Merk, e depois a mulher que desce no elevador de um prédio prestes a ser destruído, uma chave na mão, e depois a companheira bem-vestida do executivo num avião para a China? A mesma pergunta poderia ser feita a meu respeito, naturalmente, e embora a minha vida seja comparativamente menos dramática, não posso deixar de me perguntar como é que o menino tranqüilo pescando no buraco escuro de um lago congelado veio a ser, vinte e cinco anos depois, o homem que dá um beijo de despedida numa assassina num restaurante de Nova York — o homem que a deixou partir impune. Caroline e eu atravessamos as vidas um do outro numa velocidade louca, numa — como Hal Fitzgerald diria — velocidade sem freios.

Por que será que eu não entreguei Caroline? Não que eu me importe com ela, não exatamente. É que eu não suporto a idéia de

Caroline numa prisão. Entretanto, guardei aquela fita num cofre de um banco obscuro de Nova York. Dei ordens ao banco para não me cobrar por ano; em vez disso, dei um jeito de pagar de uma vez só pelos próximos quarenta anos. O funcionário do banco estranhou, mas ressaltei que eu estava efetivamente emprestando ao banco uma soma de dinheiro considerável sem juro algum, e eles consideraram essa observação convincente. Assim, a fita que mostra Caroline Crowley matando seu marido, Simon, dentro do prédio número 537 da rua 11, Leste encontra-se na agência da Sétima Avenida do Greater New York Savings Bank do Brooklyn, que escolhi não porque eu tenha minhas contas lá, mas porque não tenho e porque notei por acaso, quando trabalhava numa história há não muito tempo, que era um banco novo e, portanto, com pouca probabilidade de ser arrasado ou vendido; duas bobinas de plástico, uma com uma fita de vídeo enrolada, ambas alojadas numa caixa de plástico preto, com um rótulo num dos lados, onde estava escrito com a letra de Simon Crowley, FITA 78 (REAPROVEITADA), o próprio cassete dentro de um saco plástico de uma delicatessen coreana, o pacote completo dentro do pequeno espaço de metal. E onde está a chave do cofre? Onde é que eu pus *isso*? Precisava pensar nisso com cuidado. A chave é pequena — talvez uns quatro centímetros, uns trinta milímetros de espessura, feita de latão. Mas eu não a queria dentro de casa; não só Lisa ou uma das crianças poderia encontrá-la, mas seria um tanto chocante deixá-la ali. Então, onde colocá-la? Eu matutava. (Onde Caroline tinha posto a chave dela?) Não num outro cofre, é claro; isso pede uma outra chave. E não no escritório; seria roubada ou, o que era mais provável, eu a perderia. Pensei em enterrá-la no jardim da casa, talvez ligada a um pedaço de fio de cobre ou alguma coisa do gênero, mas de novo não poderia suportar ver as crianças brincando por cima dela. Não, o jardim era próximo demais. Imaginei escondê-la em algum lugar de Manhattan, debaixo de uma pedra do Central Park, talvez, mas esse plano também não me atraía. A ilha de Mahattan é lavada por uma maré humana a cada dia; tudo pode acontecer, e tudo acontece.

Não foi senão por acaso que descobri o que fazer com a chave. Um sábado, quando eu estava inspecionando o portão no final do túnel, notei não só que o portão estava precisando de pintura mas que a chave caberia num pequeno vão entre as duas barras soldadas perto da dobradiça de baixo. Fui buscar a chave e fiz a experiência. Ela se introduziu perfeitamente entre as barras. Perfeitamente. Quase como se aquele velho serralheiro soubesse que um dia eu poderia precisar desse espaço minúsculo. De qualquer ângulo a chave era invisível. Fechei o portão vigorosamente uma meia dúzia de vezes. A chave continuava no lugar. Então bati com o portão com toda a força possível. A chave não se mexeu. Eu disse a Lisa que ia dar um pulo na loja de ferragens, e lá comprei um quarto de tinta preta antiferrugem, espessa e brilhante, e pintei de novo o portão todo, bem em cima da chave. Quando a tinta secou, passei uma camada grossa de tinta por cima da chave, de modo que agora, mesmo numa inspeção rigorosa pouco provável, ela pareceria ser parte do próprio portão, uma imperfeição do metal coberta com tinta e ferrugem. De vez em quando vou verificar; continua sempre ali. Tornou-se parte do aparato que mantém o mundo lá fora, ou, melhor, me conserva dentro do meu.

Se tudo correr como o planejado, em algum ponto do futuro longínquo, talvez quando eu estiver na casa dos meus cinqüenta ou sessenta anos, eu vá buscar a fita de vídeo e a destrua. Vai ser interessante saber se vou querer ver a fita de novo, supondo que eu consiga encontrar um videocassete a essa altura antiquado. Irei então me perguntar se Caroline guardou a cópia dela, e onde, e se ela a viu algum dia ou mais de uma vez, ou se a mostrou a alguém; essas perguntas ficarão presumivelmente sem resposta. Muitas coisas terão acontecido no futuro, e algumas não serão boas. Vai chegar um tempo, é claro, em que minha família deixará a nossa casinha escondida, com sua macieira. Nos mudaremos, nossa cama será desmontada e os homens da mudança levarão o colchão e o estrado de molas escada abaixo. As fotos sobre o console da lareira e as coisas das crianças já terão sido embaladas e levadas, juntamente com as cadeiras da sala de jantar e tudo mais. Temo esse dia, porque ele significará ou que a calamidade caiu sobre nós ou que um tempo muito longo, o nosso tempo, se acabou. A casa ficará de novo vazia, de novo quieta, até que alguma outra pessoa se poste ali, olhando as janelas, as paredes e o chão, ciente talvez de que os últimos ocupantes, minha mulher, meus filhos e eu, estivemos ali apenas de passagem.

* * *

De passagem. Essas palavras deveriam constituir a minha reflexão final sobre esse caso. Eu as escrevi faz alguns meses, quando estava certo de que a questão estava resolvida dentro de mim. Mas não estava. E então aqui está a minha última confissão, não tão ruim quanto as outras que vieram antes, mas indicativa, temo, da fraqueza básica do meu caráter, um sentimentalismo reles, uma incapacidade de deixar que as coisas tenham um fim.

Foi exatamente em setembro, e eu estava trabalhando numa história que era, por mais triste que pareça, um corriqueiro assassinato triplo no Harlem espanhol. Dois caras armados assaltaram uma delicatessen. A confusão foi testemunhada por uma velha estirada no chão: depois de esvaziar a caixa registradora e executar o dono da loja, um dos bandidos atirou na porta de vidro, pensando que era a polícia entrando. Não era — ele tinha visto seu próprio reflexo. Em vez de atingir a polícia, atingiu seu companheiro de assalto — seu irmão —, matando-o instantaneamente. O primeiro bandido, desesperado, viu o irmão morrer, depois apertou a boca da sua arma semi-automática contra o próprio coração e disparou. Na manhã seguinte, registrei uma boa entrevista com a avó, que ouvia discos de Tito Puente, tinha periquitos e se lembrava dos dois homens quando meninos. A coluna precisava ser entregue aquela tarde, e quando eu voltava no meu carro pela Quinta Avenida com os vidros abertos, passei pelo toldo de listas verdes e brancas na rua 66. A lembrança de Caroline voltou a mim com uma nitidez implacável. Senti falta dela com um desespero tolo. A mente tem dessas crueldades. Parei o carro próximo a um hidrante e fiquei ali sentado, olhando para cima pelo espelho retrovisor de vez em quando. Eu tinha quase certeza de que Caroline não morava mais no apartamento; provavelmente já estaria casada com Charlie e teria se mudado para fora da cidade. Peguei o telefone novo do meu carro e, lembrando-me do bairro onde Caroline me mostrara a fotografia da casa branca de três andares, liguei para informações e perguntei por ela. Não havia nenhuma Caroline Crowley na lista, mas havia Charlie e Caroline Forster, e então consegui o endereço.

Em pouco mais de uma hora eu estava lá, e fui passando calmamente pelas ruas cheias de folhas, parando duas vezes por causa de ônibus escolares. Cada casa assentava-se majestosamente em seu terreno; cada uma delas era bela ou magnífica. Ocasionalmente passava um carro de serviços ou entregas, verde ou vermelho, com o nome do estabelecimento cuidadosamente estampado na lateral. Encontrei a casa; era como a da fotografia: duas antigas faias cor de cobre flanqueando uma varanda envidraçada, o caminho para carros fazendo uma curva e contornando um dos lados, o gramado, um grande tapete de grama que se estendia cerca de cinqüenta metros até a rua. Parei. Havia um carro grande no caminho que conduzia à entrada, mas não vi ninguém. É claro que eu não iria de carro até a casa. Permaneci sentado pensando na minha tolice, na bobagem do meu sentimentalismo, no perigo da minha curiosidade. O vento empurrava as folhas das faias, balançando-as, uma visão que excitaria as crianças.

Não sei por quanto tempo fiquei ali sentado, matutando. A história continuava grande e pesada dentro de mim; sempre seria assim. Mas então, disse a mim mesmo, fui eu o responsável por essa situação. Como fui babaca de não dizer a Lisa a verdade depois que ela voltou com as crianças da Califórnia, e, em vez disso, de deixar o tempo difícil afundar na lama do casamento, escondido sob uma superfície de crianças, trabalho e cotidiano. Muitas noites Lisa olhava para mim esperando que a conversa começasse, e uma vez ela própria pareceu que ia começar a falar, mas acho que afinal concluiu que o que havia dentro de mim naquele momento, fosse lá o que fosse, era algo estranho e feio, e o melhor seria deixá-lo onde estava. Assim, o casamento está temporariamente danificado.

O vento então soprava à minha volta, fazendo as folhas rodopiarem no ar, e eu, com um repentino desejo da sensação de movimento, pensando no caminho de volta e na coluna a ser entregue mais tarde aquele dia, voltei a dirigir o carro sem pressa, e foi então que vislumbrei a figura perto dos pés de azálea que circundavam o canto extremo da casa — uma mulher, o cabelo loiro preso para cima, ajoelhada, com roupas de jardinagem, uma pá e uma cesta. Por pouco eu não a via. Ah, Caroline. Ela estava atenta ao trabalho e não notou o carro. Cavava a terra, nela mergulhando a pá e depois metendo a mão na cesta. Eu só podia imaginar que estivesse plantando bulbos para a próxima primavera. Ela trabalhou alguns minutos, depois se sentou e enxugou a testa. Pude ver pela posição dos ombros dela que se sentia segura e desconhecida naquele lugar. Aprendemos mais sobre os outros quando eles não se dão conta de que os estamos observando. Era isso o que Simon Crowley sabia tão bem. Que ninho de ironias; na tentativa de estudar a esposa e apreender quem ela realmente era, Simon Crowley criou, como se pôde demonstrar, o melhor registro de quem ele próprio era. Foi a criação final e ele nunca chegou a vê-la. Nesse momento sua ex-mulher, a que o matou, a quem eu também tinha amado ao meu jeito tolo, punha de novo as luvas e retomava sua tarefa; o movimento dela libertou o meu, e, quando ergui meu pé do freio, as rodas já rolando, desejei, com uma dor doce e terminal, que, apesar da alma dura de Caroline, ela ainda pudesse tentar um ato de redenção; que, apesar da minha traição aos que eu mais amava, eu ainda pudesse me mostrar merecedor das afeições deles. Portanto, melhor seria, pensei, que nossas confissões respectivas permanecessem silenciosas, que desaparecessem no tempo. Haveria, eu sabia, outras questões com as quais se preocupar, outras crises sombrias do coração e da esperança; mais cedo ou mais tarde a vida traz a todos nós alguma forma de sofrimento. Tomara que estejamos sempre preparados para enfrentá-lo.

Mas esse pensamento talvez seja apenas uma mentira sentimental. Talvez sejamos, neste momento, uma sociedade de assassinos — assassinos e seus cúmplices.

AGRADECIMENTOS

Sou grato a Michael Daly, colunista do *Daily News*, a Peg Tyre e Paul Moses, do *Newsday*, a Karen Van Rosen, antiga bibliotecária do *Newsday*, e a Mark Lasswell; a Kristin Juska e Pat Friedman, autoras do bilhete da página 69; a Rahul Mehta, Nora Krug e Hilary Davidson, a meus colegas Susan Burton, Clara Jeffery e Ben Metcalf; a Babo Harrison, Don Snyder, John Bradford, M. D., Mark Costello, Greg Critser, Tony Earley, Earl Shorris e Richard Zacks; a Kris Dahl, Karen Rinaldi e Ann Patty.

E a Kathryn.

A história da página 392-3 me foi contada por uma franco-canadense quando eu estava doente e acamado num hotel barato em Cozumel, no México, em janeiro de 1986. Ela era loira, tinha cerca de trinta anos e uma experiência que ia muito além da sua idade. Lembro-me da história dela, mas não do seu nome.

ESTA OBRA FOI COMPOSTA PELA HELVÉTICA EDITORIAL EM GARAMOND E IMPRESSA PELA BARTIRA GRÁFICA E EDITORA EM OFF-SET SOBRE PAPEL PÓLEN SOFT DA COMPANHIA SUZANO PARA A EDITORA SCHWARCZ EM AGOSTO DE 1998.